LES NUITS DE TOPKAPI

Colin Falconer

LES NUITS DE TOPKAPI

FRANCE LOISIRS
123, boulevard de Grenelle, Paris

Titre original : *Harem*
Traduit par Jacques Martinache

Une édition du Club France Loisirs, Paris,
réalisée avec l'autorisation des Presses de la Cité

ISBN 2-7242-8451-8

Pardedâri mikunad dar kasr-i-Kâysar ankebût.

L'araignée tisse sa toile dans le palais des Césars.

Sa'adi.

Remerciements

Aucun livre ne s'écrit seul. Je tiens, comme toujours, à remercier mes agents, Tim Curnow à Sydney et Anthea Morton-Saner à Londres, pour leur aide et leurs encouragements ; Anne Mullarkey et son équipe de la West Australian Library pour m'avoir trouvé les nombreux livres dont j'avais besoin pour mes recherches ; le personnel de la salle de lecture du British Museum de Londres, qui m'a aidé à me procurer des ouvrages de référence ; ma femme Helen, pour le soutien et la patience infinis dont elle a fait montre, même quand je devenais un peu difficile à vivre – ce que, j'en suis sûr, mes amis auront peine à croire ; Anna Powell et Nick Sayers, pour leur enthousiasme et leur perspicacité ; enfin, Bill Massey, mon éditeur, qui voit la forêt quand je ne vois que les arbres. Que les saints le bénissent et le gardent.

Avertissement

Un grand nombre des événements qui servent de toile de fond à ce roman sont relatés dans les ouvrages d'histoire traitant des Ottomans de cette époque. On ne saura jamais cependant ce qui se passe derrière les portes cloutées de fer du palais pour engendrer tant de violence et de passion. En ce sens, ce livre est donc une œuvre de fiction. Seules des personnes mortes depuis longtemps pourraient nous dire quelle part de vérité il contient.

Les vers figurant à la fin du livre sont extraits d'un poème réellement écrit par Soliman.

Pour Anna Powel et Bill Massey.
Avec mes remerciements.

L'EMPIRE OTTOMAN EN 1522

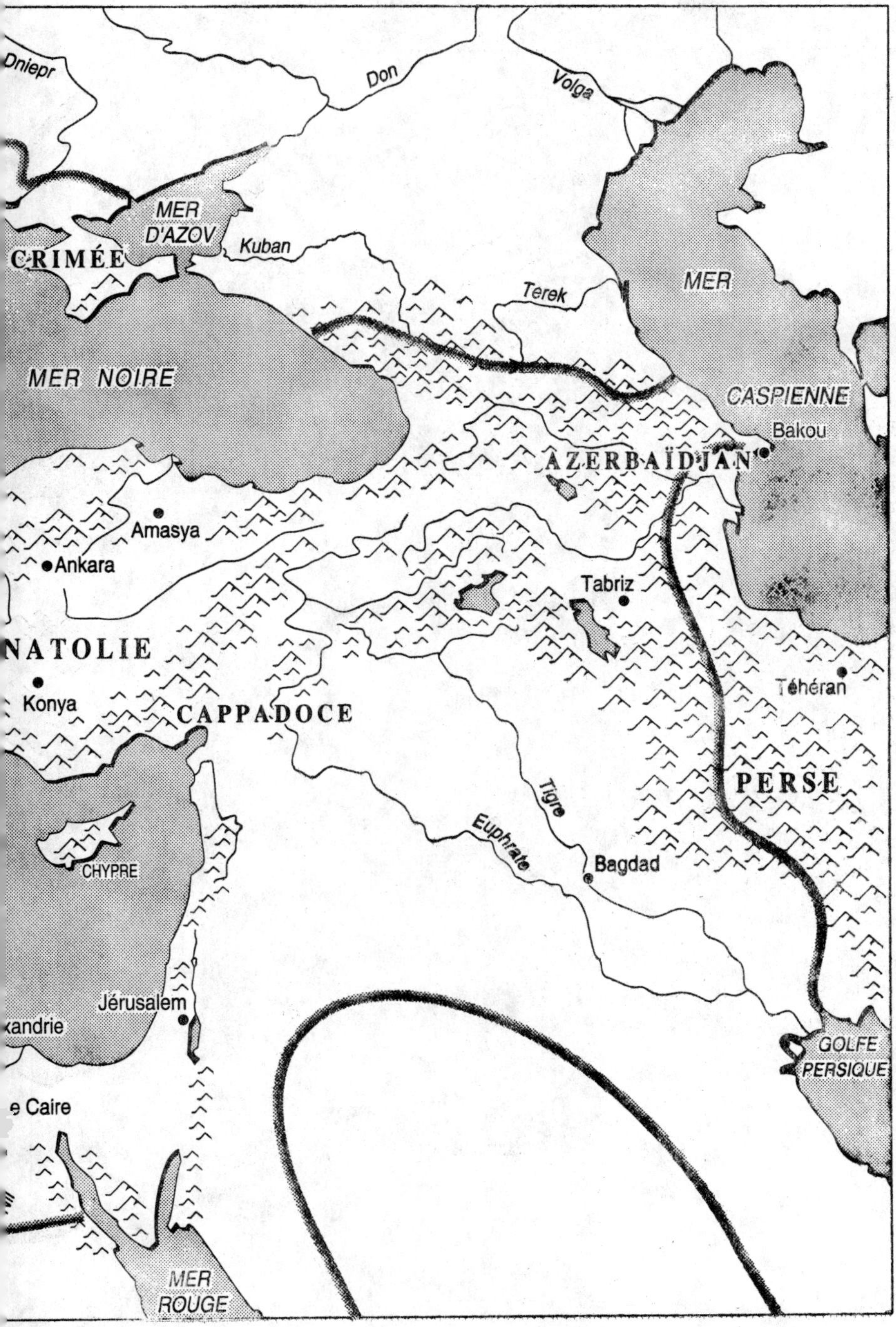

Dniepr
Don
Volga
MER
D'AZOV
Kuban
CRIMÉE
Terek
MER
MER NOIRE
CASPIENNE
Bakou
AZERBAÏDJAN
Amasya
Ankara
Tabriz
NATOLIE
Téhéran
Konya
CAPPADOCE
PERSE
Tigre
Euphrate
CHYPRE
Bagdad
Jérusalem
xandrie
GOLFE
PERSIQUE
e Caire
MER
ROUGE

Prologue

Topkapi Saraya, Istanbul 1990

Autrefois, il y avait le silence.

Autrefois, un homme se faisait écorcher la plante des pieds pour avoir élevé la voix au-dessus du murmure dans ce jardin orné de platanes et de châtaigniers, sanctuaire du lieutenant d'Allah sur la Terre, Seigneur des Seigneurs de ce monde, Possesseur du Cou des Hommes, Rois des Croyants et des Infidèles, Empereur de l'Orient et de l'Occident, Refuge de tous les Peuples du Monde, Ombre du Tout-Puissant dispensant la paix sur terre.

Autrefois, seuls les chuchotements des pages et des vizirs troublaient la gazelle en train de paître et la parade du paon, tandis qu'on conduisait sévèrement les affaires d'un empire comprenant les Sept Merveilles du Monde.

Jadis, il y avait le silence.

A présent, des Mercedes franchissent en grondant la Sublime Porte, passent devant l'église Sainte-Irène endormie et la fontaine où le *bostandji-bashi* lavait le sang de son sabre après chaque exécution. A présent, des cadres supérieurs à la retraite, venus de Francfort, Chicago et Osaka, cheveux gris, Canon en bandoulière, leurs épouses gloussant comme des collégiennes, se faufilent dans la foule de l'*Ortakapi* sous la conduite de guides portant Ray-Ban qui n'ont pas même un commentaire pour les niches creusées dans les murs, tout en haut, où reposaient autrefois les têtes des vizirs du Sultan.

Au-delà de l'Ortakapi, à quelques mètres de la salle du *Divan* [1], une inscription dans la pierre annonce :

1. Conseil du sultan. *(N.d.T.)*

« harem. » Quatre matrones de l'Ohio prennent la pose dessous tandis qu'un des maris fait la mise au point sur son Minolta.

« T'appuie pas contre le mur, Doris, conseille-t-il de sa voix traînante. Je ne sais pas s'il supporterait le poids. »

Les grandes portes noires s'ouvrent et le troupeau de touristes pénètre à l'intérieur, dans l'obscurité fraîche et pavée. Un jeune homme turc, chemise au col déboutonné et pantalon froissé, l'anglais déformé uniquement par un léger zézaiement, se tient à l'écart et s'adresse à eux par-dessus le bourdonnement et les déclics des appareils photo.

– Harem signifie « interdit », leur explique-t-il. Interdit aux hommes. Autrefois, le Sultan lui-même était le seul homme – le seul homme complet – qui aurait pu franchir cette porte. Et toute femme entrant dans ce lieu pouvait ne jamais en ressortir.

Autrefois, il y avait le silence, ici. Brisé non par les cris de la guerre et de l'invasion mais par le rire. Le rire d'une femme.

Mais au commencement était le silence.

PREMIÈRE PARTIE

LA TOILE D'ARAIGNÉE

1

Rhodes, 1522

Le silence, brisé uniquement par le rythme régulier de la pluie crépitant dans les flaques ensanglantées, dégouttant des tentes. Chameaux et soldats avançaient péniblement dans la boue. Même les animaux de bât plissaient les naseaux en reniflant cette odeur infecte d'hommes malades et de malpropreté. Mais c'était surtout des douves que montait la puanteur.

Quoique profond de soixante pieds et large de cent quarante, le fossé entourant la forteresse était presque comblé çà et là par les corps boursouflés des morts. La pestilence des cadavres en putréfaction envahissait tout, imprégnait les vêtements, les cheveux et la peau, insinuait son âcreté jusque dans le sanctuaire en soie de la tente du sultan, malgré les cassolettes à encens et les mouchoirs parfumés que les généraux assemblés tenaient devant leur nez.

Le jeune homme assis jambes écartées sur le trône de nacre et d'écaille de tortue ressemblait à une panthère prête à bondir : il montrait les dents en écoutant le marmonnement servile de son deuxième vizir, et ses longs doigts se recourbaient comme des griffes. Sous le turban de soie, le visage était blême de rage.

– Combien d'hommes de ton sultan as-tu perdu aujourd'hui ? feula-t-il, parlant de lui-même à la troisième personne, comme toujours en public.

Le deuxième vizir avait la face noircie par le sang, à cause d'une blessure au front. En séchant, le sang avait formé une croûte dans sa barbe sombre et luisait faiblement, comme de minuscules rubis. Une demi-douzaine de fois ce jour-là, l'homme avait conduit l'attaque vers la brèche de la muraille, sous les tours de Saint-Michel et de Saint-Jean, cependant que les vieux chevaliers grisonnants transperçaient ses *azabs* de leurs épées et de leurs flèches. Les femmes et les enfants assiégés avaient dépavé les rues pour leur jeter des pierres sur la tête du haut des remparts. Il avait même vu un de leurs prêtres, livide, venir aider à renverser les chaudrons de poix bouillante. Les nerfs brisés, certains de ses hommes avaient fui. De son sabre, Mustapha les avait taillés en pièces avant de rallier à nouveau ses troupes pour un nouvel assaut.

Maintenant, pour la première fois de la journée, il avait peur.

– Combien d'hommes? répéta le jeune homme assis sur le trône.

Mustapha osa lever un peu la tête pour regarder le sultan dans les yeux.

– Vingt mille, seigneur, murmura-t-il.

– Vingt mille!

Le souverain se dressa d'un bond et tous les hommes présents – sauf un – firent un pas en arrière. Dans le long silence, plusieurs des généraux crurent entendre Mustapha essayer de déglutir.

Ce fut d'une voix basse et sifflante que le sultan Soliman reprit :

– Tu as préconisé cette expédition. Cela fait trois siècles que les infidèles narguent les Osmanlis [1] depuis cette forteresse. Même le *Fatih* et mon père Sélim ne sont pas parvenus à les en déloger. Mais toi, tu as assuré à ton sultan que cette fois, ce serait différent!

Mustapha gardait le silence. Il ne pouvait y avoir d'excuse à l'échec, il le savait. En outre, il n'était pas sûr que ses hommes le suivraient à nouveau jusqu'aux murailles.

La soie de la tunique de Soliman ondulait à la lueur des lampes à huile sur un corps secoué par la rage. Ses mains se crispaient en poings livides; de la salive écumait aux coins de sa bouche.

– Les corps de vingt mille guerriers de l'armée de ton

1. Membres de la dynastie turque fondée par Othoman Ier en 1304. Nom générique donné aux Turcs. *(N.d.T.)*

sultan gisent dans la boue au pied de ce rocher maudit, les rescapés sont minés par la maladie, et les murailles se dressent toujours devant nous! L'hiver approche; déjà les orages s'annoncent à l'horizon, prêts à détruire notre flotte. Mais lever le siège maintenant, ce serait traîner dans la boue l'étendard des Osmanlis, la bannière de l'Islam! Tu as amené ton sultan à Rhodes. Que lui feras-tu faire, à présent?

Le deuxième vizir resta muet.

Soliman se tourna vers le *bostandji* [1], présence lugubre et menaçante, qui attendait dans l'ombre et eut un geste vif de la main pour appeler le sourd-muet et cria :

– Tue-le!

Le Noir s'avança, mit Mustapha à genoux d'un mouvement agile de la jambe et du bras gauches. Les muscles noueux du dos de l'homme saillirent quand il brandit son *killidj* au-dessus de sa tête pour frapper.

Ce fut le vieux Piri Pacha, le grand vizir, qui intervint. Il fit un pas en avant, les bras tendus en signe de supplication.

– Noble seigneur, je t'en prie, épargne-le! Aussi égaré puisse-t-il être, il a combattu comme un lion au pied des murailles. Je l'ai vu...

– Silence! coupa Soliman. Si tu le juges si méritant, tu peux le rejoindre au paradis!

On eût dit qu'une main invisible armée d'une faux avait balayé la tente. Piri Pacha! Ce vieil homme était le vizir qui avait survécu à Sélim le Terrible, et il avait été le précepteur de Soliman. Il s'était opposé personnellement à l'expédition contre Rhodes. Les généraux et conseillers assemblés devant le jeune sultan tombèrent face contre terre, implorant sa clémence.

Seul Ibrahim, le grand fauconnier, osa s'approcher.

– Seigneur, murmura-t-il et, prenant la main de son maître, il s'agenouilla, baisa le rubis ornant l'annulaire de sa main droite.

Soliman s'apprêtait à confier une troisième tâche au bostandji quand il reconnut le jeune homme.

– Ibrahim?

– Puissant monarque, il y a un autre moyen.

Le sultan parut sur le point de retirer la main que le

1. *Bostandji :* garde du sérail. *(N.d.T.)*

grand fauconnier retenait entre les siennes mais se ravisa :

– Dis-moi lequel.

– L'histoire nous enseigne que les Grecs ont assiégé Troie pendant quatorze ans pour une femme. Les Turcs, qui subissent depuis plus de trois siècles les pillages et les incursions lancées depuis ce rocher, ne sauraient-ils endurer un siège d'un hiver ?

Le bostandji fit passer son poids d'une jambe sur l'autre. Le killidj commençait à peser.

– Que me conseilles-tu ?

– On dit que lorsqu'un des empereurs de Rome envahissait une île, il brûlait ses vaisseaux sur la plage. Grand souverain, si tu te faisais construire une résidence sur cette colline, bien en vue, les défenseurs du château sauraient qu'il n'y aura pas de répit avant que la forteresse soit nôtre. Cela anéantirait leur vaillance, et nos soldats, voyant ta détermination, y puiseraient courage.

Soliman soupira, se rassit, caressa de l'index une des turquoises serties dans l'accoudoir du trône.

– Et eux ? demanda-t-il.

Du menton, il désigna les deux hommes encore agenouillés, courbés sous le sabre. Il regarda le vieux Piri Pacha et fit la grimace. Comment avait-il pu envisager pareille chose ?

– Il y a déjà eu trop de sang turc versé aujourd'hui, plaida Ibrahim.

Quel diplomate tu fais, pensa Soliman. Un mouvement presque imperceptible de la tête et le bostandji s'évanouit à nouveau dans l'ombre.

– Très bien, dit Soliman. Le sultan reste.

2

Eski Saraya (Vieux Palais), Istanbul

Le faucon planait sur les courants aériens au-dessus de la ville, inclinant le bout de ses ailes dentelées à chaque poussée de l'air chaud. Il volait à deux cents pieds au-dessus des grandes digues d'Istanbul, de ses rues pavées et sordides où des culs-de-jatte quémandaient une aumône, où les mouches voletaient en noirs essaims autour des pelures de melon, au-dessus des dômes et des minarets des mosquées qui prenaient une teinte gris-rose dans le couchant. L'œil doré du rapace fixait une jeune femme qui se tenait sur la terrasse du palais.

On la remarquait, même parmi les trois cents femmes du harem, à cause des deux tresses, nouées par une cordelette de satin, qui descendaient jusqu'au milieu de son dos. Ses cheveux miroitant au soleil avaient la couleur jaune, or et rouge du feu, et semblaient à tout moment prêts à s'enflammer ; ils offraient un contraste saisissant avec ses yeux verts et son teint pâle de Tartare. Grande et mince, elle demeurait empruntée, comme gênée par son jeune âge.

Elle avait le visage tourné vers le nord-est et regardait au-delà des collines lointaines de Roumélie, vers un endroit situé de l'autre côté de l'horizon violet, et qu'elle voyait pourtant. Un lieu où l'herbe sèche poussait si haut en été qu'elle frôlait presque la ceinture d'un cavalier, où les marais salants scintillaient au clair de lune, où l'on pouvait chevaucher trois jours et trois nuits sans rencontrer âme qui vive.

Dans sa rêverie, elle entrouvrit les lèvres et laissa échapper un petit cri qui effraya le rossignol niché sous l'avant-toit de la terrasse, emprisonné, comme elle, dans une cage raffinée.

– Je risque de passer toute ma vie enfermée ici, murmura-t-elle à l'oiseau. On me garde pour mes belles couleurs et ma voix mélodieuse, mais un jour, ma jeunesse se fanera, telle une fleur entre les pages d'un livre. Mais je trouverai un moyen de m'échapper.

Un seul homme aurait pu exaucer son souhait, mais il était à Rhodes où il faisait construire, disait-on, une nouvelle résidence sur le mont Philermus, dominant la forteresse. Elle appartenait à cet homme, lui avait-on expliqué, mais, bien qu'elle eût passé près de deux saisons dans cette belle et obscure prison, elle ne l'avait jamais aperçu.

D'ailleurs, il ne regardait aucune des femmes. Il avait pour favorite Gülbehar, la Monténégrine, surnommée « Rose de Printemps », et délaissait les autres concubines, quoiqu'il possédât trois cents des plus belles femmes d'un empire qui s'étendait de Babylone à Belgrade, et dont chacune avait été soigneusement choisie pour lui.

Il devait y avoir un moyen. Elle ne passerait pas ses journées à rêver d'un miracle qui la mènerait au lit du sultan. Elle réveillerait le diable en personne et allumerait tous les feux de l'enfer sous ce palais s'il le fallait mais elle parviendrait d'une manière ou d'une autre à évincer la Monténégrine.

Ils regretteraient le jour où ils avaient introduit cette chatte sauvage dans la cage aux oiseaux.

Il reviendrait bien.

Elle attendrait ce moment.

Rhodes

Ce fut le jour que les chrétiens appelaient la Saint-Nicolas que Soliman entra dans les villes de Saint-Nicolas et Saint-Angelo, dans l'enceinte de la forteresse aux murs croulants que son père et même son arrière-grand-père, le Fatih, le Conquérant, avaient vainement tenté de prendre. A vingt-huit ans, il venait d'accomplir ce dont eux avaient seulement rêvé. Il avait retiré cette épine du flanc de l'empire osmanli; il avait arraché Rhodes aux chevaliers de Saint-Jean.

– On dit que le Colosse se dressait ici jadis. Il en est aujourd'hui un autre.

Le sultan se tourna vers sa selle pour voir qui venait de parler. C'était Ibrahim, dont l'étalon arabe piaffait et cherchait à mordre sa bride, comme si son cavalier lui avait communiqué une partie de son exaltation.

– C'est ton sage conseil qui a prévalu, dit simplement Soliman.

Il regarda de l'autre côté de la place un groupe de chevaliers barbus agenouillés, priant sous l'écusson gravé dans la pierre au-dessus d'une porte. Tous étaient balafrés. L'un avait une cicatrice rose récente qui lui barrait le visage, la peau couleur de boue à l'endroit où avait été l'œil; un autre portait au moignon de son bras un linge ensanglanté. Ils marmonnaient leur prière ensemble, sourds au cliquetis des armures et de l'acier, insensibles à l'odeur des chevaux des *yénithéris* [1] qui passaient, au grondement de victoire du canon, aux bannières blanc et vert qui claquaient autour d'eux. Ils ne s'étaient pas rendus : les notables de Rhodes avaient les premiers demandé une trêve.

Ibrahim approcha son cheval et, baissant la voix, dit à son maître :

– Seigneur, je suis perplexe. Tu viens de remporter la plus grande victoire de la maison des Osmanlis depuis que le Fatih a pris Constantinople. N'as-tu point de raisons de te réjouir?

– Ces hommes ont combattu vaillamment, Ibrahim. Je ne suis pas assoiffé de sang. Notre devoir envers l'Islam est de conquérir. Mais nous ne devons pas nous y complaire.

Bien que le grand fauconnier s'efforçât de masquer son agacement, le sultan devinait ses pensées et se permit un sourire.

– Je t'amuse, seigneur?

– Tu m'amuses toujours. Tu le sais.

Ibrahim parcourut des yeux les rangs de soldats à plumet blanc et longues moustaches, arquebuse à l'épaule. Ils le faisaient penser à des chiens enragés retenus par une chaîne.

– Laisseras-tu les janissaires en faire à leur guise?

– Non, pas cette fois. J'ai donné ma parole.

1. Nom turc des janissaires, soldats de la garde du sultan. *(N.d.T.)*

- Ils ne combattent que pour le butin que tu leur abandonnes. Ils sont comme des molosses nourris de restes. Tu sais ce que font les chiens affamés.

– Il leur faudra endurer la faim un peu plus longtemps. Il n'y aura pas de pillage ici.

– Ici, nous avons failli connaître la défaite. Tu te montres bien charitable, seigneur.

Au ton d'Ibrahim, le *padichah* comprit que le fauconnier le soupçonnait d'avoir oublié ces quatre derniers mois. Il se trompait, Soliman n'avait rien oublié. Comment chasser de son esprit l'odeur du sang, celle, écœurante, des corps pourrissant dans la boue, ou les cris d'hommes agonisants empilés dans les fossés ?

Le sultan songea à l'Eski Saraya et à sa favorite, Gülbehar. C'est là qu'il trouverait la paix. Là, les caresses apaisantes d'une femme pouvaient aider un homme à oublier un tel cauchemar.

Peut-être l'aiderait-elle aussi à oublier ce moment terrible où il avait découvert en lui son propre père. Sans Ibrahim, il aurait fait exécuter ses deux vizirs. Même Sélim n'avait pas commis un tel acte.

Découvrir la bête en son âme l'avait marqué plus profondément encore que le carnage qui l'avait faite surgir des recoins obscurs de son être. Il n'avait jamais soupçonné qu'il y avait, tapie en lui, une telle fureur. Sans Ibrahim, il l'aurait laissée se déchaîner. Sans Ibrahim, la bête en lui pouvait encore le détruire.

Il frissonna.

– Rentrons, dit-il.

3

Eski Saraya

A son arrivée, chaque nouvelle esclave apprenait la langue de la Cour osmanli et le *Qur'ān*; elle était aussi placée sous la tutelle de l'une des maîtresses du Harem, qui lui enseignait une tâche spécifique.

Hürrem avait été confiée à la *Kiaya* de la Salle des Soies, la Maîtresse de la Garde-Robe, une Circassienne acariâtre dont la peau avait la couleur et la consistance du cuir, et qui s'accrochait encore au souvenir d'une unique nuit stérile passée avec le sultan Bajazet II, grand-père de Soliman. Elle finissait à présent sa vie parmi les coupons de brocart et de damas, de satin, de taffetas et de velours, les tuniques, les blouses et les voiles brodés, son caractère s'aigrissant chaque jour.

Hürrem était satisfaite de sa position, ou plutôt, elle avait résolu d'en tirer le meilleur parti possible. Elle possédait des doigts agiles, une bonne vue, et ses mouchoirs avaient suscité les murmures approbateurs de la *Valide*, la mère du sultan, personnage tout-puissant dans le harem.

Elle fredonnait donc en brodant un carré de satin vert d'Istanbul – le plus beau satin du monde, assurait la Kiaya – de fils d'or et d'argent selon un motif complexe de feuilles et de fleurs. Absorbée par son travail, elle se mit à chanter doucement un air que son père lui avait appris, une chanson tartare parlant des steppes et du vent du nord.

Elle n'entendit pas la Kiaya pénétrer dans la pièce derrière elle mais sentit la gifle sur sa joue. Hürrem sursauta sous le choc et lâcha son aiguille d'argent. Elle se leva d'un bond, prête à riposter ; les yeux de la maîtresse brillèrent d'une lueur mauvaise.

– Vas-y ! frappe-moi, coquine ! Je te ferai donner la bastonnade par le *Kapi Agha*.

Hürrem s'empourpra de rage jusqu'à la racine des cheveux mais laissa retomber sa main.

– On ne chante pas ici, petite effrontée, lui rappela la vieille femme. Au harem, c'est le silence.

– J'aime chanter.

– Ce n'est pas ce que tu aimes qui compte, c'est ce que veut le sultan.

– Il n'est même pas ici. Nous pourrions tirer le canon dans le couloir, il n'en saurait rien.

– Insolente !

La Kiaya la gifla de nouveau mais, cette fois, Hürrem s'y attendait et ne cria pas. Elle secoua la tête comme un chiot s'ébrouant puis sa bouche se tordit en un sourire moqueur, malgré la marque rose que la main de la vieille avait laissée sur sa joue.

– C'est la loi ! glapit la Kiaya.

Hürrem se pencha vers elle et murmura :

– Ne crie pas, le padichah pourrait t'entendre. Il déteste le bruit.

La matrone détourna la tête, prit le mouchoir que la jeune femme brodait et l'examina d'un œil critique. Ne trouvant aucun défaut, elle le laissa retomber sur le banc avec une expression de dégoût.

– Remets-toi à ton ouvrage !

Hürrem partageait le travail avec une jeune juive aux cheveux de jais que des marchands d'esclaves avaient ramenée d'Alexandrie. « De la viande de marché », disait d'elle la Kiaya. Meylissa, c'était son nom, avait de longues jambes et de fines attaches, les mouvements vifs et nerveux d'une hirondelle. Du coin de l'œil, Hürrem la vit se pencher, comme pour se rendre invisible, sur la taie de coussin en soie qu'elle était en train de broder. Mais elle constituait une cible trop tentante pour la Kiaya dans son humeur présente.

– Fais-moi voir, grogna la maîtresse, qui arracha le tissu des doigts de Meylissa. Regarde ça ! Le plus beau brocart de Bursa et tu l'as gâché ! (Elle la frappa plusieurs fois sur la tête.) A quoi pensais-tu? Regarde ces points! Un enfant aurait fait mieux!

Meylissa baissa la tête sans rien dire. La Kiaya jeta l'ouvrage par terre et la gifla de nouveau.

– Défais-moi tous ces points! Recommence! Et ne compte pas dîner avant d'avoir fini, tu m'entends?

Elle se retourna et sortit d'un air dédaigneux.

– Vieille vesse de chameau! lâcha Hürrem, rejetant en arrière sa crinière rousse.

Elle se rassit et se remit à chanter plus fort qu'avant. Entendant derrière elle un bruit étouffé, elle se retourna. Meylissa pleurait, la tête entre les bras, son corps frêle secoué de sanglots.

– Meylissa, qu'est-ce qu'il y a? Meylissa... ne te mets pas dans un tel état pour elle. C'est une sorcière! J'ai vu plus d'intelligence sortir de la croupe d'un cheval.

Mais l'esclave juive pleura de plus belle, serrant le banc de ses doigts fins. Hürrem se leva, agacée, lui posa une main sur l'épaule et la fit se redresser.

– Arrête!

– Ce n'est pas à cause d'elle...

– De quoi, alors?

Hürrem vit soudain dans les grands yeux marron de la jeune fille une terreur absolue. Dieu du Ciel, qu'avait-elle fait?

– Meylissa?

Dans le regard de l'esclave, la terreur fit place à un besoin désespéré d'avouer, de faire confiance.

– Tu peux me le dire, à moi, fit Hürrem à voix basse.

– Ils me tueront, répondit Meylissa dans un souffle.

– Personne ne veut te tuer. A moins qu'ils n'aient décidé de nous faire périr d'ennui à force de coud...

– Tu ne comprends pas.

– Naturellement, tu ne m'expliques rien.

Meylissa saisit son caftan à l'endroit du giron, serrant le tissu en une boule dure.

– Je suis enceinte, murmura-t-elle.

Hürrem crut avoir mal entendu.

– Quoi?

– Je suis enceinte. Je n'ai pas eu mes menstrues.

Elle eut envie d'éclater de rire. Enceinte! Dans cette prison de femmes? Elle qui croyait cette petite juive stupide! Comment diantre avait-elle fait?

– Tu dois te tromper.

– Je ne me trompe pas, répliqua Meylissa, qui avait cessé de pleurer.

– Comment... ?

Elle regarda par-dessus l'épaule d'Hürrem. Dans la pièce sombre, le blanc de ses yeux luisait comme une énorme perle.

– Le Kapi Agha

Le Kapi Agha! Le capitaine des gardes, le Chef des Eunuques blancs! pensa Hürrem, bouche bée de stupeur. Bien qu'il fût responsable de la garde du harem, il ne devait jamais rester seul avec l'une des femmes puisque ce n'était pas un castré – un eunuque véritable – comme les Noirs. Les eunuques blancs, disait-on, n'avaient pas eu les testicules coupés mais seulement écrasés ou ligaturés, comme on le fait aux jeunes agneaux. Se pouvait-il... ?

– C'est un eunuque, non?

– Bien sûr que c'est un eunuque! Tu crois que j'aurais pu me faire trousser par un homme entier? Ici?

Hürrem resta interdite. Non seulement par le mot – pudique petite Meylissa! – mais par la façon dont s'inversaient les rôles. C'était elle, Hürrem, qui faisait figure d'idiote. Pendant qu'elle s'échinait à apprendre la nouvelle langue, se croyant supérieure par son éducation et son instruction, ces filles de fermiers avaient déjà trouvé le moyen de coucher avec un homme.

– Mais si c'est un eunuque...

– On dit qu'il y a parfois... régénération. Même les eunuques noirs, on doit les examiner tous les ans pour être sûr que rien ne repousse.

– Absurde! Quand on castre un cheval, il reste castré.

– Mais les eunuques blancs... Ils ne sont pas châtrés, on ne leur coupe pas les choses comme aux Noirs.

Il y eut un silence. Meylissa semblait plus calme; parler l'avait soulagée.

– Comment as-tu fait? demanda Hürrem.

L'esclave d'Alexandrie jeta un nouveau coup d'œil à la porte avant de reprendre, dans un murmure :

– Il y a dans l'aile nord du palais une cour entourée de hauts murs et ornée de platanes. L'un des murs est percé d'une porte, toujours fermée à clef, jamais gardée.

– Qu'allais-tu faire là-bas?

– Apprendre mon Qur'ān, comme on nous l'a enjoint.

Hürrem sourit : c'était peut-être Dieu qui l'avait voulu.

– Continue.

– Il a dû me voir. Peut-être de la tour nord. J'ai entendu une clef dans la serrure. J'étais prête à m'enfuir, mais...

La tête inclinée, Hürrem attendit la suite. Meylissa eut un haussement d'épaules.

– Il m'a dit que j'étais la plus belle femme du harem. Qu'il m'aiderait à attirer l'attention du sultan.

– Combien de fois est-ce arrivé?

– Cinq, peut-être six.

– Six! Tu sais ce qu'on t'aurait réservé si tu t'étais fait prendre?

– Je me suis fait prendre, non? dit Meylissa.

Silencieuse, Hürrem se demandait ce qu'elle aurait fait si elle avait étudié le Qur'ān à la place de Meylissa dans le jardin ombragé. Probablement la même chose. Tout – même un danger mortel – était préférable à l'ennui de cet endroit sinistre. En outre, les bains de vapeur et les massages quotidiens qu'on leur imposait avaient éveillé quelque chose en elle. Tous ces soins, toute cette indolence avaient sur vous l'effet d'un aphrodisiaque, et il n'y avait pas d'homme pour vous apaiser.

– Comment c'était? voulut savoir la Tartare.

– Quelle importance? rétorqua la juive. Ils vont me tuer. Tu sais ce qu'on fait à une femme du harem qui se retrouve grosse sans avoir partagé la couche du sultan? On l'enferme dans un sac et on la jette dans le Bosphore!

Hürrem s'entendit promettre :

– Je t'aiderai.

– Comment le pourrais-tu?

– Tu verras.

4

Eski Saraya

La pièce était telle qu'il en avait gardé le souvenir. Pour la première fois depuis son entrée triomphale dans Istanbul, trois jours plus tôt, Soliman se sentait chez lui. Il se jeta sur le sofa. En ôtant son turban de soie, il se défit aussi de son autre moi, le sultan des Osmanlis, cet homme qui lui devenait chaque jour plus étranger. Il fit courir sa main sur le contour lisse de son visage jusqu'à la racine de ses cheveux. Depuis qu'il avait hérité le trône de son père, trois ans plus tôt, il avait le sentiment de contempler le monde à partir d'une pièce obscure, et de s'observer, comme le comédien d'un théâtre d'ombres. Même dans son journal, il parlait de lui à la troisième personne.

Il soupira, ses épaules s'affaissèrent. On disait du grand vizir qu'il « portait le fardeau » de l'empire, mais ce n'était qu'un jongleur usant de flatterie, de calculs et de duplicité. C'était le padichah qui supportait en réalité le poids de l'Islam, et des besoins de six millions de Turcs – fardeau qui pèserait sur lui jusqu'à l'heure de sa mort.

Ici, dans le silence du harem, il connaissait le répit. Ici, du bois parfumé brûlait dans l'âtre de cuivre, la lumière du feu ondoyait comme le reflet d'une fontaine sur les murs carrelés. Ici, des cassolettes d'encens pendues au plafond chassaient pour un moment l'odeur du sang qu'il gardait en mémoire depuis Rhodes. Ici, il n'y avait ni vizirs ni généraux, ni étiquette ni responsabilités. Il y avait Gülbehar.

Soliman entendit un bruissement d'étoffe quand elle apparut en écartant le rideau de damas rose accroché au bout de la pièce. Il leva les yeux vers elle, éprouva un mélange de soulagement et de désir. Ses longs cheveux blonds étaient attachés en une tresse dansant sur son dos, et la lueur des flammes modelait son visage en tons ocres et roses. Elle portait une blouse – un *gömlek* – presque transparente de soie bleu ciel, deux boutons de diamant étincelant et dansant sur sa peau tandis qu'elle s'avançait. Comme la lumière du soleil ondulant sur l'eau, pensa-t-il. Son gilet était d'un riche brocart bleu de Bursa, son pantalon une cascade de soie blanche tombant jusqu'aux chevilles. Des perles brillaient dans ses cheveux.

Gülbehar, Rose de Printemps, la bien-nommée, pensa-t-il.

Elle s'agenouilla, toucha le tapis de son front.

– *Sala'am*, Seigneur de ma Vie, Sultan des Sultans, Maître du Monde, Roi des Rois.

Il lui fit signe d'approcher d'un geste impatient. Combien de fois lui avait-il répété que c'était inutile ? Elle continuait pourtant à l'accueillir de cette façon, se conformant à l'étiquette. En ce moment, il n'avait pas envie qu'on lui rappelle qui il était. Un homme rentrant chez lui, cela suffisait.

– Viens ici.

Elle franchit les derniers pas en courant presque, enfouit son visage dans le cou de Soliman. Il sentit ses larmes, le parfum de jasmin séché de sa chevelure.

– Quand les minarets ont commencé à blanchir sans que tu sois rentré, j'ai pensé que, peut-être, tu ne reviendrais jamais. J'ai si peur sans toi. Tant de rumeurs circulent.

Elle s'écarta de lui, scruta son visage.

– Tu n'as pas été blessé ?

– Pas de manière qui laisse des cicatrices visibles, répondit-il.

Il songea au Piri Pacha, le précepteur de son enfance, dont il avait ordonné la mort. Sans l'intervention d'Ibrahim... Peut-être était-il un tyran comme son père, après tout.

– Et Mustapha ? demanda-t-il.

– Il dort, seigneur. Tu lui as manqué. Il parle souvent de toi.

Il ne me connaît plus guère, pensa Soliman.

– Je veux le voir.

Gülbehar le prit par la main et le conduisit jusqu'à la chambre du prince. Une bougie brûlait dans un long chandelier d'or à un coin du lit, devant lequel un page enturbanné montait la garde. Un deuxième page se tenait dans l'ombre, de l'autre côté du lit. Si le jeune garçon se retournait dans son sommeil, on éteignait la bougie pour en allumer une autre, de manière que la lumière n'éclaire jamais directement le visage du prince.

Soliman se pencha vers l'enfant. Mustapha avait les cheveux blonds de sa mère, les mêmes traits délicats et sereins. Agé de neuf ans, il excellait autant au lancer du javelot qu'à l'étude des mathématiques. Le prochain sultan osmanli, se dit Soliman. Profite de ta jeunesse tant que tu le peux...

Il fut à nouveau frappé par l'ironie d'avoir un fils qui lui ressemblât si peu, encore moins à l'un de ces Turcs dont il serait un jour le monarque. Mais toutes les épouses du sultan étaient d'anciennes esclaves chrétiennes puisque le Coran interdisait qu'un musulman soit réduit en esclavage. Chaque sultan était donc fils d'esclave, fils de chrétienne, et cependant choisi par la volonté divine comme Protecteur de la Foi. Grande était la toile que tissait Dieu!

– Il va bien? demanda Soliman.

– Il grandit chaque jour. Il veut être comme son père.

Le sultan sourit dans la pénombre en songeant : « Gülbehar, comme tu es transparente! Déjà, tu sollicites ma faveur. Tous les fils osmanlis apprennent à craindre leur père – à juste titre. »

Il toucha du bout des doigts le front du prince, dont la bouche s'était ouverte dans son sommeil, lui donnant à nouveau un air de petit enfant. « Dieu te garde, mon fils », murmura le sultan.

Il se tourna vers Gülbehar : la lumière de la flamme dessinait sa silhouette. Il éprouva un désir semblable à un coup violent, au creux de l'estomac. Il eut envie de la prendre sur-le-champ, de déverser sa semence en elle comme un fleuve puis de pleurer sur son sein tel un nouveau-né. Non, cela ne l'apaiserait pas.

– Mangeons, décida-t-il.

Gülbehar apporta les mets elle-même : petits cubes

d'agneau cuits dans des herbes aromatiques, morceaux de poulet rôtis à feu doux, aubergines farcies de riz, suivis de figues à la crème aigrelette et d'un sorbet servi dans un gobelet d'or. Des pages silencieux remplissaient leurs coupes.

– Que raconte-t-on, au harem? s'enquit l'empereur osmanli.

Les ragots l'amusaient toujours; ils lui servaient aussi à mesurer sa puissance.

– On parle de toi comme d'un héros, dit Gülbehar, et Soliman put voir qu'elle s'appropriait une partie de cette gloire. En apprenant que tu t'étais emparé de Rhodes, tous ont dit que tu passeras dans l'histoire comme un autre Fatih, un conquérant, que tu es destiné à être le plus grand des sultans.

– Le prix fut élevé...

– Notre armée recouvrera bientôt ses forces.

Que connaît-elle aux armées, pensa-t-il, amer. Il essaya à nouveau de se faire comprendre :

– Ce fut une bataille terrible. Je pourrais t'en dire, des choses, si c'était pour des oreilles de femme...

Il finit de manger, se rinça les doigts dans un bol d'argent. Un page apparut aussitôt pour les sécher.

– N'y songe plus, dit Gülbehar.

– Le jour, cela m'est aisé; la nuit, dans l'obscurité, il est difficile de ne pas se souvenir.

Il attendit mais la jeune femme ne l'encouragea pas à poursuivre. Comment pourrais-je lui expliquer? s'interrogea-t-il. Il faut que j'en parle à quelqu'un. Ou peut-être est-ce un autre fardeau que je dois porter seul. Il regarda Gülbehar, sourit. Quelle beauté! Quel merveilleux cadeau Dieu avait fait aux hommes en créant les yeux bleus! Il laissa son regard tomber sur l'ombre des seins, sous la blouse en soie, et crut sentir la chaleur du corps tout proche de sa jeune concubine. Comme il était loin d'elle, pourtant, à tout autre égard!

– Pendant ton absence, dit Gülbehar, je lisais tes poèmes. Et grâce à eux je me sentais de nouveau proche de toi.

Après n'avoir trop longtemps connu que le contact froid des choses – le bras d'un trône en or, la poignée d'un sabre, la bride en cuir d'un cheval – Soliman était affamé de douceur. Ses mains étreignirent le corps de Gülbehar, pressèrent sa poitrine comme s'il voulait s'en emparer. Ce ne fut que lorsqu'elle gémit qu'il se reprit et desserra les doigts. Le velours de ce ventre, de ces cuisses! Il lui écarta les jambes, ferma les yeux de plaisir quand il la sentit les nouer autour de ses hanches. Il voulait l'emplir toute, se perdre en elle. Il chassa le souvenir de la pluie glacée, d'un bras mutilé, sorte de griffe émergeant de la boue, et de la tour Saint-Michel flottant au-dessus des nuages sombres. Était-ce l'odeur du sang ou celle de la défaite qui avait fait naître cette terreur qui le hantait encore?

Gülbehar soufflait à son oreille sa douce magie; il plongea en elle, sentit son propre corps se contracter dans un spasme. Submergé par un plaisir brûlant, il déversa son amertume.

Comme un fleuve.

Quand ce fut fini, il s'imagina qu'ils gisaient dans l'océan de sa semence. Des images se bousculèrent dans son esprit, certaines venues du passé, d'autres évoquant l'avenir. Gülbehar avec un autre fils, les douves puantes de Rhodes, le sabre du bourreau étincelant comme un diamant au-dessus de la tête de Piri Pacha, le visage assoupi de Mustapha qui se changeait soudain en son visage, puis en celui de son père, un monstre à la barbe dégoulinant de sang qui dévorait ses propres enfants.

Avec un grognement, il roula sur le côté, entendit la jeune femme murmurer des mots apaisants.

Quand il s'éveilla, il n'y avait plus que le silence du harem, le noir de la nuit, les esclaves muets en faction au pied du lit. Gülbehar dormait, allongée près de lui. Il ouvrit les yeux, parcourut la pièce du regard, les niches où la jeune femme rangeait les poèmes qu'il écrivait.

C'est mon harem, se dit-il, ma retraite, interdite à tout homme excepté moi. Ma *gözdé*, ma favorite, sommeille dans mes bras, ma semence encore humide en elle. Dans ces murs, mes poèmes, dont chacun est une partie secrète de moi enchâssée dans la splendeur de la langue perse. J'ai fait de ces pièces mon sanctuaire.

Pourquoi alors m'y sentir toujours aussi seul?

5

Hürrem sut qu'elle avait succombé aux charmes du harem quand elle commença à attendre l'heure d'aller au hammam avec impatience. Dans la steppe, on n'appréciait pas les bains, on les craignait même. Chacun savait que se laver conduisait au refroidissement, à la maladie et à la mort. L'hiver et le vent étaient l'ennemi, ils rendaient tout luxe, toute mollesse impossibles.

Mais ici les femmes devaient se baigner deux fois par jour et épiler entièrement leur corps. Au début, le bain l'avait terrifiée puis, découvrant qu'elle ne tombait pas malade, elle avait été simplement dégoûtée, non pas tant par l'impudeur que par l'indolence de cette pratique. Quand avait-elle commencé à changer d'avis? Elle n'en gardait pas le souvenir.

Le hammam se divisait en trois parties : le *camekan*, ou vestiaire, le *sogukluk*, ou pièce chaude, et la plus grande, la pièce centrale ou *hararet*, emplie de vapeur. Hürrem ôta rapidement ses vêtements et l'une des négresses – les *géditchis* – lui tendit une serviette parfumée. Elle enfila une paire de *nalins* en bois de rose, passa dans le sogukluk et sentit la chaleur sur sa peau frissonnante. Au centre, il y avait une grande fontaine de marbre d'où coulait une eau chauffée sous la pièce dans un énorme chaudron. Tout autour, des femmes, debout ou assises, puisaient de l'eau à l'aide de grands bols en cuivre et s'arrosaient la tête. Hürrem les rejoignit.

Tout en affectant d'être absorbée par sa toilette, elle regarda autour d'elle. La diversité des corps l'étonnait toujours. Avant de connaître le harem, elle ignorait que le monde fût aussi vaste et que les êtres humains pussent être aussi différents. Cheveux, seins, peau, yeux – une profusion de teintes et de couleurs. Les géditchis avec leurs boucles noires serrées et leur peau d'acajou ; les Grecques aux yeux sombres, les Circassiennes aux yeux bleus, aux cheveux dorés et aux petits tétons roses ; les Égyptiennes au long profil aristocratique, aux mamelons couleur prune écrasée ; les Perses aux cheveux de nuit, aux yeux profonds comme des puits.

Et tant de formes, aussi ! En versant un autre bol d'eau sur son corps, elle se compara secrètement à ses compagnes. Certaines avaient une poitrine de mère allaitant, lourde et pâle, veinée de bleu, bien que leur ventre fût dur et plat. Il y avait des seins en poire, d'autres qui n'étaient que des boutons. Un grand nombre de *houris*, jeunes filles à peine pubères, montraient des seins ronds, incroyablement lisses et fermes. Hürrem examina son propre corps, mince et menu comme celui d'un jeune garçon, et se demanda pourquoi on l'avait choisie.

Je ne suis peut-être pas aussi belle que certaines de ces odalisques, se dit-elle. Mais j'ai la chevelure fauve d'une renarde. Et la ruse qui va avec.

Ramassant sa serviette, elle passa dans le hararet en faisant claquer ses mules sur le marbre.

On se serait cru dans un enfer laiteux. La vapeur brûlait les poumons, collait à la peau comme un voile. Elle sentit la transpiration sourdre de sa peau en un millier de gouttelettes. Des silhouettes nues sortaient de la brume ou y pénétraient comme des fantômes, dans un silence que venaient rompre le bruit sec d'un nalin qui tombe ou d'un bol de cuivre que l'on pose sur le marbre et l'écho des remous provoqués par une femme entrant dans l'eau.

Hürrem se glissa dans un des bassins, ferma les yeux et savoura la sensation de l'eau chaude lavant la sueur, clapotant autour de ses épaules et de ses seins. La nuque appuyée sur le rebord de marbre, elle aspergea son visage, écarta les mèches mouillées tombées devant ses yeux. Quel délice ! pensa-t-elle. Avant de venir ici, mon corps ne savait que se rompre à la besogne ou s'accorder aux mouvements d'un cheval. Ces eunuques, ces Kiayas ont éveillé autre chose en moi.

Mais à quoi bon ? Toutes ces femmes à la peau rougie et douce, à la chair assouplie par les massages des géditchis, toutes ces femmes indolentes et ronronnantes, apprêtées, parées de soie et de brocart, sans un seul homme pour les admirer ou les assouvir. Tout n'était qu'illusion et mystère.

Sentant un mouvement dans l'eau elle ouvrit les yeux. Une femme de haute taille aux cheveux blonds, assise au bord du bassin à quelques pieds de distance, se faisait masser les muscles du cou et des épaules par deux odalisques. Appuyée sur les bras, elle rejetait la tête en arrière et ses longs cheveux touchaient presque le marbre du sol. C'était une pose d'une langueur et d'un orgueil incroyables. Gülbehar !

Hürrem ressentit une flambée d'envie et de haine, sentiments partagés, imaginait-elle, par toutes les autres femmes présentes au hammam. Pourquoi toi ? pensa-t-elle. Parmi toutes ces houris, pourquoi toi seulement ? Es-tu particulièrement enjôleuse, ou est-il facile à ensorceler ?

Se sentant observée, la favorite releva la tête et ouvrit les yeux. Dans la brume vaporeuse du bain, ils avaient l'éclat de saphirs. Quelle expression avait son visage ? Gêne ? Curiosité ? Pitié ?

Hürrem soutint un moment le regard de Gülbehar puis, lui tournant le dos, sortit du bain et laissa son postérieur en vue quelques secondes de plus que nécessaire. Elle regretta aussitôt ce geste puéril.

Elle disparut dans la vapeur en faisant résonner ses nalins.

Des colonnes et des arcades conduisaient du hararet aux *yeni kaplidja*, pièces plus petites, où, sur des plaques de marbre surélevées, les géditchis s'occupaient des odalisques, massaient leur corps, scrutaient bras et jambes, pubis, vagin et anus, nez et oreilles même, pour s'assurer qu'il ne restait pas le moindre poil. Hürrem avait depuis longtemps renoncé à protester contre cette indignité et se soumettait sans broncher à l'examen. De toute façon, elle n'avait pas le choix.

Muomi, la jeune négresse, avait les lèvres continuellement plissées en une moue boudeuse. Les autres femmes murmuraient qu'elle était sorcière et l'évitaient. Ses grandes mains osseuses vous disjoignaient presque les articulations pendant le massage, et certaines houris sortaient d'une séance le visage mouillé de larmes. Hürrem appréciait au contraire cette rudesse qui la tirait de son indolence.

Elle s'étendit sur la pierre froide en réclamant :

– Masse-moi comme il faut. Je veux avoir mal, cette fois.

– Je t'ai fait mal, la dernière fois. J'ai cru que tu allais te mettre à vagir comme un nourrisson.

– Je te donnerai deux aspres si tu me fais pleurer.

– Tu ne les as pas, répliqua la Noire.

Elle commença le massage, triturant le cou de la Tartare avec une vigueur à lui faire jaillir les yeux de la tête. Au lieu de gémir, Hürrem prit sa respiration et lâcha :

– Il paraît que tu es sorcière.

– Qui dit ça ?

– Les autres femmes.

– Les autres ! On les a fait venir ici pour leur beauté, pas pour leur cervelle.

– Es-tu vraiment sorcière ?

Les mains de Muomi descendirent le long de la colonne vertébrale. On eût dit qu'elle essayait d'insinuer les jointures de ses doigts entre les vertèbres pour les séparer. Les larmes aux yeux, Hürrem enfouit son visage dans ses bras.

– Eh bien, l'es-tu ? insista-t-elle.

– Si j'étais sorcière, il y a belle lurette que mes pouvoirs m'auraient fait sortir d'ici.

Les doigts de la masseuse s'enfoncèrent dans les fesses de l'esclave rousse, trouvèrent l'articulation de la hanche et du pelvis. Hürrem mordit la chair tendre de son avant-bras pour ne pas crier.

– Tes muscles sont durs comme ceux d'un garçon, reconnut la Noire de mauvaise grâce.

– Un peu plus fort, exigea Hürrem. Je ne sens rien.

– Comme ça ? fit Muomi en ricanant, et Hürrem ne put retenir un sanglot.

En entrant, Meylissa trouva la Tartare allongée sur le dos en train de se faire épiler par Muomi. Après avoir appliqué une pâte faite de chaux vive, la géditchi éliminait les derniers poils d'une main experte avec le bord tranchant d'une valve de moule. Les mains derrière la nuque, Hürrem l'observait, les joues humides.

– Tu vas bien? demanda Meylissa.
– Je dois deux aspres à cette sorcière.
– Pourquoi?
– Elle veut le poste du bostandji. A partir de demain, elle sera le nouveau bourreau du sultan.
Muomi lui avait écarté les jambes et inspectait son périnée.
– A quoi sert tout cela? marmonna Meylissa en tournant le dos à la négresse. Il n'y a que Muomi qui se soucie que nous soyons épilées ou non. Le padichah n'en a cure!
– Nous devons être prêtes, rappela Hürrem avec un grand sourire.
Meylissa se percha sur la plaque de marbre, posa une main sur son ventre brun et dit à voix basse :
– Bientôt, cela commencera à se voir.
Aussitôt ses yeux s'emplirent de larmes.
– Qu'est-ce qu'elle a? voulut savoir Muomi.
– Elle se souvient de la dernière fois que tu lui as pétri le dos, répondit Hürrem.
Elle saisit le bras de Meylissa, enfonçant ses ongles dans la chair si profondément que l'esclave juive grimaça et tenta de se dégager. Hürrem tint bon.
– Ne pleure pas ici! ordonna-t-elle.
– Qu'est-ce que je vais devenir?
– Ne t'en fais pas. J'ai un plan.
– Lequel?
– Tu verras. Muomi nous aidera, elle aussi, dit-elle en souriant à nouveau.
Les deux filles la regardèrent, ébahies, mais Hürrem ferma les yeux et s'abandonna au monde ouaté de la vapeur et à la coquille de moule de la géditchi.

6

Depuis deux mois, le Kapi Agha vivait dans une affreuse terreur ponctuée de moments d'attente fiévreuse et de plaisir. Doué d'une vive imagination, il pouvait voir et entendre par l'esprit ce qu'il adviendrait de lui si l'on découvrait son secret. Pourtant, il ne pouvait plus revenir en arrière, maintenant. Quand bien même Dieu en personne l'aurait menacé, il serait quand même venu ici aujourd'hui. Le plaisir sexuel – Meylissa était belle, et d'autant plus désirable qu'elle était interdite – n'expliquait pas tout. L'essentiel, c'était la confirmation d'une virilité qu'il croyait avoir perdue, la redécouverte d'une puissance à la fois irrésistible et irréversible. Il était prêt à endurer n'importe quelle mort pourvu qu'il mourût en homme.

Du moins se le disait-il.

Chaque jeudi après-midi, une heure avant le coucher du soleil, la jeune femme venait dans le jardin lire son Qur'ān. Pour le Kapi Agha, la semaine entière semblait tendre vers ces quelques minutes exquises et terrifiantes pendant lesquelles il introduirait à nouveau la clef dans la serrure rouillée et pénétrerait dans le jardin. Chaque fois qu'il en poussait la porte, il ignorait s'il trouverait Meylissa ou ses propres gardes, killidj brandi. Le jardin était devenu l'objet de tous ses rêves... et de tous ses cauchemars. Même en sa qualité de Chef de la Garde du Palais et Gardien des Femmes, il n'aurait pu rappeler ses propres chiens s'il avait été découvert.

La porte s'ouvrit en grinçant – Dieu de miséricorde, on eût dit un coup de canon dans le silence du harem! –

il se glissa à l'intérieur, referma à clef derrière lui et jeta un coup d'œil à la tour nord. Le seul endroit d'où on pouvait le voir, c'était des pièces situées tout en haut – d'où il avait lui-même vu Meylissa pour la première fois – et il venait de verrouiller la porte qui y conduisait.

Il ne pouvait cependant s'empêcher de penser que tous les membres du Divan l'épiaient en ce moment même, et que le bostandji-bashi affûtait les crochets avec lesquels il le mettrait en pièces.

Le jardin était ombragé grâce à de hauts murs de pierre, et ses allées étaient flanquées de colonnes de marbre blanc de Paros, bordées de platanes, de cyprès et de saules. Il y faisait toujours sombre bien que, au-dessus des arbres, il pût voir le soleil miroiter sur les minarets de la mosquée du harem et les teindre de rose en descendant sur la ville poussiéreuse.

Il chercha des yeux la silhouette familière de Meylissa penchée sur son Qur'ān, assise sous les colonnades ou les branches d'un saule, mais elle n'était nulle part. Il guetta vainement un mouvement dans l'ombre. Le silence n'était troublé que par les roulades mélancoliques d'un rossignol solitaire.

Le Kapi Agha éprouva un mélange de déception et de terreur irraisonnée. Pourquoi n'était-elle pas là?

– Elle ne vient pas aujourd'hui, fit une voix derrière lui.

Il se retourna brusquement, tirant d'instinct son killidj de son fourreau de cuir.

La fille croisa les bras en riant.

C'était une femme du harem, bien sûr, mais il ne la connaissait pas – il y en avait tant. Grande et mince, la chevelure flamboyante et les yeux verts, elle portait un caftan de coton jaune et une veste de brocart doré, une petite toque verte ornée d'une seule perle sur la tête. A sa mise, il estima qu'elle ne vivait pas depuis très longtemps au harem ou qu'elle ne s'était pas élevée très haut.

– Qui es-tu?

– Meylissa ne viendra pas aujourd'hui.

– Où est-elle?

– Dans le harem. A l'abri des attentions des hommes.

– Pourquoi ris-tu?

– Tu es aussi blanc que ton turban. Qu'y a-t-il? Je ne suis pas un des janissaires du sultan, je n'ai pas d'épée.

De quoi as-tu peur? Regarde, je n'ai même pas mon aiguille à coudre.

Le chef des gardes du palais tenta de se ressaisir.

– A qui crois-tu parler? Je te ferai donner le bâton.

Il s'avança, l'empoigna, approcha le tranchant du sabre de son visage pour l'intimider, mais Hürrem sourit. Il eut un hoquet de surprise en sentant les doigts de la fille se refermer sur son bas-ventre.

– Meylissa prétend qu'ils remplissent encore leur tâche. Je ne suis qu'une innocente petite couseuse mais je pensais que la chose était impossible.

– De quoi parles-tu?

– Elle attend un enfant.

Le Kapi Agha recula, comme si la fille venait de lui annoncer qu'elle avait la peste. Ses joues prirent une couleur gris sale de cadavre; le sabre glissa de ses doigts et tomba bruyamment sur le marbre.

L'idiot! Il allait alerter les gardes

– Ce... ce n'est pas possible, bredouilla-t-il.

– C'est ce qu'elle croyait. C'est ce que tu croyais aussi, je suppose.

– Qui es-tu? Que veux-tu?

– Je suis l'amie de Meylissa, répondit Hürrem. (Elle regarda le killidj tombé par terre.) Ramasse-le, dit-elle, sans autre motif que celui d'éprouver l'avantage qu'elle avait pris sur lui.

Il se baissa et répéta :

– Que veux-tu?

– T'aider.

– Je me souviens de toi, maintenant. Tu es la Russe, nous t'avons achetée aux Tartares.

Elle regarda avec amusement les questions et les supputations se peindre sur son visage comme les enluminures d'une page du Qur'ān.

– Qui d'autre sait? finit-il par demander.

– Ce serait facile de nous jeter toutes les deux dans le Bosphore au milieu de la nuit et d'en finir avec cette histoire. C'est ce que tu penses en ce moment, n'est-ce pas? Voilà pourquoi nous avons tout dit à une autre. Quelqu'un dont tu ne connaîtras jamais le nom.

Il plissa les lèvres de dépit en voyant disparaître l'éventualité de cette solution.

– Je te connais. La Kiaya t'appelle la « petite effrontée ».

– Elle n'a pas tort.

– Je le vois, dit-il, remettant son arme dans le fourreau d'un geste péremptoire. Alors, tu veux m'aider?

– Tu n'as peut-être pas besoin de mon aide. Tu veux peut-être épouser Meylissa et élever des enfants avec elle.

– Ne me raille pas! menaça-t-il.

– Je croyais que tu serais content d'apprendre qu'un des deux au moins remplit encore son office.

Furieux, il fit un pas vers elle puis se reprit.

– Comment puis-je savoir si c'est vrai?

– Tu ne peux pas. Tu n'auras de certitude que lorsqu'il sera trop tard. Une nuit, la Valide te donnera l'ordre d'emmener Meylissa en bateau sur le Bosphore. Puis elle te donnera deux sacs. Un pour elle, un pour toi.

Le Kapi Agha fronça les sourcils en demandant pour la troisième fois :

– Que veux-tu?

– Te débarrasser de ton problème. Complètement.

– M'en débarrasser?

– Complètement.

– Ce qui signifie?

– Ce qui signifie que je connais un moyen. En échange, tu feras quelque chose qui est en ton pouvoir et qui échappe au mien.

– Un meilleur rang, peut-être? Faire partie de la suite personnelle de la Valide? Ou alors des vêtements? De l'argent?

– Je m'étonne que tu accordes si peu de prix à ta vie.

Le chef de la garde jeta un coup d'œil agacé aux fenêtres de la tour nord. Bas dans le ciel, le soleil baignait les minarets d'une lueur rouge sang.

– Quoi, alors?

– Je veux que tu m'introduises dans le lit du sultan.

– Impossible!

– Si Soliman apprend ce que tu as fait, il te fera pendre à un crochet et te laissera noircir au soleil. Tu connais le châtiment.

– Le sultan ne partage sa couche qu'avec Gülbehar, tu le sais! Ce que tu me demandes n'est pas en mon pouvoir!

Le sourire moqueur et nonchalant qui jouait sur les lèvres de Hürrem disparut.

– Savoure ta mort, dit-elle. Le bostandji a assez d'imagination pour te donner tout le temps de l'apprécier.

Sur ce, elle s'éloigna. Les ombres envahirent le jardin et le Kapi Agha, paralysé de terreur, les regarda gagner lentement sur la lumière.

7

Le harem remontait au temps où les Turcs osmanlis n'étaient que des pillards nomades vivant sur les plaines sauvages d'Anatolie et d'Azerbaïdjan. Ils avaient emprunté aux Persans cette pratique parfaitement adaptée à des guerriers restant longtemps absents de la tribu. Quand les Osmanlis avaient abandonné leur mode de vie nomade, établi leur capitale à Bursa d'abord, puis à Constantinople – maintenant appelée Istanbul –, le harem était devenu une institution en soi, avec sa hiérarchie et son étiquette propres.

Il était gouverné non par le sultan mais par sa mère – la *Valide Sultane* – et ses lois s'imposaient tout autant au monarque qu'aux femmes. C'était la Valide qui régentait cette communauté d'eunuques et de vierges reclus, avec l'aide du Kapi Agha, chef des eunuques blancs, à la fois capitaine des gardes et intermédiaire entre la Valide et le sultan lui-même.

Une jeune esclave arrivant au harem était affectée à l'un de ses nombreux offices, auprès de la Maîtresse de la Garde-Robe ou aux cuisines. Elle pouvait s'élever jusqu'à une position de quelque importance par ses propres mérites, mais le seul moyen d'accéder à un réel pouvoir était de devenir gözdé – « dans l'œil » – autrement dit, d'attirer l'attention du sultan.

S'il la mettait dans son lit, elle devenait *iqbal* et pouvait disposer de ses propres appartements. Elle pouvait aussi bien passer une nuit que cent avec le Seigneur de la Vie. Tout cela ne comptait que si elle lui donnait un fils – et devenait l'une de ses *kadins*. Il n'y avait jamais plus de quatre kadins, ensuite, on faisait appel à l'avorteuse. Elles demeuraient toutes les quatre à un cheveu du pouvoir véritable puisque c'était parmi elles que se trouvait la mère du prochain sultan osmanli.

Soliman avait rompu avec la tradition. Bien qu'âgé de près de trente ans, il n'avait encore qu'une seule kadin, Gülbehar, et un seul fils. C'était là un fil bien tenu auquel s'accrocher pour une lignée aussi noble que celle des Osmanlis, et la mère de Soliman s'inquiétait de cette négligence de son fils.

Hafise Sultane, la Valide, était une Géorgienne aux longs cheveux noirs et lustrés. Imposante, majestueuse, elle tenait audience dans une immense salle d'onyx et de marbre. Un rayon de soleil d'un jaune brumeux tombait obliquement de la coupole en verre du plafond et se reflétait sur la fleur de nacre et de grenat qui ornait sa chevelure. Elle avait une allure royale, exception faite de son visage aux traits doux et de ses yeux gris et indulgents de grand-mère. Un visage, pensa le Kapi Agha, auquel on était toujours tenté de faire confiance. C'était dangereux.

– Tu voulais me voir? lui demanda-t-elle.

Le chef des gardes se sentit soudain aussi transparent qu'une gaze. Bien qu'il eût longuement préparé son discours pendant la nuit, les mots lui manquaient et une panique soudaine s'empara de lui.

– Couronne des Têtes Voilées..., commença-t-il, s'adressant à elle par son titre officiel.

– Qu'y a-t-il? Tu es souffrant?

– Un léger refroidissement...

– Une visite à l'apothicaire, peut-être?

– Je ferai ce que son Altesse suggère...

– Tu sembles préoccupé.

Il hocha la tête. Préoccupé! Il avait passé la matinée à envisager de se trancher la gorge.

– J'ai eu vent d'une certaine agitation chez les femmes.

La Valide plissa le front.

– Ah? Et quelle est la cause de cette agitation?

– Plusieurs filles sont un peu... jalouses.

– Les filles du harem sont toujours jalouses de quelque chose.

– C'est un peu plus grave, cette fois.

La mère du sultan dévisagea le Kapı Agha, qui eut l'impression désagréable qu'elle essayait de lire dans ses pensées, tel un indiscret scrutant une chambre obscure.

– Poursuis, ordonna-t-elle.

– C'est Gülbehar. Elle est aimée de toutes, bien sûr...

– Sauf de moi, coupa la Valide sèchement.

Je comptais bien sur cette protestation, pensa le Kapi Agha, qui ajouta :

– ... mais certaines des femmes trouvent injuste que le sultan les néglige ainsi. Je n'arrive plus à les calmer.

– C'est pourtant ton travail – et celui du *Kislar Aghasi*, bien entendu.

– Si je pouvais leur dire quelque chose... pour leur redonner espoir.

La sultane mère sourit et se tapota la joue de l'index.

– Et que voudrais-tu leur dire?

– Que le sultan fera peut-être un jour appel à elles...

– Qui peut le dire? soupira la vieille femme.

Le Kapi Agha avait touché le point sensible, il le savait. Si quelqu'un se désolait de l'attachement exclusif de Soliman à Gülbehar, c'était bien sa mère.

– Elles rêvent toutes d'avoir l'occasion de servir le Seigneur de la Vie.

– Naturellement! s'exclama-t-elle.

Elle aussi avait été esclave autrefois, avant que Sélim ne jette son mouchoir sur son épaule. Elle ne l'avait pas oublié.

– En est-il une qui puisse rivaliser avec Gülbehar?

– Elles s'en jugent toutes capables, répondit-il avec un sourire crispé.

En temps ordinaire, il se serait permis maints traits d'esprit de ce genre au cours d'une audience. Ce matin, il ne parvenait pas à se détendre.

La Valide regarda au-dehors, par-delà les coupoles étincelantes du harem, touchant de son pouce l'extrémité de chacun des doigts de sa main gauche, comme si elle comptait mentalement.

– Je parlerai au Seigneur de la Vie, déclara-t-elle. Merci d'avoir attiré mon attention sur ce sujet.

Malgré son envie de crier, « Attendez, je n'ai pas fini! », le chef des gardes s'inclina et s'éloigna à reculons vers la porte.

– Une dernière chose...

– Oui, Altesse?
– Penses-tu à une fille en particulier?
Il sourit.
– Oui, Altesse.
– Quel est son nom?
– Hürrem. Elle s'appelle Hürrem.

8

Le Qur'àn dit : « La vertu est aux pieds de la mère. » Chaque fois que Soliman se rendait à l'Eski Saraya, Allah et la coutume lui faisaient obligation d'aller d'abord voir la Valide. Comme il avait toujours apprécié sa compagnie, ce chapitre du protocole ne lui pesait pas trop.

Ce matin-là, le vent soufflait du sud, apportant le premier vent chaud du printemps. Hafise Sultane était assise sur la terrasse dans un caftan à fleurs. Le soleil faisait scintiller les perles et les grenats qui ornaient sa chevelure. Il sourit : elle semblait apprécier davantage ces babioles sans valeur que les vrais joyaux – absence de vanité qui la rendait chère à son cœur.

Le sultan baisa la main de la vieille femme, la porta à son front puis s'assit sur le sofa à côté d'elle sans lâcher sa main. Une de ses servantes se hâta d'apporter des sorbets et de l'eau de rose.

– Comment vas-tu ?

– Je sens le froid plus qu'autrefois. A mon âge, on attend le printemps avec impatience.

– Tu n'es pas si vieille.

– Je suis grand-mère, dit-elle. Du moins, j'ai *un* petit-fils. Je suppose que c'est pareil.

Renversant la tête en arrière, Soliman s'esclaffa.

– Mère, tu es transparente.

– Cela m'afflige de voir la légèreté avec laquelle tu traites les craintes d'une vieille femme.

– Tu es loin d'être vieille.

Hafise dégagea sa main et prit une figue dans la coupe posée devant elle.

– Que va faire maintenant le conquérant de Rhodes? demanda-t-elle avec de la fierté dans la voix. Où le Divan te presse-t-il de frapper, à présent?

– Tu n'entendras pas cette année les tambours de guerre. Mes généraux pansent encore leurs blessures, il leur faudra un moment avant d'être à nouveau capables de sortir leurs griffes.

– Et toi?

A quoi bon feindre avec elle? pensa-t-il.

– L'idée même d'une nouvelle campagne me soulève le cœur.

– Le sultan qui ne porte pas la bannière de Mahomet au combat risque de ne pas rester longtemps sur le trône. Les janissaires veillent.

– La seule chose que tu n'aies pas à me rappeler, c'est mon devoir. Mais, pour cette saison au moins, je suis las de guerroyer.

Hafise choisit soigneusement une autre figue, cherchant les mots adéquats dans son esprit avec une extrême attention.

– Le devoir d'un sultan n'est pas seulement sur le champ de bataille.

Le monarque soupira. Les premiers mots de sa mère auraient dû l'alerter : ils allaient à nouveau parler de Gülbehar.

– Les Osmanlis ont un héritier, argua-t-il.

– Et s'il tombe malade? Un sultan doit avoir de nombreux fils.

– Pour qu'ils s'entretuent à ma mort?

Soliman pensa à son père, Sélim – Yavuz, le Féroce –, qui avait déposé son propre père Bajazet II avec l'aide des janissaires puis assassiné ses deux frères et huit neveux afin que nul ne puisse lui contester le pouvoir. Des rumeurs prétendaient même qu'il avait fait empoisonner Bajazet sur le chemin de l'exil pour assurer définitivement son trône. Soliman lui-même n'avait pas connu un seul instant de tranquillité avant que son père, le corps ravagé par la souffrance, ne succombe à un ulcère de l'estomac en se rendant à Andrinople.

– C'est ton devoir.

– J'ai beaucoup de devoirs.

– Et tu ne dois en négliger aucun.

Le padichah regarda sa mère. Elle avait raison, bien

sûr. Depuis toujours, elle était sa conscience. C'était elle, non Sélim, qui lui avait appris que le devoir passe avant tout. Sélim, lui, avait aimé le pouvoir pour lui-même.

– Gülbehar me rend heureux, plaida-t-il.

– Et c'est bien. Mais nous ne parlons pas de bonheur. Nous parlons des héritiers de la lignée d'Osman.

Soliman détourna les yeux, contempla les minarets et les dômes ponctuant le labyrinthe de maisons en bois accrochées au flanc de la colline, au-dessus de la Corne d'Or. Les Osmanlis avaient parcouru un long chemin depuis l'époque où leurs tentes étaient battues par les vents de la plaine d'Anatolie. Il se rappela les mots que son père lui avait dits avant de l'envoyer gouverner Manisa : « Un Turc qui descend de selle pour s'asseoir sur un tapis n'est plus rien. »

Mais son père était un barbare, bien sûr.

– En ce moment, la maison d'Osman ne tient qu'à deux battements de cœur, reprit Hafise. Ce n'est pas assez.

– Qu'attends-tu de moi?

– Je ne te demande pas d'abandonner ta Gülbehar. Il n'est que naturel que tu aies une favorite. Mais il y a bien d'autres filles dans le harem. Certaines sont fort plaisantes au regard.

– Je devrais donc faire le taureau pour la maison d'Osman?

– Les termes manquent de délicatesse, surtout pour les oreilles d'une vieille femme, mais, oui, c'est exactement ce que tu devrais faire. Ce serait peut-être différent si Gülbehar t'avait donné plus de fils, mais elle est ta kadin depuis bientôt neuf ans...

– Elle me plaît.

– Une autre femme ne pourrait te plaire?

– Je me sens bien avec Gülbehar.

– Ce n'est pas du bien-être que tu dois attendre des autres filles. Juste un fils.

Soliman se leva soudain. Il remarqua que Fatim, l'une des servantes de sa mère, l'observait timidement sous ses sourcils noircis au *khôl*. Il ressentit une pointe d'agacement – contre cette fille, contre lui-même. Qu'est-ce qui n'allait pas en lui? Pourquoi lui était-il si difficile de faire ce que demandait sa mère? Est-ce là ma petite rébellion contre le fardeau que je porte, pensa-t-il, la seule façon dont je puisse démontrer que je suis différent des brutes qui m'ont précédé? Ces femmes coquettes, avides, le faisaient se sentir vil, dégradé.

Voyant de la colère dans ses yeux, la servante, décontenancée, baissa la tête en rougissant.

– Je ferai selon ton désir, déclara-t-il, et il baisa la main de sa mère.

Je les monterai toutes, l'une après l'autre, si c'est ce que tu veux, pensa-t-il amèrement. J'emplirai le palais de berceaux. Peut-être alors me laisseras-tu en paix avec Gülbehar.

La Kiaya arracha la taie des mains de Meylissa, la jeta sur le sol et la piétina à la façon d'un petit enfant capricieux.

– Qu'est-ce que c'est? Tu me provoques?

L'esclave secoua la tête, misérable, incapable de répondre.

– Regarde ces points! Je ne donnerais pas ça à une paysanne, sans parler de la Valide!

– Je suis... désolée, sanglota Meylissa.

– Qu'est-ce que tu as? Tu deviens impossible, ces temps-ci!

Pour souligner son jugement, la Kiaya frappa la jeune fille sur l'oreille et, encouragée par ses cris, recommença.

Malgré son mépris pour la passivité de Meylissa, Hürrem vit dans la scène une occasion d'affronter la Kiaya. Elle se leva de son banc, ramassa la broderie.

– Ce n'est pas si mal, dit-elle. Je peux facilement arranger ça.

La Maîtresse de la Garde-Robe se retourna.

– Ah! la petite effrontée! Il faut toujours que tu interviennes quand tu vois voler les gifles, n'est-ce pas?

– Laisse-la. Elle ne se sent pas bien.

– Nous devrions peut-être l'envoyer chez le médecin. Et puisque tu couds si bien, tu feras son travail en plus du tien!

Hürrem lui jeta le morceau de tissu à la figure.

– Fais-le toi-même, vieille sorcière!

La Kiaya la frappa violemment. Hürrem recula d'un pas, sa main jaillit tel un serpent dérangé dans son sommeil. Le bruit de la gifle fut suivi d'un grand silence, comme si l'on avait tiré à l'arquebuse dans la petite pièce.

Stupéfaite, la Kiaya chancela, puis, lentement, son visage se fendit d'un sourire.

– Pour cela, tu auras la bastonnade, fit-elle à voix basse. Le Kapi Agha t'arrachera la peau de la plante des pieds à coups de fouet. C'est le printemps. Avec de la chance, tu recommenceras à marcher en hiver. Je t'apprendrai à lever la main sur moi!

Deux gardes noirs apparurent sur le pas de la porte et le visage de la Kiaya prit une expression triomphante. Mais avant qu'elle pût parler, l'un d'eux s'avança, saisit Hürrem par le bras.

– Suis-moi, dit-il d'une voix curieusement aiguë. Emporte tes affaires.

Elle hésita, abasourdie par ce qu'elle venait de faire, par l'apparition des gardes. Elle prit ses aiguilles, son petit sac de poudre d'émeri et le carré de soie verte dont elle faisait un mouchoir.

– Où l'emmenez-vous? demanda la Kiaya.

– Le Kapi Agha nous a donné des ordres, répondit l'homme, qui tira Hürrem vers la porte.

– Elle doit recevoir la bastonnade! glapit la maîtresse, avec plus de stupeur que de conviction.

Hürrem laissa les gardes l'entraîner dans le couloir. Les mots « Kapi Agha » l'avaient rassurée. Il n'y aurait pas de bastonnade. Elle sentit tout de suite qu'elle allait connaître les minutes les plus cruciales de sa vie.

9

La cour était pavée de pierres en forme d'amandes, cernée par les hauts murs sombres du palais, rafraîchie par une fontaine de marbre. Des fenêtres la surplombaient des quatre côtés, donnant à Hürrem l'impression que des yeux l'observaient de partout.

Elle se rendit soudain compte de l'endroit où elle se trouvait. C'était la cour de la Valide Sultane ; c'étaient ses appartements. Les gardes la conduisirent en son centre puis la relâchèrent.

– Le Kapi Agha dit que tu dois attendre ici, fit l'un d'eux. Et chante, surtout.

– Pourquoi ? Que se passe-t-il ?

Mais ayant exécuté les ordres, les deux Noirs s'éloignèrent rapidement, faisant tinter dans leur fourreau le yatagan à lame courbe accroché à leur ceinture.

La Tartare attendit de longues minutes sans que personne ne vienne. Haussant les épaules, elle finit par aller s'asseoir au frais, à l'ombre de la fontaine où l'eau coulait avec un murmure apaisant. Les jambes croisées sous elle, à la manière osmanli, elle reprit sa broderie en fredonnant une chanson d'amour que sa mère lui avait apprise. C'était l'histoire d'un garçon pris sous son cheval tombé dans la neige. Mourant lentement sur la steppe, il confiait au vent son amour pour une fille à qui il n'avait jamais eu le courage de se déclarer. Au bout d'un moment, elle fut si absorbée par son ouvrage qu'elle ne remarqua la mince silhouette au turban blanc que lorsque son ombre tomba sur elle.

– Le silence est la première loi du harem.

Surprise, elle leva les yeux mais l'homme tournait le dos au soleil et elle dut placer une main en visière au-dessus de ses yeux. Il ne parlait pas comme un eunuque, il n'avait pas la peau noire. Il n'y avait qu'un seul autre homme qui pût circuler librement en ce lieu. Furieuse d'être prise au dépourvu, elle s'entendit répliquer :

– Alors, il faudrait couper la langue aux rossignols. Et s'occuper aussi des abeilles. En cette saison, leur bourdonnement incessant a de quoi rendre fou.

Il parut étonné lui aussi par la réponse, et ils se dévisagèrent un moment. Hürrem se rappela subitement qu'elle aurait dû avant toute chose toucher le sol du front pour marquer son obéissance. Elle posa sa broderie, s'inclina vers la pierre chaude en songeant qu'il était probablement déjà trop tard. Lorsqu'elle releva la tête, elle remarqua pour la première fois la présence, à côté de Soliman, du Kislar Aghasi. Le visage étoilé de gouttes du sueur, le chef des eunuques noirs s'éventait avec un mouchoir de soie et semblait sur le point de s'évanouir.

– Sais-tu qui je suis? demanda le sultan.

– Oui, seigneur. Bien que j'aie été un peu lente à le comprendre.

Clignant des yeux, elle vit un éclair de dents blanches. Peut-être souriait-il.

– Qu'est-ce que tu chantais?

– Une chanson d'amour que je tiens de ma mère. L'histoire d'un garçon assez stupide pour laisser son cheval lui tomber dessus.

– Et il chante à son cheval?

Grand Dieu, il se moquait d'elle!

– Je ne crois pas. Je pense plutôt que le cheval a perdu pour lui une grande partie de son attrait.

Elle l'entendit rire. Dans le silence qui suivit, elle sentit son regard sur elle.

– Quel est ton nom?

– Hürrem, seigneur.

– Hürrem? La Joyeuse? Qui t'a appelée ainsi?

– Les hommes qui m'ont conduite ici. Parce qu'ils n'arrivaient pas à prononcer mon vrai nom. Je les soupçonne d'ailleurs de n'être pas assez intelligents non plus pour prononcer le leur.

Il s'esclaffa de nouveau.

– D'où es-tu, Hürrem?

Elle le regarda en plissant les yeux. Le moment sur lequel elle avait tant misé était arrivé, et tout ce qui lui venait à l'esprit, c'était qu'elle avait mal aux genoux. Combien de temps la laisserait-il assise sur ces pierres?

– Je suis une Tartare, répondit-elle.

– Tous les Tartares ont des cheveux de cette couleur étonnante?

– Non, seigneur. J'étais la seule de la tribu à en être affligée.

– Affligée? C'est magnifique. (Elle sentit qu'il prenait une de ses mèches et la roulait entre ses doigts, comme pour éprouver la qualité d'un tissu.) On dirait de l'or poli. N'est-ce pas, Ali?

Le Kislar Aghasi acquiesça en marmonnant. Hypocrite! pensa-t-elle. Tu ne m'as adressé la parole qu'une seule fois, et pour me traiter de carotte mal nourrie.

– Lève-toi, Hürrem.

Elle fit ce qu'il lui demandait en s'efforçant de détourner les yeux, comme on le lui avait enseigné, mais la curiosité fut la plus forte. Voilà donc le Seigneur de la Vie, le Possesseur du Cou des Hommes, le Maître des Sept Mondes! Il était beau, mais sans plus. Une ombre de barbe donnait une certaine majesté à son visage au long nez aquilin. Un visage de tyran, peut-être, mais pour l'instant, l'amusement conférait aux lèvres et aux yeux gris un peu de douceur.

Elle sentit qu'il l'examinait en détail, ainsi que l'avaient fait ses *sipahis* le jour où son père l'avait vendue. Comme il ne paraissait pas mécontent de ce qu'il voyait, elle fut déroutée par la façon dont il soupira quand il eut terminé son inspection.

– Qu'es-tu en train de broder? voulut-il savoir.

– Un mouchoir, seigneur.

Qu'est-ce qu'il croyait que c'était?

– Montre-le-moi. (Elle le lui tendit.) De la belle ouvrage. Tes mains sont habiles. Puis-je l'avoir?

– Je n'ai pas fini...

– Finis-le pour ce soir, dit-il, le posant délicatement sur l'épaule de Hürrem.

Elle vit le vieux Kislar Aghasi écarquiller les yeux de stupéfaction. Placer un mouchoir sur l'épaule d'une fille signifiait qu'elle était à présent gözdé, que le sultan désirait coucher avec elle. Aucune femme du harem n'avait eu la faveur du monarque depuis son accession au trône.

Soliman se retourna et partit sans ajouter un mot. Le Kislar Aghasi parut sur le point d'exploser puis recouvra son calme et se précipita derrière le padichah afin de remplir ses devoirs.

Hürrem les regarda s'éloigner, trop ébahie pour bouger, le corps entier frissonnant de triomphe et d'excitation.

Gözdé!

10

Topkapi Saraya

Le croissant de lune semblait trembler dans le ciel nocturne. Ils avaient dîné de homards et d'esturgeons pêchés le matin même dans le Bosphore, suivis de sorbets à la violette et au miel. Ils avaient agrémenté le repas d'une bouteille de vin de Chypre, bien que ce fût interdit par le Coran.

C'était une transgression minime mais qui procurait à Soliman une certaine satisfaction car, de mille autres façons, chaque heure de sa vie était gouvernée par l'étiquette. Le matin, à son lever, il faisait aussitôt l'objet des soins du Rogneur des Ongles, qui s'occupait de ses mains, et du Maître Barbier, qui lui rasait la tête. Tandis que le Maître de la Garde-Robe préparait les vêtements du jour, chaque article parfumé au bois d'aloès, le Maître des Turbans enroulait des aunes de lin blanc autour de son fez.

Du samedi au mardi, il se levait à l'aube pour assister au Divan. Le vendredi, il se rendait à Aya Sofia pour la prière, en procession avec ses vizirs, ses astronomes, son Grand Veneur, le Gardien des Rossignols, le Maître des Clefs, le Maître de l'Étrier, etc., escorté de quatre mille janissaires et sipahis de la Porte.

L'après-midi, la coutume voulait qu'il fît une brève sieste, allongé sur deux matelas, l'un de brocart d'or, l'autre d'argent. A tout moment, il était entouré de cinq gardes, eunuques sourds-muets armés de yatagans. Même quand il dormait, il n'était pas seul.

Toute son existence était soumise aux exigences de

l'État. C'est pourquoi, dans les limites de ses devoirs, les petites rébellions revêtaient pour lui tant d'importance.

Ibrahim, par exemple. Ils étaient devenus inséparables. Pendant le siège de Rhodes, ils avaient couché dans la même tente, chacun portant les vêtements de l'autre. Soliman savait qu'il avait choqué la Cour en faisant une telle faveur à un esclave. Mais pour lui, Ibrahim était bien plus qu'un esclave. Il était son confident, son conseiller. Si quelqu'un l'aidait à porter son fardeau, ce n'était ni Gülbehar ni Hafise, ni même le grand vizir. C'était lui.

Assis en tailleur sous la fenêtre, Ibrahim jouait de sa viole. Ils s'étaient accoutumés à manger ensemble presque tous les soirs au palais et, souvent, quand l'heure avançait et qu'ils avaient un peu trop goûté le vin de Chypre, les pages de Soliman étendaient par terre deux matelas pris dans l'alcôve et Ibrahim dormait là aussi.

Il était né à Parga, sur la côte ouest de la Grèce, d'un père pêcheur. Un jour, des Turcs avaient pillé son village et emmené le jeune garçon comme butin. Ils l'avaient conduit au marché aux esclaves d'Istanbul où il avait été acheté par une veuve de Manisa. Elle l'avait élevé en musulman et, découvrant qu'il avait un don pour la musique et les langues, avait veillé à ce qu'il reçoive une bonne éducation. Il parlait couramment le perse, le turc, le grec et l'italien. Plus tard, elle l'avait vendu avec profit à l'intendant de Soliman quand celui-ci était venu à Manisa pour gouverner la province de Kaffa.

L'esclave était vite devenu le compagnon inséparable de Soliman. Il avait le même âge que le prince, le *shahzade*, mais était de stature plus courte, et de nature moins introspective. De fait, Soliman avait parfois l'impression que le jeune homme allait éclater sous l'effet de l'énergie contenue dans un corps aussi trapu.

Quand le prince devint sultan en 1520, il emmena Ibrahim avec lui à la Porte et en fit son *hasoda-bashi*, l'intendant de sa maison. Avec le temps, il prit l'habitude de se ranger à son avis plus souvent qu'à celui du vieux Piri Pacha, son grand vizir ; après Rhodes, il le remercia de ses bons conseils en le nommant vizir. Qu'un esclave chrétien pût s'élever par son mérite pour devenir un personnage éminent dans le plus grand empire islamique que le monde eût connu était en soi représentatif de la nature égalitaire du système ottoman. Qu'avait donc dit le

Fatih? tentait de se remémorer Soliman. « *Notre empire est la maison de l'Islam... De père en fils, sa lampe brûle grâce à l'huile puisée dans le cœur des infidèles.* »

– Je te vois bien solennel, seigneur, fit observer le vizir.

Le padichah soupira.

– As-tu jamais des regrets, Ibrahim?

– Non, bien sûr. Que peut-on regretter?

– Ne souhaites-tu parfois être quelqu'un d'autre? T'es-tu jamais demandé ce qu'il serait advenu de toi si les pirates n'avaient pas fondu sur ton village?

– Je le sais : je mangerais du poisson matin et soir et j'en pêcherais toute la journée. Au lieu de cela, je dors dans un palais, je bois du vin de Chypre, et j'ai la faveur du plus grand empereur de la terre.

– Ta vie aurait été plus simple.

– Mais sans valeur.

Soliman remarqua à nouveau cette expression irritée sur le visage d'Ibrahim. Il pense que je réfléchis trop. Il a peut-être raison.

– Tu aimes cette vie, n'est-ce pas? La guerre, les interminables discussions du Divan...

Le visage du vizir s'anima.

– Nous sommes au centre du monde, seigneur. Nous écrivons l'histoire.

– Nous servons l'Islam.

– Certes, seigneur, parfois je l'oublie, dit Ibrahim, qui reporta son attention sur sa viole. Nous sommes les plus grands serviteurs de l'Islam.

Menteur, pensa Soliman. Tu fais tout cela parce que tu aimes le faire. C'est peut-être pourquoi je t'estime et t'envie tellement. Je voudrais te ressembler davantage.

– Je pense quelquefois que tu aurais dû être le sultan, et moi le fils d'un pêcheur grec. Nous serions peut-être plus heureux ainsi.

Il se leva, chassa la fatigue de son visage en le frottant de ses paumes.

– Dormirons-nous, maintenant, seigneur?

– Tu peux dormir, Ibrahim. Ta vie n'est pas aussi compliquée que la mienne. Il me reste un devoir à remplir.

Hürrem avait d'abord été conduite à la Gardienne des Bains pour être lavée et massée. On avait peint ses ongles, parfumé ses cheveux au jasmin, enduit sa peau d'une pommade au henné pour l'empêcher de transpirer, assombri ses yeux au khôl.

On l'avait ensuite ramenée à la Maîtresse de la Garde-Robe, qui l'avait vêtue d'une chemise rose et d'un long caftan de velours violet. La Maîtresse des Joyaux l'avait parée d'un collier de diamants lourd comme un anneau de fer, de bagues et de bracelets d'argent, de colliers de grosses perles du golfe Arabique tressés dans ses cheveux, et de boucles d'oreilles en rubis pendant jusqu'aux épaules. Elle lui avait aussi recommandé de veiller à tout lui rendre le lendemain matin.

Une des géditchis tendit un miroir à Hürrem pour qu'elle y examine son reflet.

– Je suis hideuse, déclara la nouvelle gözdé.

Les mains sur les hanches, la Kiaya de la garde-robe contemplait son travail.

– C'est ainsi, dit-elle.

– C'est ainsi qu'on fait s'écrouler de rire un homme.

– Ingrate petite effrontée, rétorqua la maîtresse. Ne comprends-tu pas le grand honneur qui t'est fait? Souviens-toi, j'ai connu le même, alors ne te crois pas devenue toute-puissante. Tu pourrais finir un jour Maîtresse de la Garde-Robe, et rien de plus!

– Si tu t'étais habillée comme ça pour le sultan, tu as eu de la chance qu'il n'ait pas fait de toi la Kiaya des latrines royales!

La vieille femme laissa échapper un sifflement outragé et fit sortir les deux géditchis.

– Écoute, dit-elle à Hürrem. Quoique tu ne m'aies jamais traitée aussi bien que tu l'aurais pu, je suis disposée à t'aider. C'est une chance qui ne se présente qu'une fois dans une vie! Je sais comment cela se passe, j'ai été gözdé, autrefois, du temps de Bajazet. Laisse-moi t'expliquer ce que tu dois faire pour plaire au sultan...

– Je n'ai pas besoin des conseils d'une ratée. Je sais! Je dois me faire engrosser, voilà!

Et Hürrem quitta la pièce avec une expression hautaine.

11

Il y avait deux gardes, ceux-là même qui l'avaient conduite dans la cour quelques heures plus tôt. Ils lui firent emprunter un labyrinthe de galeries sinistres et froides, descendre un escalier étroit. Son peignoir de brocart et les manches amples de son caftan de soie ne cessaient de se prendre dans les échardes du bois. Finalement, elle sentit une bouffée d'air froid sur sa joue; les gardes lui firent franchir une lourde porte de fer et la poussèrent à l'intérieur d'une voiture. Elle huma une odeur de cheval, de cuir moisi, et une main douce, potelée, l'aida à monter.

La voiture partit avec un soubresaut dans un claquement de sabots. Quand ses yeux eurent accommodé, Hürrem découvrit la forme massive du Kislar Aghasi assis en face d'elle.

– Où allons-nous? demanda-t-elle.

– Chez le sultan, répondit le chef des eunuques noirs. Il t'attend au Topkapi Saraya.

Quand elle voulut écarter l'un des rideaux pour regarder dehors, il arrêta son geste.

– Est-ce loin?

– Pas très, dit le vieil eunuque, dont les yeux la fixaient, immenses et blancs dans la nuit. Le Kapi Agha a arrangé cela pour toi.

C'était une affirmation, pas une question.

– Pourquoi ferait-il une pareille chose?

– Je me le suis aussi demandé.

Dans l'obscurité de la voiture, elle ne pouvait distinguer ses traits et avait l'impression étrange de converser avec une paire d'yeux.

– Et quelle réponse as-tu trouvée? fit Hürrem.

– Aucune. Je n'ai pas non plus d'explication sur son extrême pâleur. Il a l'air d'un homme qui attend son exécution. Peut-être est-il juste un peu souffrant.

– Peut-être.

– Ne te méprends pas. Si le Kapi Agha devait tomber en disgrâce, je ne verserais pas trop de larmes. Souviens-t'en.

– Je m'en souviendrai.

Peu après l'attelage s'arrêta, la portière s'ouvrit. Hürrem regarda vivement autour d'elle en descendant. C'était donc là Topkapi! La grande tour du Divan se dressait au-dessus d'elle dans la nuit trouée çà et là par des torches jetant leur lumière à travers les branches basses des platanes.

Deux hallebardiers au casque orné d'un lourd panache tressé lui firent passer une grande porte cloutée de fer et traverser une cour pavée pour pénétrer au cœur du sérail; le Kislar Aghasi peinait derrière eux, la respiration sifflante. Hürrem fut frappée par l'impression d'ordre et d'espace que donnait l'édifice après les recoins sombres de l'Eski Saraya.

Ils parvinrent aux deux portes de bois incrustées de nacre et d'écaille menant aux appartements privés du sultan. Deux de ses gardes du corps personnels, les *solaks*, montaient la garde de part et d'autre de l'entrée, yatagan au poing.

Hürrem prit sa respiration. C'était le moment pour lequel elle avait tant intrigué. Inutile d'être nerveuse, se dit-elle. Pas besoin de le séduire, reçois juste sa semence et laisse-la mûrir en toi.

Le Kislar Aghasi ouvrit les portes, la poussa à l'intérieur.

Hürrem regardait autour d'elle avec une crainte mêlée de respect. Les murs de la chambre étaient décorés de carreaux de faïence d'Iznik bleus, orange et verts composant de riches motifs de fleurs et de fruits. Le plafond s'élevait vers un grand dôme; dessous, suspendues à de longues chaînes dorées, des cassolettes d'encens étincelaient de turquoises et de rubis. La haute pyramide de bronze d'une cheminée dominait un des murs, où des lampes à huile luisaient dans des niches.

Le lit, plate-forme surélevée occupant un coin de la pièce, était surmonté d'un dais de brocart de Bursa vert et or soutenu par des colonnes d'argent cannelées. Les couvertures et les coussins étaient de velours écarlate brodé de perles. Aux quatre coins brûlaient des bougies dans des chandeliers de platine.

Assis sur un sofa de velours chatoyant, Soliman portait une robe de chambre vert pomme, un turban de soie blanche avec un fermoir orné de plumes de héron et une émeraude grosse comme un poing d'enfant scintillant dans ses plis. Un bras mollement posé sur le dossier, il avait l'air de s'ennuyer un peu.

Hürrem entendit la porte se refermer doucement derrière elle quand le Kislar Aghasi sortit à pas feutrés. Ils étaient seuls. Il la détailla longuement en silence, et elle crut presque l'entendre penser : « Que t'a-t-on fait ? »

Elle retint le sanglot de désespoir qui montait dans sa gorge. Elle aurait dû se fier à son propre jugement au lieu de laisser la Kiaya l'humilier une fois de plus.

D'un geste vif, elle ôta son peignoir de brocart, qui tomba par terre, défit les boutons du caftan et le passa par-dessus sa tête. Elle arracha le collier de diamants, le jeta sur la robe de chambre avec les boucles d'oreilles. Enfin, elle détacha les perles de ses tresses et secoua la tête pour libérer sa chevelure.

En chemise et pantalon de harem, elle désigna les atours empilés à ses pieds.

– La Maîtresse de la Garde-Robe les avait choisis pour moi, expliqua-t-elle. Elle est devenue à moitié aveugle, bien sûr.

Le sultan n'avait pas bougé. Pourquoi ne dit-il rien, ne fait-il rien ? se demanda-t-elle. Soudain, elle se rendit compte que l'embarras de Soliman était aussi grand que le sien. Elle devait le tirer de sa torpeur et ne connaissait qu'un moyen pour cela. Tombant à genoux, elle se voila la face et se mit à pleurer.

– Qu'as-tu ?

– Seigneur de ma Vie, pourquoi m'avoir choisie ? Il y a tant de jolies filles dans le harem. Je ne suis pas assez bonne pour toi. Je n'entends rien à l'amour ni aux hommes.

Elle l'entendit se lever, s'approcher, résista à l'envie d'épier son expression. Il lui toucha l'épaule en disant :

– Je t'en prie, relève-toi.
– J'ai trop honte. Tu me trouves laide.
– Je te trouve... charmante. Mais quand tu es entrée... Tu as raison, la Kiaya doit être à moitié aveugle.

Elle chercha sa main à tâtons, le laissa l'aider à se mettre debout et chercha sur son visage un indice de ce qu'il pensait.

– Je n'ai pas voulu cela, murmura-t-elle. Je suis effrayée.

C'est au moins à demi vrai, se dit-elle. Je suis vraiment effrayée.

– N'importe quelle femme du harem prendrait volontiers ta place, je crois, répondit le sultan.

Il avait l'air amusé, intrigué, même. Fort bien.

– Je la leur cède. Elles sont toutes beaucoup plus belles que moi.

– Viens.

Il la conduisit au divan, la fit asseoir à côté de lui, sans lâcher sa main.

– Je te trouve tout à fait exceptionnelle, déclara-t-il, et ses doigts jouèrent avec une mèche de ses cheveux roux.

Elle inclina la tête pour emprisonner la main de Soliman entre sa joue et son épaule.

– Que dois-je faire ? chuchota-t-elle.

D'un ton hésitant, il répondit :

– Il n'y a pas... d'étiquette, pour ceci.

Se penchant en avant, il prit le visage de Hürrem entre ses mains, avec timidité, presque, l'approcha du sien, lentement, et l'embrassa. Elle sentit l'odeur sure du vin. J'ai découvert ton premier secret ! pensa-t-elle.

Les mains du sultan descendirent sur ses épaules. Avec une ardeur soudaine, il l'attira vers lui, pressa rudement son visage contre le sien. Elle sentit les poils durs de sa barbe lui piquer la bouche, la joue. A moi de jouer, se dit-elle.

Quand elle poussa un grognement, ses doigts resserrèrent leur étreinte sur ses épaules, meurtrissant sa chair. Oui, tu aimes ça, n'est-ce pas ? pensa-t-elle. Comme elle le soupçonnait, le Seigneur des Seigneurs de ce Monde désirait qu'on lui prouve qu'il était effectivement plus grand que les autres hommes. Voici donc l'Ombre de Dieu sur la Terre. Cette nuit, je ferai tout pour lui faire croire qu'il l'est vraiment.

Il la renversa sur le sofa, tira sur les boutons de nacre de la chemise. Elle s'abandonna à lui, les lèvres entrouvertes, les yeux mi-clos, et murmura doucement, comme si l'amour d'un homme pouvait lui donner du plaisir.

Il faisait encore nuit lorsqu'elle le tira de son sommeil.

– Je t'en prie, recommence, souffla-t-elle. Cela ne m'arrivera peut-être plus jamais. Je t'en prie, juste une fois. C'est tellement merveilleux avec toi.

Pour Soliman, c'était une découverte : une femme qui prenait à l'amour autant de plaisir qu'un homme! Elle devait être hétaïre par la naissance à défaut de l'être par son état, mais qu'importe. C'était une affaire qu'il ne porterait pas devant les *ulémas* [1]. Selon eux, l'âme était moins élevée chez la femme que chez l'homme, plus semblable à celle d'un chien ou d'un chat. Il n'en faudrait pas moins assurer son salut le moment venu.

Mais pas encore.

Pas encore.

1. Les docteurs de la loi musulmane. *(N.d.T.)*

12

Eski Saraya

En sa qualité d'iqbal, Hürrem avait droit à une pension de deux cents aspres, à des appartements personnels, ainsi qu'à assez d'organdi, de soie, de taffetas et de satin pour que la Kiaya lui fasse une garde-robe complète. Elle avait même ses propres bains de marbre, avec des fontaines d'où tombait en cascades une eau de rose parfumée. Sur la terrasse, des rossignols chantaient dans des cages en cèdre.

Comme on lui permettait aussi d'avoir sa propre géditchi, Hürrem demanda à voir Muomi. La jeune négresse ne parut ni ravie ni surprise que la Tartare l'eût fait mander. Elle s'avança sur la terrasse, traînant ses grands pieds écartés, affectant une indifférence boudeuse. Assise en tailleur sur le divan, Hürrem la considéra avant d'interroger :

– Es-tu contente de travailler au hammam?

Muomi répondit d'un haussement d'épaules.

– En tant qu'iqbal, poursuivit Hürrem, je peux choisir une servante. Le travail serait beaucoup moins pénible ici pour toi.

La Noire haussa à nouveau les épaules.

Hürrem se leva, s'approcha lentement d'elle jusqu'à ce que leurs deux visages se touchent presque.

– Je veux que tu m'aides. Dis-moi ce que tu désires en échange.

La masseuse renifla comme si une odeur fétide offensait ses narines.

– Quand j'ai eu sept ans, le sorcier de notre tribu est venu dans notre case. Il a écarté mes cuisses, il a frotté l'intérieur de ma fente avec des orties. C'était pour la faire gonfler. Le lendemain, il est revenu, il m'a lavé entre les jambes avec du beurre et du miel, il a coupé tout ce qui donne du plaisir à une femme puis il a cautérisé la blessure au fer rouge. Ma mère feignait de pleurer de joie pour couvrir mes cris. Lorsque je me suis mariée, mon époux m'a ouverte avec un couteau pour me prendre, et il m'a recousue jusqu'à la fois suivante. Il a fait de même quand le bébé est venu. Puis on m'a vendue aux marchands, mon enfant et moi, mais comme c'était un garçon, on m'en a séparée. Je ne sais s'il est mort ou vivant. S'il est en vie, on le castrera comme on m'a mutilée. Maintenant, quoi qu'il arrive, je passerai le reste de ma vie dans ce palais, comme esclave. La tienne ou celle d'une autre femme. Alors dis-moi : que pourrais-tu bien m'offrir ?

Hürrem la fixa longuement.

– La vengeance, finit-elle par répondre.

L'Okmeydan, le Champ des Flèches, descendait vers les eaux sombres de la Corne d'Or à travers des plantations de platanes et de buissons de roses. C'était presque l'été, saison où le tambour battait dans la cour des janissaires, où le Grand Turc repartait d'Istanbul pour guerroyer sur les Terres de la Guerre.

Cette année, il n'y aurait pas de guerre et Soliman transporterait bientôt la Cour à Andrinople pour la chasse. Lui et Ibrahim allaient régulièrement s'exercer au *meydan* [1], où le vizir avait fait placer le long des pentes des statues rapportées de Belgrade. L'idée de prendre pour cible des dieux grecs semblait l'amuser pour une raison quelconque.

Il bondissait dans l'herbe comme un enfant, courait ramasser les flèches qui avaient manqué leur but, poussait un cri ravi quand le trait l'atteignait et se brisait sur sa victime de marbre. Au bout d'un moment, les deux hommes se reposèrent à l'ombre d'un figuier où des pages leur apportèrent des olives, du fromage et des sorbets.

1. *Meydan :* place publique, marché. *(N.d.T.)*

– Si seulement ces statues avaient été Charles ou Ferdinand, je leur aurais percé mille fois le cœur!

– Tu es excellent archer, Ibrahim. Si j'étais un sanglier, je m'enfuirais déjà vers la Russie.

– Ton œil est bon aussi, seigneur, mentit le vizir.

– Non, non. J'ai l'esprit à d'autres choses, aujourd'hui.

Ibrahim vida son gobelet d'argent, le tint à bout de bras et, affectant une grande concentration, cracha dedans un noyau d'olive. Il eut un sourire satisfait.

– Tu es comme un enfant, parfois, fit observer le sultan.

– Mais cela t'amuse?

Soliman sourit.

– Tu m'amuses toujours.

– Alors qu'est-ce qui chagrine mon seigneur?

Le monarque soupira. Avec Ibrahim, il pouvait toujours parler librement.

– Quand nous sommes venus de Manisa, tu as établi ton propre harem?

– Pas aussi grand que le tien, seigneur.

– Mais tu as une favorite?

– Bien sûr. Quand je suis avec une femme, elle est ma favorite.

Ce n'était pas la réponse que Soliman espérait. Comment expliquer son problème à quelqu'un comme Ibrahim? Depuis qu'il avait couché avec Hürrem, il ne pouvait chasser son image de son esprit. Mais il avait des devoirs envers la lignée osmanli, non envers lui-même. La nuit suivante, il avait choisi une autre fille du harem. C'était une Géorgienne minaudière, souriante, aux étonnants yeux noirs et profonds – des yeux qui devaient occuper tout son crâne, soupçonna-t-il, tant elle semblait stupide dès qu'elle ouvrait la bouche. Quand il l'avait menée à sa couche, elle s'était étendue docilement et avait gémi une seule fois, lorsqu'il l'avait pénétrée – un cri de douleur, pas de plaisir.

Elle était d'une beauté irréprochable mais cela ne suffisait pas. Pas pour lui, en tout cas.

Et Gülbehar? Sa favorite depuis près de dix ans était une fille timide de quinze ans la première fois qu'il l'avait prise. Elle était vierge, lui aussi. Jusqu'à ce qu'il connaisse Hürrem, il avait cru qu'elle satisfaisait toutes ses envies, mais à présent...

La nuit avec la Tartare lui avait laissé une impression de contradiction profonde, comme si son âme s'était scindée, et que les deux parties de lui-même se faisaient la guerre. Un Soliman voulait faire venir à nouveau Hürrem, libérer son esprit du souvenir et du parfum de cette fille par la répétition. L'autre avait peur.

Ce n'était pas bon pour une femme de prendre autant de plaisir avec un homme. Son âme était souillée par les péchés de Rachel. S'il l'encourageait dans son vice, n'était-il pas souillé, lui aussi ? Et Gülbehar ? Il sentit la première morsure d'un sentiment qu'il n'eût jamais cru éprouver au sujet d'une femme.

La culpabilité.

– Les femmes ont-elles une âme, Ibrahim ?

– Est-ce que cela a de l'importance, seigneur ?

Le sultan ne répondit pas. Pour la première fois, il décida qu'Ibrahim ne pouvait l'aider. C'était un fin diplomate, un ministre avisé, mais, en matière de femmes, un barbare comme les Musulmans qu'il méprisait en secret.

Ibrahim se pencha vers le padichah et cessa de sourire.

– C'est Gülbehar qui te tourmente, ô mon roi ?

– Non, c'est une autre.

Le vizir haussa un sourcil.

– Puis-je demander son nom ?

– Elle s'appelle Hürrem.

– Hürrem ?

Une autre femme dans le lit du sultan ? Bien sûr, Soliman avait connu d'autres femmes que Gülbehar, et Ibrahim l'avait souvent encouragé à faire un usage plus fréquent de son harem. Alors pourquoi cette mine troublée ? Ce n'est rien, se dit Ibrahim. Soliman sombre souvent sans raison dans ces humeurs étranges.

Il cracha un autre noyau vers le gobelet mais cette fois manqua nettement sa cible.

13

Meylissa avait le visage émacié, les yeux enfoncés par la peur. Dans la vapeur laiteuse du hammam, sa tête flottait à la surface ondulante du bain, comme séparée du corps, comme quelque terrible goule accusant Hürrem du regard. Les yeux suivirent la Tartare jusqu'au bord du bassin où elle s'arrêta pour laisser Muomi ôter sa chemise de gaze et entra nue dans l'eau.

La tête flotta vers elle.

– Tu as l'air malade, murmura Hürrem.

– Je vomis tous les matins. La Kiaya veut m'envoyer chez le médecin.

– Refuse.

– Tu me crois idiote ? Chaque jour ma taille épaissit. Je ne pourrai pas toujours prétendre que c'est à cause des ris d'agneau. Tu avais promis de m'aider !

– Pourquoi crois-tu que je suis ici ?

Les yeux marron de Meylissa prirent un éclat rageur.

– J'oubliais : tu as ton propre hammam, maintenant. Le sultan te rend visite tous les soirs ?

– Je t'aiderai.

La peur la rendit venimeuse.

– Comment ? Tu plaideras ma cause auprès du sultan ? Tu es gözdé, pas Valide. Pas encore, Hürrem.

– Il y a un meilleur moyen.

– Lequel ?

– Muomi.

Meylissa porta son regard sur l'esclave noire.

– Ta géditchi ?

– Elle est sorcière, fit Hürrem à voix basse.

– Balivernes, marmonna Meylissa, mais sans beaucoup de conviction.

– Elle te préparera une potion. Pour avorter.

Hürrem vit la lèvre inférieure de Meylissa se mettre à trembler.

– Courage, Meylissa, murmura-t-elle.

– C'est trop tard...

Elle la saisit par le bras.

– Ne sois pas pleutre! Bien sûr que non, il n'est pas trop tard. Tu crois que c'est plus facile pour moi? Si je suis découverte, on me tuera moi aussi!

Meylissa hocha la tête – toute rage l'avait quittée.

– Quand?

– Je t'enverrai Muomi demain. N'en parle à personne, surtout.

– Ne crains rien.

Hürrem lui lâcha le bras en assurant :

– Tout ira bien.

Meylissa disparut dans les vapeurs du bain; Hürrem l'entendit sortir de l'eau, vit sa silhouette se dessiner devant le mur. Dieu du Ciel, qu'elle devenait grosse! Elle n'aurait bientôt plus de taille.

Mais avant cela, elle n'aurait plus aucune raison de se tourmenter.

Gülbehar était étendue nue à côté de Soliman. Il posa son regard sur elle et sentit croître son excitation. Non seulement elle était belle mais il aimait la familiarité de sa beauté. Ce protocole que je hais a peut-être fait de moi sa créature en me coulant dans son moule, pensa-t-il. J'aime à l'excès l'ordre, la répétition.

Il toucha ses seins, presque avec respect, suivit le passage d'une veine sous la peau blanche, du mamelon vers l'épaule. Il regarda le téton durcir et s'ériger, autre petit miracle de la chair.

Elle sourit de plaisir.

Il sentit le doute le troubler de nouveau. Elle aime ça parce que cela me plaît, et c'est bien. Hürrem, elle, y prend également plaisir, et c'est mal. Pourquoi, alors, faut-il que je me sente aussi vide?

Il contempla le corps de sa favorite, les muscles d'ivoire de son ventre et de ses cuisses, l'émoustillant triangle vermillon là où elle teignait son pubis au henné, comme le voulait la coutume. Elle écarta les jambes, prête à l'accueillir.

Soliman s'allongea sur elle, commença à la pénétrer. Gülbehar se mordit la lèvre, grimaça de douleur puis sourit à nouveau pour le rassurer. Il s'enfonça, scrutant le visage de la jeune femme pour deviner ce qu'elle ressentait.

Elle tient tellement à me satisfaire. Jamais elle n'a demandé autre chose qu'assouvir tous mes appétits. Il ferma les yeux et l'image du visage de Gülbehar disparut, comme s'il avait jeté une pierre dans un bassin d'eau claire. A sa place, il vit Hürrem, la tête renversée sur l'oreiller, la bouche ouverte en un cri silencieux, le corps arqué sous lui comme en proie à quelque tourment, sa crinière d'un roux doré répandue autour de sa tête.

Il eut un bref orgasme, poussa un grognement, sentit les bras de Gülbehar l'enlacer et le serrer contre elle. Encore haletant, il ouvrit les yeux, la regarda. Elle souriait toujours.

– C'était bon, seigneur?

– Oui, mentit Soliman. C'était bon.

Son désir était éteint. Que pouvait-il vouloir de plus?

La réponse était simple. Il voulait la Tartare.

Assise sur la terrasse, Hürrem regardait l'aube se lever sur la ville, l'esquille d'argent de la lune se fondre dans le bleu du matin. L'appel du muezzin brisa le cristal du silence. Une autre nuit s'était écoulée sans lui. Une autre nuit qu'il avait passée avec Gülbehar. Une autre nuit l'avait poussée plus loin vers l'exil.

Cela faisait près d'une semaine maintenant, et Soliman ne l'avait toujours pas rappelée. Sa condition était éphémère, on ne pouvait rester à jamais iqbal. Si elle ne devenait pas grosse, si le sultan continuait à la délaisser, elle retournerait à la salle de couture, aux railleries et aux coups de la Kiaya de la Garde-Robe.

Non, elle ne le permettrait pas.

14

Le Kapi Agha avait enduré mille souffrances dans la semaine qui avait suivi sa rencontre avec la Tartare. A chaque instant il attendait dans la terreur l'ordre de se présenter devant le sultan qui serait le signe avant-coureur d'une longue et lente vengeance. Pas une seconde la douleur sourde du remords ne le lâchait. Pas une nuit qui lui offrît le refuge du sommeil, pas un jour où il ne se demandât s'il y avait un moyen de s'échapper. Mais où aurait-il pu être hors d'atteinte des griffes du sultan dans un empire s'étendant sur trois continents?

Le soir était chaud, embaumait; un rossignol lançait ses trilles dans les branches d'un platane. Chant apaisant, chant trompeur, car il n'y avait ici aucune sécurité. Chaque pierre de cet endroit maudit recelait un danger.

Il fit tourner la clef dans la serrure de la vieille porte en fer, l'entrouvrit, se glissa dans le jardin.

Elle était là.

– J'ai fait comme tu le voulais, dit-il.

Hürrem était agenouillée dans l'herbe près de la fontaine de marbre, un Coran enluminé de vert et d'or ouvert devant elle sur un tabouret de bois. Elle portait une chemise de damas vert émeraude, un pantalon de soie blanche si diaphane que le Kapi Agha devinait à travers la couleur et la forme de sa chair.

Il l'aurait trouvée désirable si elle ne l'avait autant terrifié.

Elle se leva, en esquissant un sourire, l'étudia de ses yeux perçants puis reporta son attention sur le Qur'ān. Il n'est pas mal, pensa-t-elle. Des yeux mornes et sauvages d'animal, mais qu'attendre d'autre d'un Serbe? On l'habillait convenablement : pelisse de velours vert, babouches jaunes, turban blanc en pain de sucre. L'ensemble n'était pas déplaisant.

– J'ai fait comme tu le voulais, répéta-t-il.

– Je sais.

– Et maintenant?

– Maintenant?

– A toi de remplir ta part du marché, réclama-t-il.

Elle tourna une page de son livre. Le Kapi Agha s'efforça de maîtriser la fureur montant en lui. Comme ce serait agréable de lui couper la tête, se dit-il. De se débarrasser sur-le-champ de cette petite effrontée. De voir son sang éclabousser la parole de Mahomet et le mur gris. Il pouvait presque l'entendre jaillir en bouillonnant du cou tranché. Si seulement cela avait réglé le problème!

– Quand le sultan retourne-t-il à l'Eski Saraya?

– Notre marché..., rappela-t-il.

– Quand?

– Il part demain pour Andrinople. Il ne reviendra pas avant la chute des feuilles.

Le Kapi Agha eut la satisfaction de la voir blêmir. Fini de sourire. Combien de temps croyais-tu rester gözdé, petite impudente?

– Nous avions un marché.

– Il y a une autre condition encore.

Le chef des gardes fit un pas en avant, les poings serrés.

– J'ai fait ce que tu m'as demandé, siffla-t-il. N'exige plus rien de moi!

Hürrem ne leva même pas les yeux.

– Tant que je garde ton secret, je fais ce qui me plaît.

Il la regarda, impuissant. Oui, je suis redevenu impuissant, pensa-t-il. A cause de cette sorcière.

– Tu avais promis de m'aider, murmura-t-il, répétant sans le savoir les paroles de Meylissa.

La Joyeuse ferma le livre; les lourdes pages émirent un bruit sourd qui résonna dans le petit jardin. Elle se leva, s'approcha de lui. A sa surprise, elle fit courir un ongle le long de son bras, lui prit la main.

– Je t'aiderai. Passé ce soir, tu n'auras plus de problème. Tu ne vivras plus dans la peur.

Elle se rapprocha encore. La bouche soudain sèche, il

sentit la chaleur de son corps, la douceur de sa cuisse contre son bas-ventre, de son souffle sur sa joue.

– Que veux-tu ? bredouilla-t-il, d'une voix qu'il ne reconnut pas.

– Je veux un peu de ta semence, murmura-t-elle.

Meylissa brodait un caftan doré pour le jeune shahzade, Mustapha, et avait porté son ouvrage à la fenêtre pour l'examiner à la lumière déclinante de l'après-midi, lorsqu'elle entendit quelqu'un entrer derrière elle. Tout son corps se raidit. La Kiaya !

– Je t'ai fait peur ? dit Muomi.

– Oh ! c'est toi, fit Meylissa. (Elle se mit à tambouriner des doigts. Les yeux hypnotiques de l'esclave noire l'avaient toujours mise mal à l'aise.) Que veux-tu ?

– J'ai ce qu'il te faut.

La géditchi tendit le bras, posa sur le banc un petit pot bleu et blanc fermé par un bouchon de liège. Meylissa s'en saisit, ôta le bouchon, renifla.

– Ça sent mauvais.

– Avale tout. Cela te rendra malade et tuera le bébé.

Elle remit le bouchon d'une main tremblante.

– Merci.

Muomi lui lança un regard de pitié.

– Je n'y suis pour rien, grommela-t-elle avant de sortir en traînant les pieds.

15

Réveillé par des hurlements de femme, le Kislar Aghasi crut d'abord que c'était juste une des filles criant dans son sommeil : certaines des nouvelles venues avaient parfois des cauchemars, et il les faisait généralement battre le lendemain pour les débarrasser de cette habitude. Au bout d'un moment, il se rendit compte cependant que ce ne pouvait être une femme faisant un mauvais rêve : il avait déjà entendu des cris de ce genre – dans la chambre de torture du bostandji. Le corps soudain couvert d'une sueur froide et collante, il balança les jambes hors de son lit et chercha ses sandales de bois.

La chandelle n'ayant pas beaucoup brûlé, il estima qu'il n'avait pas dormi plus d'une heure. Il prit le bougeoir, sortit précipitamment dans le couloir, son gros ventre tremblant comme de la gelée sous la chemise de nuit.

Les cris provenaient du dortoir de l'étage au-dessus. Il appela deux de ses gardes et se hâta vers l'escalier de bois.

Meylissa se roulait nue sur le sol, griffant le plancher de ses ongles comme si elle cherchait désespérément à échapper à la souffrance qui habitait son corps. Secouée par un spasme, elle se recroquevilla tel un fœtus en vomissant du sang, les lèvres retroussées sur les dents comme un chien pris au piège.

Les autres femmes faisaient cercle autour d'elle, effrayées et fascinées par son agonie. Certaines avaient les jambes éclaboussées de minces filets de sang, et lorsque

Meylissa se tordit de nouveau, elles reculèrent en glapissant comme si elles risquaient d'être contaminées elles aussi par cette horrible chose.

La mourante, qui les fixait à travers les brumes noires de sa douleur, voulut leur crier : « Je ne suis pas malade. C'est du poison! », mais les grincements hideux qui montèrent de sa gorge ne ressemblaient pas à sa voix, ni à quoi que ce fût d'humain. Terrassée à nouveau par la douleur, elle se plia en deux et se remit à hurler.

Elle sentit des mains qui tentaient de la maîtriser et battit furieusement des jambes pour se libérer. Ouvrant les yeux, elle découvrit le visage glabre et effrayé du Kislar Aghasi et, derrière, celui de Hürrem. Elle voulut, du doigt, la vouer à la damnation mais les eunuques lui tenaient les bras. La bouche emplie de sang chaud, elle suffoqua et l'obscurité descendit sur ses yeux comme un rideau.

La Maritza, près d'Andrinople

Les chiens de chasse firent sortir la perdrix de sa cachette dans les buissons de sauge; elle s'élança, battant frénétiquement l'air de ses courtes ailes. Avec un rire d'excitation, Ibrahim leva le gantelet de cuir couvrant son poing gauche. Sentant la proie toute proche, le faucon pèlerin frissonnait.

Le vizir ôta le capuchon de la tête de l'oiseau qui, presque aussitôt, s'éleva.

Ibrahim et Soliman éperonnèrent leurs chevaux pour se lancer à sa poursuite.

Le faucon inclina les ailes et piqua. Après avoir plané sur les courants chauds, aussi léger que l'air, il tombait maintenant du ciel comme une pierre. La perdrix, lente, grasse et lourde, n'avait aucune chance de lui échapper. Le rapace l'atteignit dans une explosion de plumes, ses longues serres s'enfonçant si profondément dans la colonne vertébrale que la perdrix mourut en vol.

Un instant, la proie et le prédateur churent ensemble vers le sol puis le faucon relâcha son étreinte mortelle et remonta, triomphant, laissant la perdrix tomber, morte, dans le marais.

Ibrahim poussa un cri de plaisir, galopa jusqu'au bord

de l'eau noire dans laquelle les chiens s'étaient jetés, rivalisant de vitesse pour retrouver le gibier.

Il leva les yeux, tendit son bras ganté au faucon qui tournoyait encore au-dessus de lui.

Tapi dans un buisson de roses sauvages, le sanglier fixait l'intrus de ses petits yeux jaunes brillant de frayeur. Pantelant, il s'enfonça plus encore dans les ronces. D'un côté, les aboiements des chiens, de l'autre le grondement des sabots et les cris des archers. Il ne pouvait battre en retraite dans le marais.

Il n'avait qu'une solution.

Grognant de rage, il chargea.

Soliman l'aperçut et cria pour avertir son vizir. Il vit le sanglier heurter le cheval arabe d'Ibrahim, percer son ventre d'une défense jaunie. L'étalon hennit de surprise et de douleur, rua, ses viscères s'échappèrent par sa blessure. Le sanglier chargea de nouveau, jetant Ibrahim à terre.

Encore loin, Soliman éperonna son cheval, tira son arc du fourreau de cuir de sa selle et visa rapidement. Sa première flèche toucha l'animal au garrot, le fit tomber sur le flanc. Il se releva en couinant, se tourna pour affronter ce nouvel ennemi.

Le sultan arrêta sa monture, prit une autre flèche dans le carquois orné de pierreries et visa avec soin. Le second trait atteignit le sanglier sous l'épaule et s'enfonça en biais vers le cœur, presque jusqu'à l'empennage.

La bête chancela, ses pattes arrière se dérobèrent sous son poids.

Soudain, ce fut comme si l'air lui-même avait été déchiré par des mains géantes : les flèches se fichaient dans le corps gris les unes après les autres. Le sanglier s'affaissa, le sang coulant d'une douzaine de blessures. L'instant d'après, il était mort.

Les archers janissaires s'élancèrent et, presque aussitôt, le cheval du sultan fut entouré de cavaliers solaks. Ignorant les excuses de leur capitaine, Soliman sauta à terre.

– Ibrahim ?

L'étalon arabe, resté debout, hennissait et ruait, cependant que les chiens jappaient autour de ses jambes. Attirés par le sang, ils sautaient vers les tripes que vomissait son flanc. L'un des janissaires essaya de saisir la bride du cheval, d'autres éloignèrent les chiens à coups de sabre.

La bouche écumante, les yeux exorbités, le cheval blessé se tourna vers le sultan. Soliman recula. Harcelé par les chiens, l'étalon se tourna à nouveau, partit au galop vers les cognassiers et disparut.

Le monarque, hébété, regarda autour de lui. Où était Ibrahim? Était-il mort?

Tout à coup il le vit, enfoncé jusqu'aux genoux dans le marais, son caftan blanc souillé de boue. Son turban de guingois donnait un air de folie au large sourire de son visage. De sa main droite, il tenait la perdrix par son cou ensanglanté.

– Nous avons notre proie! cria-t-il à Soliman.

– Je te croyais mort! répliqua le Grand Turc.

– Avec mon sultan pour me protéger, comment pourrais-je mourir?

Ibrahim rayonnait d'insouciance enfantine, comme si l'idée qu'il aurait pu être blessé ne l'avait même pas effleuré. Il paraissait si content de lui et de son trophée que Soliman renversa la tête en arrière et éclata de rire lui aussi.

Dans la grande tente du sultan, la viole d'Ibrahim couvrait presque les coassements des grenouilles du marais. Encore en proie à l'excitation de la chasse, Soliman ne pouvait trouver le sommeil. Assis en tailleur, il écoutait l'air que lui jouait son vizir mais il n'avait pas l'esprit à la musique. Il avait pris une décision, résolu un problème qui le préoccupait depuis quelques semaines. Il avait mis son propre choix en balance avec les exigences de la tradition et du protocole de la Cour, ses hésitations n'étant prolongées que par le besoin de se justifier devant sa propre conscience.

– Je change de grand vizir, annonça-t-il soudain, alors que les dernières notes de la mélodie flottaient encore dans l'air.

– Achmed Pacha se serait-il montré négligent?

– Non. Mais il n'est pas compétent.

– Il t'a servi au Divan pendant de nombreuses années, fit valoir Ibrahim.

– Il ne convient pas à cette tâche. J'ai l'intention d'en faire mon gouverneur d'Égypte – je ne veux pas l'humilier.

– Par qui le remplaceras-tu?

Soliman éprouva le frisson de joie d'un père qui s'apprête à faire un cadeau précieux à son fils.

– Par toi.

Ibrahim détourna les yeux.

– Moi?

– Oui. Tu seras mon nouveau grand vizir.

Le sultan attendit en vain l'élan de gratitude, le grand sourire d'adolescent familier. Serrant la viole contre lui, Ibrahim fixait ses mains d'un regard morne.

Soliman sentit un picotement d'irritation.

– Qu'y a-t-il?

– Certains membres du Divan mettront en doute le bien-fondé de ton choix.

– Il n'appartient pas au Divan de mettre en doute mon jugement sur quoi que ce soit.

– C'est uniquement ce qu'ils diront en privé qui m'inquiète.

– Ce qu'ils disent en privé ne peut te nuire!

– J'aurais l'air d'avoir été nommé à cause de notre amitié.

Le sultan regarda l'ancien esclave avec stupeur. Ce n'était pas la réaction qu'il attendait. Ibrahim avait toujours accepté avec plaisir, avec une joie triomphante, même, les postes qu'il lui avait confiés. Il ne parvenait pas à croire que son ami se souciait si peu que ce fût de l'opinion de ses pairs ni de l'étiquette osmanli.

– Tu souhaites que je revienne sur ma décision?

Ibrahim demeura silencieux. Le vent agita les plis de la tente tel un long soupir. L'exaspération de Dieu? se demanda Soliman.

– J'ai peur, dit Ibrahim.

– Peur? Apparemment, tu ne crains pas de te faire éventrer par un sanglier ni d'être piétiné par ton cheval. Alors, de quoi as-tu peur?

– De toi, seigneur.

– De moi? fit Soliman, ébahi.

– Le cou du grand vizir est toujours sous le sabre. Bien que je voie dans ce choix le plus grand honneur qu'on puisse faire à un homme, j'ai un peu peur, je l'avoue.

Le monarque comprit tout à coup en se rappelant son propre père, qui avait fait mettre à mort huit de ses vizirs en autant d'années. « Puisses-tu devenir le vizir de Sélim le Féroce! », était devenue une malédiction courante chez les Turcs. Il se rappela comment, aveuglé par la rage, il avait lui-même failli faire exécuter le pauvre vieux Piri Pacha.

– Tu n'as rien à redouter de moi, ami.

Ibrahim leva vers son maître des yeux implorants.

– Je croyais que je désirais cet honneur. Jusqu'à cette minute. Ne m'élève pas si haut que ma chute, quand je tomberai, me soit fatale.

Soliman se leva, s'approcha d'Ibrahim et posa les mains sur ses épaules.

– Je t'en donne ma parole : tant que je vivrai, je veillerai à ce qu'il ne t'arrive aucun mal. Que Dieu soit mon juge.

Le vizir prit la main de son sultan, baisa la bague ornée d'un rubis.

– Tu as élevé ma fortune au-delà de mes rêves les plus fous, murmura-t-il. Je fais serment de te servir jusqu'au jour de ma mort.

16

Eski Saraya

Où était-elle?

Le Kapi Agha scrutait l'ombre du jardin, partagé entre l'envie de s'enfuir et le besoin de la trouver. Les ombres se jouaient de lui.

Elle n'est pas venue, elle t'a trahi.

Le corps est le vrai traître, pensa-t-il; l'embrasement des sens vous entraîne vers le plaisir et la souffrance comme un papillon de nuit vers la flamme. Cette chair capable de lui apporter l'extase pouvait aussi le mener à toutes les tortures que Satan – ou le bostandji-bashi, c'était la même chose – pouvait concevoir.

Que faisait-il là? Cette femme était une créature du diable, il le savait maintenant, elle le lui avait prouvé. Il devait l'éliminer, quitte à courir le risque qu'une troisième femme fût au courant.

Ah! mais il perdrait alors la chaleur de ce corps, la pression de ces seins durs contre lui, la voracité de cette bouche, le plaisir impossible, interdit qu'elle lui procurait. Il ne pouvait imaginer délices comparables à ce qu'il avait découvert dans ce jardin, avec sa fontaine murmurante, ses allées de marbre et ses platanes aux longues branches. Ici, il n'était plus un eunuque; le danger encouru était si grand et son excitation atteignait de tels sommets que même l'attachement à la vie semblait peu de chose en comparaison.

Et si Hürrem tombait enceinte elle aussi? Ce sombre tunnel de la chair, avec tout ce qu'il comprenait, paraissait sans fin. A l'apogée même de l'ultime spasme, la terreur s'abattait à nouveau sur lui. Il fuyait alors le jardin de ses tourments en jurant de ne plus jamais y revenir, se promettant qu'il trouverait un moyen de se débarrasser d'elle.

Mais ses sens l'avaient rendu esclave. L'image du corps de la jeune femme – et du sien propre, à nouveau entier – obscurcissait tout le reste. Ces quelques minutes passées chaque semaine dans le jardin étaient devenues sa vie et il ne cessait de guetter leur retour.

Un bruissement d'étoffe le fit se retourner.

– Hürrem!

– Je t'ai fait peur?

Le Kapi Agha eut l'impression que son cœur allait jaillir de sa poitrine, tant il battait fort.

– Où étais-tu?

– Je t'observais. De derrière le pilier.

Il la dévora du regard. Elle portait un pantalon de soie blanche et un gömlek émeraude ouvert à la taille, révélant le doux renflement des seins, qui se soulevaient et s'abaissaient au rythme de sa respiration. Le Kapi Agha ne pouvait en détacher les yeux.

Elle s'avança vers lui.

– Faisons vite, dit-elle.

D'un geste précis de la main droite, elle ôta le voile de gaze attaché à la petite toque verte dont elle était coiffée. Elle paraît si maîtresse d'elle-même, pensa-t-il. N'avait-elle donc jamais peur?

Il leva les yeux vers la tour nord dont les fenêtres semblaient le fixer, tels deux terribles yeux noirs. Les portes sont fermées à clef, se rappela-t-il, mais il n'en attira pas moins la Tartare dans l'ombre du mur.

Elle souleva la tunique du Kapi Agha, le caressa.

– Quelle impression cela fait, d'être redevenu un homme? dit-elle.

Se moquait-elle de lui? Il se le demandait, comme il s'était demandé cent fois pourquoi elle faisait cela. Uniquement par lascivité! N'éprouvait-elle absolument rien pour lui?

– Tu l'as tuée, accusa-t-il.

– C'est la faute de Muomi. La potion était trop forte.

– Tu l'as fait sciemment.

– Et puis après? Tu nous aurais bien tuées toutes les deux, toi, pour sauver ta tête.

Le pantalon tomba sur le marbre. Elle défit les trois fermoirs en diamant du gömlek. Le chef des gardes essaya de détourner son regard du corps nerveux de la fille pour se concentrer sur les mensonges et les vérités que son visage pourrait trahir.

– C'était ton amie, reprit-il.

– Tandis que toi, tu la connaissais à peine. Tu l'as engrossée en la croisant dans une galerie.

Elle s'adossa au mur et l'observa avec ce petit sourire qui semblait dire qu'il n'avait aucun pouvoir sur elle. La pointe de ses seins avait durci. De désir ou de froid ? Il croyait connaître la réponse à cette question. Peu importait. Il était, lui, si dur et si gonflé que son sexe se dressait presque à la verticale. Combien d'hommes entiers pouvaient se targuer d'un tel exploit ? Il la saisit brutalement par les poignets, la poussa contre le mur.

– Je pourrais te jeter un jour dans le Bosphore, menaça-t-il.

Il posa la main droite sur son cou, si mince que ses doigts en faisaient aisément le tour, puis descendit vers l'épaule, vers le sein, pressant avec force pour la faire crier. Elle continuait à le fixer de ses yeux durs.

– On dit que ses eaux sont agitées en cette saison, répliqua-t-elle. Prends garde de ne pas y tomber toi-même.

Elle le dénuda et, encerclant ses hanches de ses jambes, le guida ; puis elle prit un pan de sa tunique et le fourra dans la bouche de l'agha pour l'empêcher de crier quand il la pénétrerait. Le murmure de la fontaine n'aurait pas couvert un tel cri.

Submergé par l'intensité de ce qu'il ressentait, le Kapi Agha n'arrivait plus à respirer. Il mordit la soie lui emplissant la bouche, sentit qu'il perdait toute maîtrise de lui-même. La haine bouillonnait en lui – haine de Hürrem à cause du pouvoir qu'elle avait sur lui, haine de toutes les femmes, haine de lui-même pour sa faiblesse. Il se mit à trembler.

Elle noua les bras autour de son cou, remua les hanches de manière à presser et à caresser de sa chair soyeuse toute la longueur de son érection.

– Donne-moi ta semence, souffla-t-elle à son oreille. Je la veux toute.

Il bascula dans le précipice du plaisir. Pendant quelques secondes triomphantes, il fut libre, délivré de sa servitude envers les femmes, et s'abandonna à cette sensation pareille à la mort dans laquelle il aurait voulu se perdre. Il aurait aimé que les spasmes durent éternellement, mais lorsqu'ils prirent fin, il ne resta que le froid du soir et la peur.

Ce ne fut pas par Hürrem que le Kapi Agha l'apprit. Un jour, il s'éveilla dans un palais bruissant de rumeurs : l'iqbal était enceinte! Il ne pouvait plus retourner au jardin. Faire l'amour à la kadin du sultan était un crime trop monstrueux pour qu'il pût l'envisager. Mais comment réagirait-elle s'il ne venait plus? Le trahirait-elle? Comment le pouvait-elle sans se trahir elle-même?

Une autre idée lui vint : et si l'enfant était de lui?

Il prit conscience qu'il n'avait aucun moyen de deviner les desseins de la Tartare. Il était devenu un pion dans un jeu qu'il ne comprenait plus. A l'instant même où il avait ouvert la porte du jardin pour la première fois dans le but de séduire l'une des odalisques du sultan, il avait perdu tout pouvoir sur sa propre vie.

17

Hafise étudiait la nouvelle iqbal de son fils avec l'œil exercé d'une femme ayant passé presque toute sa vie adulte dans l'univers trouble du harem. D'emblée, elle pouvait dire que cette femme n'avait rien à voir avec Gülbehar. C'était évident à sa façon de marcher, de se tenir. Elle avait le regard un peu trop averti, la langue – du moins le lui avait-on rapporté – un peu trop agile.

Ce n'était peut-être pas une si mauvaise chose. Elle-même n'aurait pas survécu si longtemps dans le harem de Sélim sans une certaine vivacité d'esprit et, oui, sans quelque inflexibilité.

– Hürrem, dit la Valide en tendant la main. Je suis enchantée par la nouvelle. Viens t'asseoir près de moi.

L'iqbal sourit et s'installa à l'autre bout du divan, sur la terrasse surplombant la cour est du palais. On avait disposé des sorbets, du melon, des *rahat-loukoums* sur une table basse devant les deux femmes. Derrière elles, la ville ondoyait dans la brume de chaleur de l'après-midi.

– Soliman est encore à la chasse. J'ai envoyé aujourd'hui un courrier à Andrinople avec un message pour lui. La nouvelle le comblera de joie lui aussi, j'en suis certaine.

Hürrem posa une main sur son ventre.

– Nous devrons attendre quelques mois pour juger du plaisir qui lui sera fait, fit-elle remarquer.

Bonne réponse, pensa Hafise. Si c'est une fille, il faudra tout recommencer. Elle tendit la main, prit une mèche des cheveux de la jeune femme et la tint à la lumière. Ils me touchent tous de cette façon, pensa la Tartare. Comme pour me rappeler que je suis un bien osmanli.

– Tu as de magnifiques cheveux, la complimenta Hafise. D'où viens-tu?

– Mon père était un Khan des Tartares Krims, Couronne des Têtes Voilées, répondit l'iqbal.

Elle tâcha de chasser de sa voix la fierté qu'elle éprouvait : il valait mieux ne pas faire sentir à la mère du sultan qu'elle s'estimait supérieure à elle. Hafise n'était après tout que la fille d'un paysan géorgien.

– Comment t'es-tu retrouvée ici?

– Mon père y a vu une chance à saisir.

– Pour toi ou pour lui? demanda la Valide avec un sourire.

– Les sipahis durent l'attacher, fourrer de force l'argent dans ses poches. Il se débattait, il criait. C'était affreux.

– Tu ris en racontant cette histoire mais il n'y a pas de rire dans tes yeux, dit Hafise.

L'iqbal sentit le regard de la vieille femme la sonder. Il ne fallait pas la sous-estimer, qu'elle soit ou non de souche paysanne : cette petite poule rondelette et plaisante avait des yeux de faucon.

– Pourquoi pleurerais-je? Il vit toujours sous une tente, je vis dans un palais. Finalement, le marché m'a profité.

– Tu es donc heureuse ici?

– Je le serai davantage quand mon seigneur reviendra.

– J'ai longtemps été la kadin de Sélim et je peux compter sur mes doigts le nombre de semaines que nous avons passées ensemble. C'est une vie de solitude.

Hürrem hocha la tête.

– Je suis ton conseil, je rentre chez mon père. Peux-tu me faire donner un cheval?

Hafise rit malgré elle. Cette fille la raillait un peu mais il y avait de la vérité dans ce qu'elle disait. Pourquoi se morfondre à propos de choses sur lesquelles on n'a aucun pouvoir?

– Moi-même je ne le pourrais pas. Maintenant que tu portes l'enfant du sultan, le harem sera ta maison jusqu'à la fin de ta vie.

– Alors, il me faudra des appartements plus grands.

Hafise sourit.

– Comme les miens?

– Si Dieu le veut, répondit l'iqbal en lui rendant son sourire.

– Je ne serais pas surprise qu'il en soit ainsi, dit la Valide. (Elle choisit un loukoum parfumé à la pistache, mordit dedans.) Si tu as besoin de quoi que ce soit, fais-le-moi savoir. En terre d'Islam, la mère est sacrée, et maintenant plus que jamais. Tout sera fait pour assurer ton confort.

– Il y a une chose, Altesse.

– Oui?

– Je désire un garde du corps.

Hafise leva la tête, interloquée.

– Un garde du corps? Ici?

– J'ai peur.

– De quoi?

– J'ai entendu des rumeurs selon lesquelles je ne vivrais pas pour voir mon enfant.

– Qui ose te menacer... toi et l'enfant du sultan?

La Tartare détourna les yeux.

– Je ne sais. Ce ne sont peut-être que des bruits.

Elle ment, pensa Hafise. Elle sait qui, elle craint de parler. Il n'y a qu'une personne qui pourrait souhaiter sa mort. Gülbehar! Elle secoua la tête. Non, impossible. Gülbehar n'était pas capable de cela. Pourtant Hürrem avait l'air réellement effrayé.

– Si tu crois qu'ils sont fondés, fais goûter à ta servante toute ta nourriture, fais-lui même essayer tes nouveaux vêtements avant de les porter, au cas où le tissu aurait été imprégné de poison. Par mesure de précaution, je demanderai au Kapi Agha de t'affecter un de ses eunuques.

– Merci, Altesse.

– Nous devons veiller à ce qu'il n'arrive rien au fils du sultan.

Hürrem eut un sourire entendu. Ils sont tous persuadés que c'est un garçon, pensa-t-elle, mais c'est la seule chose sur laquelle je n'ai pas de prise.

Posté dans la tour nord, le Kapi Agha la vit émerger des longues ombres du jardin, s'asseoir près de la fontaine et ouvrit le Qur'ān sur ses genoux. Rongé par l'indécision, il crispa le poing. Elle était revenue. Pourquoi? Bientôt elle deviendrait peut-être la kadin de Soliman, que voulait-elle de plus? Ils ne pouvaient continuer, les risques étaient trop grands. Mais s'il n'y allait pas... que ferait-elle?

Il fallait qu'il lui parle, qu'il mette fin à cette torture. Tout désir l'avait quitté quand il avait appris qu'elle était enceinte. Il s'était évaporé, faisant place au désir de survivre.

Que voulait-elle? S'il n'allait pas la retrouver, le trahirait-elle en l'accusant de la mort de Meylissa? Il sortit de la pièce d'un pas vif, ferma à clef derrière lui et descendit les marches de bois conduisant au jardin.

Il hésita à nouveau de longues minutes devant la porte de fer dont la grosse clef dépassait de la serrure. La clef et la serrure, les hommes et les femmes, songea-t-il. On glisse une clef dans une serrure, on ouvre la porte aux rêves et aux cauchemars. Rien de plus tentant qu'une porte close.

Il fit tourner la clef, entra dans le jardin.

Hürrem leva la tête, écarquilla les yeux, laissa tomber le Coran et se dressa d'un bon en criant.

Le chef des gardes la regardait fixement, la stupeur – feinte, il le savait – du visage de la jeune femme reflétant la sienne. Il entendit quelqu'un gémir, reconnut sa propre voix. Il avait envie de s'enfuir mais ses muscles ne lui obéissaient plus.

Il comprit qu'elle s'était jouée de lui.

Tournant la tête à droite, il découvrit le visage étonné d'un de ses propres gardes noirs.

– Petite putain! murmura-t-il.

Il tira sa dague incrustée de pierreries et la brandit. Hürrem poussa un autre cri et bascula en arrière, la lame fendant l'air à quelques pouces de son cou.

Le Kapi Agha ne vit pas le garde se ruer sur lui. Il distingua l'éclair de la lame, perçut son murmure mortel, puis la dague disparut, et avec elle sa main droite. Hoquetant, il saisit son poignet tranché. Il n'y avait pas de douleur, pas encore, mais il hurla quand un jet de sang jaillit du moignon.

Il tomba à genoux, tenta de reprendre la dague encore serrée dans sa main coupée. S'il pouvait au moins la tuer... Qu'ils fassent de lui ce qu'ils voudront pourvu que meure cette sorcière.

Mais les gardes l'entraînèrent et il se remit à crier, de douleur cette fois. Il vit des taches sombres sur les pierres, une traînée de sang s'éloignant de la putain à toque verte. Quand il se tourna vers elle pour la maudire, l'un des gardes le frappa de la lourde poignée de son yatagan; le Kapi Agha grogna, sa tête roula en arrière.

Le faucon s'éleva dans l'air chaud montant des pavés brûlants de la ville, vira et piqua vers le Bosphore, plana à nouveau au-dessus des murailles du Topkapi Saraya. Son œil doré repéra les tours jumelles de la Porte de la Félicité où la tête du Kapi Agha noircissait et se ratatinait comme une olive dans une niche du mur. De l'autre côté, son corps décapité pendait encore à l'énorme crochet où il avait souffert durant trois jours, la pointe d'acier traversant les côtes et la cuisse. Il y resterait jusqu'à ce que les corneilles aient fini leur besogne, que les tendons et les ligaments aient pourri sur les os.

Le faucon tourna à nouveau en direction de la Corne d'Or et du vieux palais en bois juché sur la colline près de la grande mosquée de Bajazet. Sur un balcon, parmi les dômes de cuivre, une femme posait la main sur son ventre gonflé. Ses cheveux couleur de feu étaient coiffés en deux tresses – nouées par une cordelette de satin – qui descendaient jusqu'au milieu du dos. Un sourire errait sur ses lèvres.

Les mois passeront vite, pensa-t-elle en caressant son ventre. Qu'il vienne. Qu'il vienne.

Le jour de la naissance, les toits du harem étaient blancs. On apporta dans les appartements de Hürrem un siège d'enfantement et des langes; on fit brûler de l'encens, on répandit des pétales de rose sur les sols de marbre, on accrocha des amulettes et des perles bleues tout autour de la pièce pour éloigner le mauvais œil.

La Tartare n'avait jamais autant souffert. Le bébé refusant de sortir, la sage-femme du harem, une Nubienne lourde comme trois odalisques, s'assit sur son ventre pour expulser l'enfant hors de ses entrailles.

Hürrem hurla. On lui glissa un bâton d'ivoire entre les dents.

– Mords! ordonna la sage-femme. Mords et tais-toi!

Accroupie au-dessus du siège, tenue de chaque côté par les aides de la Nubienne, elle finit par accoucher et la sage-femme recueillit l'enfant dans un drap de lin en récitant la profession de foi.

Allah Akbar... Dieu est grand...

Le Kislar Aghasi suivait attentivement la scène afin d'éviter une substitution du précieux rejeton. Il porta lui-même le bébé à la fontaine de marbre blanc et le lava trois fois comme le voulait la tradition. Puis on glissa de l'huile sucrée dans sa bouche pour qu'il ait un parler doux et aimable; on entoura ses yeux de khôl pour lui assurer un regard profond. Enfin, on lui fit toucher du front un coran incrusté de diamants.

Agrippée aux épaules de la sage-femme, Hürrem clignait des yeux pour en chasser la sueur.

– Qu'est-ce que c'est? implora-t-elle. Dites-moi ce que c'est.

Le Kislar Aghasi en personne lui répondit.

– Tu as accouché d'un fils, maîtresse.

– Un fils, répéta-t-elle.

Elle lui sourit puis perdit connaissance.

DEUXIÈME PARTIE

L'ANGE NOIR

18

Venise, 1528

Toute de velours sombre, l'apparition évoquait un ange aux cheveux noirs et brillants, aux yeux pareils à deux éclats de turquoise. Elle avait de hautes pommettes aristocratiques, des lèvres pleines, humides et rouges, comme tuméfiées. Le corsage de sa *vestura*, très décolleté, selon la mode, révélait la peau d'ivoire des épaules et des seins. La petite croix d'or à son cou – il en imaginait la chaude pulsation – semblait se gausser de lui.

Doublement inaccessible.

La *piazza* animée retentissait des cris des marchands ambulants, des jurons de marins jouant et chantant sous les arcades – staccato aigu des Arméniens et des Dalmates, mélodie harmonieuse des Vénitiens. Un Albanais passa, vêtu d'un pantalon ample, mâchonnant une gousse d'ail en guise de friandise ; un *togato* en toge pourpre de sénateur répondit d'un geste de la main et d'un « *addio caro vecchio* » au salut respectueux d'un autre citoyen.

Ce fut comme si aucun d'eux n'existait. Abbas la regarda gravir les marches du portail de l'église. Elle se mouvait avec une grâce presque excessive, le regard rivé au sol. Une seule fois elle leva les yeux, et Abbas crut recevoir un coup dans la poitrine. Les lèvres de la jeune fille s'écartèrent juste assez pour qu'il sache qu'elle l'avait remarqué, que sa présence l'avait affectée d'une manière quelconque – Dieu seul savait laquelle.

Le souffle lui manquait. C'était la femme la plus parfaite qu'il lui eût été donné de voir. L'envie le prit de courir vers elle, de lui prendre le bras et de l'entraîner loin de la piazza.

La vieille qui la chaperonnait lui lança un regard méprisant tandis que les deux femmes montaient les marches de Santa Maria dei Miracoli. Elles disparurent à l'intérieur.

– Tu l'as vue? murmura-t-il.

– Naturellement, répondit Ludovici. C'est Julia Gonzaga.

– Tu la connais?

– Ma demi-sœur la connaît. C'est sa cousine.

– Sa cousine?

Abbas empoigna le *saion* de son ami – la blouse écarlate tombant à la taille qu'il portait sur sa chemise – et le tira vers le parvis.

– Mais qu'est-ce que tu fais?

– Je veux la voir.

– *Tu sei pazzo* – tu es fou!

– Viens donc!

Ludovici saisit le bras d'Abbas.

– Tu sais qui est son père? Antonio Gonzaga – il est *consigliatore*!

– Je m'en moque!

– Tu t'en moques? fit Ludovici alarmé mais non surpris.

Abbas était l'un des jeunes hommes les plus passionnés et les plus têtus qu'il ait connus. Si c'était son défaut, c'était aussi son charme. Peut-être cela tient-il au sang, estimait Ludovici. Un Maure est un Maure. Cette fois, pourtant, il ne le laisserait pas faire l'idiot : il y avait un danger réel.

– Je veux juste la regarder, dit Abbas.

– Tu n'es pas censé la regarder. C'est une Gonzaga!

– Alors, reste ici.

Abbas se dégaga, partit en courant vers le perron. Ludovici hésita puis pensa, « Qu'il aille au diable! *Corpo di Dio!* Il signe son arrêt de mort. » Il se retourna, commença à s'éloigner mais changea d'avis et s'élança à la poursuite de son ami.

Les visages étiques et désapprobateurs des saints le toisaient du haut du plafond doré. De sa niche creusée dans un mur gris, un buste de la *Vergine della Santa Clara* posait un regard sévère sur les rangées de bancs. *Putti* et monstres marins cabriolaient sur les pilastres montant vers la voûte.

L'intérieur de l'église était sombre, frais après la chaleur de la piazza. La lumière tombait en biais d'un vitrail de l'abside, tels deux doigts géants qui semblaient lui désigner les silhouettes agenouillées sur un prie-Dieu devant l'autel. Abbas ressentit une vague appréhension. Les statues de marbre de saint François et de l'archange Gabriel le regardaient de leur niche d'un air accusateur. Il avait l'impression qu'elles allaient soudain s'animer et sauter de leur perchoir pour affronter cet intrus.

Sentant une main sur son épaule droite, il faillit pousser un cri.

– Ludovici !

– Tu croyais que c'était Gonzaga ?

Après un coup d'œil à l'archange, Abbas répondit :

– Non. Quelqu'un d'un peu plus renommé que ça.

Il sourit devant l'air perplexe de son ami, et se tourna à nouveau vers les deux ombres priant devant l'autel.

– C'est la créature la plus exquise que j'aie jamais vue.

– Elle n'est pas pour toi, Abbas.

– Peut-être.

– Peut-être ? Tu ferais mieux d'essayer de décrocher la lune !

Tirée de ses prières par leurs voix, la vieille qui accompagnait Julia releva la tête. Abbas et Ludovici se dissimulèrent derrière un pilier et attendirent.

Lorsque Abbas regarda à nouveau, les deux femmes avaient disparu. Il se tourna vers la nef, vit le chaperon précéder la jeune femme dans l'allée. Julia Gonzaga se retourna, le visage encadré un bref instant par le rectangle de lumière jaune des grandes portes, puis la duègne l'entraîna dehors.

– *Tu sei pazzo !* répéta Ludovici.

– J'ai été élevé en Maure et en musulman, dans le désert. Pourtant je suis contraint de vivre dans une république chrétienne, sur l'eau ! (Abbas sourit à son ami.) A ma place, tu deviendrais peut-être un peu fou aussi.

Mahmoud se tenait sur le balcon du *palazzo*, ses deux mains puissantes sur la balustrade, et regardait le soleil se coucher, derrière un voile rose, sur les pics enneigés de Cadore. Les gondoles, les galères et les îles lointaines tranchaient sur le gris perle de la lagune. Elle ne manquait jamais de l'émouvoir, la vue de ce port digne de la plus grande république maritime de la Méditerranée. Parfois, il en oubliait même que Venise la Sérénissime ne lui appartenait pas, qu'il n'en était que le mercenaire. C'était pourtant la réalité; c'était une leçon que son fils devait apprendre.

– Tout à fait impossible! grogna-t-il.

– Il faut que je fasse sa connaissance, plaida Abbas.

– Depuis combien de temps vivons-nous parmi ces gens? Six ans? Pourtant, tu ne sembles toujours pas comprendre la moindre chose à leur sujet!

– Nous avons le droit de protéger leur vie, mais pas d'épouser leurs filles?

Mahmoud se tourna vers son fils, le corps tendu par la colère, et Abbas sentit sa détermination faiblir. Cela n'avait pas été chose facile que d'affronter son père. Le Capitaine Général de la République était une sorte d'ours dont les épaules gonflaient le tissu soyeux du pourpoint, dont la longue barbe frisée accentuait l'air féroce.

– Il y a des raisons à notre présence ici, dit-il. Il y a une raison à tout.

La raison était que le doge ne confiait jamais le commandement de son armée à ses propres nobles, craignant – à juste titre – qu'on ne l'utilise contre lui. En fait, le Capitaine Général était rarement italien et souvent – comme c'était le cas – pas même chrétien.

Moi-même, songea Mahmoud, j'ai un frère prince de Barbarie qui dormirait mieux si j'étais mort. Oui, il y a une raison à tout.

– Ils nous traînent dans la boue, s'insurgea Abbas.

– Les *magnifici* traînent tout le monde dans la boue. Cela ne veut rien dire, c'est une habitude, chez eux.

– Mais nous sommes de sang royal.

– Quel sang royal? tonna Mahmoud, abattant ses deux poings sur la balustrade. La maison royale d'un prince musulman? Qu'est-ce que cela signifie pour eux? Je vais te dire ce que nous sommes : nous sommes des mercenaires. Ne te raconte pas que nous avons notre place ici. Tu as beau vivre dans un palais, t'habiller comme un fils de togato, tu n'es pas l'un d'eux. Souviens-t'en.

– Que dois-je faire, alors? Qui vais-je épouser?

Mahmoud tourna le dos à son fils.

– Prends exemple sur les autres jeunes nobles, va t'amuser au *Ponte delle Tette*, le Pont des Tétons!

Abbas connaissait l'endroit. Il tenait son nom des femmes qui, la poitrine dénudée, aguichaient les jeunes gens depuis le seuil des maisons.

– De toute façon, ajouta Mahmoud, tu es trop jeune pour songer à prendre femme.

Abbas inspira profondément. Jamais auparavant il n'avait défié son père.

– Je veux faire la connaissance de Julia Gonzaga, répéta-t-il.

Mahmoud soupira. Il n'était plus en colère – à quoi bon? Abbas était comme un enfant buté exigeant son propre château. C'était un rêve inaccessible voilà tout. Même si Gonzaga avait été homme à envisager de donner sa fille à un Maure – ce qui n'était pas le cas –, une loi de la République interdisait à tout noble vénitien de se marier en dehors de sa caste. Un *magnifico* du Conseil des Dix n'avait pas le droit de parler en privé à un étranger, pas même au Capitaine Général.

Surtout pas au Capitaine Général.

– Tu es jeune, Abbas, argua Mahmoud. Demain, tu auras tout oublié.

– Tu me juges bien médiocrement, répliqua Abbas, et il sortit.

Du balcon du palais de son père, derrière le grillage de la loggia, Julia Gonzaga observait le théâtre de la nuit vénitienne. Les lanternes accrochées à l'avant des gondoles laissaient des traces ondulantes à la surface du canal. Des voix murmuraient le long du *fondamenta*, et un jeune couple, bras dessus bras dessous, disparut dans l'obscurité d'un *sottoportico*. Julia chassa une bouffée d'envie.

Elle repensa à ce qui lui était arrivé dans l'après-midi à l'église de Santa Maria dei Miracoli. Pourquoi ce garçon l'avait-il fixée de la sorte? Et qui était-il? Il avait la peau noire, comme certains gondoliers, mais pas la mise. Il portait sur la tête une *bareta* ornée de pierreries, et sa *camicia* de lin était ouverte devant, comme celle des jeunes nobles à la mode.

Qui était-ce donc?

Un mystère à ajouter à ceux qui l'entouraient. Julia avait l'impression de vivre dans une vaste maison dont toutes les portes auraient été fermées. Il y avait le mystère de son père, sombre et austère présence qui se déplaçait dans la pénombre de son palazzo tel... telle l'ombre de Dieu lui-même, pensa-t-elle en rougissant. Il y avait le mystère de sa mère, morte en couches, qu'elle n'avait pas connue et dont on ne parlait jamais.

Mais surtout il y avait le mystère des hommes.

Son père lui avait donné à entendre qu'un jour elle en épouserait peut-être un. Cette suggestion avait fait naître en elle deux sentiments : de la peur et du soulagement. Un homme est différent d'une femme, elle le savait, mais de quelle manière? Elle ne pouvait que l'imaginer. Selon la Bible et sa duègne, la *signora* Cavalcanti, les jeunes hommes étaient des créatures du diable, qui mettraient en danger jusqu'à son âme. Une partie de Julia se demandait cependant si la damnation ne valait pas mieux que sa condition présente. Elle était déjà enterrée vivante.

Ces derniers temps, elle pensait sans cesse aux hommes. A son insu, la signora Cavalcanti avait suscité en elle une terrible fascination, elle avait provoqué le genre de curiosité irrésistible qu'engendre une porte de cave fermée à clef. Malgré sa frayeur, Julia brûlait de découvrir ce qu'il y avait de l'autre côté.

Mais comment?

19

La fille sentait le vin et la sueur. Elle s'affala en riant sur les genoux de Ludovici. Riant lui aussi, il passa une main à l'intérieur de la robe, en fit sortir un sein, le soupesa comme il l'eût fait d'un vase de prix montré à un ami. Il était blanc, lourd, et le mamelon, remarqua-t-il, avait été passé au rouge.

– Regarde, Abbas! Pourquoi te tourmentes-tu autant? Dessous, elles sont toutes pareilles!

La femme poussa un cri aigu, donna une tape au crâne de Ludovici et referma son corsage en feignant la pudeur.

– On dirait une baleine échouée sur la plage, fit Abbas avec dégoût. Il ne manque plus que les harpons.

Le rire de la catin mourut dans sa gorge. Elle lança au Maure un regard outré en s'écriant :

– *Bastardo!* Païen! Tu préférerais un cul de chameau, hein?

Elle déguerpit tandis que Ludovici prenait le gobelet posé devant lui et avalait une autre lampée d'épais *rosso*. Un peu de vin tomba sur sa chemise blanche, où il s'épanouit comme une tache de sang.

Abbas regarda autour de lui. La taverne, bondée – jeunes fils de *togati* accompagnés de leurs putains –, était une débauche de couleurs. Dans la société strictement contrôlée de la Sérénissime – comme les Vénitiens aimaient à appeler leur ville –, seules les classes inférieures et les prostituées pouvaient se vêtir à leur guise. Les épouses et les filles des patriciens s'habillaient toujours en noir.

L'endroit empestait le vin sur et le parfum. De derrière

la salle montait une odeur encore moins ragoûtante d'urine.

– Ne prends pas la vie trop au sérieux, disait Ludovici. Un homme a juste besoin d'un trou pour y frétiller de la queue. Peu importe ce qu'il y a autour.

Abbas secoua la tête. Son ami était soûl.

– Tu ne faisais pas tant de manières, avant, poursuivit Ludovici.

Il eut un sourire qui le fit paraître excessivement jeune. Il est pourtant plus âgé que moi, se rappela Abbas.

– J'ai peut-être changé, répondit-il.

C'était vrai. Il avait payé ces catins pour leurs faveurs, leurs tendresses feintes, et ça n'avait pas été cet amour que chantaient les troubadours. Certaines d'entre elles le faisaient payer plus parce qu'il était maure, d'autres moins, par curiosité. Toutes étaient ivres, très vulgaires ou, Dieu le pardonne, très vieilles.

« Un homme en a besoin, lui avait déclaré Ludovici un jour. Comme de bien chier. C'est juste beaucoup plus cher. »

Abbas se leva, écœuré par les souvenirs, agacé par le bruit, les odeurs et le rire de son compagnon. Il le tira par la manche.

– Allons-nous-en!

Ludovici protesta tandis qu'Abbas l'entraînait dehors. Le gobelet tomba bruyamment sur le plancher quand la porte se referma derrière eux en claquant.

Abbas adossa son ami au mur de la taverne en le tenant par le devant de sa chemise tachée de vin.

– Écoute-moi, il faut que tu m'aides, fit-il à voix basse.

Surpris par le ton grave qu'avait soudain pris la voix de son ami, Ludovici tenta de reprendre ses esprits.

– Qu'est-ce qu'il y a?

– Julia. Tu peux lui faire parvenir une lettre?

– *Tu sei pazzo!*

– Peut-être. Tu le feras?

– S'il te plaît, Abbas...

– Tu le feras?

– Gonzaga te tuera!

– Je me moque de Gonzaga. Je veux la rencontrer. Juste une fois.

– Pour l'amour de Dieu...

– Tu m'as dit qu'elle était la cousine de Lucia...

– Qu'est-ce que ça change?
– Elle peut lui donner ma lettre.
Les épaules de Ludovici s'affaissèrent en signe de capitulation. Il était vain de discuter avec Abbas quand il avait pris une décision.
– Je le lui demanderai.
Le fils de Mahmoud sourit et donna une tape sur l'épaule à son ami.
– Cela marchera, tu verras!
Soudain dégrisé, Ludovici frissonna.
– C'est dangereux.
– Le danger donne du sens à la vie.
– Il peut aussi y mettre fin. Si tu la rencontres – et je ne vois pas comment tu ferais, elle ne sort jamais sans chaperon – tu courras un grave danger. Tu ne peux jouer impunément avec l'honneur d'un homme comme Gonzaga.
Abbas se tourna : sur son visage à demi plongé dans l'ombre, le clair de lune donnait une intensité effrayante à son regard.
– Moi aussi j'ai mon honneur! Mon père se satisfait d'être le chien de guerre du doge mais, moi, j'ai l'intention d'être mon propre maître!
Oh! Mon Dieu, gémit intérieurement Ludovici. Amour et rébellion. Mélange puissant. Assez pour faire perdre tout sens commun.
– Ne fais pas l'idiot.
– J'écrirai la lettre ce soir!
Abbas passa un bras autour des épaules de son ami et l'entraîna vers la place Saint-Marc. Pendant tout le trajet, Ludovici se maudit d'avoir mentionné les liens de parenté unissant Lucia à Julia.
Il n'en sortirait rien de bon, il le savait.

Une corde chargée de vêtements dansait devant un mur de plâtre gris tourterelle. De l'autre côté du canal, une vieille femme se penchait à la fenêtre pour hisser un panier de provisions d'une gondole attachée le long de la *riva*. Le soleil se reflétait dans l'eau, jetait des ombres diaprées sur les façades des palais et pénétrait même l'obscurité des *loggie*.
Son ouvrage sur les genoux, Julia prenait plaisir à sentir en brodant la chaleur du soleil sur sa peau. Assise à côté d'elle, Lucia lui murmurait les ragots qu'elle tenait

de son frère. En été, elle rendait souvent visite à son amie – escortée de sa duègne, naturellement – pour bavarder et coudre. C'était pour les deux jeunes filles un changement bienvenu dans la solitude monastique de leur vie quotidienne.

– J'ai entendu dire qu'on va te marier, fit Lucia.

C'était une brune à la taille épaisse, et une moustache naissante commençait à ombrer sa lèvre supérieure. Son frère aîné, Ludovici, était blond et n'avait pas encore une barbe d'homme. La vie est injuste, pensa Julia.

Elle leva les yeux vers la signora Cavalcanti, qui lui renvoya un regard triomphant.

– Oui, répondit la jeune fille. En automne.

– Il est beau?

– Je ne sais que ce que mon père m'a dit de lui, répondit Julia, feignant d'examiner son ouvrage. Il est membre du Conseil des Dix lui aussi. Sa femme est morte il y a trois ans.

Du coin de l'œil, elle perçut l'expression déçue – ou atterrée? – du visage de Lucia.

– Quel âge a-t-il?

– Il est dans sa soixantième année. Mais il est peut-être encore séduisant, dit Julia, qui s'efforçait d'empêcher sa voix de trembler.

– Comment s'appelle-t-il?

– Serena. Ne me demande pas son prénom, je ne m'en souviens pas.

Devant l'impertinence du ton, la signora Cavalcanti releva brusquement les yeux; Julia baissa les siens.

– Je l'ai vu, fit Lucia. Il est très... très influent.

Il a l'air d'une feuille morte, pensait-elle. Le choix de l'automne comme date du mariage est tout à fait approprié. S'il vit jusque-là. On dirait un fruit dont on a déjà pressé tout le jus.

Elles se turent. La duègne posa sa broderie, se frotta les yeux.

– Je crois que je vais aller me reposer un peu, annonça-t-elle.

L'instant d'après, Julia l'entendit fermer les rideaux de la fenêtre de sa chambre. Lucia attendit que son propre chaperon les laisse seules un moment pour plonger la main dans les plis de sa vestura et en sortir un pli, scellé par un cachet rouge. Elle le jeta aussitôt sur les genoux de son amie, comme s'il brûlait.

– Qu'est-ce que c'est?

– Une lettre, murmura Lucia en surveillant la porte demeurée ouverte. Vite, ouvre-la!

– De qui est-ce?

– Tu as un soupirant!

Julia imagina qu'elle aurait éprouvé la même chose si elle était tombée dans le canal : surprise totale, embarras, froid glacial. Elle tint la lettre devant elle, y lut son propre nom écrit à l'encre noire.

– Eh bien, ouvre!

Le visage de Lucia reflétait une ardeur et une curiosité d'enfant. Julia brisa le sceau.

Je vous aime. Vous êtes la femme la plus belle que j'aie vue de ma vie. Je dois absolument vous rencontrer. J'affronterai tous les dangers. Dites-moi simplement ce que je dois faire.

Elle lut et relut les mots; ses mains se mirent à trembler.

– Alors? demanda Lucia à voix basse.

– Qui l'a écrite?

– Je l'ignore. Un ami de mon frère.

– Qui?

– Il n'a pas voulu me le dire. Il m'a juste demandé de te la donner. Montre-moi!

Lucia essaya de prendre la lettre mais Julia l'éloigna d'un geste irrité, la replia, la glissa sous le devant de sa vestura. Là au moins, elle serait à l'abri du regard de la signora Cavalcanti.

– Pourquoi cet ami de ton frère m'écrit-il? Il veut me déshonorer?

– Ludovici dit que c'était le seul moyen.

– Le seul moyen pour quoi?

– Je ne sais. Pour que vous vous rencontriez, je présume, répondit Lucia. (Elle pressa le bras de son amie.) Qu'est-ce qu'elle dit? insista-t-elle, prenant à présent un vif plaisir à cette intrigue.

Les joues brûlantes, Julia avait peine à recouvrer son calme. Elle se sentait à la fois transportée de joie et terrifiée. Sa réaction la stupéfiait aussi : presque aussitôt, elle avait commencé à échafauder un plan. Une partie d'elle-même lui criait : c'est de la folie! Tu seras fatalement découverte! Tu déshonoreras le nom de ta famille et ton âme sera condamnée aux tourments éternels! Une autre se demandait quel châtiment envisagerait son père...

Mais c'était impossible. Rencontrer un inconnu, sans lui avoir été présentée, sans chaperon. Non, elle brûlerait la lettre. Dès que Lucia serait partie, elle la brûlerait.

Si son auteur avait été un soupirant – un mari, même – acceptable pour elle, il aurait arrangé une rencontre par l'entremise de son père. Ce n'était donc pas un togato, ni un membre d'une famille noble de quelque renom.

Et cependant...

– Que vas-tu faire? demanda Lucia.

Et cependant...

– Ma duègne dort tous les après-midi entre trois et cinq heures, pendant que je lis la Bible dans ma chambre. Dis à ton frère... (Julia s'interrompit pour déglutir.) Dis à ton frère que son ami attende en gondole à trois heures devant la maison. S'il vient plus tôt, ou plus tard, je ne descendrai pas et il ne devra plus m'importuner.

Lucia la regardait, stupéfaite et admirative.

– Tu vas le rencontrer? Sans ta duègne? A l'insu de ton père?

– Oui. Peu me chaut d'être damnée, répondit Julia Gonzaga en songeant à son mariage avec un consigliatore de soixante ans. Je le suis déjà, de toute façon, non?

20

Julia resserra sa longue cape autour de ses épaules, tira la capuche sur son front pour dissimuler son visage. Il n'est pas trop tard pour faire demi-tour, se dit-elle en laissant son regard remonter l'escalier sombre et frais. Elle entendit la signora Cavalcanti ronfler en haut dans sa chambre. Vieille truie.

Elle entrouvrit la lourde porte en bois, jeta un regard au bas des marches de pierre grise. L'éclat de la lumière la fit cligner des yeux. « Sainte Marie, Mère de Dieu, pardonnez-moi », murmura-t-elle. La gondole était là, attachée à l'anneau de fer! Le gondolier, un grand nègre en camicia de satin écarlate avec des manches à crevés, se tenait sur sa *punta* avec une aisance arrogante, presque comme s'il se moquait de la frayeur de Julia.

Elle ouvrit la porte un peu plus, prit une profonde inspiration, ferma les yeux.

Il n'est pas trop tard pour faire demi-tour.

Et retrouver quoi?

Retourner dans sa chambre et ouvrir la grosse bible noire posée sur sa table. Prendre son ouvrage, l'approcher de la fenêtre pour profiter de la lumière du jour. Attendre un sénateur de soixante ans appelé Serena...

Après avoir ajusté sa capuche une dernière fois, elle ouvrit grand la porte, descendit les marches, écarta les rideaux de la gondole et y sauta.

La jeune fille retint un hoquet de surprise – et d'horreur.

Il était noir.

Pas comme le gondolier, mais c'était un Maure, à coup

sûr. Elle se souvint aussitôt de lui : le garçon qui l'avait regardée avec une telle insistance à l'église Santa Maria dei Miracoli. Voilà donc pourquoi il ne pouvait la demander à son père. Non seulement il n'était pas fils de magnifico, mais il n'était pas même vénitien!

Bien que la capuche dissimulât encore le visage de Julia, il lui dit, comme s'il pouvait en déchiffrer l'expression :

– Il paraît que j'ai tous les attributs pour faire un gondolier, mais mon père ne le permettrait pas. Il considère que le fils du Défenseur de la République doit avoir de plus hautes aspirations.

– Votre père...?

– ... est le Capitaine Général de l'armée.

Mahmoud le Maure! Elle avait entendu parler de lui. Elle comprenait, maintenant.

– Si mon apparence vous répugne, quittez cette gondole, je ne vous importunerai plus jamais. Parce que je me jetterai dans le canal, expliqua-t-il avec un sourire.

– Je ne peux être absente que quelques minutes, bredouilla Julia d'une voix qu'elle reconnaissait à peine.

Il fit signe au gondolier, referma les rideaux. Elle entendit l'anneau de fer tinter puis l'eau murmurer doucement tandis que l'homme les conduisait vers le milieu du canal.

– Où allons-nous?

– Nulle part. Où pourrions-nous causer plus tranquillement qu'ici?

Les épais rideaux de velours bleu fermant la gondole de tous côtés leur procuraient une intimité totale. Julia décela une odeur non déplaisante de châtaigne et de moisi. Tout ce qu'elle voyait de l'extérieur, c'était le pantalon aux couleurs vives du gondolier en position sur sa punta.

Elle tourna son attention vers son compagnon. Il était jeune, nota-t-elle, presque aussi jeune qu'elle. Il avait la peau couleur de noix, des cheveux très bouclés – pas cependant comme la laine crépue du gondolier –, des traits lisses de statue de bronze. Il portait un pourpoint de soie bleue sur une chemise de lin blanc, et un rubis scintillait à son oreille gauche.

C'était l'être le plus exotique qu'elle ait vu de sa vie.

– Comment vous appelez-vous?

– Abbas.

– Abbas..., répéta-t-elle, comme pour goûter le son de ce nom dans sa propre bouche.

– Ce n'est pas un nom vénitien, mais comme vous le voyez, je ne suis pas tout à fait vénitien moi-même.

Elle plongea une main sous sa cape.

– Voici votre lettre.

Il parut dérouté.

– Je ne veux pas la reprendre.

– Elle est dangereuse. Si vous le souhaitez, je la brûlerai.

– Je ne veux pas que vous la brûliez! s'exclama-t-il en la lui prenant. Je pense sincèrement ce que j'y ai écrit.

Julia sentit ses joues s'empourprer. Que voulait-il d'elle?

– Ainsi, vous connaissez Ludovici Gambetto? dit-elle.

– Son père est général, conseiller du mien. Nous sommes tous deux des exclus, pourrait-on dire.

– Tous les deux?

Il sembla étonné qu'elle eût besoin d'explications.

– Des hommes qu'on rejette, en quelque sorte.

– Les Gambetto sont une des familles nobles de Venise, pourtant, objecta la jeune fille.

Abbas eut l'air embarrassé.

– Vous ne savez donc pas?

– Je ne sais pas quoi?

– Ludovici est né hors du mariage. Le signor Gambetto avait une maîtresse. A la mort de sa mère, Ludovici n'était qu'un petit enfant. Le signor Gambetto l'a pris en charge mais... mais c'est quand même un exclu.

Julia le regardait fixement. Qu'est-ce que c'était, une « maîtresse », et comment pouvait-on naître « hors du mariage »?

– Je n'aurais peut-être pas dû vous parler de cela, murmura Abbas. Je croyais que vous le saviez.

Comment l'aurait-elle su? Personne ne lui disait jamais rien.

– Désolé pour... pour ceci, poursuivit Abbas, désignant d'un geste les rideaux de velours. J'ai demandé à mon père de parler au vôtre mais il m'a répondu que c'était impossible. Il fallait que je vous parle quand même. Il le fallait. Vous êtes la plus belle femme que j'aie jamais vue.

Il tendit le bras, rabattit la capuche. Julia se raidit en

pensant qu'il voulait la toucher, mais lorsque la capuche tomba, il se contenta de contempler son visage avec une ferveur effrayante.

– Vous êtes magnifique, fit-il d'une voix étranglée.

Un moment, elle eut envie de rire. Depuis longtemps, Julia soupçonnait qu'elle était belle, mais sans avoir de certitude, et soudain tous les risques de cette rencontre semblèrent en valoir la peine. Elle eût affronté mille morts pour une telle adoration.

Le sang lui montait à la tête, elle ne savait ce qu'elle était censée dire ou faire. Ramenant la capuche sur ses yeux, elle murmura :

– Il faut que je rentre.

– Pas encore.

– Si ma duègne le découvre...

– Quelques instants encore.

Une ombre tomba sur les rideaux de velours quand la gondole passa sous un pont. Julia entendit des enfants jouer sur les pavés.

– Ma vue vous est-elle par trop pénible? dit Abbas.

– Oh! non, ce n'est pas cela.

– Il faut que je vous revoie.

– Je ne peux pas.

– Il le faut. Je n'ai jamais éprouvé pareil sentiment de ma vie. Je suis... comme embrasé.

– On va me marier, balbutia la jeune fille.

Il parut plus furieux qu'étonné.

– Quand?

– En octobre. Quand mon futur époux rentrera de Chypre...

– Je ne peux laisser ce mariage se faire.

– Ne parlez pas ainsi, vous me faites peur. Je dois rentrer.

Baissant la voix, il demanda :

– Pourriez-vous aimer un Maure comme j'aime une infidèle?

– Ramenez-moi.

Quelques minutes plus tard, elle entendit à nouveau résonner l'anneau de fer lorsque la gondole revint au bas des marches du palais. L'embarcation oscilla quand Julia se mit debout. Elle perdit l'équilibre, Abbas la retint par le bras.

– Laissez-moi encore voir votre visage.

Elle s'écarta de lui, abaissa lentement la capuche, vit les lèvres du jeune homme s'étirer en un sourire ravi qui illumina ses traits. Elle crut voir un bouton de rose, fermé comme un poing pour se protéger du gel, éclater en une fleur au premier souffle du printemps.

C'est lui? se demanda-t-elle. Ou moi?

– Je ne penserai à rien d'autre avant de vous avoir revue, dit-il.

– Je ne peux pas, mentit-elle.

Elle sauta de la gondole, monta rapidement les marches, ne s'arrêta de courir que lorsqu'elle eut atteint le sanctuaire de sa propre chambre. Elle s'agenouilla devant le crucifix de bois fixé au mur, pria pour obtenir le pardon – et une autre chance de pécher.

21

Antonio Gonzaga avait noté un changement subtil et préoccupant chez sa fille. Il s'inquiétait du rose colorant ses joues, de l'excitation contenue de ses manières. C'était insolite chez une jeune demoiselle dont les pensées auraient dû être exclusivement tournées vers l'instruction religieuse et la broderie.

La servante posa sur la table deux assiettes de *squazetto,* bouillon de poulet épaissi au riz, et Gonzaga regarda Julia prendre sa cuillère.

– Redresse-toi.

Bien qu'elle eût obtempéré, il plissa le front d'un air irrité. Vivement qu'elle se marie, qu'il en soit débarrassé.

– Une jeune femme bien née se tient droite à table.

– Oui, père.

– Bientôt, tu seras mariée à un membre du Conseil des Dix. Il attend de toi des manières irréprochables.

– Oui, père.

Que diantre peut avoir cette fille? se demandait-il. Il avait déjà vu cette expression dans le regard d'une femme : celui de son épouse, le soir de leurs noces; celui de sa maîtresse, chaque fois qu'elle était grosse – ce qui n'arrivait que trop souvent.

Il but une gorgée de vin rouge, tambourina des doigts sur la table en méditant sur le changement de Julia. La perspective d'épouser Serena ne pouvait quand même pas lui colorer ainsi le teint. Si c'était le cas, elle se trompait cruellement sur son futur époux. L'idée que sa propre fille pût avoir des pensées aussi dévergondées fit naître en lui une bouffée de colère. Il repoussa son assiette, se leva.

– Père? fit Julia, alarmée.
– Je ne me sens pas bien, je vais me reposer.
Il sortit, la laissant finir de souper seule.

Assis dans son cabinet, Gonzaga fixait d'un œil maussade la flamme de la bougie. La pièce convenait tout à fait à un homme aussi grave et influent. Un tableau de Carpaccio, *La Mort de la Vierge*, occupait le mur du fond; deux autres toiles plus petites, une Vierge à l'enfant de Bellini et un portrait de lui, qu'il avait fait faire par Palma le Vieux cinq ans plus tôt, étaient accrochées de chaque côté de la porte. Deux bronzes d'Il Riccio trônaient audessus de la cheminée.
On frappa un coup timide à la porte.
– Qui est-ce?
– Signora Cavalcanti, Excellence.
– Entrez.
La duègne pénétra dans la pièce et se pencha pour baiser la manche de la robe de velours noir du consigliatore.
– Vous souhaitiez me voir?
– Je suis inquiet, signora Cavalcanti.
– Pas par ma faute, j'espère, Excellence.
Il l'examina attentivement avant de répondre:
– Je ne sais pas.
Elle se tordit les mains, terrifiée. Avec sa longue robe taillée dans un somptueux velours noir, sa bareta et son étole, de velours noir également, les boucles et les plaques d'argent de sa ceinture, ses sombres yeux gris qui la dévisageaient sous les épais sourcils noirs, il lui donnait l'impression de comparaître devant Dieu lui-même le jour du Jugement dernier.
– Je puis assurer Votre Excellence que j'ai rempli ma tâche avec la plus grande diligence.
– Vraiment? C'est à propos de Julia. Je crois qu'elle vous cache quelque chose.
La signora Cavalcanti chercha dans sa mémoire une faute qu'elle aurait pu commettre. C'était un vieux stratagème de Gonzaga pour obtenir des aveux complets sur un simple soupçon, elle le savait.
– Je ne vois pas, Excellence.
Il laissa le silence flotter un moment avant de demander:
– Vous a-t-elle beaucoup parlé de la joie que lui procure l'idée de son prochain mariage?

– Très peu, Excellence.

– En est-elle heureuse?

Elle le serait si c'était une enfant reconnaissante, pensa la duègne. Mais il n'y a pas une once de gratitude dans ce petit corps revêche. Ne pouvant exprimer cette pensée à voix haute, elle affirma :

– Cette idée la comble de joie, j'en suis sûre.

Les doigts de Gonzanga se remirent à tambouriner sur le bras du fauteuil.

– Vous ne la laissez jamais sans surveillance?

Avec un sentiment de culpabilité, la signora pensa à la sieste qu'elle avait coutume de faire chaque après-midi.

– Non, Excellence.

Le conseiller soupira, parut se radoucir.

– Surveillez-la, dit-il, surveillez-la de près. Je dois songer à ma position.

– Oui, Excellence.

Soulagée, la duègne se tourna vers la porte. Oui, elle surveillerait Julia de plus près encore, dorénavant. Elle découvrirait la cause des inquiétudes de son maître, quelle qu'elle pût être, et la lui donnerait en offrande. Sa gratitude, sa confiance renouvelée en elle seraient sa récompense.

22

Julia abaissa lentement le capuchon de son manteau en savourant le sentiment grisant de puissance que ce geste lui procurait à chaque fois. Elle était fascinée par l'émotion que son apparence faisait naître en lui. C'était de la vanité, elle le savait. Le vice du diable.

Sainte Marie, pardonne-moi, pensa-t-elle.

Elle n'aurait jamais imaginé qu'il y aurait une deuxième fois, mais chaque jour, après leur première rencontre, la gondole était revenue au bas des marches du palazzo, et finalement, la tentation avait été trop forte. Julia voulait juste voir une fois de plus cette expression d'adoration dans les yeux d'Abbas, et même éprouver à nouveau ce frisson de peur. Elle voulait juste se sentir vivre.

Combien de fois s'étaient-ils ainsi rencontrés en cachette? Une demi-douzaine? Davantage? C'était son unique, son précieux secret. Pour la première fois de sa vie, elle détenait quelque pouvoir. Son père et la signora Cavalcanti n'avaient plus totalement barre sur elle.

Vanité, peur, pouvoir. C'était peut-être à cause de ces sentiments que la vie méritait d'être vécue.

Marie, pardonne-moi.

– Julia, murmura Abbas en la voyant.

– Juste quelques minutes.

Elle prononçait ces mots à chaque fois, comme un rite, une offrande pour se concilier le destin. Qui me condamnerait pour quelques petites minutes? raisonnait-elle. A tout autre heure de la journée, mon confesseur me trouvera irréprochable.

Il tendit la main vers elle, la paume tournée vers le haut. A leurs deux derniers rendez-vous, elle lui avait permis de la toucher. C'était leur signe. Elle tendit la main elle aussi pour la lui offrir ; il l'entoura délicatement de ses doigts comme un oiseau blessé.

– Je vous aime, Julia.

– C'est impossible... Nous devons cesser.

– Je ne pourrais pas. Même si l'on me condamnait à tous les feux de l'Enfer, je ne connaîtrais pas de tourment plus cruel que maintenant.

– Arrêtez, fit-elle sans conviction.

Elle se demandait si elle pourrait vivre à présent sans la passion d'Abbas, sans ce sentiment qu'il lui donnait d'être la femme la plus merveilleuse au monde. Comment pourrait-elle recommencer à regarder la vie de sa fenêtre ?

– Je m'arrêterai quand on me mettra en bière.

– Abbas, je vais me marier...

– Venez avec moi.

– Quoi ?

– Venez avec moi. Je connais le capitaine d'un bateau...

Julia le regardait, à la fois terrifiée et fascinée.

– Non.

– Nous pourrions aller en Espagne, nous y serions à l'abri de votre père. Le mien nous donnerait de l'argent...

– Non... Ramenez-moi.

Il lui pressa la main à lui faire mal.

– Que peut-il y avoir d'autre pour nous ?

Il avait raison. Elle avait beau faire semblant de croire que ce jeu durerait éternellement, en automne, elle serait condamnée à un autre palazzo, une autre fenêtre. A un vieil homme, austère et gris comme son père. Cette pensée la fit frissonner. Mais s'enfuir, quitter Venise... Son monde triste et froid était autant un refuge qu'une prison. C'était comme si Abbas lui proposait de sauter avec lui dans un gouffre. Les pensées se bousculaient dans sa tête, elle ne pouvait plus faire confiance à son jugement.

– Ramenez-moi.

– Je vous en supplie, Julia. Le jour où je vous ai vue dans cette église, j'ai su que je vous épouserais. Plutôt mourir que renoncer à vous.

Il est sincère, pensa Julia. Pour la première fois, elle se rendit compte que ce n'était pas un jeu. Abbas était aussi dangereux que son père; rien ne l'arrêterait. Elle était terrifiée, mais elle était ravie.

– Je vous en prie, ramenez-moi.

– Promettez que vous viendrez avec moi.

– Je ne peux pas.

Il se pencha vers elle. Il va m'embrasser, pensa-t-elle en se mettant à trembler. Il ne faut pas, avait-elle envie de lui crier. Dieu nous punira! Mais elle ferma les yeux et demeura parfaitement immobile, sentit l'odeur étrange d'un autre corps près du sien. Les lèvres d'Abbas effleurèrent les siennes puis il s'écarta.

– Venez avec moi.

Elle ouvrit les yeux. Il la contemplait à sa manière étrange, pleine de ferveur, comme si la réponse était écrite quelque part sur son visage. Et si personne ne me regardait plus jamais ainsi? se dit-elle. Cette idée lui était insupportable.

– Je dois rentrer.

Quand ils parvinrent au palais, elle monta les marches dans une sorte de transe, à peine consciente du sourire du gondolier, du grincement de la porte tournant sur ses gonds.

– Ainsi, vous m'avez trompée!

Sainte Marie, Mère de Dieu! Relevant la tête, elle vit dans la pénombre deux yeux malveillants qui la fixaient du haut de l'escalier.

– Signora Cavalcanti!

La peur fit immédiatement place à une flambée inattendue de colère. Ce n'était pas un refuge mais une prison; on aurait aussi bien pu l'enchaîner à un mur.

Une lueur de triomphe dans le regard, la duègne descendit les marches.

– Où étiez-vous?

Julia se retourna vivement, rouvrit la porte, entendit son chaperon pousser un cri outragé. La jeune fille courut vers le canal : la gondole s'éloignait déjà. Julia voulut appeler Abbas mais les pas de la duègne résonnèrent sur les dalles. En criant son nom, elle l'aurait trahi.

La vieille femme l'agrippa par les épaules, la tira en arrière. Julia gémit de colère et de frustration, vit les rideaux de la gondole bouger mais ne put être sûre qu'Abbas avait vu ou entendu ce qui venait de se passer.

Vêtu de la robe pourpre qui marquait son rang de conseiller, Antonio Gonzaga se tenait à la fenêtre, les mains crispées sur les persiennes, le regard errant sur les toits des palazzi juqu'au campanile de Saint-Marc, derrière lequel, il le savait, se dressait le Palais des Doges. Que dirait-on de lui si son déshonneur venait à s'ébruiter? Qu'adviendrait-il de son alliance avec les Serena?

La rage lui nouait le ventre. Sa fille! Se conduire comme une prostituée! Il avait envie de l'égorger.

– Qui est ce garçon? gronda-t-il.

Julia baissa les yeux et essaya de maîtriser le tremblement de ses genoux. Elle aurait été incapable de lui répondre, l'eût-elle voulu.

– J'ai dit, qui est ce garçon? tonna Gonzaga.

Julia sentait sur elle le regard de la signora Cavalcanti, dont les yeux brillaient d'une joie mauvaise. Elle garda le silence. Elle ne trahirait pas Abbas, elle sauverait au moins cela de ce naufrage.

La prenant totalement au dépourvu, le coup l'expédia par terre. Pendant quelques instants, elle ne vit et n'entendit plus rien. Quand elle reprit ses esprits, le consigliatore se tenait au-dessus d'elle, jambes écartées.

– Tu me diras qui c'est!

– Jamais, s'entendit-elle répliquer.

Cette résistance inattendue porta la colère de Gonzaga à son comble. Avec un rugissement, il la saisit par les cheveux, la secoua comme un chien et la traîna sur les dalles de marbre, l'injuriant dans un langage qu'elle avait quelquefois entendu au marché mais qu'elle n'aurait jamais imaginé dans la bouche de son père. Lorsqu'il la lâcha enfin, de longues mèches de cheveux noirs restèrent prisonnières entre les doigts de son poing fermé.

Julia entoura sa tête de ses bras pour se protéger, et se recroquevilla sur le sol en sanglotant. Quand elle rouvrit les yeux, elle vit que la vieille Cavalcanti elle-même paraissait indignée.

– Tu vas me dire son nom!

Elle se remit à crier quand il la releva en la saisissant par le tissu de sa robe, qui se déchira. Il la frappa plusieurs fois au visage de sa main ouverte tandis qu'elle se débattait pour échapper aux coups. Soudain il la lâcha; elle tomba lourdement sur les dalles.

Il ne lui arracherait rien ce soir, il s'en rendait compte.

– Couvre-toi, putain!

Julia essaya de ramener sur sa poitrine le devant déchiré de sa vestura mais ses mains tremblaient si violemment qu'elle n'y parvint pas.

– Conduisez-la à sa chambre, ordonna-t-il à la duègne. Ensuite, revenez ici, j'ai à vous parler.

La signora Cavalcanti n'avait jamais éprouvé un tel effroi. Depuis toujours, elle nourrissait un profond respect pour l'homme sévère qu'était Son Excellence, mais la scène à laquelle elle venait d'assister l'avait bouleversée. C'était une chose, pour un juge équitable, de prononcer une sentence, une autre de tourner lui-même la roue du chevalet de torture.

Toutefois, quand elle revint dans le cabinet, Gonzaga avait recouvré son emprise sur lui-même. Il était assis à sa table, les mains jointes, le visage figé en un masque de pondération sévère. Seuls ses cheveux, de guingois sous sa bareta, témoignaient de la violence qui avait explosé quelques minutes plus tôt.

– Ma fille est d'un entêtement éhonté, grogna-t-il.

La signora Cavalcanti ne sut que dire et tourna son regard vers le visage désespéré de la Vierge de Carpaccio.

– Se peut-il qu'elle n'ait pas conscience de la gravité de l'offense qu'elle m'a faite? demanda Gonzaga.

– Je lui ai scrupuleusement enseigné ses devoirs envers Dieu et la République, s'empressa de souligner la duègne.

– Peut-être, dit le conseiller laissant volontairement ces mots en suspens comme une menace. Mais alors, pourquoi me défie-t-elle ainsi?

La vieille femme comprit qu'elle passait en jugement. Que pouvait-elle dire pour sa défense? Peut-être aurait-elle mieux fait de garder pour elle ce qu'elle avait découvert. C'était trop tard, maintenant.

– Je me pose maintes questions, continuait-il. Par exemple, comment ces rencontres ont-elles été arrangées?

La signora Cavalcanti ravala une envie de répondre: « Je l'ignore ». Autant reconnaître son échec. Elle aurait dû réfléchir avant de lui parler, elle s'en rendait compte à présent.

– Je trouverai, promit-elle.

– Je l'espère, signora. En fait, j'y compte beaucoup, dit Gonzaga en souriant.

La duègne n'avait jamais aimé les sourires de Son Excellence; ils la mettaient mal à l'aise.

23

Abbas suivit la voiture à pied depuis le palais, la perdit dans les *calle* étroites mais la retrouva dans l'animation du marché entourant le Campo Santa Maria Nuova. Il bouscula sur son passage les marchands de fruits et les colporteurs trop lents à s'écarter, sauta par-dessus une charrette de coupons de soie.

L'église de Santa Maria dei Miracoli, qui se dressait sur la piazza, était, une des plus belles de la ville avec sa façade de vieux marbre jaune, gris et blanc. La voiture s'arrêta au bas des marches du grand portail, dans l'ombre du dôme.

Immobile à l'autre bout de la place, Abbas regarda les deux silhouettes qui en descendirent, l'une courtaude et trapue, l'autre svelte et gracieuse. Au yeux d'un quidam distrait, les femmes de Venise se ressemblent peut-être toutes, avec leur ample robe noire, leurs manches gigot et leur voile sombre, pensa-t-il, mais pour qui la connaît, elle se distingue de mille autres rien qu'à la façon dont elle se meut.

Julia !

– C'est de la folie ! chuchota Ludovici à son oreille.

– As-tu jamais connu l'amour ?

– Ce n'est pas de l'amour, c'est du suicide ! Reviens à la raison, Abbas !

Ludovici posa la main sur l'épaule de son ami et essaya de l'entraîner. Abbas se dégagea en déclarant :

– Je ne peux vivre sans elle.

– Respirer, manger, boire – vivre, ce n'est que ça. Et on peut parfaitement le faire sans une femme, non ?

– Ce n'est pas vivre, Ludovici ! Il n'y a pas de vie sans passion !

– Mais son père sait tout, maintenant ! Tu as vu la duègne sur le quai ! Si Julia prononce ton nom...

– Elle ne le fera pas.

Abbas traversa la place en direction des marches, Ludovici s'élança derrière lui.

– Qu'est-ce que tu fais ?

– Il faut que je la voie.

– Tu ne peux pas...

– Je ne me montrerai pas ! Il faut que je la voie.

Résigné, Ludovici haussa les épaules. A quoi bon ? Abbas n'écoutait pas. Gonzaga provoquerait à tout le moins la ruine de Mahmoud ; lui-même et Abbas seraient chassés de la République – s'ils ne finissaient pas dans ses geôles.

Il regarda son ami gravir prestement les marches de Santa Maria dei Miracoli, aveuglé par sa passion. Un enfant, pensa Ludovici. Un enfant volontaire, passionné, têtu.

Dans l'église déserte, saint François semblait désigner Abbas de son long doigt de marbre comme en une froide raillerie. Le jeune homme se figea et regarda autour de lui, dérouté.

Ombres parmi les ombres, elles passèrent rapidement devant lui. Le temps qu'il se rende compte de ce qui arrivait, elles étaient déjà à la porte. Il comprit que la duègne l'avait joué. Ludovici avait raison, il s'était conduit comme un imbécile, il s'était fait prendre au piège.

– Julia !

Elle se retourna, trébucha, tirée par la vieille qui la précédait. Lorsqu'elle releva son voile, il vit l'angoisse inscrite sur son visage. *Corpo di Dio* !

Il se mit à courir derrière elle, mais se ravisa. C'était inutile, que pouvait-il faire, maintenant ? Il se tint immobile en haut des marches tandis que la voiture s'éloignait vers la Via delle Botteghe dans un bruit de sabots.

– Abbas Mahsouf ? Le fils du Maure ?

La signora Cavalcanti acquiesça d'un hochement de tête, ravie de sa duplicité. Elle avait attiré le jeune homme dans ses filets, Gonzanga l'en récompenserait généreusement, elle n'en doutait pas.

Le conseiller se leva brusquement, faisant tomber sa chaise en chêne sur le marbre des dalles.

– Un Maure?

– Je l'ai vu de mes propres yeux. Il l'a appelée par son nom quand nous sommes sorties de l'église!

Gonzaga haussa l'un de ses épais sourcils.

– Comment saviez-vous qu'il y viendrait?

La duègne sentit ses jambes flageoler.

– Il y était déjà venu une fois. Je m'en souvenais.

– Vous ne m'en aviez pas parlé.

– Cela m'avait paru sans importance.

– Sans importance! tonna Gonzaga.

Pour détourner sa colère, la vieille ajouta :

– J'ai vu quelqu'un d'autre aussi.

– Qui?

– Ludovici Gambetto.

Il la regarda, consterné.

– Vous pensez qu'elle a eu commerce avec les deux?

Elle secoua la tête avec véhémence. A Dieu ne plaise!

– Il regardait simplement. J'ai vu son visage en quittant la piazza. Je crois qu'il est ami avec le Maure.

Gonzaga alla à la fenêtre et, tournant le dos à la duègne, regarda le Grand Canal.

– Le bâtard de mon beau-frère! Vous croyez que c'est par son entremise qu'ils ont échangé des messages?

– Votre fille et Lucia se rendent souvent visite.

Après un long silence, le consigliatore se tourna à nouveau vers la vieille femme.

– Je vous félicite de votre découverte. Vous serez récompensée. Laissez-moi, maintenant.

Après que la porte se fut refermée doucement derrière la duègne, Gonzaga frappa le mur du plat de la main. Que faire? S'il portait l'affaire devant les tribunaux, il serait la risée de Venise. Sa fille et un Maure! Il serait presque certainement contraint de renoncer au Conseil des Dix.

S'en ouvrir au père de Ludovici n'était pas non plus sans danger. La femme du vieux Gambetto était morte depuis longtemps et celui-ci manœuvrait pour devenir le prochain doge, en rivalité avec Gonzaga lui-même. Il saisirait peut-être l'occasion de provoquer un scandale.

Non, l'affaire réclamait subtilité et patience. Ludovici serait châtié plus tard ; c'est d'Abbas qu'il fallait d'abord s'occuper. Qu'avait dit Cavalcanti ? Que Julia et Lucia se rendaient souvent visite ? Il sourit. Voilà la réponse ! Lucia serait l'intermédiaire. Si l'eau coulait dans un sens, elle pouvait couler dans l'autre.

Quand Lucia arriva, cet après-midi-là, sa duègne fut aussitôt renvoyée et, au lieu d'introduire la jeune fille dans le petit salon donnant sur le canal, la signora Cavalcanti la conduisit au cabinet de Gonzaga. Le consigliatore l'attendait.

Quand il se leva, les pans de sa longue robe noire volèrent comme les ailes de quelque oiseau charognard.

– Ah ! Lucia, je suis bien aise de vous voir.

– Excellence, répondit-elle, soudain alarmée.

Elle fit une génuflexion, baisa le bord de la manche de Gonzaga.

– Asseyez-vous donc, dit-il.

Il congédia la duègne d'un regard, puis reporta son attention sur la jeune fille, le visage crispé en un simulacre de sourire. Les secondes s'écoulèrent, le silence devint insupportable, et Lucia sentit la panique la gagner. Il sait, pensa-t-elle. Qu'est-ce que Julia lui a déjà avoué ? S'il me prend à mentir, ce sera pire encore pour moi.

– Je crois que vous avez quelque chose à me dire, finit-il par lâcher.

– Je... je n'ai rien fait de mal, bégaya-t-elle.

– C'est bon. Julia m'a tout raconté.

– Vous n'êtes pas fâché ?

– Contre elle, si. Contre vous... Contre vous aussi, ma chère.

Il posa sur elle ses yeux de bourreau et, toujours souriant, ajouta :

– Mais vous pouvez encore vous faire pardonner. Après tout, vous n'avez été qu'une messagère.

– J'ignorais ce qu'il y avait dans la lettre. Mon frère m'avait demandé de la donner à Julia. C'est tout.

– Vous pensez qu'au bout du compte, cela vous excuse ? fit-il avec douceur. Que vous n'avez commis aucune faute puisque vous n'étiez pas responsable du contenu de la lettre, c'est bien cela ?

Où voulait-il en venir ? se demanda Lucia. Que voulait-il lui faire dire ?

– Oui, Excellence.

– C'est très bien, parce que je souhaite que vous jouiez à nouveau ce rôle. Dites-moi, avez-vous aussi remis des messages de Julia ?

– Non, Excellence.

– Bien. C'est ce que vous allez faire cette fois.

Gonzaga tendit à la jeune fille une lettre scellée par un cachet de cire.

– Vous la ferez parvenir à Abbas.

Lucia regarda fixement la lettre.

– De qui est-elle, Excellence ?

– De Julia, bien sûr, répondit-il avec un nouveau sourire.

Elle hésita : il mentait.

– Prenez donc.

– Excellence...

Son sourire disparut et il se pencha par-dessus la table.

– Comprenez-moi bien, mon enfant. Vous remettrez cette lettre à votre frère pour qu'il la transmette à Abbas, et vous ne parlerez à personne – personne – de notre conversation. *Capisci* ? Si vous désobéissez, j'informerai votre père du rôle que vous et votre frère avez joué dans cette honteuse affaire. En outre, je ferai pleuvoir tant de calomnies sur vos têtes qu'aucun de vous ne pourra plus jamais se montrer dans la Sérénissime. Me suis-je fait clairement comprendre ?

Lucia hocha la tête et prit la lettre d'une main tremblante. Elle se sentait sur le point de défaillir. Gonzaga n'avait pas besoin d'étayer sa menace : en sa qualité de membre du Conseil des Dix, il était presque aussi puissant que le doge lui-même.

– Puis-je voir Julia, maintenant, Excellence ?

– Elle est souffrante et ne peut recevoir de visites, répondit Gonzaga. (Il se leva, ouvrit la porte.) La signora Cavalcanti va vous raccompagner. (Il posa une main glacée sur l'épaule de la jeune fille quand elle passa devant lui.) Faites en sorte que ce message parvienne à Abbas.

24

Très cher Abbas,

On veut m'enfermer au couvent de Brescia jusqu'à mon mariage. Le temps presse. Je ne pourrai sortir qu'une seule fois. La porte qui mène au canal est désormais fermée à clef mais j'ai peut-être trouvé une autre issue. Si vous m'aimez vraiment comme vous le dites, attendez-moi demain à minuit au Ponte del' Vecchio. J'irai où vous voudrez. Ma vie est maintenant entre vos mains. Plutôt mourir que de perdre votre amour.

Mille caresses,

Julia.

Abbas lut la lettre deux fois. Les tiraillements du doute furent vite balayés par la vague d'excitation qui le submergea.

Julia acceptait de s'enfuir avec lui!

Ludovici le considérait avec une impatience croissante.

– Que dit-elle?

Abbas déchira la lettre en deux, tint les morceaux au-dessus de la chandelle et ne répondit que lorsque la flamme commença à lui lécher les doigts.

– Rien, grogna-t-il.

Quand Abbas fut introduit dans la chambre du conseil de son père, Mahmoud leva les yeux de la carte étalée devant lui, fit sortir les deux *provveditori generali degli'armi* puis se remit à examiner les côtes de la péninsule et des territoires ottomans qui l'entouraient.

– Qu'y a-t-il de si urgent pour que tu viennes m'importuner ici?

– Je suis désolé, père.

– Eh bien?

– J'ai besoin d'argent.

– Ta solde d'officier de mon armée ne te suffit pas?

Abbas hésita. Toute sa vie, il avait eu peur de son père. Il imaginait que le Prophète était un peu comme lui – sévère et orgueilleux, impressionnant tant par sa stature que par la force de son esprit. Comme il n'avait aucun souvenir de sa mère – concubine du harem de Mahmoud avant Venise – son père était devenu tout pour lui : mentor, maître et confident. C'était la première fois que le jeune homme s'opposait à la volonté de son géniteur.

– Je dois partir, déclara Abbas.

Le Capitaine Général leva les yeux vers son fils.

– Pourquoi devrais-tu quitter Venise?

– J'ai l'intention d'épouser Julia Gonzaga.

Mahmoud se raidit et glissa les pouces sous la large ceinture à boucle d'argent qui lui ceignait la taille. Il fit le tour de la grande table de chêne d'une démarche rappelant au jeune homme un gros ours brun qu'il avait vu un jour dans la forêt proche de Belluno : lent, puissant, et menaçant.

– Je te l'ai dit. C'est impossible.

– Rien n'est impossible.

– Qu'entends-tu par là?

– Je l'ai rencontrée en secret. Nous allons nous enfuir.

Mahmoud s'appuya à la table, soupira.

– Petit sot.

– Je l'aime.

– Qu'est-ce que l'amour vient faire là-dedans? Tu mets nos deux cous sur le billot!

– J'irai à Ferrare. J'ai déjà pris part à deux campagnes contre les Ottomans, et ton nom est connu dans toute la péninsule. Je peux obtenir un commandement dans n'importe quelle armée. Gonzaga devra accepter le fait accompli. Dans un an, deux peut-être, je reviendrai à Venise.

Mahmoud secoua la tête.

– Tu as plus de ressource que de jugement. Comment tu as réussi à tromper Gonzaga aussi longtemps, je l'ignore, mais ne crois pas qu'il te le pardonnera un jour.

– Une fois que nous serons mariés, que pourra-t-il faire?

– Quelqu'un d'autre connaît tes intentions?

Non, fit Abbas de la tête. Pas même Ludovici – surtout pas Ludovici. Abbas avait déjà suffisamment compromis son ami.

– Personne.

– Bien.

Le coup fut si soudain, si inattendu, que les pieds du jeune homme décollèrent du sol. Il se retrouva allongé sur le dos, la tête lourde comme une pierre, les oreilles bourdonnant comme un millier d'abeilles, et sentit dans sa bouche le goût de son propre sang.

Mahmoud le releva facilement, le poussa contre le mur.

– Maintenant, écoute-moi. Je t'aime. Je ne te laisserai pas gâcher ta vie – et la mienne – pour une flambée de désir juvénile! Paie-toi une maîtresse si tu veux mais laisse Julia Gonzaga tranquille! Tu m'as compris?

Abbas bascula en avant, appuya le front sur l'épaule de son père et ferma les yeux pour chasser la nausée qui montait en lui. A mesure que l'effet du coup se dissipait, il sentit l'étreinte de Mahmoud se relâcher.

– Adieu, murmura-t-il en se dégageant.

Avant que son père ne pût l'en empêcher, il se précipita hors de la pièce et s'enfuit.

Aucun magnifico n'était autorisé, de par la loi, à parler en tête à tête avec le Capitaine Général des Armées. Face à une menace constante de conspiration, le Conseil des Dix faisait en sorte d'empêcher tout noble d'utiliser les soldats de la Sérénissime à ses propres fins, comme Sforza l'avait fait à Milan. Mahmoud était donc accompagné partout par deux sénateurs, les provveditori generali degli' armi. Ils escortaient le Maure lorsqu'il pénétra d'un pas décidé dans les appartements privés d'Antonio Gonzaga.

Le consigliatore se tenait au fond de la pièce, tournant le dos aux fenêtres à vitraux. Le dôme de San Giovanni Grisostomo se dessinait derrière lui sur un ciel mauve.

– Très révérend signore, murmura Mahmoud, qui se pencha pour baiser la manche de la robe de Gonzaga.

– On me dit que vous désirez me voir pour une affaire

de quelque importance, dit le conseiller avec un coup d'œil aux provveditori. Une affaire privée, dois-je comprendre?

Le Capitaine Général se raidit, n'osant pas toutefois affronter le regard de Gonzaga. Il aurait préféré le rencontrer seul mais cela aurait pu se révéler plus dangereux encore que la situation dans laquelle il se trouvait.

– Une question d'une extrême délicatesse, signore.

– Est-ce à propos de ma fille?

Le visage du Maure exprima un soulagement mêlé – Gonzaga le décela avec plaisir – d'un soupçon de crainte.

– Oui, signore. Auriez-vous eu vent de ce dont je m'apprête à vous parler?

Le consigliatore savait que la prudence était essentielle. Il fallait qu'il surveille ses propos : les deux provveditori, devinant un scandale, se réjouissaient par avance.

– Tout ce que je sais, c'est que Lucia Gambetto a été assez sotte pour transmettre à ma fille des lettres de son demi-frère Ludovici.

Mahmoud allait rectifier quand l'expression de Gonzaga l'arrêta. Il le vit couler un regard en direction des deux sénateurs.

– J'ai cru comprendre qu'une certaine... rencontre... a été arrangée.

– Je me le suis laissé dire aussi, confirma le conseiller. Naturellement, il ne faut pas qu'elle puisse avoir lieu.

La peste soit de ce garçon, pensa Gonzaga. Je n'aurais jamais cru qu'il se confierait à son père. Je dois maintenant trouver un autre moyen. A moins que...

– Je découvre avec soulagement que vous n'étiez pas dans l'ignorance, dit Mahmoud. J'ai estimé de mon devoir de vous prévenir.

– Je vous en suis reconnaissant. Puis-je vous demander de qui vous tenez vos renseignements? De votre fils, peut-être?

Le Maure hésita. Maintenant qu'il y avait moyen d'étouffer le scandale, il jugeait inutile de révéler à Gonzaga – ou aux provveditori – qu'il n'avait pas revu son fils depuis la veille au soir.

– Il a avant tout des devoirs envers Venise. Tout comme moi, signore.

– Vous transmettrez donc mes remerciements. Soyez assuré que je ne permettrai pas qu'on salisse le nom des Gonzaga.

Mahmoud s'inclina pour prendre congé. En quittant le palazzo, il s'efforça de dissiper les doutes qui l'assaillaient. Pourquoi avait-il le sentiment d'avoir été manipulé ? Bah, il avait prévenu Gonzaga, c'était l'essentiel. La vie de son fils – et la sienne propre – ne seraient pas gâchées pour une bagatelle qu'on pouvait s'offrir n'importe où en échange de quelques *zecchini*.

25

L'ombre était devenue l'amie d'Abbas. Toute la nuit, toute la journée, il s'était caché, échafaudant son plan. Le peu d'argent dont il disposait paierait le voyage jusqu'à Pescati à bord d'une galère marchande qui appareillerait avec la marée du matin. Il n'avait aucune idée de la façon dont ils gagneraient ensuite Naples, mais Abbas ne se préoccupait pas de l'avenir. Le plus important, c'était de sortir de Venise.

Ludovici avait une maîtresse – la fille d'un pauvre boulanger qui avait été heureux de troquer une bouche à nourrir contre une bourse de zecchini d'or – et Abbas s'était terré toute la journée dans la chambre que son ami louait pour elle à Guidecca. Le soir, en rentrant, Ludovici avait rapporté à Abbas que la soldatesque de Mahmoud l'avait cherché partout dans la ville, visitant toutes les auberges et tavernes.

– Qu'est-ce que tu as fait ? avait demandé Ludovici, les yeux agrandis par l'inquiétude.

– Je ne peux pas te le dire. Je ne t'ai que trop mêlé à cette histoire.

– Ton petit jeu est devenu dangereux, Abbas, je t'en avertis. Sois sérieux.

– J'ai toujours été sérieux. C'est toi qui as pris mon dessein à la légère. (Le fils de Mahmoud avait souri, désigné de la tête la brune ombrageuse qui les observait de l'autre bout de la pièce.) Cette pauvre fille s'imaginait, je crois, que tu avais l'intention de la partager avec moi. Ne crains rien : je partirai cette nuit sans avoir touché à ta maison ni à ta maîtresse.

Ludovici n'avait pas souri.

– Où iras-tu?

– Je ne peux même pas te dire cela. (Il le prit dans ses bras.) Merci. Tu es le meilleur ami qui se puisse trouver.

Malgré les protestations d'Abbas, Ludovici lui mit de force une bourse dans les mains. Abbas finit par accepter : sans cet argent, il n'aurait pas même eu de quoi acheter une livre de pain en arrivant à Pescati.

L'horloge de la place Saint-Marc sonna minuit. Il resserra son *mantello* autour de ses épaules pour se protéger du froid de la nuit et scruta l'obscurité. Viendrait-elle?

La gondole était attachée à un anneau de fer, au bas des marches du pont. L'eau clapotait doucement autour de l'embarcation. Il entendit un bruit de pas sur les pavés, vit une ombre encapuchonnée sortir de la calle à l'autre bout du pont.

Julia!

Il s'élança; elle le vit et se mit à courir elle aussi.

– Julia, murmura-t-il, les bras tendus.

Il s'aperçut tout à coup qu'il y avait d'autres bruits : des pas derrière lui, sur le pont, et dans la calle, de l'autre côté. La *milizia di notte*!

– Julia, prends garde!

Le capuchon tomba, révélant le sourire mauvais d'un parfait inconnu.

– J'suis pas la beauté que t'attendais? fit l'homme. (A la clarté de la lune, Abbas vit l'éclair d'une lame; il en sentit bientôt la pointe entre ses côtes.) Mais j'sais trouver le cœur d'un homme, moi aussi.

Abbas releva brusquement le genou. L'homme couina comme un porc qu'on égorge, se plia en deux et s'écroula. Abbas gémit : en tombant, l'inconnu lui avait enfoncé sa dague dans le flanc.

Il sauta sur le côté, dégaina son épée. Combien étaient-ils? A entendre les bruits de pas, il devait y en avoir trois autres, peut-être quatre. Dans sa frayeur, il abattit son arme sur le corps étendu à ses pieds, sentit la lame heurter un os. L'homme poussa un cri qui déchira le silence comme la plainte d'une dame blanche.

Soudain les ombres s'animèrent. Abbas recula jusqu'à sentir le parapet du pont contre ses reins. Il entendit le gondolier – maudit pleutre – détacher la gondole et s'enfuir. Deux autres ombres se ruèrent sur le pont, bientôt transformées en silhouettes d'hommes à la clarté de la lune.

A son grand dam, Abbas découvrit qu'ils n'étaient pas aussi inexpérimentés que leur complice, qui continuait à geindre à ses pieds. Ils marchaient sur lui ensemble, l'attaquant en même temps de droite et de gauche. Abbas frappa de son épée, à hauteur de poitrine pour qu'ils ne puissent esquiver en se baissant, mais ils n'avaient pas commis l'erreur de trop approcher. Ils avaient l'air d'attendre quelque chose.

Il perçut un autre mouvement, une ombre passa sur la lune. Un poids s'abattit sur sa tête, ses épaules, et il leva instinctivement la main pour se protéger. Un filet! Comme deux de ses assaillants se jetaient sur lui, il essaya de s'enfuir, trébucha, tomba sur l'homme agonisant, sentit un liquide chaud et collant sur sa main libre, entendit le blessé crier et se débattre sous lui.

Abbas tenta de se relever mais, dans sa panique, ne fit que resserrer le filet sur son corps. Sous lui, l'homme continuait à se tortiller. Il n'avait pas lâché sa dague! Abbas sentit une douleur cuisante à la joue, au nez, et roula sur le côté tandis que d'autres cris s'élevaient.

Cette fois, c'étaient les siens.

Il n'aurait su dire depuis combien de temps il avait repris connaissance. Comme il faisait complètement noir dans la cale, il lui était impossible d'estimer à quel moment la douleur qui lui brûlait la face l'avait tiré de sa torpeur. Il n'avait conscience que de la puanteur du lieu, de la gifle molle des vagues sur la coque et du trottinement nerveux des rats.

Il y avait autre chose aussi, une réminiscence précise de ses débuts sur le champ de bataille : l'odeur de cadavre.

Ses assaillants, quels qu'ils fussent, n'avaient apparemment pas eu pour dessein de le tuer. Pourquoi l'avaient-ils descendu dans cette cale fétide? Il se rappela le filet, la dague lui tailladant le visage. Ils avaient dû l'assommer à ce moment-là.

Il essaya de bouger, s'aperçut qu'on lui avait lié les mains et les chevilles. La douleur de son visage le fit éclater en sanglots. Se ressaisissant, il tenta de réfléchir à son sort. Ce qui lui arrivait était limpide. Julia n'avait écrit aucune lettre. On lui avait tendu un piège.

Gonzaga !

Il entendit des pas, des voix d'hommes. Détournant la tête contre l'intrusion soudaine de la lumière, il se retrouva face à l'inconnu du pont, qui le fixait avec des yeux de poisson mort. A côté gisait un autre cadavre, celui d'une vieille femme vêtue de noir dont on avait tranché la gorge.

Un rire résonna derrière lui. Ses ravisseurs étaient des marins hirsutes et sans souliers, de ceux que l'on pouvait acheter n'importe quel jour de la semaine au quai Marghero pour quelques sequins. Le premier – Abbas sentit immédiatement l'odeur de crasse et de vin bon marché qu'il dégageait – approcha la torche du visage du prisonnier.

– T'es plus aussi beau, maintenant, ricana-t-il. Bartolomeo t'a enlevé la moitié des joues avant de mourir. Bah, ça ne changera pas grand-chose pour toi, de toute façon.

Les deux autres s'esclaffèrent.

Il se pencha vers Abbas, qui se recroquevilla dans une vaine tentative pour lui échapper. La terreur l'empêchait presque de penser.

– Tu vois la vieille près de Bartolomeo ? C'était la duègne de Gonzaga. Elle s'est débattue, ça, on peut le dire. Finalement, elle a eu plus de chance que toi. Tu regretteras de pas être à sa place d'ici la fin de la nuit.

L'un des hommes baissa le pantalon d'Abbas tandis qu'un autre coupait les cordes entravant ses chevilles. Ils lui saisirent les genoux, lui écartèrent les jambes. Il poussa un cri aigu, tenta de se libérer par des ruades mais ils étaient trop forts.

Celui qui avait parlé tira son couteau. Abbas hurla ; sa conscience se fragmenta en détails semblables à des morceaux de verre brisé : les dents pourries de l'homme... les furoncles sur sa poitrine et sur son dos... les cheveux de la duègne morte flottant dans une flaque d'eau croupie...

Ses muscles se raidirent sous les cordes qui enserraient ses poignets, sous les mains et les corps qui maintenaient ses jambes écartées. Il devinait ce qu'ils allaient lui faire ; il savait maintenant pourquoi ils ne l'avaient pas tué au Ponte del' Vecchio.

– Comme ça, tu voulais que la fille du signore Gonzaga

joue avec ses babioles, hein? Peut-être qu'on pourrait les lui apporter pour qu'il les donne à sa fille.

– Noooooon!!!!

Abbas sentit qu'il se couvrait d'urine, ce qui fit rire à nouveau les trois hommes.

– Dis-leur au revoir, Maure!

La lame brilla à la lueur de la torche; le monde se convulsa et bascula dans une fournaise.

Une aube de lait et de marbre. Un cortège funèbre de gondoles drapées de velours noir émergea du Ponte Molino et glissa silencieusement, traversant la Sacca della Misericordia puis la lagune en direction de l'île-cimetière de San Michele. Julia les suivit des yeux jusqu'à ce qu'elles disparaissent dans le rideau de brume. C'était comme si elles emportaient son âme.

Aujourd'hui, on l'emmènerait au couvent de Brescia où elle resterait cloîtrée jusqu'au retour de Serena.

Enterrée vive, plutôt.

Abbas, Abbas.

Où était-il, maintenant?

TROISIÈME PARTIE

ROSE DE PRINTEMPS

26

Les douces eaux de l'Europe, près d'Eyüp

Taches d'or brillant sur la colline, les massifs de tournesols aveuglaient l'œil. Au loin, la ville s'étirait derrière les murailles grises. Tout le harem avait été amené en caïque sur la rive du Bosphore, changement bienvenu dans la monotonie de la vie à l'Eski Saraya.

Allongées à l'ombre des cyprès sur des tapis persans bleu et rouge, les odalisques bavardaient tandis que les géditchis leur apportaient des pêches, du raisin et des sucreries sur des plateaux d'argent. Des musiciens noirs jouaient pour elles de la flûte et de la viole ; des ours, des singes dansaient nonchalamment sur l'herbe.

Assise à l'écart des autres, Gülbehar se regardait dans un miroir au manche incrustré de saphirs – cadeau de Soliman après la naissance de Mustapha – que tenait pour elle une de ses négresses. Elle examina son reflet, releva une mèche brune tombée sur son front.

– Où est Hürrem ? murmura une des femmes en l'observant.

– Avec Soliman, d'après le Kislar Aghasi, répondit une autre. Il passe maintenant toutes ses journées avec elle, en plus de toutes les nuits.

Sirhane, une Syrienne à la chevelure d'un noir de jais, glissa un grain de raisin dans sa bouche.

– On raconte au bazar que c'est une sorcière, qu'elle a jeté un sort au Maître de la Terre. Comment, sinon, aurait-elle pu le ravir si vite à Rose de Printemps et à toutes les autres ?

– Si le Seigneur de la Vie ne daigne plus poser les yeux sur elle, chuchota une troisième femme en regardant la géditchi brosser la longue chevelure soyeuse de Gülbehar, quelle chance avons-nous qu'il s'intéresse à nous?

– On dit que même le grand vizir craint Hürrem, reprit la nommée Sirhane. Le Kislar Aghasi m'a confié que le sultan discute avec elle des affaires politiques et qu'elle le conseille sur ses campagnes.

– Le Kislar Aghasi a une imagination fertile!

– Il jure que c'est vrai.

– Le grand vizir voudrait la faire noyer dans le Bosphore!

– Il n'en a peut-être pas le pouvoir, suggéra Sirhane.

Toutes ses compagnes tournèrent vers elle des visages empreints de perplexité et de scepticisme. Personne n'était plus puissant que le grand vizir! Ravie de toute cette attention, Sirhane poursuivit :

– En tout cas, je suis navrée pour Gülbehar. Le sultan lui a retiré sa faveur.

– Elle est toujours première kadin, objecta une autre fille. Et elle deviendra Valide Sultane. Son jour viendra.

– Certains prétendent que Dieu punit Soliman d'avoir pris une sorcière pour kadin. C'est la raison pour laquelle son dernier fils est mort dans son berceau.

Sirhane haussa les épaules.

– Hürrem a deux autres fils encore en vie. Et elle porte un autre enfant.

– Aucun d'eux ne vaudra jamais Mustapha! s'exclama une odalisque, mettant fin à la conversation.

Les femmes reportèrent leur attention sur l'ours savant, et Sirhane n'osa pas répéter l'autre confidence qu'elle tenait du Kislar Aghasi : Hürrem complotait pour se débarrasser aussi de Mustapha. Ce n'était d'ailleurs qu'une rumeur, et colporter ce genre de bruit était dangereux.

Topkapi Saraya

Le silence régnait parmi les kiosques et les pièces d'eau ornementales. Seuls le soupir du vent dans les platanes et le doux murmure des fontaines dérangeaient les gazelles paissant entre les arbres.

Soliman aimait se promener en ce lieu pour ordonner ses pensées et échapper un moment aux demandes, aux requêtes et aux prières incessantes du Divan et du harem. Autrefois, il y venait seul mais il partageait désormais ce silence avec quelqu'un. Avec Hürrem.

Les cinq dernières années ont été heureuses à nombre d'égards, pensait-il. Lorsqu'il était revenu des chasses d'Andrinople, peu de temps après leur première union, le ventre de la jeune femme s'arrondissait déjà. Au début de l'année suivante, elle avait accouché d'un garçon que, sur l'insistance de la Valide, on avait appelé Sélim.

Soliman n'avait pas partagé la joie de sa mère. Là où elle voyait le renforcement de la lignée osmanli, il ne voyait que conflits. Alors qu'elle se réjouissait de ce sang neuf, il songeait sombrement qu'il serait peut-être répandu un jour. Le souvenir de ce que son père avait fait à sa propre lignée pour assurer son trône ne le quitterait jamais.

En conséquence, Hürrem était devenue sa deuxième kadin. Il ne pouvait la négliger, désormais, et il ne le voulait pas. S'il s'était toujours senti bien auprès de Gülbehar, il n'avait jamais pu partager avec elle le fardeau du pouvoir.

Quand Achmed Pacha s'était révolté en Égypte, l'automne qui avait suivi la naissance de Sélim, il avait envoyé Ibrahim le soumettre, et pendant l'absence de son ami, Soliman avait pris l'habitude de parler de ses problèmes à Hürrem. Il avait découvert avec surprise qu'elle possédait un esprit subtil capable de saisir naturellement les intrigues complexes de la Cour, et avait continué à se confier à elle, même après le retour d'Ibrahim. La prudence de la kadin faisait contrepoids à la témérité naturelle d'Ibrahim.

Elle lui avait ouvert un monde nouveau. Alors que Gülbehar était docile, prévisible, Hürrem le surprenait constamment. A l'une de ses visites, elle pouvait se montrer sombre et passionnée, à une autre, volubile et joueuse. Elle savait aussi bien l'apaiser par ses chants et sa viole que l'exciter en dansant. Elle se vêtait d'un dolman militaire comme un jeune garçon, ou de voiles transparents, comme une houri. Il ne savait jamais à quoi s'attendre avec elle, tandis qu'elle avait la capacité extraordinaire de prévoir l'humeur du sultan.

Le plaisir qu'elle prenait à faire l'amour était impie, et son âme courait un grand danger, il le savait. Un jour, il l'enverrait au *mufti* pour qu'il fasse son éducation, mais pour le moment, cette âme mécréante lui procurait une exquise volupté. Ses cris d'extase lui donnaient un sentiment de pouvoir plus grand que tout le cérémonial du Divan et les prosternations des ambassadeurs apportant des présents.

Hürrem était son plaisir; tout le reste était son devoir. Dieu aurait la patience d'attendre un peu, il en était sûr.

Si la *russelana* – la « petite russe », comme il l'appelait affectueusement – possédait un talent inné pour la politique, elle avait maintes occasions d'en faire usage à l'Eski Saraya. La deuxième kadin avait cultivé l'amitié de sa mère, la Valide, et la nature l'avait aidée à cimenter cette relation en lui donnant un autre fils, Bajazet. Elle n'avait failli qu'une seule fois, quand l'un des jumeaux qu'elle avait mis au monde avait été une fille. Le garçon, Abdullah, était mort l'année dernière, mais Mihrmah avait maintenant trois ans.

Si Hürrem n'était pas une mère aussi dévouée que Gülbehar, Soliman n'en était pas autrement déçu : il la voulait pour lui seul. En outre, Gülbehar était la mère du shahzade, le prochain sultan.

– Je souhaitais te parler, dit-il à sa kadin tandis qu'ils marchaient dans le jardin.

– Oui, seigneur, fit-elle, empressée.

– Il s'agit encore de la Hongrie.

Hürrem hocha la tête. Dans le jardin, elle ne portait pas de voile et laissait le vent agiter sa longue chevelure rousse telle une bannière. Soliman éprouva un sentiment de fierté : il pensait parfois à elle comme à sa création.

– Ferdinand envoie un ambassadeur traiter avec nous, dit-il. Il ignore que le voïvode Zapolyai a fait de même et que son envoyé a déjà rencontré Ibrahim en secret.

La jeune femme connaissait la situation, il le savait. Deux ans plus tôt, les armées turques commandées par Ibrahim avaient anéanti les Hongrois dans la plaine de Mohács. Leur roi avait disparu dans la débâcle, noyé dans un marécage sous le poids de son cheval. La Hongrie se trouvant trop loin d'Istanbul pour être occupée en permanence, elle était devenue une terre dévastée par des bandes rivales, convoitée par des hommes tels que Zapolyai et Ferdinand de Habsbourg, frère de l'empereur du Saint Empire.

– Que vas-tu faire, seigneur?

– Nous avons tué le roi de Hongrie. Les chevaux des Osmanlis ont foulé de leurs sabots la terre de Buda, devenue tributaire de l'Islam. Il n'y a pas d'autre souverain de Hongrie que moi.

– Ce qui t'oblige chaque été à envoyer ton armée reconquérir ce qui avait déjà été gagné l'année précédente.

Soliman réfléchit à cette remarque.

– Les chiens sont toujours à la porte quand il y a des os à ronger.

– Et tu dois faire garder toutes les entrées de la maison, dit Hürrem. Si tu t'occupes trop de l'une, le vrai danger peut t'attendre ailleurs.

– Je ne traiterai pas avec Ferdinand, même s'il le veut. Ce serait échanger un chien contre un loup enragé.

– Et Zapolyai?

– Zapolyai est un voïvode, pas un roi.

– Qu'est-ce qu'un roi? Ce n'est pas la couronne qui fait le monarque mais l'épée. Fais de Zapolyai le gardien de tes portes et accorde-lui ce morceau de fer pour sa tête. En retour, exige un tribut et le libre passage pour tes armées. Qu'il se dise roi, si tel est son plaisir. Tant qu'il n'y a pas de frontière pour toi, tu demeures son maître.

– Il ne peut repousser les troupes de Ferdinand.

– Il peut garder les frontières le temps de lever une armée véritable. Une armée capable d'inspirer à Ferdinand – ou même à Charles – le désir de rivaliser avec elle.

Soliman baissa les yeux vers les eaux sombres du Bosphore, rayées d'écume blanche par le vent. D'un côté l'Asie, de l'autre l'Europe. Ici, à la Pointe du Sérail, la vérité de son empire lui était toujours rappelée : il ne pouvait regarder trop longtemps d'un côté et oublier l'autre. Hürrem avait raison.

– Zapolyai, donc.

– Si le sultan juge mon conseil avisé. En toutes choses, je m'en remets à sa sagesse.

Il hocha la tête, ravi de la diplomatie de sa kadin. Ah! c'était vraiment un trésor rare!

Ils mangèrent des morceaux d'agneau enfilés sur des brochettes d'argent avec des pignons de pin, burent de l'eau de rose dans des gobelets en verre d'Iznik. Après que les géditchis eurent débarrassé, ils restèrent un moment silencieux.

– T'ai-je offensé, seigneur? demanda enfin Gülbehar.

– Non, répondit Soliman.

– Cela fait des mois que tu ne m'as pas demandée. Quand tu viens ici, c'est pour voir Mustapha.

– Tu oses m'interroger?

La première kadin baissa la tête, et le sultan fut désolé pour elle : Gülbehar avait toujours été une bonne épouse. Tout ce qu'elle lui avait demandé jusqu'ici, c'était un peu de satin vénitien, de la soie de Bagdad ou un peigne en écaille de tortue. Et elle lui avait donné Mustapha.

Il n'avait pas voulu la blesser mais à chaque moment qu'il passait auprès d'elle, il la comparait à Hürrem et son agacement croissait. Il ne se sentait plus à l'aise avec Gülbehar; la pitié, la frustration conduisaient inévitablement à la colère.

Il se leva et la kadin, sursautant, releva la tête.

– Tu pars déjà, seigneur?

– D'autres affaires m'attendent.

– Hürrem..., murmura Gülbehar, accablée.

Préférant ne pas relever ce manquement intolérable à l'étiquette, Soliman sortit.

C'était toujours le crépuscule à l'Eski Saraya. Même à midi en été, le soleil ne parvenait pas à chasser l'ombre des interminables couloirs, du labyrinthe de pièces minuscules et de jardins cachés. Les concubines – chevelure ornée de rubis, œil noirci au khôl – apparaissaient fugacement dans les escaliers, fantômes inassouvis et oubliés dans un monde de lanternes voilées, de miroirs baroques et de beauté ternies par la poussière.

Ce monde avait affecté l'humeur de Hürrem. C'est mon héritage, pensait-elle. Je suis à un battement de cœur de mourir enterrée vivante. C'est ce que me léguerait Soliman s'il venait à disparaître maintenant.

Elle était parvenue à sa position en lui donnant des fils, en tissant sa toile autour de lui, en l'aidant à oublier cette resserre poussiéreuse de beauté. Rien de tout cela n'avait été facile. Ses grossesses l'avaient amollie mais après chacune d'elle, elle s'était imposé les massages de Muomi, les privations de nourriture et avait absorbé d'innombrables potions malodorantes préparées par la géditchi pour retrouver sa silhouette. Elle avait donné des nourrices à ses enfants pour qu'ils n'abîment pas ses seins en tétant.

Tout pouvait cependant lui être arraché en un instant. Une seule femme détenait un pouvoir véritable : non pas l'épouse du sultan mais sa mère.

– Muomi! Muomi!

La Noire apparut aussitôt sur le seuil de la porte.

– Maîtresse?

– Approche.

L'esclave s'agenouilla sur le tapis à droite du divan. Le blanc de ses yeux semblait luminescent dans la pénombre de la pièce.

– Je désire que tu me prépares quelque chose.

– Une autre potion, maîtresse?

Hürrem hocha lentement la tête.

– Je veux que tu tues Mustapha.

27

L'Eski Saraya

Les cuisines au plafond voûté situées sous le vieux palais étaient exiguës, étouffantes, imprégnées d'odeurs d'épices et de sueur. La chaleur montait par vagues des fours béants ; les marmites entrechoquées, les cuisiniers qui braillaient, les géditchis voilées traversant rapidement la fournaise constituaient la toile de fond quotidienne d'une agitation confuse.

Personne ne prêta attention à la grande esclave noire portant un plateau d'oranges quand elle se faufila entre les serviteurs et les marmitons. Personne n'avait de raison particulière de la remarquer quand elle ressortit. Et l'observateur le plus attentif ne se serait pas rendu compte que le plateau d'oranges qu'elle emportait était différent de celui qu'elle avait apporté.

A quatorze ans, Mustapha était devenu tout ce que Soliman avait espéré d'un fils. Comme tout prince, il était élevé à l'école du palais, avec l'élite des jeunes garçons recrutés par le *devshirme*. C'était une fine lame, un excellent cavalier, un garçon aimé de tous, le favori des janissaires qui venaient souvent l'encourager de leurs cris au *tcherit* – jeu pratiqué à cheval avec des javelots de bois.

C'était aussi un élève studieux et intelligent, qui avait appris le Coran, le perse et les mathématiques avec facilité. Mais ses autres qualités – autorité naturelle, courage frôlant la témérité et charme – faisaient oublier ces mérites. Soliman savait que les Osmanlis ne pouvaient avoir meilleur shahzade que lui.

Mustapha arborait ce jour-là un hématome violacé sous l'œil droit, qu'il gardait à demi fermé. Le sultan secoua la tête avec une horreur feinte quand son fils s'agenouilla pour baiser le rubis de sa main droite.

– Que t'est-il arrivé?

– C'est tout le temps comme ça, se plaignit Gülbehar derrière lui. Il a reçu un javelot au tcherit. Rien de ce que je lui dis n'y fait.

– Dois-je faire plus attention, père? demanda Mustapha avec un sourire.

– Tu dois faire attention à ne pas recevoir de coups si souvent.

– Il passerait la journée à cheval s'il le pouvait, soupira Gülbehar.

– Il n'y a aucun mal à cela, dit le padichah. Il fut un temps où les *ghazis* n'avaient ni palais où se reposer ni lois à rédiger. Il est bon que le prochain sultan sache ce que c'est que d'avoir un cheval sous lui.

Mustapha eut un sourire complice : il s'était trouvé un allié.

– Il ne sait rien d'autre, dit Gülbehar.

– Un garçon peut avoir trop d'instruction, répliqua Soliman.

Il détailla son héritier : il était déjà presque aussi grand que lui, avait un large sourire et une barbe naissante au menton, des yeux débordant de l'entrain et de l'énergie de la jeunesse. Lorsque Soliman avait son âge, son regard était voilé par le doute et la terreur car il se demandait constamment à quel moment l'ombre de son père tomberait sur lui. Dieu merci, Mustapha n'aurait jamais à connaître cela.

Gülbehar s'assit sur le divan, les mains jointes, le visage figé en un masque désapprobateur.

– Laisse-nous, maintenant, Mustapha. Je désire parler en tête à tête au Seigneur de la Vie.

Le jeune garçon sourit de nouveau, salua son père d'un sala'am, embrassa Gülbehar sur la joue et sortit.

– Tu es trop sévère avec lui, dit Soliman, qui alla s'asseoir sur le divan à côté d'elle.

Les yeux sombres de la kadin étincelèrent brièvement.

– Il est tout ce que j'ai.

– Un jeune homme doit profiter des plaisirs de la jeunesse tant qu'il le peut. Il aura des responsabilités bien assez tôt, Dieu m'en soit témoin.

– Mais il rentre chaque jour de l'hippodrome avec une nouvelle blessure ! La semaine dernière, il est tombé trois fois de cheval ! S'il venait à mourir, je n'aurais plus ni fils ni maître. Ma vie serait finie.

Soliman la regarda durement, fâché qu'elle lui présentât la vérité avec une telle franchise.

– Qu'il soit fait selon la volonté de Dieu, murmura-t-il.

– Tu ne viens ici que pour voir Mustapha.

– C'est mon droit.

– Et moi, n'ai-je plus de droits ?

Gülbehar lui rappelait le *nobet geçesi*, le « tour de nuit » qui était la prérogative de chaque kadin. Selon la coutume, le sultan devait coucher avec elle au moins une fois par semaine.

Il se leva, d'autant plus irrité qu'il se sentait coupable.

– Tu as beau être première kadin, tu n'en fais pas moins partie de mon *kullar*, ma troupe d'esclaves. Obéis à mes ordres et n'aie pas l'arrogance de m'interroger.

Gülbehar perdit contenance devant sa colère. Baissant la tête, elle marmonna :

– Elle t'a ensorcelé.

– Qui ?

– Hürrem ! Elle t'a ensorcelé, elle veut imposer son pouvoir au harem – et même au sultan !

– Et toi, que veux-tu ?

Elle releva la tête, l'air misérable.

– Juste te servir.

– Alors, tais-toi, rétorqua Soliman. Sers-moi en gardant le silence.

Il lui tourna le dos et sortit. Impassibles, les gardes muets de la porte regardaient fixement devant eux comme des statues.

Cette nuit-là après la prière, le *killerdji-bashi* entra dans la chambre de Mustapha pour s'enquérir de ce qu'il désirait manger. Des serviteurs silencieux apportèrent le repas sur un plateau d'or : petits cubes de viande braisée, courgettes farcies de riz, figues à la crème et oranges fraîches.

Comme il le faisait toujours, le killerdji-bashi goûta à

chacun des mets pour s'assurer qu'ils n'étaient pas empoisonnés et sortit. Assis en tailleur sur le tapis, le jeune prince mangea en silence. De temps à autre, il levait l'index de la main droite et l'un des pages s'avançait pour remplir son gobelet d'or.

Quand il eut terminé, Mustapha examina les oranges, en choisit une, la pela et en mordit la chair. Elle était sèche, légèrement aigre. Il la laissa tomber sur le plateau et le repoussa. Aussitôt, un autre serviteur apporta un bol d'eau parfumée dans lequel le shahzade se rinça les doigts avant de se lever et de passer dans la chambre. Les serviteurs avaient coutume de se partager ce qu'il avait laissé; en quittant la pièce, il les vit se jeter sur les restes tels des chiens errants affamés. Ce spectacle l'avait toujours écœuré.

On avait déjà déroulé le matelas dans sa chambre, mais il n'avait pas sommeil. Il alla s'asseoir devant le Coran et lut deux sourates à la lueur de la bougie avant que le premier spasme ne lui contracte l'estomac.

Le temps que Gülbehar arrive, les valets qui avaient servi le repas du prince étaient déjà morts, les yeux exorbités par la souffrance, le corps tordu par les spasmes. Mustapha était pâle, tremblant, mais il vivait encore. Le médecin du palais lui avait administré un émétique, et le jeune garçon gémit quand son estomac, à présent vide, se rebella de nouveau.

Gülbehar tomba à genoux en pleurant et prit son fils dans ses bras.

– Qui a fait cela? cria-t-elle aux serviteurs et aux gardes terrifiés. Qui a fait cela à mon fils?

– Par la barbe du Prophète, nous trouverons le coupable, promit le nouveau Kapi Agha, songeant que si Mustapha était mort, son propre cou aurait trouvé le chemin de la Porte de la Félicité...

Mais Gülbehar n'écoutait pas son bredouillement. Elle se mit à bercer son enfant en sanglotant de chagrin, de peur et de rage.

– Qui a fait cela?

Le killerdji-bashi, goûteur de la nourriture du shahzade, fut remis au bostandji qui l'attendait sous la *Ba'ab-i-Sa'adet,* dans la chambre de torture. Interrogé, il protesta de son innocence entre ses cris, mais on finit au moins par apprendre de lui quel mets contenait le poison en lui faisant avaler de force un peu de chaque plat.

« C'étaient les oranges, rapporta le bostandji. Elles avaient été empoisonnées d'une manière ou d'une autre. »

Soliman ordonna que tous ceux qui avaient pris part à la préparation du repas du prince soient interrogés aussi : les deux cuisiniers et le serviteur qui avait apporté le plateau de la cuisine.

Tous moururent en clamant leur innocence et implorant une pitié qui ne vint jamais.

28

L'eau chaude coulait d'un robinet d'or dans le bassin de marbre. Des corps nus – albâtre, noisette ou ébène – scintillants de perles d'eau sortaient de la vapeur ou y disparaissaient. Des géditchis en chemise de bain puisaient de l'eau dans des bols recouverts d'or et la versaient sur la tête des odalisques.

Assise au bord d'une grande dalle hexagonale chauffée par en dessous, Hürrem laissait Muomi lui savonner le dos puis le rincer à l'eau chaude. D'autres femmes passaient devant elle en détournant le regard, peut-être par jalousie, pensait la kadin, plus probablement par peur.

La Tartare s'abandonna aux mains de la Noire qui lui massait énergiquement le dos avant de passer au ventre et aux cuisses. Elle n'accepterait jamais de devenir grasse et laide : une femme ne pouvait rester sans armes dans cette fosse aux serpents.

Les yeux clos, Hürrem s'efforçait de ne pas ruminer l'occasion manquée de résoudre ses problèmes. C'était elle qui avait eu l'idée des oranges : elle savait que le killerdji-bashi ne se méfierait pas d'un fruit entier. Elle avait percé les oranges avec une aiguille et Muomi avait versé sa ciguë dans les trous minuscules. Seul le hasard avait sauvé le shahzade. Peu importe, elle trouverait un autre moyen.

Ce fut alors qu'elle la vit. Sa chemise de bain diaphane collait à ses seins lourds, et Hürrem nota avec plaisir qu'elle avait pris du ventre. La raison en était claire : l'une des esclaves qui la suivaient portait un plateau de fruits confits.

– Il te faudra bientôt toute une procession d'esclaves, murmura Hürrem quand elle passa près d'elle.

Gülbehar ne l'avait pas remarquée mais reconnut aussitôt sa voix. Elle se retourna brusquement, l'identifia à travers la brume de vapeur.

– Qu'as-tu dit?

– J'ai dit qu'il te faudra bientôt plus de deux esclaves. Elles porteront tes seins sur un plateau pour les empêcher de tomber par terre.

La première kadin lança à la deuxième un regard furieux. Cette effrontée la provoquait!

– Comment oses-tu me parler ainsi? fit Gülbehar, qui avait peine à respirer. Je sais que c'est toi! Tu as essayé de tuer mon fils!

– Tu vieillis. Ton esprit te joue des tours.

– C'est toi, sorcière!

– Alors, cours aviser le sultan de tes doutes. Si tu l'oses.

Les yeux de Gülbehar s'emplirent de larmes brûlantes. Hürrem semblait si sûre de son emprise sur Soliman! Le plus terrible, c'était qu'elle avait raison: il ne la croirait jamais.

– Si tu fais du mal à mon fils, je te tuerai! menaça Gülbehar.

– Je ne pense pas que mon Soliman le permettrait, dit la deuxième kadin en souriant. (Elle posa les mains sur son ventre.) Combien de princes crois-tu que je puisse encore faire sortir de là?

– Mustapha est...

– Mustapha est tout ce qu'il te reste. Moi, j'ai trois enfants, et je peux en avoir beaucoup d'autres puisque le seigneur ne visite plus ta couche. Pourquoi ne parviens-tu pas à l'éloigner de moi, Rose de Printemps? Parce que tu es stupide? ennuyeuse?

– Laisse-moi tranquille!

Hürrem baissa encore la voix pour ajouter:

– Dis adieu à ton petit bourgeon, Rose de Printemps!

Gülbehar lança sa main droite vers le visage de sa rivale. Hürrem riposta à la gifle par un coup sur le côté de la tête. Gülbehar frappa de nouveau, cette fois avec les ongles. Hürrem l'empoigna par les épaules, la tira vers elle et les deux femmes roulèrent sur le sol. La géditchi recula en piaillant, le plateau d'argent tomba bruyamment sur le marbre.

Muomi aida sa maîtresse pantelante, pliée par la douleur, à regagner ses appartements. Ses cheveux pendaient en mèches mouillées autour de son visage; de minces filets de sang mêlé d'eau marquaient son front et sa joue.

La Noire l'allongea sur le divan et la regarda, plus intriguée qu'effrayée. Elle devinait que Hürrem avait délibérément provoqué cette rixe, qu'elle faisait partie de quelque dessein complexe.

– Dois-je faire venir le médecin?

La kadin éclata de rire malgré la douleur. Elle était tombée lourdement lorsqu'elle avait jeté Gülbehar à terre, mais si elle perdait l'enfant, cela conviendrait quand même à ses plans. Deux fils lui suffisaient, de toute façon.

– A quoi me servirait-il?

Tout ce qu'il aurait le droit d'examiner, ce serait sa main – et encore, derrière trois rangées d'eunuques armés.

– Tu es blessée, insista Muomi.

– Apporte-moi le miroir.

Hürrem examina son image : elle avait quelques petites égratignures à la joue, deux autres, à peine plus profondes, au front. Que la garce soit maudite! Elle ne savait même pas se battre convenablement!

– Griffe-moi.

– Maîtresse?

– Griffe-moi!

Hürrem saisit le poignet de la négresse et pressa ses ongles contre sa propre joue.

– Vas-y!

Avec lenteur et application, la Noire creusa quatre sillons profonds dans la chair de la kadin, recommença une deuxième, une troisième fois. Elle sourit tout à coup : c'était si agréable de ne pas être la victime.

– Assez!

– Encore une fois, maîtresse.

Poussant un cri, la favorite écarta son esclave, tendit la main à tâtons vers le miroir. Sa face était un masque sanglant, méconnaissable.

– Es-tu satisfaite, maîtresse? demanda Muomi, haletante, comme si elle venait de faire l'amour.

– Oui.

– Tu crois que ton sultan t'aimera davantage comme ça ? fit-elle.

– Non. Mais il aimera moins Gülbehar, répondit Hürrem, et des larmes de douleur se mêlèrent au sang coulant sur ses joues.

29

L'Eski Saraya tremblait.

Soliman parcourait à grands pas les galeries obscures, suivi du Kislar Aghasi bredouillant de peur, le visage sillonné de petites rigoles de transpiration. C'était à peine s'il parvenait à suivre le Seigneur de la Vie.

Un grand aigle, pensait le chef des eunuques noirs en regardant les pans du caftan blanc flotter derrière la haute silhouette. Et ses serres sont acérées.

Le Maître de Toute Chose avait appris par sa mère, la Valide, l'incident survenu au hammam. Les nouvelles circulaient vite au harem, où il n'y avait quasiment rien d'autre à faire que colporter des ragots. La moindre vétille – un regard dur, un mot malheureux – était rapportée dans l'heure à la sultane Hafise. Et l'épisode du hammam n'était pas une vétille.

Le Kislar Aghasi vit Soliman s'arrêter devant les portes des appartements de Hürrem.

– Préviens-la de ma venue, ordonna-t-il.

Le vieil eunuque hocha la tête, entra, mais ce fut Muomi qui l'accueillit de l'autre côté de la porte.

– Le padichah désire voir ta maîtresse.

– Elle ne peut le recevoir.

Le Kislar Aghasi sembla aussi stupéfait que si elle lui avait répondu dans une langue inconnue.

– Que dis-tu ?

– Ma maîtresse est au désespoir de ne pouvoir accepter l'honneur qu'il lui fait en lui rendant visite ici, mais elle ne peut le voir. Le Seigneur de la Vie ne doit pas poser le regard sur elle tant qu'elle est ainsi défigurée.

– Défigurée?

– Elle espère que le temps guérira ses blessures et qu'elle retrouvera sa beauté, mais elle ne peut laisser le sultan la voir dans cet état.

Le Kislar Aghasi demeurait immobile sans savoir que faire. Comment annoncer au Grand Turc que sa deuxième kadin ne voulait pas le voir? C'était sans précédent.

– Elle doit le recevoir, dit-il enfin.

Muomi soutint son regard en silence.

Il la contourna, passa dans le salon. Hürrem y était assise sur un divan de brocart vert, un voile dissimulant son visage. Elle ne fit aucun mouvement quand il entra.

– Noble kadin...

Elle ne bougea toujours pas. C'est insupportable, pensa-t-il en épongeant la sueur de son front avec un mouchoir.

Elles se jouaient de lui, Muomi et cette petite sorcière rousse.

– Le sultan désire te voir.

Hürrem souleva lentement le voile et le chef des eunuques noirs eut un hoquet de stupeur. De vilaines balafres rouges barraient son nez et ses joues, comme si elle avait été attaquée par un chat haret. Ce n'était pas ce qu'on lui avait rapporté. Selon les rumeurs, bien que l'affrontement eût été peu convenable, aucune des femmes n'avait été gravement blessée.

Il émit un son semblable au sanglot d'un petit animal et sortit à pas pressés.

– Trop défigurée pour me voir? répéta lentement Soliman en fixant le chef des eunuques noirs.

– C'est ce qu'elle dit, seigneur.

– Gülbehar! murmura le sultan.

– Seigneur?

Gülbehar brûlait d'impatience. Le messager du Kislar Aghasi l'avait informée que le sultan se trouvait à l'Eski Saraya, comme elle l'avait espéré. Elle était sûre qu'il venait la voir pour entendre de sa bouche le récit de l'outrage que la Tartare lui avait infligé au hamman. Le serpent s'était enfin démasqué. Soliman la verrait maintenant pour ce qu'elle était. Gülbehar lui révélerait qu'elle avait tenté d'assassiner son bien-aimé Mustapha; il les livrerait, elle et sa sorcière noire, au bostandji, qui les ferait avouer.

La vérité éclaterait, le sultan lui reviendrait.

Elle prépara elle-même le plateau de friandises et de sorbets, s'allongea sur le divan. Ses cheveux avaient été brossés et tressés, son corps baigné et parfumé. Impatiente de répéter au seigneur ce que cette femme lui avait dit – ses provocations, ses menaces contre Mustapha –, elle se releva, alla à la fenêtre, regarda par la grille les eaux miroitantes de la Corne d'Or, et au-delà, les palais aux toits rouges escaladant la colline de Galata : ce monde chatoyant appartenait à son fils. Ici, tout était sombre et froid depuis trop longtemps.

Cela allait changer.

La porte s'ouvrit.

Il n'y eut pas de vieux nègre en sueur pour faire entrer le Seigneur de la Vie dans ses appartements. Pas de temps pour se préparer.

Soliman se tenait sur le seuil, le visage déformé par la rage. Il claqua la grande porte derrière lui, s'avança au centre de la pièce. Gülbehar tomba à genoux devant lui.

– Sala'am, Maître de ma Vie, Sultan des Sul...

Il l'agrippa par le bras, la força à se relever. Elle eut un hoquet de surprise et de douleur – les doigts de Soliman s'enfonçaient comme des pinces dans la chair tendre de son avant-bras.

– Ôte ton voile.

Gülbehar frissonna. Qu'avait-il? Qu'est-ce qui avait pu provoquer une telle fureur? Elle enleva son voile, vit ses lèvres se plisser en une moue méprisante.

– Pas une égratignure...

– Je ne comprends pas, seigneur...

Il leva la main, la gifla, recommença. Au quatrième coup, elle tomba à terre, en larmes. Que se passait-il? Quand il parla de nouveau, ce fut d'une voix si basse qu'elle distingua à peine les mots.

– Si tu m'enlèves le plaisir de contempler son visage, je le jure... je te tuerai.

– Je t'en prie..., seigneur...

– Ta jalousie empoisonne tout le harem!

– Qu'ai-je donc fait?

– Assez! Tu m'entends! Tu es la mère de Mustapha, tu seras un jour la Valide. Contente-toi de cela!

– Que t'a-t-elle raconté? Ce n'est pas moi qui...

Il la saisit par les cheveux, la releva et la roua de coups. La colère grondait en lui et le rendait sourd aux cris de Gülbehar qui demandait grâce. Ce ne fut qu'en voyant le sang rougir la chemise blanche qu'il arrêta enfin. Il la laissa retomber, molle comme une poupée de chiffon, et, les mains écartées du corps, regarda fixement les taches écarlates.

Longtemps elle resta prostrée à ses pieds, sanglotante. Il se tenait au-dessus d'elle, pantelant, soudain atterré par ce qu'il avait fait. Elle leva enfin vers lui un visage aux lèvres et aux yeux tuméfiés.

– Seigneur...

– Silence! fit-il, la respiration sifflante. Ne cherche plus jamais à m'éloigner d'elle.

Sa colère retombée, il se pencha pour prendre Gülbehar par le bras et l'aider à se mettre debout mais elle le repoussa. Il éprouva tout à coup du remords. J'ai failli la tuer, pensa-t-il. Si j'avais eu une dague au poing, je lui aurais ôté la vie. Elle était sa kadin depuis tant d'années et pourtant, dans sa rage, il aurait pu la poignarder.

– Il faut que tu partes d'ici, murmura-t-il. Cela vaut mieux pour toi.

30

L'hippodrome

Güzül était juive. Une fois par mois, on l'autorisait à pénétrer dans le harem pour vendre des pierres et des colifichets aux odalisques, mais ce n'était pas là sa vraie fonction. Dans l'univers clos du harem, Güzül était une créature de l'espèce la plus rare : une messagère. Depuis des années, elle était la voix de Gülbehar pour le monde extérieur.

Elle n'était plus jeune. Sa peau ridée avait la couleur des feuilles mortes, ses yeux éclairaient son visage tels deux petits saphirs piqués sur une bourse de cuir. Pour retrouver un peu de sa jeunesse enfuie, elle teignait ses cheveux au henné et les attachait avec des rubans de couleurs vives, vestige de sa coquetterie passée. Ibrahim devinait qu'elle avait dû être très belle, autrefois.

Elle portait ce jour-là un long manteau de soie cramoisie, un petit chapeau rond, rouge foncé aussi, sur la tête. Avec les bracelets d'argent tintant à ses poignets et à ses chevilles, ses mains et ses pieds passés au henné, ses yeux noircis de khôl, elle avait l'air de la reine des brigands.

Au crépuscule, la pierre du palais d'Ibrahim devenait rose. Les murailles imposantes, les fenêtres aux volets de bois semblaient se faire l'écho de la splendeur du Topkapi qui se dressait non loin de là, de l'autre côté de l'Atmeydani. Elles rappelaient à tous – des cavaliers jouant au tcherit, des fidèles emplissant Aya Sofia aux cordonniers et aux boulangers de la ville, ainsi qu'aux janissaires de la Ba'ab i Hümayun – que le Grec était le vizir le plus grand, le plus riche et le plus sûr que l'empire osmanli eût connu.

Les dimensions de la chambre d'audience rappelaient à Güzül sa propre insignifiance. L'immense tapis sur lequel elle était agenouillée, le trône d'ivoire et d'écaille, les brûle-parfums de cuivre ornés de turquoises, les chandeliers d'argent étaient tous dignes d'un sultan. Ibrahim lui-même, en robe de satin et turban blanc, lui apparaissait tel qu'elle imaginait le Seigneur de la Vie.

Il réussit à paraître plus grand qu'il ne l'est, pensa-t-elle. Probablement à cause du turban, haut de vingt pouces, avec une large bande dorée à sa base. Difficile de ne pas être impressionnée par le personnage, par le rubis qu'il porte au doigt, gros comme un œuf d'oiseau.

Difficile de ne pas être effrayée.

La vie avait été généreuse avec lui. Après en avoir fait son grand vizir, Soliman lui avait bâti un palais de l'autre côté de l'hippodrome et lui avait même donné sa sœur Hafise Sultane en mariage.

L'étoile montante avait entraîné un satellite dans son orbite. Assis au pied des marches de marbre menant au trône d'Ibrahim, l'homme tournait la tête de l'autre côté. Güzül ne pouvait voir son visage mais elle savait qui il était. On disait que le *defterdar* Rüstem était né bulgare, qu'il avait été amené à Istanbul bien des années plus tôt par le devshirme. Éduqué à l'école du palais, il avait excellé en mathématiques puis s'était élevé au rang de surintendant des finances grâce, disait-on, à la protection d'Ibrahim. Cela doit être utile d'avoir pour protégé celui qui tient les cordons de la bourse, pensa Güzül. Si l'on colportait maintes rumeurs d'abus et de pots-de-vin, personne, bien sûr, n'osait élever la voix contre Ibrahim, de peur d'aller voir de plus près les piques hérissant les murs de la Ba'ab i' Sa'adet.

Elle se demanda ce que Rüstem faisait là. Peut-être qu'Ibrahim le consultait aussi à présent sur d'autres questions que les finances.

Le haut personnage remarqua que la messagère dirigeait son regard vers Rüstem mais s'adressa à elle comme s'ils étaient seuls :

– Dis-moi, Güzül, ce qui t'amène dans mon humble sérail.

– Ma maîtresse, la Rose de Printemps, t'envoie ses compliments. Puisse ta maison croître toujours en santé et en prospérité.

– Je la remercie de ses vœux. Que Dieu la préserve et que sa beauté ne se fane jamais.

– *Inch Allah*.

– J'ai entendu des rumeurs, Güzül.

– Lesquelles, seigneur?

– Ta maîtresse se serait querellée avec Hürrem à l'Eski Saraya. On ne peut que prier pour que ce conflit soit résolu à la satisfaction de tous.

La vieille décida d'abandonner le langage poli de la Cour.

– Gülbehar risque l'exil, seigneur.

Le visage d'Ibrahim ne laissa transparaître aucune réaction.

– Encore une rumeur? fit-il.

– Elle te prie d'intercéder pour elle auprès du sultan.

– Je n'ai pas ce pouvoir.

Ce n'est pas ce qu'on murmure au bazar, pensa Güzül. On dit qu'il ne te manque de sultan que le nom.

– Ma maîtresse te demande seulement de parler en sa faveur au Seigneur de la Vie.

– C'est une affaire qui relève du harem et ne me concerne pas. J'aimerais aider Gülbehar, tu le sais, mais cela est en dehors du peu de pouvoir que je détiens. Elle devrait peut-être plaider sa cause auprès du Kislar Aghasi.

– Seigneur, ma maîtresse voudrait que tu songes aux conséquences de son départ.

Le vizir se pencha en avant, un bras appuyé sur le trône.

– Oui, Güzül?

– Tu as toujours été l'ami de Mustapha. Un jour, il sera sultan. Sa mère aimerait garder de toi un bon souvenir.

– Est-ce une menace?

– Non, seigneur. Ma maîtresse tient juste à ce que tu saches qu'elle n'oublie jamais ses amis.

– Ses vertus sont infinies et bien connues.

– Elle aimerait aussi que tu te souviennes qu'elle n'a jamais cherché à défier le pouvoir du grand vizir.

Surpris, Ibrahim s'esclaffa.

– Naturellement.

– Hürrem, elle, est peut-être prête à le faire, maintenant.

Les mots de Güzül résonnèrent dans le silence comme un fer à cheval tombant sur une dalle de marbre. Ibrahim fixa la messagère longuement, les poings serrés sur les bras du trône.

– Tu le crois, Güzül?

– On dit au bazar qu'elle a ensorcelé le sultan.

– L'empire n'est pas dirigé par des marchands de tapis.

– Ma maîtresse te rappelle que Hürrem passe ses journées et ses nuits avec lui. Il lui parle de politique.

– Encore des ragots de harem!

– Ma maîtresse te conjure de parler en sa faveur. Tu es un conseiller sage et fidèle. Elle ne veut que ton bien.

– Je t'ai entendue, Güzül.

– Seigneur...

La vieille femme s'avança, baisa le tapis au pied du trône et sortit à reculons. Ibrahim la regarda, le front plissé par l'indécision. Hürrem, une menace? Impossible! Et pourtant...

Il se tourna vers l'homme qui était demeuré assis au pied du trône, silencieux et patient.

– Qu'en penses-tu, defterdar?

– Il est toujours avisé de ne pas se faire plus d'ennemis qu'il n'est absolument nécessaire.

– Il se prête aux caprices de cette petite Russe, mais... défier le pouvoir du vizir?

– C'est une question à laquelle toi seul peux répondre, seigneur, dit Rüstem.

Ibrahim le dévisagea. Devines-tu ce que je pense, defterdar? Si tu as discerné mon vrai problème en la circonstance – à savoir que le harem est la seule partie de l'empire sur laquelle je n'ai pas prise – tu n'as pas laissé tes doutes se refléter sur tes traits. Il faut dire que tu ne laisses jamais transparaître aucune de tes émotions. Je me demande parfois si tu ressens quoi que ce soit – et c'est pour cette raison que j'ai choisi de t'élever au-dessus des autres. Moi-même, je laisse parfois l'impétuosité de mon sang obscurcir mon jugement.

– La Rose de Printemps est mère du shahzade, reprit Ibrahim. Un jour, elle sera Valide. Je ferai ce que je peux pour l'aider.

– Cela pourrait aussi t'aider à juger de l'étendue du pouvoir de cette fille, ajouta le surintendant.

Le vizir le considéra attentivement. Il n'avait pas songé à cet aspect des choses. Mais Soliman suivrait son conseil, bien sûr. Avait-il jamais fait autrement?

31

Topkapi Saraya

Ce soir il n'appréciait pas la viole d'Ibrahim. L'air sombre, Soliman gardait les yeux fixés sur ses mains tandis que les serviteurs emportaient le dernier plat de rahat-loukoums – ce « repos de la gorge » parfumé à la pistache – avec lequel il terminait tous ses repas. Le vizir finit sa ballade, posa l'instrument et pencha la tête sur le côté.

– Tu sembles soucieux, seigneur.

Le padichah hocha lentement la tête.

– Oui, Ibrahim.

– Est-ce l'envoyé des Habsbourg, Haberdansky ?

Haberdansky ! pensa Soliman avec agacement. Ferdinand avait eu le front de l'envoyer à sa Cour, sans tribut ni cadeaux, pour revendiquer la Hongrie, censée lui revenir par droit de naissance ! C'est avec grand plaisir qu'il avait suivi le conseil d'Ibrahim et montré à l'ambassadeur la véritable hospitalité osmanli dans les cachots de Yedikule.

– Non, ce n'est pas la politique qui me préoccupe, dit le sultan.

– C'est pourtant un problème qui doit être résolu.

– Oui, oui.

– Peut-être, seigneur, informeras-tu ton grand vizir de ta décision quand tu l'auras prise ?

Soliman sourit malgré lui. Il n'y avait aucun reproche dans la voix d'Ibrahim, dont la moue moqueuse semblait plutôt s'adresser à lui-même. Il a raison, pensa le sultan.

Cela fait plusieurs jours qu'il m'a réclamé une réponse définitive à ce sujet.

– Que penses-tu de ce Zapolyai?

– Ce n'est certes pas un roi, mais il fera un bon vassal.

Soliman hocha la tête. Hürrem avait tenu un raisonnement similaire.

– Je suis parvenu à la même conclusion, dit le monarque. Nous en ferons le gardien de nos portes. Il portera la couronne mais tant qu'il nous paiera tribut en or et en esclaves pour le devshirme, le royaume restera nôtre.

– C'est réglé, donc?

– Oui. Fais-en part à son envoyé.

Ibrahim reprit sa viole, en pinça doucement les cordes.

– Il y a un autre problème dont je voulais te parler, dit Soliman.

Même ici, il ne trouvait pas la quiétude et ne pouvait s'empêcher de penser à la guerre qui se déroulait dans son propre harem.

– Oui, seigneur?

– Il s'agit de Mustapha. Il est plein de promesses, tant comme souverain que comme combattant. Il a quatorze ans. Peut-être est-il temps de lui confier une province à gouverner pour éprouver sa capacité à porter le fardeau qu'il devra un jour accepter.

Le vizir reposa l'instrument. Ainsi, c'était vrai! Soliman projetait d'exiler Gülbehar du harem sous couvert de donner à Mustapha son premier poste de gouverneur.

– Il est encore jeune, fit-il valoir.

– Seulement un an de moins que moi quand mon père m'a envoyé à Manisa.

– Un an, cela compte, à cet âge.

– Je pense néanmoins le moment venu. Mais je suis sensible à ton argument : il conviendra que sa mère l'accompagne pour le conseiller. Ils sont très proches. Es-tu de cet avis?

– Je serais plutôt d'un avis contraire, seigneur, répondit le vizir.

– Ma décision est prise.

De surprise, Ibrahim cligna des yeux. Le sultan n'avait jamais pris de décision sans son approbation.

– Il est dangereux de lui faire faire si tôt ses premières armes, argua-t-il. Nous devrions peser soigneusement le pour et le contre.

– Pas cette fois, Ibrahim. Nous n'avons plus à nous en préoccuper.

– Je conseillerais d'attendre au moins un an.

– C'est mon fils. Je le connais bien.

– Mais le nommer gouverneur si tôt...

– Il suffit! J'ai dit que ma décision était prise. Tu es un excellent vizir mais tu n'es pas le sultan!

Ibrahim regarda son maître, dont les yeux brillaient d'une soudaine colère. C'est de la poudre sèche, prête à exploser, pensa-t-il. Quelqu'un d'autre l'a mis en garde contre mes arguments. Qui?

Jugeant dangereux de continuer à le défier, il capitula :

– Seigneur, je m'en remets à ta sagesse.

– Je vais me coucher, dit Soliman. Je suis las.

Le souverain ôta ses vêtements, se coula sous la couverture sur les matelas que les pages avaient étendus sur le sol. Cependant que ces derniers montaient la garde près des deux bougies posées au pied du lit, Ibrahim se remit à jouer sur sa viole un air mélancolique. Les yeux clos, il vit en pensée les cordes de l'instrument s'étendre au-delà des murs gris du palais, au-delà des sept collines d'Istanbul, traverser la mer Noire, la Méditerranée et la mer Égée, les sables de l'Égypte et de l'Algérie, les montagnes de Perse et de Grèce, l'Euphrate et le Danube, les villes saintes de Jérusalem, Babylone, La Mecque et Médine. Au bout des cordes, princes et pachas, cheiks et shahs dansaient sur l'air que lui et Soliman jouaient. Mais, soudain, d'autres cordes pareilles à des tentacules jaillirent de la grande cité; il les sentit s'enrouler autour de son propre corps et de celui de son bien-aimé padichah. Et les mains qui tenaient ces cordes étaient douces, blanches, féminines, avec des ongles écarlates.

La fraîcheur de la pièce le fit frissonner. Pour la première fois de sa vie, il éprouva une légère frayeur.

Soliman chevauchait un étalon blanc dans la cour pavée du palais, le turban frappé du cœur sombre d'une topaze, les plumes de héron ployant au vent. Ses traits avaient une expression fermée que les pages et les gardes qui l'entouraient n'auraient pu déchiffrer même s'ils avaient eu la témérité de le regarder ouvertement. Nul ne s'y risquait, sous peine de mort.

Il vit Mustapha monter agilement sur son propre cheval – le prince paraissait plus à l'aise en selle que sur ses longues jambes de garçon encore en pleine croissance – et tourner un regard plein d'espoir vers l'ombre située au pied de la tour est.

D'une légère pression des genoux, le sultan fit avancer sa monture, l'arrêta près de celle de Mustapha et posa la main sur le bras de son fils.

– Que Dieu te protège pendant le voyage, dit-il.

– Merci, père.

Les joues du shahzade se colorèrent, son ardeur juvénile bousculant la dignité qu'il s'imposait.

– Conduis-toi bien.

– Je ferai de mon mieux pour te servir.

– Ce n'est pas moi que tu sers, Mustapha, c'est l'Islam. Souviens-t'en. Les sultans et leurs princes eux-mêmes ne sont que des serviteurs. L'Islam est notre maître. Va en paix.

– Oui, père.

Soliman sentit un grand poids sur sa poitrine. Comme il lui paraîtrait étrange d'aller au harem et de n'y point trouver son fils! Il entendit du bruit derrière lui, vit trois formes voilées traverser la cour et monter à la hâte dans le carrosse qui attendait – Gülbehar et deux de ses suivantes.

L'une des femmes le regarda longuement de derrière son voile comme si elle espérait qu'il allait s'approcher et lui parler, mais Soliman se détourna.

Quand il tourna à nouveau la tête, elle avait disparu.

Le sultan attendit que le petit cortège ait quitté la cour et que les grandes portes de l'Eski Saraya se soient refermées. Il éprouva alors un curieux sentiment de joie, comme si, enfin, il était libéré d'une partie de son fardeau.

QUATRIÈME PARTIE

LE GARDIEN DE LA FÉLICITÉ

32

La mer Ionienne, 1532

Un stupéfiant contraste de sensations. Les couleurs et l'apparat des cieux, la puanteur écœurante de la bête.

La galère avait l'air de quelque escargot géant, que vingt-sept paires de rames, accrochées à chacun de ses flancs telles des pattes maigrelettes, poussaient à la surface de l'eau bleue. Pavillons et bannières s'agitaient mollement en haut de la mâture; à l'arrière, le lion d'or de Venise semblait assoupi au soleil. La poupe, sculptée et dorée, était couverte d'un dais de pourpre et d'or sous lequel officiers et passagers bien nés étaient étendus à leur aise, sur des tapis ou des divans bas, pressant des mouchoirs parfumés contre leur nez pour filtrer les odeurs épouvantables venues d'en bas qui imprégnaient le grand vaisseau telle une vapeur invisible et maligne.

Les voiles étaient établies sur deux grandes vergues courbes en haut du mât de misaine et du grand mât. Hors de vue, dans la pénombre des entrailles de la galère, vingt-sept rangées d'esclaves nus enchaînés à des bancs de bois, leurs propres excréments croupissant en flaques autour de leurs chevilles. Ils ramaient sans relâche depuis dix-huit heures. Un des sous-officiers descendait l'allée centrale avec du pain imbibé de vin qu'il fourrait dans la bouche grande ouverte de ceux qui semblaient au bord de l'épuisement. On avait réanimé plusieurs galériens qui avaient perdu connaissance en les fouettant avec une corde trempée dans la saumure. Deux d'entre eux n'avaient pas repris conscience et avaient été promptement libérés de leurs entraves et jetés par-dessus bord.

Assise sous le dais pourpre et or, Julia Gonzaga ne voyait rien de tout cela car des rideaux brodés épargnaient aux passagers un tel désagrément. Elle avait cependant aperçu à plusieurs occasions, pendant les dix jours de voyage, les malheureux rivés à leurs rames, et ce spectacle s'était gravé comme au fer rouge dans sa mémoire. Le capitaine lui avait expliqué que ce n'étaient que des païens, des marins turcs et des pirates arabes capturés qui ne valaient guère mieux que des bêtes. Pourtant la jeune femme ne parvenait pas à chasser de son esprit un profond sentiment de honte. Fermant les yeux face à l'éclat aveuglant de la Méditerranée, elle jouait avec les perles de son rosaire en tâchant de diriger ses pensées sur des sentiments plus chrétiens.

C'était la première fois qu'elle quittait Venise la Sérénissime, ce qui l'emplissait à la fois de joie et de frayeur. Pietro, son époux, visitait ses terres de Chypre quand il était tombé malade, deux mois plus tôt. Aux dernières nouvelles, la maladie semblait devoir durer et il souhaitait la présence de sa femme auprès de lui. Julia devinait que c'était l'infirmière et non la femme qu'il réclamait : il n'avait jamais montré beaucoup de désir pour elle, et les secrets qu'il aurait pu lui dévoiler étaient demeurés un mystère. Pour leur nuit de noces, il l'avait embrassée sur la joue puis s'était retiré dans sa chambre personnelle, rituel dont il ne s'était pas écarté depuis.

Les seules fois où elle pénétrait dans la chambre de Pietro, c'était pour le soigner lorsqu'il était souffrant, circonstance devenue de plus en plus fréquente au cours des deux dernières années. Il la faisait asseoir à son chevet jour et nuit pour qu'elle lui lise Platon. C'était l'unique chose qui semblait lui plaire. Julia avait décidé depuis longtemps que son mari était un vieillard irascible, imbu de sa personne, et chaque jour elle maudissait son père de lui avoir donné un tel époux.

La politique. Il ne s'intéressait qu'à cela.

Elle aurait dû apprécier le voyage, l'air vif et salé, la mer étincelante, les fleurs aux brillantes couleurs s'épanouissant sur les îles. Cela constituait un changement agréable par rapport à l'atmosphère cloîtrée du palazzo, les couloirs obscurs, l'odeur de moisi, la monotonie de sa dentelle et des matines. Mais la puanteur montant des bancs des galériens lui rappelait la laideur dissimulée en bas, et celle qui l'attendait à son arrivée. L'odeur d'un vieux mari au corps délabré.

Sans raison, elle songea à Abbas, se demanda ce qui lui était arrivé. Abbas... aucun homme ne lui avait parlé comme il l'avait fait, ni avant, ni depuis. Abbas! Il illuminait son passé comme une icône. Pendant quelques jours magnifiques, elle s'était sentie vivre.

– Des pensées plaisantes, madame?

Surprise, Julia leva les yeux. C'était le capitaine Bellini, un homme grassouillet aux joues rougeaudes et au regard furtif.

– Je vous demande pardon?

L'avait-il vu sourire à travers la dentelle noire de sa mantille?

– On a tellement de temps pour penser pendant ces longs voyages.

– Je songeais à mon mari.

– Ah, fit Bellini. (Il détourna les yeux, tendit le bras vers l'horizon.) Dix jours encore et vous serez réunis. Moins, peut-être, si les vents sont favorables. La rame est un piètre substitut.

– En effet.

Le capitaine tint un moment son mouchoir sous son nez et respira profondément.

– Depuis quand ne l'avez-vous pas vu?

– Cela fait six mois.

– C'est bien long. Il doit vous manquer.

Notant le ton doucement moqueur de la voix, Julia éprouva malgré elle une bouffée de colère.

– Plus que vous ne l'imaginez, répliqua-t-elle, et le rouge que l'embarras fit monter au visage du capitaine la ravit.

Bellini chercha refuge dans un changement de conversation :

– Avec un bon vent..., commença-t-il.

La phrase lui resta dans la gorge. « *Corpo di Dio!* », jura-t-il. Il traversa précipitamment le pont pour aller prendre sa lunette, mais le cri des matelots ferlant les voiles dans la mâture confirma ses craintes.

Les voiles latines d'un galion surgirent soudain de derrière les falaises d'une île distante de moins d'un mille.

– Les Turcs! glapit Bellini, d'une voix rendue aiguë par la panique. (Il dévala les marches qui menaient de la poupe à la passerelle reliant un bord à l'autre par-dessus les rangs des galériens.) Ramez! l'entendit-elle s'égosiller. Ramez!

Des fouets claquèrent, des esclaves protestèrent devant cette nouvelle punition. La galère eut une embardée quand le barreur poussa sur le long gouvernail pour diriger le bateau vers tribord, loin des pirates. Déjà le galion semblait deux fois plus grand à l'horizon. Julia distinguait nettement ses avirons et le mouvement qu'on leur imprimait : plonger-souquer, plonger-souquer.

Soudain le pont grouilla de matelots descendus des vergues pour prendre position à la proue et à la poupe, de soldats saisissant à la hâte leur arquebuse ou leur arbalète. La peur, comme la sueur, suintait de leur corps, tombait de leur bouche en jurons désordonnés.

La longue étrave du galion turc était à présent bien visible, à moins d'un demi-mille, peut-être, de leur poupe.

Plonger-souquer.

Julia agrippa le bras de Bellini.

– Que va-t-il se passer?

Le capitaine la regarda sans vraiment la voir, le regard vide et fixe.

– Je ne crois pas que nous puissions les gagner de vitesse. Corpo di Dio! Où est passée notre escorte?

Il scruta désespérément la mer à la recherche du vaisseau de guerre que, par excès de confiance en lui, il avait laissé disparaître de l'horizon.

– Nous ne pouvons les distancer?

– Ils sont plus légers, plus rapides. En outre, leurs rameurs sont tous des hommes libres – et en bonne condition physique, sans doute. Ils nous ont tendu une embuscade.

– Que va-t-il se passer? répéta la jeune femme, la gorge nouée.

Bellini l'écarta sans répondre et courut sur la passerelle, enjambant les rangées de galériens.

– Ramez! Ramez!

Les claquements de fouet et les cris redoublèrent.

Julia se tourna vers l'arrière et sursauta de frayeur : le galion était à moins d'un quart de mille.

Une incantation étrange montait des bancs des galériens, couvrait les cris du capitaine et des soldats, le battement régulier du tambour de guerre. Défiant les officiers, leurs jurons et leurs fouets, les esclaves avaient entonné une mélopée gutturale :

– *La illaha ilallah Muhammadu rasul allah... La illaha ilallah Muhammadu rasul allah...* « Dieu est grand et Mahomet est son prophète. »

Julia se retourna à nouveau, vit le pavillon vert de l'Islam flotter au sommet du mât du galion, à moins de six cents pieds de leur bateau. Voilà donc les païens dont elle avait si souvent entendu parler. L'Islam diabolique.

Leur *rais* se tenait à l'avant, exhortant ses rameurs, tandis qu'un colosse chauve, torse nu, donnait la cadence sur son tambour. Les avirons montaient et retombaient avec un ensemble parfait. De petits panaches de fumée blanche s'épanouirent à la proue quand plusieurs Turcs ouvrirent le feu avec leur arquebuse. L'un des soldats du vaisseau vénitien eut un gémissement, porta la main à son visage et chancela. Julia entendit un bruit sourd lorsque son corps heurta le fond du bateau.

Plusieurs galériens lâchèrent un cri joyeux.

– *La illaha ilallah Muhammadu rasul allah...*

Le galion fondait sur eux par tribord arrière, à l'abri des pièces de chasse des vénitiens. Il y eut un grondement quand les Turcs firent feu de leurs propres canons. Une gerbe d'eau s'éleva devant la galère; une partie du gréement du grand mât s'écroula dans un craquement.

Paralysée de terreur, Julia entendit les cris que poussaient les rameurs turcs pour effrayer l'ennemi. *Allahu Akbar! Allaaah!* L'un des officiers de Bellini la vit et l'entraîna vers la cale.

– Pour l'amour de Dieu, descendez! Vite!

Elle courut, parvint à l'échelle et se figea en découvrant les rameurs au dos balafré, tirant sans ardeur sur leurs avirons, le visage tendu par la souffrance et l'espoir. Elle releva la tête, vit l'éperon de guerre du galion s'enfoncer dans la coque de la galère, les avirons tribord se briser comme des brindilles. Le craquement fut noyé par les cris des galériens frappés à la tête, à la poitrine, par les manches des rames se redressant brusquement. L'eau stagnant dans la cale rougit, les blessés portèrent la main à ce qui leur restait de visage. Julia vit un homme essayer de rentrer ses viscères dans son ventre béant.

Les ténèbres se refermèrent sur elle.

Lorsqu'elle rouvrit les yeux, elle gisait sur le dos au pied de l'échelle. La descente était déserte ; une brume de fumée blanche dérivait sur le pont. Elle entendit des voix d'hommes, des voix coléreuses criant des ordres, d'autres gémissant ou demandant grâce. Le grincement de l'acier, les détonations des arquebuses faiblirent, remplacés par d'horribles lamentations qu'on eût dites poussées par un millier de démons.

Julia prit lentement conscience que c'était les galériens implorant leur libération.

Elle se traîna jusqu'à la coque et, pressant ses genoux contre sa poitrine, attendit. Elle chercha à tâtons son rosaire, se mit à prier.

– Je vous salue Marie...

Elle entendit des pas au-dessus d'elle, vit trois ombres masquer le jour de l'écoutille. Trois hommes coiffés de turban et armés de sabre incurvé.

Ils s'arrêtèrent sur les marches de l'échelle pour la regarder, puis l'un d'eux cria quelque chose qu'elle ne comprit pas et qui provoqua le rire de ses compagnons. Ils la firent se relever et la traînèrent brutalement le long des échelons.

33

Alger

L'Afrique surgit inopinément à l'horizon : le petit village blanc de Sidi-Bou-Saïd se détacha sur la terre rouge désolée. Derrière se dressait la masse gris acier du mont Ressas.

Le galion doubla la pointe, ses voiles latines gonflées par une brise qui, si elle avait soufflé plus tôt, aurait peut-être pu sauver le misérable troupeau humain parqué dans la cale. Les prisonniers sortirent un par un en clignant des yeux au soleil.

La forteresse d'Alger semblait s'élever de la mer. Dessous, des bâtiments blanchis à la chaux s'accrochaient au flanc de la colline sous les bouches des canons osmanlis et la bannière verte de Mahomet.

Le port grouillait de bateaux, arborant tous le pavillon au croissant vert de l'Islam. Lorsque le navire passa devant le rocher marquant l'entrée du port, les captifs se turent et baissèrent la tête, résignés à leur sort.

En sa qualité de femme, Julia était tenue à l'écart des autres. Elle se risqua à leur jeter un regard derrière la dentelle noire de sa mantille et ouvrit la bouche de stupeur. On les avait mis nus, ne leur laissant qu'une mince bande d'étoffe autour des reins ; on leur avait enchaîné les mains et les pieds. Le dos courbé, tous fixaient les planches du pont ; aucun d'eux ne regardait dans sa direction, pas même Bellini, qu'elle reconnut à peine. Sans son uniforme, il paraissait plus petit et beaucoup plus gros avec son ventre blanc comme de la graisse d'oie.

Julia sentit le sang lui monter aux joues et détourna les yeux. Prenant son rosaire, elle recommença à prier.

Le bateau fut amarré au quai sous la mosquée du port, et bientôt la foule se pressa au bord de l'eau pour les guigner. On fit d'abord débarquer les hommes, les pirates turcs repoussant les Arabes à peau brune en burnous. Ils expectoraient et crachaient sur les Vénitiens, criaient dans une langue gutturale, le visage presque blanc de haine.

Julia sentit son corps se mettre à trembler.

L'un des Turcs – ce devait être leur rais, leur capitaine – la prit par le bras et la fit descendre, puis la poussa devant lui à travers la foule.

Elle n'avait pas perdu espoir. Son mari et son père étaient des magnifici, d'éminents membres du Conseil des Dix. Venise était en paix avec les Ottomans; son mari commerçait avec eux et avait même reçu à sa table des dignitaires de la Cour de Soliman. Le pire qui puisse m'arriver, se dit-elle, c'est qu'on me rançonne. Ce cauchemar ne peut durer.

Elle regarda les visages haineux de la foule autour d'elle, se mordit la lèvre de rage. Païens. Païens!

Le rais la fit avancer d'une bourrade.

La foule les suivit à travers la casbah, le long de rues étroites jonchées de saletés. A leur approche des rats détalaient parmi les détritus. Devant, les autres captifs progressaient en titubant dans un dédale de ruelles. Julia gardait les yeux baissés pour ne pas voir les hommes nus et enchaînés. Des Vénitiens, tous, qui avaient maintenant l'air aussi pitoyables... que les esclaves de leur galère.

Le palais du bey surgit soudain devant eux. On les fit passer par le portail, traverser les enclos à esclaves où des caravanes venues du Sahara apportaient des Nubiens, des Soudanais et des Guinéens. Les Noirs – hommes, femmes, enfants – étaient parqués ensemble; quelques mères donnaient encore le sein à leur enfant, sans la moindre honte, et les hommes étaient entièrement nus.

On mena les prisonniers dans une cour, une vaste esplanade de sable blanc entourée de tous côtés par des colonnades. Des centaines de corps en sueur dégageaient une odeur nauséabonde. Julia entendit un brouhaha de voix parlant des langues différentes, certaines aboyant des ordres, d'autres bégayant de peur, d'autres encore marchandant véhémentement. Elle s'immobilisa, étourdie. Le rais la poussa devant lui en jurant.

La jeune femme se rendit compte qu'elle avait perdu de vue les autres prisonniers et se sentit abandonnée. Aussi désespérés et impuissants qu'ils fussent, ils constituaient son dernier lien avec le monde qu'elle connaissait.

Ils passèrent dans une autre cour, déserte celle-là, bien que le sable gardât l'empreinte de nombreux pas. Julia leva les yeux.

Un homme ventru au teint bistre était assis à l'ombre sur une pile de coussins. Un jeune garçon noir se tenait derrière lui et l'éventait avec des plumes d'autruche. L'obèse portait un caftan blanc brodé de fil d'or, un turban orné d'une grosse turquoise. Le rais s'adressa à lui en phrases rapides dans lesquelles la captive crut entendre plusieurs fois le même mot : ***giaour***.

L'homme gras la détaillait, un sourire aux lèvres. Il leva un bras et le jeune nègre laissa tomber son éventail pour l'aider à se mettre debout.

– Quel est ton nom?

– Vous parlez notre langue? s'étonna Julia.

– Bien sûr. Pour qui me prends-tu? Pour un barbare? (Il s'approcha d'elle.) Et toi, tu parles la nôtre?

– Non, bien sûr.

Il sourit de nouveau, souleva la mantille. Julia se raidit : aucun gentilhomme vénitien n'aurait touché au voile d'une femme; c'était un privilège réservé à son époux. Pourtant, elle n'osa pas repousser la main. Elle avait eu cette audace avec le rais, le jour de leur capture, et il l'avait giflée pour la peine. La joue lui en cuisait encore.

Le gros homme lança un regard au rais.

– Il a raison, tu es belle. Comment t'appelles-tu?

– Julia Gonzaga. Mon père et mon mari sont tous deux membres du Conseil des Dix. Ils vous récompenseront largement si vous me rendez à eux.

– Mon sultan me récompensera plus encore, répondit l'homme. Permets-moi de me présenter. Mon nom est

Méhémet Ali-Osman, je suis bey d'Alger, serviteur du sultan Soliman, Roi des Rois, Seigneurs des Seigneurs, Empereur des Sept Mondes.

Il ajouta en s'inclinant :

– Je suis à son service pour la vie. Comme tu l'es à présent.

– Je ne suis au service de personne.

– Tu as trop d'orgueil. L'orgueil et la beauté vont souvent de pair, mais peu importe.

Il se mit à tourner autour d'elle en l'examinant minutieusement, nouvelle humiliation que la jeune femme subit en gardant les yeux fixés sur le sable. Quand il fut à nouveau devant elle, il avança une main potelée et pressa doucement un sein, comme il l'eût fait pour choisir un fruit. Julia recula avec un cri.

Le rais fit un pas vers elle mais le bey secoua la tête et rugit de rire.

– Ta pudeur n'a plus de sens, maintenant, *bellissima* !

Il se tourna vers le chef corsaire et pendant cinq minutes, les deux hommes discutèrent avec âpreté. Julia ne comprit pas un mot mais l'expression du rais, sa façon de parler lui firent espérer qu'il allait tirer son épée et clouer le bey au mur. Jamais elle n'avait autant haï quelqu'un que ce petit homme gras qui avait osé attenter à sa pudeur.

Mais plongeant une main dans les plis de sa robe, le bey sortit une bourse en cuir, l'ouvrit, fit tomber quelques pièces d'or dans sa main et les tendit au corsaire. Le rais partit d'un grand rire et tapota l'épaule du bey comme s'ils étaient de vieux amis. L'inimitié de l'instant précédent avait brusquement disparu. Le capitaine s'éclipsa, laissant la jeune femme seule avec Méhémet Ali-Osman.

– Julia, ma bellissima, tu fais désormais partie du kullar de Soliman.

– Mon père...

– Ton père n'existe plus, ni ton mari. Le Kislar Aghasi me paiera bien pour une beauté telle que la tienne ! Tu me rapporteras dix fois ce que je t'ai achetée.

Le bey frappa dans ses mains, deux soldats enturbannés surgirent de l'ombre.

– Emmenez-la et gardez-la bien. Veillez à ce qu'elle

ait à manger et à boire. Qui sait? Elle sera peut-être la mère du prochain sultan!

Entraînée par les soldats, Julia entendit le rire de Méhémet Ali-Osman résonner dans la cour déserte.

Une mer infinie dont l'éclat blessait l'œil; de violentes tempêtes d'été qui lui donnaient la nausée et l'affaiblissaient, dans la puanteur de la cale souillée de vomi. Pendant des semaines, ils naviguèrent à travers l'Empire osmanli, apercevant de temps à autre le mirage d'une île ou d'une côte lointaine.

Ni la terreur ni le mal de mer ne la quittaient un seul instant. Les Turcs lui jetaient des regards concupiscents; aucun d'eux cependant n'osa la toucher ou même l'offenser. Elle appartenait au sultan, désormais.

Ils lui apportaient une nourriture à peine mangeable, mais Julia remarqua que c'était le même plat de riz et de viande séchée qu'ils avalaient. On lui donna une cabine en bas, gardée nuit et jour par deux membres de l'équipage. Bien qu'elle sentît les yeux des marins sur elle chaque fois qu'elle montait sur le pont, aucun n'essaya jamais de lui parler ou de communiquer avec elle de quelque façon.

Elle songea un jour à se jeter par-dessus bord mais une partie d'elle-même s'accrochait à l'espoir. Son père la ferait libérer, elle n'était pas encore l'hétaïre du sultan. Le temps qu'elle arrive à Istanbul, il aurait appris sa capture et une délégation de l'ambassadeur vénitien attendrait sur le quai afin de négocier la rançon.

Un matin, elle monta sur le pont pour découvrir les montagnes pourpres de l'Anatolie se dressant à l'horizon, enveloppées de brume. Ils relâchèrent à Smyrne, et Julia ressentit un soulagement teinté de peur: l'attente touchait à sa fin.

Quelques jours plus tard, au crépuscule, ils passèrent devant Troie, franchirent le détroit des Dardanelles et jettèrent l'ancre dans le bleu laiteux de la mer de Marmara en attendant l'aube.

La mer était étale, brillante et grise comme une lame de sabre. Istanbul apparut telle une main émergeant de la brume, les minarets d'Aya Sofia se tendant comme des doigts vers le ciel. Le soleil se reflétait sur les dômes dorés des mosquées des sept collines, chassait le brouillard niché au pied des digues et de la Pointe du Sérail. L'eau fourmillait de caramousals grecs et de caïques rapides. Julia aperçut même le lion d'or de Venise au sommet du mât d'une galère, à moins de trois cents pieds d'elle. Si proche...

Ils doublèrent la pointe, s'engagèrent dans le bras recourbé de la Corne d'Or. Aucune légation de la Sérénissime ne les attendait. Les mains crispées sur le bastingage, Julia ferma les yeux, consciente de devoir renoncer maintenant à tout ce dont elle gardait le souvenir.

34

Manisa

Gülbehar observait les cavaliers depuis l'une des fenêtres grillagées du palais. Les fers des sabots résonnaient sur les dalles de la voie romaine, lui rappelant les cloches qui marquaient les heures à l'Eski Saraya d'Istanbul. Un autre monde, pensa-t-elle. Ni les escaliers poussiéreux ni les pièces exposées aux courants d'air ne lui manquaient mais elle regrettait sa présence. Quand elle était sa favorite, elle avait senti sa chaleur. Maintenant, sa couche était toujours froide.

Maintenant, sans Mustapha, elle n'aurait rien.

Le soleil s'était couché derrière les collines, baignant les champs d'orge et de blé d'une couleur sépia. Le vent apportait à ses narines une odeur de feu de bois.

Les cavaliers se rapprochaient, elle les distinguait nettement à présent. Ils étaient une dizaine. L'un d'eux galopait loin devant les autres et ses cris, même à cette distance, retentissaient dans la vallée. Les cheveux bruns, la barbe peu fournie, il portait une robe ample et un turban. Un cerf, le garrot percé d'une flèche, gisait en travers de sa selle. Le sang coulant de la blessure avait taché le flanc du cheval.

Mustapha.

– Nous dînerons de gibier, murmura Gülbehar pour elle-même.

Son fils avait l'air content de lui. Nul doute qu'il les régalerait toute la soirée du récit de sa chasse.

Il monte comme un vrai shahzade, se dit-elle en le

regardant. Sa jeunesse et son manque d'expérience ne l'intimident pas. Il cria quelques mots, qui se perdirent dans le vent, et les autres sipahis s'esclaffèrent. Quel fils! pensa Gülbehar. Bon cavalier, bon chasseur, il brillait aussi dans les études, parlait le perse et l'italien aussi bien que le turc. Aimé des janissaires, il occupait, à dix-huit ans, le poste de gouverneur de Manisa depuis bientôt quatre ans.

On disait déjà de lui qu'il serait le plus grand des sultans osmanlis, plus grand encore que son père. Tant de talents, si peu de défauts. Ah! mais ils ne te connaissent pas comme moi, pensa Gülbehar. Tu as un défaut, auquel tu es aveugle. Et qui te tuera si je ne te sauve pas.

Les cavaliers franchirent la porte de chêne et de fer, descendirent de cheval dans la cour. Mustapha leva les yeux vers la fenêtre grillagée et agita la main. Il ne pouvait voir sa mère mais il savait qu'elle était là à le regarder.

Un fils aussi magnifique. Un lion.

Un agneau.

Les années d'exil ne l'avaient pas changée. Extérieurement, elle était la même – bien qu'un observateur attentif eût remarqué les fines rides que l'amertume avait tracées autour de ses yeux et aux coins de sa bouche – mais le cœur de la Rose de Printemps s'était hérissé d'épines. Sa beauté l'avait rendue passive, car elle lui avait tout donné, et son caractère aurait même accepté de perdre Soliman.

Mais elle ne les laisserait pas prendre Mustapha; elle ne laisserait pas cette sorcière faire du mal à son petit.

Ils mangèrent en silence. Encore tout excité, Mustapha avait raconté trois fois sa chasse avant que l'humeur maussade de sa mère ne le gagne. Ravi de ses prouesses, il lui en voulait de sa morosité.

– Cette viande est bonne, non? insista-t-il.

– Délicieuse, murmura-t-elle. Parle-moi encore de ta chasse.

– Tu n'es pas vraiment intéressée, mère. Ne nous jouons pas la comédie.

Gülbehar leva les yeux vers lui. Même assis en tailleur, il la dominait. A dix-huit ans, il mesurait plus de six pieds. Il avait une barbe soyeuse, des yeux vifs sans cesse en mouvement qui reflétaient sa fougue et son énergie inépuisable. Il lui rappelait son propre père, un bandit des montagnes monténégrines.

– Qu'y a-t-il? finit-il par demander.

– Tu dois penser à ton avenir.

– Mon avenir? fit-il en riant. Il est on ne peut plus simple. Je suis gouverneur de Kutayah; un jour je deviendrai sultan des Osmanlis.

– En es-tu sûr?

– Mère, je t'en prie...

– Cela fait quatre années que nous sommes partis. Ton père demande de moins en moins à te voir. Pendant ce temps, la sorcière obtient de lui de plus en plus de faveurs.

– C'est mon père, cela suffit. La façon dont il conduit son harem ne me regarde pas.

– Tu es aveugle.

– Tu vois des complots partout.

– Elle a essayé de t'empoisonner!

– Nous n'en avons aucune preuve.

– Qui d'autre voudrait ta mort?

– Les Osmanlis ont beaucoup d'ennemis.

Gülbehar pressa ses mains l'une contre l'autre à en faire blanchir les jointures.

– C'était elle. Tu te dresses entre le trône et sa progéniture.

– Mon père ne me trahirait pas.

– Il ne voit même pas ce qui se passe sous son nez.

– Que voudrais-tu que je fasse?

Gülbehar baissa les yeux.

– Tu as de nombreux amis, à la Porte. Il est peut-être temps de songer à en faire usage.

– Dans quel dessein?

– Ton grand-père te l'aurait appris.

Le prince blêmit.

– Je ne lèverai pas la main contre mon père. C'est un péché devant Dieu.

– On en commet de plus grands en ce moment même au palais d'Istanbul.

Mustapha fit signe à l'un des serviteurs sourds-muets, qui s'avança avec un bol d'eau parfumée. Le shahzade se rinça les doigts, laissa l'esclave les lui essuyer.

– Le trône me reviendra selon la volonté de Dieu. Je ne lèverai pas la main contre mon père. (Il pressa le bras de

Gülbehar.) Je t'aime, mère, mais tu vois des fantômes partout. Si Hürrem est mon ennemie, elle en répondra un jour.

Après le départ de son fils, Gülbehar resta un long moment à méditer puis demanda à l'une des servantes d'aller chercher Güzül.

Eski Saraya

Julia n'avait jamais rien vu d'aussi laid.

Le Kislar Aghasi était jeune, guère plus âgé qu'elle, probablement. Sur un caftan de soie fleurie, serré à la taille par une large ceinture d'étoffe, il portait une pelisse vert émeraude doublée d'hermine dont les longues manches balayaient le sol. De gros rubis ornaient ses petits doigts boudinés qui tambourinaient impatiemment sur le bras du fauteuil. Un chat blanc assoupi ronronnait sur ses genoux.

Aucun de ces raffinements ne pouvaient faire oublier qu'il était d'une grosseur repoussante. Des rouleaux de graisse tremblotaient dans les plis de ses vêtements; quant au visage, on eût dit qu'un artiste l'avait sculpté dans la terre puis en avait effacé les traits principaux dans un grand geste de dégoût, ne laissant qu'une masse floue et grossière.

Julia avait appris un peu de turc pendant son long voyage, et dans les propos abrupts qu'il tint aux gardes qui l'avaient amenée, elle reconnut des mots familiers : « giaour », « bey d'Alger », « femme ».

– Ôte-lui son voile, ordonna-t-il.

Elle avait aussi appris qu'elle pouvait s'épargner une humiliation de plus en accédant elle-même à ce genre de demande plutôt que de les laisser la toucher avec leurs mains sales. Elle leva le bras, défit sa mantille.

Le Kislar Aghasi sursauta, se dressa si brusquement qu'il fit tomber le siège massif sur le sol.

– Hors de ma vue! Emmenez-la!

Stupéfaits par sa réaction, les gardes demeuraient immobiles.

– Hors de ma vue! vociféra-t-il de nouveau.

Et sans attendre que les gardes obtempèrent, il sortit par une autre porte.

Le *Kubbealti*, la Salle du Divan, était le moyeu autour duquel tournait la grande roue de l'empire; ses rayons s'étendaient jusqu'à Alger, la Grèce et la Hongrie, la Crimée, la Perse et l'Égypte. Depuis quatre-vingts ans, dans cette petite salle située sous la tour de guet de la deuxième cour, les sultans osmanlis tenaient audience quatre jours par semaine, du samedi au mardi, écoutant les requêtes, résolvant des questions juridiques, recevant des envoyés étrangers, décidant de toutes les affaires de l'État. Chaque problème, de la plus humble querelle entre marchands à la déclaration de la guerre, était examiné en ce lieu.

Le matin de l'audience, une longue queue s'étirait dans un silence absolu à travers les jardins de la deuxième cour, où les requérants attendaient leur tour d'exposer leur affaire au sultan. Soliman, en caftan de satin blanc, siégeait sous un dais en face de la porte, le grand vizir à sa droite, les *kazi-askers* de Roumélie et d'Anatolie – les provinces d'Europe et d'Asie de l'empire – assis en dessous de lui. Aghas, *pachas et muftis* prenaient place de chaque côté par ordre de préséance, tandis que les scribes s'installaient à même le sol avec leurs plumes et leurs parchemins, prêts à consigner les décrets et les jugements impériaux.

Seul le sultan avait le droit de parler. D'autres pouvaient donner leur avis, uniquement lorsqu'il le leur demandait, ou qu'il les consultait sur un point particulier de droit religieux ou séculier. Le padichah tranchait en dernier ressort.

Apparemment, Soliman était las de ce privilège puisque Ibrahim le remplaçait aux réunions du Divan et lui rapportait ses décisions deux fois par semaine afin que le sultan les ratifie. On avait percé dans le mur, au-dessus du divan d'Ibrahim, une fenêtre permettant à Soliman d'assister aux audiences quand l'envie l'en prenait, mais le vizir savait qu'il le faisait peu souvent.

Ibrahim était préoccupé par les changements qu'il avait constatés chez son maître. Peut-être étaient-ils allés trop loin, trop vite. Ils avaient conquis Rhodes et Belgrade, écrasé les Hongrois et leur roi à Mohács. Soliman avait accompli plus que son père, plus que le légendaire

Méhémet el Fatih lui-même, et sa gloire était établie. Depuis la dernière expédition de Vienne, il avait l'air renfermé, taciturne.

C'est la sorcière, pensait Ibrahim.

Ce matin-là, les requérants durent attendre tandis que le grand vizir débattait avec ses généraux de l'objet de la campagne d'été dans les Terres de la Guerre. Ibrahim donna d'abord la parole au mufti.

– Tôt ou tard, le sultan devra s'occuper du shah de Perse, Tahmasp, qui ose offrir asile aux hérétiques de la *shi'a* et envoie ses cavaliers empiéter sur nos frontières. Il offense l'Islam. Le commandeur des croyants doit le mettre au pas!

Le grand vizir inclina la tête en signe de déférence envers le juge islamique – bien qu'il eût préféré, pour sa part, planter la tête de ce charlatan sur une pique au-dessus de la Porte de la Félicité. Il s'adressa aux généraux :

– Je suis de l'avis du mufti : le shah est une offense à Dieu et au sultan. Mais devons-nous prendre un canon pour écraser un moustique? Le plus beau cadeau que nous puissions faire à Dieu, c'est la prise de la Pomme Verte.

Ibrahim se référait à Rome. De fait, chaque sultan, avant d'accéder au trône des Osmanlis, devait traditionnellement répondre à cette question de l'agha des janissaires : « Peux-tu mordre dans la Pomme Verte? » Autrement dit : « Peux-tu nous livrer Rome? »

Il marqua une pause pour laisser à ses propos le temps de faire leur effet, puis reprit :

– La plus grande menace pour nous ne vient-elle pas de l'homme qui se dit chef du Saint Empire? Pour le moment, François lui pose des problèmes sur son flanc sud; Luther l'hérétique prêche la rébellion contre le pape, et les nobles de Charles se font la guerre entre eux. Il faut frapper l'ennemi quand il est le plus faible. Les murailles de Vienne sont prêtes à s'écrouler. Toute la chrétienté tremblera ensuite à notre approche!

Se tournant vers le chef des janissaires, il demanda :

– Qu'en penses-tu, Achmed?

L'homme pesa soigneusement sa réponse. Il n'avait pas oublié Rhodes.

– Il faut manger quand la marmite est pleine, seigneur. Mes hommes sont impatients de tremper leur sabre dans le sang.

Ibrahim interrogea du regard les autres généraux, Mahmoud, agha des sipahis, et Céhangir, kazi-asker de Roumélie, qui se prononcèrent tous deux pour Vienne.

– Nous aurons tout le temps de nous occuper de Tahmasp, ajouta Céhangir. Attaquons et déposons Vienne aux pieds de notre padichah !

Le vizir sourit. Six ans s'étaient écoulés depuis leur dernière grande victoire. Aucun empire ne pouvait connaître le repos. Les ghazis le savaient : dès qu'un homme descend de son cheval, ses muscles commencent à s'amollir. Peut-être aussi que sur la longue route menant à Vienne, Soliman redeviendrait lui-même et oublierait cette femme du harem qui le rendait si faible.

– Alors, c'est décidé, trancha Ibrahim. Le sultan va à Vienne.

35

Eski Saraya

La première fois, elle avait été quasiment paralysée d'horreur et de gêne. Julia ne se rappelait avoir été nue que dans son propre bain, et même alors, elle s'était sentie en état de péché sans ses vêtements. Mais, dans ce palais des païens, les femmes paraissaient y prendre plaisir.

On l'avait déshabillée, forcée à se baigner – la Gardienne des Bains avait eu une grimace de dégoût devant la puanteur de ses vêtements – puis on lui avait fait subir l'opération la plus humiliante qu'elle pût imaginer pour une chrétienne : on l'avait rasée, épilée complètement – sous les bras, dans les narines, les oreilles, et... Encore maintenant, elle fermait les yeux en y repensant. Il n'y avait pas de mot pour ce qu'elle éprouvait. Jamais elle ne pourrait retourner à la Sérénissime et regarder son père ou son mari dans les yeux. Ils sauraient. Elle se sentait avilie, honteuse.

Le rituel du bain ravivait sa souffrance. Chaque jour on la contraignait à y venir, à se mettre nue devant les autres femmes et à se soumettre aux soins des géditchis. Julia s'efforçait d'éviter le regard des autres odalisques et d'imaginer qu'elle était ailleurs. Elle ne comprenait pas les rires et les railleries murmurées derrière son dos, bien qu'elle eût appris la langue turque en quelques semaines.

Elle ôta sa chemise de bain, se glissa dans l'eau. Au bord du bassin, deux femmes – l'une à la peau brune et au nez aquilin, l'autre blanche comme l'albâtre, avec une étonnante chevelure bleu-noir – inspectaient mutuellement leurs corps en quête de poils. L'examen devint plus intime et Julia aurait dû fermer les yeux, elle le savait, mais une terrible fascination l'incitait à continuer à regarder.

La fille à la peau basanée ouvrit les cuisses de sa compagne, promena nonchalamment les doigts sur le giron, sur les lèvres du *kouss*, qu'elle écarta doucement. L'autre fille haleta, murmura des encouragements que Julia ne comprit pas. L'Égyptienne se rapprocha, commença à remuer très lentement le majeur, et Julia s'aperçut que le doigt était entré à l'intérieur de l'autre femme !

Corpo di Dio ! Une vision de l'enfer ! L'entendant hoqueter, la petite Égyptienne se retourna et lui adressa un sourire moqueur. La tête rejetée en arrière, l'odalisque à la peau blanche balayait le bord du bassin de ses longs cheveux, gémissait et soulevait les fesses, poussant son bas-ventre contre les doigts de l'autre.

Abasourdie, Julia détourna la tête, et son regard croisa les yeux les plus noirs, les plus profonds qu'elle eût jamais vus.

– Tu es la giaour, dit la femme.

Julia acquiesça timidement. Giaour, comme elle l'avait appris, signifiait « chrétien ».

– N'aie pas peur.

Il y avait dans cette voix une douceur que Julia trouva rassurante.

– Que font-elles ?

La femme haussa les épaules.

– Elles chassent la tension de l'ennui. Pourquoi pas ? Ici, il n'y a pas d'homme pour le faire.

La Vénitienne jeta aux gardiens noirs un regard perplexe mais s'abstint de toute remarque. Elle se sentait déjà si stupide.

– Quel est ton nom ?

– Julia.

– Moi, c'est Sirhane. Je viens de Syrie. Mon père m'a vendue au devshirme.

– Le devshirme ?

– C'est comme un tribut. Les hommes du sultan viennent tous les deux ou trois ans, prennent les meilleurs garçons et les meilleures filles pour le service royal.

– Je suis désolée.

– Pourquoi ? Je désirais venir. Sais-tu ce que je ferais en ce moment si je n'étais pas ici ? La cueillette du coton ! Que préférerais-tu ?

Julia ne répondit pas.

– Toutes ces femmes appartiennent au sultan ? demanda-t-elle. Elles sont toutes ses concubines ?

Sirhane eut un sourire amusé.

– Non, bien sûr ! Il n'a que deux kadins, dont l'une est exilée à Manisa. Reste Hürrem, mais comme elle se fait vieille, cela nous laisse de l'espoir.

– Je ne comprends pas. Parle plus lentement.

Sirhane s'approcha et, à la grande horreur de la giaour, lui passa un bras autour des épaules.

– Tu as besoin de quelqu'un qui s'occupe de toi. Tu ne sais donc rien, chrétienne ?

– Je veux juste rentrer chez moi, marmotta Julia.

– Tu as un mari ?

– Oui.

– Est-ce un bon amant ?

Julia ne connaissait pas le mot turc, pour « amant », et n'en aurait pas compris le sens si elle l'avait connu.

– Il est vieux, répondit-elle cependant avec à-propos.

– Alors, pourquoi pleurer ? Si le *kismet* t'est favorable, tu auras le meilleur mari au monde : le sultan Soliman lui-même !

– Je suis déjà mariée.

– Oh, giaour, s'esclaffa la Syrienne, tu as tant à apprendre !

Julia sut d'instinct qu'elle avait trouvé une amie, et son corps fut pris d'un tremblement incontrôlable. Quelqu'un pour l'aider, la conseiller, lui expliquer ce qui se passait. Elle se blottit contre Sirhane, sentit la chaleur et la douceur de son corps malgré l'eau, ainsi qu'une odeur qui lui rappela celle de sa mère. Elle passa un bras hésitant autour du cou de Sirhane et fondit soudain en larmes en pensant à son confesseur de Santa Maria dei Miracoli : elle venait de s'éloigner plus encore de Venise et de Dieu.

Devant la fenêtre grillagée donnant sur le hammam, le Kislar Aghasi pleurait.

Qu'on me brise les os, qu'on me transperce de fers rouges, qu'on me fouette avec une lanière renforcée de fer plutôt que me faire subir ce supplice, pensait-il. Si j'en avais eu le courage, je me serais tué depuis longtemps. Quel démon aurait imaginé torture plus raffinée que priver un homme des moyens d'aimer une femme tout en laissant en lui un désir aussi puissant que lorsqu'il était jeune?

Le jour déversait sa lumière par les centaines de petites lucarnes rondes de la haute coupole. La vapeur et l'haleine des femmes embrumaient le hararet. Étendues sur des dalles de marbre chauffées, assises au bord des bassins, elles se tressaient les cheveux l'une l'autre, ôtaient leur chemise transparente pour se glisser dans l'eau et s'asperger les seins, ou s'étirer langoureusement. Il voyait la silhouette floue de Julia à travers les nuages de vapeur montant vers le plafond, la fille qui s'approchait d'elle et la prenait dans ses bras...

Les doigts du Kislar Aghasi se crispèrent sur le grillage d'acier de la fenêtre.

Oui, plutôt être mort.

Soliman considérait le jeune enfant à la lueur tremblotante de la bougie. Il était si maigre, si pâle. Il tendit une main hésitante, toucha le dos du nourrisson, sentit la bosse grotesque sur la colonne vertébrale, fit courir ses doigts le long des jambes, minces comme le canon d'une arquebuse.

– Il mange? demanda-t-il.

– Ses nourrices disent qu'il a peu d'appétit, qu'il ne grossit pas. Elles pensent qu'il ne survivra pas.

Le sultan hocha la tête, reporta son attention sur le petit Céhangir.

– Tu devrais le prendre dans tes bras chaque jour et chanter pour lui. Cela aiderait.

– Oui, seigneur, répondit Hürrem hypocrite.

Elle ne voulait pas avoir à faire à ce petit monstre. L'accouchement avait failli la tuer. Jamais elle n'oublierait cette souffrance.

Soliman se redressa et prit dans sa poche une poignée de pièces d'or qu'il tendit à la nourrice.

– Prends bien soin de mon fils, dit-il en entraînant Hürrem hors de la chambre.

Lorsqu'ils furent seuls, elle l'aida à enlever son turban, attira sa tête contre ses seins. Il les mordilla avidement, tira sur les boutons de nacre de la chemise. Elle le laissa la pénétrer et se répandre en elle puis ils demeurèrent étendus sur le sofa, les cuisses de la kadin entourant encore le corps du sultan.

– Tu fais l'amour comme un lion, murmura-t-elle.

– Que ferais-je sans tes mensonges, petite russelana?

– Mon seigneur a des soucis?

– Problèmes du Divan.

– Souhaites-tu m'en parler?

Cela se passait toujours ainsi. D'abord il s'accordait le réconfort physique du corps de sa kadin puis il se libérait de son fardeau mental. Au début, cela avait amusé l'ancienne esclave d'exercer son intelligence sur autre chose que les ragots du harem, la routine du hammam et de l'épilation. Soliman semblait toujours ravi des réponses qu'elle lui faisait, et, avec le temps, elle s'était rendu compte qu'elle avait un esprit plus vif que le sien – découverte qu'elle avait gardée pour elle, naturellement. Mais à présent, le jeu s'était transformé en instrument de pouvoir : parce que le sultan lui confiait ses problèmes, elle prenait sur lui – et sur Ibrahim – un certain ascendant.

Soliman soupira.

– C'est le printemps. Chaque année, c'est pareil. Mes aghas me pressent de repartir en campagne. Ils veulent que nous portions à nouveau l'attaque au Nord, contre Vienne.

– Qu'en pense Ibrahim, seigneur?

– Il clame plus fort que tout autre.

– Il a soif de gloire. Pour l'Islam, bien sûr.

Soliman sourit.

– Bien sûr, petite russelana.

– Je me demande cependant si c'est sage.

– Exprime ta pensée.

– La route est longue jusqu'à Vienne. Trop longue peut-être pour une armée, fût-ce celle des Osmanlis. Avant de franchir une porte, il faut savoir comment ressortir.

– La cible réelle, c'est Ferdinand. Voire l'empereur lui-même.

– Charles ne bougera pas! Pourquoi tout risquer en affrontant la plus puissante armée du monde? Il usera d'un prétexte pour temporiser. Tu ne le trouveras pas à

Vienne, et quand tu te retireras avec l'hiver, Ferdinand reprendra possession de la ville, tout redeviendra comme avant. Tu n'auras rien accompli d'autre qu'une longue marche dans la boue.

– Je ne puis contenir une autre année les appétits des janissaires.

– Ne m'as-tu pas dit que les Persans ont fait une incursion sur les frontières de l'Est et assassiné notre mufti? Envoie donc tes soldats en Asie. Nous servirons peut-être mieux Dieu en protégeant ses juges.

– Les Persans! Des mouches qui importunent un lion! Il nous suffit d'un coup de queue pour les écraser.

– Dieu veut peut-être que nous soyons son écraseur de mouches, bien qu'il y ait peu de gloire à cela.

Soliman éclata de rire.

– Que ne donnerais-je pas pour te voir débattre avec Ibrahim!

Hürrem prit la tête du sultan entre ses mains, sentit le sang palpiter faiblement à ses tempes. C'est tout ce que j'ai, pensa-t-elle. Lorsque ce pouls s'arrêtera, la vie cessera pour moi aussi. Jusqu'à ce que je trouve un moyen de me débarrasser de ce maudit Mustapha, je dois veiller à ce qu'il ne t'arrive rien.

– N'y va pas, seigneur.

– « N'y va pas? »

– Laisse Ibrahim pourchasser l'Autrichien dans la boue.

– Impossible. Si mon armée part en guerre, je dois chevaucher à sa tête. C'est ainsi. Les janissaires y comptent.

– Aimes-tu tellement la guerre?

– Tu sais bien que non.

– Alors, pourquoi la faire?

– C'est mon devoir, Hürrem.

– Le devoir a fait du Roi des Rois un esclave!

Soliman releva brusquement la tête, le visage rouge de colère.

– Il suffit!

La kadin se mordit la lèvre inférieure, l'air contrit, et se maudit silencieusement.

– Mon seigneur, je ne voulais pas t'offenser.

– La place du sultan des Osmanlis a toujours été à la tête de son armée.

– C'est parce que je t'aime tant. Les étés sont interminables sans toi, et j'ai si peur qu'un hiver, tu ne reviennes pas... Ne sois pas irrité contre moi.

Soliman lui caressa les seins et murmura :

– Assez de politique. J'ai à nouveau envie de toi.

Elle sourit, lui passa les bras autour du cou.

– Tu es vraiment un lion.

Il sentit ses cuisses chaudes lui enserrer la taille et l'attirer en elle. Bienheureux fils de Sélim qui a trouvé tant de choses en une seule femme ! pensa-t-il. Demain, peut-être, il déciderait quel ennemi frapper. Ce soir, son arme viserait une cible plus aimable.

Un lion, oui ! Ô bienheureux fils de Sélim !

Eski Saraya

Les femmes du harem dormaient dans un long dortoir jouxtant une cour de pierre. On rangeait les matelas dans des placards pendant la journée, on les déroulait le soir sur des plates-formes surélevées pour que les odalisques s'y étendent. Seules les iqbals avaient leurs propres appartements.

Allongée dans le noir, Julia s'efforçait de chasser de son esprit les souvenirs de la journée pour trouver un sommeil qui se dérobait. Ces brutes l'avaient dégradée, elle n'était qu'une bête pour eux. Ce n'était pas tant qu'ils aient fait d'elle l'esclave d'un seul homme – on agissait de même dans son pays, d'une certaine façon. Mais elle ne s'attendait pas à ce qu'on l'exhibe nue devant d'autres hommes.

Elle ramena les genoux contre sa poitrine pour lutter contre son angoisse. Jamais elle n'aurait imaginé que le harem pût être un tel cauchemar. Elle demeura éveillée toute la nuit, trop habitée par la rage pour pleurer, trop humiliée pour dormir. Son prêtre et son Dieu chrétien ne lui étaient d'aucun secours en ce lieu.

36

Péra

Le quartier où l'ambassadeur de Venise – le *bailo* – et les marchands vénitiens avaient fait construire leurs palais se trouvait au nord de la ville et du Topkapi Saraya. Avec leur modestie coutumière, ils l'avaient appelé la *Comunità Magnifica*.

Ludovici y habitait une résidence dont la terrasse de marbre surplombait les eaux de la Corne d'Or. De cet endroit, il pouvait voir ses bateaux doubler la Pointe du Sérail et s'engager dans la mer de Marmara, chargés du blé turc, des esclaves nubiens, des chevaux arabes et des épices que Venise réclamait, et grâce auxquels il avait bâti sa fortune personnelle depuis qu'il avait quitté la Sérénissime.

Bâtard, il avait vu les portes de l'aristocratie vénitienne se fermer devant lui. Tandis que ses demi-frères enfilaient la robe noire des togati, il s'était exilé à Péra, la colonie étrangère d'Istanbul, où il s'était établi comme marchand. N'ayant d'allégeance ni envers ses hôtes, ni envers ses anciens concitoyens, il avait rapidement appris à les manipuler les uns et les autres à son profit.

Naturellement, son père l'avait aidé. Le sénateur Gambetto avait approuvé la décision de Ludovici de ne pas rester à Venise, où sa présence aurait pu l'embarrasser. C'étaient les sequins de Gambetto qui avaient fondé son négoce; c'était l'habileté de Ludovici qui l'avait fait prospérer.

Les débuts avaient été difficiles. Le commerce des

épices étant le monopole de quelques grandes familles de marchands de Venise et de Gênes, le jeune homme avait bientôt compris qu'il y avait de plus gros bénéfices à tirer de la contrebande du blé.

Soliman avait imposé des restrictions à la vente de blé turc à l'étranger, assorties d'une politique rigoureuse de fixation des prix. Mais Ludovici n'avait pas tardé à découvrir qu'un homme de ressource pouvait avec un peu d'audace et d'imagination contourner ces règles. Il arma une flotte de caramousals grecs pour embarquer le blé dans divers ports de la mer Noire et le transporter aux colonies vénitiennes de la Crète et de Corfou. Afin d'éviter les vaisseaux turcs surveillant le Bosphore, il suffisait de savoir qui soudoyer au palais de Topkapi.

Le reste de la Comunità Magnifica continuait en privé à le considérer avec dédain, mais à Istanbul, cela n'avait pas d'importance. Il pouvait faire du commerce sans leur protection, et réussir sans un bon mariage. Il avait même acquis un petit harem.

Assis sur le *terrazzo*, un verre de vin chypriote à la main, il s'estimait satisfait de sa vie. Il avait de l'argent, un superbe palais et, surtout, le moyen de cracher son mépris à la Comunità Magnifica.

La seule chose qui lui manquait, c'était un ami.

Un de ses eunuques apparut sur la terrasse – le pauvre avait été châtré dans un camp d'esclaves des bords du Nil ; il était d'ailleurs quasiment impossible de trouver un jeune mâle qui n'ait pas subi le couteau. Celui-là s'appelait Hyacinthe – la plupart des eunuques adoptaient des noms de fleur – et offrait l'image typique de la majorité des castrés : obèse, visage glabre et une voix de fausset.

– Quelqu'un désire te voir, Excellence.

– Qui est-ce?

– Il dit qu'il est un vieil ami, répondit l'esclave, dont le visage et le ton trahissaient la perplexité.

– Il n'a pas donné son nom? dit Ludovici, intrigué. Fais-le entrer.

Le Vénitien s'attendait à tout sauf au personnage qui le salua quelques instants plus tard. L'homme portait un *feridje* de soie noire dont la capuche couvrait sa face, un caftan et des bottes de cuir souple.

– Qui es-tu? demanda Ludovici, vaguement inquiet.

Rabattant le capuchon, l'inconnu montra un visage si

défiguré par la cicatrice courant en biais en travers du nez et de l'œil droit qu'on ne pouvait en distinguer clairement les traits. Difficile de dire s'il était maure ou nubien. Comme Hyacinthe, c'était un horrible tas de graisse et le marchand sut aussitôt qu'il avait devant lui un eunuque.

Mais un vieil ami...?

– Bonjour, Ludovici.

– Je te connais?

A l'inquiétude initiale du Vénitien avaient succédé la curiosité et l'irritation. L'homme était manifestement un esclave. Comment était-il entré? D'où connaissait-il son nom?

– Qui es-tu? répéta Ludovici.

– Je suis le Kislar Aghasi du sultan Soliman.

Le chef des eunuques noirs! Le Gardien de la Félicité! L'un des personnages les plus puissants du harem! Trop étonné pour parler, le Vénitien le regardait, bouche bée.

– Tu ne me reconnais pas?

Ludovici le fixa longuement puis se laissa tomber sur le divan, interdit. Il sentit une boule se former dans sa gorge, comme s'il avait avalé une grosse pierre.

– Abbas, murmura-t-il.

Camlica

Soliman tira sur la bride de son cheval arabe et regarda le faucon planer au sommet de sa courbe, attendant sa proie. Le Grand Turc lui envia un moment cette liberté puis se rappela que l'oiseau était dressé à retourner au gantelet, au capuchon de cuir et à sa cage à la fin de chaque journée de chasse. Mais pour le moment, le faucon était libre – comme Soliman quand il était ici, à la chasse, ou auprès de Hürrem. Sentir le vent, s'élever avec lui au-dessus de la terre.

Ibrahim fit lentement avancer son étalon dans l'herbe haute pour débusquer le gibier. Le faucon inclina les ailes, descendit, ajusta sa trajectoire. L'œil doré vit clairement la proie détaler pour fuir le bruit sourd des sabots du cheval, cent pieds plus bas. Soliman regarda le rapace s'abattre, tel le sabre du bourreau, sur le dos de sa victime, y enfoncer ses serres acérées. Le lièvre se débattit un court instant, agita les pattes de derrière puis s'immobilisa. L'oiseau battit des ailes, se dressa sur sa proie, et le sultan vit une fleur rouge s'épanouir entre ses griffes sur le pelage blanc du lièvre.

Les pages s'élancèrent pour ramasser le gibier.

Soliman avait toujours trouvé curieux que les faucons femelles surpassent les mâles à ce jeu mortel. L'inverse du monde des hommes.

Ibrahim revint, souriant, le rapace perché sur son poing ganté, la tête encapuchonnée de cuir. Derrière lui, les serviteurs portaient les trophées du jour : une douzaine de lièvres et de lapins, deux couples de faisans suspendus à des bâtons.

– Une bonne chasse! cria le vizir.

– Le soleil est bas, répondit Soliman. Nous devrions retourner au caïque.

Ibrahim mit son étalon blanc au pas, l'approcha du cheval du sultan.

– Cela faisait longtemps que nous n'avions pas chassé ensemble, seigneur.

– Trop longtemps. J'espère que nous aurons beaucoup de journées comme celle-ci, cet été.

Ibrahim hésita, finit par répondre :

– Je voudrais que nous puissions avoir cette perspective mais... Le Divan recommande une nouvelle campagne contre le roi d'Espagne.

Soliman réprima un sourire. Le roi d'Espagne : c'était ainsi que, par dérision, Ibrahim appelait Charles, le maître du Saint Empire romain, le frère de Ferdinand.

– Il y a deux ans, nous avons assiégé Vienne, Charles n'est pas venu, rappela le sultan. A quoi nous servirait de repartir pour le nord?

– Cette fois-là, nous avons été retardés par des pluies inhabituelles pour la saison. Si nos canons avaient été en position devant les murailles...

– Comment garderons-nous Vienne si nous nous en emparons? Avant de franchir une porte, il faut savoir comment ressortir.

Le grand vizir hocha la tête. La remarque sonnait bizarrement dans la bouche du sultan, qui semblait réciter une leçon apprise. Il ne pensait jamais à la stratégie, il ne considérait que le devoir.

– Nous devons aller sur les Terres de la Guerre. C'est notre devoir envers l'Islam.

– Ah! oui, fit Soliman, souriant pour la première fois. J'oubliais quel bon musulman tu es.

Ibrahim se hérissa, bien qu'il sût que son maître ne faisait que le taquiner.

– Nous ne pouvons garder les janissaires dans la ville un été de plus, argua-t-il en s'efforçant de masquer son irritation. Ils sont impatients de livrer bataille.

– Il convient peut-être de se tourner dans une autre direction.

– Le shah Tahmasp?

– Les Safavides tentent de contaminer le califat abbasside avec leur hérésie. On dit que plusieurs de nos muftis ont été tués. Tahmasp encourage et protège les rebelles. Il faut lui donner une leçon.

– C'est un désagrément mineur. Nous pouvons l'écraser quand nous voulons.

Soliman posa sur son ami un regard redevenu grave.

– Tu rêves tellement de gloire, Ibrahim, que tu oublies que le devoir, ce n'est parfois rien de plus qu'écraser la vermine.

Le vizir enrageait intérieurement d'avoir laissé l'intelligence laborieuse de son maître marquer des points contre la sienne. Décidément, quelqu'un lui avait fait la leçon.

– Charles est le chef du Saint Empire romain, l'ennemi juré de notre foi. En ce moment, il se querelle avec Rome, avec Luther, et fait la guerre contre François. C'est le meilleur moment pour l'attaquer.

– Si nous nous emparons de Vienne et que Charles n'y est pas, qu'aurons-nous gagné? Un avant-poste lointain qu'il pourra reprendre dès que nous nous retirerons. Tahmasp représente une menace plus urgente.

Le faucon s'agita, battit des ailes sur le poignet d'Ibrahim, qui émit une sorte de roucoulement pour le calmer. Le vizir savait ce qui se passait, bien sûr : Hürrem avait de nouveau susurré ses idioties à l'oreille du sultan. Une barrière s'installait entre les deux hommes.

– Si nous prenons Vienne, la Pomme Verte sera à notre merci, et nous forcerons enfin Charles hors de sa tanière.

Soliman garda le silence. L'odeur des pins embaumait le crépuscule; leurs aiguilles formaient un tapis épais sous les sabots des chevaux, et elles assourdissaient leur bruit. Entre les arbres, le vizir voyait la silhouette du caïque royal se dessiner sur les eaux du Bosphore, qui passaient de l'argent au rose.

– Alors, c'est toi qui conduiras l'armée, Ibrahim.

– En qualité de *seraskier,* bien sûr. Mais le sultan...

– Non. Je ne t'accompagnerai pas. Cette année, tu mèneras mes troupes. Il y a trop à faire à Istanbul, je dois rester.

Stupéfait, le grand vizir arrêta sa monture; Soliman continua d'avancer.

– Seigneur! s'écria Ibrahim, éperonnant son cheval. Seigneur!

Le sultan gardait les yeux baissés. Il sait qu'il a tort, pensa le vizir. Il veut mon approbation mais il sait qu'il a tort.

– Tu ne peux pas, seigneur!

– Ne suis-je pas le padichah? Le Roi des Rois ne peut-il agir à sa guise?

– Ta place est à la tête de tes armées!

– Ma place est là où je choisis d'être.

– Les janissaires puisent leur courage en toi! Si tu n'es pas avec eux...

– Ce sont mes soldats. Ils doivent faire ce que je leur ordonne.

– Aucun sultan n'a jamais...

– Un sultan crée la tradition. Il ne la suit pas comme un esclave.

– Ils perdront leur foi!

Soliman saisit la bride de l'étalon persan d'Ibrahim, le fit s'arrêter près de lui et se pencha sur sa selle, le visage à quelques pouces de celui du vizir.

– Ibrahim, tu es mon ami et mon grand vizir. Je suis las de la guerre, soulage-moi de ce fardeau. Si mes soldats veulent du sang, qu'ils s'y vautrent avec toi. Moi, j'en ai assez.

– Tu ne peux faire cela, murmura l'ancien esclave grec.

– Ma décision est prise, dit Soliman. (Il se redressa posa la main sur l'épaule d'Ibrahim.) J'ai confiance en toi comme en nul autre. Tu es mon frère. Fais cela pour moi.

Il lança son cheval en direction de l'eau. Grand Dieu, pensa Ibrahim en le suivant des yeux. Il parle sérieusement.

Même sa voix a changé, songeait Ludovici. Il ne restait rien du jeune homme qu'il avait connu, pas même la couleur de la peau, plus pâle, plus grise – maladive. La vitalité et la passion dont il avait gardé le souvenir avaient été remplacées par l'apathie de l'obésité : les traits fins s'étaient fondus en une masse floue ; la lumière qui brillait autrefois dans le regard était presque éteinte. C'était Abbas, et ce n'était pas lui.

Évitant les yeux de Ludovici, le Kislar Aghasi contemplait les eaux miroitantes de la Corne d'Or.

– J'aurais dû t'écouter, Ludovici, murmura-t-il. Tu m'avais prévenu.

– Je ne savais pas ce que tu étais devenu. Personne ne le savait.

– Et mon père ?

Ce fut au tour du Vénitien de détourner le regard.

– Il est tombé en disgrâce. Gonzaga l'a accusé d'ivrognerie devant le Conseil. Je crois qu'il est au service de Naples, maintenant. (Il secoua la tête.) Abbas, je ne savais pas, je croyais que tu t'étais enfui.

– Tu n'aurais rien pu faire.

– C'est Gonzaga, n'est-ce pas ?

Le regard du chef des eunuques se voila au souvenir de l'horreur qu'on lui avait fait subir.

– Ils m'ont châtré, Ludovici. Dans la cale du bateau. Ils pensaient que je mourrais finalement, mais ils n'en avaient cure. J'ai survécu, en regrettant chaque jour de ne pas être mort. Dieu ne m'a pas accordé cette grâce. Il a permis au contraire que je sois vendu au marché d'Istanbul. Je suis devenu l'un des pages du harem. L'ancien Kislar Aghasi s'est pris d'amitié pour moi et m'a initié à des tâches plus élevées. Ce ne fut pas seulement le fruit du hasard, j'ose le dire : d'abord, j'étais instruit, je parlais turc et arabe, ce dont aucun des autres n'était capable. (Il ferma les yeux.) Si l'âme peut désirer la mort, le corps, lui, est un fervent adepte de la survie, Ludovici. J'ai bien appris ma tâche, et, à la mort du vieux Kislar Aghasi, la Valide Sultane m'a nommé à ce poste.

Il s'interrompit, se prit la tête à deux mains. Son ancien ami esquissa un geste dans sa direction mais le dégoût l'empêcha de le toucher. Au bout d'un moment, Abbas se ressaisit et reprit :

– Ils ont fait de moi un fantôme. Un fantôme qui parle, qui marche et qui respire, mais qui n'est pas Abbas. Pas l'Abbas dont toi et moi nous souvenons.

Ludovici chercha vainement les mots qu'il pourrait dire pour le consoler : il n'y en avait pas et il se rabattit sur cette question :

– Pourquoi n'es-tu pas venu plus tôt ?

Abbas eut un rire sans joie.

– Nous connaissons tous deux la réponse à cela.

– Alors, pourquoi es-tu venu aujourd'hui ?

– Parce que j'ai besoin de ton aide.

– Parle. Je ferai n'importe quoi pour toi.

Le chef des eunuques secoua la tête.

– Ne sois pas si prompt à accorder ta faveur à un inconnu.

– Tu n'es pas un inconnu.

– Mais si. Comment pourrais-je être le même homme après ce qu'ils m'ont fait ?

Ludovici se pencha en avant.

– Abbas, tu as été mon ami. Je ne te renierai jamais.

Le Kislar Aghasi détourna la tête, les doigts de sa main gauche se portèrent à la joue que la dague avait tailladée quatre ans plus tôt – quatre ans seulement ?

– Cela ne tue pas le désir, tu sais, Ludovici. Pourquoi le désir ne meurt-il pas ?

Le marchand pressa le bras de son visiteur. Quel courage il t'a fallu, Ludovici ! se railla-t-il intérieurement. Il n'est pourtant pas lépreux.

– Abbas, dis-moi ce que tu veux que je fasse.

L'eunuque secoua la tête, comme au sortir d'une transe.

– Tu te rappelles Julia Gonzaga ?

– Bien entendu.

– Elle est ici.

– A Istanbul ? Impossible. Si elle était venue à la Comunità Magnifica, je l'aurais appris. Où est-elle ?

– Au harem.

– Quoi ?

– Elle a été capturée par des corsaires. Je l'ai vue, Ludovici, de mes propres yeux. Elle est plus belle que jamais. Et je la désire autant qu'avant...

– Abbas, je t'en prie...

– ... mais comme je ne peux l'avoir, je veux au moins la faire sortir.

– C'est impossible !
– Je sais, je sais. Il faut pourtant trouver un moyen, et seul, je ne puis rien faire.
Le Vénitien demeura longtemps silencieux avant de lâcher :
– D'accord.

37

L'hippodrome

Ibrahim se tenait près de la fenêtre de son palais, les poings serrés de fureur. Longtemps il fixa en silence, dans le soir qui tombait, les murailles roses d'Aya Sofia et, plus loin, les coupoles de Topkapi, dominées par la tour du Divan.

– J'espère que la Rose de Printemps se porte bien, dit-il enfin.

Güzül l'étudiait dans la pénombre. L'air fatigué, les épaules voûtées, il avait perdu cette suffisance qui faisait autant partie de sa personne que son orgueilleux nez grec. Quelque chose l'avait ébranlé.

– Son corps se porte bien mais son âme est malade, seigneur. C'est la raison pour laquelle elle m'a envoyée ici implorer ton aide.

– Je suis son serviteur, comme toujours, répondit prudemment Ibrahim.

La messagère marqua une pause. L'affaire était délicate. Gülbehar lui avait expressément recommandé que rien de ce qu'elle dirait ne soit consigné par écrit ou confié à d'autres oreilles que celles du grand vizir.

– Elle entend des rumeurs, seigneur.

– Nous en entendons tous.

– Des rumeurs sur Hürrem.

– Que disent-elles ?

– Qu'elle a ensorcelé le Seigneur de la Vie.

– Les affaires du harem ne sont pas de notre ressort,

Güzül. Ni de celui de ta maîtresse. Pour le moment, du moins.

– Elle craint pour son fils. Elle sait que la sorcière complote sa mort.

Le vent frais accompagnant le crépuscule fit frissonner Ibrahim.

– Elle a des preuves?

– Non, seigneur.

Le vizir haussa les épaules.

– Alors, que veut-elle que je fasse?

– Elle m'a chargée de te porter ce message : si jamais tu te sens menacé, Mustapha sera prêt à te venir en aide.

Oh! Gülbehar, quel chemin tu as parcouru! Voilà que tu conspires, à présent, comme le reste de ce nœud de vipères. Le message de Gülbehar tient en un mot : trahison. Et ma tête pourrait se retrouver sur une des piques de la Porte de la Félicité rien que parce que je prends part à cette conversation.

Comme c'était habile de comprendre que lui aussi était menacé, maintenant! Si Hürrem envisageait vraiment de supprimer le prince pour accéder au pouvoir, elle devait se douter que l'ami, le conseiller de Soliman, essaierait de l'en empêcher.

Mais la trahison...

– Tu tiens cela de Mustapha lui-même? voulut-il savoir.

– De Gülbehar, seigneur.

Malgré l'obscurité, Ibrahim voyait la vieille trembler. Elle se rendait compte elle aussi de la nature terrible de la mission dont on l'avait chargée.

– Tu répondras à la Rose de Printemps que je ferai tout ce qui est en mon pouvoir pour l'aider. Je suis aussi préoccupé qu'elle. Mais ajoute que je ne ferai rien, rien, qui puisse nuire au Seigneur de la Vie. Plutôt périr.

– Je lui rapporterai fidèlement tes paroles.

– Une dernière chose. As-tu vu cette fille, Hürrem?

– Je l'ai vue maintes fois.

– Décris-la-moi.

Güzül scruta le visage du vizir pour tenter de deviner ce qu'il souhaitait entendre.

– Elle est jolie. On hésite à dire belle, mais il y a quelque chose en elle qui plaît à la plupart des hommes...

– De quelle couleur sont ses cheveux?

– Dorés et roux. Comme le blé et la rouille.
– Son visage?
– Elle a une fine ossature. Des lèvres un peu trop minces, le nez un peu trop petit. Elle n'a rien de remarquable, sauf ses yeux.
– Ses yeux?
– Ils sont verts, et très brillants. Ils vous transpercent par leur intensité.

Ibrahim essayait de se faire une image de son ennemie mais les pièces de la mosaïque refusaient de s'assembler. Pour lui, elle n'était qu'une ombre, une maladie qui avait infecté l'âme de l'homme qu'il guidait et dominait depuis des années. Il tourna les yeux vers la tour du Divan qui se dressait, grise, dans le ciel assombri.

– Merci, Güzül, tu peux disposer.

La messagère toucha le sol de son front, se releva et sortit rapidement. Après son départ, le vizir médita en regardant tomber la nuit.

Une tour de sable, pensa-t-il en caressant la pierre fraîche du mur. Son palais avait été construit sur le modèle de l'Eski Saraya. Il était devenu l'homme le plus puissant de l'empire mais son pouvoir reposait sur l'amitié d'un homme.

A tous les égards, il était le sultan. Il présidait aux réunions du Divan et commandait désormais les armées. Pourtant, satisfait de demeurer dans l'ombre de Soliman, il n'avait rien voulu de tout cela. Mais le sultan lui avait confié ce fardeau et il l'avait accepté de bonne grâce, sachant qu'il convenait mieux à cette tâche que le Seigneur de la Vie.

Une tour de sable croulante, trompeuse...

Après s'être déchargé sur lui, Soliman l'abandonnait maintenant à ses doutes et à sa solitude. Était-il réellement en danger, comme Gülbehar le suggérait? Non, le sultan lui avait donné sa parole. Quoi que la sorcière pût lui souffler à l'oreille dans le monde secret de son harem, Soliman ne le trahirait jamais.

38

Eski Saraya

Depuis que Julia s'était liée d'amitié avec Sirhane, sa peur et son sentiment de solitude avaient fait place à une autre émotion, aussi violente qu'inattendue.

La joie.

Même si, à de nombreux égards, elle n'avait, en entrant au harem, qu'échangé une cage contre une autre, elle jouissait en fait de plus de liberté qu'elle n'en avait jamais rêvé. Le harem l'avait libérée du vieil époux repoussant qu'elle méprisait, du cloître étouffant de sa maison, avec les servantes pour seule compagnie ; libérée, surtout, de la solitude désespérée de son corps.

Au harem, le bain, la nudité, les massages constituaient un événement quotidien. Lentement, Julia avait commencé à s'éveiller à ses sens, et cette découverte l'avait stupéfaite. Elle autorisait Sirhane à la masser dans l'eau et attendait chaque jour leurs retrouvailles au hammam avec un plaisir exquis qu'elle n'avait jamais éprouvé auparavant.

Ou peut-être une seule fois. Avec Abbas.

L'ombre de son confesseur obscurcissait cependant cette libération. Dieu la punirait, bien sûr. Mais s'Il avait voulu qu'elle garde la foi, pourquoi avait-Il permis aux corsaires de capturer leur galère ? Cherchait-Il simplement à l'éprouver ? Si c'était une épreuve, Julia n'avait pas su en triompher. En quoi avait-elle péché, pourtant ? Elle n'avait pas commis l'adultère et elle continuait à dire son rosaire quotidiennement. Peu à peu, elle se convainquit qu'elle n'avait rien à se reprocher, et l'ombre du confesseur commença à s'estomper.

Étendue sur une dalle de marbre chauffée, elle laissait sa nouvelle amie lui masser le dos avec de l'huile tiède. La chaleur du hararet faisait ruisseler la sueur sur son front, dans ses yeux. Les mains de Sirhane avaient un pouvoir apaisant, hypnotique. C'était la seule chose à laquelle elle n'aurait su renoncer maintenant ni pour son père, ni pour le doge, ni même pour la Vierge Marie. Le contact d'un autre être humain.

Elle regarda les serviteurs noirs en faction aux portes, gardiens muets du hammam, et songea à Abbas.

– Pourquoi n'essaient-ils jamais de nous parler? De nous... toucher?

– Certains le font, répondit Sirhane d'un ton de conspiratrice.

– Pourquoi le sultan le permet-il?

– Parce que ce ne sont plus des hommes.

Au risque de paraître stupide, Julia posa une autre question :

– Pourquoi?

– Tu ne le sais pas? fit Sirhane, plus étonnée que moqueuse. Ils ont été coupés.

Voyant que son amie ne comprenait toujours pas, elle ajouta :

– On leur a ôté leur virilité. Ils ne peuvent plus faire l'amour à une femme.

Julia ferma les yeux quand Sirhane entreprit de lui pétrir le cou.

– Tu as déjà fait l'amour, toi?

– Bien sûr.

– Comment était-ce?

Sirhane arrêta le mouvement de ses mains.

– Je croyais que tu étais mariée.

– A un vieil homme.

La Syrienne reprit son massage, enfonçant ses jointures dans les muscles du dos.

– Je n'ai fait l'amour que deux fois. Si mon père l'avait appris, il m'aurait tuée.

– Que faut-il faire?

– Eh bien, le garçon a une chose longue et dure entre les jambes. Il la fait entrer en toi.

– Où?

– Dans ton kouss, bien sûr.
– Cela fait mal?
– Oui. C'est la façon dont ils t'aiment qui est agréable. Hanif était doux, j'aimais la façon dont il m'embrassait. Il m'embrassait aussi les seins, c'était ce qui me plaisait le plus.

Les yeux clos, Julia essaya d'imaginer Serena embrassant ses seins et eut un haut-le-cœur.

– C'est ce que le sultan fera?
– Si tu as de la chance.
– De la chance?
– Ne souhaites-tu pas qu'il te choisisse?

Julia grogna quand les mains de la Syrienne descendirent le long de son dos.

– S'il te choisit, poursuivit Sirhane, tu auras tout ce que tu peux désirer. Regarde Hürrem, c'est quasiment une reine.

Julia ouvrit les yeux et regarda les eunuques gardant la porte. Des statues, pensa-t-elle. Naguère, je me sentais humiliée d'être nue devant eux. A présent, c'est comme s'ils n'existaient pas.

– J'ai connu un garçon, autrefois, dit-elle. Crois-tu qu'il avait envie de me faire l'amour?
– Naturellement. Retourne-toi.

Elle roula sur le dos, les paupières mi-closes, le corps alangui. Les yeux de Sirhane, qui la contemplaient, prirent une expression que Julia ne leur connaissait pas.

– Tu es très belle, murmura la Syrienne.

Soudain, elle l'embrassa. Julia se raidit. La longue chevelure brune et mouillée de Sirhane caressa son visage; elle sentit une main descendre le long de son ventre, s'insinuer entre ses jambes. Un doigt entra en elle!

Elle tourna brusquement la tête, repoussa Sirhane et s'enfuit à travers les nuages de vapeur, prise de panique, ne sachant que penser, que ressentir.

Topkapi Saraya

Soliman et Ibrahim dînaient autour d'un plateau d'argent dans des plats en porcelaine de Chine, cadeau d'un ambassadeur oublié qui s'était un peu trop attardé dans la salle des trésors. Chaque repas constituait une réaffirmation de l'empire que les Osmanlis avaient bâti en trois siècles. Il y avait du miel de Valachie, du beurre apporté de Moldavie dans de grosses outres, des sorbets glacés par la neige la plus pure, transportée dans des sacs de feutre du mont Olympe à la mer Noire et conservée dans des puits spéciaux des cuisines du palais ; pour finir, des dattes et des prunes d'Égypte.

Ils mangèrent en silence. Quand les serviteurs les laissèrent seuls, le sultan montra la viole.

– Veux-tu jouer pour moi, Ibrahim ?

Le vizir respira profondément.

– Seigneur, j'espère que tu me pardonneras, mais ce soir, je n'ai pas le cœur à cela.

– Qu'est-ce qui te soucie ? s'enquit Soliman avec un sourire. Veux-tu toujours que je mène la charge contre les remparts de Vienne, que j'aide nos soldats à combler les douves ?

Ibrahim ne se départit pas de son sérieux.

– Il s'agit d'une affaire bien plus importante, seigneur.

Soliman soupira. Son ami avait changé, il riait rarement à présent. Lorsqu'ils se trouvaient ensemble, son front se plissait en un constant reproche.

– Cela concerne le Divan ?

Le grand vizir secoua la tête.

– Cela concerne un domaine que, d'ordinaire, je tremblerais d'aborder.

Le sultan, qui avait passé la journée avec Hürrem, était d'humeur joyeuse.

– Tu t'es accouplé avec ton cheval ? lança-t-il en riant.

Ibrahim ne sourit même pas.

– On jase parmi les janissaires, et au bazar.

– Des rumeurs ! Tu veux me farcir la tête de rumeurs !

– Les rumeurs sont comme les maladies. Il faut s'attendre à ce qu'elles se répandent çà et là. Mais quand il y a épidémie, il faut prendre garde.

– Épidémie ?

– Elles deviennent dangereuses, elles envahissent le bazar, le *bedesten*, et s'infiltrent même dans les couloirs du *saraya*.

– De quoi parlent ces rumeurs ?

– De Hürrem.

Ibrahim vit Soliman se raidir. C'était la première fois qu'il prononçait le nom de cette femme, et la réaction qu'il suscitait le médusa.

– Eh bien, que dit-on?
– Je ne fais que répéter ce que j'entends, seigneur.
– Je t'écoute.
– On dit..., commença le vizir. (Il coula un regard vers le visage de son maître, vit qu'il était livide.) On dit que c'est une sorcière, qu'elle t'a jeté un sort et qu'elle a obscurci ta raison.

Soliman se leva d'un bond, comme sous la morsure d'un fouet, et se mit à parcourir la pièce à la recherche de quelque assaillant invisible.

– Une sorcière! une sorcière!

Ibrahim resta obstinément assis bien qu'il entendît le sultan aller et venir derrière lui, pantelant de colère.

– C'est ce qu'on dit, seigneur.
– Amène-moi quiconque oserait prononcer ce mot, fût-ce en murmurant! Je le livrerai au bourreau!
– Comprends bien que je n'ai pas entendu moi-même ces rumeurs. Elles m'ont été rapportées par mes espions.

Le sultan saisit l'objet le plus proche se trouvant à sa portée – la viole d'Ibrahim – et le fracassa contre le mur de pierre.

– Je leur arracherai la langue et la leur ferai manger!
– Seigneur, si tu daignais seulement prendre de nouveau part aux réunions du Divan, si tu passais un peu plus de temps hors du harem, cela dissiperait ces rumeurs néfastes et...
– Laisse-moi.
– Mon seigneur?
– Laisse-moi!

Ibrahim se leva, soudain effrayé. Jamais Soliman ne l'avait congédié. La petite effrontée l'avait peut-être vraiment ensorcelé.

– Ô, mon souverain, permets-moi de rester un moment de plus auprès de toi pour...

Le sultan se rua sur le page noir qui se tenait, silencieux, dans un coin de la pièce, l'empoigna et le fit tomber par terre. L'homme se recroquevilla; Soliman lui décocha un coup de pied au derrière qui l'expédia vers la porte. Il tira sa dague de sa ceinture, et frappa, trouant le vêtement du Noir, entaillant la fesse. Le muet déguerpit avec un gémissement.

Le Roi des Rois se tint au milieu de la pièce, haletant, l'arme ensanglantée à la main. Il posa sur Ibrahim un regard étrangement trouble et hurla :

– Dehors !

Le vizir se leva et sortit. C'était clair dans son esprit, à présent : il devait briser le pouvoir de Hürrem sur le Seigneur de la Vie. Avant qu'elle ne provoque d'autres dommages.

39

Eski Saraya

Le sort avait voulu que Julia fût confiée à la Maîtresse de la Garde-Robe. Elle s'était montrée habile aux travaux d'aiguille et la Kiaya se déclarait contente de la giaour.

Abbas la trouva penchée sur une robe de satin qu'on préparait pour le jeune Bajazet, brodant un motif avec du fil d'or. Elle sursauta et se leva précipitamment en le reconnaissant. Elle s'apprêtait à lui faire le sala'am quand il l'arrêta.

– Assieds-toi.

La jeune femme fit ce qu'on lui ordonnait.

– Regarde-moi, dit-il à voix basse.

Julia leva les yeux – elle ne put retenir une grimace. Cette cicatrice n'est pas jolie, pensa-t-il, surtout de près et en pleine lumière. Il eût mieux valu que la dague crève complètement l'œil au lieu d'en laisser le blanc fixer ainsi le monde. Il attendit que s'inscrive sur le visage à l'ovale parfait un signe indiquant qu'elle l'avait reconnu mais il n'y en eut pas.

– Sais-tu qui je suis?

– Tu es le Kislar Aghasi.

– Oui. Le chef des eunuques noirs. Ton bien-être est sous ma responsabilité tant que tu restes au harem. Comprends-tu?

Elle acquiesça de la tête.

– Te traite-t-on bien ici?

– La Kiaya est fort aimable avec moi.

Tous s'accordent à reconnaître qu'elle vaut mieux que

celle qui l'a précédée, pensa Abbas. Selon l'ancien agha, Hürrem avait ordonné qu'on ampute la vieille d'un pied et qu'on l'exile à Diyabakir.

– Je vois que tu as déjà appris un peu de turc.

– Je me suis découvert un talent pour cette langue.

– Alors tu es aussi intelligente que belle, la complimenta-t-il.

Cela, je le savais déjà, se dit Abbas. Que ferais-tu si je m'adressais soudain à toi dans ta langue? Te souviendrais-tu alors de moi?

– Tu es giaour?

– Chrétienne, oui.

– Ici, cela ne t'aidera pas. Nul ne te forcera à renier ta religion mais tu t'élèveras plus vite si tu apprends notre Qur'ān. On t'a donné un Coran?

– Je ne le comprends pas. Il est en arabe.

– Alors tu dois apprendre à lire l'arabe.

Baissant la voix, Abbas ajouta avec plus de douceur :

– Oublie Venise. Ce monde est perdu pour toi. Rien ne pourra t'y ramener.

– Je le sais.

Il la dévorait du regard, cherchant autre chose à dire. Il comprit tout à coup ce que doivent éprouver les fantômes, capables de voir le monde réel mais incapables d'y prendre part. Elle ne me reconnaît pas, pensa-t-il, et quelle différence cela ferait-il si elle se souvenait de moi? Je ne veux pas de sa pitié, elle me serait insupportable, et quel autre sentiment pourrait-elle éprouver après tant d'années?

– Si tu as besoin de quoi que ce soit, fais-le-moi savoir.

Elle inclina la tête. Il hésita. Tu es si belle, gémit-il intérieurement. Je t'ai même vue nue, de ma fenêtre grillagée, au hammam. Je t'ai vue et j'ai brûlé pour toi comme lorsque j'étais un homme. Aucun sculpteur n'a jamais ciselé un corps aussi parfait, un visage aussi angélique que le tien.

Dans sa poitrine, la douleur devint soudain si forte qu'il ne put plus respirer. Oh! Dieu, pitié. Je ne puis vivre ainsi. Mets fin à cette souffrance, je t'en prie...

Plus tard, dans sa chambre, il pleura.

Par-dessus les cascades des dômes, Hafise Sultane contemplait la mer de Marmara, étale comme du verre teint en rose au soleil de fin d'après-midi. Les bosses grises des îles en brisaient la surface telles des baleines soufflant leur jet. Sous la fenêtre, dans le jardin, les platanes retrouvaient leur couleur verte, et les fruits faisaient ployer les branches du cerisier.

Elle reporta son attention sur les trois jeunes garçons en pantalon bouffant qui, les bras croisés sur leur tunique, s'efforçaient de ne pas la regarder et raclaient le marbre de leurs bottes de cuir souple dans leur impatience.

– Avez-vous bien étudié, aujourd'hui? leur demanda-t-elle.

Bajazet et Méhémet se tournèrent vers leur frère aîné et attendirent qu'il réponde mais il renifla et continua à fixer le sol. Ce fut finalement Bajazet qui prit la responsabilité de parler au nom de tous :

– Oui, grand-mère.

Hafise les examina. Bajazet et Méhémet étaient de beaux enfants, avec les longs membres et les traits fins de leur père, mais Sélim... Quand s'était-il mis à grossir ainsi? Et pourquoi laisse-t-il Bajazet répondre à sa place? Il a huit ans, l'âge d'avoir une langue.

– As-tu appris ton Coran, Sélim?

– Notre précepteur nous bat, marmonna le garçon.

– Pourquoi te bat-il? Tu es paresseux?

– Je ne sais pas, murmura Sélim sans lever les yeux.

Hafise jeta un coup d'œil au plateau d'argent où l'on avait disposé sa friandise favorite, des rahat-loukoums, le « repos de la gorge ». Ses pâtissiers lui en préparaient chaque jour avec de la pulpe de raisin blanc, de la semoule, de la farine, de l'eau de rose, des amandes d'abricot et du miel sauvage. Elle en choisit un, le glissa dans sa bouche.

– Vous en voulez, les enfants?

Les trois garçons s'avancèrent, la tête toujours baissée.

Bajazet et Méhémet prirent chacun un rahat-loukoum, Sélim s'en octroya trois. La Valide les observa en se demandant si l'un d'eux deviendrait un jour le shahzade. Aucun ne ferait un prince aussi accompli que Mustapha, mais s'il lui arrivait quelque chose...

Bajazet et Méhémet montraient des dispositions. Ils étaient encore jeunes cependant, il fallait attendre. Quant à Sélim... Grâce à Dieu, il avait deux frères en pleine santé.

– Dites-moi ce que vous avez appris.

– Je peux lancer un javelot de la selle de mon cheval! répondit Bajazet, criant presque.

Hafise le considéra avec des yeux étonnés.

– Mais tu n'as que six ans.

– Toucher une cible avec une flèche, aussi!

– Et ton Coran?

Bajazet baissa de nouveau les yeux, donna un coup de coude à Méhémet qui, sans relever la tête, récita dix versets de la première sourate. Hafise claqua des mains pour le féliciter, et le garçon rougit jusqu'à la racine des cheveux.

– Toi Sélim, qu'as-tu appris du Coran?

L'aîné des enfants haussa les épaules et garda le silence.

– Allons, Sélim, tu as trois ans de plus que Méhémet. Récite-moi la première sourate. Tu dois en être capable, maintenant.

Sélim ânonna les cinq premiers versets, puis s'interrompit.

– Eh bien?

– Je ne me rappelle plus, grand-mère.

Hafise fronça les sourcils, ouvrit la bouche pour le gronder puis changea d'avis. Petit sot! Pas étonnant que ton précepteur te batte! A ton âge, Mustapha débitait la première sourate d'un trait presque sans reprendre haleine.

– Je suis lasse, soupira-t-elle. Embrassez votre grand-mère et sauvez-vous, les enfants.

Bajazet et Méhémet lui baisèrent docilement la joue; Sélim s'avança le dernier, effleura à peine son visage de ses lèvres, déroba en partant une autre poignée de rahat-loukoums qu'il cacha dans sa robe. Elle faillit le réprimander mais à quoi bon? C'était un petit imbécile, gras et goulu, qui ne changerait jamais.

De sa fenêtre, elle les regarda jouer dans le jardin près de la fontaine. Sélim montra à ses frères les friandises chapardées mais lorsqu'ils tendirent la main pour en prendre, il recula et fourra toute la poignée dans sa bouche.

Ulcérée, Hafise s'éloigna de la fenêtre. Oui, gras, stupide, et cruel.

Que Dieu protège Mustapha.

Il est dans l'entourage des rois une monnaie dont la valeur ne se rapporte pas à l'or. L'argent est un instrument, un symbole, il ne vaut rien en soi. La seule chose qu'on puisse échanger contre un peu de pouvoir, contre sa vie parfois, c'est une information.

C'est pour obtenir des informations qu'Abbas venait chaque après-midi du dernier jour du Divan au cabinet du defterdar Rüstem. Il y buvait le *chai* du surintendant des finances, mangeait son *halva* et recueillait sur ses lèvres ce qui constituait la vie même de l'empire.

– Quelles nouvelles du harem, Kislar Aghasi? demanda le protégé d'Ibrahim.

– La maîtresse Hürrem rend toujours la vie des servantes et des autres houris misérable.

– Et la Valide?

– Elle dépérit. Le médecin lui donne des potions mais elles ne lui font guère de bien.

Rüstem hocha la tête sans que son expression trahît quoi que ce fût. Il doit se demander combien de temps je survivrai à la mort de la Valide, songea Abbas. Moi-même je me pose la question.

– J'ai une miette pour toi, reprit le grand argentier.

Abbas attendit en silence. Une miette! Quel arrogant petit homme! Il me traite toujours avec condescendance. Pourquoi? Parce qu'Ibrahim est son maître ou parce qu'il a des couilles? Ni l'un ni les autres ne valent grand-chose ici, il devrait le savoir.

Naturellement, Rüstem lui jetait uniquement les « miettes » que le vizir voulait bien le laisser grappiller. C'était sans importance. Peu importe le maître que l'on sert pourvu qu'on soit récompensé et qu'on survive.

– Tu as entendu battre le tambour de guerre? demanda Rüstem.

– Et les forgerons des fonderies de Galata œuvrent jour et nuit. Nous repartons en guerre contre Ferdinand.

– Mais la campagne sera différente.

– En quoi?

– Cette fois, le grand vizir conduira l'armée.

Le front plissé, Abbas s'efforçait de deviner ce que le favori d'Ibrahim voulait dire.

– Qui d'autre pourrait être seraskier?

– Certes, nul ne peut le remplacer... Surtout quand le sultan décide de rester au palais.

– Est-ce vrai? fit Abbas, sidéré.

– Une autre miette pour toi, Kislar Aghasi : c'est Hürrem qui l'a persuadé de délaisser ses devoirs sur les Terres de la Guerre. Elle veut l'occuper à des jeux plus pacifiques pendant que les janissaires livreront bataille aux troupes de Ferdinand sous les remparts de Vienne.

– Il doit être fou!

– Ou envoûté.

– Le sultan n'abandonnerait jamais son armée.

Rüstem bâilla.

– Bientôt tout le palais le saura, Kislar Aghasi. Hafise Sultane te sera reconnaissante si tu l'en informes avant.

Et peut-être se décidera-t-elle enfin à agir contre cette petite sorcière maléfique, pensa Abbas. Plaise à Dieu qu'elle le fasse car aucun de nous ne survivra longtemps une fois la Valide disparue.

Je soupçonne que cela vaut aussi pour ton maître, Rüstem.

40

Eski Saraya

La brume obscurcissait le goulet du Bosphore. Une branche de chèvrefeuille grattait à la fenêtre, agitée par un vent froid, surprenant en cette saison, qui ridait les eaux de la Corne d'Or et leur donnait une couleur gris terne. Près de dix ans que je vis dans cette prison, pensait Hürrem. Au-delà des nuages, le vent fait onduler les hautes herbes telles des bannières vertes et murmure entre les tentes des nomades.

Dix ans, et je suis toujours prisonnière.

Prisonnière de Soliman.

Assise sur le divan de sa chambre d'audience, elle regardait le rossignol qui chantait dans une petite cage de bois laqué. Se levant soudain, elle prit la cage, la porta sur la terrasse, ouvrit la grille.

L'oiseau hésita, pencha la tête, sautilla vers la porte, mais effrayé, remonta sur son perchoir.

– Tu es en prison depuis trop longtemps, dit Hürrem. C'est le seul monde que tu connaisses. Dehors, tu ne parviendrais pas à survivre.

La kadin suspendit la cage à son crochet, se jeta sur le divan. Il y avait de quoi devenir folle. Elle se tourna à nouveau vers la terrasse et les montagnes se dressant au loin.

Les steppes. Le vent. L'herbe ondoyante. Tout cela était hors de sa portée, maintenant. Maudits soient-ils. Maudits soient tous les hommes.

Julia s'était accoutumée à l'indolence du hammam. Elle ne s'offusquait plus de voir tant de femmes ensemble, libérées des contraintes que la société et le commerce des hommes leur imposaient. Ici, deux odalisques se baignaient, se savonnaient mutuellement sans gêne; là, deux autres, assises au bord d'un banc de marbre, s'examinaient minutieusement l'une l'autre avant l'épilation. D'autres encore, nues ou en chemise de bain, regardaient distraitement par une fenêtre, se nettoyaient les dents à la pierre ponce, se grattaient le nez ou l'entrejambes sans le moindre embarras.

Il y avait autour du hararet de petites pièces où l'on pouvait s'étendre sur une dalle de marbre chauffée et se faire masser avec des huiles parfumées, épiler les bras, les jambes et le pubis. Julia y trouva Sirhane allongée sur le ventre, son long corps mince luisant de transpiration. D'un regard, elle fit sortir la géditchi, prit de l'huile tiède dans ses mains, la versa sur les épaules de la Syrienne et entreprit de l'étaler sur la peau ferme. Sentant un contact différent, Sirhane ouvrit les yeux, surprise.

– Julia?

– Je suis venue te dire que je regrette, murmura-t-elle.

Sirhane roula sur le flanc. Sa peau est beaucoup plus sombre que la mienne, pensa Julia, comme si elle la voyait pour la première fois. Et ses seins sont lourds, comme ceux d'une mère.

– Je t'aime, Julia.

Sirhane passa les doigts dans la chevelure de la Vénitienne, l'attira vers elle. Sa bouche s'ouvrit. Elle avait des lèvres humides au goût de fruit, la peau brûlante. Julia s'écarta pour demander :

– Que veux-tu que je fasse?

La Syrienne lui prit la main, la plaça sur son bas-ventre, pressa la paume contre le mont soyeux, soupira de plaisir.

– Mets-y ta bouche, souffla-t-elle.

Julia faillit avoir un hoquet de stupeur. Ma bouche? Non! L'idée la choquait, la dégoûtait. Mais le regard de Sirhane était si implorant. Si je ne le fais pas, elle me fuira à jamais, pensa-t-elle. C'est la seule amie que j'ai ici, et j'ai tant besoin de ses caresses.

Julia embrassa le ventre, le creux des cuisses. Sirhane eut un petit sanglot de plaisir et frissonna. Elle poussa la tête de son amie vers les lèvres de son kouss.

Je ne peux pas, se dit Julia, qui croyait sentir sur elle le regard de son confesseur, de son père. Sirhane renversa la tête en arrière, ouvrit grand les cuisses. Les lèvres de son kouss avaient la couleur d'un pétale de rose.

« Tu seras damnée pour l'éternité, menaçait le prêtre, la Bible à la main. Des démons te feront rôtir à petit feu et tes tourments n'auront pas de fin... »

« Tu es pire qu'une bête, disait son père. Ce que tu fais est trop dégoûtant pour porter un nom... »

– S'il te plaît, suppliait Sirhane, miaulant comme un chaton, haletant si fort que Julia voyait le contour de ses côtes se dessiner sous la peau. S'il te plaît...

Elle arqua les reins, saisit Julia par les cheveux et fit descendre sa tête un peu plus. Julia grimaça de douleur et, capitulant, ferma les yeux, sourde à présent aux cris outragés de son père et de son confesseur.

Elle approcha ses lèvres du kouss, l'effleura doucement, certaine qu'il allait arriver quelque chose : le claquement d'un fouet lui cinglant ses épaules, un bruit de pas de soldats se ruant dans la pièce. Mais il n'y eut que les gémissements de Sirhane qui se tortillait sous elle et pressait son visage de plus en plus fort.

La Syrienne eut un sanglot et Julia, surprise, rouvrit les yeux. Lui donnait-elle un plaisir aussi vif? aussi insupportable?

– Sers-toi de ta langue, murmura Sirhane.

Elle fit glisser son corps jusqu'à ce que ses jambes pendent au bord de la dalle de marbre, leva les bras audessus de sa tête et cambra de nouveau le dos dans une posture de total abandon.

Elle se livre complètement à moi, pensa Julia. Ce n'est pas seulement de la lascivité, c'est aussi de la confiance. Dardant la pointe de sa langue, elle baissa à nouveau la tête et enfouit sa face entre les cuisses de la Syrienne. D'abord timide, elle finit par s'abandonner elle aussi, griffant le corps de Sirhane, pétrissant sa chair, l'appétit enfin éveillé par un aussi long jeûne.

41

Topkapi Saraya

Inhabituels en cette saison, les vents ne durèrent pas longtemps. L'été resplendissait sur le Bosphore.

Le kiosque semblait être un joyau sur le long doigt de velours de la Pointe du Sérail. Son dôme plaqué d'argent s'ornait d'arabesques composant des motifs floraux bleus et blancs. A l'intérieur, sous des boiseries incrustées d'ivoire, des sofas dorés s'alignaient le long des murs devant une grande cheminée de bronze.

Les nuits chaudes, Soliman y trouvait refuge loin de la fournaise du palais de pierre, sur la pointe où le vent soufflant de la mer de Marmara murmurait parmi les cyprès et les platanes.

Étendue près de lui, Hürrem écoutait les flûtes et les violes des musiciens qui jouaient, invisibles, dans les jardins. De ses doigts, elle créait des ombres qu'elle invitait le sultan à reconnaître.

– Un chameau! répondit-il en riant.

– Et là?

– Un mouton?

– C'est un cheval!

– Il a l'air d'un mouton.

– Tu as déjà vu un mouton avec un aussi long nez? Ou alors il s'appelle Ibrahim!

– Le seul Ibrahim que je connaisse n'est pas un agneau. Montre-moi autre chose.

Elle plissa le front pour se concentrer, remua les

doigts. Soliman la regardait en souriant : elle était comme une enfant, parfois.

– Et ceci ?

– Un chat ?

– Le chat du Kislar Aghasi. Regarde... il n'a rien entre les jambes !

Soliman se rembrunit.

– Tu ne devrais pas faire ce genre de plaisanteries.

– Pourquoi ?

– Tu offenses l'Islam.

– Hypocrite !

Il secoua la tête sans rien trouver à répondre. Comment osait-elle dire des choses pareilles ? N'avait-elle aucune conscience de son rang ? Il répondit lui-même à sa question : non, elle n'en avait pas. Peut-être était-ce ce qu'il aimait le plus en elle : il n'aurait laissé personne lui parler ainsi.

Sauf peut-être Ibrahim.

Le Seigneur de la Vie tourna les yeux vers le jardin. Des tortues portant sur leur carapace une bougie allumée avançaient lentement parmi les roses et les œillets. Une lune pleine projetait de longues ombres à travers le feuillage. Ici, je trouve la paix, pensa-t-il.

Mais Dieu exige la guerre. Dans la nuit silencieuse, il entendait les forgerons de l'arsenal de Galata fondre les nouveaux canons pour la prochaine campagne dans les Terres de la Guerre, au nord. Avec l'été, le moment était revenu pour les fils des ghazis de porter la bannière de Mahomet contre les infidèles.

Mais cette fois, je ne les conduirai pas, pensa le sultan. Cette fois, je resterai ici. Avec Hürrem.

Eski Saraya

Hafise Sultane vieillissait. Sa chevelure, autrefois d'un noir profond, était teinte au henné, et ni le khôl ni les poudres ne parvenaient à cacher la peau flasque sous les yeux et sous le menton. Ses membres tremblaient, même quand elle était assise.

Dans sa chambre d'audience au haut plafond voûté décoré d'une fresque, elle se tenait sur un divan de soie, les jambes repliées sous elle. Le Kislar Aghasi toucha du front l'épais tapis en signe de respect avant de s'adresser à elle.

– Couronne des Têtes Voilées...

– Tu souhaitais m'entretenir de quelque chose, Abbas? fit-elle, le souffle court.

– Oui, Altesse. D'un sujet qui, je l'espère, se révélera sans importance.

– Allons, je te connais. Si tu viens me soumettre un problème, c'est qu'il est important.

– Il s'agit d'une rumeur qui m'est parvenue... par diverses sources.

La Valide parut moins frêle et, soudain attentive, plongea son regard dans celui d'Abbas.

– A propos de qui?

– A propos de Hürrem.

Le visage de la vieille femme se plissa en une moue désapprobatrice.

– Celle-là!

– Ce n'est qu'une rumeur.

– Je prête parfois plus d'attention à tes rumeurs qu'aux déclarations du Divan. Dis-moi ce que tu as entendu, Abbas.

– Bientôt, l'armée marchera sur Vienne.

Hafise grimaça.

– Toute la ville le sait. Même Ferdinand le sait.

– J'ai entendu dire que le Seigneur de la Vie ne chevauchera pas à sa tête.

– Quoi?

– Hürrem l'aurait convaincu de demeurer au palais.

Les joues de la vieille sultane prirent une teinte violacée et elle parut un moment sur le point de suffoquer. Alarmé par sa réaction, Abbas gardait le silence.

– Tu... tu crois que c'est vrai? réussit-elle enfin à bredouiller.

– Je te rapporte seulement ce que j'ai entendu, Couronne des Têtes Voilées. J'ai estimé que c'était de mon devoir.

Hafise frappa du plat de sa main droite l'accoudoir du divan.

– C'est trop de présomption!

– Je ne t'ai pas offensée, j'espère, fit Abbas.

– Tu m'as au contraire rendu un grand service. (La

Valide saisit un coussin, l'expédia à l'autre bout de la pièce avec une vigueur surprenante.) L'impudente catin! Elle est en train d'en faire un eunuque!

Se reprenant, elle se tourna vers le Kislar Aghasi.

– Merci, Abbas. Je m'en occupe.

42

Soliman fut consterné en voyant sa mère. Chaque fois qu'il lui rendait visite, elle semblait un peu plus vieille, un peu plus fragile. L'âge n'avait cependant engourdi ni son esprit ni sa langue.

– As-tu vu tes fils? lui demanda-t-elle quand il se fut installé près d'elle sur le divan.

– Je les ai vus. Le petit Céhangir est encore chétif mais les autres deviennent vigoureux. Leurs précepteurs ont l'air content.

Hafise prit une mine bougonne.

– Je n'aime pas ce Sélim, c'est un enfant renfermé. Il ne m'inspire pas confiance. Il se gave de sucreries, comme une femme, et j'ai remarqué qu'il se montre cruel envers Méhémet et Bajazet.

– Les précepteurs ne m'ont rien dit.

– Bien sûr que non. C'est la faute de leur mère, elle ne leur consacre presque pas de temps. Je m'étonne même que Bajazet et Méhémet soient des enfants aussi plaisants.

– Ah! Aurais-je ouï quelques mots aimables? ironisa le sultan.

Hafise se laissa pas son humeur s'égayer.

– Tu peux sourire, mais félicite-toi d'avoir un fils comme Mustapha. Je désespérerais si Sélim devait être le shahzade.

Posant sur lui un regard boudeur, elle ajouta :

– Tu pars bientôt?

– L'armée se mettra en marche dans moins d'une semaine, répondit-il, en détournant les yeux.

Ainsi, c'est vrai! pensa Hafise. Qu'a-t-elle fait de toi, pauvre fou?

– Pour débusquer Ferdinand?

– Ferdinand? Il n'est que le petit homme de Vienne, comme dit Ibrahim. Le gibier, c'est Charles. Pourtant, je ne crois pas qu'Ibrahim réussira à le débusquer. Il restera terré dans ses châteaux d'Allemagne.

– Les préparatifs avancent?

– Le grand vizir aura trente canons de siège pour bombarder les murailles. A condition qu'ils ne s'embourbent pas de nouveau pendant la marche vers le nord.

Hafise scrutait le visage de son fils. Il ne me le dira pas, il a honte! Il sait qu'il se dérobe à son devoir : envers les Osmanlis, envers Dieu.

– Tu seras le plus grand de tous les sultans, mon fils, dit-elle en posant la main sur celle de Soliman. Les astrologues l'ont prédit à ta naissance.

– J'ai fait de mon mieux, assura-t-il.

Il répondit à la pression de la main de sa mère, qui lui parut frêle et sèche comme une feuille morte. Il ne s'était pas rendu compte qu'elle était à ce point malade et s'alarma : il ne pouvait imaginer de venir au harem sans l'y trouver.

– J'ai entendu des bruits, murmura-t-elle en se rapprochant de lui.

– Des bruits?

– Selon lesquels tu laisserais tes armées sans chef.

Soliman tenta de dégager sa main mais la feuille morte se fit soudain forte et résolue. Il détourna de nouveau le regard pour ne pas montrer sa colère.

– Les soldats n'ont pas besoin de moi. Ibrahim est seraskier.

– Alors, c'est vrai?

– Mais non. Tu écoutes trop les ragots des servantes. Les rumeurs nichent dans ces murs comme des vipères.

La Valide hocha la tête en souriant.

– Tes yeux n'ont jamais su me mentir, Soliman. Quand me l'avoueras-tu? Lorsqu'ils seront partis? Combien de temps pensais-tu me le cacher?

Cette fois, il dégagea sa main et se leva.

– C'est moi qui décide!

– Il est des décisions qu'aucun sultan, si grand soit-il, ne peut prendre. Tu es avant tout un musulman, tu dois t'incliner devant la volonté de Dieu!

– J'en ai assez de la puanteur de la guerre!

– Tu as des devoirs!

– Je les ai toujours placés au-dessus de tout.

– Jusqu'à ce jour! répliqua la vieille femme, dont le regard se durcit. C'est elle, n'est-ce pas?

Sans répondre, Soliman alla à la fenêtre, laissa ses yeux errer sur les toits du bazar et les maisons en bois peint bâties sur la pente descendant vers les eaux bleues de la Corne d'Or. Soudain, sa ville ne lui parut plus aussi belle. Le bruit des marteaux des armuriers de Galata l'importunait. Tant d'exigences : la guerre, le devoir envers Dieu, envers sa famille, son kullar. Ne trouverait-il la paix nulle part?

Hafise le rejoignit et revint à la charge :

– Au *Kapala Carshasha*, on l'accuse de t'avoir jeté un sort.

– Si je trouve l'homme qui répand pareille calomnie, je lui trancherai la langue et la lui ferai manger.

– Alors, la moitié de la ville sera muette.

Soliman serra les poings le long de ses flancs.

– Je veille à ce que mes sujets aient de quoi manger, je leur épargne les ravages des armées qui asservissent une bonne partie de l'Europe. Je leur ai donné Rhodes, Belgrade et la Hongrie. Que veulent-ils de plus? J'ai rempli mes devoirs envers eux et envers Mahomet.

– Tu as renoncé au Divan en faveur d'Ibrahim. A présent, tu lui abandonnes l'armée! Pour passer tes journées dans l'oisiveté, enfermé avec cette Hürrem!

– La vie ne se réduit pas aux mesquines chicaneries du Divan et à l'odeur du sang dans les fossés! Oui, je deviendrai le plus grand de tous les sultans osmanlis, parce que je suis différent! Je donnerai au peuple des lois, des villes. Je veux bâtir, pas détruire!

– Tu as abdiqué ton pouvoir en faveur du grand vizir, tu as abdiqué ta virilité pour une femme!

Soliman la regarda, livide.

– C'est elle qui t'a mis ces démons dans la tête, n'est-ce pas? dit la Valide à voix basse. (Elle lui prit à nouveau la main, et cette fois, il la lui abandonna.) Écoute-moi. Je ne veux pas te rendre malheureux. Tu sais ce qui s'est passé entre vous, c'est à toi de décider. Mais souviens-toi, tu es un ghazi. Tu ne dois pas te laisser prendre aux séductions du harem. Avant de procurer du contentement, il sert à donner des fils. C'est ainsi qu'il nous rend forts.

– C'est la loi qui nous rend fort. La *kanun* et la *chari'a*.

– Soliman... Que me reste-t-il si je ne t'ai plus? Je t'ai consacré toute ma vie. Je suis si fière de toi. Tu n'es pas cruel comme ton père, c'est ce qui fait ta force. Mais cela peut aussi faire ta faiblesse. Je l'ai constaté avec Gülbehar, avec Ibrahim, et maintenant avec Hürrem. Tu dois apprendre à être seul.

– Alors, il n'est pour moi aucun refuge?

– Trouve refuge dans l'Islam. Dans ton devoir.

– Non.

– Soliman...

– Je ferai mon devoir. Je fortifierai les fondations de mon empire par la kanun, la loi écrite. J'enverrai mes armées contre les remparts de la chrétienté et je les abattrai. Mais il faut qu'il reste un peu de vie propre au sultan!

– Ressaisis-toi de ton autorité, mon fils. Avant qu'on ne te l'arrache tout à fait!

– Ibrahim ne se retournera jamais contre moi...

– Et Hürrem?

– Ce n'est qu'une femme!

– Oui, rien qu'une femme! Et tu l'as laissée s'emparer de toi! Tu as des centaines d'odalisques parmi lesquelles choisir. Pourquoi une seule?

– Parce qu'auprès d'elle, je me sens moi-même. Non le sultan... le Possesseur du Cou des Hommes... juste moi-même.

– Mais elle, se contente-t-elle d'être Hürrem... ou veut-elle devenir Valide?

– Inch Allah! murmura Soliman. Je t'en prie, laisse-moi en paix. Je l'aime.

Comme il se penchait pour lui baiser la main, Hafise éprouva soudain de la pitié pour lui. Il est faible, pensa-t-elle. Non pas lâche, car il donnerait l'assaut aux portes même de l'Enfer, pour l'Islam. Ni faible comme le sont certains hommes devant les femmes ou le vin. Mais faible parce qu'il veut être comme les autres hommes, et c'est un luxe qui lui est interdit.

43

Le bazar – le bedesten – était situé sous les murs de l'Eski Saraya depuis l'époque de Méhémet le Conquérant. Le long des allées et des grands escaliers de pierre, des marchands vendaient de l'or et de l'argent, du brocart et de la soie, des tapis rouges de Damas, ou bleus, de Bagdad. A l'extérieur du bazar, d'autres marchands faisaient griller des épis de maïs sur un feu de charbon de bois, attisant les flammes avec des plumes de dinde et tentant vainement de chasser de petites mouches noires obstinées. Ils proposaient des tripes relevées d'ail, de la crème d'amandes chaude saupoudrée de cannelle. Les rues regorgeaient de bruits, de couleurs et d'odeurs. Il fallut de longues minutes à Soliman pour se remettre du choc d'être perdu dans sa propre ville.

Même dans ce chaos, il distinguait les signes de l'ordre que ses pères avaient imposé. La variété des couleurs remplissait une fonction : ici, des Turcs, comme lui, coiffés d'un turban blanc; là, des Grecs en turban bleu et bottes noires. Les juifs portaient un turban jaune, comme les Arméniens, mais les bottes de ceux-ci étaient cramoisies, celles de ceux-là bleu pâle.

Soliman s'arrêta pour regarder, avec d'autres, le marchand d'épices qu'on avait cloué par les oreilles à la porte de sa boutique. Un écriteau pendu à son cou expliquait qu'il avait été accusé d'utiliser de fausses mesures. Un des badauds cracha sur les pieds du fraudeur, Soliman fit de même. Il ne ressentait aucune pitié – c'était une loi juste, c'était la kanun.

Étonnant comme je me sens étranger à ces rues, pensa-t-il. J'ai peut-être trop longtemps vécu dans des palais. Ce brouhaha blesse mes oreilles; ces odeurs d'immondices ne parviennent pas dans les couloirs du saraya. Ces gens sont miens. Je les vois quand ils viennent au Divan présenter leurs requêtes, mais je ne sais plus comment ils vivent.

La nuit tombant rapidement enserrait les rues étroites; un croissant de lune monta au-dessus des toits du bedesten. Soliman se sentait en sécurité. Il ne courait aucun danger : les janissaires parcouraient chaque nuit les rues d'une ville où la violence était considérée comme une insulte au souverain lui-même. Qui l'aurait reconnu sous les haillons qu'il portait? De plus, les gens du peuple avaient appris à détourner les yeux à l'approche du sultan.

Quel meilleur moyen pour découvrir si ce qu'on lui avait dit des ragots du bazar était vrai?

Il déambula entre les colonnades de pierre, passa sous les arcades, s'arrêta devant une boutique où l'on vendait de la graisse de lapin, des graines de sésame, de l'aloès, du safran, du lait d'ânesse et de la réglisse. Le marchand semblait avoir une discussion animée avec l'un de ses clients. L'entendant prononcer le nom de Hürrem, le sultan se rapprocha et feignit d'examiner les sacs de henné vert et de cannelle orange.

– ... depuis la naissance de Sélim, il n'a pas même regardé une autre femme! disait le commerçant.

C'était un homme au nez crochu et aux dents gâtées coiffé d'un turban bleu – un Grec! Il expectora, lança un crachat qui manqua de peu la manche de Soliman.

– Impossible, répondit le client, un Turc. Il a un harem qui rassemble trois cents des plus belles femmes de l'empire! Aucun homme ne résisterait à l'envie de puiser dans un tel trésor.

– A moins qu'il ne soit ensorcelé! rétorqua le Grec avant de cracher à nouveau dans la rue.

Il semblait incapable de parler à voix basse.

– Balivernes.

– On dit que ce n'est pas une femme mais un esprit malin, un djinn des forêts de Valachie!

Expectoration, crachat.

– Justement, tout le monde sait qu'elle n'est pas valache mais russe, répliqua le client. Et si c'est un esprit maléfique, comme tu le prétends, pourquoi Soliman est-il le plus grand sultan que nous ayons eu? Considère ses conquêtes : Belgrade, Rhodes, Buda! Il y a deux étés, il était aux portes mêmes de Vienne.

– Et pourquoi n'avons-nous pas pris Vienne? Parce que la sorcière a fait pleuvoir tout l'été, que nos canons se sont embourbés et n'ont pu nous servir sur le champ de bataille.

Soliman pensa au dicton que son vizir lui avait enseigné : « Il faut dix Turcs pour défaire un juif dans une dispute, et dix juifs pour défaire un Grec. »

– Non, elle l'a ensorcelé, poursuivit le marchand. On dit même qu'il ne vide pas sa vessie sans lui demander la permission.

– Si quelqu'un l'a en son pouvoir, c'est plutôt Ibrahim. Regarde comme il nous nargue avec ses idoles à l'At Meydani!

– Ibrahim est un grand capitaine. (Raclement de gorge.) Nous avons besoin d'un vizir fort. (Crachat.) Surtout quand le sultan fait les yeux doux à l'une de ses esclaves! Moi, je dis que cela ne donnera rien de bon. Quand un sultan délaisse ses autres femmes, c'est qu'il y en a une qui le tient par la verge, et qui le fait tourner comme un âne!

Le marchand se tourna vers Soliman.

– Que veux-tu?

Ce que je veux, c'est trancher ta tête hideuse, l'accrocher aux grilles de la Sublime Porte et t'inviter à cracher une dernière fois, pensa le souverain déguisé.

– Rien qui vienne de chez toi, répliqua-t-il. Il y a de la salive sur ta cannelle.

En s'éloignant, il entendit avec plaisir le Turc éclater de rire à l'intérieur de la boutique. Mais les insultes qu'avait proférées le marchand résonnaient encore dans sa tête tandis qu'il errait dans le dédale du bedesten. Ce qu'Ibrahim et sa mère lui avaient rapporté était vrai. Ensorcelé.

N'y avait-il donc aucune heure de la journée où on lui permettait quelque intimité dans le sanctuaire de sa vie personnelle? Pourquoi devait-il toujours prouver son autorité, sa loyauté envers le trône et envers Dieu?

Fort bien, il retournerait au harem, il montrerait de nouveau qu'il était le maître dans sa propre maison.

44

Comme pour toute chose dans le harem, il y avait un protocole à suivre pour choisir une odalisque. Soliman franchit à cheval les grandes portes cloutées de fer au moment où elles s'ouvraient et fut accueilli par le Kislar Aghasi en pelisse de cérémonie et turban blanc. Une centaine de femmes au corps parfumé, à la chevelure ornée de perles et de joyaux, attendaient en ligne dans la partie ombragée de la cour.

Tout homme tremblerait de plaisir à ce spectacle, pensa le sultan. Moi je n'éprouve qu'une froide terreur. Pourquoi ?

Les portes se refermèrent, il descendit de cheval. Bien qu'aucune des femmes n'osât le regarder directement, il sentait sur lui une centaine de paire d'yeux curieux, suppliants. Le choix qu'il ferait dans quelques instants changerait à jamais la vie de l'une des houris.

Du moins le croyaient-elles.

Le chef des eunuques noirs s'inclina jusqu'à terre.

– Noble seigneur...

– Je dois te complimenter, dit Soliman, respectant le protocole. Elles sont toutes exquises.

– Merci, seigneur.

Le Kislar Aghasi lui emboîta le pas quand il commença à remonter la file. Succession floue de visages, d'yeux modestement baissés, de joues rougissantes. Il s'arrêtait devant chacune d'elles, le temps que le chef des eunuques lui murmure son nom.

Pourquoi ne puis-je boire à cette fontaine jusqu'à éclater ? songeait Soliman. D'autres le feraient volontiers. Il paraît qu'Ibrahim possède un harem presque aussi grand que le mien et que sa soif est insatiable. Il continua d'avancer en se demandant laquelle il finirait par choisir. Elles sont toutes tellement belles que leur beauté même n'a plus de sens, se dit-il. Celle-ci, par exemple, une poupée de porcelaine qu'on risque de briser si on la manie trop rudement. On dirait qu'un maître artisan l'a façonnée dans un seul bloc d'albâtre. Une telle perfection intimide.

– Quel est ton nom?

L'esclave murmura quelque chose, si bas qu'il ne put l'entendre. Il se tourna vers le Kislar Aghasi.

– Qu'a-t-elle répondu?

L'eunuque parut hésiter puis marmotta :

– Julia.

– Julia, répéta le souverain, qui reporta son attention sur la jeune femme.

La perfection, vraiment. Il tira un mouchoir vert d'une manche de sa robe, le posa sur l'épaule de l'odalisque pour indiquer qu'il avait fait son choix. C'était un de ceux que Hürrem avait elle-même brodés pour lui. Elle l'observait, il le savait, et il savait aussi qu'il s'était fait clairement comprendre.

– Je vais maintenant me promener dans les jardins, dit-il au Kislar Aghasi, qui regardait fixement l'élue avec une expression impossible à déchiffrer.

Ces eunuques étaient en vérité d'étranges créatures.

Hürrem quitta la fenêtre, s'empara du long chandelier d'argent posé près du divan, et le jeta à travers la pièce, cassant un des carreaux de faïence d'Iznik qui décoraient les murs. Muomi se mit hors de portée.

Le visage de la kadin était blême de rage. Un long moment, elle demeura au centre du tapis, dans une immobilité brisée seulement par la palpitation de ses narines, le tressaillement des muscles de sa mâchoire. Si Soliman pouvait te voir maintenant, pensait la géditchi, il te trouverait peut-être moins jolie.

– Il faut empêcher cela, gronda Hürrem.

– Comment? Il est le sultan, fit Muomi prudemment.

La favorite saisit un plateau d'argent couvert de pâtisseries et le renversa.

– Qui est cette petite kouss?

– J'ignore son nom. Elle a été apportée d'Alger. On dit que des corsaires l'ont capturée à bord d'une galère vénitienne.

– Comment l'empêcher?

Pour la première fois depuis qu'elle était à son service, Muomi avait peur.

– Maîtresse...

Hürrem saisit l'anneau d'or pendant à l'oreille droite de la négresse et tira. Muomi tomba à genoux en criant.

– Comment l'empêcher?

– .. tu me fais mal...

– Je veux que tu me prépares une de tes potions.

– ... ne tire pas...!

Hürrem la lâcha, serra les poings, tremblante. Je ne dois pas perdre mon sang-froid, se dit-elle, pas maintenant. Perds ton sang-froid et tu perds tout.

Pantelante, Muomi porta la main à son oreille.

– Si tu la tues, il en choisira une autre. Et le Kislar Aghasi saura que c'est toi.

– Comment, alors?

La Noire leva vers sa maîtresse un regard brillant de haine.

– Ne me frappe plus jamais.

– Dis-moi comment faire, Muomi.

– Il y a un autre moyen.

– Lequel?

– Peux-tu souper avec lui ce soir?

– Ce soir? Il ne viendra pas.

– Trouve un moyen de le faire venir.

– Ce sera difficile.

– Pour toi?

– J'essaierai. Mais que vas-tu faire?

– Je connais une potion qui... qui ôte à l'homme toute ardeur.

Le corps de Hürrem parut se vider de sa tension et elle ébaucha même un sourire.

– Peux-tu obtenir les ingrédients qu'il te faut?

– N'importe quel apothicaire de la ville me fournira les herbes nécessaires.

– J'envoie un page te les chercher. De ton côté, fais dire au Kislar Aghasi que j'ai besoin de lui parler de toute urgence. Il s'y attend, je pense.

On conduisit d'abord Julia à la Gardienne des Bains qui la fit soigneusement épiler puis la baigna dans une eau parfumée au jasmin et à l'orange. Étendue ensuite sur une dalle chaude, elle se fit masser le corps avec un mélange de poudre de riz et d'huile. A côté d'elle, de l'eau bouillonnante conservait à la pâte sa chaleur et sa souplesse.

Le chef des eunuques la trouva assise au bord de la plaque de marbre, nue, entourée de géditchis qui s'occupaient chacune en silence d'une partie de son corps. Il serra les mâchoires pour refouler le sanglot qui gonflait dans sa gorge.

Julia regardait au loin, les yeux vides et fixes, comme si aucune de ces femmes n'existait. L'une lui peignait les ongles; une autre, après lui avoir glissé de l'aloès sous la langue pour parfumer son haleine, entreprit de passer ses paupières au khôl; une troisième, agenouillée, lui teignait le pubis au henné selon la tradition. Julia se laissait faire sans résister, sans les aider non plus.

A quoi pense-t-elle? se demanda Abbas. Son esprit l'a-t-il ramenée à Venise? Imagine-t-elle qu'elle est encore dans une gondole, avec moi, ou est-ce juste ma vanité qui voudrait qu'il en soit ainsi?

Quelque part derrière lui, la Maîtresse de la Garde-Robe discutait avec une aide du choix de la tenue appropriée.

Combien de nuits ai-je rêvé de te voir ainsi, complètement nue? pensait Abbas. Mais dans mes rêves, tu n'avais jamais ce regard fixe qui me transperce sans me voir. Pour toi, je ne suis pas là; aucune de ces femmes ne l'est. Tu es seule, aussi inaccessible que tu l'as toujours été.

Mais si belle. Bien qu'elles aient charbonné ton œil et barbouillé tes lèvres de rouge, comme une de ces hétaïres dont Ludovici était si friand, elles n'ont pas fait disparaître sous le fard ta dignité et ta grâce.

Ton corps est aussi parfait que je l'imaginais. Les courbes et les creux, ce qui brille et ce qui reste dans l'ombre, tout est parfaitement proportionné comme dans l'œuvre d'un artiste de génie. Les tétons sont deux petits boutons de rose; chaque muscle des cuisses, des épaules, du ventre se dessine sous la peau et semble sculpté dans le marbre.

Comment puis-je encore désirer ce que je ne peux posséder? Peut-être est-ce la forme le plus pure du désir... et de la souffrance.

Sous ses yeux, une des géditchis commença à répandre une fine poudre dorée sur les bras, le dos et les seins de Julia. Sur sa peau, brillant comme de l'or battu, les flammes des bougies se reflétèrent tels des milliers d'éclats de diamant.

Julia...

Il s'éloigna à regret : Hürrem voulait le voir. Bien sûr. Cela ne le surprenait pas.

Recroquevillée sur le divan, la Tartare tordait nerveusement un mouchoir de soie entre ses mains. Elle avait les yeux rouges d'avoir pleuré, et Abbas éprouva presque de la pitié pour elle. Il la salua d'un *temennah* en portant la main droite à son cœur, à ses lèvres, à son front.

– Tu souhaitais me voir, noble Hürrem?

Elle renifla, se tamponna les yeux.

– Que dois-je faire, Abbas? Il paraît que le Seigneur de la Vie a choisi de passer la nuit avec une des houris.

– C'est son droit. Tu ne devrais pas t'en inquiéter. Tu es toujours deuxième kadin; cela, nul ne peut te l'ôter.

– Comment s'appelle-t-elle?

Abbas hésita, soudain conscient du danger dont cette conversation pouvait être porteuse.

– Julia, répondit-il, sur ses gardes. Elle est vénitienne.

– C'est une aristocrate cultivée, dit-on.

– En effet.

– Je désire voir le sultan. Pourrait-il dîner avec moi ce soir?

– Je ne pense pas que ce soit possible. Quand le seigneur choisit une odalisque...

– Je ne t'ai pas demandé ton opinion!

La voix de la favorite, cinglante comme un fouet, le réduisit sur-le-champ au silence. Il l'examina plus attentivement... peut-être n'avait-elle pas pleuré.

– Je veux voir le sultan... ce soir, répéta-t-elle. Il est encore dans le saraya, en visite chez la Valide, n'est-ce pas?

– Oui, estimée kadin.

– Convie-le à dîner avec moi. Dis-lui que je me repens, que je veux faire la paix avec lui.

– Il ne sera peut-être pas possible de...

– Abbas, te souviens-tu de ce qu'il est advenu de la dernière Kiaya de la Garde-Robe? Tu ne faisais peut-être pas encore partie du harem?

– Je ne suis pas sûr de comprendre, fit Abbas, la bouche sèche.

Hürrem se leva, s'approcha de lui, si près qu'il sentit son parfum.

– Tu comprends parfaitement, dit-elle avec un sourire. Tout le monde ici sait ce qui lui est arrivé. Elle ne m'avait pourtant pas offensée comme tu viens de le faire.

– Je ne voulais pas t'of...

– Je n'ai pas envie d'entendre tes excuses. Ce soir, le sultan couche avec une autre, mais qui sait dans quel lit il dormira demain? Et quand une femme tient un homme entre ses cuisses, elle a toute son attention. Alors, à moins que tu ne sois sûr de ce qui se passera demain, rappelle-toi la Kiaya... et fais ce que je t'ordonne.

– Oui, gente kadin.

Abbas sortit, maudissant sa faiblesse. Sa vie lui importait-elle tant qu'il était prêt à tout subir pour la préserver? Son instinct de survie l'avait trahi une fois de plus. Très bien, il serait son pantin. Mais si elle touchait à Julia, il ne se laisserait pas mener par le bout du nez.

45

– J'ai préparé moi-même le repas, dit Hürrem.

Il y avait des feuilles de vignes farcies d'agneau de lait, de petits morceaux de poulet rôti à la broche, des chiches-kebabs, du halva et des sorbets. Soliman s'assit, regarda sa concubine avec méfiance. Il se sentait mal à l'aise en sa présence maintenant, comme s'il l'avait trahie. Elle l'observa en silence pendant qu'il mangeait.

– N'as-tu pas faim?

Elle secoua la tête.

– C'est délicieux. Tu as utilisé de nouvelles épices?

– Muomi connaît un millier de recettes, seigneur.

Il la dévisagea en mâchant. Elle avait pleuré, il en était sûr : elle avait les yeux rouges, les paupières gonflées.

– Jouerons-nous aux ombres chinoises? proposa-t-elle.

Elle est parfois comme une enfant, pensa-t-il. Toujours désireuse de me plaire.

– Pas maintenant, répondit-il.

– Alors, je vais chercher ma viole?

Il secoua la tête, repoussa le plat. La nourriture était bonne mais il n'avait pas d'appétit.

– Mange, je t'en prie, ô mon souverain.

– Je n'ai pas faim.

– Aurais-je offensé le sultan?

– Non.

– Mais il m'arrive parfois d'être outrecuidante. Dans ma passion pour toi, j'oublie mon rang. Si tu es courroucé, c'est ma faute, je le sais.

Hürrem semblait si misérable qu'il eut envie de la prendre dans ses bras pour la consoler. Non, impossible.

Il ne pouvait lui laisser voir que sa peine était aussi grande que la sienne. Elle devait comprendre qu'aussi fort que fût son amour pour elle, il avait un devoir envers l'Islam et les Osmanlis, et qu'elle avait un devoir envers lui.

– Tu es mon refuge, petite russelana. Mais je suis le padichah, tu dois t'en souvenir.

– Oui, seigneur.

Il se mit debout. Au lieu de lever les yeux, Hürrem se pencha et lui baisa les pieds. Soliman sursauta : il n'avait pas voulu l'humilier.

– Hürrem, murmura-t-il avec douceur, nous sommes tenus par le devoir. Je ne peux pas être comme les autres hommes.

Je dois partir avant que ma résolution ne faiblisse, se dit-il. Pauvre Hürrem, elle ne comprend pas. Oui, elle l'avait ensorcelé mais elle n'était pas sorcière. Elle l'avait envoûté avec son innocence, son amour.

Après le départ de Soliman, Muomi entra et s'agenouilla près des plats.

– Il y a à peine touché, fit Hürrem. Ce sera suffisant?

– Oui, répondit la Noire à voix basse. Cela suffit.

Abbas la reconnaissait à peine.

On l'avait habillée d'une chemise en soie rose et d'un pantalon bouffant, d'un *dhuma* – lourd caftan à boutons de nacre –, d'une toque où scintillaient émeraudes, diamants et opales. Elle avait les yeux cernés de khôl, le reste du visage disparaissait derrière le *yashmak* à frange de perles.

Des chaînes d'argent minces comme un fil entouraient ses poignets et ses chevilles; à son cou pendait un gros collier d'or encore alourdi d'une perle.

Quand elle se leva, l'une des géditchis l'aida à enfiler un épais feridje brodé : la capuche et les longues manches couvrirent le reste de son corps, si totalement qu'on ne voyait plus même un doigt.

Ma Julia...

Il l'escorta le long des couloirs sombres du palais jusqu'au carrosse qui attendait. Quand la voiture s'ébranla, Abbas contempla la forme encapuchonnée assise immobile devant lui et se demanda ce qu'elle dirait en découvrant que le castrat obèse et balafré qui l'accompagnait lui avait fait autrefois la cour sur les canaux de Venise.

– As-tu peur? fit-il.

– Oui.

– Ne sois pas effrayée. Le sultan est un homme doux qui ne te veut aucun mal.

Après un silence, il l'entendit poser cette question.

– Que devrai-je faire?

Le tremblement de sa voix lui fit comprendre qu'elle était au bord de la panique.

– Tu n'as jamais partagé la couche d'un homme?

– Jamais.

Jamais? Corpo di Dio! s'écria Abbas en lui-même. Dieu n'existe pas! Et s'il existe, c'est un barbare, un tyran! Que pouvait-il lui dire pour l'aider?

– Fais simplement ce qu'il te demande. Il te montrera.

– Pourquoi m'a-t-il choisie?

– Parce que tu es la femme la plus belle du monde, s'entendit-il répondre.

Il résolut de ne plus ouvrir la bouche de peur de se trahir. Je te conduirai au lit de mon maître, pensa-t-il. Laissons Dieu s'amuser de sa cruelle plaisanterie. Si tu as de la chance, ton sort sera meilleur que le mien.

Topkapi Saraya

Quand Abbas pénétra dans la chambre, Soliman était étendu sur le lit en robe blanche bordée d'hermine, une aigrette fixée à son turban par un diamant blanc entouré de rubis. Des brûle-parfums pendant au haut plafond voûté embaumaient l'air. Le chef des eunuques toucha trois fois le tapis du front.

– Vénéré souverain...

Le sultan le regarda, se rappela le protocole.

– Kislar Aghasi, j'ai égaré mon mouchoir. Sais-tu où il est?

– Oui, seigneur. Je te le fais apporter.

Abbas releva sa grosse carcasse sous le regard attentif de son maître. Il y a quelque chose qui ne va pas chez cet homme, pensa Soliman. Depuis quelque temps, il a l'air malade. Ce soir, malgré la fraîcheur, son visage ruisselle, et ses yeux ont cette lueur fixe que j'ai souvent vue au combat.

Abbas alla à la porte, fit entrer une petite ombre vêtue d'un manteau, lui murmura quelque chose à l'oreille et, après lui avoir ôté le feridje, la poussa vers le lit. Comme il s'attardait à la porte plus longtemps que nécessaire, le sultan lui fit signe de sortir.

La porte se referma doucement derrière le chef des eunuques.

D'une main tremblante, l'odalisque tendit le mouchoir vert que Soliman avait posé sur son épaule le matin, tomba à genoux, avança vers le lit. Elle souleva la couverture, la porta à son front et à ses lèvres.

Il attendait, regrettant de toute son âme de ne pas se trouver avec Hürrem.

Il se leva du lit, nu, et posa un regard accusateur sur la jeune femme étendue sur le matelas. Les chandelles projetaient de longues ombres sur les collines et les vallons du corps de l'odalisque, allumaient dans ses yeux une passion qui n'y était pas.

Il enfila une robe, alla à la fenêtre ouverte. La pleine lune était suspendue, grosse et basse, au-dessus de la côte asiatique d'Üsküdar, éclairant d'une lumière phosphorescente la masse noire des nuages. Une lune ensorceleuse... Peut-être était-ce l'explication.

Elle était belle, cette Vénitienne. Un corps comme de la soie, un paradis pour l'œil et le toucher. Pourtant, elle n'avait pas su éveiller sa passion. Il n'avait aucun désir pour elle. Il aurait aussi bien pu être... Abbas!

Quelque chose... quelqu'un a fait de moi un castrat! Le sultan des Osmanlis, aussi impuissant que le chef de ses eunuques!

La peur, la rage s'abattirent sur lui; il sentit ses joues brûler d'humiliation. Du lit, la houri le regardait en silence d'un air effrayé. Elle n'avait pas prononcé un mot depuis qu'Abbas l'avait amenée.

Mais garderait-elle encore le silence une fois revenue au harem?

Elle n'était pas comme son Hürrem, elle ne savait pas comment l'exciter par de doux gémissements. Elle demeurait simplement étendue, offrant sa beauté, monnaie courante au harem. Peut-être était-ce là la seule raison de son manque de désir. Peut-être qu'aucune femme ne pouvait plus troubler ses sens depuis qu'il avait fait l'amour avec Hürrem.

Mais au harem, on ne le comprenait pas. Dans les rues et au bazar, les rumeurs couraient de plus belle : il est ensorcelé, ce n'est plus un homme, ce n'est plus un sultan.

Il se tourna vers la femme qui l'observait, les genoux contre la poitrine, battant craintivement des cils. D'un pas rapide il alla à la porte, l'ouvrit.

– Abbas !

Les hallebardiers montant la garde sursautèrent.

– Où est Abbas ?

L'un d'eux courut chercher le Kislar Aghasi. Soliman referma la porte, retourna près du lit, ramassa les vêtements de l'esclave et les lui jeta.

– Habille-toi !

Quelques instants plus tard, le chef des eunuques apparut sur le seuil, une bougie à la main.

– Seigneur ?

L'empereur osmanli désigna la fille.

– Fais-la sortir !

– Elle ne te plaît pas ?

– Fais-la sortir !

Le monarque saisit Julia par le bras – elle ne portait que son pantalon de harem et sa chemise en soie – la traîna dans le couloir et la laissa en sanglots sur le tapis. Il tira le yatagan de la ceinture d'un des gardes, retourna dans la chambre, tint la pointe de la lame sous le menton d'Abbas. Un filet de sang coula le long du cou, tacha le col de la pelisse. Le Kislar Aghasi hoqueta, faillit lâcher la bougie.

– Elle ne doit parler à personne ce soir. Et si elle vit encore demain, ta tête nourrira les corbeaux à la Porte de la Félicité au crépuscule. Tu as compris ?

– Oui, seigneur.

– Dehors !

Abbas traversait à la hâte la cour pavée du Topkapi, un parchemin scellé dans sa main droite, pour aller trouver l'agha des messagers. Il fallait que ce pli parvienne absolument à Ludovici. Tout de suite. Cette nuit.

Julia était enfermée dans une cellule sous l'Ortakapi. Il

était près de minuit, ce qui signifiait que lorsqu'il recevrait le message, Ludovici aurait moins de cinq heures pour se préparer.

– Julia, mumurait-il en pressant le pas, Julia, qu'as-tu donc fait ?

46

L'aube.

Abbas conduisit Julia hors du palais par la porte du Bosphore, l'amena au bord de l'eau, s'arrêta pour regarder le ciel, vit tournoyer au-dessus d'eux ces oiseaux blancs que les Stambouliotes appelaient les « âmes damnées ». Ils ne faisaient aucun bruit, même en battant des ailes ; on ne les voyait jamais se poser pour se nourrir ou se reposer. Elles erraient éternellement au-dessus des eaux noires, ces âmes des houris qu'on y avait noyées.

C'était la manière traditionnelle pour un sultan de se débarrasser des femmes de ses frères quand il accédait au trône, ou de punir une houri qui, mystérieusement, se retrouvait enceinte d'un des eunuques blancs. On disait que le fond du Bosphore était jonché d'ossements d'anciennes concubines.

C'est maintenant ton tour, Julia.

Abbas frissonna en la regardant. Ses larmes avaient fait couler son khôl, qui tachait ses joues ; ses boucles emmêlées encadraient son visage en riches motifs. Elle ne portait que son pantalon bleu et sa chemise rose, à travers lesquels les deux bostandjis lorgnaient furtivement son corps.

– Que se passe-t-il ? murmura-t-elle.

Abbas sentit sur lui les regards des deux tueurs : il ne devait pas éveiller leur méfiance.

– Tu ne retournes pas à l'Eski Saraya, dit-il.

Il prit le bras de Julia, la mena au caïque qui attendait près de la rive.

– Où allons-nous ?

– Fais simplement ce qu'on t'ordonne.
– Je t'en prie, dis-moi ce qui se passe.
– *Silenzio!* lui intima-t-il d'une voix sifflante.

En entendant sa propre langue, Julia se tut, médusée. Il la souleva aisément, la reposa sur le caïque, les pieds à l'intérieur d'un grand sac. Il tira des plis de sa pelisse une cordelette d'argent, saisit les mains de Julia et les lui attacha derrière le dos.

– Que fais-tu?

Il ne répondit pas. A l'arrière du caïque, il y avait un tas de grosses pierres lisses qu'il plaça une par une dans le sac. Il en releva ensuite les bords, par-dessus la tête de Julia, et le ferma.

– Souviens-toi que je t'aime, murmura le Kislar Aghasi en italien.

Il la fit tomber au fond du caïque avant de descendre et de rejoindre les deux bostandjis qui avaient pris place dans un autre bateau.

Un vent frais ridait la surface du Bosphore. La voix du *muezzin* appelant les fidèles à la prière se répercutait au-dessus de l'eau, réunissant les parties européennes et asiatiques de la ville. La tour du Divan se dressait dans la brume, sa flèche miroitant au soleil.

Un beau matin pour mourir, songea Abbas.

Ils passèrent devant le promontoire de la Pointe du Sérail, remorquant l'autre caïque jusqu'à un point situé à égale distance de la péninsule et de la rive asiatique. Debout à l'avant, Abbas scruta le brouillard, vit un bateau de pêche grec, un caramousal, apparaître un instant au-dessus de l'eau pommelée avant d'être de nouveau englouti par le rideau gris tourbillonnant.

Abbas ordonna aux bostandjis de rentrer les rames et ils dérivèrent un moment en silence. Il se retourna vers le bateau qui les suivait, attaché à une corde, et que les mouvements du corps se débattant dans le sac faisaient se balancer doucement sur l'eau.

– Prenez les cordages, cria le chef des eunuques, plus fort qu'il n'était nécessaire pour se faire entendre des bourreaux.

Quand ils tirèrent sur les cordes, l'autre caïque tangua, embarqua de l'eau, pencha fortement à tribord et finit par se retourner. Le sac sombra dans le Bosphore; des bulles flottèrent un moment à la surface puis disparurent.

Abbas scruta de nouveau la brume, ne vit pas le caramousal. D'un geste, il ordonna aux bostandjis de couper les cordes puis s'assit à l'avant tandis qu'ils reprenaient les rames.

Le souffle coupé au contact de l'eau, Julia sentit les pierres l'entraîner vers le fond. Dès que le Kislar Aghasi lui avait attaché les mains, elle avait compris ce qui allait se passer et su qu'il serait vain de se débattre. Elle avait résolu d'aspirer tout de suite une grande goulée d'eau pour en finir rapidement mais l'instinct de survie affaiblit sa détermination. Quand le caïque se renversa, elle emprisonna l'air dans ses poumons et tira sur ses liens pour tenter de libérer ses mains.

A son grand étonnement, ils se dénouèrent.

En tombant vers le fond, elle eut l'impression qu'on lui perçait les tympans avec une aiguille chauffée à blanc. Elle retint un cri de douleur pour ne pas perdre sa dernière goulée d'air, tira frénétiquement sur le sac... qui s'ouvrit.

Le Kislar Aghasi, pensa-t-elle. Il a fait en sorte que je puisse m'échapper!

Le sac glissa le long de son corps. Julia battit des jambes dans le vert boueux de l'eau, vit la surface argentée loin, très loin au-dessus d'elle, sentit sa poitrine sur le point d'éclater.

Trop loin.

Elle agita frénétiquement les bras, se retrouva soudain à la surface, tenta de respirer mais ne fit qu'avaler un peu plus d'eau et suffoqua.

Prise de panique, elle battit l'eau des quatre membres mais sa tête demeurait sous l'eau, et elle sut qu'elle allait mourir.

Quelque chose lui toucha le bras, elle s'y accrocha désespérément, perdit conscience.

Abbas se retourna, vit le caramousal glisser silencieusement sur l'eau entre le caïque et la côte de l'Asie, distingua deux formes qui en hissaient une troisième à bord. Il détourna aussitôt les yeux de crainte que les bostandjis ne suivent son regard, mais déjà la brume se refermait sur eux et le matin garda ses secrets.

De la neige couvrait le sol devant la Ba'ab i Hümayun, la porte impériale, quand Soliman revint des Terres de la Guerre. La mine sévère sur son grand étalon arabe, il semblait sourd aux acclamations des janissaires et de la foule qui se pressait le long du *Divan Yolu* pour l'accueillir. Cette fois, il n'était même pas parvenu jusqu'à Vienne. Ibrahim était resté bloqué plus d'un mois devant la petite ville de Güns, et la campagne s'était enlisée, puis avait finalement éclaté en une série de raids menés par des généraux s'opposant sur la direction dans laquelle frapper.

Le Grand Turc rentrait en deuil : Hafise Sultane, sa mère, était morte. Bien qu'il la pleurât, une partie de lui-même se sentait curieusement libérée. La voix qui chaque jour le rappelait à son devoir se faisait plus lointaine dans sa mémoire.

L'expédition avait été un exercice vain, l'interlude avec la Vénitienne un désastre. Il savait maintenant qui était son conseiller le plus sage, tant sur le champ de bataille qu'au lit.

Il était resté absent trop longtemps.

Hürrem, pensa-t-il, ensorcèle-moi encore.

CINQUIÈME PARTIE

AINSI PASSE LA POUSSIÈRE

47

Eski Saraya, 1535

Güzül fut impressionnée malgré elle quand une géditchi lui fit traverser les appartements de la favorite. Hürrem avait son propre jardin, avec une fontaine de marbre, une volière de rossignols, de canaris et d'oiseaux qu'elle n'avait jamais vus auparavant, de gros volatiles au bec crochu couverts de plumes rouges, vertes et bleu roi. On murmurait au bedesten qu'on lui avait même fait cadeau d'un lit d'ivoire inscruté de bois de santal et de corail rose. Œuvre d'artisans chinois d'Amoy, il avait coûté plus de quatre-vingt-dix mille scrudis – une fortune.

Allongée sur une plaque de marbre chauffée pardessous, la kadin se faisait masser le cou et les épaules par Muomi. Son hamman personnel est aussi grand que la salle d'audience d'Ibrahim, nota Güzül.

Elle s'agenouilla pour un sala'am cérémonieux, attendit que Hürrem daigne remarquer sa présence.

La concubine ouvrit un œil, sourit.

– Ah! Güzül.

– La noble kadin me fera-t-elle l'honneur de considérer mes humbles colifichets?

Hürrem acquiesça d'un léger hochement de tête; la marchande dénoua le carré de soie verte qu'elle portait, étala devant elle son assortiment de rubans, de dentelles et de petits bijoux, plaça chaque article de façon qu'il reçoive la meilleure lumière possible.

Muomi continuait à pétrir de ses doigts puissants les muscles de sa maîtresse. Elle a gardé un corps svelte, remarqua Güzül. Hürrem la faisait penser à un chat, mince et souple, vautré sur son divan favori. Les yeux étaient à demi clos dans une torpeur rêveuse, les membres étirés dans un abandon langoureux. On ne dirait jamais qu'elle a eu cinq enfants, pensa-t-elle. Il faut dire qu'elle les a tous fait nourrir par une esclave et ne s'est quasiment plus occupée d'eux une fois coupé le cordon ombilical.

D'épaisses mèches de cheveux roux or masquaient en partie son visage, et l'on eût dit que les yeux verts guettaient Güzül à travers de longues herbes sèches. Un fauve à l'affût, pensa-t-elle.

– Comment se porte ta maîtresse? demanda Hürrem à brûle-pourpoint.

La marchande sentit le sang se retirer de son visage.

– Ma maîtresse?

– Rose de Printemps.

N'osant affronter les terribles yeux, Güzül fixait les babioles disposées devant elle.

– La noble kadin se trompe...

– La noble kadin ne se trompe jamais, répliqua Hürrem. Tu es la créature de Gülbehar. Tu es venue à Istanbul apporter des messages et espionner le harem.

Güzül attendit en silence.

– N'aie pas peur, poursuivit la favorite. Je ne veux de toi qu'un renseignement. C'est la seule de tes marchandises qui m'intéresse.

Elle se gratta lentement le mollet droit avec le gros orteil gauche et Güzül vit les muscles de son postérieur se contracter. Ses fesses étaient restées menues et dures comme celles d'un garçon. Alors que Gülbehar devient grasse et paresseuse, se gave de sucreries à Manisa, Hürrem se prive et s'abreuve à quelque fontaine secrète de jouvence. Ou peut-être sont-ce les potions que cette Muomi lui donne à boire?

Sorcière.

– Je ne suis qu'une messagère, plaida-t-elle.

– Exactement. Mais je me demande à qui tu portes tes messages, ici, à Istanbul. Qui est l'ami de Gülbehar à la Cour?

Güzül sentit ses genoux se mettre à trembler sans qu'elle pût les contrôler. Son propre corps la trahissait.

– Tu as raison d'être effrayée, Güzül. Certes, tu es au

service de la femme qui deviendra peut-être la mère du prochain sultan... mais tu ne vivras peut-être pas jusqu'à ce jour. Aujourd'hui, c'est moi qui ai l'oreille du sultan, et je peux lui murmurer qu'une certaine marchande est venue au harem traiter sa favorite de sorcière et l'insulter d'une manière qui dépasse l'imagination.

– Vénérée kadin..., fit Güzül en tendant le bras.

– A toi de choisir. Réfléchis.

Hürrem ferma à nouveau les yeux, s'abandonna aux mains de Muomi. Güzül se sentait défaillir. Elle avait joué un jeu dangereux, elle le savait, mais il ne lui avait jamais paru réel. Maintenant qu'elle était confrontée à la certitude de la mort, ses entrailles se liquéfiaient.

– C'est... Ibrahim, finit-elle par lâcher.

Hürrem rouvrit les yeux.

– Ibrahim, murmura-t-elle, le regard soudain glacé. Je ne devrais pas être surprise. Il est comme un amant jaloux, n'est-ce pas?

Güzül fut incapable de répondre.

– Tu as un choix à faire, vieille femme. Tu ne peux servir deux maîtresses à la fois, tu n'as qu'une vie.

– Je ferai n'importe quoi pour...

– Attends, tu ne connais pas encore le marché. Là-bas sur le plateau, il y a une petite fiole. Je veux que tu l'emportes en partant et qu'une fois à Manisa tu trouves l'occasion d'en verser le contenu dans le gobelet de Mustapha. Tu crois que tu en es capable?

Güzül poussa un gémissement.

– Un choix difficile, je comprends, mais que tu dois faire avant de te relever. Toi ou Mustapha. Lequel des deux mourra?

– C'est impossible. Ses serviteurs goûtent à tout ce...

– Tu penses peut-être qu'Ibrahim pourrait te sauver. Il est vrai qu'il a lui aussi l'oreille du sultan, mais, moi, je peux flatter des parties plus intimes de son corps quand je veux le convaincre. Alors, que décides-tu?

– Je t'en prie, demande-moi n'importe quoi d'autre...

– Que décides-tu?

Elle parle sérieusement, pensa Güzül. Si je refuse, elle me fera tuer sans la moindre hésitation. Dieu, aide-moi dans mon malheur!

– Je ferai ce que je pourrai, murmura-t-elle.

– Si tu échoues, ne t'attends pas à de la compassion de ma part.

– Mais...

– Le marché est simple, Güzül. L'échec n'est pas récompensé.

La marchande, livide, regardait Hürrem.

– Merci de m'avoir montré ces babioles, mais j'ai déjà ce qu'il me faut.

Güzül rassembla sa marchandise avec des doigts tremblants, renoua le carré de soie. Elle se leva pour aller prendre le joli flacon blanc et bleu comme s'il contenait sa propre mort et sortit d'un pas lent, l'air beaucoup plus âgée que lorsqu'elle était entrée dans la pièce.

Les yeux clos, Hürrem grogna quand Muomi enfonça ses jointures dans les muscles de ses fesses. Il va falloir que je m'occupe de toi, Ibrahim, pensa-t-elle. C'était fatal, bien que j'aie essayé de l'éviter. Tu as voulu posséder Soliman.

Mais il m'appartient.

Le Divan était une longue pièce rectangulaire tirant son nom de la banquette basse courant le long de ses murs. Une fenêtre grillagée, masquée par un rideau de taffetas noir, faisait saillie dans le mur du fond. Les courtisans l'appelaient la « fenêtre périlleuse », car c'était derrière elle que Soliman pouvait se poster à tout instant pour écouter les débats. Aussi, quand les vizirs lui rendaient compte de la réunion, à la fin de la journée, ils ne pouvaient rien lui celer car ils ignoraient s'il était venu ou non s'asseoir près de la fenêtre.

Ce jour-là, il s'y trouvait. Il regarda Ibrahim prêter une oreille attentive à la longue plainte d'un marchand arménien contre un négociant juif accusé d'usure, et s'étonna une fois de plus de l'attention inlassable de son vizir pour des détails, du plaisir qu'il prenait à manipuler les instruments du pouvoir, fussent-ils dérisoires. Le sultan éprouva un sentiment de fierté semblable aux bouffées d'affection paternelle qu'il ressentait parfois pour Mustapha.

Quel long chemin les ghazis ont parcouru depuis l'époque où ils galopaient dans les plaines d'Anatolie! pensa-t-il. A présent, les fils d'Osman vivent dans de vastes palais, prient dans l'ancienne cathédrale chrétienne de Sainte-Sophie, bâtie par l'empereur byzantin Justinien. Aujourd'hui, lui, Soliman, dirige la reconstruction de la grande cité qui se dresse aux portes de l'Europe et de l'Asie, permet à d'anciens chrétiens de participer à l'administration de cet empire tandis qu'il édicte les kanuns qui feront la grandeur de la civilisation ottomane dans les siècles à venir.

C'était la tâche que Dieu lui assignait, il en était sûr. Mais cela faisait à présent quinze années qu'il régnait, et il se sentait las. Las de la *jihad* et des campagnes incessantes exigées par les aghas et les janissaires ; las de l'odeur du sang et des cadavres comblant les douves de forteresses qui retombaient dans les mains des infidèles dès que les armées turques se retiraient pour l'hiver.

L'heure n'était plus à la destruction. Qu'Ibrahim s'occupe de l'empire. Lui, pendant ce temps, donnerait aux ghazis et à leurs esclaves chrétiens une civilisation qui durerait mille ans. Il rebâtirait la ville à la gloire de l'Islam, promulguerait des lois qui garantiraient la paix et la stabilité du pouvoir, offrirait un foyer à ces turbulents nomades.

Bâtir, désormais, et non plus détruire.

48

Topkapi Saraya

Dîner avec Soliman dans ses appartements privés était un privilège qui n'avait été accordé à aucun autre homme, mais Ibrahim n'attendait plus cet honneur avec la même impatience qu'autrefois. Lui qui naguère venait fréquemment au sérail y était d'ailleurs de moins en moins souvent invité et, lorsqu'il s'y rendait, il trouvait la compagnie du sultan ennuyeuse. Pendant le repas, Soliman ressassait des questions administratives ou parlait sans fin des plans qu'il avait établis avec l'architecte Sinan pour quelque mosquée. Il semblait au vizir que son maître avait oublié ce qui constituait la substance même de l'empire, de tout empire : la conquête.

Après que le killerdji-bashi eut débarrassé les plats, Ibrahim remplit deux gobelets de cristal de vin de Chypre et commença à lire à voix haute l'histoire d'Alexandre : la marche des armées à travers la Perse, la défaite de l'empereur Darius à Gaugamèles, la prise de Babylone.

Interrompant sa lecture, il leva les yeux vers Soliman.

– Nous devons aller là-bas, nous aussi, seigneur.

Le souverain approuva d'un signe de tête : aujourd'hui, le Divan avait appris que le shah Tahmasp avait reconquis Babylone. Défenseur de la foi, Soliman ne pouvait pas laisser passer un défi aussi franc à son autorité.

Le shah soutenait les *mollahs* hérétiques, les encourageait à répandre leur doctrine en Mésopotamie et même en Azerbaïdjan ou en Arménie. Ces hommes étaient un chancre sur la chair de l'Islam; ils osaient proclamer l'infaillibilité de leurs *imams*, simples êtres humains, et prétendaient même à une interprétation mystique du Qur'ān. Ils l'offensaient plus que les giaours, dont le seul péché était après tout l'ignorance.

Il ne saurait tolérer qu'ils prêchent leur doctrine maléfique dans la ville sainte de Bagdad.

– Oui, Ibrahim, nous ne pouvons tourner plus longtemps le dos aux Safavides.

– Pourquoi ce ton affligé?

Soliman soupira.

– Devrons-nous toujours nous précipiter aux portes de l'empire? A peine avons-nous contenu un assaut que les trompettes résonnent sur une autre muraille.

– C'est ainsi. Tu es l'empereur. Tu es né pour cette tâche.

Pourquoi, songeait Ibrahim, ton vizir comprend-il ton devoir beaucoup mieux que toi-même?

– Être empereur ne se réduit pas à faire la guerre, répondit le sultan. Nous devons aussi édifier, créer quelque chose qui durera après que la poussière des armées sera retombée à l'horizon.

– Il y aura toujours des armées. Toujours.

Dieu merci, pensait Ibrahim. Que vaut un homme s'il n'a pas une selle sous lui, l'odeur du cuir dans les narines? Soliman s'amollit, il aime trop le harem.

Non, il aime trop Hürrem.

– Je suis fatigué de faire la guerre, Ibrahim.

– Un sultan ne peut vivre sans conflit. Il doit vaincre les autres, ou se vaincre lui-même. Il ne peut en être autrement.

– Alors nous ne valons pas mieux que des chiens de rue.

– C'est Mahomet qui nous commande de faire la jihad. Lorsque nous partons pour les Terres de la Guerre, nous portons la bannière verte de l'Islam.

Le visage du padichah s'éclaira pour la première fois d'un sourire.

– Mahomet! Que t'importe l'Islam?

– C'est ma religion, seigneur.

– Ta religion, c'est ce qui te plaît. Crois-tu que je l'ignore, mon ami?

La religion est pour les hypocrites et les vieilles

femmes superstitieuses, pensa Ibrahim. Mais si tu sais que je n'y crois pas, pourquoi me fais-tu autant confiance?

– Je suis un fidèle combattant de l'Islam, assura-t-il.

– Tu es un bon combattant et un fidèle vizir. Cela me suffit.

– Tu te moques de moi, seigneur.

– Toi, tu te moques de nous tous.

Non, pensa Ibrahim. Je ne me moque pas de toi. Toi, je t'aime comme un frère. Peut-être parce que nous sommes si différents. Je t'aime pour ta douceur et ta faiblesse. Parce que tu as besoin de moi. Je t'aime parce que j'ai déposé mes rêves à tes pieds et que tu m'as permis de les vivre.

– Dans quelques jours, nous chevaucherons ensemble sous l'étendard vert, ô mon roi. Le vent frais chassera toutes ces craintes.

– Non, pas cette fois. Il y a trois ans, je ne voulais pas aller à Vienne et je me suis laissé convaincre. Le temps a montré que j'avais raison. Pendant cinq mois, j'ai vu nos canons s'enfoncer dans la boue sous les murailles d'une forteresse dont je ne me rappelle même plus le nom. Ferdinand n'est pas venu et Charles non plus, comme je l'avais prédit. Cette fois, je ne me laisserai pas fléchir. Tu mèneras seul mes armées en Perse.

Le vizir fixa le sol en silence.

– T'ai-je confié un si terrible fardeau? poursuivit le sultan. D'autres pleureraient de joie devant un tel honneur.

– La place d'un empereur est à la tête de ses troupes.

– Ne me fais pas la leçon! lança Soliman d'un ton vif.

Avec plus de douceur, il ajouta :

– Te sens-tu capable d'écraser Tahmasp, de me débarrasser de ce moustique importun?

– Bien sûr.

– Alors, écrase-le. Désormais, tu garderas les portes de mon empire.

– Ne fais pas cela, seigneur.

– Ma décision est prise.

Après un long silence, le vizir jugea qu'il était temps : il ne pouvait plus se taire.

– Grand sultan, il est un sujet qui me préoccupe gravement.

– Parle sans crainte, Ibrahim.

– J'ai reçu aujourd'hui un messager de Manisa. On a attenté à la vie de ton fils, Mustapha.

Les lèvres de Soliman se plissèrent en une ligne dure.

– Qui t'a apporté cette nouvelle?

– Un des serviteurs de Gülbehar. Il n'y a pas d'erreur possible.

Que s'est-il passé?

– Le shahzade dînait avec le capitaine de sa garde personnelle. L'homme a bu un peu de vin, il est tombé soudain malade et a expiré une heure plus tard.

– Et Mustapha?

– Grâce à Dieu, il n'avait pas encore touché à sa coupe.

Soliman abattit le poing sur le sol.

– Qui a fait cela?

– Il n'y a pas de preuve, répondit le grand vizir.

Son ton indiquait cependant qu'il connaissait le coupable, et le sultan tourna vivement les yeux vers lui.

– Qui, Ibrahim?

– Je le répète, il n'y a pas de preuve. Mais nous devons envisager cette possibilité...

– Qui?

Ibrahim ne répondit pas, évita le regard de son maître. Est-il si aveugle qu'il ne peut voir ce qui saute aux yeux de tous? pensa-t-il. Soliman saisit soudain le vizir par le poignet et dit d'une voix sifflante:

– Tu te trompes.

– Qui d'autre, seigneur?

– C'est encore une des élucubrations de Gülbehar. Apporte-moi une preuve, Ibrahim, le commencement d'une preuve!

– Tu lui as donné trop de pouvoir! Elle te gouverne jour et nuit. Quand m'est-il donné de te voir? Nous ne chassons plus, nous dînons rarement ensemble, tu ne me fais plus venir pour te jouer de la viole! Elle occupe chacun de tes instants!

– Je vois, fit l'empereur avec douceur, tu es jaloux.

– J'ai peur. Peur de ce qui t'arrive. Le Soliman que je connaissais n'aurait pas laissé ses armées aller au combat sans lui.

– Le Soliman que tu connaissais n'était qu'un enfant qui irritait son père. Je suis moi-même, maintenant.

Bien qu'il sût qu'il était déjà allé trop loin, le vizir ne put tenir sa langue. Le sang bourdonnant à ses oreilles, il s'écria :

– Elle veut la mort de Mustapha pour qu'un de ses fils devienne sultan!

Soliman le dévisagea longuement avant de répondre, d'une voix totalement dépourvue d'émotion :

– Tu as été mon ami longtemps. Ne me force pas à te haïr.

– Seigneur...

– Va, maintenant. Je dois réfléchir.

Ibrahim se leva et quitta la pièce. Maudite sorcière! Peut-être était-il déjà trop tard. Maintenant que Hafise Sultane était morte, qui éloignerait Soliman du bord du précipice?

Le *timariote* savait comment on surnommait le defterdar : l'Homme qui ne sourit jamais.

Il s'était attendu à ressentir une sorte de frayeur en sa présence, mais Rüstem n'était pas entouré par une aura maléfique, il n'avait pas de balafre ni aucun autre signe extérieur de malignité. Il ressemblait à n'importe quel scribe du grand palais, et rien dans son expression n'indiquait qu'il existait pour lui autre chose que le parchemin qui se trouvait devant lui. Au lieu de lever les yeux à l'entrée du timariote, il continua d'étudier le document et marmonna :

– Tu es Mohammed Dürgün?

– Oui.

– De Kirklareli?

– Oui.

La tête toujours baissée, il poursuivit :

– Ton père a servi à Mohàcs et au siège de Buda?

– En effet, répondit le timariote. (Il ne savait que dire ou que faire. Et si les histoires qu'on racontait sur le defterdar n'étaient pas vraies?) Il est mort l'année dernière. De la peste.

– Si c'est exact, les terres reviennent au sultan, c'est la loi, déclara Rüstem.

Il prit une plume, annota le document.

– N'y aurait-il pas...? commença le timariote.

Il s'interrompit, ne sachant comment s'exprimer. Il avait chevauché deux jours pour venir à Istanbul, poussé par la crainte de perdre la terre dont Sélim, selon le système du *timar*, avait octroyé la jouissance à son père après le siège de Belgrade.

– N'y aurait-il pas un moyen... ?

– Le nom de ton père était bien Hakim Dürgün ? demanda Rüstem.

– Oui.

– Selon mes registres, tu te trompes : il vit encore. Il doit verser au sultan une aspre par mouton et par an. As-tu d'autres questions ?

– Non, defterdar.

– Alors, ce sera tout.

Le timariote sortit, étonné par la simplicité du stratagème. Les kanuns du Fatih interdisaient formellement qu'un domaine passe du père au fils. Pourtant, grâce à quelques mots simples, il était entré en possession des terres de son géniteur – pour un certain prix. De son vivant le père versait une taxe d'une demi-aspre par mouton, que Rüstem avait simplement doublée pour permettre au fils de garder la concession. Il imaginait aisément dans quelle poche irait la différence.

Cela en valait quand même la peine.

Il regrettait juste de ne pas savoir de quelle couleur étaient les yeux de l'Homme qui ne souriait jamais.

49

Le kiosque hexagonal dominait les jardins du Selamlik – partie du palais réservée aux hommes – derrière la Porte de la Félicité. Niché parmi les cyprès noirs, il offrait au regard des murs incrustés de carreaux de faïence *saz*, turquoise et bleues, représentant une forêt enchantée peuplée de *chillins* effrayants aux yeux de rubis. A l'intérieur, d'épais tapis reprenaient les motifs saz dans des nuances ivoire et rouge. Des inscriptions coufiques céruléennes et blanches s'entrelaçaient sur les boiseries de cèdre au-dessus des portes. C'était un paradis dans un paradis, un sanctuaire de marbre étincelant.

Soliman reposait sur une couche brodée d'or tandis que Hürrem, assise à ses pieds, chantait une mélodie répétitive en s'accompagnant à la viole. Étendu sur le flanc, il regardait le soleil jouer sur la lanterne damasquinée pendant de la coupole au-dessus de sa tête.

Une fois de plus, on voulait l'arracher à son silence, à son bonheur, pour l'envoyer dans les montagnes désolées de l'Asie.

Le devoir, entendait-il sa mère murmurer. Le devoir.

Mais quel devoir était à présent le sien? Jeter un peu plus de viande crue à ses janissaires, ou poser les fondations de l'avenir pour ses fils? Vivre de l'odeur du sang, comme son père, dans les Terres de la Guerre, ou assurer la paix, dans la pierre et le parchemin?

Il regarda, à travers le grillage de la fenêtre, derrière la guirlande de chèvrefeuille tombant du treillis, l'allée de pierres colorées qui serpentait dans l'ombre tavelée des platanes. Pourquoi renoncer à tout cela, aux heures passées avec Hürrem, aux occasions de consacrer quelques instants à ses fils, Sélim, Méhémet, Bajazet et Céhangir? Il était si rarement auprès d'eux, il les connaissait à peine. Et qui pouvait prédire l'avenir? L'un d'eux serait peut-être un jour le shahzade.

Le shahzade... C'était finalement la seule chose qui comptait. Dès l'instant où Soliman avait accédé au trône, tous les regards s'étaient portés sur Mustapha pour juger s'il était capable de lui succéder. Dès l'instant où un prince devient sultan, on se prépare à sa mort.

Hürrem termina son chant, reposa la viole et lui caressa la joue.

– Tu plisses le front, dit-elle. A quoi penses-tu?

– A Mustapha.

Le sourire de la favorite vacilla, comme une flamme dans le vent.

– Qu'y a-t-il, ô mon seigneur?

– Ibrahim m'a apporté une nouvelle attristante, petite russelana. Quelqu'un a tenté d'empoisonner mon fils.

Il l'observait attentivement et elle soutenait son regard.

– Est-il toujours en vie?

– Oui, loué soit Dieu.

– Qui a osé?

– Nous l'ignorons... Ibrahim t'accuse.

Elle se redressa, la face blême.

– Mais pourquoi?

– Parce que, selon lui, tu veux qu'un de tes fils soit sultan.

Hürrem scruta le visage de Soliman pour deviner ses pensées.

– Bien sûr que je le souhaite. Crois-tu que Gülbehar sera charitable avec moi quand son fils sera padichah? Crois-tu que j'ai envie de voir tous mes fils massacrés selon la coutume osmanli? Non, naturellement. Je prie pour que Dieu nous épargne, moi et mes enfants. Mais Ibrahim me flatte s'il pense que j'ai le pouvoir, ici, dans ton harem, de faire du mal à un grand prince qui se trouve à cinq journées de cheval d'Istanbul. D'ailleurs pourquoi voudrais-je du mal à Mustapha? Il est ton fils, et j'aimerais mieux mourir que te causer de la peine.

Soliman continua à la fixer sans rien dire.

Elle saisit soudain la dague d'apparat glissée sous la ceinture du souverain et, avant qu'il ne puisse réagir, pressa la lame contre la chair tendre de son propre poignet.

– Si tu crois Ibrahim, ordonne-moi de m'ouvrir les veines et je le ferai. Je préfère la mort à tes soupçons. Si tu as le moindre doute, parle. J'épargnerai à ton bostandji d'émousser le tranchant de son sabre.

Soliman la regardait. De toutes les fibres de son corps, il avait envie de la croire.

Soudain, elle enfonça la pointe de la dague ; un sang écarlate éclaboussa la chemise blanche, coula le long du bras. Il se précipita sur elle, lui arracha l'arme et la jeta par terre.

– Hürrem !

– Non, laisse-moi, je n'ai plus envie de vivre !

Il déchira le brocart de sa robe pour panser la plaie tandis qu'elle se débattait en hurlant. Finalement, il la prit dans ses bras et la berça, terrifié à l'idée de la perdre.

A la lueur tremblante d'une bougie, Muomi dénoua le morceau de tissu qui couvrait encore le poignet de Hürrem et examina la blessure. La kadin l'observait, le visage luisant de sueur.

– C'est grave ?

– La lame a manqué de peu la grosse veine, maîtresse. Si tu l'avais touchée, tu te serais peut-être vidée de ton sang.

La Noire remplaça le brocart par un cataplasme d'herbes et un pansement de lin propre.

– Oh ! mais j'ai bien visé, fit Hürrem avec un pâle sourire. J'ai fait vite, mais j'ai bien visé.

50

La favorite souriait encore quand le Kislar Aghasi fut introduit dans ses appartements. Abbas ne savait si c'était bon ou mauvais signe. Elle était probablement capable de rire aux éclats en ordonnant son exécution.

Depuis la mort de Hafise Sultane, Hürrem avait accédé de fait au rang de Valide. Cela signifiait qu'il n'était pour elle que son serviteur en chef, soumis à ses caprices et dénué de tout pouvoir. Elle avait l'oreille du sultan et lui n'était que le capitaine d'une troupe de trois cents odalisques de plus en plus indociles. Certaines des femmes s'étaient plaintes à lui d'avoir des toiles d'araignée entre les jambes à force d'attendre en vain les faveurs de Soliman.

Il s'acquitta des trois prosternations requises, laissa ses deux pages l'aider à se relever. Hürrem observa ses prouesses avec amusement.

– Mon bon Abbas...

– Je suis à tes ordres, Couronne des Têtes Voilées.

La kadin congédia les pages d'un mouvement presque imperceptible de la tête. Le murmure de l'eau qui coulait des robinets d'or de quatre fontaines protégerait leur conversation des indiscrets.

– Aimes-tu ton travail, Abbas?

– Oui, maîtresse.

– Tu trembles. Aurais-tu peur?

Elle se gaussait de lui. Ziadi! Sorcière!

– Je suis simplement subjugué par ta beauté.

La tête renversée en arrière, elle éclata de rire.

– Abbas, tu es pitoyable.

– Oui, Couronne des Têtes Voilées.

– Tu crains que le bourreau du palais ne soit tapi derrière toi avec son lacet?

Le Kislar Aghasi sentit la sueur inonder son visage. Il n'osa pas se retourner, mais imagina la cordelette mordant la chair sous son menton, deux bras puissants tordant le nœud...

– Mon pauvre Abbas. Il n'y a pas de bostandji. Regarde par toi-même.

Il continua à fixer le sol.

– Vas-y, regarde.

Il se retourna. La pièce était vide; l'eau gargouillant dans les fontaines se moquait de lui. Il fit de nouveau face à Hürrem, submergé par une haine d'une telle intensité qu'il en ressentait une vive douleur dans la poitrine.

– Les renseignements que tu m'as fournis au sujet de Güzül étaient exacts, dit-elle. Je te félicite.

– Maîtresse..., fit-il en s'inclinant.

Elle se pencha en avant, le menton au creux de la main, détaillant Abbas comme si elle le voyait pour la première fois.

– Puisque le Seigneur de la Vie semble avoir peu d'usage de son harem, tu deviens en quelque sorte inutile, n'est-ce pas?

– Comme il plaira à la noble kadin, marmonna-t-il.

Où voulait-elle en venir?

– Depuis la mort de Hafise Sultane – Dieu la garde en Son paradis –, ta tâche consiste principalement à t'occuper de ma maison. Nos fortunes sont liées.

– J'en suis fort honoré.

– Mais moi, ai-je hérité d'un serviteur fidèle?

– Je ne vis que pour te servir, Couronne des Têtes Voilées.

– Peut-être, en effet. (Elle le fixa longuement, et le castrat sentit la peur envahir sa poitrine comme du plomb froid.) Te souviens-tu de Julia Gonzaga?

Le chef des eunuques vacilla sur ses jambes.

– Une odalisque, peut-être?

– Peut-être, répéta la favorite dans un rire.

– Ah! Je me souviens d'elle, maintenant. Elle n'avait pas plu au sultan. Elle dort au fond du Bosphore.

– Elle dort à Péra, chez les giaours.

Abbas eut l'impression qu'une corde tendue venait de se rompre en lui. Elle sait, pensa-t-il. Je suis à sa merci.

– Pourquoi as-tu fait cela, Abbas?

Tu crois que je vais te le dire, pour que tu te moques du reste de dignité auquel je m'accroche?

– Elle m'a payé.

– Tu as désobéi au sultan pour de l'argent?

Abbas rassembla son courage.

– Tu ne le ferais pas, toi?

Ravie, elle battit des mains.

– Ah! je préfère de beaucoup ta franchise. Tu es un chien qui feint d'être un mouton. J'aime mieux quand tu montres tes crocs.

– Je vais mourir?

– As-tu envie de mourir, Abbas?

– Une partie de moi appelle la mort.

– Qu'à cela ne tienne. Tu connais le châtiment réservé à ceux qui ont désobéi au sultan. On t'embrochera sur une pique et on te laissera mourir au soleil. Il paraît que cela prend trois jours, quelquefois plus...

– Je t'en prie...

– Je ne t'ai pas fait venir ici pour entendre tes gémissements.

– Que veux-tu de moi?

– Ton obéissance, c'est tout. Ton obéissance jusqu'au jour de ma mort.

Abbas garda les yeux sur le tapis à motifs.

– Je suis déjà esclave, murmura-t-il. Peu importe de quel maître.

– Alors, tu trouveras quelqu'un qui puisse m'apporter la tête d'Ibrahim?

– Ibrahim? fit le Kislar Aghasi, le souffle coupé.

– Tu ne crois quand même pas que je te laisserais échapper pour rien aux piques acérées du sultan? Je n'échange pas à la légère trois jours de souffrances mortelles, mon bon eunuque.

Abbas releva la tête. Oh! comme j'aimerais effacer de tes yeux ce sourire de triomphe! Comme j'aimerais te fouetter, petite ziadi, jusqu'à ce que tu te traînes à mes pieds en pleurant! Comme j'aimerais te forcer, te tenir impuissante sous mes cuisses, mais tout cela n'est pas en mon pouvoir.

– Je t'aiderai, dit-il.

51

Une nuit chaude, la première du printemps. Ils étaient étendus sur le divan à la lueur des bougies. Un croissant de lune suspendu au-dessus des minarets s'encadrait dans la fenêtre ouverte.

– Reste ici pour toujours, dit Hürrem dans un murmure.

Soliman sourit.

– Et que deviendraient les Osmanlis?

– L'empire peut s'écrouler, je n'en ai cure.

– Parfois... (Il laissa la phrase en suspens.) Il n'y a jamais assez d'heures, petite russelana.

– En aurons-nous au moins quelques-unes cet été? L'agha battra-t-il bientôt le tambour de guerre?

– Le shah de Perse devient trop impudent. Il est temps d'écraser le moustique.

La favorite plissa le front d'un air boudeur. Il lui prit la main – celle dont le pansement lui rappelait un pénible souvenir.

– Et toi? fit-elle à voix basse.

Il sourit de nouveau.

– Tant de chemin pour un insecte importun? Je laisse cela à Ibrahim.

Elle noua les bras autour du cou de Soliman, le serra contre elle.

– Tu parles sérieusement, cette fois?

– J'en ai assez de la guerre.

– Et l'empereur Charles?

– Le pape demande une alliance contre nous. Il veut que Naples et Venise se joignent à lui pour avoir la maîtrise de la Méditerranée. Ibrahim est d'avis que cette alliance ne se fera pas.

– Ibrahim..., fit Hürrem d'un ton moqueur.

– J'ai confiance en son jugement.

– Est-il sûr de ce qu'il avance?

– Personne ne peut être sûr de ce qu'un giaour fera demain. Il y a cinq ans, les propres soldats de Charles ont pillé Rome. Ces hommes n'ont pas d'honneur. Qui pourrait prédire les actes de tels barbares?

Détournant les yeux, Hürrem répondit :

– Pardonne mon impudence, seigneur, mais j'ai fait un rêve la nuit dernière. J'ai rêvé que tu proposais au roi de Naples et au doge de Venise un traité de paix. S'ils acceptaient, tu t'assurais la maîtrise de la Méditerranée contre Charles; s'ils refusaient, tu donnais un prétexte à tes amiraux pour qu'ils ravagent leurs côtes tout l'été. Un beau rêve, tu ne trouves pas?

Soliman la regarda puis éclata de rire. Un esprit aussi calculateur chez une femme, c'est du gâchis, pensa-t-il. Elle aurait fait un excellent vizir. Il était continuellement étonné par son sens de la politique. Mais peut-être après tout que ces talents n'étaient pas gâchés puisqu'ils s'exerçaient pour son seul profit.

– Un jour, je ferai de toi mon grand vizir, dit-il en s'esclaffant.

– Tu devrais, répondit-elle, riant elle aussi. Et je ferais d'Ibrahim mon scribe.

– Il aimerait mieux mourir, dit le sultan, qui redevint sérieux. Ne le raille pas. Sans lui, nous ne passerions pas ces moments ensemble. C'est lui qui m'aide à porter mon fardeau.

Hürrem lui caressa la barbe tandis qu'il observait le jeu de ses pensées sur son visage. Elle se mit à mordiller sa lèvre inférieure, signe certain, il le savait, que quelque chose la préoccupait.

– Qu'y a-t-il, petite russelana?

– Rien.

– Dis-moi.

Elle plongea son regard dans le sien.

– C'est Ibrahim. T'arrive-t-il parfois... t'arrive-il parfois de te demander s'il n'abuse pas... de son pouvoir?

– Ibrahim? Non, bien sûr.

– C'est à cause des rumeurs qui courent sans cesse

dans le harem. Comme je ne connais jamais la vérité, je m'inquiète pour toi.

Soliman se redressa.

– Quelles rumeurs?

Hürrem parut hésiter.

– Loin de moi l'idée de le calomnier. Je ne lui veux aucun mal...

– Quelles rumeurs?

– On dit qu'il se moque de l'Islam et qu'il s'entend trop bien avec les giaours. Quand il reçoit des ambassadeurs, il se donne le titre de sultan.

Abasourdi, Soliman considéra longuement sa kadin, puis il renversa la tête en arrière et partit d'un grand rire.

– Billevesées de femmes!

Elle baissa la tête.

– Pardonne-moi, je ne devrais pas répéter les histoires que j'entends. Ce sont presque toujours des sornettes, en effet. Mais, quand je reste trop longtemps sans te voir, je ne sais que croire.

– Ibrahim est un fanfaron qui parle à l'étourdie. Mais il ne me trahirait jamais.

– Tu me pardonnes?

– Qu'ai-je à te pardonner?

Hürrem sourit comme un enfant qui vient d'échapper à la fessée, se leva lentement. Elle avait les cheveux, les mains et les pieds teints au henné, les yeux lourdement cernés de khôl. C'était le rôle que, apparemment, elle s'était choisi ce jour-là: être exactement comme n'importe quelle houri du harem.

Inopinément, elle exécuta les trois saluts cérémonieux que Soliman eût attendu d'une quelconque odalisque venue partager son lit pour la première fois. Fasciné, il la regarda défaire les boutons de nacre du gömlek en soie. Elle avait enduit ses mamelons de haschisch – stratagème courant des femmes du harem. En les embrassant, il avalerait une petite quantité de drogue qui accroîtrait plus tard son plaisir.

Nue jusqu'à la taille, elle tomba à genoux et s'approcha du divan comme une esclave. A travers la soie presque transparente du pantalon, il distinguait la chair blanche des cuisses et des fesses. Il retint sa respiration. Alors qu'il pensait connaître tous ses tours, elle se conduisait ou s'habillait soudain de manière inattendue. Dotée d'une imagination inlassable, elle introduisait sans cesse quelque nouveau jeu pour le garder sous son charme.

Elle est mon harem, pensa-t-il. Elle est un millier de femmes à elle seule.

Parvenue au divan, elle lui baisa le pied, signe traditionnel d'humilité, puis se mit à ramper vers lui. Mais Hürrem s'écarta du cérémonial : il sentit les doigts de sa kadin dénouer la ceinture de la robe pour lui administrer ses caresses, et tressaillit quand ses lèvres embrassèrent son bas-ventre.

Les sourds-muets noirs qui gardaient la porte ne pouvaient entendre ses gémissements. Un paon qui faisait bruire les tulipes sous la fenêtre releva soudain la tête, puis reprit sa quête de nourriture. Les soupirs du sultan se mêlèrent au murmure des fontaines jusqu'à ce que la flamme des bougies grésille et meure.

La ville était une vaste mosaïque de couleurs sous les longs doigts des minarets et les coupoles resplendissantes des mosquées. La kanun du Fatih prescrivait de peindre les maisons selon la religion de ceux qui les habitaient : gris pour les quartiers arméniens ou grecs, jaune pour les ghettos juifs. Les demeures des Turcs étaient jaunes ou rouges, celles des membres de la Cour se distinguant par leur couleur noire.

C'est pourquoi la maison du defterdar était facile à trouver.

Abbas s'était aventuré dans les ruelles d'Istanbul vêtu d'un feridje noir qui assurait son anonymat. Construite en pierre rouge, la résidence de Rüstem était étonnamment grande, avec sa propre cour sur l'arrière. Un page introduisit le visiteur dans le kiosque où se trouvait le defterdar, au fond de la cour.

Après l'avoir salué d'un bref temennah, Rüstem invita Abbas à s'asseoir en face de lui sur le tapis de damas rouge. Un serviteur noir apporta des sorbets, plaça un plateau de douceurs entre les deux hommes.

– Pour quelle raison le Kislar Aghasi m'honore-t-il de sa visite?

– Je suis venu à la demande de la noble Hürrem.

Pas même une lueur d'intérêt, pensa Abbas. L'homme avait un visage de statue.

– Eh bien? finit-il par dire.

– Il semble que vous ayez un intérêt commun.

– Lequel?

– Vous-même.

Ah! une réaction, nota le chef des eunuques, satisfait. Peu de chose : un léger tremblement de la joue, un rapide mouvement des yeux.

– Je suis sûr que tu as l'intention de t'expliquer, Abbas.

Le Kislar Aghasi était depuis longtemps au fait de la corruption de Rüstem, mais il avait gardé le silence. Il avait rapidement appris qu'au harem personne ne dilapidait à la légère une monnaie aussi précieuse qu'une information. Elle pouvait servir un jour à lever une hypothèque pesant sur la tête de celui qui la détenait, comme celle que Hürrem faisait présentement peser sur lui.

En sa qualité de defterdar, Rüstem était chargé de contrôler les timariotes, cavaliers à qui l'on attribuait un fief en récompense de services rendus au combat. Ceux-ci collectaient l'impôt en nature parmi les paysans locaux, le convertissaient en argent, retenaient une certaine somme pour eux-mêmes et versaient le reste au Trésor. Mais les terres demeuraient propriété du sultan, à qui elles étaient censées revenir à la mort du timariote. C'était l'une des institutions fondamentales de l'Empire osmanli. Seul le sultan pouvait accroître une fortune héréditaire.

Abbas se pencha en avant.

– La Couronne des Têtes Voilées m'a prié de te parler d'un homme nommé Hakim Dürgün. Apparemment, il a péri de la peste l'année dernière, mais il continue à collecter l'impôt de son timar, près d'Andrinople. Un fantôme remarquablement zélé, ne trouves-tu pas, Rüstem?

– En effet. Je vérifierai.

– Je connais d'autres cas. Celui d'un timariote de Roumélie mort il y a quatre ans, par exemple – à peu près au moment où tu devenais surintendant des finances. Depuis, les paysans de ses terres lui versent huit aspres par mouton, et toi, tu ne fais rien. Est-ce parce que tu as peur des revenants ou parce que tu touches toi-même deux aspres par mouton?

Rüstem ne tenta pas de nier, ce n'était pas dans son caractère.

– Comment as-tu découvert ces choses?

– Partout où il y a un Noir, j'ai des oreilles, répondit Abbas. J'ai beaucoup d'autres histoires à raconter.

– Je vois, fit le defterdar. (Il choisit une friandise, la mâcha lentement.) Que veux-tu ? De l'argent ?

– Je ne suis pas venu ici pour moi. C'est la kadin qui m'envoie.

– Elle n'a pas besoin d'argent.

– Cela va sans dire.

– Une faveur, alors ?

– Bien plus, Rüstem. Bien plus.

– Explique-moi.

– Elle souhaite une alliance.

Pour la première fois, le defterdar plongea son regard dans les yeux d'Abbas. Ils étaient gris, remarqua le Kislar Aghasi. Non pas froids, juste gris et vides.

– Ce serait un arrangement intéressant. Sait-elle que je suis le protégé d'Ibrahim ?

– Évidemment. Tu ne crois quand même pas que je le lui cacherais ?

– Je crois que tu lui dis ce que tu veux bien qu'elle sache, et rien de plus.

Sans relever la pointe, Abbas reprit :

– Si mes renseignements sont bons, tu accompagneras le vizir dans sa campagne à l'Est.

– Quel intérêt la deuxième kadin peut prendre aux campagnes militaires ?

– Aucun. C'est Ibrahim qui l'intéresse.

Rüstem fronça les sourcils comme s'il se concentrait sur un problème mathématique.

– Ibrahim est l'homme le plus puissant de l'empire, mis à part le sultan lui-même.

– C'est aussi sa faiblesse. En devenant trop imbu de son pouvoir, il pourrait un jour mettre sa tête en danger. Ses vantardises scandalisent déjà la Cour et le bazar.

– Et que désire la noble Hürrem ?

– Que tu hâtes la venue de ce jour. Elle veut des preuves de sa trahison.

– Ibrahim se délecte du pouvoir qu'on lui a octroyé. Ce n'est pas de la trahison.

– Il s'en délecte trop.

– On peut voir la chose ainsi, convint Rüstem, qui prit une autre friandise. Et si je ne trouve pas le moyen de hâter ce jour ?

– Alors, une nuit où elle tiendra le sultan entre ses cuisses, Hürrem lui glissera à l'oreille que tu détournes l'argent des timariotes.

Abbas scruta le visage de son hôte, n'y décela aucune peur, juste la reconnaissance d'une défaite, comme si Rüstem avait été battu aux échecs par plus habile que lui. Il comprenait la mathématique du pouvoir : Hürrem avait barre sur lui, il devait se soumettre.

– Et quelle récompense puis-je espérer si je me révèle un allié utile ?

Le Kislar Aghasi fut surpris par la question.

– Ta vie.

– Je veux davantage. Dis-lui que je peux devenir un serviteur inestimable, mais je veux bien plus que cela.

– Je le lui dirai.

Plus tard, sur le chemin du retour, Abbas passa devant le cadavre d'un cheval qu'on avait abandonné dans le ruisseau. Des chiens avaient crevé sa panse, traîné ses entrailles dans la rue. Il sembla au chef des eunuques que la puanteur qu'il dégageait était moins écœurante que les parfums à l'eau de rose de Hürrem et l'odeur âcre du defterdar d'Ibrahim.

52

Galata

Situé de l'autre côté de la Corne d'Or, en face de la Pointe du Sérail, le quartier de Galata était dominé par la tour Kulesi, édifiée par les Génois, point culminant des fortifications de la ville. De petites maisons et échoppes, regroupées au pied de la colline, près du port, abritaient les commissionnaires génois et juifs. Il y avait aussi des Berbères d'Afrique, des Arabes de la mer Rouge, aux entrepôts regorgeant d'épices, d'ivoire, de soie, de perles et de verre importés. Dans certaines boutiques, on servait même du vin et de l'arak. L'odeur de poisson et de sel venant du Bosphore noyait les miasmes de la ville. Les palais de Péra se dressaient en haut de la colline, comme si les riches marchands étrangers voulaient s'élever au-dessus de l'entassement vulgaire dont ils dépendaient tous.

Ludovici possédait une maison dans le quartier mais personne n'y habitait. Elle servait de terrain neutre pour recevoir des informations et payer des *bakchichs* aux fonctionnaires du palais. Des visites incessantes de hauts dignitaires à sa résidence de Péra auraient conduit à une enquête.

La maison était peinte en jaune, couleur des juifs, et chichement meublée. Le sol était cependant couvert de coussins et de tapis dont la magnifique soie perse jurait avec l'humilité du quartier.

Abbas était assis en tailleur devant un plateau d'argent chargé de pâtisseries. Il lui avait fallu l'aide de quatre pages pour poser son énorme masse. Avec délicatesse, il plongea les doigts dans le bol que lui tendait un serviteur, éructa poliment dans un mouchoir de soie tiré des plis de sa robe.

Il venait là une fois par mois, vêtu de son lourd feridje noir. Pour Ludovici, il était devenu une source précieuse de renseignements sur le monde secret du Topkapi, un intermédiaire toujours disposé à monnayer une information ou à remettre un pot-de-vin. Au début, le Vénitien s'était efforcé de lui parler comme il l'eût fait à un ami mais celui qu'il avait connu n'existait plus. Il s'était retiré en lui-même, trop honteux ou trop amer pour évoquer les passions anciennes qui l'avaient animé autrefois. Il semblait ne prendre aucun plaisir à ces visites et Ludovici se demandait pourquoi il continuait à venir. Peut-être parce qu'elles constituaient son dernier lien avec Julia.

Le Kislar Aghasi rompit le silence par ce qui était toujours sa première question :

– Comment va-t-elle?

– Elle va bien, Abbas. Elle va bien.

Il hocha la tête, et une expression de reproche désespéré passa brièvement sur son visage. Jamais il n'interrogeait Ludovici sur les rapports qu'il avait avec elle.

– Les affaires sont prospères?

– Grâce à ton aide.

Abbas haussa les épaules : cela ne l'intéressait pas vraiment.

– Elle ne peut rester plus longtemps à Istanbul, dit-il tout à trac. Elle n'est plus en sécurité, même dans la Comunità Magnifica.

– Que se passe-t-il?

– La politique, rien de plus. Crois-moi, je sais reconnaître le danger.

– Ce ne sera pas facile, dit Ludovici pour gagner du temps. Où pourrait-elle aller?

– Peu importe. Je t'en prie, fais-lui quitter la ville au plus vite.

– Je ferai mon possible.

Abbas saisit le poignet de son ancien ami dans son énorme main.

– Tu dois la faire sortir, d'une façon ou d'une autre!

– Très bien, marmonna le Vénitien.

Le Kislar Aghasi hocha la tête, satisfait.
– Bon, dit-il, passons aux affaires, maintenant.

L'hippodrome

Juché sur un cheval cappadocien à la robe blanche immaculée, Soliman regardait l'armée traverser l'At Meydani en direction des bateaux d'Üsküdar. Derrière lui, il le savait, sur une estrade grillagée, Hürrem regardait, elle aussi, à travers son voile. La savoir présente l'aidait à apaiser les doutes qui le rongeaient.

L'hippodrome tremblait sous les roues des chariots de vivres et des machines de siège, sous les sabots des escadrons de cavalerie, les chaussures à pointe de fer des janissaires. Une poussière suffocante s'élevait de la place et tournoyait dans l'air, telle la queue de quelque terrible bête lâchée dans les plaines.

Je devrais être à leur tête, songeait-il. C'est ma place.

Il vit à travers la poussière un manteau blanc claquant au vent : Ibrahim galopait vers lui. L'expression sévère du vizir ne contribua pas à dissiper les reproches que le Grand Turc s'adressait.

– Bénis notre entreprise, seigneur. Plût à Dieu que tu fusses avec nous !

– Tu dois défendre Bagdad ! cria l'empereur en réponse.

– J'anéantirai le shah comme tu me l'as ordonné.

Ibrahim arrêta son cheval pour inspecter les troupes avec Soliman.

D'abord venaient les azabs, soldats de l'infanterie irrégulière, vauriens et ruffians combattant pour piller ou mourir au combat et aller droit au paradis. Ils n'avaient rien à perdre et seraient de la charge principale de toutes les batailles. « Des combleurs de douves », les surnommait Ibrahim.

La cavalerie régulière – les sipahis de la Porte – passa ensuite dans un grondement : chevaux caparaçonnés de tissu d'or et d'argent, selles cloutées de pierreries, casques coniques et acier bruni des cottes de mailles étincelant au soleil. Ils constituaient un spectacle à eux seuls avec leurs robes pourpres, bleu roi et écarlates, les soies, les satins et les velours brodés d'or, selon le grade ou le régiment. Chaque cavalier avait un arc et un carquois de flèches, une lance dans la main droite. Un cimeterre et une masse d'armes étaient accrochés à sa selle.

Venaient ensuite les janissaires, arquebuse à l'épaule, leurs plumes d'oiseau de paradis ondulant au vent. Ils portaient tous de hauts bonnets blancs prolongés à l'arrière d'un morceau de feutre rappelant les manches flottantes de Hadji Bektash, leur fondateur. Un grand chaudron de cuivre servait d'enseigne à chacun des régiments. Au-dessus de leurs têtes flottait une bannière blanche ayant pour blason le sabre flamboyant de Mahomet, entouré d'un extrait du Coran brodé au fil d'or. Devant eux marchait leur agha, tenant son enseigne à trois queues de cheval.

Chacun des visages moustachus avait des traits européens. Notre arme la plus redoutée tient son sang d'enfants chrétiens. Comme le Fatih l'a ordonné, songeait Soliman.

Ils étaient suivis des derviches, nus sous leur long tablier vert frangé de perles d'ébène, coiffés de leurs couvre-chefs en poil de chameau, récitant le Qur'ān ou jouant à la flûte et au cor leur triste musique solennelle.

Des sortes de déments galopaient le long des rangs, la chevelure flottant sous un bonnet de peau de léopard, un dolman de peau de lion ou d'ours sur les épaules, leur monture ornée de plumes et de fourrures. C'étaient les éclaireurs fous, les fanatiques religieux qui effectuaient les raids suicidaires dont nul autre n'aurait pris le risque.

Les membres du Divan fermaient la marche – juges en robe doublée de fourrure et turban vert, vizirs dont les habits et les chevaux resplendissaient de joyaux. Ils entouraient les chameaux, portant le Coran et un morceau de la pierre sacrée de la Ka'aba sous les plis verts de l'étendard de l'Islam, en haut duquel dansait un Qur'ān miniature en bronze.

Le cortège était suivi de lourds chariots chargés de blé, de chameaux ployant sous le poids de la poudre et du plomb, des canons de siège aux grandes bouches de bronze.

Je devrais être à leur tête, pensa de nouveau le Seigneur de la Vie. C'est mal. Je devrais être avec eux.

– Je t'apporterai la tête du shah, cria Ibrahim pardessus le tumulte.

Soliman éprouva une sorte de malaise, essaya de se

rappeler les paroles de Hürrem : « Ne crains-tu pas qu'il abuse de son pouvoir ? » Il s'empara des rênes du cheval de son vizir et le tira vers lui.

– Nous devons reprendre Bagdad. C'est mon devoir de Défenseur de la Foi.

– Tu m'as accordé ta confiance, seigneur. Je ferai tout pour te servir.

Soliman jeta un coup d'œil à l'estrade, revint à Ibrahim. Oui, j'ai mis toute ma confiance en toi, pensa-t-il. Dieu veuille que je ne me sois pas trompé.

Péra

Julia était assise sur la terrasse, au soleil. Ludovici s'arrêta sur les marches de marbre menant au jardin pour la contempler. Elle est belle, pensa-t-il, douloureusement belle. Si seulement je pouvais lui faire éprouver pour moi ce qu'elle a dû ressentir autrefois pour Abbas ! Elle m'appartient maintenant, mais, bien sûr, elle n'a pas le choix, elle est quasiment prisonnière. Elle ne peut délaisser ma protection sans risquer sa vie. Si elle retournait à Venise après avoir été odalisque, elle serait reniée par son père, et le vieux Serena, son époux, l'enfermerait sans doute dans un couvent. On la traiterait comme une putain. Avec leur charité chrétienne ils ne valent pas mieux que les musulmans qu'ils écrasent pourtant de leur mépris.

Levant les yeux, elle s'aperçut qu'il l'observait. Il monta en courant les dernières marches pour la rejoindre sur la terrasse. Ludovici était vêtu d'un caftan couleur rouille dont la soie bruissait à chacun de ses mouvements. Il aimait jouer les renégats au sein de la Comunità, afficher son mépris pour Venise en adoptant la tenue et les coutumes ottomanes.

– On est bien au soleil, dit-il.

Elle ne sourit pas. Si lointaine, pensa-t-il. Un ange sculpté dans la glace. Je sais pourtant qu'une grande passion l'habite mais elle me demeure cachée.

Il l'avait tirée lui-même du Bosphore et le souvenir de ce matin-là le hantait encore. Il avait eu le souffle coupé en la découvrant à moitié nue, mais quand il l'avait hissée à bord du bateau, elle était transie, et de leur premier contact, il gardait cette sensation glacée. Depuis, elle était restée aussi distante qu'une statue de marbre – belle, froide, sans vie.

Pendant des semaines, elle avait été malade. Lorsqu'elle avait été suffisamment remise, il lui avait dit la vérité : c'était Abbas, et non la Providence, qui l'avait sauvée. Peut-être le soupçonnait-elle déjà car elle avait accueilli la nouvelle avec calme, du moins en apparence. Elle avait cependant sombré dans l'affliction, s'habillant et se comportant comme une veuve. Ludovici comprit qu'elle continuait à aimer Abbas, qui était pourtant comme mort pour elle.

Que devait-il faire de Julia ? Depuis la visite d'Abbas, ce matin-là, il n'avait pas pensé à autre chose et avait brusquement pris conscience que lui aussi gardait ses distances avec elle. Elle était pour lui un ange, une créature trop sacrée pour qu'il la touchât. Il savait combien Abbas l'avait aimée. La lui prendre serait une trahison.

Mais Abbas insistait maintenant pour qu'il éloigne Julia, et il devait s'exécuter ou voir la vérité en face : il voulait la garder pour lui.

– Nous devons parler, dit-il en s'asseyant.

Elle posa sur lui des yeux d'un bleu de glace.

– Julia, vous êtes ici sous ma protection depuis plus de deux ans.

– Je vous serai toujours reconnaissante de ce que vous avez fait, vous le savez.

– Êtes-vous heureuse ici ?

– Non, bien sûr.

– Pourquoi ?

La question parut l'étonner.

– Je me sens seule.

Il écarta les mains.

– Que puis-je faire ? Si vous quittez cette maison, vous serez en danger. Et à Venise...

Il haussa les épaules. Corpo di Dio ! A quoi bon feindre ? Je la veux ! Qu'Abbas aille au diable ! Mon sentiment de culpabilité ne lui rendra pas ses couilles !

Comme si elle lisait dans son esprit, elle demanda soudain :

– Le voyez-vous parfois ?

– Oui. De temps en temps.

– Demande-t-il de mes nouvelles ?

– Non, mentit Ludovici. Jamais.

– Pauvre Abbas, murmura-t-elle.

– Je ferai en sorte que vous vous sentiez moins seule, promit-il en lui prenant la main.

Non, Abbas, je ne l'enverrai pas au loin. Elle restera ici. Avec moi.

53

Passant par la porte entrouverte, la lueur jaune de la bougie dansait sur le mur du couloir. Ludovici s'immobilisa dans l'ombre, assourdi par les battements de son cœur. La bouche sèche, il poussa la porte.

Assise à sa coiffeuse en chemise de nuit, Julia brossait ses cheveux. Quand elle le vit dans son miroir, elle sursauta et se figea.

Il contempla sa propre image dans la glace, l'or de sa barbe, l'expression dure et trouble de ses yeux.

Elle posa la brosse.

– Ludovici ?

Il se plaça derrière elle, les mains sur ses épaules, la fixa dans les yeux par le truchement du miroir. Elle n'avait pas l'air effrayé, ni même surpris.

– Levez-vous et tournez-vous, fit-il d'une voix rauque.

De ses paumes, il suivit la ligne des épaules de Julia. Non, ce n'était pas une statue de marbre. Elle était douce, ronde et chaude. Solitaire... La chemise de nuit épousait les courbes de son corps, les soulignait. Une petite croix d'or brillait entre ses seins.

Assez joué au gentilhomme, décida-t-il.

Il empoigna le tissu à deux mains, le déchira sur toute sa longueur et le fit tomber de ses épaules.

– Tu es parfaite, murmura-t-il.

Il lui embrassa le cou, les épaules, la poitrine, jeta un coup d'œil au reflet dans le miroir. Elle n'avait pas bougé. Il la souleva, l'étendit au bord du lit. Il y avait si longtemps qu'il attendait ce moment.

Sans bouger, sans parler, elle le regarda se dévêtir. Il

s'allongea sur elle, suivit des lèvres l'incurvation du cou, respira le parfum de ses cheveux, et commença à la pénétrer. Immobile, elle le regarda se démener.

Lorsque ce fut terminé, il demeura sur elle, incapable de dire un mot ou de croiser son regard. Il l'avait prise mais elle n'était pas là. Il avait goûté à la perfection mais elle avait dans sa bouche un goût familier qu'il avait reconnu.

L'amertume de la déception.

Azerbaïdjan

Rüstem avait déjà calculé qu'en ne prenant pas parti trop tôt il pourrait tirer profit des révélations du Kislar Aghasi, quelle que soit la face sur laquelle le dé s'arrêterait. Manifestement, il allait y avoir affrontement entre le harem et le Divan, et il serait d'un fin politique de n'être surpris dans aucun camp pendant le conflit. Ou plutôt, il vaudrait mieux être dans les deux à la fois.

Il encouragerait donc Ibrahim dans ses ambitions. Si le vizir réussissait, il serait à ses côtés; s'il échouait, il irait chercher sa récompense chez la ziadi, Hürrem.

La marche avait été longue à travers les steppes désolées d'Anatolie. L'immense armée traversait le plateau à pas lents, traînant derrière elle un nuage de poussière qui s'élevait à cent pieds de haut. Les chacals couraient dans son sillage; les paysans gardant des chèvres angoras et des moutons bêlants la regardaient passer.

La longue colonne s'enfonçait toujours plus loin dans une contrée sauvage. Elle s'étirait à l'horizon, les *akinjis* en éclaireurs, les chameaux et les lourds canons traînant loin derrière sur des routes poussiéreuses et creusées d'ornières. Un été s'écoula avant que les Turcs ne parviennent enfin au pied des sommets de l'Asie et contemplent leurs visages barbus et crasseux dans les eaux calmes du lac de Van.

Ils poursuivirent à travers les montages, s'arrêtèrent devant les dômes de céramique bleue de Tabriz. Ibrahim pourchassait Tahmasp, mais le shah se dérobait. Peu désireux d'exposer sa cavalerie au feu des janissaires, il se réfugia dans les montagnes de Sultanie.

Les soldats sentirent dans l'air les premiers froids de l'automne et, frissonnant, levèrent vers le ciel un regard effrayé.

L'enseigne d'Ibrahim, à six queues de cheval – seul le sultan en avait plus –, était plantée dans la terre dure et nue. La toile de la tente claquait, fouettée par le vent. La plaine était entourée de montagnes, qui se dessinaient, grises et sinistres, sur un ciel marbré.

Assis sur un trône d'ivoire, d'ébène et de nacre, le grand vizir ruminait de sombres pensées. On avait allumé un brasero de cuivre à l'intérieur de la tente afin d'en chasser le froid.

Le defterdar toucha du front l'épais tapis pour saluer Ibrahim.

– Rüstem ! Ne devrais-tu pas être en train de surveiller les chameaux et les soies ?

Le protégé du vizir remarqua la dureté du ton : Ibrahim était d'humeur dangereuse; les frustrations des semaines écoulées commençaient à faire leur effet sur lui. Il n'avait pas obtenu la victoire décisive et rapide qu'il avait espérée.

– J'ai pensé que je serais plus utile ici, seigneur.

– Pour m'aider à compter mon argent ? Je puis le faire sans toi.

– Il s'agit du shah, vénéré grand vizir.

Le visage d'Ibrahim s'empourpra de rage. Rüstem ne l'avait jamais vu dans cet état. Il tient trop à cette victoire, pensa-t-il, cela troublera son jugement.

– Le shah ! Le shah n'est qu'un chacal ! Il fuit devant nous puis il nous suit à la trace, pour se repaître des cadavres que nous laissons derrière nous...

L'image est belle mais elle ne règle en rien le problème, se dit le defterdar.

– Nos éclaireurs n'ont pas encore repéré son armée ?

– Il se cache quelque part dans les montagnes.

– Il y aurait peut-être un moyen de l'en faire sortir.

– Comment ?

– Si tu lui offrais un traité...

– Jamais ! J'ai juré de l'écraser !

– Tu ne traites pas avec un roi européen, seigneur. Le shah n'est qu'un chacal, tu l'as dit toi-même. De la vermine qu'il faut détruire. Il n'y aurait aucun déshonneur à feindre de lui proposer la paix pour le faire sortir de sa tannière.

Le grand vizir se leva, se mit à aller et venir dans la tente.

– Mais comment le trouver?

– Les Safavides nous espionnent, sois-en sûr. Tout messager quittant seul le camp sera intercepté.

– Oui, et ils nous le renverront le nez et les oreilles coupés, dans un sac en cuir!

– Le shah n'a peut-être pas envie de passer tous les étés à se cacher dans les montagnes. Il ne peut nous faire éternellement la guerre.

Ibrahim alla à l'entrée de la tente, regarda au dehors. Le ciel virait au gris de plomb avec la fin de l'après-midi; l'ombre de nuages orageux filait vers eux, rapide comme une charge de cavalerie.

– Il faut que je l'attire à découvert, murmura-t-il.

Derrière lui, Rüstem prit une profonde inspiration. Le moment qui pouvait assurer sa fortune était venu.

– Laisse-moi lui porter un message.

Le grand vizir se retourna.

– Toi, Rüstem? ricana-t-il.

– Je peux faire sortir le chacal de son trou, j'en suis sûr.

– Depuis quand le defterdar s'y connaît-il en stratégie?

– Je ne serai pas defterdar toute ma vie.

Reconnaissant une ambition semblable à la sienne, Ibrahim hocha la tête.

– Quel est ton plan?

– Un message lui offrant Tabriz et l'Azerbaïdjan en échange de la ville sainte de Bagdad. Nous respectons ses frontières à l'est.

– Il ne nous croira jamais capables de conclure un tel marché.

– Je peux l'en persuader. Tu as une copie de la *tugra* de Soliman, son sceau personnel. S'il est apposé au message, le shah y croira forcément.

– Et si tu le convaincs de traiter?

– Nous l'attirerons dans la plaine avec ses soldats. Puis nous les massacrerons.

Ibrahim secoua la tête. L'orage, qui était à présent au-dessus d'eux, éclata comme un tir d'artillerie, grondant sur le sol dur, frappant les tentes d'un millier de flèches. Un coup de vent soudain fit s'élever les flammes du brasero.

– Il ne sera pas dupe, murmura-t-il.

– Laisse-moi essayer.

Il avait promis à Soliman la tête du shah. Après Vienne, il ne pouvait se permettre un autre échec. Pas avec cette sorcière de Hürrem qui conspirait contre lui. Il avait besoin de cette victoire. Il leva une main, la paume tournée vers le haut.

– Il me le faut, Rüstem, dit-il en refermant le poing. Si tu me le livres, ta récompense dépassera tes rêves les plus fous.

Le defterdar s'inclina sans que son visage n'exprime ni plaisir ni gratitude. Il avait déjà calculé les risques dans sa tête. Il savait ce qu'ils signifiaient. Pour Ibrahim... ou pour Hürrem.

54

Le shah Tahmasp considéra la misérable créature qui gisait devant lui. Enchaîné, les yeux bandés, l'homme avait été amené au camp par deux de ses éclaireurs. Il était resté allongé face contre terre à l'entrée de la tente, deux cimeterres pressés contre la chair de son cou, tandis que le shah prenait connaissance de la missive dont il était porteur.

Le monarque montra la lettre aux mollahs et aux généraux assis près de lui. Ils secouèrent la tête en silence. Quelle tromperie le grand vizir du sultan avait-il manigancée? Lorsque tous l'eurent lue, il la parcourut une troisième fois. C'était un homme jeune à la bouche mince et cruelle, à la barbe brune soigneusement taillée. Il avait de longs doigts minces qui caressaient le parchemin tandis qu'il poursuivait sa lecture.

D'une voix haute et sifflante de fille, il demanda :

– Quel est ton nom, messager?

La pauvre créature leva la tête de quelques pouces :

– Rüstem, grand shah.

Sa barbe gris fer était maculée de boue et de sang séché : ses gardiens avaient mis un peu trop de zèle à lui maintenir la face humblement collée au sol.

– Quel est ton rang, Rüstem?

– Defterdar, seigneur.

– Depuis quand les Osmanlis chargent-ils leurs argentiers de porter les messages?

– J'ai la confiance du grand vizir.

Le shah étudia l'homme plus attentivement. Il était pâle d'épuisement mais ne semblait pas effrayé. Ce qu'on découvrait du visage sous le bandeau n'avait rien de remarquable.

– Ainsi Ibrahim désirerait la paix. Son sultan est-il animé de la même volonté?

– Ibrahim jouit de la confiance de l'Empereur des Deux Mondes. Il a sa tugra.

– Oui, je le vois.

– Soliman approuvera tout traité conclu par mon maître Ibrahim.

– Messager, peux-tu m'expliquer pourquoi l'Empereur des Deux Mondes ne mène pas ses armées en personne contre moi, comme le faisait son père?

– Il s'est lassé de faire la guerre. Il souhaite la paix.

Le shah haussa les épaules. Peut-être. Peut-être. L'offre était raisonnable. Trop raisonnable? Pourtant, si elle était sincère, il pourrait présenter à ses mollahs une grande victoire politique. Il ne pouvait espérer tenir Bagdad face aux troupes osmanlis. Certes, il reprendrait Tabriz et la ville sainte quand Ibrahim, fatigué de le poursuivre à travers les montagnes, rentrerait à Istanbul, mais il devrait la lui abandonner la saison suivante, lorsque les armées turques reviendraient. Il serait obligé de traiter un jour ou l'autre. Avec cette offre, il obtenait une paix immédiate et de précieux territoires. De nouveaux convertis pour ses mollahs.

Toutefois...

– Nous pourrions conclure un tel traité, messager Rüstem. Mais nous devons nous rencontrer lui et moi dans un lieu de mon choix, accompagnés de nos seuls gardes du corps.

– Douterais-tu de l'honneur d'Ibrahim?

Le shah sourit.

– Je doute qu'il puisse résister à une telle tentation.

Il adressa un signe de tête aux gardes, qui relevèrent rudement le defterdar.

– Dis-lui que si mes conditions l'agréent, j'accepte son offre. Va en paix, messager Rüstem.

Les gardes l'entraînèrent au-dehors. Le shah les regarda le hisser sur un cheval, toujours enchaîné et les yeux bandés, et le conduire le long des rangées de tentes, vers le sud. Il s'interrogea à nouveau sur Soliman. Un Osmanli qui veut la paix? C'était soit un mensonge soit un premier signe de faiblesse. Qu'il soit fait selon la volonté de Dieu, se dit-il. Nous verrons bientôt.

Le vent était frais mais l'hiver encore lointain. Tahmasp en avait assez de se terrer dans les montagnes.

– Si tu suis la direction de l'éperon, tu déboucheras dans la vallée où tes amis ont leur camp, dit le Persan en arrachant le bandeau.

L'autre cavalier défit les chaînes des poignets de Rüstem, qui clignait des yeux, et lui tira la barbe.

– La prochaine fois, le shah me laissera peut-être aiguiser mon sabre sur ton foie, lança-t-il avec un sourire mauvais.

Sans répondre, le defterdar prit les rênes du cheval. Il avait eu raison : le risque était négligeable, en fin de compte. Ce serait maintenant aisé de mener l'affaire à son terme.

Pauvre Ibrahim ! Il aimait trop monter sur ses grands chevaux pour faire un vizir réellement accompli. La vraie grandeur exigeait plus de réflexion : la capacité de discerner dans la crise l'occasion favorable.

Lui, Rüstem, avait ces qualités.

Les deux Persans étaient partis au galop, le laissant sur le plateau désertique. Maintenant seul, il se permit un petit sourire froid, puis descendit en direction du camp.

55

Ibrahim avait une expression curieuse, mêlant l'amusement à l'étonnement. D'un doigt, il tapotait le bras du trône tandis que le vent froid du soir gémissait et agitait la soie de la tente.

– Tu as trouvé le shah? dit-il enfin.

– Oui, seigneur.

– Ils t'ont bandé les yeux pour te conduire à lui, sans doute?

– Certes.

– Ils t'ont bien traité?

– Passablement.

Le vizir examina Rüstem : sa robe était sale et déchirée, sa barbe crottée. Sa mésaventure l'avait-elle affecté? Ses yeux gris pâle ne trahissaient rien.

– Tu as la lèvre fendue.

– C'est peu de chose.

Ibrahim partit d'un rire inattendu.

– Moi qui croyais que nous ne te reverrions peut-être pas! Quelle perte pour la poésie et l'art de la conversation!

– Je ne pense pas, seigneur.

L'ironie de la remarque semblait avoir complètement échappé au defterdar. J'aurais dû m'y attendre, pensa Ibrahim. Si je lui découpais le dessus du crâne d'un coup de sabre, comme un œuf, pour regarder à l'intérieur, je ne verrais pas de cerveau. Juste un abaque.

– Alors, qu'a répondu le shah à notre offre de paix?

– Il l'a rejetée, seigneur.

Le visage du vizir s'assombrit, bien que le sourire restât en place.

– Il n'a pas confiance en nous?

– C'est l'autorité de la lettre qu'il met en doute.

– L'autorité?

– Il a dit qu'il ne peut traiter avec toi.

Cette fois, le sourire disparut.

– Pourquoi?

– Il prétend que tu n'es qu'un soldat. Il ne peut accepter une telle offre que si elle est signée de la main du sultan, pas de celle de son valet, dit-il.

Ibrahim se leva, serra les poings pour arrêter le tremblement de ses mains, mais tout son corps était submergé par une force terrible qu'il ne pouvait maîtriser. Il saisit Rüstem par les épaules, le jeta à terre. Le defterdar n'opposa aucune résistance et demeura aux pieds de son protecteur, l'air ni surpris ni furieux.

Le grand vizir se retourna, dégaina le killidj du fourreau incrusté de pierres précieuses pendant à sa ceinture et le brandit à deux mains. De toutes ses forces, il l'abattit sur le trône, faisant voler des éclats d'ébène et d'ivoire à travers la tente.

– Le valet du sultan! Est-ce le valet du sultan qui siège au Divan et administre l'empire? Est-ce le valet du sultan qui conduit ses armées au combat tandis que Soliman s'adonne aux plaisirs du harem? Le sultan? Je suis le sultan!

– Le shah a parlé dans l'ignorance, seigneur.

– Croit-il que le sultan enverrait ses valets à la bataille?

– Vénéré maître, je ne fais que répéter ses propos. Il dit qu'il ne peut traiter qu'avec le sultan des Osmanlis.

– Le sultan! Combien de temps devrai-je supporter cette humiliation? Le sultan m'a remis son pouvoir, ses royaumes, sa fortune, tout! Faire la guerre ou accorder la paix – la décision m'appartient. Le shah sait-il que c'est moi qui ai voulu cette campagne? Moi, pas le sultan! Je porte le fardeau et je me fais traiter de valet?

– Seigneur...

Ibrahim tint le killidj devant les yeux de Rüstem, l'inclina lentement de manière à faire trembler la lumière sur la lame.

– Il me le faudra vivant, gronda-t-il.

– Pour cela, nous devons d'abord le débusquer. Si le

sultan était ici, nous pourrions attirer le shah à découvert et mettre un terme à son impertinence. En envoyant un message au Seigneur de la Vie...

– Non! J'ai juré de lui rapporter la tête de Tahmasp! Je ne peux le supplier maintenant d'accourir à mon aide.

– Il y a peut-être un autre moyen...

– Un autre moyen?

– Tout l'empire connaît l'étendue des pouvoirs et des honneurs que Soliman t'a conférés. Nous devons peut-être en faire prendre conscience aussi au shah. Lui prouver que tu as autorité pour conclure un tel traité.

– Comment?

Rüstem battit lentement des cils.

– Tu dois renouveler ton offre, seigneur. Et la signer cette fois en qualité de sultan.

Ibrahim posa sur le defterdar un regard ébahi. Ce fou se rendait-il compte de ce qu'il disait? Il a toute sa raison, pourtant. Son cerveau est un boulier. Ce qu'il propose est la solution logique au problème...

– Impossible.

– Cela servirait nos desseins. Que pouvons-nous faire d'autre? Continuer à le poursuivre tout l'été dans la montagne avant de rentrer sans autre butin que quelques coupons de soie perse?

– Je peux faire beaucoup de choses, Rüstem, mais pas me décerner le titre de sultan.

– Qui le saura une fois que nous aurons attiré Tahmasp dans la plaine? Tu enterreras le message avec le shah.

Il a peut-être raison, songea le grand vizir. Qu'ai-je à craindre? Soliman m'a confié son Divan, ses armées. Il ne me manque de sultan que le titre...

– Je ne puis.

– Il n'y a pas d'autre moyen de débusquer le shah, seigneur. Si le sultan ne vient pas, m'a-t-il dit, il nous retrouvera à Tabriz au printemps prochain.

Ibrahim ferma les yeux. Impossible de rentrer de nouveau sans victoire. Après que les Autrichiens l'avaient humilié à Güns, le shah le narguait maintenant de ses montagnes. Il était incapable de l'écraser comme il l'avait promis. Et tant que les frontières d'Asie ne seraient pas sûres, ils ne pourraient emmener leurs armées livrer la grande guerre contre l'empereur Charles, en Europe. Son destin était à Vienne, pas ici. C'était Vienne qui inscrirait finalement son nom dans l'histoire à côté de celui d'Alexandre.

Il se tourna vers Rüstem, qui l'observait avec ce qui ressemblait presque à de la curiosité détachée.

– Prends une plume et un parchemin, ordonna-t-il.

Au shah Tahmasp de Perse, salut et santé, que la prospérité et la gloire marquent ton règne. Par la grâce du Très-Haut – que sa puissance soit éternellement exaltée ! –, nous avons eu connaissance de ton désir de paix. Nous-mêmes n'avons aucune envie de faire la guerre à nos frères en Islam. Nous te faisons donc savoir que si tu abandonnes la ville sainte de Bagdad, et tous les territoires que tu as conquis par les armes, nous te céderons Tabriz et les territoires connus sous le nom d'Azerbaïdjan, à la condition que tu nous payes chaque année un tribut de mille ducats d'or. Nuit et jour nos chevaux seront sellés et prêts à partir pour te rencontrer et conclure la paix.

Écrit en l'an 941 de l'hégire

Ibrahim, Seraskier Sultan.

56

Seraskier Sultan!

Rüstem arrêta son cheval sur la crête pour regarder les armées osmanlis. La fumée des feux de camp du matin flottait encore dans l'air, jetant un voile sur le paysage lointain des montagnes. Des hauteurs, le defterdar pouvait voir la grande tente écarlate du vizir et son enseigne à six queues de cheval.

Seraskier Sultan!

Il prit la direction du nord, descendit la première crête puis tourna et lança son cheval au galop vers l'ouest. En ne le voyant pas revenir, Ibrahim penserait que les soldats du shah l'avaient assassiné. Lorsque le vizir le tiendrait pour perdu, il serait à Istanbul.

Ibrahim, sot que tu es...

Seraskier Sultan!

Topkapi Saraya

Soliman froissa la lettre dans son poing, le visage enlaidi par la souffrance.

Les pachas, les muftis et les généraux qui l'entouraient dans la salle du Divan gardaient le silence. Tous éprouvaient à des degrés divers un sentiment de triomphe, mais aucun d'eux n'eût laissé son visage l'exprimer. Ibrahim était enfin allé trop loin! Le Grec vaniteux avait signé son arrêt de mort!

Debout au centre de la vaste pièce, Rüstem attendait

son tour de parler. Il puait le cheval et les plis de sa peau étaient inscrustés de crasse et de poussière. Il prétendait avoir chevauché pendant trois semaines depuis les marches de l'Azerbaïdjan pour apporter la nouvelle.

J'aurais préféré que le cheval tombe et te brise le cou, pensait Soliman.

– Tu as écrit ceci sous sa dictée? demanda enfin le sultan.

– Oui, seigneur. Il m'a donné pour instruction de le porter au shah Tahmasp.

Soliman déglutit pour garder contenance. Ibrahim, je t'aurais tout pardonné, mais pas ça! Si Rüstem était venu me voir en privé, j'aurais peut-être trouvé un moyen de t'excuser, mais il s'est adressé à moi en réunion du Divan pour me soumettre une traîtrise que je ne peux publiquement tolérer. Ibrahim, qu'as-tu fait?

– Quelqu'un t'a vu, Rüstem?

– Non, vénéré sultan. Le grand vizir pense que je suis parti seul pour le camp du shah. Mais je connais mon devoir. Je ne pouvais laisser une telle trahison impunie.

Misérable vermine! pensa Soliman. Tu oses me parler de trahison? Ibrahim m'a servi fidèlement pendant plus d'un quart de siècle – comme ami, comme seraskier de mes armées, et comme vizir. Comment sais-tu ce qui l'a conduit à cet acte? Comment peux-tu en être aussi sûr?

– Le sultan a une grande dette envers toi, defterdar, se força-t-il à dire. (Son regard se porta de nouveau sur le parchemin chiffonné.) Comment se déroule la campagne contre le shah?

– Mal, seigneur. Depuis Tabriz, Ibrahim pourchasse les hommes de Tahmasp à travers les montagnes, mais jusqu'ici, nous n'avons vu que la queue de leurs chevaux quand ils battent en retraite après une escarmouche. Les généraux pressent ton vizir de marcher sur Bagdad – il ne les écoute pas. Il dit qu'il est seul capable de remporter la victoire, qu'il en a toujours été ainsi.

Un murmure à peine audible parcourut la grande salle. Comment Rüstem osait-il proférer de telles infamies? Il les débitait pourtant comme si elles n'étaient que les chiffres d'un registre de comptes. Jusqu'où Ibrahim irait-il la prochaine fois? S'octroierait-il la gloire de Rhodes, de Buda et de Mohàcs?

– Comment se comportent nos soldats?

– Le moral est bas. Tous réclament ta présence à leur tête pour les mener à la victoire. Les janissaires craignent qu'Ibrahim ne les entraîne plus loin encore dans les montagnes, vers un désastre.

Soliman leva les yeux vers les atomes de poussière qui traversaient les rayons de soleil tombant des hautes fenêtres. Ainsi passe la poussière. Ainsi passe toute gloire...

Comme il aurait voulu être derrière la « fenêtre périlleuse » pour regarder un autre que lui prendre la terrible décision qu'il savait inéluctable!

57

Eski Saraya

La lueur des bougies ondulait sur les murs carrelés et sur le cuivre des brûle-parfums suspendus au plafond voûté. Soliman ôta son turban, passa la main sur la peau de son crâne jusqu'à la calotte qui en couvrait l'arrière, héritage de ses ancêtres ghazis, et ferma les yeux. Il sentait le fardeau peser plus lourd aujourd'hui qu'à tout autre moment des quinze ans écoulés depuis qu'il avait revêtu le manteau d'Osman.

Assis sur le sofa, il attendit.

Elle entra en silence en écartant le rideau de velours et s'agenouilla à ses pieds.

– Seigneur.

Sans sourire comme elle le faisait d'ordinaire pour l'accueillir, elle se pencha pour lui baiser la main et la presser contre sa joue.

– Tu savais?

– Oui, mon roi.

– Comment?

– Les rumeurs.

– Toujours les rumeurs.

– Quand j'ai vu ton visage en entrant, j'ai deviné que, cette fois, les rumeurs étaient vraies.

Il caressa les cheveux de Hürrem et son expression s'adoucit.

– Que dois-je faire?

– Puis-je lire la lettre?

Il tendit la main gauche et l'ouvrit. Le message était

resté dans son poing serré depuis que Rüstem l'avait apporté au Divan. Elle le défroissa, le déchiffra avec peine – la sueur de la main du sultan avait fait couler l'encre – mais put comprendre qu'il s'agissait d'une offre de paix. Et la signature était toujours lisible.

– Seraskier Sultan...

Ô Rüstem, pensa-t-elle, Abbas t'a bien choisi. Tu as le génie de l'intrigue!

– Il recherche la paix, dit Hürrem.

– C'est de la folie, murmura Soliman d'une voix rauque. Qu'est-ce qui a bien pu le pousser à une chose pareille?

– Peut-on faire confiance à ce Rüstem?

– Il ne tirerait aucun profit d'un tel mensonge. D'ailleurs, ce n'est pas un mensonge. C'est écrit là, sous mon propre sceau. « Seraskier Sultan » Sultan! Il n'est aucune circonstance dans laquelle un autre que moi puisse se faire appeler sultan! Le faire, c'est se rebeller. Il le sait.

– Ibrahim est ton ami. Tu m'as si souvent parlé de lui en termes...

– Oui, il est mon ami. Bien plus, même! Son crime n'en est que plus grand!

– N'agis pas à la légère, seigneur.

– Hürrem... Tu es la seule qui parle aujourd'hui en sa faveur. Je lui découvre soudain des ennemis que je ne soupçonnais pas. Comme une vermine grouillante, ils sortent de la moindre crevasse des murs du palais pour l'accuser!

Oui, je parle en sa faveur, pensait la kadin. Et quand sa tête pourrira à la Porte de la Félicité, tu te rappelleras que j'étais son amie. Si je deviens l'instrument de sa mort, tu me haïras moi aussi.

– Tu dois aller le trouver, fit-elle à voix basse.

Il hocha lentement la tête.

– Plus je tarde, plus je suis menacé. Je ne peux rester sans réagir, et pourtant, je ne peux me résoudre à porter la main sur lui, petite russelana. Ce serait comme arracher un morceau de mon propre cœur.

– Cela ne s'avérera peut-être pas nécessaire. S'il est ton ami, tu trouveras un moyen de l'excuser.

Soliman reprit brusquement la lettre.

– Il n'y en a pas!

Il s'approcha des bougies brûlant dans un chandelier

d'argent, près de la porte, tint le message au-dessus des flammes, le fit tourner en le regardant se consumer.

– Tu ne chercheras pas à le confondre avec cette lettre ? demanda Hürrem.

– Je veux qu'il m'en parle lui-même à mon arrivée. S'il est vraiment mon ami, il n'essayera pas de me cacher qu'il l'a écrite.

Il laissa le parchemin glisser de ses doigts, tomber sur le sol, écrasa la flamme et la cendre de la semelle de sa botte.

– Ibrahim...! s'exclama-t-il en se jetant sur le sofa.

La favorite alla s'asseoir près de lui, attira sa tête contre sa poitrine et le sentit pleurer doucement dans ses bras.

– Hürrem, gémit-il, que ferais-je sans toi ?

– Chhh, fit-elle, le méprisant plus que jamais pour sa faiblesse.

58

C'était la fin des chaudes journées du mois d'août, époque de l'année où seuls les pauvres restaient à suffoquer dans la fournaise de la ville. Soliman était rentré depuis quelques jours seulement d'Andrinople, où il était allé chasser et échapper au souffle brûlant du sirocco. L'hiver est trop dangereusement proche pour partir en campagne, pensait-il. La perspective d'une longue chevauchée exténuante à travers l'Anatolie le déprimait, mais il n'avait pas le choix. Il devait rejoindre ses armées, et vite.

Il traversa le Bosphore avec trois cents solaks et un escadron de sipahis, alla à Üdüskar puis obliqua à l'est vers les plaines arides d'Anatolie et les montagnes d'Asie.

Il savait que la lune passerait par toutes ses phases avant qu'il ne parvienne à destination : un mois de poussière étouffante, de muscles douloureux, un mois à chevaucher, chevaucher, chevaucher.

Seraskier Sultan!

Suivant les traces d'Alexandre, il longea des oliveraies et des plantations de figuiers, des champs de coton et de blé. Il traversa Konya, où ses ancêtres seldjoukides avaient résidé, et où il s'arrêta pour se rendre sur la tombe de Djalal al-Din Rumi, fondateur de la confrérie des derviches tourneurs.

Il poursuivit sa route à travers la steppe desséchée sous un soleil brûlant. Sur le haut plateau, l'horizon n'était barré que par les tentes noires des nomades ou par les murs de pierre des caravansérails offrant refuge aux colonnes de chameaux venant de Samarkand et de Médine.

Ils passèrent par Édesse, lieu de naissance d'Abraham, où des vieillards assis à l'ombre de la forteresse jetaient des pois chiches dans un bassin de carpes sacrées. De là, ils s'engagèrent sur des hauteurs désolées où le vent chaud du désert ne pouvait pénétrer. L'air devint soudain plus frais et la steppe brune fit place à de la rocaille, à des ruisseaux si froids qu'ils semblaient couper la peau nue comme un rasoir. Le temps changeait inopinément, l'orage explosait dans un ciel bleu quelques instants auparavant; le vent harcelait hommes et bêtes comme un fouet. C'était une contrée où seuls pouvaient survivre les chèvres, les moutons et les Kurdes.

Et le shah, pensa Soliman.

Ils chevauchaient douze heures par jour, s'arrêtant seulement quand leurs montures avaient les naseaux et les flancs couverts d'écume, l'œil agrandi par l'épuisement et la soif.

Quand ils parvinrent enfin en Azerbaïdjan, les éclaireurs allèrent prévenir Ibrahim de se préparer à accueillir son sultan. Une semaine plus tard, du sommet d'une crête, ils virent un écheveau de fumée s'élever de la vallée : le camp des Osmanlis s'étendait devant eux.

Soliman n'avait qu'une envie : se jeter par terre et pleurer de soulagement. La fatigue s'était installée dans ses os et faisait maintenant presque partie de lui-même, comme la poussière qui encrassait sa peau. Mais il ne pouvait montrer son exténuation à ses lieutenants, et encore moins maintenant aux janissaires. Il se redressa sur sa selle, éperonna son cheval pour le lancer dans la descente.

Comme c'était l'usage, les tentes avaient été plantées en longues lignes nettes, selon les régiments. A intervalles réguliers, on avait creusé des latrines. Les chevaux étaient parqués dans des enclos, les machines de siège, les canons et les chariots de vivres alignés en bon ordre.

Le silence régnait dans le camp où l'on ne tolérait ni le jeu, ni la boisson, ni les rixes. Mais lorsque les *askeris* reconnurent l'enseigne à sept queues de cheval du sultan et virent la haute silhouette barbue sur le cheval blanc, ils poussèrent des acclamations.

La nouvelle se répandit promptement : Soliman venait

prendre leur tête! Il les guiderait hors des montagnes et les mènerait à la victoire!

Le Ghazi Suprême arrêta son cheval devant la tente rouge; Ibrahim en sortit et se prosterna devant lui.

– Seigneur...

Où est passé son sourire juvénile? se demanda Soliman. Qu'était devenu le jeune homme qui accourait pour le prendre dans ses bras chaque fois qu'ils avaient été séparés?

– As-tu la tête de Tahmasp?

– Non, répondit le vizir après un silence.

– Alors, nous allons à Bagdad. C'est le sultan qui mène son armée, désormais.

59

– C'est un plaisir de te voir, seigneur.

– Vraiment, Ibrahim ?

– Seule la raison de ta venue me tourmente. Ne fais-tu plus confiance à ton seraskier ?

– La place d'un sultan est à la tête de son armée, comme tu me l'as sans cesse rappelé.

– Est-ce la seule raison ?

Ils étaient assis en tailleur sur les épais tapis de la tente de Soliman. Dans le brasero de cuivre, le charbon rougeoyait ; non loin, un cheval, effrayé par le gémissement du vent et le froid soudain, frappa le sol de son sabot.

L'empereur était épuisé après ce long voyage. Les yeux rougis par le manque de sommeil, il parvenait à peine à se forcer à penser. Et il avait froid – il n'avait pas eu aussi froid depuis longtemps. Il resserra autour de son cou sa robe doublée d'hermine.

– En tant que Protecteur de la Foi, je dois défendre Bagdad, et non lancer mon armée dans la montagne à la poursuite de fantômes.

– Une fois que nous aurons vaincu le shah, Bagdad sera nôtre de toute façon, argua le vizir.

Soliman scruta le visage d'Ibrahim. D'un instant à l'autre, pensa-t-il, d'un instant à l'autre, il va m'avouer ce qu'il a fait, me fournir une explication. Il ne peut y avoir de secrets entre nous.

– Nous devrions peut-être traiter avec lui, suggéra le sultan, pour l'inciter à parler.

Une lueur de peur apparut dans les yeux de son ami.

– Que leur offririons-nous ?

– A ton avis, Ibrahim?

– Rien. Sauf peut-être une corde pour son cou.

Soliman secoua la tête.

– Il est aussi insaisissable que le maître du Saint Empire romain. Peut-être ne parviendrons-nous jamais à forcer l'un ou l'autre au combat. Il est plus important de faire notre devoir. Défendre la foi.

– La foi!

Le grand vizir parut regretter son blasphème à peine l'eut-il proféré.

– C'est la raison d'être de mon armée, Ibrahim. Il n'en est pas d'autre.

Dehors, les chevaux s'agitaient de plus en plus, couvrant le sifflement du vent du bruit de leurs sabots.

– Demain, nous partirons pour Bagdad, décida le padichah. Nous reprendrons la ville sainte et, s'il le faut, nous y passerons l'hiver. La montagne n'est pas un endroit pour une armée aussi nombreuse.

Soliman devina l'humiliation de son seraskier. Les lèvres serrées en une ligne rageuse, Ibrahim fixait les braises.

– Pourquoi m'as-tu fait cela? murmura-t-il.

Le Seigneur de la Vie sentit ses poings se crisper sur son giron. Après ta trahison, tu oses me questionner? pensa-t-il.

– Je suis las, il faut que je dorme, dit-il. Laisse-moi, maintenant.

En campagne, ils avaient pour habitude de coucher dans la même tente, mais, ce soir-là, Soliman ne réclama pas sa présence, et Ibrahim ne protesta pas. Il se leva, fit son sala'am et sortit.

Pendant la nuit, une tempête de neige éclata au-dessus de leurs têtes. Le sultan s'éveilla aux cris des bêtes hennissant dans la tourmente. Les hommes criaient eux aussi dans le noir. Une rafale de vent secoua la tente avec une telle violence qu'il crut que la soie s'était déchirée. Il enfila une robe fourrée, se précipita à l'entrée.

Un rideau de neige et de grêle s'abattait sur le camp, cachant la nuit derrière un voile blanc. Des torches flamboyèrent un instant avant d'être soufflées par le vent. Les pages frémissaient de terreur et l'un de ses solaks tomba même à genoux en murmurant :

– Dieu nous protège de la magie des Persans!
– Ce n'est qu'un orage! rugit Soliman. Lève-toi!
Il saisit le soldat par le col pour le remettre debout. Maudit Ibrahim, se dit-il. Maudit soit-il pour sa traîtrise et sa stupidité!

Le grand vizir avançait en chancelant entre les congères, consterné par le spectacle que l'aurore lui offrait. La vallée était couverte d'un manteau blanc; la toile des tentes s'enfonçait sous le poids de la neige. La jambe gelée d'un chameau, raide comme une branche, dépassait de la neige amoncelée.
– Que Dieu me vienne en aide, murmura-t-il.
Un jour grisâtre tentait de se frayer un chemin à travers les enclumes noires des nuages. Un silence terrible pesait sur la vallée. Des régiments entiers étaient ensevelis sous la neige; des tentes avaient été arrachées par le vent, et des lambeaux de toile s'agitaient au bout de piquets brisés, comme les bannières déchirées d'une armée en déroute.
Ibrahim entendit une plainte qu'il prit pour celle du vent avant de se rendre compte que c'étaient les gémissements d'hommes pris sous la neige, mêlés aux hennissements de chevaux agonisant.
Il reconnut la défaite, lui qui ne l'avait jamais connue. Pas de sang, mais de la neige. Il n'avait pas été vaincu par l'ennemi mais par les montagnes.
Les soldats titubaient, hébétés, aveuglés par la neige, dans un paysage qui n'était plus celui de la veille. Certains creusaient désespérément la neige de leurs mains pour dégager un camarade, tirer sur les rênes d'une bête à demi enfouie.
La plupart tournaient leur regard vers les mâchoires dentelées de la passe dans la crainte de voir les silhouettes de cavaliers persans s'y profiler. Les Osmanlis étaient sans défense. Si l'ennemi attaquait maintenant...
– Ibrahim!
Il se retourna. Soliman se tenait au-dessus de lui sur la pente, le killidj à la ceinture. Son visage avait cette expression de fureur démente qu'il lui avait vue une seule fois auparavant : à Rhodes, quand il avait ordonné au bostandji de le débarrasser de son seraskier et de son grand vizir.

– Qu'as-tu fait ?

Ibrahim écarta les mains dans un geste d'impuissance. Qui aurait pu prévoir une telle tempête en septembre ?

– Si les Persans arrivent maintenant, nous mourrons tous ici, gronda le sultan.

Le vizir le regarda en silence. Qu'aurait-il pu répondre ?

Soliman s'approcha pour que les pages et les solaks qui les entouraient ne puissent entendre la suite.

– Je me suis quelquefois demandé si nous n'aurions pas dû échanger nos places à la naissance, fit-il à voix basse. Je sais maintenant que non.

Il se retourna et, s'enfonçant dans la neige jusqu'aux cuisses, se dirigea vers le camp dévasté des janissaires. Il fallait réorganiser rapidement l'armée et battre en retraite, Ibrahim s'en rendait compte. Mais ce n'était plus de sa responsabilité. Le sultan avait repris le commandement ; à lui de donner des ordres.

60

Galata

La flamme de la bougie se reflétait dans l'unique rangée de carreaux de faïence bleue. Chaque fois qu'Abbas remuait, la soie de son caftan bruissait comme des feuilles mortes dans le vent. Il soupira, regarda Ludovici.

– Nous vivons des moments dangereux, dit-il.

– Ils le sont tous.

– Julia est en sûreté? Tu lui as fait quitter Istanbul?

– Oui, mentit le Vénitien en soutenant le regard d'Abbas. Elle est partie.

Le Kislar Aghasi eut un grognement satisfait.

– Tu l'aimes encore?

– Si je l'aime? Je ne sais, Ludovici. Comment pourrais-je encore l'aimer tel que je suis?

Le marchand ne sut que répondre.

– As-tu des eunuques à ton service? voulut savoir Abbas.

– J'ai mon propre harem, répondit Ludovici, comme si cela expliquait tout.

Le Kislar Aghasi ne dit rien mais son silence était chargé de reproche.

– Est-ce que tu penses parfois au passé, Abbas? A Venise?

– Ce temps me paraît vieux d'un siècle.

– Si tu m'avais écouté, alors...

Le chef des eunuques noirs ébaucha un sourire, pâle et triste.

– Oui, tu m'avais prévenu, je m'en souviens. Et tu avais raison.

– Je n'en tire aucune satisfaction.

– Je le sais. Le destin d'un homme est inscrit sur son front à sa naissance. Je n'aurais pu agir différemment : un nuage ne peut décider dans quel sens il dérivera dans le ciel. Le vent de Dieu lui donne sa direction, comme il a donné la sienne à ma vie.

– Alors, le jour du Jugement dernier, Dieu n'aura pas le droit de te reprocher tes péchés. C'est lui, au contraire, qui devra implorer ton pardon.

– Je n'écouterai pas ces blasphèmes, dit Abbas. (Il se leva, claqua dans ses mains pour appeler ses muets.) Une dernière question... As-tu fait de Julia une femme de ton harem ?

La question étonna Ludovici.

– Mais c'est une chrétienne de haut rang ! Pas une concubine...

– En as-tu fait ta houri ? Réponds.

– Non, mentit le Vénitien.

– Bien, je te crois, dit Abbas.

Quelque chose pourtant dans son expression fit craindre à Ludovici que le Kislar Aghasi mentait lui aussi.

De retour à sa résidence de Péra, le marchand monta à son cabinet et se tint à la fenêtre, contemplant la Corne d'Or d'un regard songeur. Il cria ses instructions à Hyacinthe, alla s'asseoir à sa table et attendit.

Julia entra, annoncée par le murmure de sa longue robe sur le marbre noir et blanc.

– Vous vouliez me voir ?

Il se leva, lui indiqua une chaise.

– Je t'en prie.

Elle s'assit, il prit un autre siège et s'installa près d'elle.

– Que se passe-t-il ?

– Rien... Est-ce que tu me hais, Julia ?

– Pourquoi devrais-je vous haïr ?

Il ne répondit pas.

– Vous m'avez seulement traitée comme le sultan traite ses concubines, comme vous traitez les vôtres, continua-t-elle. Vous au moins, vous ne m'avez pas enfermée ensuite dans un sac pour me jeter dans le Bosphore.

– J'ai honte.

– Il fut un temps où j'aurais eu honte moi aussi. Mais les Turcs ont fait de moi une catin...

– Tu n'es pas une catin!

Il se leva brusquement, tourna le dos à la jeune femme et regarda le soir descendre sur la Corne d'Or.

– Je vous suis reconnaissante, Ludovici. Vous m'avez sauvé la vie, vous m'avez donné refuge ici. Je crois que j'aime mieux être concubine que nonne – encore que la seule différence réside peut-être dans les plaisirs du soir.

Julia se moquait-elle de lui? Il se retourna, croisa les bras et s'adossa à la fenêtre.

– Serena est mort, annonça-t-il.

– Quand?

– Il y a trois semaines, à Chypre. J'ai appris la nouvelle aujourd'hui.

– Cela ne change rien pour moi, dit-elle avec un haussement d'épaules.

– Peut-être que si. (Ludovici s'approcha d'elle.) Épouse-moi.

Elle leva vers lui des yeux étonnés.

– Pourquoi?

– Parce que je t'aime.

– Je suis satisfaite d'être concubine, seigneur. Le mariage ne changerait rien à mon sort.

– J'ai ordonné à Hyacinthe de vendre mon harem. Je ne veux que toi, Julia.

Elle se mit debout, traversa la pièce.

– Vous voulez que je vous aime, et je ne peux pas.

– Tu peux essayer.

Elle secoua la tête.

– Je suis éprise de Venise et de quelques après-midi dérobés sur les canaux.

– Je te veux.

– Je vous appartiens déjà.

– Alors, disons que c'est la honte qui me pousse. Épouse-moi quand même.

Elle se pencha pour l'embrasser doucement sur la joue. Il l'enlaça, la serra contre lui, mais, lorsqu'il l'embrassa à son tour, les lèvres de Julia ne répondirent pas à la pression des siennes et il comprit que ce qu'il désirait vraiment d'elle était aussi inaccessible pour lui que pour Abbas.

Mesopotamie

Bagdad avait été construite avec la même pierre, les mêmes briques que la ville antique de Babylone. A cheval sur le Tigre et l'Euphrate, la cité du calife Haroun Al-Rachid, aux dômes entourés de palmiers, promettait de la soie, de l'or et des femmes.

Monté sur son étalon blanc, Soliman regardait ses soldats mettre en place les machines de siège et les canons, en murmurant une prière de remerciement. Les Persans n'avaient pas fondu sur eux ce matin-là ; sa seule présence avait galvanisé les troupes, et, le soir même, ils s'étaient réorganisés et avaient commencé à se retirer de ces montagnes qui avaient failli les anéantir.

L'empire de Mahomet, l'armée de l'Islam auraient été détruits par la faute de mon Seraskier Sultan! pensa-t-il avec amertume. Vrai croyant ou non, il avait un devoir envers moi. Son ambition le lui a fait oublier.

Ibrahim s'approcha sur son cheval. Les rubis, les émeraudes ornant sa selle et ses armes, étincelaient au soleil chaud du matin. Il souriait, comme si les terreurs de la semaine précédente n'avaient été qu'un mauvais rêve dissipé par l'aube.

– Pourquoi cette mine grave, seigneur?

– Tu aurais dû te tenir devant ces portes il y a deux mois.

Le grand vizir haussa les épaules : à ses yeux, sa faute était mineure.

– L'agha des janissaires voulait une longue campagne. Nous la lui avons donnée! Le vieil ours fait encore fondre la neige de ses bottes!

– Notre objectif était de chasser les chiens de Bagdad. Pas de complaire à l'agha ni de trouver le shah.

– Tu voulais la tête de Tahmasp, argua Ibrahim.

– Non. C'est toi qui la voulais.

Soliman pressa les flancs de sa monture avec les genoux et partit au trot, laissant son vizir seul dans la plaine.

61

Eski Saraya, 1535

C'était le début du printemps mais la neige s'accrochait encore aux toits des kiosques du Topkapi Saraya, tombait en minuscules avalanches du dôme de Sainte-Sophie et comblait les fontaines des cours du Vieux Palais. Seuls Hürrem et le Kislar Aghasi avaient droit par le rang au caftan doublé de fourrure. Les autres odalisques et les serviteurs grelottaient sous leurs minces vêtements en traversant les cours glacées. A l'intérieur du palais, où les portes et les volets étaient soigneusement fermés, des relents d'encens, de charbon de bois et de haschisch se mêlaient à d'autres effluves pour donner à l'air une touffeur irrespirable. Hürrem faisait répandre de la fleur d'oranger et de l'eau de rose dans ses appartements pour chasser l'odeur de renfermé.

– Un courrier est arrivé au palais, noble kadin. Soliman sera de retour à Istanbul dans quelques jours, annonça le chef des eunuques.

– Avec Ibrahim?

– Oui.

L'affaire faisait scandale dans toute la ville, bien sûr : le grand vizir avait défié Soliman en prenant le titre de Seraskier Sultan. Le Divan aurait préféré garder l'affront secret, mais Rüstem avait fait en sorte que la nouvelle de la trahison se répande en quelques jours dans tout Istanbul. Le defterdar était décidément un homme précieux.

La chute de Bagdad et les longs mois d'hiver n'avaient pas mis fin aux ragots mais les avaient au contraire revigorés. Les nouvelles étaient rares, apportées par des courriers chevauchant jour et nuit pendant un mois, et tous les Stambouliotes se demandaient ce que ferait Soliman, comment il traiterait son Seraskier Sultan.

Au bazar, les marchands continuaient à maudire le Grec. Une nuit, les statues qu'il avait fait installer devant son palais, à l'At Meydani, avaient été défigurées. Tout Istanbul le haïssait, s'indignait de son emprise sur le sultan et de la façon dont il affichait sa richesse. Apparemment, un seul homme tolérait encore ses excès.

Maintes fois Hürrem s'était demandé si son ennemi était déjà mort, étranglé dans sa tente par le bostandji ou pendu à un gibet sur une place de Bagdad. Le vizir pourrirait déjà dans sa tombe depuis des semaines lorsqu'un courrier apporterait la nouvelle de sa mort, elle le savait. Quand Soliman avait quitté Istanbul, à la fin de l'été, elle s'était dit qu'elle ne reverrait pas Ibrahim vivant. Mais il semblait que la mort ne pouvait l'atteindre.

Abbas la regarda mordiller sa lèvre inférieure et se demanda pour la première fois si elle ne s'était pas trompée sur le caractère de Soliman. Jusqu'où Ibrahim pouvait-il aller avant que le sultan ne sévisse?

– J'ai d'autres nouvelles, dit-il.

– Parle.

– Le shah a attaqué l'arrière-garde de notre armée alors qu'elle traversait l'Azerbaïdjan sur le chemin du retour. Quatre *sandjak-beys* ont péri, huit cents janissaires se sont rendus.

– Qui était seraskier?

– Ibrahim. Le sultan chevauchait devant avec les solaks.

Hürrem parut se détendre.

– Sa bonne étoile l'abandonne, dirait-on, fit-elle avec un grand sourire.

– Oui, noble kadin.

Abbas n'éprouvait aucun sentiment de triomphe devant le succès de l'intrigue dans laquelle il était engagé. Les circonstances l'avaient contraint à jouer ce rôle. Le seul vrai plaisir qu'il attendait de la vie, c'était de réussir à mettre la favorite dans un sac soigneusement lesté et de la porter en barque au milieu du Bosphore.

Un jour, peut-être...

– Tu m'as bien servie, Abbas.

– Merci, noble Hürrem.

– Rüstem aussi. Il montre de grands talents. Je suis certaine que nous leur trouverons bientôt un nouvel usage. Dis-lui que je le remercie et qu'il sera récompensé.

Abbas prit congé avec un temennah. Il était impatient de quitter la pièce, non seulement à cause de la chaleur des braseros et de l'odeur écœurante de parfum, mais parce que depuis quelque temps la seule présence de Hürrem le troublait. Soliman lui avait donné trop de pouvoir ; elle devenait un monstre.

– A propos, as-tu vu Julia ? lui lança-t-elle au moment où il allait sortir.

– Non, Couronne des Têtes Voilées.

– Simple curiosité. Je me demandais quelle somme une pauvre esclave avait bien pu t'offrir pour te décider à risquer ta tête.

Elle sait, pensa-t-il.

– Je l'avais aussi prise en pitié, se justifia le Kislar Aghasi.

– Mon bon, mon brave Abbas ! s'esclaffa la favorite. Sais-tu qu'elle est mariée à un des marchands vénitiens de Péra, Ludovici Gambetto ?

La pièce se mit à tourner autour du chef des eunuques noirs.

– Oui, bredouilla-t-il, en espérant que sa stupeur et son désarroi ne se liraient pas sur son visage.

– Pourvu qu'elle lui plaise davantage qu'elle n'avait plu au sultan.

– Oui, noble kadin.

– Merci, Abbas.

Il retourna dans sa chambre, un feu brûlant dans le cœur. Ludovici, qu'as-tu fait ? Tu m'as menti, menti, menti !

Pauvre Julia.

J'espère que tu es heureuse.

J'ai fait tout ce que j'ai pu.

62

Soliman paraissait soudain vieux. C'était comme si le temps s'était figé à l'Eski Saraya, telle l'eau des fontaines du Vieux Palais, tandis qu'au-dehors, dans les montagnes et les plaines, dix saisons s'étaient écoulées. Le changement n'était pas physique : il n'y avait pas plus de gris dans sa barbe et son dos restait droit. Il ne claudiquait pas, n'avait pas de cicatrices.

C'est peut-être sa peau, pensa Hürrem. Brunie par un long hiver dans le désert et les montagnes, creusée de nouvelles rides. Ou peut-être simplement sa démarche : il n'y a plus de feu en lui, plus d'énergie. Il semble vaincu.

Assis devant un plateau d'argent, les poings sur les genoux, le sultan s'absorbait dans quelque vision intérieure. Hürrem posa la nourriture devant lui, s'agenouilla.

– Que se passe-t-il, seigneur?

– Ibrahim...!

– Seigneur?

– Que dois-je faire, petite russelana?

– Tu lui as parlé de la lettre?

– J'ai attendu ses aveux, ils ne sont pas venus.

– Et pourtant?

– Pourtant, je l'aime, Hürrem. Pas comme toi, mais je l'aime. Que dois-je faire?

Tu dois l'exécuter, pensa la kadin. N'importe quelle autre décision nous mettrait tous en danger. Comment peux-tu balancer si longtemps?

– Exile-le, dit-elle. Comme tu l'as fait pour Achmed Pacha.

– Achmed Pacha a fait de son lieu d'exil un foyer de révolte. Oserais-je prendre le même risque avec Ibrahim, qui est plus puissant qu'Achmed le fut jamais?

Non, bien sûr, répondit intérieurement Hürrem.

– Il est ton ami depuis très longtemps et je sais que tu l'aimes comme un frère. Ne me demande pas conseil en la matière.

– A qui d'autre puis-je faire confiance?

Elle lui caressa la joue, sentit une pression en réponse sous sa main.

– Il a été ton meilleur grand vizir.

– Oui, petite russelana, mais son ambition et sa cupidité ont pris le dessus. Pendant le retour de Bagdad, il a laissé les sandjak-beys du Caire et de Syrie établir inconsidérément leur camp dans une vallée d'où ils ne pouvaient s'échapper. En qualité de seraskier, il aurait dû protéger notre arrière-garde mais il se souciait davantage des balles de soie qu'il avait pillées en Perse. Il a laissé la cavalerie du shah infliger à mon armée la plus cuisante défaite qu'elle ait jamais subie. Au lieu de célébrer la victoire de Bagdad, nous sommes rentrés en désarroi, léchant nos blessures. Tout cela à cause du Seraskier Sultan!

Hürrem prit les mains de Soliman dans les siennes.

– Il a conspiré contre le trône osmanli en actes, si ce n'est en intention. Il est, tu l'as toi-même souligné, coupable de négligence dans ses fonctions. Seigneur, je ressens ta peine, mais que peux-tu faire d'autre?

Derrière la fenêtre, le soleil se couchait, teignant de rose les toits couverts de neige du Vieux Palais.

– Il dîne seul avec moi ce soir au Topkapi Saraya, fit Soliman à voix basse.

– Que lui diras-tu?

– Je ne puis mettre un terme à sa vie, Hürrem. J'ai donné ma parole.

– Comment cela, seigneur?

– En le faisant grand vizir, j'ai juré devant Dieu que tant que je vivrais, il n'aurait rien à craindre de moi.

Ils demeurèrent silencieux tandis que les ombres s'allongeaient sur les tapis, que des pages entraient sans bruit dans la pièce pour allumer chandelles et lampes à huile.

– Doit-il vraiment mourir? finit par demander la kadin.

– La loi l'ordonne.

– Alors, il y a un moyen, bien que j'hésite à te le révéler. Mais s'il peut apaiser ton tourment...

– Parle.

– Tu as juré qu'il ne courra aucun risque tant que tu vivras. Alors, que ton ordre soit exécuté pendant ton sommeil. Les muftis assurent qu'un homme ne vit pas vraiment quand il dort. Le sommeil est comme une petite mort. Tu pourras ainsi obéir à la loi et remplir ton devoir envers le trône, envers l'Islam, sans violer ton serment.

Après un long silence, Soliman finit par répondre :

– Qu'il en soit ainsi.

63

Topkapi Saraya

Les rubis des brûle-parfums rougeoyaient à la lumière des lampes, rappelant à Ibrahim les feux de camp dans la vallée de Sultanie, la nuit d'avant la tempête de neige. Il s'efforça de chasser ce souvenir, qui était comme une douleur physique dans son ventre.

De l'index, il suivit le bord de sa coupe de jade pleine d'un vin de Chypre noir et capiteux. Près de lui, Soliman affichait une mine sombre.

– Tu as donné le fouet à ces chiens de Persans, dit le vizir. Ils lécheront longtemps leurs blessures.

– Peut-être. Mais la campagne était malavisée. Nous avons failli tomber dans un piège. Et la bataille finale est allée au shah. Il doit se réjouir en ce moment, malgré nos victoires de Tabriz et de Bagdad.

– Il y aura d'autres étés.

– Pour quoi faire ? On ne prend pas un canon pour tuer un moustique, Ibrahim.

La colère du vizir éclata soudain :

– Pourquoi nous lamenter comme si nous avions été défaits ? A nous Bagdad, aux Safavides la neige et la rocaille !

– Nous avons perdu maints jeunes gens brillants. Le defterdar Rüstem, par exemple.

Ibrahim sentit son visage se vider de son sang ; une sueur froide, visqueuse recouvrit presque instantanément tout son corps. Ses espions lui avaient rapporté que Rüstem était vivant, qu'on l'avait vu à Manisa. Quelle habileté dans la trahison! En d'autres circonstances, il aurait applaudi.

– Que sais-tu de Rüstem? fit le vizir, sans regarder Soliman.

– Juste qu'il a été assassiné par le shah. S'était-il porté volontaire pour cette mission ou la lui avais-tu imposée?

– Il s'était proposé de lui-même.

– En quoi consistait-elle?

– Je voulais attirer le shah hors des montagnes, c'était ma seule intention.

On dirait que je plaide ma cause, se dit Ibrahim. Il doit savoir que ce n'était pas dirigé contre lui.

– Tu as échoué, me semble-t-il.

Dieu m'assiste dans mon malheur! pensa le vizir. Il ne me croit pas.

– J'ai tout tenté pour faire sortir le shah de sa cachette. Si je suis allé trop loin, c'est uniquement dans mon zèle à te servir.

Voilà, c'était dit. Il implorait le pardon sans reconnaître aucune faute. Et si Soliman n'avait que des soupçons? Si Rüstem était bien mort, après tout?

A moins que Hürrem ait pris part à cette intrigue..., pensa-t-il, secoué par le premier frisson de la peur.

– Il y aura d'autres victoires, seigneur. Comme Rhodes et Mohács. Nous avons été au bord du gouffre, à Rhodes, t'en souviens-tu?

– Ce sont tes conseils qui nous ont fait vaincre alors.

– Mon seul but était de te servir.

– Et tu m'as bien servi, maintes fois. Mais la victoire n'est rien en elle-même si elle ne sert pas l'Islam. Nous l'avons peut-être oublié.

– Toute victoire renforce l'Islam.

– Il faut connaître l'esprit de Mahomet avant de parler pour lui.

Ibrahim ravala sa colère. Malgré la peur, il regimbait devant la leçon que le sultan voulait lui faire. Soliman pensait-il vraiment que, sans lui, il aurait triomphé à Rhodes et à Mohács? Peut-être le croyait-il. Peut-être que Hürrem avait réussi à l'en convaincre.

– Je ne suis pas né dans la foi de Mahomet, rappela-t-il avec prudence. Il me reste beaucoup à apprendre.

– Il est trop tard pour cela. Personne ne peut plus rien t'apprendre.

Si Soliman avait souri en prononçant ces mots, Ibrahim se serait senti soulagé, mais il n'y eut pas de sourire. Ibrahim se refusait à croire que le sultan...

– Retournerons-nous chasser à Andrinople cet été? demanda-t-il.

– Seul Dieu connaît l'avenir.

– Je pourrais être ton fauconnier, comme au bon vieux temps.

Le sultan ne répondit pas.

– Te souviens-tu du jour où un sanglier avait chargé mon cheval, près de la Maritza? Tu m'as sauvé la vie.

– A cette époque, tu semblais n'avoir peur de rien.

Le sanglier n'avait que des défenses acérées, pensa Ibrahim, pas un palais grouillant d'eunuques armés de lacets.

– Je n'avais pas peur parce que je te savais là pour me protéger.

– Je ne serai pas toujours là. Nous devons tous affronter la mort un jour.

Non! Non! s'écria Ibrahim en lui-même. Je suis ton grand vizir, ton seraskier, ton ami! J'ai partagé tes repas, dormi sous la tente pendant d'interminables campagnes. Non, Soliman, tu ne peux envisager...

– La seule chose que je crains, c'est la façon dont la mort viendra. Tu m'as juré un jour que tu ne me condamnerais jamais. Je ne supporterais pas le déshonneur d'une telle mort.

– Je me rappelle mon serment. Je ne le briserai jamais.

Ibrahim le regarda, dérouté. Alors, pourquoi ces menaces voilées?

– Seigneur, je ne suis qu'un homme. J'ai commis bien des erreurs. J'ai quelque chose à t'avouer...

Soliman tendit le bras pour le faire taire. Quand le vizir leva les yeux, il vit une expression étrange sur le visage du sultan et se rendit compte avec stupeur que c'était de la pitié.

Et du dégoût.

– Tu n'as pas à te défendre, Ibrahim.

– Seigneur...

– N'en dis pas plus. Je suis fatigué. Nous en reparlerons demain.

Le sultan se mit debout, la tête lourde. La drogue contenue dans le vin l'avait affecté plus qu'Ibrahim, et il voulait surtout dormir. Il voulait que ce soit déjà le matin, pour que cette épreuve soit terminée.

– Les pages prépareront ton lit. Dors bien, mon ami.

Ibrahim se leva à son tour, rassuré. La fin ne viendrait pas comme cela, pas après ce souhait de bonne nuit.

– Toi aussi, seigneur.

Soliman le serra soudain contre lui puis s'écarta et disparut dans sa chambre, dont il ferma la porte à clef.

Le visage du sultan était grisâtre.

Hürrem se leva du lit et courut vers lui. Nue jusqu'à la taille, elle ne portait qu'un pantalon de damas rose, avec une perle à la taille. Un ruban de soie verte retenait ses cheveux tressés.

Je ne dois pas le laisser se ronger, se dit-elle. Je dois le soûler de vin et de moi ; quand il sera repu de l'un et de l'autre, il dormira. A son réveil, ce sera terminé.

– Il m'a quasiment supplié de le laisser en vie, murmura-t-il.

Elle pressa la tête de Soliman sur sa poitrine. Il doit y avoir un moyen de chasser ses doutes, pensa-t-elle.

– Arrête, dit-elle. Oublie la loi. Oublie pour une fois ton devoir.

– Si je l'oublie, je ne pourrai plus m'appeler sultan.

– Je ne puis rien faire pour toi ?

– Serre-moi dans tes bras, Hürrem.

Elle le conduisit au lit.

– Bois, dit-elle en lui tendant un gobelet de vin.

– Cela m'aidera à dormir ?

Elle acquiesça. Il avala d'un trait et la laissa le déshabiller. Quand elle eut terminé, elle le fit s'allonger et s'étendit sur lui, ses cuisses entre les siennes. Elle se souleva sur les bras pour que ses petits seins caressent sa poitrine, se mit à lui embrasser les joues, les yeux, en se tortillant contre lui. Il ne réagit pas. Elle fit courir ses lèvres sur le corps lisse, jusqu'au bas-ventre...

Il se redressa tout à coup, la repoussa, alla à la porte.

– Seigneur !

Il se retourna, le visage torturé.

– Je ne peux pas...

Il s'accroupit, les bras pressés contre son ventre, comme si une douleur aiguë le taraudait. Hürrem remplit le gobelet à la carafe de cristal, le lui apporta, le tint contre ses lèvres. Il but avec l'avidité désespérée d'un mourant.

– Cela te fera dormir, murmura-t-elle.

– Fais en sorte que cela n'arrive pas pendant que je veille...

– Oui, seigneur.

– Ne me fais pas briser mon serment!

Elle appuya la tête du sultan contre ses seins, le berça comme un enfant.

– Dors, dors...

Au bout d'un moment, elle sentit sa tête s'alourdir et il s'abandonna contre elle. Elle s'étendit par terre à côté de lui, le caressa tandis qu'il marmonnait et s'agitait dans son sommeil.

64

Ibrahim allait et venait dans la pièce, luttant contre l'engourdissement de ses membres, la fatigue qui semblait avoir envahi son cerveau. Soudain, il heurta le mur, se redressa. Le vin! Soliman l'avait drogué! Non! Non! Il ne ferait pas cela!

Il devait rester éveillé! Il ne devait pas s'endormir, les laisser le tuer comme on souffle une chandelle. Il était Ibrahim, l'homme le plus puissant de l'empire, le vizir du Magnifique.

Il ne pouvait mourir de la main du sultan. Il avait sa parole.

Alors, pourquoi les pages avaient-ils fermé les portes à clef?

Il avança à tâtons comme un aveugle, luttant contre la nausée causée par le vin et la peur. Il entendit un bruit de pas dans le couloir, une sorte d'aboiement de chien. Les sourds-muets! Les bostandjis! Une clef grinça dans la serrure, la poignée tourna.

Que Dieu m'aide dans mon malheur!

La porte s'ouvrit.

Ils étaient cinq, tous nubiens. Les bostandjis étaient des eunuques qu'une mutilation supplémentaire préparait à leur unique fonction dans le palais : on leur perçait les tympans avec une aiguille, on leur coupait la langue.

Ibrahim dégaina sa dague, s'approcha en titubant de la porte en bois de la chambre du sultan et la martela de ses poings.

– Seigneur!

Il se retourna : les tueurs convergeaient vers lui.
– Seigneur ! Arrête-les, je t'en supplie !

Soliman se réveilla en sursaut.
– Qu'y a-t-il ?
On frappait à la porte.
– Seigneur ! De grâce !
Ibrahim ! Ibrahim était en train de mourir.
Hürrem lui boucha les oreilles de ses mains, se mit à chanter pour couvrir les cris.
Ibrahim est en train de mourir, se dit le sultan. Et je ne suis pas plongé dans la petite mort du sommeil. « Tant que je vivrai... »
Il entendit un cri horrible. Ibrahim...
J'ai violé mon serment. J'ai assassiné mon meilleur ami.
Mais j'ai obéi à la loi.

Chacun des bostandjis tenait une cordelette en soie, instrument rituel d'exécution pour les personnes de haut rang ou de sang royal. C'était avec un lacet qu'on avait éliminé oncles, cousins et neveux de Soliman.
Ibrahim les affronta, la dague pointée vers eux.
Le premier sourd-muet s'avança en souriant, comme s'il n'avait même pas vu le couteau, ou qu'il avait confiance dans sa capacité à l'esquiver. L'homme se jeta sur Ibrahim, mais celui-ci s'y attendait et fit un pas de côté. La dague remonta brusquement.
Le bostandji s'immobilisa au milieu de la pièce, les yeux écarquillés de surprise. Il lâcha la cordelette. Du sang jaillit de son cou, éclaboussa le mur. Il porta une main à sa gorge pour tenter vainement d'arrêter le flot, tomba lentement à genoux.
Le vizir s'adossa à l'autre mur tandis que les quatre bostandjis restants se déployaient à partir du centre de la pièce, sur leurs gardes à présent. Leur compagnon blessé s'effondra, battit des jambes cependant que le sang continuait à couler de sa gorge.
Ibrahim les vit se concerter à l'aide d'habiles mouvements des mains, presque imperceptibles, langue des sourds-muets du palais. Il se raidit, prêt à l'assaut.
Ils marchèrent sur lui tous ensemble. De sa dague, le vizir décrivit devant son corps un large demi-cercle qui

les fit sauter en arrière. L'un d'eux poussa un cri, une sorte de grognement plaintif au fond de la poitrine. Du sang coulait de l'entaille faite à son bras.

Ibrahim sentit une odeur d'excréments : le premier bostandji s'était souillé dans son agonie.

Les tueurs repartirent à l'attaque, plus vite cette fois. Ibrahim frappa de nouveau et l'un d'eux s'écroula mais le cri de défi du vizir se brisa quand un lacet se referma sur sa gorge. Lorsque deux des bourreaux se jetèrent sur lui, il frappa encore, et le plus proche s'affaissa en portant les mains à son visage.

Mais l'autre lui avait saisi le bras et entreprit de le tordre pour lui faire lâcher son arme. La cordelette de soie s'enfonçait dans la chair de son cou...

Non! Non! Je ne peux pas mourir! Je suis Ibrahim...

Il décocha un coup de pied entre les jambes du bostandji, qui relâcha sa prise, juste assez pour permettre au vizir de libérer son bras. La lame atteignit le muet à la face et aux mains dans le geste qu'Ibrahim fit pour se dégager.

Il tourna la dague dans sa main, l'abattit derrière lui, sentit un flot tiède se répandre sur son dos. Le nœud autour de sa gorge se desserra. Il bascula en arrière en aspirant une goulée d'air, perdit son arme, qui demeura plantée dans la poitrine de l'eunuque. Il se redressa, saisit le manche, tira, ne parvint pas à retirer la dague.

Un autre lacet lui comprima le cou. L'homme qui cherchait à l'étrangler était un de ceux qu'il avait déjà blessés, et le vizir sentit le sang de son assaillant couler sur son cou. Il essaya de le frapper du pied mais le tueur le déséquilibra en tirant brusquement en arrière avec la cordelette.

Ibrahim porta les mains à son cou, tenta de glisser les doigts sous le lacet. La soie mordait dans la chair. Il ne pouvait plus respirer. Sa poitrine était secouée de spasmes, ses jambes battaient désespérément.

Des éclairs de lumière explosèrent devant ses yeux.

Il voulut crier le nom de Soliman mais aucun son ne sortit de sa bouche. Il voulut continuer à se battre mais ses membres ne lui obéissaient plus. L'ombre l'enveloppa de toutes parts, et soudain sa conscience s'éteignit.

L'hippodrome

Güzül marchait d'un pas pressé le long de l'At Meydani, sous les imposantes murailles rouges du palais du grand vizir. Peu auparavant, on avait porté chez elle, dans le quartier juif de la ville, un message urgent : Ibrahim voulait la voir. Sans délai.

Après que les gardes lui eurent fait franchir les grilles, elle traversa la cour en direction de l'escalier menant à la chambre d'audience du vizir. Relevant le bas de son ferijde, elle courait, tête baissée, attentive à ne pas glisser sur la mince couche de glace recouvrant la pierre.

Elle avait gravi la moitié des marches lorsqu'elle avisa une forme qui l'attendait en haut de l'escalier. L'homme portait une pelisse verte et un turban blanc en pain de sucre. Le Kislar Aghasi ! Güzül leva vers lui un regard étonné, déconcerté.

– Ibrahim est mort, dit Abbas.

Il n'y avait dans sa voix aucun accent de triomphe, plutôt de la tristesse. Ou une certaine répugnance.

La marchande se retourna et regarda derrière elle. Deux bostandjis se tenaient au pied de l'escalier, le kilidj hors du fourreau.

– Ce sont les ordres de la noble Hürrem, fit le chef des eunuques en guise d'explication, et il détourna les yeux, peu désireux de voir les bourreaux à l'œuvre.

Topkapi Saraya

Soliman observait la scène d'une fenêtre donnant sur la troisième cour quand on chargea le cadavre sur un cheval. On avait couvert le dos de l'animal de velours noir, on avait passé sur ses yeux un onguent spécial pour le faire pleurer. Un bostandji prit la bête par la bride et la fit avancer. Le sultan avait ordonné de porter Ibrahim à Galata et de l'enterrer dans une tombe sans nom.

Les corps des deux bostandjis morts avaient été sortis de la pièce. Parmi les survivants, l'un avait perdu un œil, l'autre son nez. Des marques sombres tachaient le mur.

– Il s'est bien battu, murmura Soliman.

– Je t'en prie, seigneur, dit Hürrem, ne te tourmente pas. Tes ordres étaient justes. Tu ne pouvais agir autrement.

Elle devinait cependant qu'un sentiment de culpabilité s'insinuait déjà dans le cœur du sultan. Il était livide, il tremblait.

– Petite russelana..., gémit-il, s'accrochant à elle.

Après tout, pensa-t-elle avec soulagement, il n'a plus personne d'autre à qui s'accrocher maintenant.

SIXIÈME PARTIE

CETTE FEMME, HÜRREM

65

Camlica, 1541

Soliman vit Mustapha lancer son cheval arabe vers le sommet de la crête. L'animal avait une longue queue soyeuse et dressée de pur-sang. Le vent agitait la robe blanche du shahzade. C'est devenu un homme accompli, pensa son père. Un prince magnifique, à qui il était né quatre fils. Vingt-six ans, déjà. L'âge auquel lui-même avait quitté Manisa pour s'asseoir sur le trône.

Le sultan mit son cheval au galop pour rejoindre Mustapha, regarda les archers et leurs chiens filer à travers le marécage. La silhouette difforme de Céhangir suivait derrière, mal en selle, le gerfaut sur son bras tendu.

Soliman avait été surpris et satisfait de l'amitié qui s'était nouée entre les jeunes gens au cours des deux dernières semaines. La nature généreuse de Mustapha avait perçu les vertus qu'abritait le corps déjeté de son frère ; il l'avait pris sous son aile, lui avait appris à chasser au faucon, avait passé des heures avec lui à s'entraîner sur le terrain de tir à l'arc, ou à chevaucher dans les collines. Soliman était content de l'affection que le shahzade montrait à son demi-frère, et qui reflétait ses propres sentiments pour le jeune garçon.

De son côté, Céhangir nourrissait pour Mustapha une admiration respectueuse et était ravi de l'attention que celui-ci lui témoignait. Pendant la visite du prince dans la capitale, il l'avait suivi comme un chiot à travers le palais, s'extasiant devant ses prouesses au tcherit.

– C'est un bon garçon, dit Soliman. Il est porté à

l'étude et fait de gros efforts pour surmonter ce que Dieu lui a infligé.

Mustapha pivota sur sa selle.

– Les ghazis ont autant besoin d'hommes savants que de guerriers, répondit-il.

Le sultan vit le gerfaut s'élever dans l'air, à la poursuite d'une proie encore invisible pour ses yeux d'homme.

– Promets-moi que tu ne lui feras jamais de mal.

– Pourquoi lui ferais-je du mal, seigneur?

– Quand le trône t'appartiendra...

Irrité par la suggestion, le prince répliqua :

– Je ne suis pas mon grand-père.

– Tu en aurais le droit, si tu le voulais.

– Je te le jure, je ne lui ferai jamais aucun mal. Quel prince serais-je si mon premier acte consistait à assassiner mon frère infirme?

– Je voulais juste ta parole.

– Tu l'as.

Les deux hommes se regardèrent dans les yeux. J'aimerais pouvoir te croire, pensait Soliman, mais je me rappelle combien la chose fut facile pour mon père. Son sang coule dans mes veines, et dans les tiennes.

– Ce que tu feras après ma mort ne regarde que toi et Dieu. Mais épargne Céhangir.

– Aucun de mes frères n'a à craindre quoi que ce soit de moi, assura le prince. Cette coutume sanglante s'est éteinte avec mon grand-père.

– Tu penseras peut-être différemment le moment venu.

– S'ils ne portent pas la main contre moi, je ne leur ferai aucun mal.

– Sélim et Bayazet sont presque des hommes, à présent.

– La décision leur appartiendra. S'ils s'arment contre moi, j'agirai. Ainsi font les princes. Le trône me revient, et j'ai bien l'intention de le prendre. Mais dis-leur que s'ils laissent l'épée au fourreau, ils vivront en paix. Je ne choisirai pas de verser le sang.

Belles paroles, songea Soliman. Mais comment peux-tu être sûr de ce que tu feras quand les rumeurs commenceront? Il pensa à Ibrahim – se passait-il un jour sans qu'il le fît?

– Promets-moi seulement que tu épargneras Céhangir.

Le gerfaut s'abattit sur sa proie, les chiens aboyèrent et les archers poussèrent un cri de triomphe. Une vie de plus s'éteignait par un beau matin de printemps.

Eski Saraya

Les ombres quittèrent l'Asie pour l'obscurité froide de l'Europe. Le soleil dissipa les volutes de brume blanche s'enroulant parmi les toits, et se glissa dans les galeries sombres. Une araignée accrochée à sa toile ornée de perles se profila sur un ciel jaune. Une chouette sonna l'aube parmi les cyprès.

Emmitouflée dans une pelisse, les cheveux dénoués et emmêlés, Hürrem frissonna en s'appuyant au grillage. Par-dessus la ville qui s'éveillait, elle regardait la tour du Kubbelati et les minarets d'Aya Sofia, étincelants comme des pointes de lance transperçant la brume matinale.

Dans tout Istanbul, les muezzins appelèrent les fidèles à la prière. *Allahu akbar! La ilaha illa' llah...*

De sa fenêtre, elle découvrait l'antique Colonne d'Alexandre dominant la place du marché où elle avait été vendue. Esclave alors, esclave encore aujourd'hui, malgré son pouvoir et sa fortune.

Et à un battement de cœur de l'oubli. Si Mustapha vit, raisonnait-elle, mes fils seront assassinés ou emprisonnés; je serai exilée dans quelque lieu désolé d'Anatolie, avec les chacals et les chèvres pour seule compagnie.

Esclave alors, esclave aujourd'hui.

Elle appela Muomi, s'assit devant le miroir et regarda la géditchi lui brosser les cheveux.

– Arrête! ordonna-t-elle tout à coup.

Elle se pencha en avant, passa les doigts dans ses boucles d'or et eut confirmation de la terrible vérité : un cheveu gris.

Tu vieillis, disait le miroir, tu ne peux plus le nier, à présent. Les fines rides au coin de tes yeux se creuseront jusqu'à ce que le khôl ne puisse plus les cacher, et ce premier cheveu gris sera suivi par d'autres, jusqu'à ce que tu ne puisses plus te dire que c'est un effet de la lumière. Impuissante, tu verras ta beauté se craqueler et se faner.

Que se passera-t-il alors? Le Seigneur de la Vie se pliera-t-il encore à ton caprice, malgré la perte de tes charmes ? Ne se souviendra-t-il pas qu'il possède un paradis de houris ambitieuses, impatientes d'user de leur éphémère beauté pour te remplacer dans son lit ? Une autre Julia apprête-t-elle son corps souple au hammam ? Pire encore, une autre Hürrem complote-t-elle de t'exiler, comme tu l'as fait pour Gülbehar ?

La kadin arracha la brosse de la main de Muomi, la lança dans le miroir, fracassant son reflet.

– Va me chercher Abbas ! hurla-t-elle. Tout de suite !

– Comment va Julia ?

Le Kislar Aghasi eut à nouveau l'impression de tomber dans un puits noir. Elle ne le laisserait jamais en paix, elle le tourmenterait jusqu'à la mort. Maudit Ludovici ! Il l'avait mis à la merci de cette sorcière. Que voulait-elle encore ?

– Je crois qu'elle va bien.

Ils étaient seuls dans la chambre d'audience de la favorite, où leurs voix se perdaient dans les échos des hautes voûtes du plafond et dans le murmure des fontaines de marbre ornant les murs. C'est dans une pièce semblable qu'on rend un jour des comptes à Dieu, songea Abbas. Il regarda les yeux verts de Hürrem et corrigea sa pensée : non, pas à Dieu. Au diable.

Assise sur le divan, les jambes repliées sous elle, le corps cambré sous la fourrure de la longue pelisse verte, elle souriait.

– Oh ! tu ne devrais pas avoir peur de moi. Je suis ton amie. Si j'avais eu l'intention de te dénoncer au sultan, je l'aurais fait depuis longtemps.

– Je ne vis que pour servir le Ghazi Suprême et la Couronne des Têtes Voilées. Je te suis reconnaissant de ton pardon, même si je devrai un jour répondre de tous mes péchés devant Dieu.

Hürrem claqua des mains, ravie.

– Quel beau discours ! Tu deviens un parfait politique, Abbas. Tu fais honneur aux eunuques du monde entier !

Comme j'aimerais t'arracher la langue et la mettre à macérer dans une jarre !

– Toi-même, tu fais honneur aux femmes du monde entier, noble kadin.

Hürrem pencha la tête sur le côté, passa la langue sur sa lèvre supérieure. Elle se leva lentement, laissa la pelisse tomber de ses épaules. Dessous, elle était nue.

Il serra les dents, baissa les yeux.

– Qu'y a-t-il? Suis-je trop laide pour que tu me regardes?

– Non, au contraire, ta beauté m'éblouit, répondit le Kislar Aghasi en tâchant de maîtriser sa voix.

Près de vingt ans de harem t'ont à peine marquée, se dit-il. Ton corps peut encore troubler un homme, même châtré, tu le sais. Tu t'es abstenue d'allaiter tes enfants, tu ne t'es pas gavée de sucreries comme certaines autres houris vieilles et grasses. Mais pourquoi me fais-tu cela? Parce que ça t'amuse de me voir souffrir, sans nul doute.

– On dit qu'on t'a castré après la puberté. Quel âge avais-tu?

– Dix-sept ans.

– Avais-tu déjà connu des femmes?

– Quelques-unes.

– Peu d'hommes survivent à cette mutilation à un tel âge. Tu as eu de la chance.

– Je n'appellerais pas cela de la chance, répondit-il sans réfléchir.

Elle tendit le bras, lui caressa la joue, et il sentit son parfum.

– Tu n'as qu'à parler.

– Je veux que tu brûles le harem. Je veux que ce lieu soit entièrement détruit. Tu peux faire cela pour moi, n'est-ce pas, Abbas?

66

Le sirocco, né au Sahara, échaude de son souffle brûlant et sec la côte nord-africaine avant de traverser la Méditerranée. Lorsqu'il parvient aux rives les plus lointaines, il est chargé d'humidité. Derrière lui, des nuées d'orage s'amoncellent jusqu'aux étoiles.

Ce soir-là, le sirocco s'engouffrait dans les rues étroites d'Istanbul, courbant les branches des cyprès et des platanes dans les jardins du palais, agitant les bannières rouges et vertes, projetant de l'écume sur les berges lointaines du Bosphore. L'atmosphère devint soudain humide, oppressante, bien que les pluies n'aient pas encore commencé.

Le temps idéal, pensa Abbas.

Il avait attendu quatre nuits avant de juger le moment venu de satisfaire au dernier caprice de Hürrem. L'obscurité enveloppait encore le palais quand il était sorti avec deux bostandjis par une porte peu utilisée du mur sud. Au retour des trois eunuques, une étrange lueur rose orange montait déjà à l'horizon et par-dessus l'entassement de maisons en bois. Une fausse aube.

Lorsqu'ils furent de nouveau dans l'enceinte du saraya, Abbas alla trouver le *Bostandji-Bashi* et lui glissa au creux de la main une bague sertie d'une émeraude. Puis, usant de la langue des sourds-muets, il lui signifia que les deux hommes qui l'avaient accompagné à l'extérieur ne devaient pas voir la lumière du matin.

Il se retira ensuite dans sa chambre et attendit, en se demandant quels autres crimes il commettrait encore pour survivre.

Le roulement des tambours de bois résonna dans les rues sombres; le palais s'éveilla aux cris de «*Yanghinvar!* Le feu!».

Abbas se rua hors de sa chambre. Les galeries étaient encore désertes mais des femmes hurlaient dans un des dortoirs, en haut. En bas dans la cour, les deux gardes avaient tiré leur yatagan dans la confusion – les imbéciles, pensa-t-il –, mais demeuraient à leur poste et tournaient l'un autour de l'autre, hébétés.

Abbas, lui, n'hésita pas. Il avait eu tout le temps de répéter la scène dans son esprit – et Hürrem lui avait clairement fait comprendre ce qu'il devait faire en priorité.

Il tira du lit deux des pages et mit à exécution la liste d'instructions qu'il avait apprise par cœur. Préparer les carrosses. Faire descendre les femmes dans la cour. Envoyer six autres pages à la Maîtresse de la Garde-Robe et mettre en sûreté tous les biens de la noble kadin.

Bien sûr, soupira-t-il intérieurement, elle n'abandonnerait rien de ce qui lui appartient. Pas même si toute la ville flambait. D'un pas lourd, il monta l'escalier menant aux appartements de la favorite.

Il fut étonné de son aspect : on eût dit qu'elle avait passé toute la nuit à sa toilette. Elle portait un splendide caftan vert émeraude aux motifs alternés de croissants et d'étoiles sur une chemise blanche brodée de fil d'or. Ses cheveux tressés étaient ornés de petites émeraudes et de perles; son yashmak était en place. Muomi se tenait à côté d'elle et lui présentait un feridje de soie violette.

– Qu'est-ce qui t'a retenu si longtemps, mon agha? persifla-t-elle. Tu aurais voulu que je rôtisse dans mon lit?

– On vient juste de donner l'alarme, Couronne des Têtes Voilées, répondit le chef des eunuques, pantelant d'avoir gravi les deux volées de marches.

– Qu'avais-tu besoin d'attendre l'alarme? Tu savais déjà que la ville était en feu!

Abbas alla à la fenêtre, poussa un grognement. Dieu m'aide dans mon malheur! pensa-t-il. Je ne voulais pas transformer en brasier la moitié d'Istanbul! Le vent avait attisé les flammes et, sous le Vieux Palais, les bâtiments en bois de la colline furent engloutis en quelques instants. Le feu roulait vers eux comme une vague.

L'une après l'autre, les maisons se craquelaient et s'écroulaient, projetant dans la nuit une nouvelle pluie d'étincelles. Dans les ruelles, les gens fuyaient, se bousculaient, le dos chargé de leurs maigres biens. Cette foule terrifiée ressemblait à un fleuve inondant un gouffre, un torrent de torches, de paniers, de bœufs aux yeux affolés, de chevaux ruant et de femmes sans voile.

Dieu me pardonne, se dit Abbas. Je n'ai pas voulu cela.

Une cendre brûlante entraînée par le vent lui toucha la joue. Avec un hurlement, il sauta en arrière.

– Nous devons faire vite! s'écria-t-il.

– Je suis prête depuis longtemps, répliqua Hürrem, comme s'ils étaient simplement en retard pour une cérémonie officielle à l'hippodrome.

Muomi l'aida à enfiler son manteau, tira la *cazeta* sur son visage pour préserver l'anonymat de sa maîtresse, et par là même sa dignité. Puis la négresse revêtit son propre feridje noir et Abbas conduisit les deux femmes en bas de l'escalier.

Il sentait son cœur battre à tout rompre dans sa poitrine – de peur, d'épuisement, d'excitation. Les carrosses attendaient déjà dans la cour.

– Allez! cria-t-il, le souffle court.

Les deux formes enveloppées de longs manteaux passèrent devant lui et montèrent dans la première voiture. Une main souleva le rideau de taffetas, saisit la sienne; une tête encapuchonnée se pencha vers lui, et il crut un instant que la kadin allait lui prodiguer des remerciements.

– Ne laisse rien qui m'appartienne, fit-elle à voix basse, les traits invisibles derrière le voile violet de la cazeta. Si je perds quoi que ce soit, tu le paieras de ta tête!

Topkaki Saraya

Abbas tomba lourdement à genoux pour exécuter le sala'am requis aux pieds du Commandeur des Croyants. Il appuya son front sur le tapis un peu plus longtemps qu'il n'était nécessaire et fut presque incapable de se relever. Sa pelisse empestait la fumée; sa figure, son turban en pain de sucre étaient tachés de suie.

Soliman le regardait, les traits tirés par l'angoisse.

– J'implore ton pardon, seigneur.

– Mon serviteur a-t-il besoin du médecin?

– Je suis juste fatigué, répondit le Kislar Aghasi, les jambes flageolantes.

– Il y a eu le feu à l'Eski Saraya? Parle.

Le sultan avait hâte que le Kislar Aghasi raconte son histoire et se retire. Où était Hürrem?

– Le palais brûlait quand je suis parti. Mais toutes les femmes sont sauves.

– Hürrem?

– Elle attend dans le couloir, seigneur. J'ai protégé sa vie comme si c'était... (il chancela, recouvra l'équilibre)... ton trésor le plus précieux.

– Nous te sommes reconnaissants, dit Soliman.

Vas-tu enfin sortir et me laisser voir Hürrem? rageait-il *in petto*. Il se rendait compte qu'il n'était pas lui-même l'image de la décence. Tiré brusquement de son sommeil, il avait à peine eu le temps de s'habiller et ne portait qu'un caftan de soie blanche et un fez. Une tenue appropriée pour recevoir sa petite russelana, pas pour une audience officielle.

– Y a-t-il des blessés?

– J'ai peur qu'un certain nombre de mes pages et de mes gardes aient péri dans l'incendie... en essayant de sauver une partie des vêtements et des bijoux de la kadin.

– Le palais est détruit?

– La dernière image que j'en ai eu... Il était entièrement embrasé.

– Je te félicite néanmoins de tes efforts, Abbas. Introduis la kadin et va te reposer. Nous en reparlerons demain.

– Seigneur...

Le Kislar Aghasi s'aplatit de nouveau sur le sol pour le sala'am. Un moment, Soliman craignit qu'il n'ait perdu conscience mais, dans un dernier effort, l'eunuque souleva sa masse et sortit d'un pas mal assuré.

Quelques instants plus tard, une silhouette enveloppée de violet apparut et se prosterna aussitôt. Soliman se leva d'un bond et traversa la pièce.

– Hürrem? Tu n'as rien?

Il releva la cazeta. La favorite avait le visage pâle et froid comme le marbre, les yeux gonflés d'avoir pleuré.

– Ma petite russelana... Es-tu blessée?

Elle secoua la tête, tremblant dans ses bras comme un oisillon.

– Ils n'auraient pas dû retourner dans les flammes, murmura-t-elle.

– Qui ?

– Ces pauvres serviteurs... Il n'y avait que quelques colifichets... des babioles. Rien qui valût de perdre une vie...

Il la serra contre lui, sentit son cœur battre contre sa poitrine et en remercia Dieu.

– Quand le messager m'a appris l'incendie et que j'ai vu le rougeoiement au-dessus du palais... J'ai su que je n'aurais pu continuer à vivre s'il t'était arrivé quelque chose. Dieu merci, tu es sauve!

– C'est l'odeur de la fumée qui m'a réveillée. J'ai cru que j'allais mourir.

Il abaissa la capuche, écarta le feridje.

– Es-tu blessée?

– Non, seigneur. Loué soit Dieu.

Soliman enfouit son visage dans le cou de sa favorite, sentit sa frayeur se transformer en désir. Il glissa deux doigts dans le V de la chemise et tira, déchirant d'un coup le gömlek et le caftan sur toute la longueur.

– Jusqu'à ce que j'entende les carrosses, j'ai craint pour ta vie, fit-il, haletant.

Ses mains explorèrent la chair douce, consentante, comme pour s'assurer que Hürrem était bien vivante.

– Ma petite russelana, dit-il et sa voix s'étrangla. Il défit son propre caftan et roula entre les jambes de la kadin, sanglotant presque de soulagement.

Sa petite russelana... Que ferait-il sans elle?

Le lendemain matin, Abbas trouva le sultan moins reconnaissant envers Dieu, et peut-être même un peu amer.

– Tu dois loger Hürrem et les autres femmes ici, au palais, jusqu'à ce que d'autres dispositions soient prises, ordonna Soliman.

– Cela pose un problème, Grand Empereur, dit l'eunuque d'un ton précautionneux.

– Je ne veux pas entendre parler de problèmes.

– Seigneur, je ne t'importunerais pas avec ces trivialités si je n'avais besoin d'une permission spéciale.

– Pour transformer en *haremlik* un coin de mon palais ? Il ne devrait pas être difficile de trouver des pièces pour quelques femmes et leurs servantes.

Abbas éprouva malgré lui une bouffée de plaisir. Se pouvait-il que le Maître des Deux Mondes connût aussi mal les dimensions de son harem – et surtout, des privilèges dont jouissait Hürrem ?

– Seigneur, la suite de la kadin est imposante, comme il convient à la concubine préférée du sultan.

Agacé, Soliman se tortilla sur son trône.

– Que veux-tu dire ?

– Elle dispose personnellement de trente pages et esclaves...

– Trente !

– ... de cent trois dames d'honneur...

– Quoi ?

– ... et naturellement de son propre Officier de Bouche, de sa Maîtresse de la Garde-Robe. Au total, cent trente-six personnes, y compris moi-même.

– Abbas !

– A cela s'ajoutent les cent neuf femmes que compte encore le harem de mon seigneur, plus un nombre égal de pages et de serviteurs noirs...

Soliman tira sur sa barbe et s'écria :

– Mes appartements privés seront totalement envahis par le harem !

– Jusqu'à ce que nous puissions prendre d'autres dispositions, seigneur, répondit le Kislar Aghasi en s'efforçant de cacher sa satisfaction.

– Très bien, soupira le sultan. Prends les pièces qu'il te faudra, je t'y autorise. Entre-temps, je fais venir l'architecte Sinan. Nous devons nous mettre immédiatement au travail sur un nouveau palais pour le harem.

67

Elle a des rides autour des yeux, nota Sélim. Je ne les avais jamais remarquées. Il faut dire que je l'ai très peu vue ces douze derniers mois. Il lui baisa la main, Bajazet fit de même, puis ils reculèrent et croisèrent les bras sur la poitrine, comme on le leur avait appris à l'école du palais. Hürrem les examina tous deux d'un œil critique. Muomi se tenait derrière elle, à sa droite.

Sélim haïssait la géditchi – noire, taciturne, maléfique. C'est elle la sorcière, pensa-t-il, pas ma mère.

Mère est juste méchante.

– Tu es devenu un beau jeune homme, Bajazet. Tes maîtres me disent que tu es aussi un bon cavalier et un athlète accompli.

– Merci, mère.

– Mais tu dois étudier davantage. Même quand tu auras quitté l'*enderun*, tu ne devras jamais cesser d'apprendre. Si tu deviens un jour sultan, il te faudra plus qu'un cheval et un javelot pour réussir.

– Je ferai de mon mieux, mère.

Il ignorera tes recommandations, pensa Sélim. La tête de mon bellâtre de frère est creuse comme un tambour.

– Toi, Sélim... (Hürrem soupira, prit une mine insatisfaite.) On me dit que tu aimes trop les friandises.

– J'étudie avec persévérance.

– D'après ton précepteur, il faut t'enfoncer chaque leçon dans le crâne à coups de taloche.

C'est vrai, pensa-t-il. Et je ne l'oublierai jamais.

– Je ferai de mon mieux, mère, assura Sélim, usant de la même défense que Bajazet.

– Faire de ton mieux ne suffit pas. Tu es mon premier né, celui sur qui reposeraient tous les espoirs des Osmanlis s'il devait arriver quelque chose à Mustapha.

A la façon dont elle regardait Bajazet, Sélim savait que les espoirs de sa mère ne reposaient pas sur lui. Elle n'avait jamais caché sa préférence. D'ailleurs, Bajazet était le préféré de tous. Ses maîtres l'aimaient, tout le monde l'aimait, excepté Soliman. Le sultan avait reporté son affection sur l'autre idiot, Céhangir, maintenant que Méhémet était mort. Cela ne lui ressemblait pourtant pas de tomber malade. Jusque-là, il avait été parfait.

Sélim s'efforçait de cacher son excitation. Enfin, il allait pouvoir quitter le palais, sortir de l'ombre de Bajazet. Pour devenir gouverneur de Konya, son frère irait vivre de l'autre côté du plateau d'Anatolie. Peut-être tomberait-il un jour de cheval en jouant à ce tcherit qu'il aimait tant. On pouvait toujours placer son espoir en Dieu pour de tels miracles.

– Écrivez-moi souvent, réclama Hürrem.

– Nous n'y manquerons pas, mère, répondit Bajazet pour eux deux.

Je te maudirai matin et soir dans mes prières, pensa Sélim. Tu m'as toujours détesté.

Hürrem tourna les yeux vers son fils aîné et s'exclama avec un sourire béat :

– Sélim, tu es rond comme une pastèque!

Rond comme une pastèque.

Sélim se demandait souvent qui il haïssait le plus : lui-même, parce qu'il n'était pas comme Soliman, ou Bajazet parce qu'il lui ressemblait. Alors que lui avait le corps gras et la peau olivâtre, son frère était grand, mince et beau. Plaisanterie cruelle de la vie : deux frères nés sous le même toit, l'un comblé de dons, l'autre sans aucun talent. Dieu avait sans doute le même sens de l'humour que sa mère.

Céhangir était la seule consolation de Sélim.

De sept ans plus jeune, Céhangir était né bossu et boiteux. Si Dieu ne s'était pas montré généreux avec Sélim, il avait été cruel avec Céhangir, et Sélim, dès son plus jeune âge, avait pris plaisir à se moquer de lui. Cela lui valait quelque attention et parfois même des rires.

Quand Céhangir se mit à fréquenter l'école du palais, à

huit ans, Sélim le suivait chaque matin, les épaules voûtées, la tête baissée, imitant la curieuse démarche bancale de son jeune frère.

C'était une façon facile de faire rire, et il avait déjà découvert que trouver une autre cible constituait le meilleur moyen d'échapper soi-même aux railleries. En outre, Céhangir ne se plaignait jamais. Il savait qu'il était une gêne, il évitait d'attirer davantage l'attention sur lui.

Un jour pourtant, Bajazet était intervenu. Ignorant sa présence, Sélim suivait Céhangir dans la cour pavée, savourant les rires étouffés de son public, quand soudain les rires se turent. Quelque chose le souleva, et il se retrouva allongé sur le dos. Bajazet, qui se tenait au-dessus de lui, se pencha et le gifla deux fois.

– C'est notre frère! cria-t-il.

Sélim roula sur le côté, se releva, conscient que tous les regards étaient sur lui. Ses joues brûlaient d'humiliation. Bajazet avait deux ans de moins que lui, il ne pouvait le laisser avoir le dessus.

Il se jeta sur lui.

Bajazet esquiva la charge et le fit à nouveau tomber la tête la première sur les pierres dures. Sélim hoqueta quand la douleur lui transperça le coude et le genou. Paralysé, convaincu qu'il avait la jambe cassée, il demeura par terre, en sanglots.

– Si je te vois encore te moquer de notre frère, je te brise le crâne! avait menacé Bajazet.

Les autres garçons s'étaient dispersés en chuchotant et en riant. Au bout d'un moment, souffrant moins, il s'était redressé. Sa tête saignait et il pouvait à peine plier la jambe. De la main, il avait essuyé ses larmes.

Dans la cour presque déserte, il ne restait que Céhangir. Le jeune garçon s'était approché et avait tendu la main à son frère, mais Sélim n'avait pu supporter la pitié qu'il avait lue dans ses yeux. Refusant la main offerte, il s'était relevé sans son aide.

L'école de l'enderun, partie intérieure du palais, était l'endroit où l'on éduquait les princes avec l'élite du devshirme. Hormis les fils du sultan – au sang osmanli d'ailleurs dilué par des générations de concubines – aucun élève n'était turc. On enseignait aux jeunes esclaves chrétiens qu'ils n'avaient plus de famille, de pays, d'avenir en dehors du sultan.

Ils lisaient le Coran en turc, en arabe et en perse; ils apprenaient aussi bien le javelot que la musique et la broderie, le dressage d'oiseaux et de chiens, les bonnes manières et la franchise, la fauconnerie, la maroquinerie et la fabrication d'armes, la manucure, la coiffure et l'art de nouer un turban.

Leur vie était strictement réglée : bain quotidien, manucure et pédicure chaque semaine. Ils avaient droit à un mouchoir propre chaque jour, à une coupe de cheveux chaque mois. La discipline, fort sévère, faisait appel à de fréquentes punitions corporelles, ou même à la bastonnade, donnée par les eunuques blancs chargés de leur éducation – des hommes qui, aux yeux de Sélim, avaient l'air de vieilles femmes momifiées.

Non seulement ils apprenaient à devenir soldats mais on leur enseignait à gouverner et à se conduire noblement. Pendant six ans, ils ne sortaient pas du palais, passant par un processus de sélection constante qui éliminait les moins doués. Les meilleurs étaient intégrés à l'administration du palais comme secrétaire, maître de la garde-robe, et pouvaient devenir plus tard pacha, gouverneur, officier des sipahis de la Porte, la cavalerie impériale.

Sélim, Bajazet et Céhangir fréquentaient l'école par droit de naissance et non en raison de leurs mérites, privilège dont seul Bajazet se montrait digne : son aisance sur une selle et son charme naturel lui valurent rapidement le respect de ses camarades et de ses maîtres.

Pour Sélim, chaque jour était un cauchemar, et il attendait impatiemment le jour où le pouvoir cacherait ses insuffisances.

L'un de ses maîtres, Hakim Even, le battait quand il ne savait pas son Coran et lui donna même un jour la bastonnade. Le système était simple : on emprisonnait les pieds dans des fers, on frappait la plante avec de longs bâtons. Cinq ans plus tard, Sélim se rappelait encore la souffrance qu'il avait éprouvée. Chaque coup l'avait fait crier comme un nourrisson et Hakim n'avait mis fin au châtiment que lorsque Sélim, à travers ses larmes, l'avait supplié d'arrêter. Il était resté alité une semaine et ses plaies avaient mis un mois à cicatriser.

Dès qu'il avait pu marcher de nouveau, il avait essayé de tuer Bajazet.

Sous les murs de la deuxième cour s'étendait un terrain où les élèves pratiquaient le tcherit. Bien que considéré comme un jeu, c'était plutôt une sorte de combat simulé. Montés sur des chevaux robustes à l'encolure courte, les cavaliers formaient deux équipes de douze joueurs qui manœuvraient autour d'un terrain découvert en essayant d'atteindre la tête de l'adversaire avec des javelots longs de trois pieds et demi.

Les blessures étaient fréquentes et il y avait parfois des morts. Ce jeu terrifiait Sélim, mais Bajazet s'y jetait avec sa témérité coutumière et y excellait. S'ils appartenaient à des équipes différentes – Bajazet jouait pour les Bleus, l'équipe préférée du sultan (bien sûr), et Sélim pour les Verts –, Sélim savait que toute tentative de blesser lui-même son frère pendant une partie était vouée à l'échec : ce dernier était trop bon cavalier, et Sélim ne ferait que s'exposer inutilement. Sa tactique consistait en général à rester à l'écart de la mêlée pour se protéger.

Il jugea plus simple de taillader la sangle de la selle de Bajazet avant le début de la partie.

On avait planté des tentes tout autour du terrain et les janissaires étaient venus regarder le tournoi, comme ils le faisaient souvent quand ils n'étaient pas en campagne. Sélim savait que le sultan suivrait probablement lui aussi la partie d'une des fenêtres du palais. Eh bien, ils n'auront pas l'occasion d'applaudir leur héros aujourd'hui, pensa-t-il. J'aimerais voir la tête que fera Hakim quand les chevaux piétineront mon frère.

Les deux équipes tournoyaient dans un grondement de sabots dont les murailles du palais renvoyaient l'écho. Des nuages de poussière flottaient au-dessus du terrain. Le chef de l'équipe bleue – Bajazet avec son orgueilleux nez aquilin sous le turban – fit tourner sa monture et chargea. Deux des cavaliers de l'équipe de Sélim se détachèrent du groupe et foncèrent vers lui au galop. Sélim suivit à distance pour mieux voir ce qui allait se passer.

Au moment où les cavaliers se rapprochaient, il entendit un cri, vit un homme tomber. Les chevaux passèrent sur un corps gisant face contre terre dans la poussière.

Aussitôt, les deux autres joueurs lâchèrent leur javelot et sautèrent à bas de leur bête.

– C'est Bajazet! cria quelqu'un. Il est blessé!

Sélim approcha au pas. Bajazet n'avait pas bougé; une

réjouissante tache de sang rougissait son turban. Il se composa une mine inquiète et demanda, plein d'espoir :

– Il est mort ?

Bajazet ne mourut pas. Sa blessure à la tête était impressionnante et il boita pendant plusieurs semaines, mais il ne mourut pas. Quand on découvrit que sa chute était due à la rupture de la sangle de sa selle, Hakim reçut la bastonnade pour négligence et fut exilé à Bitlis.

Des années plus tard, en venant dire adieu à sa mère, Sélim se rendait compte de la fragilité de sa position. Quand son père mourrait – demain ou dans trente ans – la bataille pour sa succession s'ouvrirait. Elle commencerait avec Mustapha, et Sélim présumait que même cette grande âme n'hésiterait pas à faire exécuter toute la progéniture de Hürrem pour protéger son trône.

Si, par quelque heureux coup du sort, Mustapha était déjà mort, le trône reviendrait à Sélim, mais celui-ci n'imaginait pas un instant que Bajazet le lui laisserait. L'un d'eux devrait mourir. La loi du Fatih permettait au nouveau sultan de tuer ses frères et leurs enfants pour garantir sa succession et la stabilité de l'empire.

C'était ce qui l'attendait, il le savait : le trône ou le lacet du bourreau.

– Allez en paix, dit Hürrem à ses fils.

Longtemps après leur départ, elle demeura à fixer le plafond sans le voir. Une idée avait germé dans sa tête et ne la laissait plus en paix, comme un moustique dans une pièce obscure.

Sélim...

Il n'était manifestement pas l'enfant de Soliman, mais ne ressemblait pas non plus au Kapi Agha. D'ailleurs, depuis la naissance de Céhangir, elle ne savait plus que penser : si le Seigneur de la Vie pouvait engendrer un être difforme, pourquoi pas un fils gras et renfrogné sans autre talent que celui d'infliger des affronts ? Avait-il pour père Soliman ou le chef des eunuques blancs ? Elle doutait encore. Sélim ne se comportait certes pas en Osmanli. Hürrem connaissait l'opinion que la défunte Valide avait de lui et la partageait : ce n'était ni un ghazi ni un sultan.

Mais quelle importance ?

Le vrai problème était ailleurs. Un seul être humain

l'empêchait de devenir la mère du prochain Grand Turc. Quant à savoir lequel de ses fils gagnerait la lutte pour le trône, la réponse était à ses yeux évidente. Bajazet ferait un grand sultan, un empereur magnifique.

68

Le Bosphore, au large de Camlica

Ils fuyaient la chaleur accablante des nuits d'août sur les eaux lisses du Bosphore. Un caïque noir et or était amarré en permanence à la Pointe du Sérail. Soliman y prenait place avec Hürrem, accompagné seulement de trois bostandjis sourds-muets qui s'occupaient des avirons et du gouvernail. Les torches brûlant à l'avant et à l'arrière du bateau projetaient de longues ombres sur les eaux calmes.

La kadin écarta les lourds rideaux de velours noir qui les entouraient, aperçut les cimetières plantés de cèdres de Camlica. Assis à côté d'elle, Soliman semblait préoccupé. Il avait changé depuis la mort d'Ibrahim. Elle avait d'abord cru que le temps soulagerait sa conscience, mais le fer de la culpabilité s'était au contraire incrusté dans son âme. Il ne riait plus que rarement ; il avait renvoyé tous les musiciens du palais et fait brûler leurs instruments. Il ne lui demandait plus de jouer pour lui, parce que, disait-il, la musique de la viole ravivait en lui le souvenir d'Ibrahim.

Menant une vie quasi ascétique, il se punissait de multiples menues façons. Il avait fait renvoyer à Yedikule, dans la maison abritant ses autres trésors, la magnifique porcelaine chinoise vert et blanc qu'il aimait tant, et mangeait désormais dans de la vaisselle en terre cuite. Pas une goutte de vin n'avait franchi ses lèvres depuis la mort du grand vizir.

– J'ai consulté Sinan. Il a dessiné des plans que je voudrais te montrer.

– Tu vas bâtir une grande mosquée en mon honneur?

– Il n'est pas convenable de plaisanter ainsi.

– Je croyais que tu aimais que je sois parfois un peu impertinente?

– Je lui ai demandé de construire un nouveau palais sur les ruines de l'Eski Saraya. Je crois qu'il s'est surpassé, cette fois, en dessinant les plans.

La reconstruction d'Istanbul l'obsède, pensa Hürrem. Comme si une nouvelle mosquée, une nouvelle école avaient le pouvoir magique de faire disparaître le sang d'Ibrahim des murs du palais.

– J'aimerais que tu les examines et que tu me donnes ton accord.

La favorite prit une mine boudeuse.

– Est-ce si terrible de m'avoir auprès de toi? Ne peux-tu supporter plus longtemps ma présence?

– Ce n'est pas cela, tu le sais. Mais il n'y a pas de place au palais pour le harem. C'est impossible.

– Bien sûr que c'est possible. Un homme pourrait galoper toute la journée dans la quatrième cour sans atteindre la Pointe du Sérail.

– Tu exagères beaucoup, petite russelana.

– Il y a plus de place qu'il n'en faut pour construire ici.

– D'autres considérations entrent en jeu.

– Lesquelles?

– Il s'agit de l'État.

– Quel ton pompeux, seigneur!

– Le harem ne peut faire partie du palais impérial, déclara Soliman, furieux. Depuis le Fatih, il en a toujours été ainsi.

– Pourquoi garder un harem aussi nombreux, seigneur? As-tu encore du désir pour les autres houris?

– Non, bien sûr.

– Alors, si tu n'as plus besoin d'elles, tu pourrais ordonner au Kislar Aghasi de leur trouver des maris. Il ne resterait à loger que moi et ma suite.

– Ce que tu demandes est impensable. J'ai confié une mission à Sinan. Cela suffit.

Hürrem se rendit compte qu'elle était allée trop loin. Elle appuya la tête sur l'épaule du sultan, la nicha au creux de son cou. Il y avait un autre moyen...

– Pardonne-moi, seigneur, si je t'ai offensé. C'est que l'idée d'être à nouveau séparée de toi me bouleverse.

– Hürrem, tu t'oublies quelquefois, fit Soliman d'une voix rauque.

Elle se serra contre lui.

– M'aimes-tu, ô mon sultan?

– Plus que ma vie.

– Plus que Gülbehar?

– Gülbehar!

Il n'avait pas pensé à elle depuis des mois.

– Oui, tu le sais bien.

– Elle est pourtant première kadin.

– C'est la loi.

– Mais tu m'aimes davantage?

Où veut-elle en venir? se demanda-t-il. J'ai exilé Gülbehar, je ne me rends au harem que pour la voir. Que peut-elle vouloir de plus?

– Je t'aime plus que je n'ai aimé aucune femme.

– Feras-tu de moi un jour ta reine?

Soliman resta un moment silencieux, abasourdi par l'impertinence de la suggestion, puis s'esclaffa.

– Qu'est-ce qui te fait rire?

– Ne te fâche pas, petite russelana.

– Pourquoi te moques-tu de moi?

– Ce que tu demandes est impossible.

– Impossible d'être pour toi autre chose qu'une esclave? répliqua-t-elle.

Il fallait t'y attendre, se dit-il. Si elle avait été une agnelle comme Gülbehar, tu ne l'aurais pas choisie. Elle exige toujours plus, bien sûr.

– Le sultan ne peut se marier.

– Est-ce la loi? Est-ce écrit dans la chari'a?

– Ce n'est pas écrit, mais...

– Alors, pourquoi pas?

Quand il tendit la main pour relever une mèche tombée sur le visage de la Joyeuse, elle se détourna.

– Aucun sultan ne s'est marié depuis Bajazet 1er, argua-t-il.

– Tu es plus grand que Bajazet. Plus grand que tous les sultans qui ont jamais régné.

– Non, Hürrem. Je ne suis pas plus grand que mon père, Sélim, pas plus grand que son père, le Fatih.

– Tu laisses des morts te dicter les règles? Tu es le *Kanuni*, le Législateur. Tu es le sultan, pas un fantôme du passé.

Il soupira.

– Je vais te raconter l'histoire du premier Bajazet des Osmanlis –, *notre* histoire. Il fut sultan bien avant que nous ne nous installions ici à Istanbul, à une époque où nous étions quasiment encore nomades. Il était marié à une princesse serbe d'une grande beauté du nom de Despina. Nous disputions alors aux Mongols la possession de l'Anatolie. Bajazet livra bataille à Tamerlan et fut vaincu. Une terrible défaite. Il fut fait prisonnier, ainsi que sa femme. Pour nous humilier, le Boiteux força Despina à le servir nue à table, devant tous ses généraux. Ce fut le jour le plus sombre de notre histoire. Sa honte brûle encore au cœur de tous les ghazis. Nos femmes constituent notre faiblesse, comprends-tu? Depuis, aucun sultan ne s'est marié.

– C'était il y a longtemps, quand ton peuple était encore nomade. Tu es maintenant le maître du plus grand empire au monde. Qui pourrait me faire prisonnière?

Soliman soupira de nouveau. Apparemment, l'importance de l'histoire avait échappé à Hürrem.

– Ce que tu demandes est impossible, répéta-t-il.

– Il n'y a plus de Tamerlan. Le monde entier tremble sous tes pas...

– N'en parlons plus.

– Mais...

– Nous n'en parlons plus!

Elle s'agenouilla sur les planches du bateau, lui baisa la main.

– Pardonne-moi, seigneur. Ma passion pour toi noie parfois la voix de ma raison.

Il la fit se relever, s'asseoir sur ses genoux. Avec une expression de patience lassée, comme s'il sermonnait un enfant, il lui dit :

– Tu as de la chance que je sois aussi indulgent avec toi.

– Oui, seigneur, murmura-t-elle en baissant les yeux.

Elle le laissa la coucher sur le divan et s'abandonna à lui tandis qu'il défaisait lentement les boutons de nacre de la chemise. La nuit était chaude. Les gémissements de plaisir du sultan s'échappaient par les interstices des rideaux de velours noir, mais les bostandjis ne les entendaient pas davantage que les hululements des chouettes du cimetière de Camlica s'ajoutant à la symphonie de la nuit.

69

Istanbul

Aya Sofia – Sainte-Sophie – avait été la plus grande église de toute la chrétienté jusqu'à ce que le Fatih eût conquis Constantinople et en eût fait sa mosquée. Tout l'édifice, excepté les grandes portes impériales de bois et de fer, était couvert de mosaïques, de millions de fragments bleu saphir et or à la gloire de la Reine des Cieux et du Christ Tout-Puissant. Un grand dôme s'incurvait tout en haut, apparemment sans point d'appui, telle la main à demi fermée de Dieu. On racontait que la première fois que Justinien y était entré, près d'un millier d'années auparavant, il s'était exclamé : « Gloire à Dieu qui m'a jugé digne d'une telle œuvre. Ô Salomon, je t'ai surpassé ! »

C'était le crépuscule, le moment où l'on allumait les lampes, mais leur flamme tremblotante ne parvenait pas à percer la pénombre de la vaste mosquée. En bas, le Lecteur était éclairé par la lumière sépia tombant d'un vitrail, dernière lueur du jour. Il tenait une épée d'une main, le Coran de l'autre, et sa voix se répercutait sur les parois du grand dôme bleu.

Cachée derrière la grille d'une fenêtre, Hürrem était agenouillée sur son *seccade*, tapis de prière rouge et ivoire dont les années avaient élimé la soie. En bas, des milliers de turbans s'inclinaient simultanément, cependant que les suppliques murmurées montaient le long des murs, tel un grondement de tonnerre lointain. Bien qu'il ne signifiât toujours rien pour elle, ce rite l'impressionnait toujours par sa puissance. Quelle énergie dans laquelle puiser! Là était la source de l'Empire osmanli.

Une main de velours, peut-être, à laquelle, dans mon mépris, j'ai omis de prêter attention, se reprocha-t-elle.

La voix monocorde du mufti et le mouvement répété des têtes l'aidaient à se concentrer. Je me suis élevée, pensa-t-elle, mais je suis encore à la merci du caprice de Soliman. Je n'ai aucune prise sur mon destin. Ni sur l'avenir de mes fils.

Il fallait dissuader le sultan de bâtir un nouveau palais pour le harem à l'emplacement de l'Eski Saraya. Si Soliman l'épousait, elle serait à l'abri d'une autre Julia, d'une autre Joyeuse. Des esclaves arrivées au harem en même temps qu'elle étaient mariées depuis longtemps à un pacha, à un officier des sipahis; elles avaient des biens propres, le statut d'épouse. Elle, la favorite du Seigneur de la Vie, demeurait esclave. Elle était sa compagne de tous les instants, elle partageait sa couche, mais c'était le fils d'une autre femme qui hériterait du trône à la mort de Soliman.

Elle toucha le tapis du front, récita sa prière. Oui, il y avait un moyen de persuader Soliman de l'épouser. Il était là, dans l'Islam. Elle utiliserait la volonté de Dieu pour plier le sultan à la volonté de sa femme.

Manisa

Des centaines de tulipes faisaient flamboyer les jardins du haremlik de Mustapha. Gülbehar, assise seule dans un kiosque sous les tourelles du mur d'enceinte, contemplait les fleurs en se laissant bercer par le bourdonnement des abeilles. Elle n'entendit pas son fils approcher.

– Bonjour, mère.

– Mustapha!

Elle sourit de plaisir, tendit la main. Il la porta à ses lèvres, s'installa à côté d'elle.

– Tu m'as manqué, dit-elle. Comment as-tu trouvé Istanbul?

– Grouillante de rumeurs, comme toujours. Tout le monde, du plus humble marchand au Mélangeur des Cordials du sultan, s'imagine en seraskier et dresse les plans de la prochaine campagne contre le Saint Empire romain.

– Je suis sûre qu'ils t'en laisseront une partie à conquérir quand tu seras sultan.

– Si Dieu le veut.

– As-tu vu ton père?

– Je l'ai vu.

– Il a demandé de mes nouvelles?

– Il te félicite pour ta bonne santé.

Le sourire de Gülbehar disparut.

– Je m'obstine à croire qu'il finira par me réclamer. Mais que ferait-il d'une vieille femme? Il fraie toujours avec la ziadi?

– Mère... ce n'est pas une sorcière. Juste une femme.

– Tu aimes trop ton père, Mustapha. Il n'est pas le saint que tu penses.

Le prince pressa la main de Gülbehar.

– Je n'approuve pas ce qu'il t'a fait. Mais il est mon père, mon sultan. Ne me demande jamais de médire de lui.

La première kadin se rembrunit. L'amertume t'a rendue laide, se dit Mustapha. Elle a fait s'affaisser les coins de ta bouche, grisonner tes cheveux...

Comme si elle devinait les pensées de son fils, Gülbehar détourna le visage. Elle s'était promis d'être gaie à son retour, de ne pas parler de Soliman, mais dès qu'elle l'avait vu, un besoin impérieux de savoir l'avait envahie. En vérité, elle n'avait guère pensé à autre chose depuis son départ. Soliman, Soliman..., mon seigneur, ma vie.

Elle se força à sourire.

– Quelles autres nouvelles de la ville?

– Il y a eu une catastrophe pendant mon séjour. Le feu a réduit en cendres l'Eski Saraya et presque tout le quartier qui l'entourait.

– Hürrem?

– Elle n'a rien. Elle dort maintenant au palais impérial..., répondit-il.

– Au palais!

– Qu'est-ce que Soliman aurait pu faire d'autre?

– Elle couche au palais!

Mustapha haussa les épaules, amusé par la réaction de sa mère.

– Sinan doit construire un nouveau harem sur l'emplacement de l'ancien.

– Il n'y en aura pas. Maintenant qu'elle a réussi à pénétrer au palais...

– Mère!

– Elle complote, elle tisse sa toile. Sois prudent, Mustapha, sois prudent.

– Je suis le shahzade, elle n'y peut rien changer. Tu lui attribues plus de pouvoir qu'elle n'en a. (Le prince baisa à nouveau la main de Gülbehar.) Soliman l'a aimée plus que toi, c'est tout. Essaie d'oublier.

Oublier!

Mustapha s'enquit de sa famille, demanda des nouvelles de ses fils, puis de ses kadins, dont il espérait qu'elles n'avaient pas trop causé d'ennuis à Gülbehar. Celle-ci gouvernait le harem comme l'avait fait Hafise Sultane. Au fait de tout ce qui se passait, elle gâtait les fils de Mustapha et tolérait tout juste ses concubines.

Elle veilla à ne plus parler de Soliman, mais le plaisir de retrouver son fils était troublé par de vieux fantômes et de nouvelles craintes. Mustapha ne voyait pas le danger, pas du tout. Mais pourquoi l'aurait-il vu? Il n'était qu'un homme.

Topkapi Saraya

Deux codes régissaient l'empire islamique des Osmanlis : les kanuns, lois définies par le sultan lui-même, et la *chari'a*, loi sacrée et immuable de l'Islam. Si le sultan exerçait sur ses sujets un pouvoir absolu, il était lui-même soumis à la loi musulmane, parole écrite de Dieu.

La chari'a était interprétée par les ulémas, les docteurs de la loi coranique, qui seuls pouvaient émettre des *fatwas*, ou sentences, sur toute question relevant de la jurisprudence islamique. Leur pouvoir était toutefois limité par le fait qu'ils ne pouvaient exprimer leur avis que si on les y conviait.

Chaque gouverneur, chaque bey, chaque *sançak* avait son propre mufti pour le guider en matière de loi religieuse. Le plus haut juge, le *Cheikh ül-islam*, était le guide spirituel du sultan lui-même. Lui seul pouvait déclarer qu'une guerre était sainte, et donc justifiée. Défenseur de la Foi, le sultan avait pour devoir d'observer la chari'a, ce qui faisait du Cheikh ül-islam l'un des hommes les plus puissants de l'empire. Celui de Soliman s'appelait Abu Sa'ad.

Ce matin-là, Abu Sa'ad s'apprêtait à recevoir une visite importante et inattendue, qui excitait sa curiosité. La favorite montrait depuis peu pour l'Islam une dévotion encourageante et avait consacré une partie de sa fortune personnelle à la construction d'un hôpital et d'une mosquée. Elle avait aussi sollicité une audience, et il se demandait pourquoi.

Les appartements du Cheikh ül-islam se réduisaient à une pièce austère donnant sur les jardins de la deuxième cour : quelques tapis de soie, deux hauts chandeliers d'argent, un brûle-parfums incrusté de turquoises pendu au plafond. Sur un lutrin d'ivoire et d'écaille, un Coran ouvert montrait ses enluminures.

La kadin fut précédée par le Kislar Aghasi, que deux pages aidèrent à s'asseoir sur le sol. Puis Hürrem entra, enveloppée dans son *chador*, voile de soie violette recouvrant tout son corps. Le Cheikh ül-islam frappa dans ses mains pour faire apporter des sorbets, bien qu'il sût que seul Abbas en prendrait. Hürrem n'y toucherait pas : montrer une main, une partie de son visage au chef religieux leur ferait honte à tous deux.

– Je suis honoré de ta présence, Couronne des Têtes Voilées, dit Abu Sa'ad. Dieu se réjouit de voir que tu as renoncé aux dieux païens de ta jeunesse pour embrasser la vraie foi.

– J'ai encore beaucoup à apprendre, dit Hürrem.

– Nous avons tous beaucoup à apprendre, répondit aimablement le Cheikh ül-islam.

En quête d'un indice quelconque sur le but de cette visite, il coula un regard à Abbas, mais le Kislar Aghasi regardait fixement par la fenêtre, comme s'il se désintéressait totalement de la conversation. Les pages apportèrent des sorbets, se retirèrent; Abu Sa'ad attendit que Hürrem prenne la parole.

– Comme tu le sais, commença-t-elle, le Seigneur de la Vie me comble d'honneurs.

Le Cheikh ül-islam inclina la tête en signe d'approbation.

– C'est avec joie que j'ai dépensé une part de mes richesses pour la gloire de l'Islam, poursuivit-elle.

– Fonder une mosquée est la plus éclatante façon de glorifier Dieu.

– Certes. Mais une question me trouble. Cet acte pieux rejaillit-il aussi sur le donateur?

Abu Sa'ad battit des cils. Ainsi, c'était la raison de sa venue!

– C'est en effet un acte pieux, fit-il prudemment.

– Dont il sera tenu compte pour le salut de son âme?

Le Cheikh ül-islam demeura un moment silencieux. La réponse était simple, mais il prit garde à la façon dont il la formulait :

– C'est un acte pieux, noble kadin. Mais... comme tu es serve, il ne t'en sera pas tenu compte. Il sera porté au crédit du sultan – que Dieu le préserve.

– Mes bonnes œuvres ne servent donc à rien? demanda Hürrem.

– Elles servent la gloire de Dieu et du sultan.

– Il n'y aura pas de place pour moi au paradis? insista-t-elle.

Abu Sa'ad crut avoir entendu un sanglot dans la voix de la favorite, mais il lui était impossible, sans voir son visage, de savoir à quel point sa réponse l'avait blessée. Il garda le silence.

– Merci de m'avoir reçue, murmura-t-elle.

Hürrem se dirigea lentement vers la porte, le dos voûté. Le Cheikh ül-islam éprouva presque de la pitié pour elle puis se rappela qu'après tout elle n'était qu'une femme et ne ressentait pas les tourments de l'esprit avec la même acuité qu'un homme.

70

Le kiosque Çinili, que le Fatih lui-même avait fait bâtir, était juché en haut d'une pente raide, de l'autre côté de la Porte de la Fontaine Fraîche, en face des eaux de la Corne d'Or et des palais des Vénitiens et des Génois de Péra. En forme de croix grecque, il était entièrement recouvert de faïence turque, étincelant refuge de céramiques émeraude et turquoise, avec des versets du Coran ornant les murs en caractères arabes jaunes sur fond bleu nuit.

Étendu sur un divan de soie verte, Soliman, Seigneur de la Vie, Possesseur du Cou des Hommes, regardait Hürrem jouer distraitement de la viole. Qu'avait-elle? Était-elle malade? Se languissait-elle de quelque chose?

Ou bien, pensa-t-il avec colère, cette attitude fait-elle partie de ses manigances pour me faire renoncer à édifier un nouveau harem selon les plans de Sinan?

Depuis deux lunes, elle montrait cette mine soucieuse. La Joyeuse ne souriait plus que rarement et semblait sous le coup d'une grande tristesse.

– Hürrem, viens t'asseoir près de moi.

Elle posa sa viole, traversa la pièce, prit docilement place à côté de lui et appuya sa tête contre son épaule.

– Qu'y-a-t-il, petite russelana?

– Rien, seigneur. Cela passera.

– L'autre jour, tu as prétendu que c'était ta période de la lune et, avant cela, une mélancolie passagère. Je ne me rappelle pas la dernière fois que je t'ai vue sourire.

– Pardonne-moi si je t'ai offensé. Tu devrais peut-être te séparer de moi.

– Peut-être, en effet, grommela Soliman.

Il se leva soudain, et la brusquerie du mouvement fit sursauter les deux nègres montant la garde à la porte. Hürrem remonta les genoux vers sa poitrine en évitant de le regarder. Les mains sur les hanches, il lui lança avec colère :

– Dis-moi ce qu'il y a!

– Je ne peux pas.

– Tu ne peux pas? Je suis ton sultan, ton maître. L'aurais-tu oublié?

– Comment l'oublierais-je? Je t'aime plus que ma vie.

– Alors, dis-moi ce qui t'attriste. Je ne puis supporter plus longtemps ta morosité!

Elle se couvrit le visage de ses mains.

– Oh! mon sultan..., gémit-elle.

– Cesse de pleurnicher et réponds-moi!

Il écarta brutalement les mains de Hürrem mais la vue de son visage affligé le radoucit. Il s'assit près d'elle, la prit par le cou.

– Dis-moi, je t'en prie...

– Seigneur, je crains pour mon âme.

L'aveu abrupt le dérouta.

– Nous craignons tous pour notre âme, fit-il, riant presque de soulagement.

– Mais toi, tu peux assurer ton salut par de bonnes œuvres.

– Je ne comprends pas.

– Si tu crains pour ton âme, seigneur, pourquoi ne craindrais-je pas pour la mienne?

Soliman la regarda dans les yeux et se rendit compte qu'elle parlait sérieusement. Il n'avait jamais pensé à cela et s'étonnait même que cette préoccupation lui soit venue. Hürrem était une femme et les femmes – le Cheikh ül-islam le lui avait enseigné – n'avaient pas une âme comparable à celle des hommes. Elles se situaient plutôt au niveau des chiens et des chats. En outre, bien que Hürrem eût embrassé l'Islam, il ne s'était jamais fait d'illusion sur la profondeur de sa dévotion.

– De quoi as-tu peur, petite russelana?

– Grand roi, j'ai demandé audience au Cheikh ül-islam. Il m'a expliqué qu'en dépit de mes nombreux dons pour des mosquées et des hôpitaux, je ne serai pas admise au paradis.

– Je ne peux imaginer que Dieu lui-même te fermerait sa porte, petite russelana.

Des larmes de colère emplirent les yeux de la kadin.

– Ne te moque pas de moi ! Je suis prisonnière dans ce monde et dans l'autre ! Je vis dans une terreur mortelle pour mon âme !

L'intensité de son émoi ébranla Soliman.

– Je ne savais pas que tu ressentais aussi fortement ces choses, dit-il.

– C'est injuste. D'autres femmes du harem ont épousé des pachas, des gouverneurs ; elles disposent de leurs propres biens pour faire des dons et s'attirer la grâce de Dieu. Mais moi, amante de l'homme le plus exalté au monde par la foi, du Défenseur de l'Islam, je resterai à la porte du paradis !

Soliman releva tendrement une mèche rebelle de sa favorite.

– Que t'a dit exactement le Cheikh ül-islam ?

– Qu'aucune femme serve ne peut gagner son paradis. Tant que je reste une esclave, je ne suis que poussière aux yeux de Dieu. (Hürrem plongea le regard dans celui du sultan, serra les poings sur son giron.) Je veux avoir une âme, seigneur. Je veux être sauvée !

– Petite russelana, murmura-t-il.

Jamais il n'avait éprouvé autant d'affection pour elle. Elle avait raison, bien sûr.

– Alors, je vais t'affranchir. Désormais, tu ne seras plus une esclave. Dieu et tous Ses prophètes se réjouiront qu'une autre âme ait trouvé le vrai chemin.

Le lendemain, Abu Sa'ad accorda audience à la noble Hürrem pour la conseiller en matière spirituelle. Ce qu'elle lui demanda le stupéfia mais il rendit sa fatwa, comme l'y obligeaient les lois de l'Islam et les enseignements du Coran.

71

Les appartements personnels et les chambres d'audience du sultan – le *selamlik* – n'étaient séparés du haremlik que par une simple porte, celle de sa chambre. Elle ouvrait sur une galerie conduisant au labyrinthe de cours et de dortoirs occupés auparavant par les pages et les eunuques de sa propre suite.

On l'avait rapidement appelée la Route Dorée, et c'était cette galerie qu'Abbas descendait d'un pas pressé pour se rendre aux appartements de la grande kadin. Sa démarche dandinante lui donnait un air comique qu'accentuaient des joues gonflées par l'effort déployé pour mouvoir une telle masse à pareille vitesse.

Quand il fut introduit auprès de la favorite, il s'accorda une pause afin de reprendre haleine et d'essuyer avec un mouchoir de soie la sueur huileuse de son front. Hürrem l'observa de son divan avec une impatience non dissimulée.

– Eh bien?

– Le Seigneur de la Vie réclame ta présence dans sa chambre.

– Je ne puis venir, répondit-elle, d'un ton si désinvolte qu'il fallut quelques secondes au Kislar Aghasi pour saisir l'énormité de ses propos.

– Maîtresse?

– Dis au sultan que je ne peux me rendre auprès de lui.

Abbas la regarda fixement, certain que le pouvoir l'avait rendue folle. C'était ce qu'il redoutait, car son avenir était à présent inséparable de celui de Hürrem. Il émit un grognement.

Sale petite effrontée!

Soliman était étendu en travers du divan, apparemment calme. Seul le pli cruel de sa bouche trahissait sa fureur.

– Elle me refuse? gronda-t-il.

Abbas aurait voulu se trouver n'importe où ailleurs que dans cette pièce. Il avait peine à respirer. Il sentait une sueur grasse et froide couler le long de sa colonne vertébrale. Le tremblement de ses genoux agitait sa robe en soie autour de ses jambes comme un vent fort. Sa bouche était si sèche qu'il dut faire un effort pour parler.

– Elle a dit, seigneur, que sa vie t'appartient mais qu'elle ne peut venir à présent sans offenser Dieu et Ses lois sacrées.

Oui, elle a dit cela, pensa le Kislar Aghasi. Elle l'a dit avec un sourire de triomphe absolu que je ne m'efforcerai pas d'imiter.

– Elle a l'audace de m'apprendre la chari'a?

– Je ne fais que répéter ses propos.

Soliman resta un moment sans bouger, si bien que, lorsqu'il se leva d'un bond, Abbas, surpris, fit involontairement un pas en arrière. Le sultan s'approcha du lit, saisit la courtepointe en soie, la déchira dans sa rage.

– Elle ose me défier!

– Elle dit qu'elle ne veut pas t'offenser, dit Abbas, plaidant pour sa propre vie aussi bien que pour celle de Hürrem. Elle le tient du Cheikh ül-islam en personne. Selon lui, maintenant qu'elle est libre, elle ne peut plus te donner ce qu'elle t'accordait auparavant sans faire offense à Dieu.

– Abu Sa'ad lui a dit cela?

– Oui, seigneur, répondit le Kislar Aghasi avec une certaine satisfaction.

Que ce vieux fou drapé dans sa suffisance sente pour une fois la torche sur sa peau!

Soliman tira de son fourreau le killidj accroché près de son lit. Les rubis ornant la garde rougeoyaient comme des braises chaudes dans la pénombre de la pièce. Les traits déformés par la fureur, il regarda le sabre puis Abbas.

Que Dieu m'assiste dans ma peine, se répéta l'eunuque. Il va me tuer. Abbas sentit qu'il perdait le contrôle de sa vessie. Depuis quelque temps, il se souillait comme une vieille femme. C'était, il le savait, une conséquence de la castration – indignité finale dans une vie qui avait eu plus que sa part d'humiliation.

Le sultan leva l'arme, l'enfonça dans le matelas en s'exclamant :

– Abu Sa'ad! Qu'il vienne s'expliquer, puisqu'il prétend connaître mieux que moi la pensée de Dieu!

Soliman quitta la pièce d'un pas rageur; Abbas suivit en récitant une prière silencieuse pour obtenir l'intercession du Prophète.

Tout autre eût été terrifié qu'on le tirât du lit pour affronter le courroux et les yeux froids du Roi des Rois, du Possesseur du Cou des Hommes, mais le Cheikh ül-islam ne craignait que Dieu. Après les trois sala'am cérémonieux dus au sultan, il leva vers Soliman un regard calme et dénué de peur.

Il n'y avait que trois personnes dans la vaste chambre d'audience : Soliman, Abbas et Abu Sa'ad. Les gardes qui étaient allés chercher le Cheikh ül-islam attendaient à présent de l'autre côté de la porte, yatagan au poing.

Assis sur son trône, le Ghazi Suprême avait l'air menaçant, les lèvres serrées en un arc de colère.

– J'ai besoin d'une fatwa, dit-il.

Abu Sa'ad s'inclina en silence.

– Cela concerne Hasseki Hürrem – la favorite. Tu sais que je l'ai libérée de mon kullar et que c'est maintenant une femme libre.

Le Cheikh ül-islam inclina de nouveau la tête.

– En tant que femme libre, poursuivit le sultan, peut-elle encore partager ma couche sans offenser Dieu?

Depuis que la kadin elle-même lui avait posé cette question, Abu Sa'ad s'attendait à l'entendre dans la bouche de Soliman. La réponse fut identique :

– Même si tu as couché mille nuits avec elle quand elle était esclave, maintenant qu'elle est affranchie, ce serait un péché devant Dieu. Elle mettrait son âme en danger mortel.

– Comment résoudre ce problème?

– Elle ne peut coucher avec toi sans pécher que si elle est ta femme.

Le sultan agrippa les bras du trône mais resta coi. On dirait, pensa Abbas, qu'il a dans la bouche quelque chose qui lui déplaît et qu'il hésite à le cracher. Qu'allait-il leur arriver? Comme Hürrem se refusait à Soliman et que celui-ci ne pouvait lui accorder le mariage, il n'y avait apparemment pas d'issue. La kadin serait bannie, et lui, Abbas...

– Sortez, ordonna Soliman. Tous les deux.

72

La quatrième cour du Topkapi Saraya abritait une forêt en miniature de vieux pins et de cyprès tordus couvrant les pentes de la Pointe du Sérail. Elle jouxtait d'un côté les terrains des tcherit et les monastères byzantins délabrés qui servaient maintenant d'écuries; de l'autre, le goulet d'eau bleue scintillante que les Turcs appelaient la Corne d'Or. C'était là que le sultan trouvait la solitude, pour prier et méditer.

Il marchait tête basse, aveugle à tout ce qui n'était pas son dilemme.

Lui accorder le mariage ou renoncer à elle.

Comment renoncer à elle? C'était comme si elle était près de lui en ce moment même, marchant à ses côtés, sa chevelure d'un roux doré agitée par le vent. Il pouvait l'entendre rire et imaginait le réconfort de ses sages paroles : « Tu es le Kanuni, le Législateur. Tu n'es pas lié par l'histoire mais uniquement par les contraintes que tu t'imposes toi-même. Tu n'as d'obligation qu'envers la chari'a. Ne prends pas cette mine grave! Est-ce si terrible pour toi de faire devant la loi ce que tu as déjà fait dans ton cœur? »

– Il y a une raison à mon attitude, se défendit-il à voix haute, comme s'il s'adressait à elle. Je ne puis briser facilement la tradition. C'est la tradition qui nous relie à nos ancêtres. Depuis Tamerlan...

« Crains-tu vraiment que je subisse le sort de Despina, l'entendit-il répondre en riant. Lequel de tes ennemis verra un jour les murailles d'Istanbul? Qui parviendra à te vaincre sur le champ de bataille? »

Soliman grimpa le « Chemin qui fit gémir le chameau » pour parvenir au point le plus élevé de la cour. De là, s'il regardait au sud, son regard portait jusqu'aux îles de la mer de Marmara. Au-delà s'étendait la Méditerranée, ses colonies d'Égypte, de Barbarie et d'Algérie. De l'autre côté des eaux du Bosphore blanchies par le vent, il y avait les cyprès de Camlica et, plus loin, l'Asie, les pistes de caravane pour la Syrie, l'Azerbaïdjan et l'Arménie. Tout cela lui appartenait. Au nord, le port était frangé par les mâts des galères de Dragut, qui avait conquis la Méditerranée pour en faire un lac turc. Derrière se dressaient les entrepôts et les palais des Vénitiens, des Génois et des Grecs, venus de républiques qui payaient toutes un tribut au Grand Turc. Au-delà du Galata Kulesi, la Roumélie, la Valachie, la Transylvanie constituaient autant de fiefs des Osmanlis.

« Regarde, entendit-il Hürrem lui dire, quel roi pourrait aujourd'hui te vaincre et me faire servir à sa table? Ton empire s'étend sur l'Europe, l'Asie, l'Afrique. Même l'empereur Charles n'ose pas t'affronter sur le champ de bataille. De qui as-tu peur? De Ferdinand? Du shah Tahmasp? »

– Ils sont de la poussière à mes pieds, dit Soliman à voix haute.

« Alors, que crains-tu, seigneur? Quel roi te fait tellement trembler que tu renoncerais à moi... celle qui t'aime tant? »

Des larmes perlèrent aux yeux de la kadin – du moins de son image, si réelle que Soliman tendit le bras pour la consoler. Mais il n'y avait que le vent et la souffrance dans sa propre tête. S'il renonçait à elle, c'était cela qu'il y aurait à jamais pour lui. Il serait de nouveau seul, avec la terrible responsabilité de l'empire, et les lourds fardeaux que lui imposait Dieu. Elle était tout pour lui : sa conscience, son réconfort, son conseiller, son amie. Elle était le vizir qu'il ne pourrait jamais avoir, car un vizir qu'il aimerait trop le trahirait, comme Ibrahim. Elle était aussi son harem, mille femmes en une, un être capable d'apaiser son esprit aussi bien que son corps.

– Je ne peux renoncer à elle, dit-il, et sa décision fut prise.

De nouveau mandé par la deuxième kadin, Abbas s'était préparé à toutes les éventualités sauf à celle qu'il dut affronter. Hürrem était de bonne humeur, ce matin-là, nota-t-il avec soulagement. Sans perdre de temps avec ses habituelles plaisanteries cruelles, elle lui demanda :

– Aimerais-tu être débarrassé de tes femmes, Abbas?

– Couronne des Têtes Voilées?

– Le sultan n'a plus besoin de son harem. Les houris seront mariées à ses sipahis ou à ses ministres. Commence à prendre des dispositions sur-le-champ.

Le Kislar Aghasi hocha la tête en tâchant de cacher sa stupéfaction. Un sultan sans harem! Comment était-elle arrivée à cela?

– Je le félicite de son jugement.

– C'est moi que tu devrais féliciter, fit la favorite en riant.

– J'exécute tes ordres immédiatement, grande kadin.

– Tu ne veux pas savoir pourquoi, mon bon Abbas?

– Il ne m'appartient pas de m'interroger sur les décisions du seigneur, répondit le castrat.

– Abbas, tu es vraiment un homme précieux! fit la Joyeuse, riant de nouveau. Je vais néanmoins te le dire : Soliman n'a plus besoin de son harem parce qu'il doit bientôt prendre une reine!

– Une reine, vénérée kadin? bredouilla le Kislar Aghasi en clignant des yeux.

– Tu as devant toi la future épouse du sultan des Osmanlis. N'es-tu pas impressionné?

– Certes si, acquiesça le chef des eunuques.

Impossible, pensa-t-il. On ne permettra jamais à Soliman une chose pareille!

A l'occasion des noces du sultan Soliman et de l'hasseki Hürrem, Istanbul fut le théâtre des plus grandes festivités qu'elle eût jamais connues. On distribua du pain et des olives aux pauvres, du fromage, des fruits et de la confiture de rose aux moins démunis. Les rues furent festonnées de guirlandes de fleurs et de bannières – drapeaux écarlates de l'Empire osmanli, étendards verts de l'Islam.

Une procession parcourut la ville pour montrer les cadeaux aux habitants – des centaines de chameaux chargés de tapis, de vases d'or et d'argent, suivis de cent soixante eunuques de plus qui entreraient au service de la sultane. Des lutteurs, des archers, des jongleurs divertirent les Stambouliotes à l'hippodrome nuit et jour ; des lions, des panthères et des léopards, des éléphants jetant des balles avec leurs trompes, des girafes au cou impossiblement long arrachèrent à la foule des cris étonnés.

Une énorme miche de la taille d'une pièce fut promenée dans les rues sur une plate-forme tirée par dix bœufs, cependant que les maîtres-boulangers de la ville lançaient à la foule des petits pains chauds au sésame et au fenouil. Des milliers de gens se pressaient au premier rang, montaient aux arbres pour apercevoir le sultan ou attraper les cadeaux – argent, fruits ou soie – que les esclaves du Commandeur des Croyants faisaient pleuvoir.

Pendant ce temps, au palais, Hürrem devenait reine au cours d'une cérémonie simple à laquelle n'assistaient qu'elle-même, le sultan et Abu Sa'ad. Soliman toucha les mains voilées de sa future et murmura : « Cette femme Hürrem je prends pour épouse. Tout ce qui m'appartient sera à elle. »

Une seule ombre troubla le bonheur de la Tartare. L'ombre d'un homme la tourmenta toute la journée comme il la tourmentait depuis dix-sept ans.

Mustapha...

Agé de vingt-six ans, il attendait son heure à Manisa. Aimé des pachas et des janissaires, il était l'élu, le prochain sultan. Oui, je suis reine, pensait Hürrem. Je ne crains plus rien désormais d'une autre femme, mais c'est d'un homme que je dois avoir peur. J'écarterai ce danger le moment venu.

De la tribune installée à l'At Meydani, Soliman assistait au spectacle sur un trône de lapis-lazuli, entouré de ses fils. Derrière lui, vêtue d'un feridje de soie violette et d'un voile épais, Hürrem regardait elle aussi à travers un grillage doré.

Assis en tailleur aux pieds de son père, Sélim tambourinait des doigts avec impatience. Il avait faim. Il songeait au festin qui les attendait au palais : venaison, *iman biyalti*, salade de fruits avec de la vraie glace, sorbets au jus de citron et à la neige parfumée au miel, à l'ambre et au musc. Son estomac grondait.

Dans l'arène construite au centre de l'hippodrome, une

lionne déchirait les entrailles d'un sanglier à coups de patte précis, sous le regard désabusé de son mâle, qui bâillait. Sélim gloussait de plaisir. Le sanglier couinait, se tortillait dans la poussière qu'il teintait de rose. La lionne tournait autour de lui en prenant garde à ses défenses, frappait de nouveau, ramenant avec ses griffes un morceau d'intestin.

Se sentant observé, Sélim tourna la tête. A travers le grillage, derrière le trône de Soliman, il vit une paire d'yeux verts qui le fixaient, petites émeraudes scintillant dans l'ombre. Mère, pensa-t-il.

Aussitôt, il regarda de nouveau devant lui mais continua à sentir les yeux de Hürrem sur lui. Comment a-t-elle réussi à se faire épouser par Soliman? se demanda-t-il pour la centième fois. Avoir une mère aussi puissante était en même temps rassurant et terrifiant. Si elle était capable de plier le sultan à sa volonté, elle était capable de tout.

Que veut-elle de moi? Quels plans forme-t-elle à mon intention?

La lionne avait cessé de jouer avec sa proie. Le sanglier, couché sur le flanc, vivait encore quand le fauve avança la gueule pour détacher le premier morceau de viande. D'ordinaire, ce genre de spectacle excitait l'appétit de Sélim, mais il s'aperçut tout à coup qu'il n'avait plus faim.

Il se força à se retourner de nouveau : les yeux verts avaient disparu.

SEPTIÈME PARTIE

LE PARADIS SUR TERRE

73

Péra

Julia vit la voiture s'arrêter dans la cour sous sa fenêtre. Un eunuque noir sauta à terre pour s'occuper des chevaux, tandis qu'un autre ouvrait la portière. Le taffetas sombre couvrant les fenêtres empêchait la jeune femme de voir qui se trouvait à l'intérieur, mais la visite ne suscitait guère sa curiosité. Ludovici recevait souvent dans la journée, généralement d'autres marchands de la Comunità Magnifica.

Une silhouette apparut, le visage et la tête cachés par la capuche du manteau et la cazeta noire. Julia fronça les sourcils. Pas même le bout d'un orteil n'était visible, mais aux petits pas pressés, elle devinait que c'était une femme.

Quelques instants plus tard, Hyacinthe frappa doucement à la porte pour annoncer la visiteuse.

Julia ouvrit la bouche toute grande quand la femme abaissa le capuchon du feridje et lui sourit.

– Sirhane!

Sirhane avait très peu changé. Elle était un peu plus mince, peut-être, avec quelques fines rides aux coins de la bouche et des yeux. Ce détail excepté, c'était comme si les six dernières années ne s'étaient pas écoulées. Les deux femmes auraient pu se croire à nouveau au sérail, dans ce triste monastère qu'elles pouvaient voir du balcon, et dont les contours paraissaient tracés à l'encre sur un ciel lilas.

La Syrienne portait une tunique de brocart de Bursa largement échancrée et fermée à la taille par trois boutons de nacre. Ses longues manches tombant par-dessus le bord du divan touchaient presque le sol. La chemise de soie, blanche comme neige et bordée de dentelle, couvrait le haut d'un *salwar* en laine dont les plis descendaient jusqu'aux chevilles. Des rubis scintillaient à ses doigts, allumaient des étincelles dans sa chevelure noire. Des perles ornaient sa gorge, sa taille; de petites chaînes d'or entouraient ses poignets et ses chevilles.

Dans sa sombre vestura vénitienne, Julia se sentait terne et sans vie à côté d'elle. Elle caressa des yeux la peau soyeuse des bras de Sirhane, ce qui fit naître en elle un trouble coupable. Comme une petite fille, elle ne lâchait pas la main de son amie.

– Raconte, dit-elle en riant, raconte-moi tout! Comment as-tu réussi à sortir du harem?

– Soliman se défait de toutes ses odalisques.

– Ce n'est pas vrai!

– On dit que Hürrem l'a convaincu qu'il n'en a plus besoin. Le Kislar Aghasi m'a fait épouser un agha des sipahis de la Porte, Abdül Sahine Pacha. Une grande brute avec une barbe et un membre gros comme mon poignet!

Julia porta une main à sa bouche.

– Oh! Sirhane!

L'ancienne odalisque haussa les épaules.

– Il me traite plutôt bien. Je crois qu'il préfère les garçons, je ne sais pas. Il n'est pas si méchant. Je pourrais peut-être l'aimer – si ce n'était pas un homme.

Elle se pencha et posa sa tête sur l'épaule de Julia.

– Tu m'as terriblement manqué, reprit-elle. C'est peut-être mal, mais tant que tu étais là, j'étais heureuse au harem.

– Moi aussi, avoua Julia. Comment m'as-tu retrouvée?

Sirhane s'écarta en reniflant. Elle avait les yeux embués.

– Le matin de mon départ, le Kislar Aghasi m'a révélé que tu étais encore en vie, mariée au marchand vénitien renégat Gambetto.

– Abbas...

– Je te croyais morte. Pendant six ans je t'ai pleurée. Je n'arrive pas encore à y croire!

Elle passa les bras autour du cou de son amie et l'embrassa. Julia s'entendit murmurer encore et encore le nom de Sirhane. Elle ferma les yeux, sentit que Sirhane lui retirait sa vestura et s'abandonna aux caresses douces et taquines de son amante.

Pauvre Ludovici ! pensa-t-elle. Si seulement je pouvais t'aimer ainsi.

Le soleil sombrait derrière l'une des sept collines ; les voix des muezzins s'élevaient de la ville poussiéreuse pour appeler les fidèles à la prière. Tel de l'or liquide, la lumière teignait les eaux de la Corne, et les contours des arbres se diluaient dans l'ombre fraîche, sous les murs du palais. Assises sur la terrasse, les deux femmes parlaient à voix basse.

– Raconte-moi ce qui est arrivé. Soliman a vraiment congédié tout son harem ?

– Il ne reste plus que Hürrem et sa suite, répondit Sirhane. La Joyeuse a une centaine d'esclaves à son service, maintenant. Elle va et vient à sa guise, escortée par une garde de trente eunuques.

– Un serpent qui survit longtemps parmi tant d'autres vipères mérite de grandir.

– Le Kislar Aghasi m'a confié que c'est à cause d'elle que le sultan a ordonné qu'on te noie.

– Je suis en vie, Sirhane. Le passé ne compte pas.

La Syrienne sembla déçue.

– Montre donc un peu de haine. L'absence de dépit ne sied pas à une femme.

Julia eut un rire.

– Ce que fait Hürrem ne peut plus m'affecter.

Sirhane n'en continua pas moins :

– Les ambassadeurs étrangers lui font des présents à elle aussi, maintenant. Ils lui écrivent même pour faire pencher son opinion. Les vizirs, les muftis, les aghas lui paient tribut par l'intermédiaire du Kislar Aghasi. Même mon mari le fait. Il dit qu'elle est plus puissante qu'Ibrahim ne le fût jamais.

– Pauvre Soliman, fit Julia avec un sourire.

Sirhane replia ses jambes sous elle, se lova sur le divan comme un chaton pomponné.

– Comment était-ce, avec lui ?

Julia eut une expression réticente.
– Dis-moi, insista la Syrienne.
– Il n'a quasiment pas prononcé un mot. Il m'a déshabillée, il s'est allongé sur moi...
– Il l'a grosse?
– Non.
– On raconte qu'il en a une énorme.
– Sirhane... fit Julia, surprise de s'entendre parler de ces choses avec une telle impudeur. Il s'est couché sur moi, il a haleté puis il a roulé sur le côté. Il ne s'est rien passé.
Avant que Ludovici ne lui fasse l'amour pour la première fois, Julia n'avait pas compris la raison de la colère du sultan.
– Alors, il est impuissant! s'exclama Sirhane. Le Seigneur de la Vie est impuissant!
Alarmée, Julia saisit le poignet de son amie.
– Si tu en parles à quelqu'un, nous serons toutes tuées!
– Un ragot aussi croustillant, et je ne peux en parler à personne! protesta Sirhane en affectant de bouder.
– Il y va de notre tête!
– Bon, soupira l'ancienne houri. Et avec Ludovici, c'est comment?
Julia baissa les yeux.
– Pas comme avec toi.
La réponse parut satisfaire Sirhane, qui regarda, de l'autre côté de la Corne, les lampes s'allumer sur les collines de la vieille cité. Les voix des muezzins s'étaient tues, le silence tombait sur Istanbul.
– Je dois m'en aller.
Julia lui prit la main.
– Je ne veux pas que tu partes.
– Il le faut.
Quelques instants plus tard, elle vit de sa fenêtre la silhouette sombre remonter dans la voiture. Je n'ai pas échappé au harem, se dit-elle; je l'ai amené ici avec moi. Il fut à la fois ma captivité et ma libération. Mon péché mortel. Maintenant que Sirhane a resurgi dans ma vie, je m'y vautre de nouveau.
Il ne s'agissait pas seulement de passion charnelle mais aussi d'une intimité qu'elle ne partageait avec personne d'autre. Un adultère sans conséquence, peut-être – mais non sans péché.

Un péché sans lequel je ne peux vivre, pourtant. Aidez-moi, mon Dieu.

Sirhane disparut derrière les rideaux de taffetas, les chevaux franchirent les grilles et Julia sentit la solitude l'enserrer de nouveau.

74

Le sort avait été bienveillant envers Ludovici Gambetto. Ou presque.

Il lui avait donné un ami influent à la Sublime Porte, et son négoce avait prospéré au-delà de tout ce qu'il avait imaginé. La fortune lui avait aussi apporté une femme merveilleusement belle issue d'une noble famille vénitienne.

Pourtant, ces deux présents magnifiques étaient des coffrets d'argent remplis de douleur. Sa prospérité reposait sur la tragédie personnelle d'Abbas, et Julia était sienne uniquement parce qu'elle ne pouvait appartenir à un autre. Même après huit ans, il ne pouvait se faire à l'idée que l'ami de sa jeunesse vivait maintenant au palais, esclave et castré. Il ne pouvait jamais revoir Abbas sans sentir au fond de sa gorge un dégoût âcre.

Et puis il y avait Julia, devenue une monnaie sans valeur pour quiconque d'autre que lui. Il avait menti à Abbas, il l'avait gardée avec lui à Istanbul. Bien que le Kislar Aghasi ne lui adressât jamais de reproches, il pouvait voir dans ses yeux, à chacune de leur rencontre, qu'il savait.

Si seulement sa duplicité en valait la peine! Si seulement Julia l'aimait un peu!

Une partie de lui – celle qui était restée vénitienne – lui soufflait que c'était sans importance. Elle était sa femme, elle était belle, il pouvait la mettre dans son lit quand bon lui semblait. Que demander de plus?

Mais une autre partie de lui – le renégat, sans l'ombre d'un doute – désirait qu'elle éprouve pour lui ce qu'il éprouvait pour elle. Il voulait son amour – et c'était l'unique chose qui lui était encore refusée.

Il avait fait construire un nouveau palais sur les hauteurs de Péra, au-dessus de la Corne d'Or. Il couvrait Julia des dentelles et des velours les plus fins, de rubis et de diamants qui scintillaient à ses doigts. Il avait de la fortune, de l'influence, tout ce dont il avait été privé à Venise. Mais ce qu'il voulait le plus au monde, c'était Julia – un certain regard dans ses yeux, une ardeur dans son étreinte qui lui diraient qu'elle l'aimait elle aussi.

Corpo di Dio! Pourquoi était-ce si important pour lui?

De la terrasse, il regardait sa femme lire dans le jardin. Les fleurs de l'été étaient épanouies, l'air alourdi par l'odeur des cyprès et des pins parasols. Ludovici descendit l'escalier de marbre conduisant au jardin. Julia entendit son pas, releva la tête.

– Vous avez l'air content de vous, dit-elle.

– De moi, certes non. Je n'y suis pour rien.

Il s'assit près d'elle sur le banc de marbre. Il faisait frais à l'ombre des cyprès. A travers le feuillage, il regarda les caïques glisser sur les eaux miroitantes de la Corne, vers les formes violettes des dômes et des minarets du sérail, sur la rive opposée.

– Qu'y a-t-il?

– On murmure à la Porte que Rüstem Pacha va épouser la fille du sultan.

– Mihrmah?

– Selon la rumeur.

– Alors il deviendra très probablement grand vizir.

– En effet.

– Cela vous comble d'aise?

– Si j'étais du côté des anges, je n'en tirerais aucune satisfaction, mais je ne suis qu'un humble marchand, fit Ludovici avec un sourire sardonique. Je ne suis plus du côté des anges depuis que j'ai quitté Venise. C'est peut-être pour cette raison que je possède tout ceci.

D'un geste, il indiqua le palazzo et ses jardins.

– Je ne comprends pas.

– Avec Lüfti Pacha, le grand vizir actuel, les rapports sont difficiles. Il est trop honnête.

– Défaut fatal chez un vizir.

– Tout à fait. Rüstem, lui, vendrait sa mère pour une commission de dix pour cent.

– Il sera donc excellent.
– Il réussira, j'en suis certain.
– Et vous pourrez faire passer plus de caramousals par les Dardanelles sans qu'ils soient inspectés. Mais pourquoi Soliman a-t-il porté son choix sur Rüstem?
– Pour son charme et sa beauté? suggéra Ludovici.
Julia comprit :
– Hürrem!
– C'est le bruit qui court au bazar – quoique je ne puisse imaginer ce qu'il a bien pu faire pour mériter sa protection.
Le Vénitien examina sa femme plus attentivement : elle semblait différente; son teint avait un éclat qu'il ne lui avait jamais vu.
– Vous avez reçu une visite, hier.
– Est-ce mal? fit-elle en détournant les yeux.
– Qui était-ce?
– Une amie du temps où j'étais au harem.
– Par qui a-t-elle su...?
– Par Abbas.
– Il lui a dit?
– C'est une amie. Elle est sûre.
– Personne n'est jamais sûr, marmonna Ludovici.
Julia perdit soudain son humeur légère.
– Vous m'épinglez au mur comme un papillon qu'on admire et qu'on ne touche jamais, protesta-t-elle. Parfois, j'aimerais mieux être morte!
Il ne répondit pas. Au bout d'un moment, elle parut regretter son éclat.
– Je suis désolée, fit-elle. Je sais que vous avez risqué votre vie quand... quand vous m'avez repêchée.
Il baissa la tête.
– Non, vous avez raison. Je n'ai pas le droit. Je vous ai fait courir un danger inutile en vous gardant ici. Je vous voulais pour moi seul.
Il respira profondément, reprit :
– J'ai un vignoble à Chypre, vous pourriez aller là-bas, vous y seriez en sécurité. Il ne serait plus nécessaire de cacher votre existence même. Vous pourriez vivre parmi d'autres Vénitiens, comme nous...
– Je ne suis plus vénitienne. Et vous non plus.
– Vous n'auriez plus à vivre comme une prisonnière. Je vous rendrais visite là-bas...

Julia eut un sourire. Hier, peut-être, elle l'aurait supplié de la laisser partir. Mais maintenant...

– Je reste, décida-t-elle.

Il la regarda, surpris.

– Vous serez sauve, je le garantis.

– Je ne veux pas quitter Istanbul.

Se méprenant sur les raisons de Julia, il sourit lui aussi.

– Je priais pour entendre cela.

Elle le dérouta en détournant la tête. Que voulait-elle? Était-elle encore éprise d'Abbas? Impossible. Pourquoi alors désirait-elle rester à Istanbul?

Ils gardèrent le silence cependant que Ludovici réfléchissait à la meilleure façon de lui annoncer la nouvelle suivante.

– Une délégation arrive bientôt de Venise, dit-il enfin. Elle vient proposer la paix au sultan.

Depuis la bataille de Preveza, deux ans plus tôt, où l'amiral turc Barberousse avait décimé les Vénitiens, il existait une trêve précaire entre les Ottomans et la Sérénissime. Devenu maître de la Méditerranée, le Grand Turc étouffait la République en la privant de ce qui était essentiel pour elle : son commerce. La guerre n'avait cependant pas affecté la vie de la Comunità Magnifica de Péra, elle n'avait fait qu'accroître le prix du blé que Ludovici transportait illégalement.

Julia leva les yeux vers lui, étonnée qu'il tînt à l'informer de la chose. Elle eut immédiatement l'explication :

– Votre père conduira la délégation...

Le visage de la jeune femme perdit toute couleur. Ses mains se crispèrent sur son giron.

– Viendra-t-il ici?

– Pas à moins que je ne l'invite. Et je ne vois aucune raison de le faire.

Julia s'efforça de sourire.

– Vous n'avez pas imaginé que je pourrais avoir envie de le voir?

– Cette idée ne m'a pas effleuré.

Elle ferma les yeux.

– Et... Abbas?

– Oui, Abbas. C'est la raison pour laquelle je vous ai parlé de cette délégation. Je vais le prévenir.

– Bien.

– Vous êtes sûre? fit-il, surpris de la rapidité avec laquelle elle avait répondu.

– Oui.

– Abbas est devenu un homme puissant ici, à Istanbul. Il est déjà arrivé que des ambassadeurs à la Sublime Porte soient jetés dans le donjon de Yedikule. Ou pire. Êtes-vous certaine que je doive le prévenir ?

Les yeux de Julia étincelèrent de colère.

– Après ce que mon père lui a fait ? répliqua-t-elle, les narines palpitantes. Oui, il faut prévenir Abbas. En fait, j'aimerais le faire moi-même.

Ludovici ne s'attendait pas à cette demande mais il décida qu'il serait stupide de sa part de s'y opposer. Oui, cela devait arriver tôt ou tard.

– Je m'en occupe, promit-il.

75

Galata

La voiture était une sorte de boîte oblongue sur roues, décorée de fleurs et de fruits peints, semblable à une centaine d'autres dans la ville. Elle remonta bruyamment la ruelle malpropre, s'arrêta devant une maison de bois d'un étage, peinte en jaune comme de nombreuses autres dans ce quartier juif. Un page ouvrit la portière, Julia descendit.

Nul n'aurait pu la reconnaître sous son feridje, dont la soie noire laissait seulement deviner son rang. Elle portait en outre deux voiles : le yashmak qui lui couvrait le visage était lui-même caché par la cazeta noire tombant jusqu'à la taille, et percée d'un carré à hauteur des yeux. Rien de sa personne n'était visible, pas même une main ou un pied. Seul indice de sa féminité, le parfum de musc et de jasmin qui l'accompagnait, oasis de suavité parmi les relents fétides de la ville.

Les vêtements qui emprisonnaient la femme turque lui assuraient ainsi une liberté relative, car le feridje et la cazeta permettaient aux plus nobles de se risquer dans les rues sans crainte d'être reconnues.

D'un pas rapide, Julia entra dans la maison, laissant les pages noirs attendre dehors près de la voiture.

En la voyant, Abbas ouvrit la bouche de stupeur.

Il a encore grossi, remarqua la jeune femme. La graisse accrochait des bourrelets à sa taille, formait des coussins sous son menton. Bien qu'il ne fît pas encore chaud, la sueur luisait sur sa figure et tachait le bord de son grand turban blanc.

Julia essaya de le revoir tel qu'il avait été, de relier l'image du jeune garçon à la peau de bronze à cette créature cauchemardesque dont l'œil unique brillait dans un visage bouffi.

Impossible.

Elle ne voyait en lui que le Kislar Aghasi, l'eunuque hideux à voix de fausset qui avait grimacé devant elle à leur première rencontre, et murmuré ces étranges propos tendres alors qu'elle attendait la mort, un matin à l'aube sur le Bosphore.

Il essaya de se lever seul, frappa dans ses mains pour appeler ses serviteurs à la rescousse.

– Qui es-tu? grogna-t-il, mais l'expression de ses traits révélait qu'il le savait déjà.

Elle attendit sans bouger. Et si les deux pages du palais qu'il avait amenés avec lui la reconnaissaient? Devinant ses craintes, il les renvoya dès qu'ils eurent fini de l'aider.

– Julia?

Elle ôta la lourde cazeta, puis le yashmak.

– Bonjour, Abbas.

Il se couvrit la face des mains, tourna le dos.

– Qu'y a-t-il?

– Tu n'aurais pas dû venir, gémit-il.

– Il fallait que je te rencontre. Une dernière fois.

– J'ai dit à Ludovici que je ne voulais plus te voir. Pourquoi me torturer ainsi?

– Je t'en prie, Abbas...

– Si tu soupçonnais la souffrance que tu me causes, tu ne serais pas venue!

Julia ne savait que faire. Elle se sentait stupide devant cet homme qui s'obstinait à lui tourner le dos.

– Abbas...

– Pourquoi es-tu ici? Pourquoi Ludovici t'a-t-il laissée venir?

– Retourne-toi...

– Pour que tu puisses contempler ma beauté?

– Ludovici est beau. Mais je ne l'aime pas. C'est toi que j'ai toujours aimé.

– Cesse!

– Retourne-toi...

Il finit par s'exécuter, le visage marbré de rage, son œil unique reflétant la souffrance et l'humiliation.

– Va-t'en! A quoi bon cette rencontre? Mon amour pour toi m'a coûté tout ce que je possédais! Laisse-moi t'oublier, par pitié!

Les bras de Julia se tendirent vers lui, retombèrent.

– Abbas... Je n'ai pas pu encore... Tu m'as sauvé la vie.

– Parce que je t'aimais. Tu veux répondre à mon amour? Comment? Par tes baisers? Tu m'ouvriras ta couche? Tu deviendras ma maîtresse?

Elle fit un pas vers lui mais il l'arrêta d'un geste.

– N'approche pas. Peux-tu imaginer ce qu'est la vie pour moi? Éprouver du désir pour une femme tout en sachant qu'il est impossible de l'assouvir. Sentir cette passion en soi sans pouvoir la libérer. Un homme ne peut aimer une femme sans vouloir consommer charnellement cet amour. Que dois-je faire? Il n'y aura jamais d'issue pour moi. Jamais. Chaque jour, je souffre et je brûle, entouré de femmes. On m'a privé de ma virilité, mais elle est encore là. Je suis comme emprisonné dans une cage où je ne peux ni me tenir debout ni étendre les membres. Tout mouvement naturel m'est interdit. J'ai envie d'aimer et d'être aimé, mais comment le pourrais-je? Comment consommer l'amour avec une femme? On m'a ôté toute raison de vivre! Il n'y a pas d'enfer après la mort, Julia. L'enfer est ici, maintenant. J'y habite!

Vidé de sa rage, il s'affala contre le mur, pantelant.

– Pars, je t'en supplie, murmura-t-il.

– Comme tu voudras. Mais j'ai quelque chose à te dire. Je ne suis pas venue pour te torturer, comme tu le crois.

– Alors parle et va-t'en.

– C'est au sujet de mon père.

Abbas parut ne pas comprendre tout de suite puis il dit d'un ton étonné:

– Gonzaga?

– Il vient à Istanbul.

– Tu en es sûre?

– Ludovici l'a appris hier par le bailo. La Sérénissime envoie une mission de paix à la Sublime Porte. Mon père la conduira.

Le Kislar Aghasi se laissa glisser le long du mur, s'accroupit, appuya la tête contre ses genoux.

– Ainsi le diable entre en pourparlers avec le paradis, murmura-t-il.

Voulant désespérément le consoler, Julia s'agenouilla

auprès de lui. Il ne protesta pas quand elle se pencha en avant, lui embrassa le front. Il ne la repoussa pas lorsqu'elle défit le turban et le posa sur le tapis à côté d'elle. Elle caressa son crâne rasé avec un mélange de fascination et de dégoût, puis elle fit descendre ses mains de chaque côté de son visage et le força à relever la tête.

– Abbas...

L'œil du castrat la fixait d'un regard suppliant.

Elle continua à descendre, souleva le caftan, promena les doigts sur une cuisse glabre en prenant garde que son visage ne trahît point la répulsion qu'elle éprouvait. Elle parvint au bas-ventre – rien. Comme Sirhane, pensa-t-elle. Sauf qu'il n'y avait pas cette moiteur accueillante, ces lèvres en pétale de rose. Juste la tiédeur lisse du tissu cicatriciel, la curieuse mollesse de l'urètre.

Elle l'entendit hoqueter – de souffrance, de stupeur? Elle n'aurait su dire.

Julia avait entendu raconter au harem – le plus souvent par Sirhane – que certaines femmes avaient réussi à faire jouir des eunuques en conjuguant de puissants aphrodisiaques à un massage de l'urètre. Peut-être n'était-ce que des inepties.

Agenouillée entre les genoux d'Abbas, elle défit son feridje. Sous le manteau, elle était complètement nue.

– Mes tétons sont enduits de haschich, fit-elle à voix basse.

Docile à présent comme un nouveau-né, Abbas approcha lentement la bouche d'un sein et aspira le mamelon entre ses lèvres. Julia reprit ses caresses, une main derrière le cou d'Abbas, l'autre entre ses jambes. Elle l'entendit grogner, de plaisir cette fois, elle en était sûre. Quand il se mit à respirer plus vite, elle tourna la tête pour cacher la répugnance que provoquait en elle la sensation de cette chair mutilée sous ses doigts.

– Julia..., geignit-il.

Elle continua son massage et après de longues minutes, il commença à bouger en même temps qu'elle, haletant, tétant toujours son sein. J'ai réussi, pensa-t-elle. Sirhane avait raison.

Il se tortilla, poussa son pelvis contre la main qui allait de plus en plus vite. Soudain, il fut parcouru d'un frisson, un long spasme qui secoua tout son corps. Ses bras se refermèrent sur Julia, la serrèrent à l'étouffer. Puis il la relâcha et retomba contre le mur, les yeux clos, la bouche ouverte.

Épuisée, elle se laissa aller contre lui. Pendant un long moment, ni l'un ni l'autre ne bougea.

– Abbas..., murmura-t-elle enfin.

– Va, maintenant.

Elle ramassa le feridje, se releva lentement.

– Attends, dit-il. Laisse-moi te regarder...

Il la contempla longuement, et quand il détourna les yeux, elle sut que le moment était venu de partir. Elle remit la capuche du manteau, les deux voiles.

Je suis de nouveau anonyme, pensa-t-elle. Un sac.

Abbas était toujours accroupi contre le mur, l'œil à demi clos dans son visage boursouflé, le caftan froissé autour des genoux. Tout autre qu'elle aurait trouvé ce spectacle obscène mais Julia sentit une vague de tendresse la submerger.

– Je t'aime, dit-elle avant de s'éloigner.

Pendant près d'une heure, Abbas demeura immobile. Il vit le soleil s'élever au-dessus des toits, inonder la pièce de ses rayons obliques. Ce n'était pas la jouissance qui l'avait laissé sans force. Tout n'avait été que simulation – une comédie qu'il avait décidé de jouer quand il avait pris conscience que les efforts de Julia étaient vains. Elle aurait aussi bien pu essayer de le faire jouir en lui caressant la paume de la main. Mais pour ne pas l'humilier, il avait feint le plaisir.

La compassion de Julia l'avait touché, cependant. Il savait que son visage et son corps étaient repoussants – ils le dégoûtaient lui-même. Pourtant elle lui avait prodigué une tendresse, un amour qu'il avait totalement oubliés.

Les genoux contre la poitrine, il se recroquevilla par terre. Au bout d'un moment, il se mit à pleurer. De pitié d'abord – pour lui, pour elle – puis de rage.

Péra

C'était un après-midi d'un bleu sale. Par-dessus la Corne d'Or, Antonio Gonzaga regardait le palais de la Pointe du Sérail, la tour de Kubbealti s'élevant vers le ciel tel un campanile. Les cyprès et les pins parasols semblaient tapis comme des espions dans l'ombre noire, au pied des murailles.

– Voici donc la demeure d'*il signore turco*.

– Nous devons faire preuve de prudence en traitant avec lui, le prévint le bailo.

Gonzaga ne tenta pas de dissimuler l'expression de mépris qui s'inscrivit aussitôt sur son visage. Ce qui le gênait, ce n'était pas tant les préoccupations mercantiles du bailo – après tout, le négoce avait fait du lion de Saint-Marc ce qu'il était –, mais l'impression qu'il avait depuis son arrivée que la loyauté de l'homme envers la Sérénissime faisait l'objet de compromis.

Les Vénitiens de Péra étaient riches, trop riches pour de simples marchands. Ils vivaient dans de luxueux palais et certains d'entre eux, adoptant le mode de vie turc, délaissaient la toge sombre pour des caftans somptueux. Le plus troublant, c'était qu'ils parlaient du Grand Turc et du Divan comme s'ils étaient plus importants que le doge et le Conseil des Dix. Soliman le Magnifique, l'appelaient-ils.

– Nous vaincrons, déclara Gonzaga.

– Bien entendu, Excellence. Mais d'ici là, nous ne devons pas le provoquer. Après tout, la Méditerranée est un lac turc.

C'était vrai et, parce que c'était vrai, Gonzaga se sentit courroucé.

– Un jour le lion de Saint-Marc avalera tous ses ennemis, dit-il. En attendant, je jouerai l'agneau.

76

L'ambassadeur de l'Illustre Signorie de Venise effectua la courte traversée de la Corne d'Or dans le caïque royal. Quand il atteignit la Pointe du Sérail, deux pachas et quarante hérauts à cheval attendaient pour l'escorter. Ils trottèrent avec majesté jusqu'à la Ba'ab i Hümayun, l'Auguste Porte.

Gonzaga s'efforça de ne pas paraître impressionné par la grande arche de marbre blanc, ni par le contenu de ses niches. Les têtes coupées qui occupaient chacune d'elles mûrissaient au soleil, et l'ambassadeur de la Sérénissime pressa un mouchoir parfumé contre ses narines.

Après avoir franchi la porte, épaisse de quinze pas, ils pénétrèrent dans la première cour du palais de Topkapi, la cour des janissaires.

Gonzaga fut frappé par le silence du lieu, pourtant fort fréquenté : des serviteurs portant un plateau de petits pains chauds, un page transporté sur une civière, des valets pressant le pas sous leur chapeau pointu, une troupe de janissaires en tunique bleue marchant au pas vers l'Ortakapi, balançant les plumes d'oiseau de paradis de leur bonnet. Nul ne soufflait mot.

L'Ortakapi, porte de la deuxième cour, était flanquée de deux tours octogonales au sommet conique pareil à des éteignoirs. Le double portail en fer était surmonté de la tugra – le sceau personnel – de Soliman, apposée sur un grand bouclier de cuivre. D'autres têtes noircissaient sur des piques en haut de la muraille.

Jusque-là, Gonzaga avait été relativement satisfait du

respect qu'on lui témoignait. Mais voilà qu'on lui intimait de descendre de cheval.

– Nous devons faire le reste à pied, bredouilla le drogman.

L'ambassadeur de l'Illustre Signorie de Venise s'exécuta de mauvaise grâce.

Tandis que Gonzaga faisait les cent pas dans une antichambre jouxtant un couloir sombre partant de la loge des gardes, l'interprète prit le temps de lui expliquer que les appartements du bourreau se trouvaient de l'autre côté, ainsi que le billot et la citerne destinée aux noyades. Le bostandji pouvait couper jusqu'à cinquante têtes par jour, expliqua l'homme avec fierté.

Gonzaga le remercia de ces précisions et s'assit pour attendre.

Trois heures plus tard, on le conduisit dans la deuxième cour.

Le Vénitien était furieux, si furieux qu'il jeta à peine un coup d'œil aux longues avenues de cyprès géants traversant toute la cour, aux allées bordées de fontaines et de haies de buis, aux gazelles broutant l'herbe des pelouses. Il marchait d'un pas raide entre les janissaires au visage grave, immobiles comme des statues, qui formaient une garde d'honneur de chaque côté de l'allée menant au Divan.

Le seul détail qui l'impressionnât vraiment, c'était le silence absolu. Personne ne parlait. On n'entendait que le soupir du vent dans les arbres.

On l'introduisit dans la salle du Divan.

Jamais il n'avait contemplé une telle débauche de couleurs. A son entrée, les rangées de courtisans s'inclinèrent, et malgré lui, le Vénitien admira l'éclat et la variété des costumes, les velours et les soies, les brocarts et les satins. Le grand vizir portait une robe vert clair, les muftis étaient en bleu foncé, les ulémas en violet, les chambellans en écarlate. Les plumes d'autruche formaient une forêt mouvante, les joyaux étincelaient sur les turbans et les cimeterres se reflétaient dans les casques resplendissants de la garde impériale.

Une centaine de plats avaient été disposés sur de longues tables d'argent : moutons rôtis, pintades, pigeons, oies et poulets. Comme les autres, l'ambassadeur fut contraint de s'asseoir en tailleur sur le tapis pour manger.

– Quand verrai-je le sultan? demanda-t-il d'une voix sifflante à son interprète.

L'homme avait une mine chagrine et transpirait abondamment malgré la fraîcheur relative.

– Très bientôt, assura-t-il. Mais il faut se taire en mangeant.

Le repas fut pris en effet dans un silence total. Derrière eux, des serviteurs noirs portant une outre sur l'épaule remplissaient les gobelets d'eau de rose avec une précision étonnante. Des domestiques en robe de soie rouge apportaient les plats des cuisines ou attendaient en silence l'appel d'un doigt levé, telles des figurines peintes. Des pâtisseries, des figues, des dattes, de la pastèque et des rahat-loukoums furent servis en dessert.

Pas un mot ne fut échangé.

La solennité de l'occasion ne fut brisée qu'à la fin du repas, quand les dignitaires se levèrent. Aussitôt, les esclaves noirs se précipitèrent pour grappiller les restes. Cela ne fit que confirmer l'opinion que l'ambassadeur avait de ces païens depuis toujours.

La Ba'ab i Sa'adet, la Porte de la Félicité, menait à l'enderun, partie interne du palais. Elle était surmontée d'un dais lourdement décoré, flanquée de seize colonnes de porphyre, et gardée, estima Gonzaga, par au moins trente eunuques. Vêtus de gilets de brocart, ils tenaient à la main un yatagan incurvé dont la lame tranchante comme un rasoir brillait au soleil.

On donna à l'ambassadeur une robe dorée qu'il dut enfiler par-dessus ses vêtements pour pouvoir se présenter devant le sultan. Le chef du protocole s'avança alors pour recevoir les présents.

Quatre fromages parmesans.

L'interprète ne fit pas de commentaires. Ils attendirent que les cadeaux soient offerts au Seigneur de la Vie.

Soudain, deux chambellans saisirent l'ambassadeur de l'Illustre Signorie de Venise par le cou et les bras, le forcèrent à s'agenouiller pour baiser le portail puis l'entraînèrent à travers une cour sombre, entre une autre double haie d'honneur, jusqu'à la chambre des audiences, l'*Arzodasi*.

C'était en fait un kiosque de vastes dimensions au toit en surplomb soutenu par des colonnes de marbre entourant tout l'édifice. Gonzaga fut introduit dans une antichambre aux murs couverts de plaques d'or et d'argent, puis dans la chambre d'audience même.

Bien qu'il bouillonnât de rage et d'humiliation, il ne manqua pas de remarquer qu'il se trouvait dans une des pièces les plus somptueuses qu'il eût jamais vues. Le long des murs couverts de céramiques ornées de versets du Coran, on avait disposé des sofas tendus de brocart vénitien, d'épais velours russe et de mousseline chinoise. Le sol disparaissait sous d'épais tapis persans, syriens et mamelouks, tous en soie; des vases de Chine plus hauts qu'un homme occupaient tous les coins de la salle. Gonzaga put même apercevoir le reflet de son auguste personne à genoux, la tête dans un miroir de Venise maintenue baissée par deux esclaves noirs.

Le trône, placé au fond de la pièce, avait l'air d'un lit bas flanqué de quatre colonnes. Des rideaux de soie formaient un dais bouillonnant sous une coupole de cèdre délicatement sculptée. Le siège d'or battu, incrusté de péridot de la mer Rouge, était si haut que les pieds du sultan ne touchaient pas le sol. Un court instant, Gonzaga eut l'impression absurde qu'il allait s'adresser à un enfant. Le visage était pourtant barbu sous le turban blanc orné d'une grande aigrette, de trois tiares de diamants et d'un rubis gros comme une noix.

Le grand vizir se tenait à la droite du padichah.

Gonzaga entreprit de protester mais l'interprète ne l'écoutait pas. Lüfti Pacha, le grand vizir, l'interrogeait, et il valait peut-être mieux pour l'amour-propre de l'ambassadeur que celui-ci ne comprît pas l'échange.

– Le chien a-t-il été nourri et vêtu? demanda le vizir.

– L'infidèle a été nourri et vêtu, répondit l'interprète. Il brûle à présent de lécher la poussière sous le trône de Sa Majesté.

– Alors, amenez-le.

Les chambellans forcèrent Gonzaga à se prosterner puis le traînèrent au centre de la pièce où il dut de nouveau toucher le sol de son front.

– Le chien a payé tribut? voulut savoir Lüfti Pacha.

– Quatre fromages, seigneur.

– Qu'on les place dans la salle des trésors, avec les autres cadeaux.

L'ambassadeur de l'Illustre Signorie de Venise fut tiré

en arrière, à nouveau forcé de s'aplatir sur le tapis puis éjecté de l'Arzodasi pour se retrouver dans l'antichambre.

Tremblant de fureur, Gonzaga pouvait à peine articuler.

– Qu'est-ce... qu'est-ce que cela signifie... m'humilier de la sorte... Je n'ai même pas pu m'adresser au sultan!

– Mais on ne s'adresse pas directement au Seigneur de la Vie, répondit le drogman, manifestement ébahi. Nous allons maintenant au Divan, où vous pourrez soumettre vos propositions au grand vizir et au Conseil.

Gonzaga fixa l'interprète comme s'il était devenu fou, puis lui tourna le dos et s'éloigna en claquant des pieds.

77

Péra

– C'est un affront ! Nous sommes venus ici en paix et on nous crache dessus ! Comment osent-ils nous traiter de cette façon ?

Deux jours s'étaient écoulés depuis que l'envoyé de la Sérénissime avait eu l'honneur d'être reçu par le sultan des Ottomans, et il n'avait pas décoléré. Pour le calmer, Ludovici lui versa du vin d'une carafe en cristal.

– Tous les ambassadeurs sont traités de la même manière. Depuis que Murad Ier a été assassiné par un noble serbe.

– Je n'ai pas même eu la possibilité de lui parler en personne ! Pour qui se prend-il ? Je suis membre du Conseil des Dix !

– Il est le Seigneur de la Vie, l'Empereur des Deux Mondes, le Faiseur de Rois, le Possesseur du Cou des Hommes, répondit Ludovici en s'efforçant de cacher son plaisir devant le dépit de Gonzaga. En outre, toutes les décisions de politique étrangère sont prises par le grand vizir. Soliman les ratifie ou non selon ce qu'il juge bon. Il ne participe jamais au marchandage, ce serait dégradant.

– Dégradant !

Les deux hommes se trouvaient dans le salon du palazzo de Ludovici Gambetto, une pièce impressionnante – assez impressionnante, estimait le marchand, pour le placer quasiment sur un pied d'égalité avec Gonzaga. Une longue table de châtaigner était flanquée de chaises en bois sculpté recouvertes de damas cramoisi.

Des miroirs vénitiens accrochés à trois des murs permettaient à Ludovici d'étudier la déconvenue de son hôte sous différents angles.

Tu ne sais pas vraiment ce qu'est l'humiliation, avait-il envie de lui lancer. Peux-tu même imaginer ce qu'Abbas a souffert?

– On ne peut comprendre les Turcs en les jugeant de notre point de vue, dit-il. Pour eux, le sultan n'a pas d'égal dans le monde entier. Pas même l'empereur Charles... ou le doge de Venise.

Gonzaga eut un reniflement de mépris avant de boire son vin.

– Le sultan est le seul qui doive son rang à sa naissance, continua Gambetto. Tous les autres s'élèvent par leur mérite. Il n'est même pas nécessaire d'être un bon musulman. Ibrahim, le grand vizir précédent, était le fils d'un pêcheur grec. Ils ont un système appelé le devshirme, la « levée » de jeunes gens parmi des familles chrétiennes ou juives pour fournir le kullar, l'ensemble des esclaves du sultan. Les plus capables des garçons deviendront pachas; ceux qui ont plus de bravoure que de cervelle entreront chez les janissaires. Ces soldats d'élite que nous craignons tant et qui ont conquis la moitié de l'Europe sont tous nés chrétiens! Quant aux femmes, le sultan peut avoir pour mère la fille d'un paysan circassien. Le système est éminemment équitable.

– Je comprends vos arguments, grogna Gonzaga. Mais votre admiration est peut-être tempérée par quelque amertume personnelle.

Le négociant inclina la tête pour en convenir.

– Vous devez cependant reconnaître une chose, Excellence : si le Grand Turc combat les infidèles – comme il nous appelle – avec tous les moyens dont il dispose, nulle part dans le monde un homme ne peut pratiquer sa religion aussi librement que dans l'empire ottoman. Même lorsqu'il vous fait, lorsqu'il nous fait la guerre, ici, à Péra, nous sommes libres de pratiquer notre catholicisme en paix. A Galata, vous trouverez des juifs, des musulmans, des chrétiens qui travaillent côte à côte, alors qu'à Rome, on veut encore clouer les luthériens au pilori.

– Est-ce pour m'énumérer les vertus du sultan que vous m'avez fait venir ici, Gambetto? Peut-être avez-vous l'intention de vous convertir à l'Islam...

– Je demeure un loyal sujet de la Sérénissime. Mais j'ai vécu longtemps parmi les Turcs; je comprends un peu leurs manières.

– Merci pour la leçon, fit Gonzaga d'un ton condescendant. Elle a été fort instructive.

– Ce n'est pas pour cela que je vous ai invité.

– Ah? fit l'ambassadeur en se resservant à boire.

– Je crois savoir que vos négociations avec Lüfti Pacha se déroulent mal.

Le visage du père de Julia se colora de nouveau.

– L'insolent nabot exige que nous payions tribut et que nous cédions l'île de Chypre! D'ici qu'il veuille faire de Saint-Marc son palais d'été...

– Pouvons-nous refuser?

Gonzaga lança au marchand un regard chargé de venin.

– Depuis Preveza, les Turcs dominent la Méditerranée, vous le savez bien. Sans routes commerciales libres, notre république sombrera dans l'Adriatique. Grâce à votre Grand Turc éclairé!

– Il y a peut-être un autre moyen de régler le problème, Excellence.

– Je vous écoute.

– Comme vous le savez, je crois, mes activités ne sont pas toujours tout à fait légales... selon la loi osmanli, du moins.

– Nous le soupçonnions.

– Cela m'a conduit à nouer des relations influentes qui pourraient se révéler maintenant de quelque utilité pour la Sérénissime.

– Comment?

– J'admire les Turcs, j'en conviens, mais j'aime mon pays plus encore. Si vous abandonniez les négociations avec le grand vizir, je pourrais vous faire rencontrer l'amiral Dragut.

– Dragut!

– Ce n'est qu'un pirate, vous ne l'ignorez pas. Il se vend au plus offrant. *Ecco*, si Venise doit payer tribut pour utiliser les voies maritimes, je suis persuadé que Dragut serait plus raisonnable dans ses exigences que le grand vizir.

Gonzaga vida son verre, considéra Gambetto d'un air pensif.

– Cher marchand renégat, vous avez peut-être raison, et vous pourriez être utile à la République, finalement.

– Je suis ravi que vous soyez de cet avis, dit Ludovici.

Julia écoutait la conversation dans l'ombre, en haut de l'escalier. Son père! Elle avait l'impression de regarder un inconnu. Il était plus grisonnant, plus petit que dans son souvenir. Son visage s'était creusé et les rides au coin de ses lèvres, plus profondes, donnaient à sa bouche un perpétuel rictus de mépris.

Sa voix, pourtant, la glaçait encore. Elle lui rappelait des couloirs sombres et froids, des repas lugubres, silencieux, des bibles poussiéreuses, des contraintes...

Julia se sentait comme un prisonnier libéré rencontrant son ancien geôlier dans la rue.

Elle chercha au fond de son âme un semblant d'affection mais ne trouva que l'horreur de sa vie à Venise et éprouva une soudaine gratitude pour Ludovici, pour ce qu'il lui avait donné.

Elle se rappela Abbas...

78

Istanbul

Les fenêtres du palais d'Abdül Sahine Pacha offraient une vue splendide sur le grand dôme d'Aya Sofia. L'été, par beau temps, on pouvait même voir des dauphins jouer dans la mer de Marmara.

Sirhane avait son propre hammam, aux murs de marbre blanc ornés d'une frise de céramique d'Iznik, dont les caractères *sülü* bleus et blancs s'associaient pour former un verset du Coran et faisaient le tour de la pièce. La lumière tombant du plafond voûté passait au travers des nuages de vapeur.

A côté de Julia assise, nue, au bord du bassin, Sirhane enduisait ses mains d'une huile parfumée. Elle entreprit de masser le cou et les épaules de son amie.

– Tu es tendue. Qu'y a-t-il?

Julia releva la tête.

– Tu te souviens de ton père?

– Bien sûr.

– Quel âge avais-tu quand on t'a prise pour le devshirme?

– Quinze ans.

– Tu as pleuré?

– Pendant une semaine. Pourquoi?

– Dis-moi.

– Nous n'étions que des paysans. Mon père élevait des moutons, quelques chèvres. Nous faisions aussi pousser du tournesol et un peu de blé. Il était déjà très vieux quand je suis partie, il doit être mort, maintenant. Ma mère aussi. J'avais dix frères et sœurs. Ma famille me manque... Mais à quoi bon regretter? Si j'étais restée là-bas, je serais dans un pré, à garder des moutons.

– Mais tu l'aimais?

– Mon père?

La Vénitienne tourna la tête, vit l'expression perplexe de son amie.

– Bien sûr. Qu'est-ce qui te tourmente? dit Sirhane, pressant de ses doigts les muscles du cou de Julia pour en chasser la tension.

– Je crains pour mon âme.

– Quoi?

– Il y a quelque chose de mauvais en moi. Je le sens.

Sirhane s'esclaffa puis se rendit compte que Julia parlait sérieusement. Elle lui entoura les épaules de ses bras, la serra contre elle.

– Qu'est-ce que c'est que ces sottises? Tu m'interroges sur mon père, tu dis que tu es mauvaise...

– Il y a tant de choses en moi que je ne comprends pas. Pourquoi ne puis-je aimer un homme? Pourquoi est-ce que je préfère ta compagnie à celle de mon époux?

Sirhane la fit se tourner vers elle.

– Il n'y a rien de mal à cela.

– Si. Je sais qu'il m'aime, qu'il voudrait que je l'aime aussi. Je le trahis chaque fois que je te vois.

– Nous nous donnons du plaisir. Ce n'est pas la même chose que faire l'amour avec un homme.

– Parce qu'une femme ne peut pas posséder de biens propres, comme un homme? Nous ne pouvons pas nous posséder l'une l'autre?

– Julia, qu'est-ce qu'il y a?

La femme de Ludovici soupira, posa la tête sur l'épaule de son amie.

– Si tu sais que quelque chose de terrible va arriver à quelqu'un et que tu ne fais rien pour l'empêcher... est-ce mal?

Le corps de Sirhane se raidit.

– Julia, que se passe-t-il?

– Réponds à ma question.

– Cela dépend, dit prudemment la Syrienne. Cette personne a-t-elle commis quelque chose de mal?

– Oui... Oh! oui.

– Et la loi réclame-t-elle qu'elle soit punie?

Julia ne répondit pas.
– Qu'arrivera-t-il si tu gardes le silence?
– Quelqu'un mourra.
– Et si tu interviens?
– Alors, un coupable échappera au châtiment.
Sirhane serra Julia plus fort.
– Tu aimes cette personne?
Qui est-ce? se demandait-elle. Ludovici? Moi?
– Je devrais l'aimer, mais je ne peux pas. Il y a quelque chose de mauvais en moi.
– Non, dit Sirhane. Tu es bonne, tu es douce. Le paradis ne te fermera pas ses portes.
Je ne suis ni bonne ni douce, pensait Julia. Je me suis avilie avec une autre femme et avec un castrat. J'ai renié mon propre père. Alors que mon confesseur m'a appris que la chasteté et le pardon sont les vraies vertus chrétiennes, je m'abandonne à la chair, à la vengeance. Sans même tenter de résister!
Mon père.
Abbas!
Elle posa la tête sur le giron de son amie et arqua le corps.
– Aime-moi Sirhane. Dis-moi que c'est bien. J'ai besoin que tu me rassures.

Péra

Jugeant sage d'informer le moins de personnes possible de sa rencontre avec Dragut, Gonzaga n'avait avisé que le bailo de ses intentions, sans même mentionner le rôle joué par Ludovici Gambetto. Il préférait protéger le marchand – tant que celui-ci pouvait le servir.
Un messager s'était présenté dans l'après-midi à la résidence du bailo avec un pli scellé pour Gonzaga. Dragut attendrait l'ambassadeur à bord du galion *Barbarossa*, mouillant dans le port de Galata. Gonzaga devrait s'y rendre seul, un peu après minuit.
Ce soir-là, après que le bailo lui eut souhaité bonne chance, il monta dans une voiture qui descendit la colline en direction des entrailles obscures de Galata.

79

Galata

La lueur des fonderies teignait de rose les quais déserts. Un attelage apparut soudain dans une des *yokushs*, ruelles en pente raide se terminant au bord même de l'eau. Caché dans l'ombre, Abbas vit un homme en descendre. Le cocher lui tendit une lanterne et l'homme – Abbas reconnut la toge et la bareta – se dirigea vers l'embarcadère.

Il passa à quelques pas de l'entrée où le Kislar Aghasi était tapi, et celui-ci distingua nettement ses traits à la lumière de la lanterne. Il se revit dix années plus tôt. Abbas se retrouva dans la cale nauséabonde du bateau, le nez empli de l'odeur écœurante de son propre sang...

Ils étaient trois, le châtreur et ses deux aides. Même douze ans après, Abbas se rappelait clairement leurs voix, leurs visages, tous les détails. Il se souvenait de la grosse tache de naissance sur la tempe du châtreur. Il se rappelait aussi les touffes de poils noirs dans les narines de l'homme qui le tenait par les épaules. Celui qui lui emprisonnait les jambes avait un crâne presque chauve qui luisait tel un miroir à la lumière de la lampe.

Le châtreur, à la voix aiguë de jeune garçon, n'avait pas cessé de rire, comme si tout cela n'était qu'une farce. Il avait entouré le bas-ventre et les cuisses d'Abbas d'un bandage blanc, pour empêcher le sang de couler. Cela avait pris du temps parce qu'Abbas se débattait. Le châtreur avait juré, mais ne l'avait pas frappé, et Abbas avait compris plus tard qu'il préférait le laisser épuiser ses forces. Ils avaient ensuite baigné son pénis et ses testicules dans une eau poivrée. Abbas avait gémi de douleur et l'homme, riant toujours, avait promis de les plonger dans l'eau froide dès qu'il les aurait coupés.

Abbas avait lutté de toutes ses forces, il avait crié, supplié. Il se rappelait avec humiliation – encore maintenant – avoir sangloté comme un enfant.

Le châtreur avait redoublé de rire en tirant le couteau incurvé glissé sous sa ceinture.

Impossible d'éprouver à nouveau la douleur, la sensation physique elle-même, mais Abbas pouvait faire surgir de sa mémoire les sentiments de désespoir et de peur de cette nuit-là. Et leur souvenir lui causait une telle souffrance que parfois, la nuit, étendu sur son lit, il geignait et battait des jambes.

Il se rappelait avoir crié si fort et si longtemps que pendant des semaines, il n'avait pu parler. Lorsqu'ils avaient cautérisé la plaie avec de la poix bouillante, il avait vomi et perdu conscience.

Quand il était revenu à lui, ils étaient encore en train de panser la blessure, avec un chiffon imprégné d'eau froide. Ils avaient placé une broche dans un trou du bandage pour empêcher le sang et l'urine de couler continuellement.

Abbas était incapable de s'arrêter de crier mais ses hurlements semblaient venir de l'extérieur. A l'intérieur de lui-même, une autre voix, calme, lui disait qu'il se viderait de son sang et que ce serait bientôt fini.

Les aides du châtreur le mirent debout, le forcèrent à marcher. Un tour de la cale lui fit voir la tête dodelinante de la signora Cavalcanti, les yeux fixes de Bartolomeo, une flaque d'eau teintée de sang, un rouleau de cordage goudronné... Puis de nouveau la tête de la duègne... les yeux fixes... la flaque...

Ils le firent marcher pendant des jours, lui sembla-t-il – quelques heures, plus probablement. Ce qui l'horrifiait, c'était la façon dont les deux hommes l'encourageaient, lui assurant qu'il s'en remettrait, comme s'ils étaient ses amis, ses médecins. Ils étaient parvenus à se dissocier totalement de la réalité de l'acte qu'ils venaient juste de commettre.

Pire encore, il sentait sa haine pour eux s'évanouir, et il les avait même remerciés quand ils l'avaient enfin laissé s'allonger sur le sol, à demi conscient.

Il n'avait aucune idée du temps qu'il avait passé dans cette cale. Il brûlait de fièvre mais on ne lui donnait pas à boire; ses lèvres s'étaient fendillées, sa langue avait gonflé dans sa bouche presque jusqu'à le faire suffoquer. Le temps n'avait plus de sens. Il passait sans effort de la conscience au noir absolu, comme s'il sommeillait dans son lit avant de se lever, rêve et réalité se fondant en une suite d'images de cauchemar. Et chaque fois qu'il s'éveillait, il priait pour que l'obscurité l'enveloppe de nouveau.

Un jour, les deux aides étaient resdescendus examiner la blessure. Ils avaient ôté les bandages, échangé des hochements de tête satisfaits. Quand ils avaient enlevé la broche, un flot d'urine avait jailli, comme d'une fontaine.

« Beau travail, avait dit l'un des hommes en lui tapotant l'épaule. Tu vas t'en sortir. »

M'en sortir ? avait pensé Abbas. Qu'est-ce que cela voulait dire ? Quelques semaines plus tard, on l'avait vendu sur un marché d'Alger. Depuis, il vivait au sérail, monstre tourmenté par son impuissance. Cela ne le consolait pas de savoir qu'il était entouré d'autres monstres. La plupart des eunuques du harem n'avaient jamais connu la puberté, et d'une certaine façon, il les enviait. Rares étaient les jours où il n'enviât pas tel ou tel autre. Et pas un jour ne s'écoulait sans qu'il maudît le nom d'Antonio Gonzaga.

Abbas sortit de l'entrée où il se cachait et suivit l'homme à la lanterne qui se dirigeait vers le *Barbarossa*.

Il avait trop longtemps attendu ce moment.

Péra

Agenouillée dans sa chapelle privée, Julia fixait le crucifix de bois accroché au-dessus de l'autel. Elle était venue implorer Dieu de l'absoudre, de lui donner la force de combattre sa faiblesse, mais elle ne ressentait que de la colère.

Quel Dieu permettait de telles souffrances ? Quel Dieu plongeait Abbas dans la douleur et accordait ses bienfaits à son bourreau ?

Le Dieu de son père. Le Dieu sombre, mâle et vengeur d'Antonio Gonzaga.

Julia se releva : elle trouverait son réconfort ailleurs.

80

Galata

Gonzaga sentit le mouvement derrière lui avant d'entendre les bruits de pas. N'appréhendant aucun danger, il ne s'alarma pas, se retourna et scruta l'ombre.

– *Che Xiè ?*

Pas de réponse.

Mais il y avait quelqu'un, il en était sûr. Si c'était un des hommes de Dragut, pourquoi ne se montrait-il pas ? Agacé, le membre du Conseil des Dix accéléra le pas en direction de la passerelle du *Barbarossa*.

Le bateau semblait vide : les lampes allumées en haut du grand mât et du mât de misaine jetaient de longues ombres sur un pont désert. Pas d'homme de quart, pas un bruit montant de la cale.

Gonzaga sentit le premier picotement de la peur.

Entendant à nouveau des pas sur le quai obscur, il fit volte-face.

– Qui est là ?

Il dégaina son épée, se maudit d'avoir accepté de venir seul. Oui, il y avait quelqu'un qui le suivait.

Il se mit à courir.

Soudain quatre formes sortirent de l'ombre pour lui barrer la route. Il s'enfuit dans une autre direction.

Quatre autres silhouettes apparurent devant les entrepôts. Corpo di Dio! Que lui voulait-on? Il s'efforça de se calmer : ce devait être des hommes de Dragut. Après tout, on l'attendait. Il n'avait rien à craindre.

– Lequel de vous est Dragut? lança-t-il, d'une voix qui parut aiguë à ses propres oreilles.

– Dragut n'est pas ici, lui répondit une voix de fausset dans un dialecte vénitien irréprochable.

Par le lion de Saint-Marc, que se passait-il?

– Où est-il? J'exige de le voir!

– Cela ne m'étonnerait pas qu'il soit en train de s'enivrer à Üsküdar, reprit la voix. Donne ton épée, sinon nous serons obligés de la prendre.

Gonzaga entendit le murmure de l'acier quand les lames quittèrent leurs fourreaux. Avec un sanglot de frayeur, il laissa son arme tomber sur les pavés, lâcha la lanterne et se remit à courir.

Aussitôt, deux hommes surgis de nulle part le saisirent par les bras. Pris de panique, il rua, glapit. L'un des hommes éclata de rire.

– Attachez-le, ordonna la voix de fausset.

Ils étaient au moins une demi-douzaine. Des mains rudes le firent tomber dans la boue, lui lièrent les bras derrière le dos avec une grosse corde de manille. Le Vénitien voulut appeler à l'aide mais on lui fourra dans la bouche un chiffon sale pour étouffer ses cris. L'un de ses assaillants le retourna sur le dos d'un coup de botte.

Quelqu'un ramassa la lanterne qu'il avait laissé tomber et vint se camper devant lui. Gonzaga découvrit l'un des êtres les plus laids qu'il eût jamais vus, un Maure obèse et borgne, défiguré par une vieille blessure.

– Antonio Gonzaga, fit l'homme à la voix de fausset. Tu ne te souviens pas de moi?

L'ambassadeur plissa les yeux pour mieux le voir. Oui, c'était bien un Maure, mais pas de la racaille des quais comme les autres. Il portait une pelisse doublée de zibeline brodée d'argent, des bottes de cuir jaune. Une grosse perle ronde ornait son oreille droite.

Qui était-il? Que voulait-il?

L'homme s'accroupit à côté de lui, approcha la lanterne du hideux visage et ôta le chiffon de la bouche de Gonzaga.

– Tu ne te souviens vraiment pas, n'est-ce pas?

– Bien sûr! Je ne vous ai jamais vu!

– Tu as raison: nous ne nous sommes jamais rencontrés. Mais tu me connaissais. Et je connaissais ta fille.

– Ma fille est morte! Assassinée par des pirates!

– Peut-être.

– Qui êtes-vous ? Corpo di Dio, dites-moi ce que vous voulez !

– Ce que je veux ? Je veux que tu te souviennes. Je veux que tu te souviennes de ta fille, la plus belle créature que j'aie jamais vue, que je verrai jamais. Je veux que tu te souviennes du fils du Capitaine Général des troupes, il y a douze ans...

Gonzaga écarquilla soudain les yeux et gémit, bouche ouverte.

– Je vois que tu te souviens, maintenant. Pour ma part, je n'ai jamais oublié. Comment l'aurais-je pu ? Après ce que tu avais ordonné à tes brutes de me faire... Montez-le à bord !

Le togato se mit à hurler mais l'un des ruffians lui remit le chiffon dans la bouche. Ils le soulevèrent aisément – par les poignets et les chevilles, comme un porc égorgé – le hissèrent à bord du *Barbarossa* puis le descendirent dans la cale.

Parfaite justice, songea Abbas.

C'est ainsi que cela a commencé pour moi.

81

Abbas suspendit la lampe à un crochet fixé à l'une des poutres tandis que les hommes déposaient à ses pieds leur fardeau gémissant, dans une flaque d'eau de mer mêlée de goudron. Les yeux exorbités de terreur, Gonzaga essayait sans doute d'implorer leur pitié mais le chiffon l'en empêchait.

Le Kislar Aghasi attendit qu'ils soient seuls et dit :

– Je vais ôter ton bâillon, mais, si tu cries, je le remets. C'est clair ?

Gonzaga hocha désespérément la tête.

Quand Abbas enleva le bâillon, les mots jaillirent comme s'il avait retiré la bonde d'un tonneau de vin :

– J'ignorais ce qu'on vous avait fait, je le jure. J'avais seulement donné l'ordre qu'on vous batte, pour vous décourager, c'est tout. Si je vous ai fait du tort, je peux réparer. Je suis riche, je suis consigl...

Abbas remit le chiffon dans la bouche du prisonnier.

– J'aurais dû m'en douter, soupira-t-il. Mensonges et vantardises... Que peux-tu m'offrir, Consigliatore ? De l'argent ? J'en ai plus qu'il ne m'en faudra jamais. Je possède plus de diamants que tes poches, pourtant profondes, n'en peuvent contenir. Non, ce que je désire pardessus tout, c'est ce que chaque homme reçoit à sa naissance. Tu me l'as pris, tu ne peux me le rendre.

Abbas dégaina un court killidj passé sous sa large ceinture, le tint près du visage de Gonzaga, le fit tourner dans son poing pour que la lame reflète la lumière de la lampe.

– Regarde, Excellence. Avec cet instrument simple, tu peux couper du pain ou détruire la vie d'un homme. Cela dépend de l'intention. Quelle est mon intention? Tu la devines?

D'un geste vif, il releva la robe noire de Gonzaga, dénudant les cuisses et le bas-ventre, saisit les testicules et pressa.

L'ambassadeur se raidit, hurla sous son bâillon.

– Tu imagines ce que cela peut être, Excellence? Tu l'imagines un seul instant?

Gonzaga ferma les yeux, se mit à sangloter en secouant violemment la tête comme pour la dégager d'un nœud coulant. Abbas l'observait, se souvenait. Tout à coup, il se redressa, remit le couteau dans son fourreau.

– Non, Consigliatore, je ne souhaiterais pas une telle horreur à mon pire ennemi. Pas même à toi. Je ne pourrais jamais souiller mon âme d'un tel péché.

Le corps du père de Julia parut se vider de ses forces. Il roula sur le côté et, les genoux pressés contre la poitrine, se mit à pleurer.

– Je serai charitable avec toi, Excellence. J'épargnerai même ta vie. Au matin, Dragut appareillera pour Alger avec ce bateau. Je lui ai donné l'ordre de te vendre comme esclave pour les galères du bey. Tu as encore de longues années à vivre, Consigliatore. Des années de bonheur enchaîné à un banc, baignant dans tes propres déjections, tirant dix-huit heures par jour sur la rame. Certains hommes subissent cinq ou même dix ans cette torture avant que leurs forces ne les lâchent.

Abbas se dirigea vers l'échelle en ajoutant :

– Si seulement tu m'avais montré autant de considération! C'eût été de la bonté pure, comparé au sort que tu m'avais choisi! Que Dieu soit avec toi, Excellence!

Il regarda une dernière fois l'ambassadeur de l'Illustre Signorie de Venise, prit la lanterne et abandonna Antonio Gonzaga aux ténèbres et à ses rêves.

Péra

La lune était tombée derrière les sept collines quand Ludovici rentra. Julia veillait encore. Assise à la fenêtre, elle regardait la ville par-dessus la Corne d'Or. Il vint se placer derrière elle, posa une main sur son épaule.

– C'est fait, souffla-t-il.

Elle ne répondit pas mais il sentit la pression de ses doigts sur sa main. Au bout d'un moment, il la laissa pour aller se coucher, bien qu'il sût qu'il ne parviendrait pas à dormir.

Eski Saraya

Abbas tira sa propre clef du lourd trousseau pendu à sa ceinture. Depuis la mort du dernier Kapi Agha, ce n'était plus le chef des eunuques blancs qui en avait la garde.

Il se laissa tomber sur sa couchette. Un chat sauta sur ses genoux, se mit à ronronner, et il le caressa distraitement, l'attention concentrée sur quelque jeu d'ombres se déroulant dans le tréfonds de son esprit. Il ôta son turban, se tint la tête à deux mains.

La vengeance n'a pas un goût plaisant, pensa-t-il. Elle ne fait que remplacer la haine par l'amertume, la colère par l'envie. Il n'avait plus de rêve de vengeance auquel s'accrocher, il ne lui restait que la douleur du souvenir. Les comptes avaient été réglés; il devait vivre le reste de sa vie en se résignant au prix qu'il avait été contraint de payer.

On ne peut rien changer de ce qui a été fait.

Rien.

Le clair de lune faisait briller les coupoles et les minarets du harem, entourant d'une aura d'étrangeté les platanes et les cyprès postés en sentinelles dans les cours.

Les eunuques gardant les portes cloutées de fer avaient l'air de statues sculptées dans l'acajou. Au-dessus d'eux, deux paires d'yeux fixaient l'horizon par-dessus les rues étroites et sales de la ville.

L'une croyait voir l'herbe ondulante des steppes de Géorgie, l'autre les canaux diaprés de soleil de la Sérénissime. Abbas et Hürrem, asservis par la mutilation et la beauté, contemplaient tous deux la nuit, l'âme érodée par l'amertume et la frustration, chacun d'eux constituant un avant-goût de l'enfer et empoisonnant le paradis sur terre d'un autre homme.

HUITIÈME PARTIE

LA FENÊTRE PÉRILLEUSE

82

Topkapi Saraya, 1553

Depuis plus d'une décennie, le sabre du bourreau demeurait suspendu au-dessus de ses enfants. Le Roi des Rois lui-même ne pouvait rien pour protéger ses fils après sa mort parce que son propre grand-père, le Fatih, conquérant d'Istanbul, avait décrété cette kanun sanglante :

« Les ulémas ont déclaré qu'il sera permis à celui de mes illustres enfants ou petits-enfants qui montera sur le trône d'ordonner l'exécution de ses frères pour assurer la paix du monde. »

Alors que son règne se poursuivait, Soliman sentait les premières morsures de l'âge et du doute. Il était de plus en plus hanté par les conséquences qu'aurait sa mort. C'est notre faiblesse, pensait-il. Nous ne deviendrons jamais un grand peuple si nous ne mettons pas fin à ces tueries entre frères et fils.

Cela avait commencé des années plus tôt. Un soir, Hürrem lui avait posé le problème, donnant forme pour la première fois au malaise qu'il éprouvait.

– J'ai peur, avait-elle murmuré, blottie dans ses bras.

– Peur, petite russelana ?

– Pas pour moi. Pour mes fils.

– Tu n'as rien à craindre.

Elle posa la tête sur la poitrine nue et lisse du sultan.

– Seigneur, quand tu mourras – que ce jour ne se lève jamais ! –, ma vie ne vaudra plus d'être vécue, aussi, je ne crains rien. Mais la kanun du Fatih dit qu'une fois sur le trône Mustapha aura le droit de se débarrasser de ses frères pour assurer son pouvoir...

– Nous sommes sortis de ces pratiques barbares. Cela n'arrivera plus jamais.

– Ce n'est pas de Mustapha que j'ai peur, seigneur. Il a le cœur charitable, il n'a montré que de bonnes dispositions envers mes fils, même envers le pauvre Céhangir.

– De qui, alors?

– Je crains ceux qui l'entoureront quand le pouvoir sera tout nouveau pour lui – avant qu'il ne découvre sa propre autorité. Nous savons que Mustapha sera sultan, mais qui sera son grand vizir? Un eunuque desséché comme Achmed Pacha montrerait-il de la compassion au malheureux Céhangir? Les astrologues de la Maison du Temps peuvent-ils prédire les complots que l'agha des janissaires ourdirait contre Sélim parce qu'il ne sait pas monter à cheval? Quels pièges un pacha jaloux ne tendrait-il pas à Bajazet, parce qu'il est si capable? Déjà les janissaires et le Divan sont suspendus au moindre mot de Mustapha, tels des chiens mendiant un os. Cela m'effraie.

Elle a raison, pensa Soliman en la serrant plus fort. Il n'est rien que je puisse faire pour les protéger, elle et mes fils, après ma mort. Sélim et Bajazet tenteront leur chance comme je l'ai fait moi-même, mais qu'adviendra-t-il de ce pauvre infirme de Céhangir? Mustapha m'a donné sa parole, et cependant...

Malgré tout le pouvoir qu'il détenait maintenant, il serait impuissant dans sa tombe.

Il devait faire confiance à la noblesse de sentiments de Mustapha. Ce n'était pas un boucher comme Sélim le Terrible. Soliman l'avait regardé grandir, il était aussi loyal que brave. Il n'y avait en lui ni ruse ni méchanceté. Il était celui à qui il devait passer la bannière de Mahomet.

– C'est un homme juste, petite russelana.

– Sa mère vit encore, et elle me hait.

Gülbehar..., songea le sultan. Elle avait eu dix ans pour ruminer ses erreurs à Manisa. A sa mort, elle deviendrait Valide Sultane. Presserait-elle Mustapha d'invoquer la loi du Fatih?

– Que voudrais-tu que je fasse? demanda-t-il.

– Ne meurs jamais.

Il sourit dans l'obscurité.

– Nous mourrons tous. C'est pour nous le chemin de Dieu.

– Alors, je prierai pour avoir au Divan quelqu'un qui me protège. Rüstem, peut-être...

Soliman trouva la suggestion avisée. Rüstem Pacha, son gendre. Oui, il ne manquerait pas de protéger sa propre femme et ses beaux-frères. Il était encore jeune, il avait prouvé sa loyauté avec Ibrahim.

– Mustapha ne te fera aucun mal, déclara-t-il. Les Osmanlis ne s'entretueront pas. Tu as ma parole.

Mais lorsque le grand vizir Achmed Pacha mourut de la peste, Soliman le remplaça par son gendre. L'Homme qui ne souriait jamais devint le deuxième personnage de l'Empire osmanli.

Introduit dans la chambre des audiences du vizir, Abbas fit son temennah et laissa ses pages incliner sa masse vers le tapis. Rüstem se rappela que cet eunuque grotesque n'était pas son maître, qu'il servait juste d'intermédiaire à celle qui avait barre sur lui. La soie pourpre de sa robe est comme la tente royale, pensa-t-il. Quand il bouge, on dirait une troupe de janissaires se livrant à la bougrerie sous une couverture.

Le nouveau grand vizir ne laissa pas son visage exprimer l'amusement que l'image avait fait naître en lui.

– Puis-je te féliciter de ta bonne fortune? dit Abbas en guise de salut. Dieu te sourit. Être le vizir du plus resplendissant de tous les sultans osmanlis est un bienfait d'Allah presque trop grand pour qu'on puisse en saisir l'étendue.

Le Très-Haut n'y est pour rien, pensa Rüstem. J'ai simplement plus de ruse que les autres imbéciles du Divan.

– Loué soit-Il, répondit-il néanmoins.

– Ma maîtresse me prie toutefois de te rappeler que, si Dieu est grand, il est des jours où Sa bonté – ou Sa vengeance – ont besoin pour se réaliser du concours d'êtres plus humbles.

Quelle langue fleurie tu as! songea Rüstem.

– Dis à ta maîtresse que je ne l'oublierai pas.

– C'est en fait la raison de ma venue, enchaîna le Kislar Aghasi. Étudier les divers chemins que pourrait emprunter ta gratitude.

Le grand vizir frappa dans ses mains; les pages noirs

coururent chercher sorbets et halva pendant que les deux hommes entamaient la discussion.

– Tu as entendu ce qu'on murmure au bazar, pacha? demanda Abbas.

– Les *bazaaris* font bien plus que murmurer, comme tu le sais. S'adressant les uns aux autres, ils crient du seuil de leur boutique que notre sultan a perdu le goût de la guerre.

– Propos dangereux.

– Certes, mais que faire? Soliman ne trouve plus la gloire que dans la grande tâche de reconstruction de la ville. Il passe plus de temps avec Sinan, son architecte, qu'avec ses généraux.

– Il néglige ses devoirs envers Dieu. Protecteur de la Foi, il se doit de porter la bannière de Mahomet dans les Terres de la Guerre.

Où cette conversation nous mène-t-elle? se demanda Rüstem. Toi et ta maîtresse vous souciez autant de la bannière de Mahomet que du prix des melons au marché aux fruits. Ce qui vous inquiète, bien sûr, c'est Mustapha. Nous devons tous être prudents avec un tel shahzade qui attend, prêt à monter en selle.

– As-tu entendu les autres rumeurs en provenance des casernes? dit-il.

– Tout Istanbul les connaît. Des rumeurs si nombreuses qu'ensemble elles sont comme le grondement d'une armée lointaine, la nuit.

– Aucun de nous n'ignore ce danger...

Mais il faut se garder d'agir inconsidérément, ajouta le vizir *in petto*. J'espère que ta maîtresse en a conscience.

Les ennuis avaient commencé en Perse, comme toujours. Le shah Tahmasp faisait de nouvelles incursions à la frontière orientale de l'empire, torturant et tuant les muftis, répandant l'hérésie safavide, s'enhardissant chaque jour, tandis que Soliman écrivait des vers, édictait des lois et dessinait des plans de mosquée dans ses *yalis* d'été d'Andrinople et de Camlica. Pendant ce temps, ses janissaires attendaient derrière les murs du palais, brûlants de partir au combat, de moins en moins patients à l'égard de l'ancien conquérant de Rhodes. Ils parlaient de plus en plus ouvertement de leur bien-aimé Mustapha, l'héritier présomptif qui se morfondait dans l'inaction cependant que de premiers poils gris apparaissaient dans sa barbe. Lui n'aurait pas hésité à les mener combattre les Persans hérétiques, disaient-ils, et à leur offrir le pillage et le sang dont ils étaient assoiffés.

Mais l'aube du shahzade annoncerait le crépuscule d'autres vies, raisonnait Rüstem. Celle de Hürrem, par exemple. Et la mienne.

Quelque part dans les jardins à colonnades, une cloche sonna l'heure.

– Qu'est-ce que la noble Hürrem souhaiterait que je fasse ?

– Que tu te rappelles simplement à qui ta loyauté doit aller, dit Abbas.

A moi-même, pensa le vizir, qui répondit :

– Je comprends.

83

Après avoir vécu près de cinquante-neuf ans, Soliman s'aperçut soudain que l'âge avait commencé à attaquer ses os. Conscient qu'il était mortel, il se mit à lire le Coran et à consulter de plus en plus souvent le Cheikh ül-islam.

Affligé par la goutte, il avait les genoux et les coudes enflés et douloureux parfois pendant toute une semaine. Des œdèmes gonflaient sa figure et ses chevilles, et il avait pris l'habitude de se farder pour cacher la pâleur maladive de sa peau. Il mangeait peu désormais, se contentant de chevreau et d'eau fraîche.

Hürrem l'observait et avait peur. Ces signes extérieurs du déclin de Soliman lui rappelaient qu'elle-même n'avait sur la vie qu'une tenure fragile.

En particulier si on laissait Mustapha vivre longtemps.

Elle avait été patiente, attendant le moment propice, mais craignait à présent que le temps ne jouât plus en sa faveur. Contemplant la nuit et les eaux noires de la Corne d'Or d'une des fenêtres du saraya, elle savait qu'elle devait trouver un moyen d'écarter cette menace. Vite.

Soliman était étendu, les yeux clos, la tête sur le giron de son épouse. Il faisait frais dans le harem, presque froid. Bien qu'il fût près de midi, le soleil n'avait pas encore percé l'ombre des platanes et des hauts murs. Seuls quelques pâles rayons jaunes pénétraient à travers les fenêtres à barreaux.

– Tu as l'air fatigué, seigneur.

– Il y a tant à faire, petite russelana, tant à faire encore.

– Tu ne devrais pas t'épuiser ainsi.

C'est mon devoir, pensa-t-il. J'ai déjà abandonné les affaires quotidiennes de l'empire à Rüstem et au Divan pour pouvoir me consacrer à la reconstruction de la ville. Istanbul sera un témoignage plus éclatant de mon règne que Rhodes, Mohács ou Buda-Pest. Lorsque mon grand-père conquit la cité qui fut la Byzance de Justinien, elle était déjà en grande partie à l'abandon. Avant ma mort, elle aura retrouvé bien plus que sa gloire d'antan, et je pourrai proclamer : « Justinien, je t'ai surpassé ! »

La construction de mosquées impériales constituait l'ossature de ses plans, car chacune d'elles comprenait aussi un *külliye*, ensemble de bâtiments abritant un hôpital, une école coranique, des bains, un cimetière, une bibliothèque, parfois même un hospice. De nouveaux quartiers accueillant une population nouvelle se formaient rapidement autour d'elles.

La Shehzade, où se trouvait la tombe de Mehmet, et la Selimiye, qui honorait la mémoire de son père, étaient déjà achevées. Il avait chargé Sinan de se mettre au travail sur la Süleymaniye, qui s'élèverait à la place de l'Eski Saraya. Ce devait être son chef-d'œuvre. Les grandes coupoles de pierre et les minarets domineraient la Corne d'Or et la Cité des Sept Collines pendant mille ans.

Soliman s'était aussi attelé à la tâche herculéenne de rédiger un ensemble de lois qui servirait de fondation à tout gouvernement futur. Les milliers de kanuns qu'il s'attachait à promulguer constitueraient le cadre des jugements et des décrets du Divan et donneraient aux Osmanlis leur premier code. Cela lui avait valu le surnom d'« El Kanuni », le Législateur.

Cela lui valait aussi le mépris des janissaires, et il ne l'ignorait pas. Un jour, ils ne seraient plus nécessaires eux non plus, rêvait-il, mais cette tâche devrait être entreprise par un autre.

Fixant des yeux le plafond et la lanterne dorée suspendue au-dessus de sa tête, il avait presque l'impression d'entendre le temps s'enfuir et priait Dieu de lui accorder la force et les heures requises pour terminer l'œuvre qu'il s'était assignée.

Hürrem lui caressa la joue.

– Tu es absorbé dans tes pensées, seigneur?

– Je songeais à la fuite rapide du temps.

– Peut-être ne devrais-tu pas en passer une si grande partie enfermé avec tes scribes.

– Je ne peux me reposer avant que le travail soit fini. Je n'ose en confier l'achèvement à Mustapha. C'est un grand soldat, un excellent gouverneur, mais il ne saurait se consacrer à l'étude des questions de droit. En outre, d'autres problèmes me préoccupent. Je dois partir pour la Perse cet été. Je ne puis laisser le champ libre au shah plus longtemps.

Hürrem prit sa mine boudeuse de houri gâtée.

– Qu'y a-t-il? demanda le sultan avec un sourire.

– Pourquoi envoyer un maître aussi éminent donner la fessée à un enfant dévoyé? Tahmasp est-il si grand qu'il doive retenir ton attention personnelle?

– Il s'enhardit. Je n'ai d'autre choix que d'intervenir contre lui.

– Envoie Mustapha. Les janissaires l'adorent, ils le suivront n'importe où, même dans les déserts et les montagnes de Perse.

Un muscle de la joue de Soliman se contracta.

– Pourquoi dis-tu cela? répliqua-t-il en la dévisageant.

– T'ai-je offensé, seigneur?

– Quelles rumeurs as-tu entendues concernant Mustapha?

– Rien d'inquiétant. On dit que c'est un homme juste et bon, comme tu le répètes sans cesse toi-même. Un remarquable cavalier, un grand chef.

– Peut-être un peu trop grand, murmura Soliman.

– Un homme peut-il être trop grand?

– Toi-même, tu le crains encore?

– Mon seigneur m'a assuré que je n'ai rien à redouter de son fils.

– Peut-être... Je ne crains pas le sultan qu'il deviendra à ma mort. J'ai parfois peur de ce qu'il pourrait faire de mon vivant. Je crains les janissaires.

– Ils ne l'aimeront jamais plus que toi. Tu leur as donné Belgrade, Rhodes, Buda...

– Leur mémoire est courte. D'ailleurs, maintes jeunes recrues n'étaient pas encore nées, alors.

– Mais tu es leur sultan.

– Mon grand-père l'était aussi.

– Tu me l'as dit toi-même : Mustapha est un homme juste et bon. Tu crois qu'il intrigue contre toi ?

Soliman se redressa, le regard tourmenté par la peur et le doute. Cela faisait si longtemps qu'il n'avait pas vu Mustapha ; il ne se rappelait plus le jeune garçon plein de vie aux yeux brillants. Son esprit ne lui offrait que l'image d'une Gülbehar aigrie, d'un prince capable et ambitieux qui s'impatientait en prenant de l'âge.

L'ombre de son père et la kanun du Fatih continuaient à le hanter. Car il y avait un obstacle à sa vision de la civilisation : les janissaires. Après avoir été le socle sur lequel s'était bâti l'empire, ils en étaient maintenant la principale menace.

Les janissaires constituaient l'élite de l'armée ottomane. Ils étaient des soldats de métier à une époque où la plupart des armées étaient formées de groupes de nobles apportant chacun leurs vassaux avec eux en guise de fantassins. Ils n'avaient d'allégeance qu'envers un seul homme. C'était le sultan qui leur donnait à manger chaque jour, et la nourriture était devenue leur plus important symbole. Leur agha portait le titre de *chorbadji bashi*, chef donneur de soupe, son second celui d'*ashi bashi*, ou chef de cuisine. Chaque homme portait une cuillère cousue sur le devant de son bonnet, et l'emblème de la troupe était le *kazan*, marmite figurant sur tous les étendards. En partant en campagne, chaque régiment emportait son chaudron et le déposait devant la tente de l'agha quand on établissait le camp.

Les janissaires renouvelaient leurs rangs grâce au devshirme qui les fournissait en jeunes chrétiens choisis pour leur robustesse plutôt que pour leur cervelle. On les endurcissait encore par des travaux effectués dans les jardins du palais ou les chantiers navals. Après quoi, ils suivaient l'instruction militaire et on leur inculquait une obéissance aveugle à leurs aghas. Ils vivaient un célibat imposé, logeaient dans des casernes austères et recevaient une maigre solde. Seul espoir de se remplir les poches : le butin des combats. C'était pour cette raison qu'ils avaient vénéré le père de Soliman : ils n'étaient jamais privés de batailles et de pillage quand ils suivaient Sélim le Féroce.

C'étaient eux qui avaient contraint son grand-père, Bajazet II, à abdiquer, et Soliman n'avait pas oublié le jour où, au début de son règne, ils avaient retourné leurs marmites sous le grand platane de la première cour, devant leur caserne, pour signifier leur révolte. Bien que la rébellion eût été écrasée, il avait été forcé d'augmenter leur solde. Vingt ans plus tard, il regardait encore leurs chaudrons avec appréhension chaque fois qu'il traversait la première cour à cheval pour se rendre à la mosquée. En théorie, ils étaient ses esclaves, mais vu leurs exigences constantes de guerre et de butin et la menace permanente qu'ils constituaient, il se demandait parfois s'il n'était pas le leur.

– Il ne doit plus y avoir de sang versé pour le trône, dit-il, comme s'il s'adressait à lui-même.

– Ne te tourmente pas ainsi, seigneur, dit Hürrem, l'entourant de ses bras.

– Tu comprends beaucoup de choses, petite russelana, mais pas les janissaires. Certaines fois, ce sont eux qui m'ont dicté mes décisions : je suis allé sur les Terres de la Guerre uniquement pour satisfaire leur envie de bataille, alors même que j'étais d'un avis contraire. S'ils peuvent m'imposer leur volonté, ils peuvent la lui imposer aussi.

– Quelle est la distance de Manisa à Istanbul?

– A la mort de mon père, j'ai chevauché cinq jours pour venir ici réclamer le trône. Juste cinq jours...

– Si tu le crains vraiment, donne à Bajazet la province du Sarukhan. Envoie Mustapha à Amasya ou dans le Karaman.

– Manisa est la ville où réside traditionnellement le shahzade. Il pensera que je lui ai préféré l'un de tes fils.

– Il sait que tu ne peux lui donner de garantie.

– Non, je ne peux pas.

– Alors, n'en parlons plus. Mustapha est un homme juste et bon, qu'y a-t-il à craindre? Oui, pensa Soliman, qu'y a-t-il à craindre?

Je crains de perdre tout ce que j'ai peiné à bâtir.

Il avait toujours voulu donner à son empire un avenir éloigné des tentes et de la guerre. Les nomades des steppes anatoliennes qui étaient ses ancêtres auraient bientôt une capitale qui s'enorgueillirait de posséder certains des plus beaux bâtiments de l'Orient et un système de gouvernement bien défini. Les arts étaient florissants. Les Osmanlis avaient laissé derrière eux la barbarie qui avait marqué l'avènement de son père. L'accession pacifique de Mustapha au trône, à sa propre mort, en apporterait la preuve.

Du moins priait-il pour qu'il en soit ainsi.

Mais le lendemain, Soliman s'entretint en privé avec son vizir et, peu après, il apposa son sceau sur une lettre enjoignant Mustapha de quitter Manisa, d'emmener sa famille et sa cour à Amasya, loin à l'est, à vingt-six jours de cheval d'Istanbul.

Péra

Derrière les rideaux tirés de l'un des palais bâtis de l'autre côté de la Corne, Ludovici Gambetto frappa doucement à la porte de la chambre de sa femme et entra. Elle l'attendait, vêtue d'une chemise de nuit dont la soie blanche miroitait à la lumière des bougies. Il s'assit au bord du lit et lui prit la main. Elle se redressa, passa les doigts dans la chevelure de son mari.

– Un cheveu gris!

– C'est ridicule! grommela-t-il en s'écartant.

– Enfin! dit-elle dans un rire. Je croyais que vous ne vieilliriez jamais!

– Je suis passé aux cuisines. C'est de la farine.

– Non, c'est un cheveu gris. Il doit y en avoir d'autres. Voulez-vous que je regarde?

– C'est juste un effet de la lumière.

– Moi, j'en ai, dit-elle. (Elle enroula une longue mèche autour de sa main.) Chez une brune, cela se voit.

– Tu es toujours belle pour moi, murmura-t-il. (Il prit le visage de Julia entre ses mains, l'embrassa.) J'ai envie de toi.

Elle lui tendit les bras, sourit, mais c'était du désir qu'il aurait voulu voir dans ses yeux, non de la soumission.

Il resta ensuite allongé près d'elle dans la pénombre, regarda sa poitrine se soulever et retomber doucement dans son sommeil, suivit d'un doigt le contour de son visage. Malgré le gris de ses cheveux, elle était à ses yeux toujours aussi belle. Belle et toujours aussi inaccessible que lorsqu'elle était enfermée dans le palazzo de son père.

Elle n'était pourtant pas incapable d'éprouver des sentiments forts, il le savait. Son amitié avec Sirhane en témoignait. Deux ans plus tôt, quand la Syrienne avait quitté Istanbul pour Amasya avec son mari, nommé écuyer du prince Mustapha, Julia avait été quasiment anéantie par le chagrin. Elle ne mangeait plus, ne sortait plus de sa chambre dont, pour la première fois, la porte était fermée à son mari.

Ludovici s'était efforcé de comprendre : Sirhane était la seule véritable amie de Julia. Et bien que son chagrin lui parût excessif, il n'avait pas tenté de s'imposer à elle. Il sentait qu'il aurait risqué, en le faisant, de la plonger à tout jamais dans la mélancolie.

Quelques mois après, elle lui avait rouvert sa porte et son lit. Il essayait de ne pas attacher d'importance à son manque de passion. Il comprenait qu'elle ne pouvait se forcer à l'aimer.

Pourtant, la jalousie le tourmentait. D'abord Abbas, ensuite Sirhane. Pourquoi lui accordait-elle sa compagnie en réservant sa passion à d'autres ? Pourquoi leur donnait-elle autant, et si peu à lui qui lui avait consacré sa vie ?

Amasya

Des myosotis bleu cobalt poussaient en grappes à travers les plaques de neige durcie, entre les crevasses des rochers. Des canards sauvages s'élevaient de l'herbe, battant bruyamment des ailes, terrifiés par le soudain grondement des sabots.

Mustapha éloigna sa monture turkmène de son escorte et attendit Céhangir. Dans la montagne, avec le vent pour seul témoin, on ne pourrait les entendre.

– Une belle journée de chasse, dit-il.

Son frère avait le visage enfiévré et semblait fatigué. Il aimait ses expéditions, qui pourtant l'épuisaient physiquement.

– En effet, approuva-t-il.

Il se sentait toujours flatté de l'attention de son demi-frère, qui était tout ce qu'il n'était pas : fort, beau, bon cavalier. Tout ce qu'admirait son père.

Ils chevauchèrent un moment en silence tandis que Mustapha cherchait un moyen d'aborder le sujet qui lui tenait à cœur.

– Comment va notre père? s'enquit-il enfin.

– Il souffre de la goutte. Son humeur est parfois détestable.

– Et tu dois le subir à Istanbul! s'esclaffa le shahzade.

– Je l'évite autant que je peux.

– A-t-il l'air préoccupé?

Se rendant compte que ce n'était pas juste une question polie, Céhangir fut tout à coup intimidé : Mustapha sollicitait vraiment son avis!

– Peut-être... Je ne le vois que rarement.

L'héritier du trône leva la tête pour suivre des yeux une buse qui tournoyait au-dessus d'eux dans le ciel.

– Il lui arrive de te parler de moi?

– Vous êtes fâchés?

– Je ne sais pas, répondit Mustapha.

Céhangir était déconcerté : son demi-frère n'avait pas pour habitude d'être aussi sombre.

– Tu es le shahzade, dit-il, comme si c'était un talisman contre tous les dangers.

– On peut être shahzade trop longtemps.

Voyant que le soleil s'était retiré derrière les montagnes violettes, Mustapha s'arracha à ses réflexions.

– Hâtons-nous. La montagne est froide la nuit, même au printemps.

Inquiet, Céhangir éperonna son cheval derrière son frère. Si Mustapha lui-même avait peur, le monde n'était plus un lieu sûr.

Dans la cour, en bas, les gardes se tenaient immobiles dans leur grande cape de cuir. Tout autour, des torches accrochées aux murs jetaient de longues ombres dansantes sur les pavés recouverts d'une pellicule de glace. Les nuits étaient froides dans la forteresse perchée sur les hauteurs dominant le fleuve Vert.

La Kiaya entra coiffée d'un turban de soie abricot et

posa un pot en vermeil rempli de café noir fumant sur un plateau, devant le divan. Gülbehar s'assit près du brasero pour se réchauffer et attendit Mustapha.

Lorsqu'il arriva enfin, il avait le visage rougi par le vent. Il est allé à la chasse, pensa Gülbehar, c'est pour cela qu'il est en retard. Il est rentré à la tombée de la nuit, bien qu'il connaisse les dangers des glaces et des rivières en crue à cette période de l'année.

Le prince s'inclina, baisa la main de sa mère et s'assit sur le divan à côté d'elle, souriant comme un jeune garçon. Presque quarante ans, songea-t-elle, et il possède encore l'énergie d'un adolescent. Il vaut mieux, d'ailleurs, car il sera un vieil homme quand il deviendra sultan.

– Comment vas-tu, mère?

– Je vais bien. J'ai demandé à la Kiaya de nous apporter du café.

Gülbehar frappa dans ses mains et l'une des géditchis s'avança pour remplir deux coupes d'argent.

La kadin but une gorgée du liquide chaud adouci au miel. Elle n'aimait pas son goût amer mais avait entendu dire que c'était la mode à Istanbul d'en boire. Elle affectait parfois de n'avoir jamais quitté le cœur de la civilisation.

– Ainsi, Rüstem a réduit notre pension, dit-elle.

Mustapha eut un nouveau sourire.

– Le shahzade n'a donc pas de secrets?

– Pas pour sa mère.

– Ne te tourmente pas. Ce n'est rien.

– Rien? C'est une insulte!

– Il cherche à me faire commettre un acte qui lui profiterait plus qu'à moi. C'est un imbécile, et il aura de bonnes raisons d'avoir peur quand je serai sultan.

– Si tu le deviens.

– Mère...

– Tu fais trop confiance à ton père. Regarde ce qui m'est arrivé.

Gülbehar regretta aussitôt ces propos. Je parle comme une vieille femme aigrie, se reprocha-t-elle. Peut-être est-ce ce que je suis devenue, mais je sais aussi que j'ai raison d'être inquiète.

– Mon père ignore tout de cela, j'en suis certain.

S'apercevant que ses mains tremblaient, la kadin reposa la petite coupe d'argent.

– Combien d'insultes supporteras-tu encore? Il épouse la sorcière, il la fait reine, il t'exile ici dans les montagnes et donne à Bajazet le poste de Manisa qui revient au shahzade. Maintenant, il ferme les yeux quand Rüstem nous coupe les vivres! C'est inouï! Si c'est pour te faire réagir, pourquoi ne réagis-tu pas?

– Ce serait de la folie.

– Tu le crois vraiment, fils?

Les yeux de Gülbehar s'embuèrent. Un prince accompli, le meilleur que les Osmanlis verraient jamais, et ils complotaient sa ruine. Si beau, en plus. Il y avait à présent un peu de gris dans sa barbe, quelques rides sur le visage hâlé par le vent, mais elles ne faisaient qu'accentuer l'autorité de ses traits. Tu mérites de t'asseoir sur ce trône, pensa-t-elle. Et la ziadi fera tout pour t'en empêcher.

– Je ne lèverai pas la main contre mon père. Je n'approuve pas ce qu'il t'a fait, je te l'ai dit maintes fois. Mais il est mon père, mon sultan. Toute action dirigée contre sa personne serait un crime envers le Ciel et l'Islam.

– Je doute que des pensées aussi nobles aient traversé l'esprit de la ziadi.

– Hürrem est kadin mais ce n'est... (Il s'interrompit avant de dire : ce n'est qu'une femme.) Elle n'est pas le sultan. En matière de succession, Soliman est seul juge.

– Comme tu es naïf!

Au lieu de s'offenser, Mustapha sourit.

– Jalousie, dit-il.

– C'est plus que de la jalousie, mon fils. Bien plus. Je la hais de toute mon âme à chaque battement douloureux de mon cœur.

– Il me suffit d'attendre. Le jour venu, le trône me reviendra, et nous pourrons alors réparer les injustices, si injustice il y a. Je ne crains pas Bajazet, et certes pas son gros ivrogne de frère. Même si je suis à vingt-six jours de cheval d'Istanbul, les janissaires ne me préféreront aucun d'eux.

– Oui, ils te veulent pour sultan, mais, au contraire de toi, ils ne sont pas prêts à attendre.

Le sourire du shahzade s'effaça.

– Non, je ne lèverai pas l'épée contre mon père.

– Le père de Soliman l'a pourtant fait.

– Il a été jugé au Ciel.
– Mustapha...
– Non! Je m'y refuse! Ce n'est pas nécessaire. Un jour, le trône me reviendra de droit. J'attendrai. Je n'offenserai ni mon père ni Dieu!

Sultanahmet, Istanbul

– Il doit mourir, déclara Rüstem.
Mihrmah pâlit, baissa les yeux comme devant un spectacle qui eût offensé le regard d'une femme.
– Mais Mustapha est le shahzade...
– Oui, Mihrmah. Et s'il devient sultan, qu'adviendra-t-il de nous? Je vais te le dire. La première décision de Mustapha sera de faire planter ma tête sur une pique à la Ba'ab i Sa'adet et de t'envoyer en exil. Et crois-tu qu'il montrera de la clémence pour tes frères?
La voix du vizir était calme, presque somnolente. Elle ne connaissait personne qui pût parler de la mort avec autant de détachement que son mari. Mihrmah détourna la tête. Il faisait trop beau pour parler d'assassinat. Dressé au centre d'un dédale de jardins, le palais avait été construit de manière à recevoir le vent du Bosphore et de la mer de Marmara. C'était le printemps, une brise chaude soufflait du sud. Dans la volière, un rossignol s'était mis à chanter et la beauté de ses roulades contrastait avec les visions sanglantes que Rüstem avait fait naître, là, sur la terrasse ombragée.
– Ce n'est pas dangereux?
– J'ai calculé les risques. Il y a plus de danger à ne rien faire.
– Que dit mon père? Connaît-il tes plans?
– Ton père dira ce qu'on lui fera croire. S'il t'interroge, réponds que tu vis dans une peur mortelle du shahzade. Invente n'importe quoi – pourvu que ce soit plausible, bien sûr – pour rendre tes propos crédibles.
Mihrmah regarda son mari manger. Distraitement, lui sembla-t-il, et sans plaisir, comme s'il calculait le coût de chaque bouchée.
– Est-ce une idée à toi? demanda-t-elle. Ou de l'hasseki Hürrem?
Il lui sourit, et cela la glaça. Elle savait qu'au Divan

on le surnommait « l'Homme qui ne sourit jamais ». Ce n'était pas vrai, naturellement. Elle avait vu son sourire, elle connaissait son secret : ses incisives, plus grosses que les dents voisines, le trahissaient en lui donnant l'air d'un loup.

– Se passe-t-il quelque chose à Istanbul sans que la reine n'y prenne part, soit par son désir, soit par ses actes ?

– Et si nous échouons ?

– Si nous échouons, nous n'aurons rien perdu car Mustapha est déjà notre ennemi. Si nous réussissons, nous aurons barre sur le sultan actuel, et peut-être sur le suivant !

84

Les appartements de Soliman, comme le reste du palais, remplissaient deux fonctions fondamentales : montrer la richesse des Osmanlis et préserver leur intimité.

Il en allait de même pour la chambre à coucher du Grand Turc, dont le luxe sautait aux yeux. Sur les murs aux céramiques resplendissantes, des versets du Coran en caractères sülü faisaient le tour de la pièce, blanc sur bleu, sous les chefs-d'œuvre azur, émeraude et écarlate des vitraux. Le lit, placé sur une estrade surmontée d'un dais, disparaissait sous le brocart d'or et le velours rouge des coussins. A côté, un broc d'or serti de turquoises et de rubis servait à se laver les mains.

Étalage de richesses absurde cependant, car nul n'était admis dans la chambre du sultan hormis ses eunuques et Hürrem. Ce goût du secret se manifestait dans les fontaines encastrées dans les murs, robinets d'or d'où une eau parfumée coulait en murmurant dans des urnes de marbre, ainsi que dans les *sacnissis,* petits belvédères où le sultan pouvait s'asseoir pour contempler les jardins sans être vu.

Peu après que Hürrem était devenue sultane, on avait ajouté un autre raffinement : une porte dérobée sculptée dans la pierre, derrière un des miroirs vénitiens, et un escalier menant directement aux appartements de l'ancienne favorite, qui pouvait ainsi entrer et sortir à l'insu de tous.

C'est par cette porte qu'elle pénétra dans la chambre. Elle trouva Soliman non pas étendu sur le lit mais allant et venant comme une bête en cage, bien que son genou droit fût encore gonflé par un nouvel accès de goutte.

– Seigneur, fit-elle à mi-voix avec le sala'am cérémonieux dont pas même elle n'osait se dispenser.

Répondant à peine à son salut, il agita dans sa direction le parchemin qu'il tenait dans sa main droite.

– Que dois-je faire? Que penses-tu de ceci?

– D'où je suis, je ne saurais dire. Il me semble que c'est un parchemin.

Soliman soupira comme pour se moquer de lui-même.

– Excuse-moi, fit-il. (Il s'approcha d'elle en boitillant, l'aida à se relever.) Je n'arrive pas à croire ce que me disent mes propres yeux.

– Je ne comprends rien à tout cela. Je ne suis qu'une pauvre Tartare ignorante.

– Certes non, marmonna-t-il en lui tendant le parchemin. Lis!

Hürrem le parcourut rapidement. C'était une lettre adressée au shah Tahmasp, le Persan hérétique, et qui, après de longues formules de politesse, demandait en mariage une de ses filles. La suite soulignait les avantages que les deux parties tireraient d'une telle union.

Une signature courait sous la tugra du shahzade Mustapha.

– C'est un faux, déclara la sultane.

Un faux excellent, pensa-t-elle. Il faudra féliciter Rüstem.

– Tu crois?

– Comment pourrait-il en être autrement?

Soliman se laissa tomber sur un divan.

– Pourquoi quelqu'un ferait-il une chose pareille? Pourquoi?

– Les ennemis de l'empire sont partout. Cette contrefaçon servirait Charles si elle te dressait contre ton propre fils. Le shah lui-même n'est pas au-dessus de telles manigances.

– Comme je voudrais que tu dises vrai!

Avec un hoquet de souffrance, il se tint le genou. La goutte avait accru son irritabilité. Hürrem s'assit près de lui, lui massa les tempes de ses longs doigts jusqu'à ce que ses poings se desserrent, que son menton tombe sur sa poitrine.

– Que dois-je croire? soupira-t-il.

– Pourquoi Mustapha aurait-il écrit cette lettre? Le shah est l'ennemi juré des Osmanlis.

– L'ennemi de mon ennemi est mon ami, dit-on. Si Mustapha voit en moi un ennemi, une alliance avec Tahmasp lui serait profitable.

– Je ne peux y croire!

– Cela m'effraie aussi, dit le sultan en secouant la tête, pourtant...

– D'où tiens-tu cette lettre?

– D'un des espions de Rüstem à Amasya. Il a des espions partout.

– Duper un des espions du vizir serait chose facile.

– Peut-être, dit Soliman. (Il baissa les yeux vers Hürrem et ses lèvres se relevèrent en un sourire triste.) Tu es mon réconfort. Je vis parmi des serpents. Toi seule parles la voix de la raison et de la modération.

Le voyant à nouveau grimacer, elle proposa :

– Je fais venir le médecin pour ton genou.

– Non, prends plutôt ta viole. C'est un remède plus puissant que toutes les potions qu'il pourrait me donner.

Elle se mit à jouer. Au bout d'un moment, il ferma les yeux et elle crut qu'il s'était endormi. Mais lorsqu'elle reposa l'instrument, il rouvrit les yeux et dit :

– Je dois repartir pour l'est avec l'armée.

– Seigneur, tu es souffrant. Tu ne peux pas.

– Nous devons en finir avec le shah et son hérésie. Il n'y aura pas de paix tant qu'il conspirera contre nous en Asie. Les janissaires, les aghas, les ulémas eux-mêmes me pressent d'agir. Je suis le Défenseur de la Foi, je n'ai pas le choix.

– Envoie Rüstem à ta place.

– L'armée compte sur ma présence.

Hürrem baissa les yeux

– Je t'en prie, seigneur. J'ai peur. Pour ma part, je ne doute pas de la loyauté de Mustapha, mais si je me trompe, moi et mes fils, et même Mihrmah, courons un terrible danger. Tu es malade, et tu m'as dit toi-même qu'une semaine dans les froides montagnes d'Azerbaïdjan est plus éprouvante qu'un mois dans la boue de Hongrie. Je t'en supplie, ne t'expose pas au danger avant que cette question ne soit réglée.

– Je dois partir.

Hürrem le regarda et se sentit trembler. Tu pourrais

vraiment mourir là-bas, pensait-elle. Ne tourne pas le dos à cette vérité après avoir cru mes mensonges!

– Je sais que tu ne crains ni les périls ni les épreuves, reprit-elle, mais, en faisant un autre choix, tu poursuivrais ici un double objectif.

Un sourire étira lentement les lèvres de Soliman.

– Sage petite russelana! Je savais bien qu'il devait y avoir un plan dans ta jolie tête.

– Je ne suis plus jolie, seigneur.

– Tu m'enchantes encore. Dis-moi ce que tu penses.

– Laisse Rüstem partir pour la Perse en passant par Amasya. Ordonne à Mustapha de l'accompagner avec ses propres troupes. Ainsi, ton vizir pourra rapidement se convaincre de la loyauté du prince. Il découvrira que cette lettre est un faux, j'en suis sûre.

– Je le souhaite du fond du cœur. Mais ne pourrais-je aussi bien m'assurer moi-même de la loyauté de mon fils?

– Ce ne serait pas sage. Si Mustapha projette de trahir, tu ne peux risquer de démasquer ses véritables ambitions alors que les janissaires vous entourent.

Il regarda longuement avant de demander:

– Tu penses vraiment que nous en viendrons là?

– Je ne fais que conseiller la prudence.

Le sultan réfléchit et finit par murmurer:

– Tu as peut-être raison.

Hürrem s'agenouilla à ses pieds.

– Je t'aime plus que ma vie. Comme je voudrais pouvoir t'épargner cette souffrance!

– Seuls mes fils le peuvent. Je me demande pourquoi ils sont si impatients de s'asseoir sur mon trône. Si je pouvais y renoncer tout en continuant à remplir mon devoir envers Dieu, j'échangerais volontiers ma place avec le premier forgeron venu. A part toi, le pouvoir ne m'a apporté que des soucis.

Elle posa la tête sur le giron de Soliman, qui laissa la lettre glisser de ses mains et tomber par terre.

85

Ludovici retrouvait Abbas tous les mois dans la maison jaune du quartier juif. Il ne tirait aucun plaisir de ces rencontres pendant lesquelles, d'un accord tacite, ils n'évoquaient jamais le passé. Voir le corps obèse et mutilé de son ami le désolait. La graisse le faisait transpirer abondamment, même en hiver, et en été, la sueur coulait de ses doigts comme la pluie d'un toit.

– Comment va Julia ? demanda-t-il.

C'étaient toujours ses premiers mots, et Ludovici répondit cette fois encore :

– Elle va bien. Elle espère qu'il en est de même pour toi.

Sans faire de commentaires, Abbas baissa la tête et se concentra sur l'affaire qui les réunissait dans cette pièce aux volets clos.

La contrebande du blé était le secret le plus mal gardé de l'Empire ottoman. Un an et demi plus tôt, Rüstem lui-même avait envoyé ses propres navires à Venise *via* Alexandrie, réalisant un énorme bénéfice en un seul voyage.

Depuis l'été 1548, la Turquie avait connu cinq récoltes excellentes alors que Venise manquait de blé, et les profits des contrebandiers avaient crû en proportion. Ludovici Gambetto n'était pas le dernier d'entre eux. Ses caramousals traversaient régulièrement le Bosphore pour le port de Rodosto, sur la mer Noire, où ils étaient censés charger des peaux ou de la laine. En cours de route, ils faisaient escale à Volos pour embarquer du blé de contrebande. Au retour, lorsqu'ils repassaient par les Dardanelles, ils ne subissaient pas l'inspection des bateaux impériaux supposés faire respecter les règlements commerciaux, mais ce privilège coûtait cher.

– Rüstem Pacha veut mille ducats de plus par mois, annonça Abbas.

– Je ne puis me le permettre! protesta le Vénitien.

L'eunuque haussa les épaules.

– Navré, mais il y a beaucoup de bakchichs à payer. S'il n'y avait que Rüstem...

– S'il n'y avait que Rüstem, le prix serait quand même de mille ducats. Sa cupidité est donc sans limites.?

– Apparemment.

– Dis-lui que je refuse.

– Ne t'emporte pas, Ludovici. Même après ce pot-de-vin supplémentaire, chaque *chilo* de blé déchargé sur la lagune de la Sérénissime te rapportera deux fois son prix. Combien le paies-tu ici? Douze aspres le chilo? Rüstem sait que tu en tires trente-cinq à Venise.

– Il faut que j'y gagne.

– C'est aussi ce qu'il dit.

Ludovici soupira. Rien à faire, si l'on voulait commercer dans l'empire, il fallait payer ce que le vizir exigeait, chacun le savait.

Ils continuèrent à discuter, choisirent les routes qu'emprunteraient les bateaux du marchand, fixèrent les sommes à verser aux petits fonctionnaires de province puis comptèrent les ducats d'argent que Ludovici apportait à ces réunions dans un sac de cuir. Quand ce fut enfin terminé, Abbas se détendit, se versa un peu d'eau parfumée – il ne buvait jamais de vin – et, comme d'habitude, rapporta à son ami les ragots du harem comme une vieille femme au marché.

L'eunuque était la principale source d'information de Ludovici sur l'humeur et la politique intérieure de la Sublime Porte. Après sa tirade coutumière contre les iniquités de la ziadi – comme il surnommait Hürrem – et l'étendue de la corruption introduite par Rüstem Pacha – dont il profitait pourtant lui aussi –, le Kislar Aghasi baissa la voix et ajouta :

– On dit que le shahzade prépare une révolte.

– Mustapha? fit Ludovici, soudain attentif.

– On dit qu'il aurait arrangé son mariage avec l'une des filles du shah Tahmasp. Il solliciterait son soutien pour se rebeller contre Soliman.

– En es-tu sûr?

– La Comunità Magnifica ferait bien d'envoyer une délégation auprès du prince pour traiter avec lui. S'il accède au trône, il ne sera peut-être pas aussi bien disposé envers les contrebandiers que les vizirs de Soliman.

– Tu penses qu'il peut réussir?

Abbas eut un haussement d'épaules qui fit trembler ses bajoues.

– Il a le soutien des janissaires.

Ludovici était stupéfait. Si la popularité de Mustapha dans l'armée n'était pas un secret, il n'avait entendu jusqu'ici aucune rumeur de sédition. Mais toute rébellion a un début, raisonna-t-il, en essayant d'évaluer les conséquences qu'aurait sur sa propre vie un changement aussi important. Soliman régnait depuis son arrivée à Istanbul. Abbas avait raison : quelle serait l'attitude de Mustapha envers les marchands qui aidaient Rüstem à se remplir les poches? L'inimitié des deux hommes étaient notoire.

– Et toi, Abbas? demanda-t-il, réfléchissant à voix haute. Que feras-tu?

– J'accepterai la volonté de Dieu.

– Tu crois que Mustapha recherche vraiment l'alliance des Safavides? Que cette révolte est inéluctable?

– Seule son issue est incertaine.

– Soliman le sait?

Abbas parut étonné.

– Toi et moi pourrions savoir quelque chose qui resterait caché au Seigneur de la Vie?

Il frappa dans ses mains – c'était le geste, non le bruit, qui servait de signal – et les deux sourds-muets qui l'accompagnaient l'aidèrent à se lever. La tâche ne fut pas facile. Enfin prêt à partir, il dit à son ami :

– Dieu soit avec toi.

– Dieu soit avec toi, répéta Ludovici, et il regarda le Kislar Aghasi monter dans la voiture anonyme qui attendait devant la porte.

Mustapha, pensa-t-il. Ce doit être vrai. Si Abbas a raison, je dois miser sur les deux cartes : le roi et le valet.

Topkapi Saraya

– C'est fait? demanda Hürrem.

Abbas inclina la tête.

– J'ai agi selon ton désir.

– Bien, tu es un fidèle serviteur, dit-elle avec un sourire de courtisane accomplie. Comment va Julia?

– Elle se porte bien, répondit Abbas, sensible à l'allusion.

– Tu peux disposer.

Il sortit, dégoûté de Hürrem, dégoûté de la vie. Dégoûté de lui-même.

Pardon de t'utiliser ainsi, Ludovici, mais tu n'en pâtiras pas, je te le promets. Ce n'est qu'une intrigue de plus. Ni toi ni ma bien-aimée Julia n'en souffrirez.

Sinon, je n'aurais jamais laissé la ziadi me persuader d'y participer.

Pauvre Céhangir, pensait Soliman.

Il ne regardait jamais le jeune garçon sans ressentir une douleur dans la poitrine. Son infirmité l'empêchait de se tenir droit et il semblait toujours écrasé par un poids invisible. Il était incapable de tirer à l'arc, de soulever un sabre et, à cheval, ne dépassait pas l'allure du trot.

Quel fils pour un ghazi. Pourtant, de tous les enfants de Hürrem, c'était celui que Soliman préférait.

– As-tu vu Mustapha? lui demanda-t-il.

Céhangir ne leva pas les yeux. Il me craint, songea le sultan. Il tremble devant moi comme le plus humble *raya*.

– Il va bien, seigneur. Il t'envoie ses salutations.

– Sa mère va bien aussi?

– Oui, seigneur.

Oh! Céhangir, on croirait à te voir que je m'apprête à faire venir le bourreau.

– Tu as l'air fatigué.

– Le voyage fut pénible, seigneur.

– Là-bas, qu'as-tu fait?

– Nous avons chassé chaque jour.

– Mustapha te montre beaucoup d'affection, dit Soliman en fronçant les sourcils.

Pourquoi? Parce qu'il t'aime, ou parce qu'il se sert de toi – pour m'espionner, peut-être? Quel plaisir un homme comme lui prendrait-il à la compagnie d'un infirme?

– Je crois qu'il a pitié de moi, dit Céhangir, comme s'il devinait les pensées de son père.

Soliman fut surpris par la franchise du jeune garçon.

– Certainement pas, dit-il – mais il considéra un instant cette possibilité. A-t-il parlé de moi ?

– Il s'est plusieurs fois enquis de ta santé.

Parce qu'il m'aime, ou parce qu'il souhaite ma mort ? se demanda le sultan. Aussitôt, il se rendit compte que le Divan lui avait empoisonné l'esprit. Quand était-ce arrivé ? Quand ce venin s'était-il glissé dans son sang ?

– Je suis heureux que tu sois de retour, déclara-t-il.

Céhangir avait l'air impatient de partir et l'idée vint à Soliman que son cadet était terrifié par lui comme il l'avait été par son propre père. C'était cela, et non l'empire, le véritable héritage des Osmanlis : anéantir vos propres enfants.

S'ils ne vous anéantissaient pas d'abord.

86

Istanbul

Au lever du soleil, de la vapeur commença à monter des pavés humides, des flancs tressaillants des chevaux et des ânes qui avançaient en files lentes dans les ruelles tortueuses entourant le marché. C'était la saison du melon, et les marchands avaient empilé leurs fruits en pyramides sur leurs étals et sur le sol, en tas de formes et de couleurs variées – vert, jaune, doré, rayé, moucheté. Des parfums assaillaient les narines, lourds et sucrés, recouvrant les odeurs plus communes d'urine, d'humidité et de feu de bois.

Soliman forçait ses articulations douloureuses à gravir une rue en pente. Il suivait un des hamals, ces porteurs du bazar, plié en deux, les mains presque aux chevilles, des cageots de figues formant une haute tour sur son dos. Mon fardeau est aussi pesant que le sien, songeait le sultan.

Il faisait encore frais dans ces rues où le soleil du matin ne parvenait pas encore à se couler entre les vieilles maisons de bois aux étages en surplomb. L'empereur s'arrêta à l'un des étals, feignit d'examiner des pêches tout en écoutant la conversation du marchand avec son voisin.

– On dit que le sultan va repartir en guerre contre le shah, disait l'homme.

– Il aurait dû le faire il y a des années, répondit l'autre. Le Persan s'est assez moqué de nous. Nous avons la plus puissante armée du monde, et le sultan la laisse s'encroûter dans les casernes!

– Mustapha n'aurait jamais laissé le shah nous défier ainsi, intervint Soliman.

Les marchands tournèrent vers lui un regard méfiant, mais le premier ne put s'empêcher de donner voix à sa frustration.

– Le prince est un grand guerrier. Il aurait planté la tête du shah à la Ba'ab i Hümayun depuis longtemps.

– Il est peut-être temps que Mustapha devienne notre padichah, suggéra Soliman.

Les deux hommes le dévisagèrent comme s'il était devenu fou.

– Parle moins fort! dit le premier. Le sultan a des espions partout.

– Je n'ai pas peur de lui, dit Soliman, sincère.

– Bah, fit l'autre marchand, il ne fait que répéter ce que tout le monde sait déjà. Le sultan est vieux. Je tétais encore ma mère quand il a remporté sa dernière grande victoire.

– Quand même, il a fait beaucoup de choses, argua le marchand de pêches. Il a construit de magnifiques mosquées à la gloire de Dieu, il nous a donné nos lois, et ses navires dominent la Méditerranée.

– Les janissaires veulent de la viande, reprit le sultan.

– Mustapha ne va pas tarder à les soulever pour chasser Soliman du trône, ce n'est qu'une question de temps, ça aussi tout le monde le sait.

– Tais-toi! intima le marchand de pêches à son voisin.

Il leva des yeux hostiles vers Soliman, qu'il soupçonnait manifestement d'être ce qu'il était : un espion.

– Si tu veux des pêches, montre ton argent, lui lança-t-il. Sinon, va ailleurs en faire parler d'autres pour les livrer au bourreau!

Soliman prit le sillage d'un âne chargé de paniers de cerises, descendit la ruelle et sortit du marché. Les mots du marchand résonnaient encore à ses oreilles : « Ce n'est qu'une question de temps... »

Perdu dans ses pensées, il ne vit pas l'animal lever la queue pour déféquer sur les pavés, et le sultan des Osmanlis, Rois des Rois, Seigneur de la Vie, eut les bottes maculées de crottin. Oui, il est peut-être temps, se dit-il.

87

Amasya

Un mois plus tard, Rüstem arriva au pied des falaises du fleuve Vert avec un escadron de sipahis de la Porte et un *oda* de janissaires. Il établit son camp sous les murailles sombres de la citadelle, planta son enseigne à quatre queues de cheval devant sa tente et attendit.

Le vizir sut que Mustapha approchait bien avant d'entendre le bruit des sabots de sa monture. A la différence de ce qui se passait dans les camps des armées chrétiennes, l'ordre et le silence régnaient chez les Turcs. L'alcool et le jeu étaient interdits et, sauf au combat, on observait la règle des cinq prières quotidiennes.

Ce fut l'interruption de ce silence qui prévint Rüstem. Le murmure lointain grossit comme une vague, devint un grondement de tonnerre accompagnant l'approche du prince. On eût dit qu'un détachement de cavalerie avait enfoncé leurs lignes dans un tourbillon de cris. Le vizir se leva, sortit à pas pressés de la vaste tente pour accueillir le shahzade.

Il n'y avait pas plus de deux douzaines de cavaliers, tous vêtus de la veste en soie écarlate des sipahis. Seul le premier était en blanc, et des plumes de héron oscillaient sur son turban. Le diamant qui les retenait brillait au soleil, forçant Rüstem à se protéger les yeux de la main.

Les janissaires se pressaient autour des cavaliers, couraient derrière eux, heureux d'avaler la poussière soulevée par les sabots du cheval de l'Élu. Une armée de gorges poussait des acclamations qui se répercutaient sur les parois rocheuses, si bien que les cris semblaient jaillir de toutes parts. Mustapha ne leur répondait pas, ne tournait la tête ni à droite ni à gauche et gardait les yeux fixés sur la tente royale.

Rüstem vit les gardes du corps former une double haie devant celui qui suscitait ces clameurs. Dieu m'assiste dans ma peine! se dit-il. Tu es un homme dangereux.

Le prince arrêta son cheval dans un nuage de poussière jaune qui emplit la bouche de Rüstem. Profite de ta gloire, pensa le vizir. Bientôt tu mangeras de la poussière toi aussi. Pour l'éternité.

Mustapha sauta à terre avec souplesse; les janissaires se turent et attendirent.

– Où est mon père? demanda l'héritier du trône.

– Il est souffrant. Je suis le seraskier pour cette campagne.

Rüstem vit les émotions jouer sur les traits du shahzade : la déception, d'abord, puis l'excitation. Son heure était-elle proche?

– Est-ce grave?

– Ses médecins assurent que ce n'est pas mortel, mais il ne peut endurer les rigueurs d'une longue campagne.

Rüstem regarda derrière Mustapha la foule de visages qui entouraient maintenant le petit groupe de cavaliers. Un millier de janissaires, estima-t-il, à moins de cent pas de nous...

– Je n'ai jamais entendu une telle ovation, pas même pour le sultan, fit-il observer.

– Ils m'acclament parce que je suis son fils, répondit Mustapha avec prudence.

– Peut-être. Allons dans la tente. La poussière m'a desséché le gosier.

Quand les pages eurent apporté de l'eau de rose et du halva, le vizir tira une lettre des plis de sa robe et la tendit au prince, sans commentaire. C'était celle qui portait la tugra du shahzade et proposait le mariage à l'une des filles de Tahmasp.

– C'est monstrueux, murmura Mustapha.

Les yeux de Rüstem fixaient un point du tapis entre eux.

– Tu nies donc?

– Avoir offert une alliance à l'un des ennemis jurés de l'empire? Bien sûr que je le nie!

– La lettre porte ton sceau.
– C'est un faux! Mon père l'a vue?
– Naturellement.
– Et que dit-il?
– Je n'ai pas accès à ses pensées. Il attend ta réponse.
– Je sens ton odeur dans tout ceci! cria Mustapha en jetant le parchemin sur les genoux du vizir.

Pour la première fois, Rüstem leva ses yeux gris.

– Je ne suis pas ton ennemi, Mustapha. Ton ennemi, c'est cette foule de janissaires massés dehors. Ils crient trop fort.

– Je n'ai jamais fait et je ne ferai jamais quoi que ce soit contre mon père. Je l'ai juré. Il doit le savoir!

– Il attend ta réponse, répéta le vizir.
– Il l'aura.
– D'abord, j'ai des ordres du sultan lui-même pour toi. Il veut que tu rassembles tes troupes et que tu m'accompagnes dans cette guerre contre les hérétiques persans. Sous mon commandement, bien sûr.

– Je ferai ce qu'il m'ordonne, dit le shahzade.

Il se leva avec une expression de dégoût et sortit sans ajouter un mot.

Rüstem écouta le grondement des sabots dans la plaine puis fit venir l'agha des janissaires. C'était un blond au corps sec et nerveux, un Slave à la joue gauche déformée par la mitraille reçue pendant le siège de Rhodes. Les plumes d'oiseau de paradis de son bonnet bruissèrent quand il s'inclina pour le sala'am. Il se redressa, attendit les ordres.

– Forme un détachement de tes meilleurs hommes, dit Rüstem. Ils s'empareront de Mustapha au palais cette nuit et le ramèneront à Istanbul dans les fers.

L'agha hésita. Pour un soldat entraîné depuis l'âge de huit ans à obéir sans discuter, la réaction était révélatrice.

– A tes ordres, répondit-il.
– Qu'ils soient prêts à l'aube. C'est tout.
– A tes ordres, répéta l'agha, mais ses yeux semblaient injectés de venin.

Tu es si facile à percer, pensa Rüstem. Tes émotions éclairent ton visage comme nos meilleurs artistes enluminent un Qur'ān avec leurs encres saphir et vermillon.

Tout avait été simple. Aussi simple que Hürrem l'avait prédit.

Le Chemin Doré menait de la mosquée du harem à la salle du Divan et à la Fenêtre Périlleuse en passant devant les appartements du sultan. Un escalier obscur permettait d'accéder à la fenêtre grillagée et masquée par un rideau derrière laquelle le Commandeur des Croyants pouvait écouter les délibérations de ses pachas et vizirs.

Hürrem le pouvait aussi, à présent.

Arrivée en haut des marches, elle s'approcha de la fenêtre et regarda. Le rideau de taffetas transformait le marbre et l'or du lieu, la soie brillante des vêtements en un jeu d'ombres plus ou moins sombres, escamotant pour elle la splendeur du Divan. Mais c'étaient les voix qui importaient, et chaque mot lui parvenait avec une clarté cristalline.

– ... en es-tu certain? fit une voix d'homme.

C'était Soliman, retourné à ses devoirs en l'absence de Rüstem.

– Mes informations sont sûres.

Elle ne reconnut pas l'autre voix – celle d'un des nombreux subalternes de Rüstem, probablement.

– Est-il impossible que ton espion se soit trompé?

Hürrem entendit l'homme émettre une toux gênée. A l'évidence, le mot « espion » lui répugnait.

– J'ai glané mes renseignements à diverses sources, seigneur. Toutes le confirment, les Vénitiens sont convaincus que Mustapha a passé alliance avec Tahmasp. Le bailo lui-même a envoyé secrètement à Amasya un messager porteur d'une lettre. Nous en ignorons le contenu.

Quel plaisir d'entendre répéter dans la salle du Divan une rumeur qu'on a soi-même lancée! jubilait Hürrem. Abbas avait bien fait son travail. Pendant des années, il avait jeté à Gambetto des miettes de vérité pour établir sa crédibilité. Aujourd'hui, toute la communauté vénitienne de Galata avait avalé le gros mensonge.

Remarquable aussi que pas un des propos venimeux colportés au bazar sur Rüstem et sur elle-même ne soit jamais venu aux oreilles du Seigneur de la Vie. Le vrai pouvoir implique le contrôle des rumeurs. Quand même les espions vous craignent, personne à la Cour n'ose répéter un seul mot contre vous.

Soliman n'avait pas encore prononcé son jugement mais Hürrem imaginait son expression : contractée, comme s'il s'efforçait de lâcher un vent. Elle porta une main à sa bouche pour retenir un gloussement.

– Je ne puis y croire, dit enfin le sultan.

– Seigneur, mes inf...

– Assez ! Je ne veux pas en entendre davantage ! s'écria-t-il, et le bruit de ses pas résonna quand il quitta la salle.

Hürrem se hâta de regagner ses appartements. Son sultan ne manquerait pas de chercher le réconfort auprès d'elle après ce nouveau coup. Il ne fallait pas qu'il découvre qu'elle connaissait déjà la raison de ses tourments.

88

Amasya

Un murmure chargé de colère brisa le silence de la nuit, comme un bourdonnement d'abeilles dérangées par un ours maraudeur. Les deux solaks qui montaient la garde devant la tente de Rüstem remuèrent nerveusement les pieds. C'était la seconde fois aujourd'hui que les cris des janissaires troublaient l'ordre du camp. S'ils devaient se rebeller...

La détonation de l'arquebuse fit l'effet d'un coup de canon, et son écho résonna encore bien longtemps après que l'un des solaks se fut effondré en se tenant la poitrine. L'autre tira son sabre dans une vaine tentative pour se défendre. Il y eut des éclairs, à sa droite, et deux autres coups de feu retentirent. Il ne vit pas l'homme qui le tua. La balle frappa l'œil gauche, traversa le cerveau avant qu'il ait eu le temps de crier.

Des formes sombres surgirent de l'ombre, se ruèrent dans la mare de lumière projetée par les torches. Des épées étincelèrent quand deux des hommes en tunique foncée s'arrêtèrent pour administrer le coup de grâce aux gardes gisant sur le sol.

Ils se précipitèrent ensuite dans la tente. A la lueur des torches, Rüstem reconnut seulement l'un d'eux, l'agha des janissaires, mais le long bonnet gris des autres indiquait clairement qu'ils faisaient partie de ses troupes.

Se tournant sur sa selle, le vizir dit à l'un des sipahis qui l'accompagnaient :

– Il semble que nous soyons confrontés à une rébellion.

– Tu as su deviner l'humeur des janissaires, seigneur, répondit l'homme.

– Oui. C'est une chance que je ne sois pas dans ma tente en ce moment. Je présume que ces bouchers sont en train de décharger leurs arquebuses sur mon matelas.

Le sipahi hocha la tête, encore abasourdi par ce qu'il venait de voir.

– Nous devons retourner à Istanbul rapporter les événements au sultan. Mustapha n'a plus la patience d'attendre le trône, j'en ai peur, dit Rüstem.

Il fit tourner son cheval vers l'ouest et disparut dans le noir avec son escorte.

Il était tard. La nouvelle de la rébellion avait tiré Gülbehar de son sommeil, et elle frissonnait à présent dans une robe d'hermine. Elle tentait de se réchauffer aux braises rougeoyantes du feu mais le froid de la peur ne la quittait pas.

Sirhane entra, s'inclina devant elle. La chevelure en désordre, elle semblait hébétée de sommeil. Son caftan, passé à la hâte, était froissé. Elle était pâle, elle tremblait. Son mari était l'écuyer de Mustapha. Elle doit se croire veuve, se dit Gülbehar. Elle pense que c'est pour cela que je l'ai fait appeler.

– Ton époux est sauf, annonça aussitôt la kadin.

– Maîtresse..., fit Sirhane, dont les épaules s'affaissèrent de soulagement.

– Mais nous sommes tous en danger.

La Syrienne leva vers Gülbehar un regard désemparé.

– Nous devons quitter Amasya?

– Nous ne pouvons fuir nulle part. Il y a eu une révolte au camp royal cette nuit. Les janissaires ont tenté d'assassiner Rüstem Pacha.

– Le prince a-t-il...?

– Mustapha ne les y a pas incités. Sinon, nous ne serions pas en danger. Quand Soliman apprendra la nouvelle, il accusera sûrement mon fils. J'ai besoin de ton aide, Sirhane.

– Mon aide, noble kadin?

– Si le sultan s'en prend à mon fils, il s'en prendra aussi à toute sa maison. Ton mari sera exécuté, ses biens confisqués, et tu connaîtras l'exil. Tu finiras tes jours dans la peau d'une mendiante. Est-ce là ce que tu veux, Sirhane?

– Non, kadin.

– Je ne veux pas que la vie de mon fils soit perdue à cause de l'aveuglement d'un homme! Tu te souviens du Kislar Aghasi, n'est-ce pas?

– Oui, maîtresse.

– Retourne à Istanbul, va le trouver. Offre-lui tout ce qu'il voudra. Tout! (Gülbehar se pencha en avant.) Je veux la mort de la Joyeuse. S'il peut faire cela pour moi, mon fils deviendra sultan, et j'exaucerai tous les désirs d'Abbas. Persuade-le, Sirhane. Pour mon bien – et pour le tien.

89

Topkapi Saraya

Soliman était affaissé sur le trône, comme si sa poitrine, s'effondrant de l'intérieur, ne soutenait plus ses épaules et son menton. Sa bouche aux coins tirés vers le bas dessinait une grimace de désapprobation et de dégoût. Il fixait Rüstem par-dessous ses épais sourcils gris, parfaitement immobile. Seul mouvement de son corps : le frémissement de ses narines quand il respirait.

Le vizir, après l'avoir salué, attendait qu'il l'invite à parler.

– Eh bien? finit par grogner le sultan.

Il doit déjà savoir, devina le vizir. La rumeur court dans les couloirs du palais comme un feu de prairie.

– J'apporte une nouvelle qui afflige mon cœur, dit-il.

– Contente-toi de me la dire. Pourquoi as-tu abandonné mon armée?

– Seigneur, ma vie était en danger, mais c'est pour la tienne que je craignais.

Un grognement sourd échappa aux lèvres du padichah. Il semblait venu des profondeurs de son être, comme le grondement d'un tremblement de terre.

– Mustapha?

– Je ne sais pas. Les janissaires ont surgi au milieu de la nuit, ils ont tué mes gardes et ont pénétré dans ma tente. Prévenu, j'ai réussi à m'enfuir.

– Combien étaient-ils?

– Trop pour qu'on puisse les compter, seigneur. L'agha était à leur tête.

– Et le shahzade?

– Lorsqu'il est entré dans le camp, les janissaires l'ont acclamé à en perdre la voix. Ils criaient ouvertement que le prince conduirait leur étendard vers les Terres de la Guerre plus promptement que le sultan. Ils criaient que tu es désormais trop vieux pour les mener, et que je ne suis qu'un defterdar qui ne connaît rien aux batailles.

– Tu lui as montré la lettre?

– Il a dit qu'il n'avait de comptes à rendre qu'au sultan. Il m'a aussi suggéré... d'écrire une dernière lettre à ma famille, parce que, dès qu'il montera sur le trône, il fera mettre ma tête à la Ba'ab i Sa'adet... Il m'a dit aussi d'informer les corbeaux qu'ils n'auront pas à attendre longtemps leur dîner.

– Ce sont ses propres mots?

– Sur ma vie, seigneur, assura Rüstem.

Comme les mensonges se nichent douillettement dans la vérité, pensa-t-il.

Le cri de détresse le fit sursauter plus qu'aucun acte de violence ne l'aurait pu. La tête renversée en arrière, le sultan pleurait.

D'un geste de la main, Soliman congédia son vizir, qui s'empressa d'obéir. Il s'inclina et recula vers la porte, étonné et ravi que son plan ait si bien fonctionné.

Le soleil se reflétait dans les brûle-parfums dorés du kiosque; le jardin était lourd de senteurs d'herbe, de fruits et de roses; le chant des cigales invitait à la somnolence. Il était si facile de s'étendre là, dans les bras de Hürrem, et d'oublier que l'avenir qu'il avait tissé se défaisait dans ses mains.

Il avait placé ses espoirs en Mustapha. Toutes les kanuns qu'il avait décrétées, les fondations qu'il avait jetées, et les campagnes qu'il avait livrées reposaient sur la certitude que Mustapha reprendrait un jour la bannière et consoliderait ce que lui-même avait accompli. La sédition ferait tout s'écrouler. Les Osmanlis retourneraient aux fêtes sanglantes et barbares qui avaient assombri la gloire de son père, de son grand-père et du Fatih lui-même.

Les janissaires avaient peut-être raison, il était trop vieux. Mais le fardeau était sien jusqu'à la mort, ainsi le voulaient la chari'a et la loi des Osmanlis. Permettre à

Mustapha d'usurper le trône libérerait des fleuves de sang pour des siècles.

– Ne les écoute pas, dit Hürrem. Sois fier d'avoir un fils qui suscite tant d'admiration et d'amour parmi les janissaires. Tu es son père. Le sens de son devoir envers toi l'empêchera de faire mauvais usage du pouvoir qu'il détient.

– Je croyais que tu le craignais.

– Je crains la kanun du Fatih. Mais je n'ai pas peur de lui avec toi à mes côtés. Tu es Soliman, le plus grand de tous nos sultans. Nul ne peut te remplacer dans le cœur du peuple.

– Ce n'est en effet pas le peuple qui clame contre moi, ce sont les janissaires.

Entendant un bruissement au-dessus d'eux, ils levèrent la tête. Chaque printemps, les cigognes construisaient leurs nids de branchage sur les pierres plates entourant les dômes de la mosquée et les coupoles du *medrese*. Mais, en cette chaude journée d'août, des milliers d'entre elles s'envolaient vers le sud pour leur migration. Au plus fort de la chaleur bourdonnante de l'été, leur départ rappelait que l'hiver n'était pas si loin.

– Je dois aller prendre la tête de l'armée, ou je perdrai le trône, dit le souverain.

– Que feras-tu?

– Je ne sais pas. Qui pourrait me guider?

– Abu Sa'ad, peut-être.

Soliman réfléchit longuement avant d'acquiescer.

– Peut-être.

Le Cheikh ül-islam regardait en silence le Kislar Aghasi dévorer presque tout le plateau de halva que ses pages avaient placé devant lui. Abbas prenait délicatement une pâtisserie entre le pouce et l'index, la fourrait dans sa bouche, en choisissait une autre. Son visage avait une expression d'extase qu'Abu Sa'ad n'avait vue jusque-là qu'aux derviches en transe. Manger peut être pour certains hommes un plaisir ineffable, se rappela-t-il. Surtout pour ceux qu'habitent des passions débridées, sans moyen de les assouvir.

Repu, Abbas fit glisser les gâteaux au miel avec un sorbet et dit enfin :

– J'ai un message de la sultane.

– Que Dieu la protège, murmura Abu Sa'ad.

– Et la garde. Il semble qu'elle puise un grand réconfort dans notre foi.

– Elle montre en effet beaucoup de zèle dans l'étude du Coran, approuva le chef religieux.

– Certes. Elle souhaite maintenant glorifier Dieu d'une manière qui durera plus que la poussière mortelle que nous sommes, et qui préservera la foi pendant des siècles.

– Dieu lui sourira.

– La sultane a l'intention de consacrer une grande partie de sa fortune personnelle à un *waqf*, une fondation pour la construction et l'entretien d'autres mosquées dans la ville.

Le Cheikh ül-islam inclina la tête en signe d'approbation.

– Cette générosité sied à la grande reine qu'elle est.

– Elle m'a chargé de te dire que c'est ton enseignement qui lui a inspiré cette décision. Elle t'est infiniment reconnaissante de l'avoir guidée vers la seule vraie foi, et d'avoir aussi conseillé le sultan dans ses heures difficiles. Elle te prie de continuer à le faire avec diligence.

Le mollah mit un moment à comprendre ce qu'on attendait de lui. Il réfléchit en se caressant la barbe.

– Les troubles à l'est pèsent lourdement sur le Seigneur de la Vie, dit-il enfin.

– La noble Hürrem prie Dieu jour et nuit d'aider Soliman dans sa peine. Elle donnerait tout pour que son seigneur soit libéré de ce poids.

– Je le conseillerai de mon mieux, promit Abu Sa'ad.

– Sois-en remercié, dit Abbas.

Après son départ, le Cheikh ül-islam murmura des prières de reconnaissance et de supplique. Dieu est Dieu ; Dieu est grand. Mais pour apporter Ses enseignements au peuple et bâtir des mosquées à Sa gloire, il fallait parfois laisser plier un peu son âme aux vents du temps.

90

Istanbul

Abbas rabattit le capuchon du feridje et considéra Sirhane de son œil unique, empreint de méfiance.

– J'ai reçu ton message, dit-il. Que veux-tu de moi ?

– J'ai besoin de ton aide.

Le Kislar Aghasi soupira : exactement ce qu'il redoutait.

– Je suis utile à tout le monde sauf à moi-même, semble-t-il.

– C'est Gülbehar qui m'a chargée de te rencontrer.

– Je l'avais deviné.

Abbas parcourut la pièce des yeux, les plafonds dorés, les carreaux à motifs floraux des murs, l'ombre rose d'Aya Sofia passant à travers le grillage en bois des fenêtres.

– Voilà donc le palais d'Abdül Sahine Pacha.

– Il est devenu l'écuyer du shahzade.

– Je l'ai entendu dire. La richesse et la chance lui sourient.

– Est-ce une chance d'appartenir à la maison d'un homme condamné ?

L'eunuque secoua la tête.

– Il n'est rien que je puisse faire.

– Gülbehar m'autorise à t'offrir ce que tu veux – n'importe quoi.

– Elle est généreuse. Pourrait-elle, en ce cas, me rendre ma virilité ?

– Abbas...

– Ma maîtresse m'habille des plus somptueux vêtements, elle me nourrit et paie toutes mes dépenses. Grâce à mon pouvoir et à mon influence, j'ai amassé une fortune qui surpasse les rêves de la plupart des hommes. Elle ne me sert à rien. Si Gülbehar veut vraiment me tenter, qu'elle offre de me rendre ma virilité, fût-ce pour une seule nuit, que je puisse une dernière fois sentir réellement les caresses d'une femme!

Sirhane baissa les yeux. Elle avait espéré ne pas en venir là, mais savait déjà ce qu'elle ferait si Abbas lui opposait un refus. Gülbehar avait raison. Si Abdül Sahine, son mari, mourait avec Mustapha, elle-même ne ferait l'objet d'aucune pitié et finirait sa vie en haillons.

Il y avait une chose qu'Abbas désirait encore, elle le savait.

– Soliman sait-il ce qu'est devenue Julia? demanda-t-elle soudain.

Elle n'avait pas relevé la tête mais elle entendit le bruit sifflant que fit Abbas en prenant sa respiration. La haine de l'eunuque semblait être une nouvelle présence dans la pièce.

– Petite catin, fit-il entre ses dents.

S'il ne croyait pas que Gülbehar en sait autant que moi, il me tuerait sur-le-champ, pensa la Syrienne.

– Bientôt, une femme mourra, dit-elle. Peut-être Hürrem, peut-être Julia. A toi de choisir.

– Et ton amour pour Julia?

– Nous avons tous plus d'amour pour nous-mêmes, Abbas.

– On m'a amputé de ma virilité, pas de mon cœur. Pour la première fois depuis des années, j'éprouve de la pitié pour quelqu'un d'autre que moi. Toi, tu me donnes envie de vomir.

Sirhane trouva le courage de regarder droit dans l'œil du borgne.

– Accepte ou elle mourra, menaça-t-elle. Épargne-moi tes discours.

Abbas la frappa durement au visage, fit signe à ses pages de venir l'aider à se lever et sortit de la pièce d'un pas rageur. Sirhane toucha doucement sa joue, éprouvant pour elle-même plus de haine qu'elle n'en avait jamais nourri pour qui que ce soit.

– J'ai un problème pour lequel il me faut ton aide. On m'a soumis au Divan un cas qui m'a plongé dans la perplexité, et j'ai décidé de te demander conseil en prenant pour guide les lois sacrées du Coran.

Soliman s'interrompit pour rassembler ses pensées.

– Un marchand prospère tombé malade confie la direction de son négoce à son serviteur, en qui il a toujours eu confiance, reprit-il. Or, à peine le marchand est-il alité que le serviteur le dépouille, complote contre sa famille et projette même de le tuer. Rétabli, le maître découvre la vérité, sans doute possible. Que doit-il faire, et quelle sentence faut-il prononcer selon la chari'a?

Sans ciller, Abu Sa'ad répondit :

– Le Coran est tout à fait explicite en la matière. Le serviteur doit mourir.

Les épaules du sultan se voûtèrent sous les plis de son caftan. Au bout d'un moment, il se ressaisit, se redressa, plongea le regard dans celui du Cheikh ül-islam.

– Et si ce serviteur avait pour nom Mustapha, s'il était le shahzade?

– La mort, répéta Abu Sa'ad.

Deux jours plus tard, Soliman monta sur son cheval devant la fontaine de la troisième cour et partit pour l'est avec ses propres régiments. L'ordre avait déjà été envoyé aux aghas d'Amasya de préparer leurs troupes à marcher sur Erzerum. Un messager alla à Manisa demander à Bayazet de venir au palais de Topkapi pour assurer la conduite des affaires.

Le Ghazi Suprême savait qu'il devait se hâter de réaffirmer son autorité sur les aghas, mais d'abord il devait parler à Sélim.

Elle a l'air radieux, pensa Abbas. Elle ne paraît jamais plus jeune, plus ravissante que lorsqu'elle ourdit un meurtre. C'est un bain de jouvence, pour elle. La toque de velours vert inclinée sur la tête avec désinvolture, Hürrem portait un caftan pistache bordé d'hermine et jouait avec les longues mèches de ses cheveux dorés en le dévisageant.

Mon jour est donc venu de mourir, se dit-il. Je ne l'ai que trop retardé. Maintenant que les dés sont jetés, je me sens étrangement libre, insouciant même. Quel bonheur que tu sois d'humeur joyeuse toi aussi! Je n'aurais pas aimé arracher ton petit cœur noir un jour où tu eusses été aussi dégoûtée du monde que moi.

– As-tu fait comme je t'ai demandé? l'interrogea-t-elle.

– J'ai parlé au mufti. Il a compris ce qu'on attend de lui.

– Mon bon, mon fidèle Abbas.

– Oui, maîtresse.

– Que désires-tu en récompense?

Tu essaies encore de me tourmenter, mais cette fois, je l'espérais. Après vingt-cinq ans d'impuissance, ce soir, je t'imposerai mon pouvoir.

– De quelle récompense souhaites-tu m'honorer, grande reine?

– Te laisser faire ton choix dans le harem, peut-être?

Abbas sourit sous le sarcasme, inclina le buste.

– Tu es trop bonne.

Elle dut sentir un changement dans son comportement car ses yeux se durcirent tout à coup.

– Tu as l'air content de toi, Abbas. Aimerais-tu faire profiter ta maîtresse de ce qui te réjouit tant?

Il fit un pas vers elle, tendit la main vers la dague passée sous sa ceinture d'étoffe. Ses doigts se refermèrent sur le manche d'ivoire. Hürrem baissa les yeux et il comprit qu'elle avait deviné son intention. Mais les gardes noirs postés aux quatre coins de la pièce étaient trop loin, trop inattentifs pour l'arrêter. Il sourit. Dès qu'elle se met à crier, je frappe, décida-t-il.

Elle ne cria pas.

– Ah! mon Abbas. Tu es donc enfin devenu un homme, dit-elle.

Elle semblait presque... excitée.

– J'ai attendu ce moment si longtemps, fit-il à mi-voix.

– Qu'est-ce qui te retenait?

Il la regarda fixement. Ce qui me retenait. C'est simple, la peur de mourir. Pas la peur de souffrir – Dieu sait que j'ai assez souffert –, ni l'amour de la vie, car il n'est rien de cette vie à quoi je demeure attaché. Juste la peur de ce qu'il y a après. Je ne pouvais pas. Mais je vais le faire maintenant, pour Julia.

Les gardes n'avaient rien remarqué. Abbas se tenait immobile, une main à la ceinture; Hürrem avait l'air détendue sur son divan.

– Tu n'as pas peur? murmura-t-elle.

– Cette fois, cela ne m'arrêtera pas.

– Pas peur pour toi, mon cher Abbas. Pour Julia.

Le Kislar Aghasi sentit son poing se crisper sur l'ivoire chaud. Frappe maintenant! criait une voix en lui. Tout de suite! Avant que la sorcière ne trouve un moyen d'affaiblir ta résolution!

– Julia? s'entendit-il marmonner.

– A ma mort, une lettre que j'ai placée en lieu sûr sera remise au sultan. Il sera fort étonné d'apprendre que Julia vit encore à Péra et qu'elle est peut-être la source des rumeurs sur ses défaillances au harem.

Abbas eut l'impression que le palais s'écroulait sur ses épaules. Il ne pouvait rien faire, ni la tuer, ni revenir en arrière. Il était mort. Il attendit qu'elle appelle le bostandji et lui ordonne de l'emmener. Je devrais me tuer, se dit-il. M'épargner la mort que l'imagination de cette sorcière me réserve.

Dans un rire, Hürrem lui lança :

– Je jurerais presque que ton visage de Maure est devenu tout pâle!

Il vacillait, la peau couverte d'une sueur grasse. Sers-toi de ta dague contre toi-même! l'exhorta une voix. Maintenant!

– Tu crois sans doute que je vais te punir, fit la Joyeuse, les yeux brillants de plaisir.

– Je me tuerai avant.

– Mon bon Abbas, pourquoi faire une chose pareille?

– Tu m'as torturé pour la dernière fois.

Elle se pencha vers lui.

– Ôte tes doigts de cet instrument grossier. Tu t'imagines que je désire me venger parce que tu as voulu m'assassiner? La moitié d'Istanbul souhaite ma mort! Tu viens au contraire de me prouver que, quelle que soit ta haine, tu es incapable de lever la main sur moi. Cela fait de toi le serviteur le plus sûr, le plus docile que je puisse avoir.

Fais-le quand même, hurlait la voix à l'intérieur d'Abbas. Fais-le.

Il tomba à genoux en bégayant :

– Je suis faible.

– Oui, s'esclaffa Hürrem. Mais tellement utile!

91

Konya

La cité se dressait solitaire sur une vaste cuvette poussiéreuse de la steppe d'Anatolie. Mecque des Osmanlis, elle abritait le monastère où gisaient les restes de Djalal al-Din Rumi, fondateur de l'ordre des derviches. C'était aussi le siège de la province du Karaman, où Sélim se formait au pouvoir en sa qualité de second héritier dans l'ordre de succession. C'était là que Soliman était venu chercher l'espoir avant sa confrontation avec le shahzade dévoyé.

Il connaissait les rumeurs murmurées dans les couloirs de Topkapi et au bedesten de la ville : le fils aîné de Hürrem était un ivrogne. Sélim le Soûlard, le surnommait-on. Le garçon, petit et gauche, toujours surpassé au tcherit et à l'arc par son jeune frère, était devenu un bouffon, la risée de tous. Il ne constituait certes pas une menace, comme Mustapha, mais il n'était pas non plus l'avenir que Soliman avait envisagé pour les Osmanlis.

Devant le visage de son fils embrasé par l'excès de vin, les capillaires éclatés des joues et du nez tendant une sorte de toile d'araignée cramoisie, le sultan ferma les yeux de dégoût et se demanda : puis-je faire cela?

Cependant, l'attention de Sélim se concentrait déjà sur sa propre diatribe :

– Bien sûr que Mustapha me hait. S'il devait monter sur le trône, son premier acte consisterait à faire venir le bostandji pour m'assassiner, je n'en doute pas. Peux-tu imaginer ce que c'est que vivre ainsi? Je n'ai pas d'autre ami au monde que toi. Sans toi, il n'y aurait personne pour me protéger.

Tu geins comme un paysan, se dit Soliman. Nous sommes face à face dans ton magnifique palais, je te regarde boire ton sorbet en prétendant que c'est un nectar, et tu penses que je ne vois pas ta main trembler quand tu soulèves ta coupe.

– Tu as entendu les rumeurs au sujet de ton frère? demanda le sultan.

– Je n'en mets pas un seul mot en doute.

Bien sûr, pensa Soliman, mais ton point de vue n'est guère objectif.

– Nous réglerons cette affaire à Aktepe. Si je devais livrer Mustapha au bourreau, tu serais le prochain à porter le fardeau des Osmanlis. T'en crois-tu capable, mon Sélim?

– Je suis ton fils, répondit l'ivrogne. Je suis né pour gouverner. Mais si je dois te succéder, pourquoi as-tu confié le Sarukhan à Bajazet?

– Cela m'a paru opportun.

– Si je deviens le shahzade, je dois m'installer à Manisa.

Soliman soupira : on eût dit un enfant récalcitrant.

– Ce n'est pas encore décidé. Nous parlons de la vie de Mustapha, Sélim. Ce n'est pas une affaire qu'on peut traiter à la légère. Je t'ai seulement demandé si tu te sens capable de porter le fardeau du trône. Je ne te l'ai pas promis.

– Oui, père, fit Sélim d'un ton boudeur.

Le sultan avait peine à croire qu'il avait devant lui son fils, qui portait le nom du guerrier fou de violence qu'avait été son propre père. Oui, les rumeurs étaient vraies. Il constatait de ses yeux la dégradation du corps et de l'esprit que les excès avaient causée chez Sélim. Pourquoi s'en étonner, cependant? Si lui-même n'était pas un boucher comme son père, pourquoi aurait-il dû s'attendre à ce que Sélim fût à son image?

Peut-être était-il coupable d'avoir négligé ses autres fils : fondant l'avenir sur Mustapha, il avait oublié que Sélim pourrait s'avancer lui aussi un jour pour porter la bannière. A présent, il était trop tard. Sélim avait grandi sans guide et était perdu pour lui.

– Que vas-tu faire? demanda Sélim.

– Je ne sais pas, répondit Soliman. Je ne sais pas.

Contenant difficilement son impatience, Julia regarda par la fenêtre la voiture s'arrêter sur les pavés de la cour. Une silhouette enveloppée d'un feridje violet en descendit, se hâta d'entrer. Cela faisait trop longtemps qu'elle ne l'avait pas vue, beaucoup trop longtemps, et ses mains tremblaient comme celles d'une jeune fille.

Hyacinthe introduisit Sirhane dans la pièce et ressortit en s'inclinant. Dès qu'elles furent seules, Julia passa les bras autour du cou de son amie et la pressa contre elle jusqu'à ce que Sirhane proteste et se dégage pour reprendre sa respiration. La Vénitienne tira sur la cazeta.

– Enlève-la vite, il faut que je te voie.

Sirhane ôta le feridje, révélant un caftan de soie rose et un châle de calicot bleu vif. Julia lui prit la main, la conduisit à un divan.

– Tu m'as manqué, murmura-t-elle.

– Tu défies toujours les ans, assura la Syrienne.

Si seulement je pouvais t'en dire autant, pensa Julia en examinant son amie. Tu es décharnée; tu as des cercles noirs sous les yeux et des ombres derrière. Quelque chose ne va pas.

– Tu te sens bien?

– Juste un peu fatiguée par le voyage, répondit Sirhane, qui posa la tête sur l'épaule de Julia au cas où son mensonge serait inscrit sur son visage.

– Cela fait si longtemps. En recevant ton message, je n'arrivais pas à croire que tu étais ici, à Istanbul.

Sirhane semblait nerveuse. Ce n'était plus du tout la femme confiante et raffinée dont Julia avait gardé le souvenir.

– Raconte-moi tout. Qu'est-ce qui t'amène?

– Abdül m'a envoyée ici pour me mettre à l'abri. Il y a eu des troubles.

– Des troubles? Ton mari n'a rien?

– Non, mais... Il pense que c'est dangereux, répondit la Syrienne en évitant le regard de Julia.

– C'est si grave?

– Tu n'en as pas entendu parler?

– Juste des rumeurs. On dit que Mustapha veut faire alliance avec le shah.

– C'est l'œuvre de Rüstem. Mais il y a bien pis. Les

janissaires ont tenté d'assassiner le vizir et celui-ci accuse Mustapha.

– Est-ce vrai?

– Bien sûr que non... mais que pouvons-nous faire? Mon mari est fidèle au shahzade. S'il doit y avoir la guerre...

Quand Julia voulut prendre son amie dans ses bras pour la consoler elle s'écarta.

– Ça va, dit-elle. Je ne devrais pas m'affoler ainsi.

– La guerre? Ludovici a de l'influence au palais, il pourrait peut-être...

– Non, vous ne pouvez rien faire, coupa Sirhane un peu trop rapidement.

– Si tu as besoin de te cacher...

– Me cacher du sultan? Alors qu'il règne sur la moitié du monde?

Sirhane leva les yeux, prit soudain Julia dans ses bras et fondit en larmes.

– Pardon...

– Pardon de quoi?

Elle continua à pleurer sans répondre. Julia sentait le tremblement de son corps, l'humidité de ses larmes à travers son voile. Finalement, Sirhane se redressa en murmurant :

– Je ne te ferai jamais de mal.

– Je ne comprends pas... Que dis-tu?

La femme d'Abdül caressa la joue de Julia.

– Souviens-toi seulement que je ne te ferai jamais de mal.

– Je le sais, mais je ne comprends toujours pas. Il y a autre chose. Que se passe-t-il?

Sirhane secoua la tête.

– Serre-moi contre toi. Je t'expliquerai plus tard. Pas maintenant.

La Syrienne n'alla pas plus loin dans les confidences et les deux femmes se rendirent ensemble au hamman. Julia massa les épaules de son amie sans parvenir à la détendre.

– Comme tu es tendue!

– Bien sûr que je suis tendue! Cela t'étonne?

Désarçonnée par la rudesse de la réponse, Julia garda le silence. Elle versa dans ses mains un peu plus d'huile parfumée au bois de santal et la fit pénétrer dans les muscles du cou.

– Comment va Ludovici ? demanda Sirhane.

– Son négoce prospère.

– Est-ce un mari attentionné ?

– Oui, je crois. Et Abdül, il te traite toujours bien ?

– Il a une autre femme, maintenant. Une Arménienne de dix-huit ans, très belle.

Julia ne sut que répondre.

– Il vient encore à moi une fois par semaine, mais il passe la plupart de ses nuits avec elle, continua Sirhane. Il me manque. Est-ce que Ludovici te manque quand il voyage ?

– C'est toi qui me manques.

– Tu devrais apprendre à l'aimer davantage. Tu as raison, je suis toute tendue, convint la Syrienne en se retournant. Laisse-moi m'occuper de toi.

Julia était impatiente de sentir les mains de Sirhane sur son corps, mais lorsque celle-ci la massa, ce fut avec la réserve d'une servante. N'y tenant plus, Julia prit la main de son amie, la posa sur sa poitrine. Sirhane s'écarta de nouveau en disant :

– Pas maintenant.

Elle se baigna longuement en débitant des ragots comme n'importe quelle concubine idiote au hararet. Leur intimité de naguère avait disparu. Elles étaient soudain devenues des étrangères l'une pour l'autre et Julia ignorait totalement pourquoi.

Finalement, elles n'eurent plus rien à se dire et Sirhane annonça qu'elle devait s'en aller. Au moment où elle partait, Julia la prit par le bras.

– Tu ne m'as toujours pas révélé la véritable raison de ta venue à Istanbul, rappela-t-elle.

– La prochaine fois, répondit Sirhane.

Elle se dégagea, mit son feridje.

– Y aura-t-il une prochaine fois ?

– Je t'enverrai un message.

Elle déposa un léger baiser sur les lèvres de Julia, dissimula de nouveau son visage derrière la cazeta.

– Au revoir, Julia, dit-elle, et les mots sonnèrent comme un adieu.

Anatolie

Soliman rejoignit l'armée dans les plaines d'Aktepe. Il chevaucha parmi des janissaires silencieux qui détournaient la tête ou montraient un visage grave et empreint de respect. Il planta l'enseigne à sept queues de cheval devant la tente royale, manda son *chaush*, l'envoya à Amasya avec un message portant sa tugra et réclamant d'urgence Mustapha auprès de lui.

Puis il attendit.

92

Amasya

– Par pitié, n'y va pas!

Mustapha tapota la main de sa mère, qui la retira, agacée par sa condescendance. Il sourit néanmoins et dit :

– Le sultan l'ordonne. Si je refuse, je serai accusé de manquer de loyauté.

– Si tu y vas, il t'en accusera quand même, et qui alors te protégera?

– On me calomnie déjà au palais. C'est l'occasion de répondre à ces accusations mensongères.

– S'il ne voulait que tes réponses, pourquoi n'est-il pas venu ici au lieu d'aller à Konya?

– Il a peut-être peur de venir ici.

Gülbehar se leva, tourna le dos pour cacher les larmes d'angoisse qui emplissaient ses yeux.

– Laisse-les t'accuser de tout ce qu'ils veulent! Ils ne peuvent rien prouver!

Mustapha hésitait à lui parler de la lettre, de sa confrontation avec Rüstem. Il résolut de n'en rien faire.

– Les janissaires m'acclament déjà comme leur chef. Où pourrais-je être plus en sécurité que parmi eux?

– Ici! Dans ta forteresse, loin de Soliman et de Rüstem!

– Je dois avant tout obéir à mon père. Il m'a réclamé auprès de lui. J'irai.

– Et si les bostandjis t'attendent?

– Il m'a donné la vie. Il a le droit de la reprendre.

Gülbehar fit volte-face, les yeux fulgurants de haine et de frayeur.

– Non, il n'a pas le droit! Moi aussi je t'ai donné la vie! Je t'ai nourri au sein, je t'ai élevé! Il n'a pas le droit de t'arracher à moi!

Elle se plia tout à coup comme si elle avait reçu un coup de poing dans l'estomac, secouée de sanglots, le souffle coupé. Mustapha la prit dans ses bras, la ramena au divan. Il la tint longtemps contre lui puis murmura :

– Je dois partir.

– Empare-toi du trône. Tu as attendu assez longtemps. Tu n'as qu'un mot à dire pour que les janissaires se dressent à tes côtés. Il ne sera même pas nécessaire de verser le sang. Ton propre grand-père a fait abdiquer Bajazet et l'a exilé. C'est dans la loi.

– C'est contraire à la loi de Dieu, Soliman me l'a enseigné.

– Bien sûr!

– Plutôt mourir que déshonorer mon nom devant les autres princes du monde, et souiller mon âme devant Dieu.

– Mustapha...

Rien ne l'ébranlerait, elle le savait. La sorcière avait gagné. Elle se la représenta vautrée sur son divan, la tête renversée dans un grand rire. La vie est simple quand on ne croit à rien d'autre qu'à sa propre survie.

– Mon honneur vaut plus que n'importe quel empire au monde. Quel sorte de roi serais-je si je perdais mon âme pour le trône? Je régnerai sans me couvrir de honte ou je ne régnerai pas.

– Tu es un sot, marmonna Gülbehar.

– Tu ne le penses pas vraiment, dit Mustapha en souriant. Si je me laissais fléchir, tu aurais honte. Et moi aussi.

– Tu donnes à Hürrem une victoire facile, soupira-t-elle si bas que son fils ne l'entendit pas.

– De toute façon, reprit-il, ne pas y aller serait m'avouer coupable. Il ne me fera aucun mal, mère. Il a donné sa parole. C'est un homme d'honneur, comme moi.

Non, pensa Gülbehar, c'est un homme de devoir. Ces sentiments peuvent te paraître semblables aux tiens mais ce sont des éperons d'un métal très différent.

– Je partirai à l'aube, décida-t-il.

– Que Dieu soit avec toi.

Elle le laissa embrasser sa main et sortir. Après son départ, elle n'avait plus de larmes à verser. Assise près de la fenêtre, elle regarda les étoiles, consumée de rage, impuissante dans sa prison.

Aktepe

La fumée du bois de pin humide s'accrochait à l'air. Le camp était silencieux. Des charrettes d'eau passaient en grinçant entre les rangées de tentes; des moutons trottaient vers les couteaux des bouchers. Un groupe de janissaires en veste bleue se pressait autour d'un brasero de charbon de bois pour se protéger de la fraîcheur du soir.

Quand ils virent Mustapha, ils se levèrent d'un bond et entourèrent son cheval comme ils l'avaient fait à Amasya. Le bruit se répandit rapidement dans le camp : le shahzade était venu les mener à la bataille contre les Persans! Quelques soldats lui donnèrent même le titre de padichah, et leurs cris portèrent jusqu'à l'endroit où Soliman, assis sur son trône, s'entretenait avec Rüstem. Les deux hommes se turent, écoutèrent, et le vizir vit la détermination durcir les traits du vieux sultan.

Padichah! Empereur!

– Voici qu'approche le fantôme de mon père, murmura Soliman.

Les acclamations se poursuivirent longtemps après que Mustapha eut planté sa tente à côté de celle de son père pour y attendre l'ordre de se présenter et de confondre ses accusateurs.

Mais cette nuit-là, ce furent les accusateurs qui parlèrent. Le spectre de Sélim apparut au pied du lit du sultan, tendit les bras vers son fils. Dans ses mains, Sélim tenait la tête de son propre père.

« Grand-père, geignit Soliman dans son sommeil, tu aurais dû le tuer. Tu as été trop faible. »

Il se réveilla, pensa à Céhangir, à Mihrmah et sut ce qu'il devait faire.

93

L'aube.

La veille, Mustapha avait passé la soirée à recevoir les salutations des vizirs et des aghas dans sa tente mais le camp était de nouveau silencieux. Le muezzin appela les soldats à la prière et des milliers de turbans alignés s'inclinèrent comme une haie de soie sur le ciel mauve.

Après avoir fini d'adresser sa supplique à Dieu, le prince se prépara. Il se vêtit de blanc, symbole d'innocence, et glissa sous sa robe, contre sa poitrine, les lettres d'adieu qu'écrivait tout Turc confronté à un danger.

Comme l'exigeait la tradition, il monta sur son étalon arabe pour franchir les quelques dizaines de pas qui séparaient sa tente de celle de son père. Son agha et Sahine, son écuyer, l'escortaient.

Le shahzade sentit que, dans la grande plaine, tous les yeux se tournaient vers lui. Chaque soldat savait pourquoi il était là. Les deux hommes se réconcilieraient-ils ou Mustapha défierait-il son père vieillissant ? Certains janissaires s'apprêtaient à faire une ovation à un nouveau sultan avant que le soleil n'ait traversé le ciel.

Devant la tente du sultan, Mustapha se laissa glisser à bas de sa monture, prit sa dague et la tendit à Abdül Sahine. Il se présenterait sans arme devant son père.

Le prince salua les deux solaks qui montaient la garde, fit signe à son agha et à Sahine de rester dehors. La toile de la tente se rabattit derrière lui.

Abdül Sahine lança à l'agha un regard chargé d'appréhension. Il entendit du bruit derrière lui, se retourna, vit un escadron de solaks prendre position entre eux et le reste du camp.

La tente était immense, divisée en plusieurs parties par de grands pans ondulants de soie dorée. L'entrée était couverte de splendides tapis rouge rubis et bleu paon.

– Père?

Mustapha s'avança dans la chambre des audiences. Agitée par le vent, la toile de la tente claqua comme un coup d'arquebuse. Il se retourna.

Un bostandji noir sortit de l'ombre, suivi d'un deuxième. Mustapha fit demi-tour. Trois autres surgirent de derrière le rideau qui se trouvait devant lui. L'un d'eux tenait une cordelette.

Mustapha vit une ombre bouger derrière la soie.

– Père?

Les bostandjis s'avancèrent vers lui, bras ballants, et le prince se rendit compte qu'il s'était finalement attendu à cela. Mais il n'y avait pas de peur en lui, uniquement de la colère.

– Père, écoute-moi d'abord! Laisse-moi répondre à mes accusateurs. Ce n'est pas juste!

Ce n'était pas ce que son père lui avait enseigné : il n'y avait pas d'honneur dans cette façon d'agir.

Il entendit au-dehors le raclement de l'acier tiré du fourreau, suivi de cris et de plaintes de blessés, et comprit que son agha et Abdül Sahine étaient attaqués. S'il parvenait à échapper aux bostandjis pour retourner dehors, les solaks ne le toucheraient pas : on ne pouvait tuer un prince qu'avec un lacet de soie. Une fois parmi les janissaires, il serait en sécurité.

Ce n'était pas cela qu'il voulait; il voulait parler à son père.

– Père, écoute-moi!

Un des bourreaux tenta de lui passer un nœud coulant autour du cou mais Mustapha devina ses intentions et esquiva. Il se rua sur le premier Noir, le fit facilement tomber. Un autre se jeta sur lui, Mustapha s'écarta et l'homme, emporté par son élan, s'effondra les bras en croix sur un plateau d'argent.

– Père, je ne t'ai jamais trahi! Pourquoi me trahis-tu maintenant? Montre-toi et parle!

– N'exécuterez-vous donc jamais mes ordres? entendit-il Soliman gémir, la voix étouffée par le rideau de soie. N'éliminerez-vous donc jamais ce traître qui depuis dix ans trouble mon repos?

Les tueurs sourds-muets ne pouvaient l'entendre; Mustapha était son seul public.

– Rappelle tes brutes! Je suis innocent! Tu taches ton honneur plus que le mien!

– Qu'on en finisse! geignit le sultan.

– Père, je t'en prie!

Soliman plaqua les mains sur ses oreilles, ferma les yeux. Il fallait en finir. Non, non, non! Il ne pouvait y avoir d'excuse à la trahison! Les preuves étaient claires. Mustapha avait beau essayer de l'ébranler par ses supplications, il en avait vu et entendu assez. Il chasserait à jamais le fantôme de Sélim le Féroce.

S'il permettait à Mustapha de lui parler, il se laisserait fléchir, et les janissaires l'élimineraient, comme ils l'avaient fait avec son grand-père.

Oh, Mustapha, j'avais mis toutes mes espérances en toi. Tu étais mon premier né. Tu étais l'espoir de ma jeunesse. Il songea à ses autres fils. Céhangir l'infirme, Sélim l'ivrogne.

Ce serait Bajazet; il ne restait plus que lui.

Ô Dieu, aide-moi dans ma peine!

Jamais il n'avait cru qu'il souffrirait autant, que la douleur l'écartèlerait ainsi, lui percerait le ventre...

Non, non!

Il souleva le rideau.

– Non!

Trop tard.

Mustapha gisait à ses pieds, les yeux ouverts, exorbités, le lacet enfoncé dans la chair de son cou. Du sang perlait autour d'un collier vermillon.

Soliman fit signe aux muets:

– Enveloppez-le dans le tapis, jetez son corps hors de la tente.

Il se laissa tomber sur le trône de nacre et d'écaille de tortue, attendit. Un bruit semblable au soupir du vent traversa le camp, grossit jusqu'à devenir une plainte cependant que les janissaires approchaient pour pleurer leur héros. Cette manifestation de leur chagrin convainquit le sultan qu'il avait eu raison. Dieu soit loué, car il avait presque faibli ! A présent, c'était fait. Il avait imposé sa loi aux janissaires et sauvé les Osmanlis d'un tyran. Il aurait voulu verser des larmes pour son fils, mais s'aperçut qu'il ne pouvait pas.

En fait, il s'aperçut qu'il n'éprouvait plus rien du tout.

94

– Donne-nous la tête de Rüstem ou nous viendrons la prendre ! criaient les janissaires.

Étrange comme même maintenant il ne montre aucune frayeur, pensa Soliman. Maintenant encore, il calcule ses chances et se convainc que je le sauverai. Les janissaires se pressent autour de ma tente et réclament son sang de leurs hurlements, telle une meute de loups écumants, et on dirait à le voir qu'il y a entre lui et eux trois pieds de muraille, non quelques pans de soie or et pourpre.

– Ils t'accusent, Rüstem.

– Seigneur, c'est Mustapha qui a causé lui-même sa perte.

Dehors, le tumulte s'enflait. Ils étaient des milliers à tourner devant l'entrée, le killidj tiré, exigeant le seul sacrifice qui les apaiserait : Rüstem. Il n'y avait pour les retenir que deux solaks et l'intouchabilité des Osmanlis. Aucun n'osait pénétrer dans la tente sans y avoir été invité. Il aurait toutefois suffi qu'un seul défie l'autorité du sang royal le reste l'aurait suivi. La tente aurait été submergée, comme un tas de sable par une marée furieuse. Soliman le savait mais demeurait calme. C'était comme si toute peur naturelle l'avait quitté.

– Les janissaires veulent un bouc émissaire, dit-il à son vizir. Comme ils n'osent pas porter la main sur un Osmanli, ils ont jeté leur dévolu sur toi.

Pour la première fois, le sultan remarqua de l'incertitude dans les yeux gris de Rüstem. Je pourrais te livrer à eux, songeait-il. J'ai commis la pire chose qu'on puisse concevoir, je suis capable de n'importe quoi, maintenant.

– As-tu envoyé un messager à Amasya, seigneur?

Soliman fut impressionné. Même devant la mort, l'esprit de Rüstem revenait à des considérations pratiques.

– Oui. Sa femme et ses fils ne le laisseront pas longtemps seul au paradis.

– Ensuite, nous n'aurons plus rien à craindre.

– De Mustapha, non, dit le sultan, haussant la voix pour couvrir les cris des soldats. Mais des janissaires?

– Ils feront ce que tu leur ordonneras.

– Il y a une heure, ils étaient prêts à mettre Mustapha sur le trône.

– Il est mort. Les janissaires sont comme des chiens, ils ont besoin d'un maître.

– Et de viande saignante.

Le Roi des Rois se leva, traversa la tente et tira brusquement le rideau de l'entrée pour affronter la mer d'yeux et de mâchoires.

Le silence se fit.

Il les regarda et vit sur leurs visages une haine non dissimulée, il sentit la douleur aiguë, acide, du venin dans son propre cœur. S'il le pouvait, il planterait toutes ces têtes sur les piques de la Ba'ab i Hümayun. Ces hommes étaient la cause de la mort de Mustapha. Ils avaient bâti l'empire; abandonnés à eux-mêmes, ils le détruiraient.

L'agha rompit le silence.

– Nous voulons Rüstem.

– Rüstem sera remplacé. Le sceau d'or du grand vizir reviendra à Ahmed, le second vizir. Mais vous ne toucherez pas à Rüstem.

– Il nous a pris notre Mustapha!

– C'est moi qui vous l'ai pris.

L'agha le regarda fixement, les yeux luisants de haine, mais resta muet. Toute réponse lui aurait coûté la vie.

– Nous allons marcher sur les Safavides pour porter notre *gaza* contre l'hérétique Tahmasp, annonça le Grand Turc. Il y aura des femmes et du butin. Si vous voulez du sang, faites couler celui des Persans.

– Nous voulons Rüstem, répéta l'agha, obstiné.

– Alors, vous devrez me tuer d'abord, répliqua le sultan en tirant son killidj.

L'un après l'autre, les janissaires tournèrent le dos et regagnèrent leur camp. Cela prit de longues minutes, car ils étaient des milliers, mais Soliman demeura sans bouger jusqu'à ce qu'il se retrouve seul avec l'agha. Le vieux général se retourna finalement lui aussi et s'éloigna.

C'est donc fait, pensa le sultan. L'avenir appartient désormais à Bajazet.

Amasya

La missive était écrite à l'encre blanche sur papier noir, et Gülbehar n'avait pas besoin de la lire pour en connaître le contenu. Elle avait compris dès qu'elle avait vu le messager du sultan descendre de cheval dans la cour. Non, elle avait compris avant même cette minute : le sort de Mustapha avait été scellé au moment où il avait quitté la citadelle.

Refusant de prendre la lettre, elle cracha au visage du messager, le maudit lui et ses fils pour l'éternité et tenta de lui labourer la face de ses ongles. Son Kislar Aghasi et ses servantes la retinrent et l'homme s'enfuit, livide, les mains tremblantes, poursuivi par les lamentations de la kadin.

Istanbul

Elle devina que Mustapha et son mari étaient morts dès qu'elle le vit. C'était un nègre épais aux traits impassibles, un Soudanais castré, sourd et muet. Inutile de le supplier ou de tenter de le soudoyer. Sa mutilation et une discipline féroce avaient éliminé en lui tout sentiment.

Sa bouche sans langue émit un curieux jappement quand il s'avança vers elle, la respiration sifflante. Il tint le lacet devant lui en la fixant. Elle savait que c'était le Kislar Aghasi qui l'envoyait.

Sirhane recula instinctivement bien qu'il n'y eût aucune issue pour elle, elle en avait conscience. Il ne repartirait que lorsqu'elle serait morte, la tête dans le sac en cuir qu'il portait à la ceinture, précisément dans ce but.

– Maintenant que Mustapha est mort, Abbas se sent libre d'agir, dit-elle comme s'il pouvait l'entendre. Il pense que je suis encore une menace pour Julia (Elle sentit les larmes couler sur ses joues.) Je ne l'aurais jamais fait, murmura-t-elle, je ne l'aurais jamais trahie... Jamais. Je n'ai pas peur de mourir mais je ne veux pas qu'elle me haïsse.

Elle ferma les yeux, laissa ses bras retomber le long de ses flancs. Elle ne résisterait pas.

– Julia, je n'ai jamais...

Le bostandji étouffa les mots en serrant la corde autour du cou de Sirhane. Il la souleva du sol sans effort en faisant saillir les muscles de ses bras et, avec rapidité, efficacité, l'étrangla.

95

Péra

Julia ferma sa porte à clef et ne sortit pas de sa chambre pendant trois jours. Quelquefois, le soir, Ludovici l'entendait pleurer. Il frappait à la porte, appelait, mais elle ne lui répondait pas. Il mangeait seul dans la grande salle où le tintement de l'argent contre la porcelaine se répercutait sous le plafond voûté, il contemplait alors la chaise vide et chassait de son esprit l'ombre noire du doute.

Le quatrième jour, quand Julia se montra enfin, elle avait le visage pâle comme un suaire de lin, des cernes sous les yeux. Il se leva, la regarda se laisser tomber sur la chaise d'acajou à haut dossier.

– Comment vous sentez-vous?

Elle ne lui répondit pas aussitôt puis finit par murmurer :

– M'aimez-vous, Ludovici?

– Vous le savez.

– Alors, trouvez qui a donné cet ordre.

– A quoi bon?

– Trouvez.

– Ce que vous demandez est impossible.

– Abbas trouvera, lui.

– Et si c'est le sultan?

– Trouvez-le pour moi. Je vous en prie.

Le marchand était partagé entre la colère et l'impuissance. Irait-elle chercher vengeance à l'intérieur du palais lui-même? Cela ne se pouvait. A quoi espérait-elle vraiment parvenir? Dans l'empire, les exécutions étaient monnaie courante. L'arrivée d'un messager de la mort était comme le destin : on ne pouvait ni le prévoir ni l'éviter. On l'acceptait comme on acceptait la foudre ou un tremblement de terre.

Avec un soupir, il finit par céder.

– J'essaierai.

Oui, il interrogerait Abbas, puis il déciderait de ce qu'il répéterait à Julia. Après tout, Sirhane n'était qu'une amie, Julia n'avait déjà que trop pleuré. Elle se comportait comme si elle avait perdu un mari.

Absurde, pensa-t-il en écartant promptement l'idée de son esprit.

Galata

Abbas secoua la tête.

– Il n'est rien que je puisse faire, Ludovici.

– Je dois savoir, Abbas. J'ai donné ma parole.

Le Kislar Aghasi prit un autre morceau de halva sur le plateau posé devant lui et le mâcha pensivement.

– Il t'est déjà arrivé de la donner et de ne la point tenir.

La colère amère et soudaine du coupable fit étinceler les yeux du marchand mais il garda le silence. Qu'aurait-il pu répondre?

– Tu m'avais promis d'envoyer Julia loin des Osmanlis, insista l'eunuque.

– Je l'aime, se justifia le Vénitien à mi-voix.

– Alors tu es un sot en plus d'un menteur.

Ludovici se leva d'un bond, se pencha au-dessus d'Abbas, les poings serrés.

– Si quiconque d'autre m'avait insulté ainsi...

– Depuis des années, ma vie s'est trouvée en danger un nombre incalculable de fois à cause de ce que tu as fait. Maintenant, tu t'insurges parce que je te le rappelle? Pensais-tu que ce n'était qu'une peccadille, facile à oublier?

Le Kislar Aghasi choisit une autre friandise.

– L'amour a aussi fait de toi un sot, autrefois, dit le Vénitien.

– Non, il a fait de moi un eunuque, mais pas un menteur, rétorqua Abbas en levant les yeux vers Ludovici. Si tu as l'intention de partir ou de me frapper, fais-le. Sinon, rassieds-toi. Nous nous connaissons depuis trop longtemps pour ces éclats.

– Je ne renoncerai pas à elle, murmura Gambetto.

– Tu n'as pas à y renoncer!

– Que veux-tu dire?

– Assieds-toi.

Ludovici reprit sa place, le corps tendu comme une corde d'arc. Quelque chose lui soufflait qu'il avait tort de rester. Abbas était devenu un monstre. Quel cercueil grouillant de vers allait-il ouvrir maintenant?

– Comment est-elle, ces temps-ci? demanda l'eunuque d'un ton radouci.

– Elle mûrit avec grâce.

– Elle est toujours belle?

– Elle n'a plus seize ans. Sa chevelure s'est un peu argentée mais elle est aussi svelte que lorsque tu l'as connue à Venise. Oui, elle est toujours jolie.

– C'est moi qui ai cueilli le fruit, c'est toi qui l'as goûté. Sais-tu combien je t'ai haï pour cela?

– Je l'ai toujours soupçonné.

Abbas baissa la tête, et Ludovici sentit le pincement familier de la pitié, mais lorsqu'il la releva, ses traits étaient durs.

– Tu me demandes si je peux découvrir qui a envoyé le bourreau à Sirhane. Ce n'est pas nécessaire, je le sais déjà.

– Est-ce le sultan ou sa sorcière?

– Ni le Grand Turc ni sa reine. C'était moi.

Ludovici le dévisagea en silence.

– Elle allait révéler au Seigneur de la Vie l'identité de Julia et la dénoncer comme la source de nombreuses rumeurs. Soliman n'est pas homme à oublier ou à pardonner facilement, tu le sais. J'ai fait ce que tu aurais fait pour la protéger.

– Abbas..., fit Ludovici.

– Dis-le-lui ou garde-le pour toi, comme bon te semblera.

– Sirhane était la seule véritable amie qu'elle avait. Elle en souffrira beaucoup.

– C'était bien plus qu'une amie. Tu n'as jamais eu de soupçons?

– De soupçons?

– Elles étaient amantes, Ludovici. Elles étaient amantes depuis le harem et l'étaient restées.

Le marchand ferma les yeux. Oui, bien sûr. Bien sûr. Pendant tout ce temps, il avait cru que c'était Abbas qui se tenait entre lui et Julia. Quelle importance, d'ailleurs? Il avait depuis longtemps accepté le compromis; un peu vaut toujours mieux que rien du tout. Elle n'avait jamais prétendu l'aimer. C'est juste ta fierté qui est blessée, se dit-il. Juste ta fierté.

– Tu ne le savais pas?

– Si, mentit le Vénitien mais, au fond de lui-même, il avait envie de la tuer.

Aux portes de Tabriz

Le messager arrêta son cheval devant la tente en soie à sept queues de cheval, la tente du sultan. Il avait chevauché nuit et jour depuis Istanbul. Il sauta à terre, confia la bride à l'écuyer de Soliman, fut introduit par les solaks et se prosterna.

Le message qu'il portait fut remis à Rüstem Pacha, qui le lut au Seigneur de la Vie. On avait trouvé Céhangir mort au palais de Topkapi. Il s'était pendu.

L'empereur rejeta la tête en arrière, poussa un cri angoissé qu'on entendit dans tout le camp et qui fit courir un frisson le long de la colonne vertébrale des janissaires les plus aguerris, un cri de douleur et de peur pour l'avenir des Osmanlis.

Péra

Ils étaient ensemble dans le jour finissant, le renégat en robe de soie, l'esclave en vestura noire. Ils regardèrent le soleil jusqu'à ce qu'il eût disparu derrière le bord de la terre et que le monde fût devenu gris. Des lumières tremblotaient autour du port; les mâts des galères turques et des caramousals grecs se détachaient sur les eaux nacrées de la Corne tels des os sortant de la boue.

– Je n'en crois pas un mot, dit enfin Julia. Il essaie seulement de me protéger.

– Je ne fais que répéter ce qu'il m'a dit.

Elle secoua la tête.

– Sirhane ne m'aurait jamais mise en danger.

Ludovici garda le silence.

– Je n'en crois pas un mot, dit à nouveau sa femme. Pas un mot.

– Vous avez dû l'aimer passionnément.

Elle se tourna vers lui, tenta de déchiffrer son expression dans l'obscurité. Savait-il ? Oui, il devait savoir. La douleur était gravée dans ses traits. Elle n'avait pas voulu lui faire mal ainsi. Elle tenta de se rappeler le conseil que Sirhane lui avait donné.

« Tu devrais peut-être apprendre à l'aimer davantage. »

Pour le moment, c'était impossible, elle souffrait trop.

– Abbas a menti, déclara-t-elle, mais au fond de son cœur elle savait qu'il avait dit la vérité et elle avait mal.

NEUVIÈME PARTIE

MORT D'UN ROSSIGNOL

96

Topkapi Saraya, 1558

Par la grâce du Très-Haut – que son pouvoir soit à jamais exalté ! –, par les miracles sacrés de Mahomet – que la bénédiction de Dieu soit sur lui ! A toi qui es Sultan des Sultans, Souverain des Souverains, Ombre de Dieu sur terre, Seigneur de la mer Blanche et de la mer Noire, de Roumélie et d'Anatolie, du Karaman, de la Terre de Rum, de Diakebir, du Kurdistan, de l'Azerbaïdjan, de la Perse, de Damas, d'Alep, du Caire, de La Mecque, de Médine, de Jérusalem, de toute l'Arabie, du Yémen et de maintes autres terres que mes glorieux ancêtres – que la lumière de Dieu éclaire leurs tombes – ont conquises par les armes, et que ton auguste majesté a assujetties, sultan Soliman Khan, fils du sultan Sélim Khan père.

De diverses manières j'ai appelé mon seigneur à intervenir contre ceux qui ont répandu des calomnies à mon sujet. Dieu sait que je n'ai jamais brigué les honneurs pour moi-même, à la différence de ceux qui cherchent à gagner la faveur des ulémas et de la troupe pour devenir les rivaux de leur propre père. Je suis impuissant contre leurs complots, moi qui n'ai jamais voulu que te servir. Tout ce que j'ai, c'est ton amour et celui de ma gracieuse mère. Mon sort est totalement entre tes mains. Pourtant, parce que je ne m'efforce pas de plaire aux janissaires en me rengorgeant sur mon cheval, je suis à la merci de ceux qui conspirent contre moi.

Je crains beaucoup pour toi, seigneur. Chaque jour, des rapports m'apprennent qu'on a vu mon frère à la Sublime Porte, sous un déguisement, parler aux janissaires dans leurs casernes et fomenter la sédition. Je prie pour que ces rapports soient mensongers car je ne puis connaître le repos en sachant mon seigneur en péril...

Soliman jeta la lettre avec un grognement. Il avait le teint gris et semblait recroquevillé sur son trône entre les deux lions d'or, comme s'il était leur proie et non leur maître. Rüstem attendait en silence, impassible.

– Il me supplie comme une femme! s'exclama le sultan.

– Il a peur de Bajazet.

– Il n'a pas tort. Bajazet est un lion, un vrai ghazi.

– Certes, seigneur.

– Et que disent tes espions de Sélim? Il boit toujours trop de vin?

– Il passe son temps en festins ou à la chasse.

Le Roi des Rois eut un geste impatient de la main.

– Et il veut que je le protège de Bajazet!

– Le moment venu, son frère prendra le trône.

– A ma mort, que Dieu soit juge.

Soliman ferma les yeux. Il avait espéré mettre fin au bain de sang qui accompagnait toute succession dans la lignée osmanli mais, en faisant exécuter Mustapha, il avait obtenu l'effet inverse. Selon un vieux dicton ghazi, « ce qui a été sera ». Son père avait assassiné pour le trône; ses fils en feraient apparemment autant, malgré tous ses efforts.

Il ne comprenait pas pourquoi ces jeunes hommes désiraient le pouvoir avec tant d'ardeur. Cela n'avait jamais été son cas. Son plus grand regret, c'était que son père n'ait pas vécu plus longtemps. Ces dernières années, le manteau des ghazis pesait sur ses épaules tel un joug brûlant.

Le trône ne lui avait pas seulement coûté Mustapha. Quelques semaines plus tard, Céhangir s'était pendu. Pourquoi? Chagrin pour son demi-frère ou peur de son propre père?

Soliman indiqua la lettre tombée entre Rüstem et lui.

– Y a-t-il quelque chose de vrai dans ce que prétend Sélim ? A-t-on vu Bajazet à Istanbul ?

– Mes espions ne m'ont rien dit de tel, répondit le vizir.

Soliman hocha la tête gravement : ce que Rüstem ignorait n'était pas arrivé. Pourtant, il y avait une parcelle de vérité dans les accusations de Sélim : Bajazet avait effectivement succédé à Mustapha dans le cœur des janissaires. C'était dans l'ordre des choses : un sultan ne pouvait accéder au trône sans leur soutien. Mais il pouvait y avoir là un danger aussi, si Bajazet s'impatientait.

– Qui doit me succéder, Rüstem ? Sélim est l'aîné, le trône lui revient. Il est le shahzade.

– Bajazet est le seul choix possible, seigneur.

Soliman hocha de nouveau la tête. Il était dans la nature du vizir de montrer aussi peu de passion pour un tel sujet que pour les finances et l'administration. La goutte l'affligeait cruellement depuis quelques années ; des œdèmes gonflaient ses membres et sa face, mais ses yeux demeuraient les mêmes, gris et froids. Il n'y avait pas place pour les sentiments dans son grand livre de comptes.

– Bajazet ne t'aime pas, Rüstem.

– Je ne serai pas là pour le craindre, seigneur.

C'était typique de son caractère, cette façon de parler de sa propre mort avec le même détachement.

– Si les choses ne se passent pas ainsi, voici quelle sera ta dernière mission. A ma mort, tu enverras un messager à Manisa prévenir le shahzade Sélim, et lui dire de venir en toute hâte à Istanbul.

Interrompu par une douleur au genou, il grimaça et reprit :

– Tu enverras ensuite un autre messager à Bajazet, sur un cheval plus rapide, pour lui dire que le trône reviendra au meilleur. En récompense, il t'épargnera sans doute quand il sera devenu padichah.

– Il sera fait comme tu l'ordonnes, seigneur.

Que Dieu choisisse, pensa Soliman. Il avait fait tout ce qu'il pouvait. Il avait écrit les lois qui guideraient la conduite du prochain sultan. Peut-être l'empire pourrait-il survivre à un autre chef de guerre – et même à un ivrogne, s'il fallait en arriver là.

Après lui, ses deux fils se disputeraient le trône comme deux vautours becquetant les yeux d'un animal pas encore mort. Il en serait peut-être toujours ainsi.

Que Dieu m'assiste dans mon malheur!

97

Péra

Assis seul dans la grande salle, il contemplait les bûches brûlant dans l'âtre. Julia le rejoignit, posa sa main sur son épaule.

– Vous avez l'air soucieux.

– Je réfléchissais... Je songeais à ce qui se passera quand Soliman ne sera plus sultan.

– Vous avez entendu des rumeurs?

– Il est vieux, malade. Il règne sur la Sublime Porte depuis trente-huit ans. Personne n'est éternel. Même l'Ombre de Dieu sur terre doit mourir.

Julia sourit.

– Il vous manquera, je présume.

Ludovici sourit lui aussi.

– Je ne suis qu'un humble marchand. Ils peuvent bien faire roi l'un de leurs chameaux, cela m'est égal. Mais le changement et l'incertitude me rendent nerveux. J'aime savoir qui je dois soudoyer et à quel prix.

– Qui lui succédera?

– J'imagine que Hürrem aura son mot à dire.

– Peut-être se proclamera-t-elle sultan.

– Je doute que cette sorcière puisse y parvenir. Non, ce sera Bajazet. Sélim est un débauché. Il ferait un excellent bey d'Alger – mais un sultan? Moi-même je ne le souhaiterais pas aux Turcs. (Un rondin se brisa, tomba sur les braises.) Aux Vénitiens, peut-être mais pas aux Turcs.

– Et Rüstem Pacha?

– Bajazet aimerait mieux être plongé dans de la poix

bouillante que de l'avoir pour vizir. En outre, Rüstem vieillit lui aussi. Bientôt, tout changera : un nouveau sultan, un nouveau vizir. Il se peut même qu'ils se mettent à faire respecter les lois, et mon négoce en pâtirait gravement.

Le vent hurla, fit trembler les fenêtres ; un courant d'air attisa le feu dans la cheminée.

– Vous continuerez à vous enrichir, j'en suis certaine.

– Peut-être. Mais cette incertitude me ronge l'estomac. On ne sait jamais ce que les Osmanlis vont faire. Le Divan est un nid de vipères, Julia.

Topkapi Saraya

Une fine couche de givre luisait sur les dômes du palais. Un soleil sans chaleur brillait dans le ciel bleu. Hürrem huma le vent du nord pour sentir l'odeur des steppes, mais il était aussi glacé que les eaux noires du Bosphore. En tremblant, elle resserra la robe d'hermine autour de son cou mais rien, ces temps-ci, ne parvenait à chasser le froid de ses os. Elle devenait vieille.

Elle nicha ses pieds sous le *tandir,* cassolette emplie de braises placée devant elle, mais c'était comme si elle ne sentait plus la chaleur. Tout était froid.

Par la fenêtre grillagée, elle regarda de nouveau vers la steppe, cachée quelque part au-delà de l'horizon violet. Elle ferma les yeux et son esprit s'échappa de la vieille femme somnolant à la fenêtre, et dériva au-dessus des eaux et du caravansérail d'Üsküdar. Üsküdar ! Oui, elle se souvenait... La fontaine au centre de la cour où elle était arrivée trente-cinq ans plus tôt. Elle revit la jeune fille aux cheveux de cuivre et à la langue venimeuse dont les yeux étincelaient de défi. Regardez-moi ça ! pensa-t-elle en riant. Comment cette petite effrontée a-t-elle réussi à devenir reine ? Elle aurait dû nourrir les poissons du Bosphore !

Quittant la jeune renarde qu'elle avait été, son esprit continua à flotter, traversa la mer Noire, lisse comme une lame d'acier, piquetée par les petits points des caramousals. Elle survola à nouveau la terre et vit sous elle une tribu de Tartares, les peaux de bête de leurs *kabitkas* – sorte de tentes mobiles – noirs sur l'herbe verte, les femmes trayant les brebis et les chèvres, les hommes galopant vers elles dans la steppe. Elle fit signe, et sa mère, levant la tête de la chèvre qu'elle était en train de traire, lui rendit son salut.

Hürrem courut vers elle en riant.

Son père rit lui aussi, la souleva de ses bras puissants pour la poser sur la selle de son cheval et l'emmena, dans une gerbe d'eau, entre les îles cernées de roseaux du père Dniepr, passant devant les dômes des mosquées et les catafalques. Elle vit une vaste cité de tentes, entendit la flûte des gitans...

– Grande reine!

Hürrem s'éveilla brusquement, tressaillant comme si on avait appliqué un couteau rougi à blanc sur sa chair. Muomi lui secouait le bras.

– Qu'y a-t-il?

– Tu criais, maîtresse.

– ... criais?

– Tu dormais?

– Je dormais, répondit-elle, déçue.

– Ça ne va pas? demanda la Noire, sans sollicitude.

– Va-t-en.

Muomi salua, sortit.

Hürrem laissa ses épaules s'affaisser et se mit à pleurer, doucement d'abord. Elle n'avait pas voulu revenir. Elle était heureuse là-bas, elle avait chaud. C'était le seul vrai bonheur dont elle se souvenait depuis son arrivée ici.

Ses efforts pour s'élever au-dessus des autres femmes n'avaient servi à rien. Oh! elle avait été soulagée quand Soliman l'avait choisie et, plus tard, elle avait éprouvé une certaine satisfaction en se montrant plus rusée que Gülbehar – Dieu sait pourtant que ce n'était pas un exploit. Mais il n'y avait pas eu de vrai bonheur. Peut-être parce que ses véritables ennemis, ce n'étaient pas les femmes mais les hommes.

Et Soliman. Elle le haïssait autant aujourd'hui que le jour où il l'avait choisie, il y avait trente-cinq ans de cela. Non, encore avant. Elle l'avait haï dès son premier jour de servitude, quand les Turcs l'avaient emmenée, les fers aux poignets. Ni le pouvoir ni l'amour du sultan n'avaient atténué cette haine qui demeurait enracinée dans son âme, poison dont le temps n'avait pas entamé la virulence.

Ce n'était ni le froid ni les souvenirs qui avaient engendré cette humeur sombre. C'était le rossignol.

Soliman le lui avait offert le jour de leurs noces, dans une cage de bois de cèdre incrusté d'onyx et de nacre. Depuis, l'oiseau chantait pour elle chaque jour. Au matin, elle l'avait trouvé gisant sur le plancher de sa cage, raide et froid. Elle l'avait pris avec douceur pour le placer au creux de ses mains jointes, avait regardé son œil fixe, et le rossignol avait chanté pour elle une dernière fois.

Ma vie, c'est la tienne, disait-il. Tu as vécu comme moi dans ce palais d'onyx et de nacre; le sultan t'a admirée, il s'est émerveillé de ton chant et de ta beauté. Mais un jour, comme moi, ton œil regardera l'aube et ne sentira pas sa chaleur. Ce sera fini. Ta vie sera écoulée. La porte de la cage ne s'ouvrira jamais. Ton chant ne se fera plus entendre et on t'oubliera.

Elle avait pensé qu'un jour elle deviendrait Valide, mère d'un sultan, et accéderait au vrai pouvoir. Sélim eût été facile à manœuvrer. Après l'élimination de Mustapha, elle avait toujours pensé qu'elle vivrait assez longtemps pour voir un de ses fils sur le trône. Jusqu'à ce jour.

Tout le pouvoir qu'elle avait conquis s'effritait sous ses doigts comme de l'argile sèche. Elle n'était finalement qu'une esclave.

L'esclave de Soliman.

Il était temps encore cependant d'abattre sa malédiction sur les Osmanlis et leur arrogante lignée mâle. Elle aurait sa revanche et la savourerait dans sa tombe pendant des décennies, voire des siècles.

Oui. Bien sûr. Ils voulaient Bajazet. Si les deux princes étaient abandonnés à eux-mêmes, Bajazet triompherait probablement du pauvre gros Sélim dans la course au trône. Il était l'homme fort, le chef, le ghazi.

Sélim, pour autant qu'elle sût, était le fils d'un eunuque blanc.

Alors, elle leur donnerait Sélim.

Muomi se précipita dans la pièce et, voyant Hürrem éveillée, s'agenouilla pour la saluer.

– Maîtresse, je croyais t'avoir entendue à nouveau crier.

– Je riais, Muomi.

– Tu riais?

– Oui, petite Muomi. Et j'ai soudain chaud. Va mettre le tandir près de la porte. Je sens le printemps dans l'air.

Les dômes et les tours de la mosquée Süleymaniye s'élevaient au-dessus de la ville comme une montagne de marbre gris, prière d'un homme taillée dans la pierre. D'autres bâtiments se pressaient autour : hospice, hôpital, bains publics, caravansérail, bibliothèque, *medrese* accueillant les meilleurs professeurs de théologie et de droit de l'empire. L'ensemble avait coûté sept cent mille ducats, une rançon de roi, et avait absous un sultan du meurtre de son fils.

Peut-être.

Soliman contemplait la mosquée par l'une des fenêtres des appartements de Hürrem, les mains sur les épaules de son épouse.

– Elle est magnifique, seigneur. Dans mille ans, des hommes la regarderont en regrettant de ne pas être nés à une époque comme la nôtre.

– Peut-être, petite russelana, murmura Soliman.

Il accentua la pression de ses mains et sentit les os sous la soie et le brocart. Cette fragilité l'effraya. Il savait qu'elle avait été souffrante, mais avait refusé de voir les signes de la maladie. La conscience que cela pouvait être grave l'amena soudain au bord d'un abîme de terreur.

Il l'examina plus attentivement. Elle portait une petite toque verte semblable à celle qu'elle avait mise la première fois qu'il l'avait vue, écho moqueur de sa jeunesse. Sous le khôl, le henné et la poudre, sa peau était comme un parchemin, fine et sèche. Il avait l'impression qu'elle se craquellerait et tomberait en poussière sous ses doigts s'il la touchait trop rudement. Ses joues s'étaient creusées, et le contour de son crâne était clairement visible dans la clarté du jour matinal. Ses cheveux avaient perdu beaucoup de leur or; ils étaient d'un blanc laiteux à la racine, comme le ciel de ce matin d'hiver. Seuls les yeux verts demeuraient aussi vifs, aussi brillants.

Il la serra contre lui comme si, par sa volonté et sa force physique, il pouvait la protéger de la mort même. Il se rendit compte qu'il l'aimait plus encore maintenant. A la passion charnelle avait succédé ces dernières années un sentiment de bien-être et d'intimité en sa présence qu'il ne connaissait avec personne d'autre. Comment aurait-il pu vivre sans elle? L'idée même lui était insupportable.

– C'est une grande réussite, seigneur, dit Hürrem.

Elle n'avait pas deviné le cours de ses pensées et continuait à admirer la Süleymaniye.

– Un jour, nous y reposerons côte à côte, dit-il.

– Alors, je n'échapperai jamais à l'Eski Saraya ? Je retournerai sur la colline dominant le marché aux esclaves où tu m'as achetée.

– Là où le destin t'a amenée à moi, ajouta le sultan. Te sens-tu bien, petite russelana ?

– J'ai moins d'appétit.

– Veux-tu que mon médecin te donne un élixir ?

– Muomi me soigne, seigneur. Je serai remise quand le printemps viendra.

Le vent du nord, la tramontane, hurlait comme un djinn entre les murs de pierre, et le Roi des Rois frissonna sous sa robe doublée de zibeline.

– Tu devrais faire plus attention à ta santé.

– Ne t'inquiète pas, seigneur. Il faut s'attendre à quelques douleurs quand on devient vieux.

Soliman ne supporta pas de s'attarder sur ce sujet et dit :

– J'ai parlé à Rüstem. A propos de ma succession.

– Qu'as-tu décidé, seigneur ?

– Le jour venu, mes deux fils seront avertis. Dieu fera son choix.

– S'ils sont tous deux prévenus, Dieu n'aura pas de choix à faire. Bajazet s'adjugera le trône.

Hürrem se retourna, s'agrippa aux épaules de Soliman.

– Veux-tu m'aider à regagner le divan, seigneur ?

Renvoyant d'un geste les géditchis, il lui fit traverser la pièce, atterré de la sentir si frêle contre son bras. On eût dit qu'elle avait été vidée à l'intérieur, qu'il ne restait que l'enveloppe. Depuis combien de temps était-elle dans cet état ? Depuis combien de temps ne l'avait-il pas vue ? Pas plus d'une semaine. Comment avait-elle pu s'affaiblir si vite ?

Il l'aida à glisser ses pieds sous le tandir, lui soutint le dos avec des coussins.

– Merci, seigneur.

– Je devrais quand même faire venir le médecin.

– Ce n'est rien. Juste un léger refroidissement. (Une des servantes lui entoura les jambes d'une couverture.) Seigneur, j'aimerais te parler plus longuement de cette question. Ce sont mes fils, je connais le fond de leur cœur.

Il s'assit près d'elle sur le divan, lui prit la main.

– Petite russelana, Sélim est un fils plein d'amour mais il ne ferait jamais un grand sultan. C'est Bajazet, le ghazi.

– C'est un homme de guerre. Au moins, il aura la faveur des janissaires.

– Sans eux, un sultan ne peut gouverner.

– Les janissaires! Pour qui tu n'as que mépris!

– Un sultan est parfois contraint de faire usage de son sabre, même s'il méprise la guerre.

– Bajazet ne connaît rien d'autre. Il passerait sa vie en selle s'il le pouvait. Je ne dis pas cela pour le condamner mais pour t'inciter à réfléchir. Sélim est le shahzade. Il n'a pas les talents guerriers de son frère mais il se révélera peut-être au Divan. Tu as dit toi-même que c'est la loi, non l'épée, qui assurera l'avenir des Osmanlis.

– Petite russelana, nous devons voir la vérité en face. Sélim est un débauché, un ivrogne. Il assiste rarement aux réunions de son propre Divan à Manisa. Devons-nous espérer qu'il changera en devenant padichah?

– Si Bajazet monte sur le trône, Sélim mourra.

– Laissons Dieu en décider. Rüstem a reçu des ordres. Le moment venu, un messager préviendra chacun d'eux. Sur ce point, tu ne me feras pas changer d'avis.

Hürrem inclina la tête.

– Qu'il soit fait selon ta volonté, seigneur. Je ne discute pas ta sagesse. Je prierai pour mes deux fils.

Il l'enlaça, une terrible douleur sourde dans la poitrine. Ne me quitte pas, petite russelana. Je ne peux vivre sans toi. Tu es la seule qui donnes sens à ma vie. J'ai assassiné mon meilleur ami, j'ai fait exécuter mon fils pour préserver la lignée des Osmanlis, mais je n'ai jamais trahi mon amour pour toi. Laisse-moi le garder encore un peu.

Ne me quitte pas, petite russelana. Ne me quitte pas.

98

Topkapi Saraya

Muomi était auprès d'elle quand elle tomba.

Hürrem s'était aventurée sur le balcon de sa chambre pour écouter les rossignols et contempler le Bosphore, comme chaque matin. Soudain, elle poussa un cri et la Noire la reçut dans ses bras. Le temps que d'autres servantes accourent et l'étendent sur son divan, elle était déjà inconsciente, la respiration courte et sifflante.

Galata

Ludovici avait reçu un message lui demandant de retrouver Abbas à la maison du quartier juif, mais celui-ci était en retard. Lorsqu'il finit par arriver, il n'y avait rien dans son attitude de l'urgence que le ton de la lettre laissait deviner. Après les plaisanteries habituelles, ses quatre pages l'aidèrent à poser sa carcasse par terre et il tourna aussitôt son attention sur les pâtisseries empilées devant lui sur un plateau d'argent. Lorsqu'elles eurent disparu, il plongea les doigts avec délicatesse dans le bol que lui présentait un autre serviteur, et éructa poliment dans son mouchoir de soie.

– J'ai reçu ton message, dit le marchand.

– Comme tu es pressé ! Après toutes ces années passées chez les Turcs, tu n'as pas encore appris l'art de la patience.

– Le message disait que c'était urgent.

– Oui, l'affaire est urgente, soupira le Kislar Aghasi. Urgente en heures, pas en minutes. J'espérais savourer notre rencontre – ce sera probablement la dernière.

– Que s'est-il passé?

Abbas se pencha en avant, les coudes sur les genoux.

– Hürrem la Joyeuse se meurt.

– Tu en es sûr?

– Elle souffrait depuis des mois. Elle est maintenant dans son lit, enveloppée de l'odeur de la mort. Une odeur sur laquelle on ne peut se méprendre, je l'ai sentie souvent.

– Mais en quoi cela pourrait m'affecter?

– Il s'agit de Julia! Tu dois lui faire quitter Istanbul. Tout de suite!

– Je ne me séparerai jamais d'elle.

– Sous le regard de Dieu, je jure que sa vie est en danger dans cette ville.

– Je ne renoncerai pas à elle.

– Qui te le demande? Tu as des terres à Chypre. Emmène-la là-bas.

– Son « crime » est vieux de vingt ans, argua Ludovici. Soliman a dû l'oublier, malgré ce que tu prétends. Je n'abandonnerai pas tout ce que j'ai ici pour fuir devant des ombres!

– Il a peut-être oublié, mais une fois qu'il saura qu'elle est encore en vie, son orgueil lui commandera de nous punir, elle et moi. Tu crois qu'il hésiterait à donner cet ordre, surtout maintenant? Il enverra son bourreau jusqu'au cœur de la Comunità Magnifica! Tu penses qu'il craint le bailo de Venise?

– Je n'abandonnerai pas ce que j'ai bâti ici, répéta Gambetto.

– Pour l'amour du Ciel, fais-la partir! Hürrem révèle tout dans une lettre de sa main qui sera remise à Rüstem à sa mort.

– Dans quel dessein?

– Elle a ses raisons.

– Je ne quitterai pas Julia.

– Alors, pars avec elle!

Ludovici se pencha en avant, secoua la tête.

– Regarde-moi, Abbas. Regarde ton ami le bastardo. Comme je n'étais pas assez bon pour les togati, je suis venu ici, et depuis, je prends plaisir à leur enfoncer ma revanche dans la gorge avec des pièces d'or! Ici, ils doivent s'incliner devant moi!

– Si cela compte tellement pour toi... Il faut choisir : ton empire de navires et d'entrepôts, ou Julia!

Abbas s'interrompit, secoué par une quinte de toux. Il porta le mouchoir à ses lèvres; quand il le retira, Ludovici remarqua une tache rouge sur le tissu.

– Excuse-moi, certains jours, cette toux me tourmente plus que d'autres.

Le marchand garda le silence et Abbas attendit, sans troubler le cours de ses pensées.

– Bon, je ferai ce que tu me demandes, dit Ludovici. Mais accorde-moi une faveur.

– Si c'est en mon pouvoir.

– Mes caramousals franchissent les Dardanelles sans être inspectés. Mes bakchichs à Rüstem paient grassement ce privilège. Si je prenais des passagers, ils seraient en sécurité à bord. (Il saisit le poignet d'Abbas.) Viens toi aussi. Si Hürrem livre Julia à Soliman, elle te livre en même temps. Quitte cette ville! Tu pourras au moins vivre tes dernières années en paix.

L'eunuque détourna les yeux. La paix? Cela existait?

– Où?

– Demain à l'aube, à Galata. Un de mes bateaux arborera le lion vénitien à sa poupe, mais à l'envers. Le capitaine aura des ordres. Tu n'auras qu'à monter à bord et te cacher.

– Où nous enverras-tu? À Chypre?

– Il n'y a pas de palais, là-bas. Juste des vignes et des oliveraies. Je t'en prie.

Abbas hocha la tête.

– Merci, chuchota-t-il.

Il toussa, grimaça sous l'effet de la douleur et frappa dans ses mains. Aussitôt les sourds-muets l'entourèrent, le soulevèrent. Quand il fut debout, il s'accrocha à eux, pantelant.

– Au revoir, Ludovici.

– Demain à l'aube.

– Oui. Le commencement d'un nouveau jour, peut-être. (Abbas s'arrêta à la porte, se tourna vers Ludovici.) Si je ne viens pas, dis adieu à Julia pour moi.

Topkapi Saraya

– Muomi...

La voix était si faible que la géditchi approcha l'oreille des lèvres de Hürrem pour entendre.

– Oui, maîtresse?

– ... vengeance.

– Oui, maîtresse.

– J'agonise... mais après... Soliman... viendra... te trouver.

– Que dois-je lui dire?

– Ce qui... lui fera... le plus mal.

Muomi sourit.

– Oui, maîtresse.

Péra

Julia n'avait jamais vu Ludovici dans cet état. Assis dans le fauteuil en chêne de son cabinet, le dos voûté, il caressait l'or et l'argent de sa barbe, l'esprit absorbé par quelque tourment secret.

– Je vais vous faire quitter la ville, annonça-t-il brusquement. Pour votre sécurité. J'aurais dû le faire il y a des années.

Elle fut submergée par une vague d'indignation : elle n'était de nouveau qu'un pion qu'on poussait d'un bout à l'autre de la Méditerranée au gré du désir d'un homme.

– Comment serais-je en danger?

– Le sultan pourrait apprendre que vous êtes ici.

– Tout cela est si vieux...

– Mais pas oublié. Bientôt, le grand vizir saura, et Soliman sera forcé d'agir.

Ludovici était assis le dos à la fenêtre. Derrière lui, le Kubbealti de la Pointe du Sérail se détachait sur le ciel, illustration poignante de son dilemme, pensa Julia. Le pouvoir du Divan pèse toujours sur lui.

– Où voulez-vous que j'aille?

– J'ai un domaine à Chypre. Vous y serez bien traitée.

Elle essaya de se représenter l'endroit. Une autre villa solitaire perdue dans les vignes, quelques servantes, et sa broderie pour l'occuper. Un monastère, à tous les égards.

Elle leva les yeux vers Ludovici, prit conscience qu'il

lui manquerait. Quand était-ce arrivé? Avec Abbas, il y avait eu l'élan de la jeunesse, le piment du danger. Avec Sirhane, cela avait été la découverte du plaisir et, pensa-t-elle, une façon de se débarrasser du besoin des hommes, une sorte de douce vengeance. Ce n'est qu'après la mort de Sirhane qu'elle avait commencé à voir Ludovici pour ce qu'il était : un homme qui l'aimait peut-être plus qu'il n'était capable de le montrer. Bien qu'il fût devenu son mari, elle ne s'était jamais donnée à lui comme à Sirhane, mais il était devenu son compagnon, son refuge, et il pouvait peut-être encore devenir son ami. La chaleur de son corps près d'elle la nuit, son esprit, sa force lui manqueraient.

– Vous voulez que je parte? demanda-t-elle.

– Non. C'est la dernière chose que je souhaite.

– Alors, je ne partirai pas.

– Vous ne comprenez pas, Julia...

– Je comprends parfaitement. Simplement, je n'ai pas envie de vous quitter.

Il la regarda, étonné.

– Pourquoi?

– Peut-être parce que je me suis attachée à vous.

– Quoi?

Les lèvres de la Vénitienne ébauchèrent un sourire triste.

– Est-ce si difficile à croire?

– Oui, très difficile. Je croyais que je n'entendrais jamais un tel aveu.

– Si vous venez avec moi, je partirai. Sinon, je resterai ici.

Ludovici se leva, alla à la fenêtre, tourna le dos à Julia. Il s'était résigné à abandonner quelque chose qu'en fait il n'avait jamais possédé, et maintenant...

– Je ne sais que dire.

Il entendit le bruissement de sa robe quand elle s'approcha de lui, sentit sa main sur son bras.

– Que ferez-vous?

– Je ne puis prendre le risque de vous garder ici.

– Alors, vous viendrez?

– Oui. Je finirai peut-être par aimer Chypre. Je cultiverai la vigne, j'aurai la peau brune et ridée par le soleil.

– Cela ne vous ressemble pas.

– Si Abbas se trompe, nous reviendrons au bout de

quelques mois. Sinon... (Ludovici haussa les épaules.) Le bastardo a peut-être réussi à prouver ce qu'il voulait, de toute façon.

Il se retourna ; elle lui souriait. Il se rappela la première fois qu'il l'avait vue avec Abbas dans l'église de Santa Maria dei Miracoli. L'ange d'autrefois était flétri par l'âge et les péchés mais il l'aimait toujours, et elle voulait enfin de lui. Cela suffisait.

99

Abdullah Ali Osman, médecin personnel du sultan, était désespéré. Soliman l'observait du divan d'un œil féroce.

– Tu dois la guérir. Si elle meurt, je t'en tiendrai pour responsable. Tu pourras contempler le prochain lever de soleil d'une niche de la Ba'ab i Hümayun.

Ali Osman toucha du front le tapis de soie.

– Oui, seigneur.

Une garde d'eunuques, yatagan au poing, l'escorta jusqu'au sanctuaire silencieux du harem. Ils franchirent la grande porte de chêne et de fer, traversèrent une cour, gravirent un étroit escalier de pierre menant aux appartements de l'hasseki Hürrem.

Dans la salle des audiences, le médecin n'accorda pas même un regard aux grands vases Ming bleu et blanc, ni aux miroirs de Venise, ni aux brûle-parfums ornés de gemmes qui pendaient comme des fruits du plafond voûté. La peur avait tourné ses yeux vers son for intérieur. Si seulement Dieu l'avait fait naître à une autre époque, quand le sultan aimait moins ses femmes !

Dans la chambre à coucher, une double haie d'eunuques dissimulait la reine, mais il savait qu'elle était là ; sa présence, le silence qui l'entourait emplissaient la pièce. Les gardes qui l'accompagnaient s'étaient arrêtés, le laissant s'avancer seul.

Personne ne parlait et il se demanda ce qu'il devait faire.

Soudain une main apparut entre deux eunuques, pâle et molle, le poignet soutenu par des doigts d'ébène boudinés – probablement ceux du Kislar Aghasi, pensa-t-il. Cette main, c'était tout ce qu'on lui permettrait d'examiner, il le savait.

Ali Osman la prit avec respect, révérence presque, car il était le seul homme, Soliman mis à part, à pouvoir la toucher depuis qu'elle était entrée au harem. C'était maintenant une main de vieille, bien sûr, avec des tavelures brunes, la peau flasque. Il tâta le pouls, estima la température, pinça doucement les doigts sous l'ongle pour juger de la vivacité du sang.

Le cœur bat très lentement, se dit-il. Le corps se refroidit à l'approche de la mort.

Il devait faire vite. Préparer un élixir qui réveillerait les organes et accélérerait la circulation du sang. Il n'avait aucune envie de voir le soleil se lever de la Ba'ab i Hümayun, même si la vue était splendide.

– Le vieux nigaud... est sorti? balbutia Hürrem.

– Oui, répondit Abbas.

Les gardes étaient repartis, les laissant seuls. Malgré la haine qu'il avait eue pour elle, il admirait le courage avec lequel elle affrontait la mort. Si seulement il avait le même...

– Je ne... lui confierais pas... mes orteils à peindre.

Les yeux de Hürrem, au blanc jauni, semblaient enfoncés dans sa tête. Aucun élixir au monde ne la sauvera, pensa-t-il. Elle empeste la mort.

Les lèvres craquelées de la sultane esquissèrent un sourire.

– Ainsi... tu vas me voir... morte... après tout. Cela doit... te faire... plaisir.

– Oui, maîtresse.

– Ta franchise... est plaisante à entendre... Ils me disent tous... que je vais vivre.

– Moi je dirais qu'ils se trompent fort, maîtresse, murmura le Kislar Aghasi.

Hürrem tourna les yeux vers lui, lentement, douloureusement.

– J'ai une... dernière chose... à te...

– Tu n'es plus guère en état de me donner des ordres.

– Tu veux... la lettre?

Abbas se maîtrisa avec peine.

– Fais la paix avec Dieu. Bientôt, les affaires de ce monde ne te concerneront plus.

Elle eut un rire qui s'acheva en quinte de toux et la laissa pantelante. Quand elle eut enfin recouvré ses forces, elle dit à voix basse :

– Tu as raison... Muomi a la lettre... Je lui ai... ordonné... de te... la remettre.

– Cette lettre existe donc vraiment ?

– Bien sûr... Je ne fais jamais... de vaines menaces. Mais je ne suis pas... vindicative. Va en paix... Abbas.

Pourris en enfer, pensa-t-il en se levant. Ce soir, la sorcière mourrait, il en était sûr. A l'aube, il serait à bord d'un caramousal voguant sur la mer de Marmara, et libre, enfin libre. Au moment où il s'apprêtait à partir, il entendit un mumure :

– Tu ne les hais pas... ces Turcs ?

Était-ce bien ce qu'elle avait dit ? Il se pencha vers elle, plissa le nez en sentant une odeur de chair putréfiée.

– Maîtresse ?

– Ce qu'ils nous ont fait... à moi... à toi. Tu n'as pas de haine pour eux ?

– Je les hais à en avoir mal aux os.

Fatiguée par l'effort de parler, Hürrem ferma les yeux.

– Ils ont fait de moi... une esclave... et de toi... une farce.

Même dans la mort, elle ne préfère pas la délicatesse à la franchise, pensa-t-il.

– Tu n'aimerais pas... te venger ?

– De quelle manière ?

– Je vois... Sélim... comme prochain sultan.

– Impossible !

– Qui sait... ce qui arrivera... mon Abbas ? Tu peux... encore... être utile... (Elle voulut mouiller ses lèvres fendillées et un peu de sang mêlé de salive s'en échappa.) Je t'ai... légué à mon fils... Tu pourras peut-être... m'aider... dans cette dernière... entreprise.

Elle ferma de nouveau les yeux et cette fois s'endormit. Abbas se dirigea vers la porte, se retourna. Elle a l'air si fragile et si pathétique, maintenant, pensa-t-il. Une poupée de chiffon. Comment avait-il pu la craindre autant ?

Et comment pouvait-il se sentir soudain en sympathie avec elle ?

– Je t'aiderai, murmura-t-il. Cette fois, tu n'as pas à menacer. Je serai heureux de faire tout mon possible.

Il sortit, referma doucement la porte derrière lui.

100

Mer de Marmara

– Pourquoi n'est-il pas venu ? dit Julia.

Penché au bastingage du caramousal, Ludovici regardait les dômes et les tours de la grande cité s'estomper dans la brume violette du matin.

– Je ne sais pas. Je n'ai jamais compris les raisons d'Abbas.

– Mais il avait dit qu'il viendrait.

– Il avait aussi laissé entendre qu'il ne viendrait peut-être pas.

– Vous croyez qu'il est encore en vie ?

Ludovici secoua la tête.

– Mes sources à la Sublime Porte me l'apprendront. S'ils l'ont tué, nous avons eu raison de partir sans plus attendre. S'il est vivant et a choisi de ne pas venir... rien ne le fera changer d'avis.

L'eau miroitait en plaques d'or sous le soleil qui s'élevait à l'horizon. Poussé par le vent du matin, le caramousal passa entre les îles en direction des Dardanelles et de la Méditerranée. Julia se rappela le jour où elle avait vu pour la première fois la ville qui l'avait emprisonnée et libérée. Toute une vie s'était écoulée depuis. Elle ne parvenait pas à croire qu'elle ne contemplerait plus ces dômes et ces minarets.

– Je prierai pour lui, dit-elle en posant sa main sur celle de son mari.

Le vent était frais, salé. Elle dit un adieu silencieux à

Abbas et Sirhane, et sentit son âme se dépouiller du passé comme d'une vieille peau parcheminée.

Topkapi Saraya

Hürrem se mourait.

Il le comprit au moment même où il entra dans la pièce. Soutenue par des oreillers, elle portait une petite toque verte fixée sur sa chevelure ornée de perles, un caftan de soie blanche, comme une concubine parée pour sa première nuit avec le sultan. C'était une parodie absurde de sa jeunesse et Soliman eut envie d'éclater en sanglots en la voyant. Que lui avait-on fait? Était-ce une sorte de plaisanterie cruelle?

Il la reconnaissait à peine. Sa chair flasque pendait sur ses os, les traits qui avaient composé son visage avaient disparu. Elle était réduite à un crâne recouvert d'une peau translucide, à un corps minuscule, ratatiné.

Accroupis à son chevet, Abbas et Muomi montraient une mine sombre. Ils craignent pour leur propre vie, sans doute, pensa Soliman.

Mon Dieu, elle était vraiment en train de mourir.

– Petite russelana...

Il s'assit au bord du lit, lui prit la main. Elle était froide comme du marbre.

– Ne me quitte pas...

La bouche de Hürrem dessina un arc.

– Idiot...

Il porta les doigts de la mourante à ses lèvres, les embrassa.

– Je t'aime, petite russelana.

– Je... te crois. La vie... a été... cruelle pour toi, Soliman. Mais... tu l'as mérité.

Il sentit quelque chose se glacer dans son ventre, se demanda s'il avait bien entendu, bien compris.

– Que dis-tu?

– Je dis... va brûler... en enfer.

Sidéré, il la regarda fixement, lâcha soudain sa main, se leva et parcourut des yeux le cercle de visages entourant le lit.

– Sortez! Sortez tous!

Muomi et les autres servantes se hâtèrent d'obéir. Seul

Abbas hésita, ses lourds traits noirs empreints de surprise et de perplexité.

– Dehors! cria le sultan.

La porte se referma derrière le Kislar Aghasi.

Quand Soliman reporta son regard sur Hürrem, elle souriait. Elle grimaçait, plutôt, pensa-t-il, les lèvres retroussées sur les dents.

– Petite russelana.

– Je ne suis pas... ta petite russelana. Je ne t'ai... jamais aimé. Chaque jour... de ma vie... je t'ai haï.

Soliman vacilla, se retint à l'une des colonnes dorées du baldaquin.

– Tu es malade, tu ne sais plus ce que tu dis.

– J'étais ta prisonnière... Je ne pouvais que me soumettre à toi. Mais, oh!... comme je t'ai haï!

Il se boucha les oreilles en criant :

– Je ne t'écoute plus!

– T'es-tu jamais demandé... pourquoi Bajazet est... un si grand guerrier? Il tient cela... d'Ibrahim.

– Non! C'est impossible!

– Tu lui faisais... tellement confiance... imbécile... Tu n'as jamais su... ce qu'il a fait... en rentrant... d'Égypte.

– Non!

– C'est mon waqf... mon don... aux Osmanlis. Choisis, Soliman! Sélim... ou le fils du Grec! Je te maudis... et je maudis... tous les sultans qui te succéderont... jusqu'à ce que votre empire s'écroule.

– Arrête. Je t'en prie!

– Comme... je te hais!

– Nooon! hurla-t-il (Il la saisit par les épaules, la secoua.) Tu m'aimes! Dis-le! Dis-le!

Il la regarda dans les yeux, vit leur lumière s'éteindre, comme la flamme d'une bougie dans le vent. Il poussa un cri et rejeta violemment Hürrem sur le lit.

– Nooon! Ce n'est pas vrai!

Il arracha la toque verte, et les perles mêlées aux cheveux blancs tombèrent, roulèrent sur le marbre.

– Noooon!

Il saisit un tabouret, le projeta dans un miroir vénitien, vit son image se briser en mille morceaux, et sortit de la pièce en courant.

Abbas le trouva plus tard recroquevillé sur son lit, pleurant comme un nouveau-né. Terrifiés, ne sachant que faire, ses serviteurs le laissèrent seul. Il resta ainsi trois jours, sanglotant et parlant aux fantômes qui l'entouraient. Quand il fit enfin revenir Abbas, ce fut pour ordonner qu'on condamne les appartements de Hürrem, afin qu'il ne pénètre jamais plus dans une pièce où il avait entendu son rire ou senti ses bras l'enlacer.

DIXIÈME PARTIE

LE VENT DE DIEU

101

Amasya, 1559

Les cavaliers galopaient l'un vers l'autre à toute vitesse, les sabots de leurs bêtes résonnant sur la terre souple, projetée en l'air derrière eux en épaisses mottes brunes. Le premier lança son bâton, que son adversaire tenta d'éviter en se laissant glisser sur sa selle du côté protégé de son cheval, mais le javelot en bois l'atteignit dans le dos. Des acclamations montèrent autour du terrain. La musique des tambours et des *zounas* se fit plus pressante.

– Sssss, fit Bajazet à son étalon arabe, qui piaffait, énervé par le bruit.

– Trois points de plus, dit Murad en souriant. Bonne journée pour les Bleus.

– Bientôt nous jetterons de vraies lances, répondit Bajazet.

Il repartit vers deux cavaliers des Verts. Murad vit le premier javelot, lancé trop tôt, passer au-dessus des épaules du prince qui s'était baissé. Bajazet fit brusquement tourner son cheval à droite, et l'autre cavalier dut ralentir pour éviter une collision.

Le prince relança son étalon, qui répondit aussitôt à son ordre. Avant que le cavalier vert eût compris ce qui se passait, Bajazet était derrière lui et le frappait de son javelot entre les omoplates. L'homme bascula par-dessus son cheval avec un cri de douleur.

Les cavaliers entourant Murad se dressèrent sur leurs étriers et firent une ovation à leur champion, qui réclamait déjà un autre javelot aux pages se faufilant entre les chevaux. Le visage rouge de triomphe, il souriait dans son épaisse barbe noire.

– Qu'en dis-tu Murad?

– Je dis que nous allons en faire de la purée d'épinards!

Bajazet éclata d'un rire qui fut couvert par les hourras quand un autre cavalier de leur équipe expédia un Vert au sol, la tête en sang.

Ils étaient invincibles ce jour-là. Ils ne pouvaient pas perdre, cela ne semblait pas possible.

C'était une vieille femme, à présent. Bajazet la trouva dans les jardins du harem, à l'intérieur du kiosque rose. Le pavillon de bois était entouré de colonnes sculptées et peint à la feuille d'or. Ses fenêtres et sa porte donnaient sur une roseraie éclatante de fleurs.

Assise en solitaire, Gülbehar faisait cliqueter les perles de son *tespi* entre ses doigts en récitant à mi-voix les prières à Mahomet. Elle était vêtue d'un caftan de *seraser* rouge rubis, brodé de fils d'or, et d'une veste de drap blanc bordée de duvet de cygne. A travers le yashmak de mousseline couvrant son visage, le prince devinait, autour des yeux, les rides profondes révélant son âge. Les années n'avaient pas été tendres avec la Rose de Printemps : il ne restait que les épines.

– Que vas-tu faire, Bajazet?

– Que puis-je faire? Soliman ne m'a pas laissé le choix. C'est pourtant à Sélim que cette querelle m'oppose, pas à mon père.

– Tu te trompes.

Bajazet baissa les yeux sans répondre. Tout était beau dans ce jardin où l'on respirait un air parfumé par les rosiers entourant le kiosque. Trop beau pour parler de verser le sang.

Une géditchi apporta à Gülbehar un sorbet dans une coupe de cristal.

– Quoi que je fasse, il y aura la guerre, prédit Bajazet.

– A cause de Sélim?

– Les ennuis des Osmanlis n'ont pas commencé et ne finiront pas avec Sélim. Les arrière-petits-fils des hommes qui ont suivi le Fatih jusqu'à Istanbul se voient aujourd'hui gouvernés par les descendants de ceux que leurs ancêtres avaient conquis. Ils sont chassés de leurs timars par leurs propres esclaves chrétiens. Mon père a oublié les peaux de mouton de ses ancêtres. Elles pourrissent dans sa Chambre des Trésors tandis qu'un vizir bulgare taxe jusqu'à l'herbe et dépouille les timariotes pour se remplir les poches ! Tout n'est que bakchich, bakchich ! Que sont devenues les kanuns de Soliman qui devaient récompenser le seul mérite ? Il a fait ses belles lois et nous a oubliés ! Les vrais Osmanlis vivaient sous la tente ; ils ont conquis leur empire à cheval, pas allongés sur des divans de soie à compter leurs joyaux !

Gülbehar fit courir entre ses doigts les perles de son tespi.

– Te souviens-tu de ce que les janissaires ont dit quand Mustapha a été assassiné, Bajazet ? « Nos espoirs s'en vont avec lui. »

– Je m'en souviens.

– Il nous faut un autre Mustapha, dit la kadin. (Elle posa le tespi, regarda le prince.) Toi, Bajazet. Tu lui ressembles. Tu sais monter à cheval, te battre, commander. Tu es un vrai ghazi.

– Si seulement mon père pensait de même !

– Soliman a été mon seigneur pendant de longues années mais, à la vérité, je ne reconnais pas l'homme qu'il est devenu. Il a oublié qu'il est un ghazi. Même maintenant que la sorcière est morte. Regarde la façon dont il t'a traité ! Il t'a couvert de honte en t'exilant ici à Amasya comme il l'avait fait pour mon fils. Il a quasiment remis le trône à ton gros soûlard de frère !

– Il en a le droit. Sélim est parvenu je ne sais comment à le duper. C'est avec Sélim que je dois régler mes comptes.

– Non, avec Soliman. Sois prudent.

– Je ne l'aime pas, je l'avoue. Mais il est mon père et mon sultan.

– Mon fils aussi tenait ce langage.

– Il sait pourtant quelle sorte d'homme est mon frère. Cela n'a aucun sens.

– Cela n'avait aucun sens non plus d'assassiner Mustapha, et pourtant il l'a fait. Prends garde, Bajazet. Que Dieu soit avec toi.

La kadin lui tendit sa main à baiser et il sortit.

Prendre les armes contre Soliman ? Impensable, se dit-il. Gülbehar est une vieille femme aigrie. Soliman ne fait qu'éprouver mon courage. Il doit savoir qu'il ne peut permettre à Sélim de rester à Manisa, à cinq jours de cheval de la capitale, alors que je vis quasiment en exil, à près d'un mois de cheval d'Istanbul.

Sélim avait juré de le tuer s'il accédait au trône. Bajazet n'avait d'autre choix que prendre les devants en l'attaquant. C'était la façon de faire des Osmanlis, son père le comprendrait sûrement.

Topkapi Saraya

Le sultan considérait d'un œil morose son grand vizir en tapotant de l'index l'accoudoir doré du trône. Il portait un caftan sans manches à rayures dorées, doublé de zibeline noire, sur une robe de brocart vert. Des émeraudes étincelaient sur son turban et à ses doigts, mais, malgré cette magnificence, Rüstem lui trouva un air rabougri – comme s'il n'était plus qu'une tête grise au-dessus d'un tas de vêtements vides. Ses joues avaient été lourdement fardées pour masquer sa pâleur.

– C'était la maladie..., marmonna le Ghazi Suprême.

Le vizir fronça les sourcils.

– Seigneur?

Soliman sursauta, comme s'il venait soudain de s'apercevoir de la présence de son ministre.

– Ah, Rüstem...

– Je viens du Divan, grand roi.

– Le Divan, répéta le monarque, qui semblait s'efforcer de se rappeler ce que le mot signifiait.

– J'ai de mauvaises nouvelles...

– Bajazet?

– Oui, seigneur, confirma le vizir de nouveau décontenancé.

Le sultan paraissait tantôt au bord de la folie, tantôt parfaitement lucide. Il était ainsi depuis la mort de Hürrem.

– Il a répondu à mon message?

– Oui, seigneur.

– Et que dit-il?

– Sa réponse est brève... (Rüstem tira la lettre des plis de sa robe, lut rapidement les salutations. Et il poursuivit) « En toutes choses, j'obéirai aux ordres du sultan, mon père, excepté en ce qui m'oppose à Sélim. »

Le souverain émit un petit cri d'animal pris au piège.
– Elle était très malade, elle ne savait plus ce qu'elle disait...

– Pardon, seigneur?

Soliman abattit son poing sur l'accoudoir du trône.

– Pourquoi me défie-t-il?

Que peut-il faire d'autre? pensa Rüstem. Tu l'as quasiment exilé à Amasya après la mort de Hürrem.

– Il lève une armée à Angora, reprit le vizir. Les timariotes et les Turcomans affluent vers lui, paraît-il.

– Quelles sont ses intentions?

– Sélim se plaint d'avoir reçu en cadeau de son frère un bonnet de femme et un tablier. Le message est clair.

– Nous devons empêcher cela, Rüstem. Tant que je vis, ils me doivent obéissance!

– Il y a peut-être un moyen...

– Parle.

– Envoie Bajazet à Kütahya, ou sinon à Konya. En le maintenant à Amasya, tu offres le trône à Sélim. C'est plus que l'exil, c'est une mort certaine.

– Ils doivent m'obéir!

– Si tu persistes, nous ne pourrons éviter une guerre fratricide.

– Je ne suis pas encore dans la tombe. Mes fils doivent faire ce que je dis!

– Je crains que nous ne puissions persuader Bajazet de retenir son bras, seigneur.

Le vizir hésita avant d'ajouter :

– J'avais cru comprendre que tu le voulais comme successeur...

– Tu as mal compris, Rüstem. Tu vieillis. L'hydropisie t'a gâté le cerveau.

– Oui, seigneur, acquiesça le vizir en touchant le tapis du front.

Il ne laissa pas voir au sultan la douleur que ce mouvement lui causait. Il ne fallait jamais montrer ses faiblesses à quiconque.

– Dis à Sélim d'aller à Konya pour protéger la route du sud vers la Syrie et l'Égypte. Envoie Mohammed Sokolli l'escorter avec un régiment de janissaires et trente canons. Entre-temps, tu ordonneras à Pertu Pacha de se rendre auprès de Bajazet pour tenter de le convaincre de retourner sans retard à Amasya et obtenir de lui une promesse de fidélité et d'allégeance. Il ne faut pas qu'ils puissent plonger l'empire dans la guerre tant que je suis sur le trône.

– Il sera fait selon ta volonté, seigneur.

Le vizir se leva lentement et sortit en claudiquant. Soliman est fou! pensait-il. La mort de Hürrem lui a dérangé l'esprit. Bah, qu'ils se disputent la succession, je serai mort avant.

– Tu étais malade, dit l'Empereur des Deux Mondes s'adressant au silence. Tu n'avais plus ta tête.

– Mon cerveau avait la fièvre, crut-il entendre Hürrem répondre. C'est le diable qui parlait.

– Bajazet est mon fils.

– Bien sûr. Je t'aimais de toute mon âme. En outre, j'étais bien gardée au harem. Ibrahim n'aurait jamais pu parvenir jusqu'à moi. C'était un mensonge du diable.

– Tu m'aimes. Dis-moi que tu m'aimes.

– Tu étais le seigneur de ma vie. Je t'ai aimé de tout mon être, tout le temps.

Soliman tendit le bras pour la toucher, mais elle n'était pas là. Il ferma les yeux, sentit des larmes brûlantes couler sur ses joues. Des larmes de chagrin, et d'apitoiement sur soi. Pendant trente-cinq ans, il avait aimé Hürrem, il l'avait aimée plus que tout au monde. Il en avait fait sa reine, il avait renoncé à son harem. Mais avec ses derniers mots, elle l'avait condamné à cet enfer.

C'était la maladie, bien sûr. La maladie...

Pourtant, ces mots demeuraient gravés dans sa mémoire. Chaque fois qu'il croyait que les pleurs et le jeûne les avaient effacés, il entendait de nouveau la voix de Hürrem, il la voyait même, étendue sur le lit, le visage d'un épouvantable blanc d'albâtre. « Je te hais, murmurait-elle. Je t'ai toujours haï. »

– Ma petite russelana, je t'en prie...

Il rouvrit les yeux, ne découvrit que les gardes du palais, sourds et muets, insensibles à son chagrin.

Petite russelana.

Il se rappela la première fois qu'il l'avait vue, dans la cour située sous les fenêtres de la Valide, au vieux palais, la petite toque verte inclinée sur la tête, plissant le front comme une enfant sur ses travaux d'aiguille. Une enfant innocente. Elle était incapable de tant de haine. C'était

Satan parlant par ses lèvres, se convainquit-il; elle était déjà au paradis quand j'ai entendu ces mots.

Pourtant, il ne pouvait en être sûr et sentait le doute lui ronger les entrailles tel un ulcère, chaque jour un peu plus. C'était la raison pour laquelle il avait exilé Bajazet à Amasya. Cela assurerait le trône à Sélim, bien sûr, mais il valait mieux choisir un prince osmanli ivrogne que briser la lignée à tout jamais avec le fils d'un traître.

Même d'un traître qu'il avait aimé.

Il rejeta la tête en arrière, les veines du cou et des tempes gonflées par une rage soudaine.

– Sois maudit, Ibrahim! cria-t-il au silence.

Sois maudite toi aussi, Hürrem, pensa-t-il. Mais il ne put se résoudre à prononcer ces mots qui auraient vidé sa vie entière de toute signification.

102

Angora

Au printemps, la Cappadoce flamboie de fleurs des champs après que les pluies ont fait surgir une débauche de couleurs de la steppe brûlée de soleil. En compagnie de son écuyer Murad, Bajazet chevauchait le long d'une rivière entre des rangées de hauts peupliers fuselés et des champs de colza d'un jaune éclatant.

Parvenus au sommet de la crête, ils inspectèrent la plaine. L'armée de Bajazet avait établi son camp hors du village, sous les tours de la forteresse d'Hisar. Le prince sentit les muscles chauds de son étalon arabe frissonner sous lui, comme si l'animal partageait son excitation. Le camp était en prière; des milliers d'hommes à genoux s'inclinaient en un même mouvement ondulant de leurs rangs.

Ces dernières semaines, ils étaient arrivés de partout : Kurdes en pantalon ample maintenu par une large ceinture d'étoffe rouge, une calotte de laine remplaçant le turban; bandits turcomans coiffés d'un bonnet de fourrure; sipahis au plumet noir qui avaient déserté par petits groupes pour aller rejoindre « le nouveau Mustapha »; timariotes spoliés dont l'armure et le casque conique se détachaient sur le ciel mauve.

Ils étaient maintenant vingt mille dans la plaine, armée traditionnelle de ghazis, timariotes et guerriers nomades dont les ancêtres avaient conquis les steppes au nom des Osmanlis, rassemblés de nouveau pour livrer bataille aux nouvelles armées chrétiennes de leurs maîtres. Ils étaient prêts à se battre contre Sélim et, au besoin, contre les janissaires et les sipahis qui le soutenaient.

Murad se tourna vers Bajazet et sourit.

– Tu as allumé une flamme sous l'empire. Tous accourent vers toi à présent. Tu es leur avenir.

– Nous ne les décevrons pas, promit le prince. Qu'ils placent leurs espoirs en Bajazet.

Les deux hommes éperonnèrent leurs bêtes et dévalèrent la pente en direction du camp.

Manisa

Le shahzade Sélim était d'humeur sombre. Bajazet massait des troupes pour l'attaquer, et Soliman refusait toujours de lancer ses guerriers contre lui. Il lui avait au contraire envoyé Sokolli et ses canons, avec l'ordre de se rendre à Konya pour faire face à Bajazet. N'était-il pas l'élu ? Pourquoi son père restait-il dans son palais à regarder les ombres s'allonger sur les murs tandis que « le nouveau Mustapha » prenait des forces à Angora avec l'intention de l'assassiner, lui, Sélim ? C'était clair, à présent : il avait été abandonné.

Il vida la coupe de cristal posée à côté de lui, frappa dans ses mains pour qu'un page la remplisse à la carafe de vin de Chio.

Maudit soit Bajazet ! Et maudit soit Soliman !

Tout cela n'était peut-être qu'un complot contre lui. Soliman était peut-être en ce moment même à Amasya, discutant avec Bajazet du meilleur moyen de l'éliminer. Pis encore, son frère conspirait peut-être avec l'agha des janissaires pour usurper le trône, comme l'avait fait Sélim le Féroce.

Il avala une autre lampée de vin, se mit à sangloter. La vie était injuste. Hürrem ne lui avait jamais témoigné d'affection, et Soliman l'avait ignoré en faveur de Mustapha et de Céhangir. S'il était né lui aussi avec une bosse de chameau, on lui aurait peut-être accordé un peu de tendresse, un peu de temps.

Qu'ils soient tous maudits !

Il ferma les yeux, assailli par un vertige soudain comme s'il se trouvait au bord d'une grande falaise noire, et s'appuya au divan. Il allait mourir. Tous conspiraient contre lui et il était impuissant.

Il fondit en sanglots, larmes chaudes glissant sur ses joues et se perdant dans sa barbe. La vie était injuste. Même le vin ne l'aiderait pas ce soir. Il avait besoin de se divertir.

– Abbas!

Son Kislar Aghasi s'avança, s'inclina dans un sala'am respectueux. Affreuse brute, pensa Sélim. Pourquoi Hürrem avait-elle tenu à ce qu'il passe à son service? C'était peut-être un espion. Il faudrait qu'il songe à orner la pointe d'une pique de la tête du vieil eunuque.

– Seigneur, murmura Abbas.

– J'ai envie de m'amuser.

– Que désire mon seigneur?

– Fais entrer le troupeau, ordonna Sélim. Le taureau frappe le sol de son sabot.

– Bien, noble prince.

Angora

On avait allumé les lampes à huile dans la tente du prince, et ses officiers s'y pressaient parmi les chefs de bandes kurdes et turcomans pour regarder les rouleaux de parchemin que Bajazet avait étendus sur le tapis, à leurs pieds.

– Soliman a ordonné au prince Nectar (le surnom qu'ils avaient donné au shahzade suscita des rires moqueurs) d'emmener son armée et sa suite à Konya pour protéger, de nos attaques, je présume, la route d'Alep et de la Syrie. Quoi qu'il en soit, nous n'avons aucun différend avec le sultan. (Bajazet parcourut le cercle de visages durs et barbus.) C'est à Sélim que notre querelle nous oppose. Nous irons donc au sud pour l'affronter à Konya.

– Il fuira, dit l'un des officiers.

– Oui, mon frère aimerait fuir. Mais mon père lui a insufflé une certaine force de caractère sous la forme d'un régiment de janissaires et de trente canons. Le combat sera peut-être plus dur que prévu.

– Trente canons ne nous arrêteront pas, dit une voix.

– Ni les canons ni les janissaires n'ont d'importance. Celui qui compte, c'est Sélim. Lui mort, la bataille est gagnée.

Bajazet indiqua la carte étalée à ses pieds et poursuivit :

– Nous placerons nos troupes ici, dans la plaine, et nous attendrons. Sokolli a pour instructions non d'attaquer, mais d'empêcher les fils du sultan de se battre. Il mettra donc son artillerie en position défensive. Nous lui donnerons l'assaut auquel il s'attend, pour le tenir occupé. Mais nous laisserons un escadron de cavalerie dans les collines, à l'ouest : une troupe assez restreinte pour passer inaperçue – une lame juste assez grande pour trancher la veine jugulaire du prince Nectar. Quand il sera mort, nous cesserons d'attaquer, notre tâche sera remplie. Il n'y aura plus qu'un seul successeur au *Kanuni*.

Manisa

Il y avait quatre douzaines de houris, entièrement nues. Aucune n'avait plus de vingt ans, et certaines n'en avaient même pas douze. C'étaient les plus belles femmes de l'empire, achetées par les beys de provinces lointaines ou par les émissaires de Sélim. Depuis que le sultan n'avait plus besoin de chair fraîche pour son harem, ce premier choix allait à ses fils.

Sélim s'avança, titubant sous l'effet du vin, et sourit.

Elles étaient toutes à quatre pattes, leurs longues tresses encadrant leur visage, leurs seins ballottant sous elles quand elles se déplaçaient sur l'épais tapis, troupeau mouvant de peaux noires, olivâtres ou blanches. Abbas faisait claquer un petit fouet de cuir au-dessus de leurs têtes, comme un bouvier, pour qu'elles ne cessent de bouger.

Sélim mugit comme un taureau, arracha ses vêtements.

Le Kislar Aghasi se recula quand le prince s'élança parmi les esclaves. Sélim saisit la plus proche, tenta de la monter. L'eunuque vit l'odalisque grimacer de douleur.

Le shahzade mugit de nouveau, éclata de rire. Ayant réussi à pénétrer la fille, il donna de violents coups de reins puis la repoussa et, toujours à quatre pattes, le ventre traînant presque par terre, se lança à la poursuite d'une autre femelle. Il attrapa par les hanches une Arménienne à la peau laiteuse qui se débattit dans son désarroi.

Non, ne lutte pas, pensa Abbas. Il te fera tuer si tu résistes.

Mais Sélim était trop soûl pour remarquer l'attitude de la houri. Il la prit, pressant cruellement ses seins de ses doigts boudinés. L'esclave geignit ; le prince gloussa, excité. Après un dernier coup de reins, il la lâcha.

Il frappa des mains, un page se faufila entre les femmes avec une coupe de vin. Sélim la vida d'un trait, reprit sa besogne. Soudé à une autre fille, il agrippait ses tresses comme les rênes d'un cheval en criant :

– Maudit sois-tu, Bajazet ! Vois, je vais engrosser tout un troupeau et mes fils grouilleront sur le trône telles des fourmis sur un cadavre !

Il libéra l'odalisque, courut à quatre pattes après une autre mais, étourdi par le vin, s'affala sur le ventre. Riant, il se releva. Les esclaves s'étaient réfugiées le long des murs et Abbas, de son fouet, les força à retourner au centre de la pièce.

Avec un grognement, Sélim se jeta sur la plus proche. Il lui empoigna la jambe mais elle parvint à s'échapper et il roula sur le dos, pantelant, son gros ventre blanc, obscène, faisant paraître minuscules ses parties génitales. Il n'est déjà plus en érection, nota Abbas avec une amère satisfaction.

Le shahzade tenta de se redresser mais sa tête retomba sur le tapis. Il rit à nouveau, ferma les yeux.

– Sois maudit, Bajazet, bredouilla-t-il.

Quelques secondes plus tard, il ronflait.

Abbas claqua des mains, les femmes quittèrent aussitôt la pièce. Autre claquement de mains et quatre pages soulevèrent le prince endormi pour le porter dans sa chambre.

Le shahzade des Osmanlis, premier fils du Magnifique, héritier présomptif du trône du plus grand empire de la terre, se retourna dans son sommeil et vomit copieusement sur les draps de soie rouge.

103

Konya

Les derviches jeûnaient et priaient depuis un mois. Hébétés par l'opium, le visage livide et fardé, ils pénétrèrent dans la cour un par un. Les musiciens avaient déjà formé un cercle, en s'asseyant en tailleur sur la pierre dure. Les flûtes firent monter leur douce plainte vers le croissant de lune suspendu au-dessus du dôme du *türbesi*. Les torches projetaient des ombres sur les murs du monastère.

Les joueurs de flûte pressèrent la cadence, rejoints par les tambours ; les danseurs se mirent à tourner, leur longue bure s'évasant autour de leurs jambes. Les tambours commencèrent à accompagner les prières. Le rythme s'accéléra encore ; les derviches inclinèrent la tête sur l'épaule droite, leurs lourds vêtements émettant une sorte de sifflement, comme le vent du nord dans les montagnes. Plus vite. Plus vite.

Bajazet sentit les battements de son cœur accélérer eux aussi avec la musique et le chant des moines mendiants. Ils tournaient de plus en plus vite, mais aucun d'eux ne trébuchait, aucun d'eux ne tombait.

La musique s'arrêta soudain. Les danseurs s'effondrèrent, la tête roulant sur les épaules, la bave aux lèvres. Ils étaient en transe.

Bajazet pénétra dans le cercle, s'approcha de l'un d'entre eux, un derviche grand et maigre avec une barbe blanche, un visage hâlé, ridé et dur comme une noix. Il passait pour avoir cent onze ans.

– Saint homme, peux-tu voir? demanda Bajazet.

Le vieillard avait les yeux ouverts, mais ses pupilles étaient vitreuses comme celle d'un poisson mort.

– Je peux voir, répondit-il.

– Tu peux voir pour les Osmanlis?

– Je peux.

– Dis-moi ce que tu vois pour les fils de Soliman.

– Je ne vois que misère, corruption et puanteur si celui qui n'est pas le fils de Soliman devient roi.

Intrigué, le prince se pencha vers le derviche.

– Et Bajazet?

– Je ne le vois pas.

– Qui vois-tu?

– Je vois un grand vent qui couvre d'un rideau toute chose. Le vent de Dieu.

– Quoi d'autre?

– Il n'y a rien d'autre.

Bajazet se redressa, la bouche plissée de dégoût. Ces saints hommes parlaient toujours par énigmes. Il ne trouverait pas de réponse ici. Il alla à la mosquée, tomba à genoux et chercha à puiser quelque résolution en Dieu.

Topkapi Saraya

Soliman regardait la Noire agenouillée au pied du trône. Ses cheveux crépus étaient semés de gris mais ses yeux, nota-t-il, n'avaient rien perdu de leur malignité. Pendant trente-cinq ans, elle avait été l'esclave de Hürrem, une créature à peine digne de l'attention du sultan. Il l'avait pourtant fait venir d'urgence, car elle seule possédait peut-être l'opiat qui calmerait son chagrin.

– Depuis combien de temps étais-tu au service de la noble Hürrem?

– Depuis qu'elle était devenue gözdé, seigneur.

– Tu la connaissais bien?

– Très bien, seigneur.

– Je désire te parler de questions intimes. Tu n'as rien à craindre, dit-il en indiquant les eunuques qui montaient la garde autour de la pièce, ils sont tous sourds-muets. Dis-moi la vérité car je suis ton sultan, et c'est à moi que tu dois être loyale, pas à la reine. Elle repose maintenant, à l'abri de toute vengeance humaine.

– Oui, seigneur.

– Je veux que tu te rappelles tes premières années à son service. Te souviens-tu d'un homme nommé Ibrahim qui fut longtemps mon vizir?

– Je m'en souviens.

Soliman hésita, glissa jusqu'au bord du trône pour se rapprocher de la femme agenouillée.

– La noble Hürrem aurait-elle pu... recevoir sa visite à l'Eski Saraya?

Pour la première fois depuis son entrée dans la chambre des audiences, Muomi leva les yeux. Il y avait dans son regard non pas la crainte à laquelle Soliman s'attendait, mais quelque chose d'autre, qu'il ne parvenait pas à déchiffrer.

– Elle l'a reçue une fois, seigneur.

Le sultan cessa de respirer.

– Comment? dit-il enfin.

– Un pot-de-vin au Kislar Aghasi, celui qui a précédé Abbas. La Couronne des Têtes Voilées m'avait fait promettre le secret. Elle avait dit que je mourrais si je soufflais mot de cette visite.

Elle ment, pensa Soliman. C'est écrit sur son visage. Elle ment forcément.

C'est un mensonge, un mensonge.

– Non! cria-t-il.

Il se leva du trône; sa main s'abattit sur la joue de la Noire qui tomba en arrière, étourdie.

– Bostandji!

Le sourd-muet s'avança, tira son yatagan et, d'un mouvement violent, décolla la tête de Muomi de ses épaules. Une fine ligne de sang tacha les bottes jaunes du sultan.

Un mensonge.

Ce ne pouvait être qu'un mensonge.

104

Konya

Le vent...

Les étendards claquaient au bout des lances abaissées, giflaient les robes des cavaliers. Immobile sur son cheval, le visage en partie dissimulé par le nasal du casque d'argent, Bajazet attendait. Quand il tira son sabre damasquiné du fourreau accroché à sa selle, des milliers d'autres cavaliers alignés derrière lui imitèrent son geste, et le raclement de l'acier couvrit même le hurlement du vent chaud du désert.

D'un coup d'éperon, le prince fit avancer son cheval, au pas. Derrière, les hommes suivirent.

Même à cette distance, il distinguait les bouches noires des canons mis en position de l'autre côté de la plaine. Il ne les craignait pas; ils resteraient muets, il en était convaincu.

– Vvvt, fit Bajazet à l'oreille de son cheval, qui se mit au petit galop.

Les milliers de sabots soulevaient la poussière en une longue bannière pourpre qui les suivait. Bajazet entendit ses soldats ululer derrière lui quand l'allure s'accéléra. C'était toujours exaltant, ce premier moment de la charge, quand le tonnerre des chevaux noyait tout autre bruit, quand le sol défilait en une tache trouble, et que rien, semblait-il, ne pouvait contenir le mur des lances d'acier.

Il brandit son sabre au-dessus de sa tête, en avant de son corps, la pointe dirigée vers les gueules des canons, toujours silencieuses. Les rangs de cavaliers chargèrent au grand galop et, pour la première fois, Bajazet se demanda si les janissaires se résoudraient à faire feu sur leur prince favori.

De l'endroit où il était assis, Sélim entendit le grondement des sabots par-dessus la plainte du vent, sentit les vibrations sous les épais tapis couvrant le sol de sa tente. Il agrippa les bras de son trône comme si un abîme s'était ouvert sous ses pieds.

Abbas revint à la hâte avec l'outre de vin, remplit le verre du prince.

– Où est Sokolli ? demanda Sélim.

– Avec les janissaires, seigneur.

Le shahzade vida son verre d'un trait, en répandit sur sa barbe et sur le devant de sa robe dorée. Abbas s'empressa de le resservir. Le dernier page qui avait tardé à remplir le gobelet du prince avait eu les mains coupées.

– Que se passe-t-il ?

– Bajazet attaque avec sa cavalerie, seigneur.

– Sokolli devrait être à mes côtés...

– Sans vouloir t'offenser, il vaut mieux qu'il soit avec les artilleurs, seigneur. Il faut quelqu'un pour les commander.

Sélim aurait puni le Kislar Aghasi de son insolence s'il n'avait craint que le tremblement de sa voix ne trahisse sa peur. Pris de coliques, il vida son verre et sortit précipitamment de la tente.

Les chevaux avaient senti la tempête et étaient agités. Ils secouaient la tête, piaffaient.

– Ssss, fit Murad en caressant la crinière de sa bête. Ssss !

Il monta en haut de la ravine, scruta anxieusement le ciel au sud, où l'horizon avait disparu. Un rideau pourpre était descendu sur la terre, et une main invisible semblait le tirer vers eux à travers la steppe. Il le vit recouvrir le monastère Mevlevi, au sommet de la colline dominant Konya, comme si les derviches eux-mêmes l'avaient appelé de leurs vœux.

– Une tempête de sable !

– Le vent de Dieu, dit Murad. Il se dirige droit sur nos cavaliers. Dans quelques minutes, ils seront aveugles.

Il tira son killidj du fourreau, fit tourner son cheval pour faire face aux deux douzaines de soldats qui attendaient en bas dans la ravine.

Mohamed Sokolli prévoyait des ennuis.

Il avait amené avec lui d'Istanbul un escadron de janissaires et de solaks triés sur le volet. Ils avaient fait les campagnes de Perse avec Soliman, et certains avaient même combattu sous ses ordres à Mohács, dans leur jeunesse. Leur loyauté envers le sultan était inébranlable, ils ne désobéiraient pas. Sokolli avait pris la précaution de les déployer en ligne derrière l'artillerie.

En regardant la horde de Bajazet charger vers eux, il remercia Dieu de lui avoir accordé la sagesse.

Deux nuages de poussière filaient dans leur direction : celui de la cavalerie, devant, celui de la tempête, derrière. Il se demandait lequel arriverait le premier.

– Vous ferez feu quand j'en donnerai l'ordre ! cria-t-il par-dessus le ronflement du vent.

Les artilleurs échangèrent des regards, se tournèrent vers les cavaliers qui chargeaient et attendirent. Finalement, l'un d'eux eut le courage de parler :

– Nous ne pouvons tirer sur le shahzade.

Les chevaux galopaient vers eux.

– Ce n'est pas le shahzade ! répondit Sokolli. Sélim est le fils élu de Soliman. Préparez-vous à faire feu !

Les soldats hésitèrent.

– Vive Bajazet ! lança une voix.

Sokolli distinguait à présent le prince, son caftan vert – choix habile, pensa-t-il, la couleur de Mahomet – claquant autour de ses genoux. La terre commença à trembler sous leurs pieds.

Il tira son épée, se tourna vers les janissaires qui avaient pris position derrière l'artillerie.

– Prêts à tirer ! ordonna-t-il.

Ils appuyèrent leurs arquebuses sur leurs piques, les braquèrent vers les canons.

Sokolli se tourna de nouveau vers les artilleurs.

– Faites feu, ou je donne l'ordre de tirer sur vous !

Ils balançaient encore.

– En joue..., dit Sokolli.

Ils vont tenir, pensa-t-il. Ils vont me forcer à tirer sur eux...

La cavalerie de Bajazet se rapprochait.

Soudain, l'un des artilleurs prit un boulet et le glissa dans la gueule de son canon. Un par un, les autres l'imitèrent de mauvaise grâce.

– Allumez les mèches, ordonna Sokolli.

Les bouches à feu furent abaissées, béant avidement devant le festin qui ruait vers elles.

Au moment même où Bajazet s'était persuadé que les artilleurs ne tireraient pas, il vit les premières petites fleurs orange s'épanouir le long de la ligne des canons. Il entendit le sifflement du boulet puis la terre jaillit tout autour de lui. Ce fut comme si Dieu lui-même avait pris une faucille et l'avait jetée de toutes ses forces dans leurs rangs. Bajazet se retrouva seul.

Presque tous les hommes qui galopaient avec lui dans la première vague avaient disparu. Il passa devant un cheval aux yeux exorbités de terreur et de souffrance qui tentait de se relever, le sang ruisselant de ses jambes antérieures sectionnées. Son cavalier gisait à côté de lui, déjà recouvert par le sable.

Le prince se retourna sur sa selle. La plaine était jonchée de monticules, bêtes et hommes, certains se tortillant, d'autres immobiles. La deuxième vague avançait. Le sol entra de nouveau en éruption et, pendant un instant, les cavaliers disparurent derrière un rideau de flammes et de terre.

Seuls quelques-uns sortirent du nuage.

Troisième puis quatrième vague.

Il fallait qu'ils continuent à déferler. Bajazet les y encourageait du geste.

Il entendit le claquement des balles et des traits d'arbalètes sur les armures, le sifflement des flèches. Nouvelle explosion, fauchant d'autres chevaux sous leurs cavaliers. Le prince brandit son sabre, se dressa sur ses étriers pour que ses hommes puissent le voir.

– En avant, en avant!

Vague après vague, son armée dépenaillée de bandits chargeait sans faiblir. Avec « le nouveau Mustapha » à leur tête, ils étaient prêts à mourir.

Ils réussiraient! pensa Bajazet. Malgré les canons de Sokolli, ils réussiraient!

Quand ils parvinrent au camp de Sélim, la tempête l'avait déjà englouti, dissimulant l'enseigne à queues de cheval devant la tente du shahzade. Murad fit signe à ses hommes de continuer. Ils traversèrent le camp, abattant les quelques gardes qui s'opposaient à eux.

Puis le vent de Dieu les plongea dans l'obscurité.

Murad pouvait à peine voir à quelques pas devant lui. Dérouté, il arrêta son cheval, tourna sur sa selle en cherchant désespérément l'enseigne.

– Où est Sélim? cria-t-il.

Il entendait ses compagnons, le bruit des sabots des chevaux martelant le sol, mais la tempête les lui cachait. Levant le bras pour se protéger du sable, il ne vit pas l'homme qui sortit d'une des tentes et coupa de son sabre les tendons des jarrets de sa monture. L'animal rua avant de s'effondrer sur le flanc avec un cri de douleur.

La bête tomba lourdement sur Murad qui, le souffle coupé, lâcha son killidj. Il chercha des yeux son assaillant, aperçut la veste bleue et le bonnet gris d'un janissaire au sabre brandi. L'écuyer saisit son javelot, visa au juger.

La pratique du tcherit le servit, et l'arme atteignit le janissaires au milieu de la poitrine.

L'étalon arabe blessé tenta de se relever, libérant brièvement Murad, qui en profita pour se dégager. Il rampa jusqu'au janissaire mourant, lui arracha son sabre. Malgré la douleur de sa jambe, il se releva et s'éloigna en boitant, perdu, aveuglé par la tempête.

Murad entendit des cris de femmes. Le nuage de poussière se dissipa, révélant un court instant des formes voilées sortant en courant d'une tente, filant entre les chevaux cabrés et les soldats. Le reste de sa troupe devait avoir trouvé le harem de Sélim. Ce qui signifiait que le prince Nectar ne pouvait être loin. Il s'approcha en claudiquant mais le voile de poussière retomba, et les formes disparurent de nouveau dans l'obscurité violette.

Murad se retrouva devant une tente de soie, reconnut l'enseigne à queues de cheval. Le shahzade! Mais où étaient les gardes? Il devina qu'ils avaient été attirés par le bruit de la bataille se déroulant devant le harem. Avec un cri de triomphe, il éventra la tente, y pénétra en traînant derrière lui sa jambe blessée.

Je ne faillirai pas, Bajazet, mon prince, se dit-il. Tu seras sultan. J'y veillerai dans un instant.

L'écuyer se retrouva face à un énorme Noir vêtu d'un caftan à fleurs pistache et bleu clair, avec par-dessus une pelisse de zibeline. A ses pieds, des babouches ornées d'émeraudes; à son oreille gauche, un rubis. Malgré la splendeur de sa mise, c'était la créature la plus laide que Murad eût jamais vue. D'une grosseur obscène même pour un eunuque, il avait le visage balafré par un coup d'épée qui ne lui avait laissé qu'un œil. L'homme sursauta en découvrant Murad, se prosterna à ses pieds.

– Ne me fais pas de mal, par pitié. Je ne suis qu'un page inoffensif.

Avec un grognement de dégoût, l'écuyer de Bajazet franchit le rideau de soie intérieur, découvrit Sélim allongé sur le ventre, bras et jambes écartés. S'appuyant sur son sabre, Murad le retourna du pied en s'attendant à le voir ouvert en deux comme une pêche mûre. Il entendit le bruissement de la soie derrière lui quand l'eunuque le rejoignit.

– Il est mort? demanda Murad.

– Non, seigneur. Juste complètement ivre. Il a perdu conscience au premier coup de canon.

– Il a de la chance : il ne sentira pas mon épée lui chatouiller les côtes.

Murad brandit son arme pour porter le coup mortel. Tout à coup, il eut l'impression que chacun de ses muscles était paralysé. Il ne pouvait plus respirer. Il entendit le killidj tomber par terre sans pour autant l'avoir senti glisser de ses mains. Il s'écroula sans savoir ce qui lui arrivait.

Étendu sur le dos, il vit l'eunuque qui le regardait, une dague tachée de sang à la main droite.

– Je suis navré, dit Abbas, mais je dois m'assurer que ces Turcs vivent assez longtemps pour regretter ce qu'ils m'ont fait.

Murad ne l'entendit pas et, s'il l'avait entendu, il n'aurait pas compris.

Bajazet fit sortir son cheval du nuage de poussière et galopa à travers la plaine parmi les cadavres. Il ne savait ni combien d'hommes il avait perdu, ni où se trouvait le reste de son armée. L'artillerie et le vent avaient eu raison de ses cavaliers.

Même les canons de Sokolli s'étaient tus; on n'entendait que le hurlement du vent et les plaintes des blessés. Un cheval tombé écrasait son cavalier; un Kurde aux jambes arrachées rampait vers la bête, laissant une traînée de sang dans la poussière. Bajazet descendit de cheval et, d'un geste vif, administra le coup de grâce qui envoya l'homme au paradis.

Ils étaient vaincus. Leur charge s'était brisée sur un mur de mitraille, sur une tempête de sable. C'était le vent et la volonté de Dieu.

105

Topkapi Saraya

Appuyé au dossier d'un divan du *Cinilli Kösk*, Soliman contemplait les jardins. Le long du Bosphore, les arbres de Judée étaient en fleur; dans la baie de Yenikapi, des caïques chargés d'aubergines, de concombres et de melons, en provenance de la rive asiatique, dansaient sur l'eau.

L'été. Saison de l'abondance, saison de la guerre.

– Il n'y a pas de réponse à ma lettre?

– Non, seigneur, répondit Rüstem. Cela ne veut rien dire en soi. Sélim a peut-être intercepté le messager de Bajazet.

– Ou il n'y a pas eu de messager. Il continue peut-être à me défier.

Soliman examina son vizir, qui semblait désespérément malade. Il avait le visage gonflé, méconnaissable, et des lignes rouges rayaient ses yeux froids. Il souffre, pensa le souverain.

– Quelles autres nouvelles, Rüstem?

– Bajazet rassemble de nouveau ses troupes à Amasya.

– Alors, c'est décidé. Les ambassadeurs du shah et de Ferdinand sont ici. Traite avec eux. Nous ne devons pas être distraits des problèmes de notre propre maison tant qu'ils ne sont pas réglés.

– Pourquoi tirer l'épée contre lui, seigneur? Est-ce avisé?

Soliman se pencha en avant, le front plissé.

– Rüstem, tu m'étonnes. Voilà que tu verses dans l'altruisme à ce stade de ta vie? Je t'ai fait confiance pendant toutes ces années parce que ton cœur ne connaissait aucun sentiment. Maintenant, tu plaides la cause de Bajazet? Serais-tu passé à son service?

– C'est que je ne comprends pas, seigneur, dit le vizir.

Tais-toi, criait une voix dans sa tête. Pourquoi défends-tu Bajazet? Ce n'est pas ton ami. S'il monte un jour sur le trône, son premier acte consistera à t'exiler à Diyarbakir!

Tais-toi donc!

– Qu'est-ce que tu ne comprends pas?

– La logique de cette affaire. Pourquoi devons-nous éliminer Bajazet? Mustapha, lui, était allé trop loin. Il représentait une menace. Mais si nous écrasons Bajazet, le trône reviendra à Sélim. Et Sélim...

Rüstem écarta les bras dans un geste d'impuissance.

– Tu es mon vizir mais tu fais encore partie de mon kullar, rappela le Magnifique. Tu dois m'obéir.

– De quelle offense s'est-il rendu coupable? insista Rüstem. Ton propre père, le Féroce, n'était pas shahzade mais, par la force des armes, il a conquis le trône pour lui et pour toi. Voudrais-tu que ce grand empire tombe entre les mains d'un faible? Sélim a-t-il remporté la victoire à Konya? Non, par les quatre-vingt-dix-neuf noms sacrés, certes pas! C'est le vent des derviches et les canons de Mohamed Sokolli. Sélim ne vaut rien.

Quel djinn te pousse à parler ainsi? se demanda Rüstem en voyant la rage colorer le visage du sultan. Est-ce parce que les événements ont tourné en ta faveur sans que tu intrigues toi-même pour cela? Tu sais qu'il ne changera pas d'avis. Il ne le fait jamais. Alors, pourquoi le provoquer ainsi? Toute ta vie tu as gardé tes pensées pour toi. Pourquoi t'exposer maintenant?

Un moment, le vizir crut Soliman sur le point d'appeler le bostandji pour le faire exécuter, mais le sultan se contenta de déclarer d'un ton calme:

– J'ai décidé que Bajazet n'a pas l'étoffe d'un empereur. Sélim est mon premier-né. Il suffit.

Vaincu, Rüstem inclina la tête, se leva péniblement

et sortit en boitant. Quelle folie l'avait pris de dire de telles choses alors qu'il tenait sa victoire? Il tourna mentalement les pages du registre de ses biens personnels : huit cent cinquante fermes, mille sept cents esclaves, huit mille turbans, six mille corans enluminés, deux millions de ducats...

Il avait gagné la partie. Il avait joué avec ruse et détermination pour devenir l'homme le plus riche de l'empire après Soliman. Plus riche et plus puissant qu'Ibrahim lui-même ne l'avait été. Selon la loi, cette fortune reviendrait à la Couronne à sa mort mais, grâce aux réformes qu'il avait introduites, il espérait pouvoir la transmettre à ses propres fils, à la manière d'un sultan.

Il avait prouvé son habileté suprême, et le bilan de sa vie démontrait sa valeur. Pourtant, au moment où la mort lui faisait signe de son doigt crochu, il attendait vainement d'éprouver un sentiment de triomphe et luttait contre l'impression persistante que quelque chose lui avait échappé.

Le grand tambour de la cour des janissaires n'avait pas résonné depuis des années. Les murs du palais renvoyaient ce jour-là l'écho de son roulement, dont le rythme hâtait les préparatifs de dernière minute des troupes. Soliman monta son cheval devant la fontaine de la troisième cour, grimaçant de douleur à cause de ses genoux goutteux, et sortit à la tête de son armée.

Des gardes silencieux couraient près de ses étriers; les plumes de ses solaks ployaient et se redressaient derrière lui. Les troupes traversèrent le Bosphore à Üsküdar, s'étirèrent le long des routes bordées de cyprès, croisèrent des chariots lourdement chargés de blé.

Soliman s'efforçait de fermer son esprit aux rigueurs du voyage qui l'attendait : au moins vingt-cinq jours de cheval pour arriver à la forteresse d'Amasya. Une longue campagne dans la poussière et la chaleur de l'Anatolie afin de chasser son propre fils comme un sanglier. La guerre intestine, pensa-t-il. Je voulais bâtir, et je me vois obligé d'aider mes enfants à s'entre-déchirer.

Je suis trop âgé, ma chair de vieillard proteste déjà à la perspective de ces journées interminables en selle, la peau brûlée par le soleil. Je suis trop vieux pour cela et pourtant je n'ai pas le choix.

En chevauchant, Soliman se demanda ce qu'il était advenu de son rêve d'abolir l'armée comme instrument du maintien de l'ordre. Cela lui apparaissait à présent pour ce que c'était : un rêve. Les janissaires, les sipahis de la Porte, le canon, voilà les seuls symboles que les hommes comprennent.

Il ne laisserait pas la lignée d'Osman se briser. Si Bajazet ne se pliait pas à sa volonté, il le forcerait à se soumettre.

106

Arménie

A partir d'Erzerum, le plateau anatolien se soulevait en une chaîne volcanique aux sommets couronnés de neige et aux vallées profondes. Dans les villages aux maisons de terre rouge, les femmes, non voilées, portaient des jupes et des pantalons bouffants, des foulards où luisaient des fils d'or.

Lorsqu'ils parvenaient en haut des cols, des nuages gris les enveloppaient. Dans les sentiers serpentant au-dessus des gorges, les pierres des éboulis grinçaient sous les sabots des chevaux, le long de parois polies au fil des siècles par les bêtes se pressant contre elles pour éviter une chute dans l'abîme.

Le vent tirait sur leurs cheveux telle une force vivante qui menaçait parfois d'arracher les hommes à leur selle. Les rochers noirs s'élevaient en dents pointues, lieux déserts où n'apparaissait de temps à autre que la lourde silhouette d'un ours brun.

Le ciel plutôt que la terre était à présent leur monde, et Bajazet avait l'impression qu'il lui suffirait de tendre le bras pour toucher les nuages courant au-dessus de lui. Le filet d'eau d'un ru sinuait entre les pierres puis basculait par-dessus une paroi à pic vers un paysage de vallée ocre et paille. Au sommet de la montagne, la roche devenait blanche comme un os à nu.

Un faucon plana au-dessus d'eux, perça le grondement du vent de son cri triste et solitaire.

La surface du petit lac était noire, semée de glace. Bajazet se laissa glisser à bas de sa selle, s'agenouilla près de l'eau et remplit les gourdes. Ils avaient chevauché tout le jour depuis le lac de Van – réduit sous eux à un miroir gris acier – et pénétré profondément en Arménie.

Les vestiges de la grande armée de Konya traînaient les pieds le long de la pente. Ils n'étaient plus que quelques milliers, blessés pour la plupart, tirant derrière eux des chevaux éclopés. Aux haltes, les hommes soignaient les plaies et tentaient de laver la honte de la défaite. Bajazet savait que de nombreux autres groupes comme le sien devaient être dispersés dans les montagnes. Déjà, la plupart des Turcomans et des Kurdes étaient retournés à leurs hameaux pour s'occuper de leurs bêtes.

Ils savaient depuis Amasya que la guerre était perdue. C'était là que Bajazet avait dit adieu à ses femmes puis fait monter ses quatre jeunes fils dans les lourds chariots escortés nuit et jour par ses gardes personnels. Des mois écoulés depuis, il gardait le souvenir confus d'escarmouches livrées dans la fuite. Ils n'étaient pas de taille face à l'armée de Soliman. Dès que son père était parti en campagne contre lui, il avait su la partie perdue pour le moment.

Il n'avait cependant pas prononcé les mots de reddition ou de défaite. Avec lui, sur ses chameaux et ses chevaux, il emportait le trésor dont il aurait besoin pour former une nouvelle armée. Tant qu'il vivrait, Sélim ne connaîtrait pas le repos; tant que ses fils vivraient, il ne serait pas vraiment vaincu.

Il fallait trouver le moyen de survivre. Bajazet se jura, quoi qu'il arrive, de ne jamais s'en remettre à la pitié de son père. Par le passé, Soliman s'était montré avare de ce sentiment, en particulier à l'égard de ceux qu'il prétendait aimer.

Il se demanda ce qu'était devenu le messager qu'il avait envoyé à Istanbul après la bataille de Konya pour plaider de nouveau sa cause et réaffirmer sa loyauté à l'égard du sultan. Les soldats de Sélim l'avaient peut-être intercepté et tué; son père avait peut-être préféré ignorer ses suppliques. Il ne le saurait jamais, et cela n'avait plus d'importance. Il était trop tard.

La cabane de berger avait été construite au bord de la crête surplombant la vallée. Une illusion d'optique donnait l'impression qu'elle flottait parmi les sommets, sa pierre rouge se détachant sur la mousse grise du flanc des montagnes.

Bajazet se tourna vers son lieutenant.

– Nous camperons ici cette nuit. Nous installerons notre quartier général dans cette cabane.

– Oui, seigneur, dit l'homme, qui se hâta d'aller transmettre l'ordre.

Le prince entra dans la cabane.

Abandonnée à l'approche de l'hiver, elle était simple et austère : quatre murs de pierre, pas de volets aux fenêtres ni de porte. Une forte odeur animale montait du sol de terre battue. Le chemin est long d'ici au palais de Topkapi, songea Bajazet. Si long, peut-être, que je n'y retournerai jamais.

Le ciel avait pris une teinte sulfureuse; un vent froid agita l'herbe, apporta une pluie soudaine et drue. Le tonnerre retentit dans les hautes passes. Une enclume de nuages noirs se massa au-dessus des montagnes et prit des forces avant de s'abattre sur la vallée.

La noirceur du ciel reflétait son humeur. Il ne se rendrait pas à son père, mais il savait que sa bande de rebelles ne pouvait continuer longtemps à combattre les canons de Soliman et la discipline de fer de ses janissaires. Un sentiment de désespoir s'était abattu sur eux. Ce n'était plus qu'une question de temps, à présent, semblait-il.

Les tentes étaient trempées. Une pluie glacée traversait la toile, imprégnait les vêtements et les bottes, s'insinuait partout, même après le passage de l'orage. La brume s'accrochait aux pentes de la vallée, flottait sur leur pauvre camp tels les esprits maléfiques de la montagne. Des chevaux renâclaient et frappaient du sabot, des blessés poussaient leurs plaintes. Les hommes traversaient le camp, lents et silencieux comme des spectres.

Bajazet mangeait sans appétit. Tous se nourrissaient à présent de yoghourt assaisonné d'oignons crus et de sel, dilué dans de l'eau froide, et de pain *pitta*. Son lieutenant fit du feu à l'intérieur de la cabane pour les réchauffer. Un chacal hurla quelque part dans la montagne.

Tout à coup, le prince entendit des cris dans le camp, en bas, et se leva d'un bond en pensant que les *akinjis* de

Soliman les avaient trouvés. Mais le cavalier qui apparut soudain sur la crête venait de l'est et portait une armure persane.

Deux des gardes personnels de Bajazet le désarmèrent et le conduisirent à leur prince, qui attendait, assis en tailleur sur un tapis de soie étendu sur le sol de la cabane.

– J'apporte un message du shah Tahmasp, dit l'homme après un sala'am cérémonieux.

Bajazet hocha la tête, son lieutenant prit la lettre et la lui apporta. Il la parcourut rapidement.

– Ainsi, il nous offre l'asile?

– Soliman n'a jamais été l'ami de la Perse, dit le messager. Le shah espère que, lorsque le sultan Bajazet montera sur le trône, il trouvera enfin un allié à la Sublime Porte.

Le vent s'engouffra dans la vallée et fit entendre une plainte sinistre en pénétrant par les fenêtres du *yali*. Monter sur le trône..., songea Bajazet. Pour le moment, je me contenterais de survivre. De pouvoir reprendre haleine sans avoir la cavalerie de mon père sans cesse sur les talons. Regarde-nous, transis et découragés, vaincus dans chaque combat depuis Konya. Quel choix me reste-t-il?

– Tu attendras que je considère l'offre de ton maître, dit Bajazet, mais alors que ses gardes entraînaient le messager, il savait déjà quelle serait sa réponse.

Le Ghazi Suprême leva les yeux vers les montagnes où l'herbe verte cédait la place à la pierre bleue des pentes, elle-même remplacée à son tour par la neige. Une lourde bande grise de nuages flottait au-dessus des pics et des cols, pleurant des gouttes de pluie.

– Il s'est enfui, dit Sokolli. Il est passé en Perse.

– Chez le shah?

– Tahmasp lui a offert l'asile. D'après mes espions, il a emmené une centaine d'hommes avec lui. Le reste de son armée s'est dispersé dans les montagnes en petits groupes qui ont regagné leurs villages. Ils ne nous causeront plus d'ennuis.

– Que la troupe en soit informée, décida le sultan.

Bajazet, sot que tu es! pensa-t-il. Tant que tu demeurais dans l'empire, tu avais encore ta chance. Ne te rendais-tu donc pas compte que mes hommes étaient au bord de la révolte? Des régiments entiers de janissaires refusent de marcher contre toi, des escadrons de sipahis partent dans la montagne et reviennent trois jours plus tard, les chevaux frais, les lances aussi immaculées qu'au départ. Seuls les akinjis continuent à se battre, assoiffés de sang, peu importe lequel. Si tu m'avais défié un mois de plus, je n'aurais pu les convaincre de revenir après l'hiver. Ils t'aimaient. Ils t'aimaient parce que tu avais galopé droit sur leurs canons, à Konya. Parce que tu avais continué à te battre même après que j'eus lancé mes troupes contre toi. Parce qu'ils détestent Sélim et qu'ils me trouvent trop vieux.

Mais à présent que tu as traversé la frontière, plus rien ne peut te sauver. Tu as cessé d'être un Osmanli en acceptant l'asile du Persan. En quittant le sol turc, tu as tourné le dos à ton héritage.

Pourtant, tu as failli gagner.

Moi-même j'ai douté. Ces derniers jours, je commençais à penser que Hürrem avait menti. Tu te battais si bien, si longtemps. Mais tu as hissé maintenant tes vraies couleurs : aucun véritable descendant d'Osman n'aurait .accepté l'aide d'un Safavide.

Pauvre fou. Même tes janissaires te maudiront, maintenant.

107

Amasya, 1561

Elle ne s'inclina pas quand il entra dans la pièce, elle ne leva même pas les yeux. Bien sûr, elle est vieille à présent, se dit-il, elle ne craint peut-être plus autant qu'autrefois de m'offenser. Je l'ai aimée, et j'ai maintenant l'impression de me trouver devant une étrangère.

– Seigneur...

– Cela fait si longtemps.

– En effet, seigneur.

Il s'assit sur le divan à côté d'elle.

– Te portes-tu bien?

Gülbehar le regarda fixement, avec dans les yeux cette haine que seul l'amour rejeté inspire.

– Et toi, seigneur?

– Mes jambes enflent et me font mal. Je me sens las.

– Qu'est-ce qui t'amène ici, si loin de la Porte?

– Tu le sais.

Elle chercha sur le visage du sultan un indice de ce qu'il voulait, fit cliqueter les perles de son tespi.

– Oui, je crois le savoir.

Le temps est cruel, pensa Soliman. Vois ce qu'il t'a fait, ma Gülbehar! Vois ce qu'il nous a fait à tous deux. Il t'a volé ta beauté, il m'a pris mes rêves. Au bout du compte, nous n'avons pas plus d'emprise sur notre destin que la feuille accrochée à la branche.

– Je lui avais déconseillé de prendre les armes contre toi, dit-elle. Il n'a pas voulu m'écouter.

Soliman parut surpris.

– Tu ne me crois pas?

Il secoua la tête.

– Tu oses venir ici après ce que tu m'as fait? Après ce que tu as fait à mon fils?

– Je suis toujours ton sultan. Tu appartiens toujours à mon kullar.

– Autrefois j'aurais fait de mon plein gré tout ce que tu m'aurais demandé. Plus tard, je t'ai obéi parce que j'avais peur. Maintenant, cela m'est égal.

Il ne s'attendait pas à cette réaction. Il était venu – dans quel dessein? Réconciliation? Pardon?

– Je pourrais ordonner ton exécution sur-le-champ, si je le décidais, menaça-t-il.

– Eh bien, fais-le.

Il se leva, alla au grand vase Ming bleu et blanc décorant un coin de la pièce, tira le killidj à poignée d'or de son fourreau et fracassa la porcelaine.

– Je suis ton seigneur!

– Tu es l'assassin de mon fils!

– Je lui ai donné la vie, il s'est retourné contre moi!

– Il était innocent! Tu es un boucher, comme ton père!

Avec un cri, Soliman leva l'arme au-dessus de sa tête. Gülbehar le regarda dans les yeux et attendit, sans bouger.

« Comme ton père. »

L'épée demeura suspendue. Finis-en, soufflait une voix à Soliman. Tu es le sultan. Comment ose-t-elle médire de toi? Ce n'est qu'une esclave, une concubine. Comment ose-t-elle mettre en doute le Seigneur de la Vie, le Roi des Rois, le Possesseur du Cou des Hommes? Frappe! Frappe!

Il baissa le bras.

– Assez, marmonna-t-il.

Il jeta l'épée, qui tournoya et claqua sur le sol de marbre puis il sortit d'un pas rageur. Gülbehar retourna à son tespi comme s'il ne s'était rien passé.

Chiraz, Perse

Un halo entourait la lune.

Entendant des sabots claquer sur les pavés, Bajazet se précipita à la fenêtre. Le cavalier sauta de son cheval qu'il abandonna aux soins des pages, cria le mot de passe aux gardes de la cour et échappa au regard du prince en franchissant la grille. Peut-être était-ce la nouvelle que Bajazet attendait ? Peut-être...

Il frissonna sous sa pelisse et regarda, par-dessus les murailles, les lointaines montagnes des Zagros couvertes d'une calotte de neige, blanches et étranges au clair de lune. Comme si j'étais exilé sur la lune elle-même, pensa-t-il. Il aurait peut-être mieux valu que je meure dans mon propre pays plutôt que d'endurer cet éloignement. Nous sommes si peu de survivants de la grande armée que j'ai menée à Konya, et pour la plupart dispersés dans toute la Perse. Je dois vivre ici avec mes fils, séparé du trône et de mon peuple par un rempart de montagnes, par les milliers de lieues qui s'étirent entre le cœur de mon père et le mien.

Il se rappela ce que Gülbehar lui avait dit un jour : « Cela n'avait aucun sens non plus d'assassiner Mustapha, et pourtant il l'a fait. Prends garde, Bajazet... »

Cela avait été son erreur : il avait espéré comprendre les raisons de Soliman et elles lui étaient demeurées obscures. Mais qu'aurait-il pu faire d'autre ? Mustapha n'avait rien fait et Soliman l'avait tué. Je me suis conduit en vrai ghazi et le sultan a placé ses forces derrière mon ivrogne de frère, pensa-t-il. Comment comprendre un tel homme ?

Il ne pouvait croire que le sultan confierait l'empire à un buveur, un débauché comme Sélim. Impossible. C'était une mise à l'épreuve. Maintenant que Soliman avait eu le temps de réfléchir plus posément, il comprendrait.

Le prince baissa les yeux vers les jardins où les arbres fruitiers étendaient leurs branches nues, squelettiques, couvertes de neige. Une bûche craqua dans l'âtre et se brisa. Le messager annonçait peut-être le dégel...

Des pas résonnèrent sur les dalles du couloir, la porte s'ouvrit. Tahmasp...

Le shah entra, souriant. Je n'aime pas ce sourire, songea Bajazet. On dirait une grimace de chacal, et les coins de ta barbe sont toujours humides, comme si de la bave coulait de tes mâchoires. Non, je n'ai pas envie de te faire confiance, mais ai-je le choix ? En outre, tu as fait montre envers moi et mes fils d'une générosité sans bornes. Je ne devrais peut-être pas te juger trop durement.

– J'ai de bonnes nouvelles pour le jeune shahzade des Osmanlis, dit le monarque.

– Ton messager est rentré d'Istanbul?

Il y avait eu tant de messagers, ces derniers mois – plus encore que le shah ne le disait. Peut-être que son père était enfin revenu sur ses exigences. Bajazet sentit monter en lui l'espoir.

– Le messager est en effet rentré, confirma le shah. Il y a accord sur un lieu et une date. Oui, Bajazet, il veut te rencontrer.

Le prince crut défaillir de soulagement. Il avait presque désespéré d'une réconciliation. Il commençait à se demander si lui et ses fils devraient passer le reste de leur vie en exil.

– Où?

– A Tabriz. Il y viendra en secret. Tout est arrangé.

– Et Sélim?

– Sélim ne sait rien. Ton père a peut-être reconsidéré ses relations avec ses rejetons. L'Ombre de Dieu sur terre a peut-être découvert qu'il n'est qu'un mortel comme nous tous.

Bajazet s'interrogeait : Sélim avait-il finalement outrepassé les limites généreuses que Soliman lui avait accordées, ou le cœur du sultan avait-il changé?

– Puis-je voir la lettre ?

Le shah parut hésiter avant de répondre :

– Il n'y a pas de lettre. Le message a été confié à la mémoire de mon messager.

Tu mens, pensa Bajazet.

– Cela ne ressemble pas à mon père.

Tahmasp garda le silence.

– A-t-il aussi dévoilé ses intentions à ton serviteur? reprit le fils de Soliman.

– Que pourrait-il désirer d'autre qu'une réconciliation avec son ghazi?

C'est si peu dans les habitudes de mon père de ne pas mettre ce qu'il dit par écrit, sous sa tugra. Le shah me cache quelque chose. Je n'ai pas le choix cependant. Si une rencontre est arrangée, je dois y aller.

– Quand? demanda Bajazet.

– Nous partons ce soir. Nous attendrons son arrivée dans la citadelle de Tabriz.

Le shahzade n'a que trente-quatre ans, mais il a déjà l'air d'un vieillard, pensait Abbas. L'ample peignoir de soie dorée que portait Sélim ne parvenait pas à dissimuler son obésité. Dans son visage couperosé, bouffi, ses yeux ressemblaient à deux groseilles noires. Pas étonnant qu'il craigne autant Bajazet. Les janissaires ne suivraient jamais au combat le prince Nectar...

Vautré sur un divan, Sélim piochait nonchalamment dans le grand plateau de halva posé près de lui. Il fourra trois gâteaux dans sa bouche, leva vers Abbas un regard boudeur.

– Tu as des nouvelles, Kislar Aghasi?

– Oui, seigneur, répondit l'eunuque en se demandant comment son maître réagirait.

Lui-même ne savait que penser.

– De mon père?

– Il a quitté Amasya et se dirige vers l'est.

Sélim grogna, engloutit deux autres morceaux de halva. Les négociations traînaient depuis plus d'un an. Apparemment, Bajazet valait beaucoup moins que Tahmasp l'avait espéré. Selon les rumeurs, il avait exigé que le Magnifique lui restitue la Mésopotamie en échange du jeune prince. Soliman avait refusé.

– Il a l'air malade, j'espère? dit Sélim.

Son éclat de rire projeta une gerbe de salive et de halva à demi mâché sur le tapis, devant les genoux du Kislar Aghasi.

– Le Seigneur de la Vie ne peut rester en selle aussi longtemps qu'autrefois.

– Son armée l'accompagne?

– Non, prince. Mes espions rapportent qu'il est escorté d'un escadron de sipahis et d'un oda de janissaires.

Sélim claqua des mains; un page apparut aussitôt près de lui avec un pichet de vin et une coupe. Le shahzade but goulûment, puis essuya ses lèvres à sa manche. Le page remplit de nouveau la coupe et se retira.

– Dans quel dessein, ce voyage?

– On dit qu'il va à Tabriz rencontrer Bajazet. On parle de réconciliation.

Sélim se leva brusquement, renversant la coupe. Les poings serrés, il poussa une plainte perçante d'animal empalé. De la salive s'échappa des coins de sa bouche, coula en fines rigoles dans sa barbe. Il se mit à trembler.

Personne ne bougeait : ni les pages, ni les gardes, ni les pachas. Finalement, le prince se laissa tomber en arrière sur le divan. Le regard un peu trouble, il fixa longuement Abbas.

– J'ai été trahi, dit-il en se redressant soudain. Du vin! Où est le vin? Toi!

Il se tourna vers le bostandji qui se tenait près du trône, lui indiqua le page au pichet.

– Coupe-lui la tête!

L'homme exécuta l'ordre. Abbas se retira en silence sans attirer l'attention. Ce spectacle ne l'intéressait pas, il avait vécu trop longtemps sous la tyrannie des princes.

108

Tabriz

Le clair de lune ondulait sur les dômes de la mosquée bleue, brûlait comme du phosphore sur les eaux froides de la rivière Talkheh. Une lumière jaune s'échappait des fenêtres aux volets clos de la citadelle, et le son des flûtes portait loin dans l'air froid.

La musique couvrit le bruit des sabots des chevaux sur les pavés de la cour et les voix étrangement sifflantes des derniers arrivants. Ils descendirent de leur monture et disparurent dans l'ombre sous le regard chargé de crainte et de mépris des gardes.

Dans la grande salle, la lueur des torches se reflétait sur les cassolettes d'encens suspendues au bout de longues chaînes. Des esclaves vêtues de soie transparente dansaient devant les hôtes qui choisissaient parmi les mets présentés sur des plateaux d'argent : agneau et chevreau rôtis, volaille, riz aromatisé. Au centre de la pièce étaient assis le shah et son invité d'honneur, Bajazet.

Le prince mangeait sans appétit, l'esprit préoccupé par l'avenir.

Soliman avait finalement accepté de venir et de parler de réconciliation. Que peut-il faire d'autre? raisonnait Bajazet. Sans moi, il ne reste que Sélim comme descendant de la lignée d'Osman, et il n'est pas digne de régner. Le sultan doit négocier.

Soliman regrette son attitude envers toi, lui avait assuré le shah. Je peux servir de médiateur entre vous, il n'est pas trop tard. Je t'aide maintenant, et lorsque tu deviendras sultan, la Perse et les Osmanlis seront alliés.

J'accepterai de rester sans bouger jusqu'à ce qu'il meure, de courir le risque que Sélim parvienne à Istanbul avant moi, pensa Bajazet. Peu importe. Les janissaires ne le soutiendront jamais contre moi.

La délégation devait arriver le lendemain matin. Bajazet avait hâte que l'entrevue ait lieu et que son exil prenne fin. Chaque jour loin de l'empire compromettait sa position chez les janissaires. Il avait agi sur un coup de tête, il s'en rendait compte à présent. Il lui fallait apprendre la patience et la ruse. Le moment finirait par venir où il verrait la tête de Sélim sur une pique.

Sentant un courant d'air sur son dos, Bajazet devina que d'autres invités venaient d'entrer par les grandes portes, derrière lui. Des retardataires ? Le shah, assis face à lui, jeta un coup d'œil aux portes et recommença à manger.

– Une visite imprévue ? demanda Bajazet.

– Elle était attendue.

Le prince entendit alors le bruit familier, l'espèce de toux, d'aboiement bref de chien tentant d'avaler un morceau de croquant. Le son émit par un muet.

Par un bostandji.

Le shah eut un sourire de regret.

– Navré, dit-il. Ton père a insisté.

C'était un piteux marché que Tahmasp, finalement, avait été contraint d'accepter. Soliman lui avait offert quatre cent mille pièces d'or. Les mollahs avaient prôné l'intransigeance ; ils n'avaient pas renoncé à Bagdad. Cela leur allait bien de faire les fanfarons : ils disparaîtraient dans les montagnes dès que le Grand Turc marcherait sur Chiraz avec ses troupes.

Bajazet tourna vers le shah un visage tordu par une grimace de mépris.

– Tu avais juré de me protéger.

– C'est ce qu'on appelle la diplomatie, à la Sublime Porte. On dit ce qu'il vaut mieux dire à un moment donné. Je suis sincèrement désolé, j'offre un lamentable exemple de notre hospitalité. J'aurais souhaité pouvoir faire autrement.

Le prince se retourna. Ils étaient cinq, dont un qu'il reconnut : le bostandji-bashi, le « chef jardinier », un Soudanais énorme et laid qui passait pour être l'assassin de Mustapha. Chacun d'eux tenait dans ses grosses mains un mince lacet de soie.

Bajazet n'avait emmené avec lui de Chiraz qu'une douzaine d'hommes qu'il avait postés dans la cour. Ils avaient dû être maîtrisés. Le reste de sa troupe était resté dans la capitale du shah.

– Et mes compagnons?

– Tous morts, j'en ai peur.

Saisi par la rage, le Turc porta la main à son killidj, mais le shah avait déjà dégainé sa dague et ses gardes s'étaient placés derrière lui. Bajazet sut qu'il était pris au piège. Il se tourna vers ses fils, qui le regardaient, pleins d'espoir. Ils étaient encore trop jeunes pour comprendre, trop jeunes pour avoir peur. Dieu, aide-moi dans mon malheur!

– N'aurais-tu pu épargner mes enfants?

– Soliman s'est montré tout à fait précis dans ses exigences.

– Alors que Sélim soit son épitaphe, dit Bajazet.

Soudain, la cordelette se resserra autour de son cou. Suffoquant, il se sentit tiré en arrière contre le genou de l'eunuque. Ses mains se portèrent instinctivement à son cou, mais une fois que le bourreau tirait sur le lacet, il n'y avait plus d'issue.

Les garçons se mirent à hurler. L'aîné courut aider son père en criant aux autres de s'enfuir. Les bostandjis les rattrapèrent et firent leur besogne.

Le shah les observa en plissant le front de dégoût. Il prit sur le plateau un autre morceau d'agneau qu'il entreprit de mâcher. Régner impliquait parfois de commettre des indélicatesses – c'était un fardeau à porter.

Bursa

Une femme glapissait dans la cour sous la fenêtre; les murailles renvoyaient ses cris comme les plaintes d'un djinn. L'eunuque aurait voulu que les gardes la fassent taire.

Le fils cadet de Bajazet, âgé de neuf mois seulement, avait été conçu avant la bataille de Konya et son père ne l'avait jamais vu. En partant, Bajazet l'avait laissé avec sa mère.

Lorsque le bourreau se pencha vers le berceau, l'enfant lui sourit. Les mains de l'homme se mirent à trembler ; il lâcha sa cordelette.

Il ressortit de la chambre, donna au portier qui l'avait conduit en haut de l'escalier le lacet de soie et deux pièces d'or. Quelques minutes plus tard, l'homme réapparut, descendit les marches quatre à quatre en abandonnant la cordelette sur l'une d'elles.

L'eunuque retourna dans la chambre, où l'enfant lui sourit de nouveau.

– Dieu m'assiste dans mon malheur, murmura-t-il.

Il porta la main au sac de cuir accroché à sa ceinture. S'il ne revenait pas avec le sac plein, Soliman le ferait aussitôt exécuter.

Il alla ramasser le lacet, referma la porte derrière lui. Lorsqu'il s'approcha, l'enfant gazouilla et tendit les bras.

109

Konya

Le voyage était long de Venise à Konya, de la place Saint-Marc à la cité d'Asie entourée, sur la vaste plaine poussiéreuse, de quelques caravansérails de pierre, de yourtes noires de nomades et de chacals en maraude. Un long chemin, triste endroit où mourir.

On trouva Abbas dans sa chambre, gisant sur le tapis. Un chat blanc léchait le mouchoir taché de sang qu'il serrait dans son poing.

Consomption, déclara le médecin. Ou poison, pensa-t-il. La mort est peut-être infiniment préférable au service du shahzade Sélim. Peut-être y a-t-il d'autres raisons, qui sait ?

Il fallut six pages pour soulever Abbas, lui faire franchir la porte cloutée de fer du harem et le hisser sur le chariot. Après leur départ, le médecin examina la pièce, jeta un coup d'œil à la lettre que le Kislar Aghasi n'avait pas terminée – dont il n'avait en fait écrit que les premiers mots.

Chère Julia

Le chef des eunuques écrivait à une femme ? Peut-être était-ce le surnom d'un autre castré... Bah, peu importe, se dit le médecin. Il froissa la lettre et la jeta dans le feu.

Lorsque le page de la garde-robe se fut retiré, après la dernière prière, Soliman se retrouva seul. Étendu sur la couverture, il écoutait le bruit de sa respiration difficile, sans parvenir à trouver le sommeil. Au bout d'un moment, il se leva, alla à la fenêtre grillagée et regarda les étoiles entre les formes sombres des cyprès.

Ainsi, le sort en était jeté : Sélim serait le prochain sultan. Si Hürrem lui avait dit la vérité, il avait rempli son devoir envers les Osmanlis.

– Mais je t'en prie, dis-moi que tu m'as menti, fit-il à voix haute.

– J'étais malade, j'étais mourante, répondit Hürrem derrière lui. Comment as-tu pu me croire?

– Comment avoir une certitude?

– Tu m'aimais. Tu n'aurais pas dû douter de moi.

Il se retourna pour la regarder. Elle était si belle avec ses cheveux de cuivre ornés de pierreries, la petite toque verte coquinement inclinée sur la tête.

– Tu m'as dit que l'enfant était d'Ibrahim.

– Et tu l'as cru? Tu crois réellement que je t'ai trompé pendant trente-cinq ans?

Soliman ne répondit pas.

– Je ne t'aurais pas trahi ainsi, dit Ibrahim.

Le Seigneur de la Vie se tourna vers lui. Le vizir se rengorgeait en souriant, les pouces passés sous la ceinture d'étoffe, une plaie livide en travers du cou.

– Tu en as eu la possibilité, dit le sultan. Je t'aimais. Je t'avais accordé ma confiance. Je t'avais admis au sein de mon sérail. Toi seul en aurais eu la possibilité.

– Elle t'a menti.

– Répète-lui, cria-t-il à Hürrem. Répète-lui ce que tu m'as dit!

– J'étais malade, plaida-t-elle. C'était le diable qui parlait, pas moi.

Soliman poussa un grand cri, se couvrit les oreilles. Ce fut au tour de Mustapha de parler :

– J'étais le shahzade, père. Je ne t'ai pas trahi.

– Il y avait contre toi des preuves flagrantes!

Mustapha, tel qu'il était apparu ce matin-là dans la tente royale, caftan et turban blancs, tête haute, plein de fierté et de courage. Mustapha qui ne lui avait jamais menti

– C'est toi qui m'as trahi ! accusa-t-il. Tu as donné notre empire à Sélim, un dévoyé, un ivrogne. Est-ce là ton devoir envers les Osmanlis ?

– Il est de mon sang, lui, au moins !

– Je t'aimais, seigneur, dit Hürrem. Comment as-tu pu en douter ? Tu as vraiment cru que Bajazet n'était pas ton fils ? Je t'aimais !

Bien sûr que tu m'aimais ! J'ai renoncé à mon harem pour toi ! Je t'ai faite reine !

– Alors, pourquoi as-tu assassiné notre fils ?

– Parce que je ne pouvait pas être sûr, geignit le sultan en tombant à genoux.

Les serviteurs noirs, sourds à ses cris, le regardaient, terrifiés, sans oser quitter leur poste à la porte.

– Parce que je ne serai jamais, jamais sûr, sanglota Soliman.

La nuit se referma sur le lieu de silence, le paradis de marbre, où le Roi des Rois, le Seigneur de la Vie, l'Ombre de Dieu sur terre continuerait à se répandre en reproches contre des fantômes revenus le tourmenter et à se tordre de douleur en enfer pendant cinq ans de plus.

Ce que les hommes appellent empire est un conflit étendu à la terre entière, une guerre incessante. La seule joie au monde réside dans le repos de l'ermite.

Extrait d'un poème écrit par le sultan Soliman, dit le Magnifique, découvert après sa mort en 1566.

ÉPILOGUE

Istanbul, 1990

La Süleymaniye domine la ville; ses minarets et son dôme massif s'élèvent au-dessus du port de la Corne d'Or, écrasant la mosquée de Rüstem Pacha, située plus bas sur la pente. Au-dessus de colonnes de porphyre, de granite et de marbre blanc, des vitraux colorent en sang et or la lumière tombant obliquement sur de somptueux tapis écarlates ou bleu cobalt. Parfois, un serviteur de la mosquée monte en chaire pour réciter le Coran. Il a voué sa vie à mémoriser tout le livre saint. Son esprit ne sert à rien d'autre.

C'est un mémorial de pierre en hommage à l'homme dont les Turcs se souviennent comme étant le plus grand des sultans ottomans. Pendant les trois premiers siècles de l'empire, une succession de dix sultans – qui connut son apogée avec Soliman – bâtit par la force des armes un empire de trente millions d'habitants parlant vingt langues.

Après Soliman, vingt-cinq autres sultans régnèrent, suite d'hommes faibles et dégénérés qui se livrèrent à la débauche dans leur harem, saignèrent les finances de l'empire par leurs extravagances et assouvirent leur luxure par des actes d'une cruauté effrénée envers ceux qui eurent le malheur de tomber sous leur pouvoir. La tradition osmanli de grands soldats et d'éminents chefs d'État prit fin avec Sélim II, que l'on surnomma l'Ivrogne.

Les historiens se sont demandé pourquoi cette lignée

avait été interrompue. Sans pouvoir fournir de preuves, on peut avancer que cette rupture fut la conséquence naturelle d'un excès de puissance, de richesse et de vie facile.

La réponse est peut-être enfouie dans un jardin tranquille qui se trouve près du grand dôme de la Süleymaniye.

En ce jour gris, un vent humide agite les hautes branches des platanes. Des tourterelles s'affairent et roucoulent sur les portiques en marbre, dans les vastes cours. La bruine s'est mise à tomber.

Le cimetière jouxte le mur sud-est de la mosquée. Les pierres tombales grises en forme de turban indiquent le lieu de sépulture de ceux qui eurent jadis un rang élevé. Elles sont envahies d'herbes. A l'intérieur du *türbeler*, (ou tombeau) de Soliman, l'air semble sanctifié par le silence. Il se dresse entre deux autres mausolées sur lesquels on a placé des turbans d'un magnifique velours écarlate pour signifier que ces sarcophages abritent des hommes qui furent autrefois sultans de l'empire.

Pour cinq mille lires turques, le *bekçi* vous parlera de ces souverains :

« Voici le tombeau de Soliman. En Occident, on l'appelle le Magnifique; ici, il est connu sous le nom du sultan Kanuni, à cause des nombreuses lois, kanuns, qu'il a promulguées pendant son règne. On le considère comme le plus grand des souverains ottomans pour ses éclatantes victoires militaires, pour les splendides édifices qu'il a construits avec son architecte Sinan, pour la richesse de la poésie et de la musique à son époque... » Le guide récite la leçon d'histoire dont il gratifie tous les touristes comme s'il parlait d'un membre de sa famille.

Il y a, dans un coin du cimetière, un türbeler plus petit dont des grilles en fer barrent l'entrée. L'odeur de la pluie fine se mêle au courant d'air rance qui semble s'échapper du mausolée.

Une pancarte précise qu'il s'agit du tombeau de l'hasseki Hürrem, la reine de Soliman. J'essaie d'ouvrir les grilles, elles sont fermées à clef. Je fais venir le bekçi, mais il reconnaît savoir peu de choses au sujet de Hürrem. Elle dort seule, à présent, et ses secrets sont enterrés avec elle dans son tombeau.

Une affiche collée sur un tableau accroché à la grille annonce les prochaines fêtes de Konya. Il y aura des derviches tourneurs et un tournoi de tcherit. Comme la pluie tombe plus dru, je fais demi-tour et je sors du cimetière.

Il commence à se faire tard. Les touristes étant peu nombreux aujourd'hui, le bekçi quitte le cimetière lui aussi, en fermant la grille à clef derrière lui. Nous laissons le sultan et sa reine à leur silence.

Cet ouvrage a été réalisé par la
SOCIÉTÉ NOUVELLE FIRMIN-DIDOT
Mesnil-sur-l'Estrée
pour le compte de France Loisirs
123, boulevard de Grenelle, Paris
en juillet 1995

Imprimé en France
Dépôt légal : mai 1995
N° d'édition : 25954 - N° d'impression : 31485